狯园校注

〔明〕钱希言 著

浦宇澄 校注

東方出版中心

图书在版编目（CIP）数据

猃园校注 / (明) 钱希言著; 浦宇澄校注. 一上海: 东方出版中心, 2020.12
ISBN 978-7-5473-1767-9

Ⅰ. ①猃… Ⅱ. ①钱… ②浦… Ⅲ. ①志怪小说－小说集－中国－明代 Ⅳ. ①I242.1

中国版本图书馆CIP数据核字（2020）第271030号

猃园校注

著　　者　[明]钱希言
校　　注　浦宇澄
责任编辑　王　婷
装帧设计　陈绿竞

出版发行　东方出版中心
地　　址　上海市仙霞路345号
邮政编码　200336
电　　话　021-62417400
印 刷 者　昆山市亭林印刷有限责任公司

开　　本　890mm × 1240mm　1/32
印　　张　20.25
字　　数　537千字
版　　次　2021年4月第1版
印　　次　2021年4月第1次印刷
定　　价　95.00元

“《读书台》文丛”总序

说起来，常熟图书馆的导读刊物《读书台》在2014年创刊时是临阵磨枪，当时为参加中国图书馆学会的一个评奖活动而编了两期，收效似乎不错。江苏省社科院文学所的老所长陈辽先生一直以为《读书台》是由一个团队在运作。陈辽是著名的文学评论家，他对我们的《读书台》给予了很大帮助。然而，突击只能应急，《读书台》要长期办下去，而且要办好，必须依靠团队的力量。这是我们后来的认识。2016年，我确立了要把《读书台》的办刊方针从平面办刊发展为立体办刊。所谓立体办刊，一是定时开展“《读书台》读者沙龙”活动，邀请文学艺术各门类、各领域的知名人物来常熟讲课，通过讲评、赏析，使读者开拓视野，提高阅读和鉴赏能力（我们已请到了陈子善、韦力、刘心武、李立新等名家来常熟讲学，效果也很好，很受读者欢迎）；二是适时推出“《读书台》文丛”，形成《读书台》的品牌，成规模，成系列，提高影响力。“《读书台》文丛”的着手编辑和出版，是有亮点的。如果一年一年积累起来，真正形成“文丛”，极其有价值。“《读书台》文丛”的定位是：地方的、研究的、文献的。具体来说要做到系统性、整体性、学术性、经典性相统一。抢救文献，保存精华，服务社会。以文史哲为主要内容，兼顾其他类别的著述，整体呈现常熟历史文化的发展脉络。力求使“《读书台》文丛”成为一部广泛收集有关常熟的原创性研究著述及文献史料的综合性乡邦文献丛书。分辑编纂。

“《读书台》文丛”的定位中，“地方的”就不用再解释了。

“《读书台》文丛”由两个系列构成：一就是“研究的”，二就是“文献的”。在此，我重点谈一谈和常熟文献相关的话题。

一、常熟文献的基本情况

常熟作为吴文化的重镇和江南文化的代表，历史悠久，从古至今积累了大量的文献。据《重修常昭合志·艺文志》记载，从商代至民国已知的常熟著作者就有两千余人，著述五千余种；另据调查，常熟现存珍贵的历史文献在一千种以上，因此常熟也堪称文献之邦。这些文献的特征有：1. 鲜明的地方性。包含了丰富的地方经验，它的珍贵和独一无二是它的价值所在。2. 资料性。客观公正全面地记载一地之自然和社会发展变化的情况（史实）。3. 综合性。记载常熟一地之自然和社会发展变化的基本面貌，内容广泛，涉及百科各业，举凡天文、地理、政治、经济、军事、文化、社会、人物、风俗，各种门类应有尽有。不但记大事要事，也记有意义的小事，乃至奇闻异事（譬如有钱希言的《猃园》、郑光祖的《一斑录》）。4. 连续性。所记各类事物，探本求源，发展变化的轨迹十分清楚、明了。

常熟历代文献的保存处主要在常熟图书馆和常熟博物馆。因此，我也就有足够的底气来开展这项工作。当然，我们还应把眼光投向全社会，因为还有不少文献是藏于民间的。就我们调研所知，譬如曾任（民国）常熟县代县长的曹弘的《画月录》（笔记）、《午生诗稿》就在曹氏家族后人的手中；还有如著名学者王古鲁的文献资料也由他的外孙收集了不少。为了确保“《读书台》文丛”成为传世精品，我单位将组织专家学者对现存常熟地方文献的种类、数量、保存现状以及收藏地点等进行深入细致的调研。在编纂过程中，坚持尊重历史、尊重科学、尊重规律的原则，以常熟图书馆、博物馆馆藏为重点整理对象，并注意对分散收藏在全国各地的图书馆、档案馆、博物馆（如国家图书馆、上海图书馆、南京图书馆等），以及流散在民间和国外的各类文献精挑细选，以使长期束之高阁的常熟文献借“《读书台》文丛”这个平台获得新生。

我甚至设想，“《读书台》文丛”中的“文献”系列可以是这样的规模：

第一辑：史迹汇纂，收编反映地方史料的专著和笔记。

第二辑：方志丛编，收编常熟历代所有的地方志（自南宋庆元二年至1949年的七百五十多年间，常熟编修的地方志书已达四十余种）。

第三辑：年谱家乘，收编地方名人年谱和望族的家谱。

第四辑：人物传记，收编常熟名人传记、墓志资料。

第五辑：先贤文存，收编历史上常熟人的诗文和专著的精华。

第六辑：总集汇编，收编常熟历代文献总集。

第七辑：闺秀别集，收编常熟历代女诗人诗文集。

第八辑：虞社菁华，民国期间虞社期刊汇编。

……

二、利用常熟文献的意义

利用前人留给我们的丰富文献，对社会发展的过程、走向、结果都可以做有意义的考察。文献除了具有历史属性，更有现实的价值。今日万物生命之根系，均存在于历史的土壤中，与历史有割不断的血脉；当下事物运动之规律，从文献中也可寻求到经验，因此对未来也有启示作用。乡邦文献之珍要，堪称卷帙浩繁，蔚为大观。这些文献不仅对常熟一地具有重要价值，也是江南文化乃至中国古代文化的重要组成部分，是人们了解历史、传承文明、建设现代社会的重要参考，即发挥所谓“资治、存史、教化”

之积极作用，为促进地方经济发展和文化传承再立新功。

文献整理是对地方文化研究和保护的最基础性工作。先人讲“文献无传，后生之责”，所以我们当代人要加强对地方文献整理的意识，把文献工作做好。

以往的整理（或搜集）工作取得了一些成绩，但也存在以下问题：1. 零星的常熟文献被编入其他丛书（不是常熟编纂的），不成体系，整理上也粗疏，譬如《海虞风俗记》已列入“中国风土志丛刊”，由广陵书社出版；《海虞诗苑》《海虞诗苑续编》已列入“苏州文献丛书第二辑”，由上海古籍出版社出版等。2. 由于常熟历代文献大都是孤本、抄本，借阅会使得这些文献的保存愈来愈艰难，也会造成纸张污染、发脆、损坏，加上文献的自然老化，最终这些资料将毁于一旦的情形不可避免。

要解决这些问题，我们的“《读书台》文丛”也就有了推出的必要性。由我们具体负责地方历代文献的整理，充分体现图书馆工作在现阶段的主导地位和历史责任感以及远见卓识。整理、出版常熟历代文献，是利用现代印刷技术，推进标校工作，从而更有效地保护和利用文献。当然，由于这是有史以来对常熟历史文献的首次系统整理、编纂，拟收入的文献有许多是孤本、精抄本，不少是“镇馆之宝”，因此要有部署、有规划、有保障。作为一个系统的文献工程，形式上可参考“文丛”的编纂法，遵循学术规范，精益求精，可以先遴选几十种有代表性的精华，逐步整理面世，统一步骤，规模积累，最终完成历代常熟文献的整理出版工作。

在中国历史上，《四库全书》是规模最大的一部丛书，包括了经、史、子、集四部 3 461 种书目 79 039 卷，总字数达 10 亿，为后代学者研究中国古代文化提供了较完善的文献资料。常熟文化源远流长，文献宏大，因此着手较大规模的整理虽在体制上不能与《四库全书》相媲美，但在以纵览千古的魄力和毅力致力于文化传统的继承与弘扬方面，其意义却是可以直追《四库全书》的！希望能把“《读书台》文丛”编纂成“常熟的《四库全书》”。

国运昌隆，盛世修典。我有信心，我们精心打造的这套“《读书台》文丛”将以崭新的学术角度和现代学科框架对地方文化进行全面梳理和弘扬，站在时代的高度，充分展示常熟深厚的历史底蕴，彰显先贤哲人的智慧，解读常熟文化的独特个性，提升人文精神，古为今用，开启未来，造福子孙，功垂千秋。常熟是国家历史文化名城，常熟市领导也明确指示要“依托文化底蕴深厚、文化遗存丰富的独特优势，大力实施文化强市工程，用大视野看文化、用大格局做文化，放大历史文化名城效应，不断丰富‘精致’内涵，凝聚起建设新常熟的强大动力”。精致城市，美丽常熟，文化工作，大有可为。

在此我诚意邀请朋友们加入我们的作者、整理者队伍中来，为我们共同的目标——把“《读书台》文丛”打造成一部在历史上站得住、文化史上留得下、学术界传得开的经典集成——添砖加瓦。积跬步以至千里！是为序。

李　烨

2016年9月

《常熟图书馆藏笔记·猃园》前言

孙犁先生在《甲戌理书记》中谈到对我邑王应奎《柳南随笔》的观感，文章多少表明了他对笔记的一点看法，兹录如下：“余既以多种石印书送人，今手下只有此二种（指海宁陈其元《庸闲斋笔记》和常熟王应奎《柳南随笔》)；系扫叶山房印本。书无大用，只存该山房印书格式。清末民初，石印方便，传奇及笔记小说曾亦泛滥，观当时书籍后之广告可知。然能传至今者寥寥，盖佳作少，而无内容者多，必遭淘汰。甲戌冬。”《柳南随笔》之类的笔记对于当代小说名家、散文名家孙犁先生来说确是“书无大用”，但对于文史学者来说则可能刚好相反。笔记尽管写作随意、所涉庞杂，但其中的生活琐事、大家轶事、官家庙堂、民间习俗……几乎包罗万象，却是极好的地方文献，也是可以补正史之不足的好材料。明代常熟钱希言氏堪称笔记大家，著述较为丰富，有《猃园》十六卷，记当时神怪之事；另有《戏瑕》三卷，《剑策》四十二卷，《四库全书总目·存目》均著录，还有《辽志》《桐薪》《听滥志》等为人所知。择要试述如下。

一、钱希言氏身世

钱希言属常熟奚浦钱氏，曾祖钱元祾，字人爵，号宜止；祖父钱表，字忠卿，号慎余。钱表好任侠，性豪宕，后来与人交恶，下狱发配铁岭，直到长子钱之选中进士后，才得以昭雪，恢复普通身份，回到常熟，卒年87岁；著有《贻安楼稿》《悟真杂录》。钱希言父亲钱之逵（？—1611）为钱表次子。钱希言，原字象先，后避祖讳而改字简栖。依据学者袁媛的考订，他生于万历元年（1573）九月，卒于崇祯十一年（1638）稍前。钱氏家族本吴越王钱镠的后裔，为一大族，虽因时代变迁，已非钟鼎之家，但依然诗礼传家。在钱希言氏的叔伯辈中，中了进士的有钱顺时、钱顺德和钱之选，族侄中更有钱谦益这位在文坛和官场颇有影响的人物。至于钱希言氏本人，经历相当坎坷，二十岁时因避祖父的仇家不得不移居吴门，甚至因此耽误了科举这条正常的仕进之路，而嬗变为依赖权贵生存的“山人”，思想上受道释的影响，成为官僚权贵们的弄臣。博览好学的他以到处出游来彰示自己离尘出世的追求，却因对世间繁华的追求，甚至生存和经济的需求，游于巨室大户之门，这种二律背反的生活方式逐渐扭曲了钱氏心高气傲的性格，加之前后六个孩子相继早夭，使得钱氏“自以为秦川贵公子，不屑持行卷饰竿牍，追风望尘，仆仆于贵人之门，而又不能无所干谒，稍不当意，矢口嫚骂，甚或形之笔牍，多所诋諆，人争苦而避之。以是游道益困，卒以穷死”（钱谦益《列朝诗集·丁集》）。钱希言曾游历浙东、荆南、豫章，与王百谷、屠隆、汤显祖交。晚年钱氏以“废人”自居，在《猃园·关汉寿三》中，他叙述道：“二十年来，不复作长安梦矣。惭负古佛明神以云路相期，徒为天地间一废人耳。”钱氏在《猃园·自序》中对自己有比较中肯的评价，或许可以当他的墓志铭：“钱子，虞之贱公子也。仪古人十一，常失古人十九。能家贫口吃如马卿，而不能着犊鼻裈与保佣杂作涤器市中；能见一世龙门李司隶如聂季宝，而不能坐砌下牛衣称国士；能任达不拘、耽酒浮虚如阮仲容，而不能大盆盛酒、圆坐相向、直接群豕来共饮；能文章谐谬、语言不节如陈暄，而不能俳优自居为南朝狎客；又能失财败事如阴子春，而终不能脚数年一洗。之人也，之行也，不曰天选，则曰天放。”这样一位放荡不羁的天才，最后在穷愁中辞世，还是靠钱谦益为其买地，“葬之于乌目山（虞山）”。

二、《猃园》和它的影响

笔记《猃园》，“志怪传奇之类是也”，乃钱氏仿照晋代干宝《搜神记》的模式进行的记录和创作，成书于万历癸丑（1613），编撰成仙幻、释异、影响、报缘、冥迹、灵祗、淫祀、奇鬼、妖孽、瑰闻十门十六卷。以猃园名书者，猃者狡猃之意，狡猃者戏弄之意。《猃园》以其自成一统的体系以及素材和故事填补了明代的空白，在文学和文化学方面给后人留下巨大财富。虽然《四库全书总目》评价钱希言氏“颇以博识自负，而所言茫昧无征”，但只要你能静下心来去伪存真，自然能意识到《猃园》在志怪类小说中承上启下的作用。清代袁枚《子不语》行文和记事风格与《猃园》无异，文采并不在《猃园》之上，而蒲松龄《聊斋志异》只是加强了故事的可读性、思想性以及批判性，所言同样“茫昧无征”。有足够的资料证明《猃园》也深深影响到其同时代人和后代人的创作。《猃园》中有不少故事被冯梦龙直接或文字小有变动后收入其所编撰的《情史》一书，依据不完全统计，一一对应如表一。

表一：《猃园》与《情史》的对应

《猃园》	《情史》
华仲达遇女仙	荡口仙姝
髯道士摄李月华魂	李月华
桂花仙子	桂花仙女
徐文长冤报	徐文长
五郎神三	五郎君
孤山女妖	孤山女妖
马精	马精
毛面人	邵御史

我们也可以列出表二看《猃园》对其他著作的影响。

表二:《猃园》对其他著作的影响

《猃园》	著　作	作　者	借鉴方式
偷桃小儿	《古今谭概·方朔偷桃法》	[明]冯梦龙	转载
黄花舍人	《太霞新奏·情仙曲》	[明]冯梦龙	改写
世庙宫中仙戏	《明朝小史·奇祥三锡》	[明]吕毖	改写
法海寺画像	《红兰逸乘·法海寺画像》	[清]张紫琳	转载
妙海二姑	《善女人传·妙海二姑》	[清]彭际清	略有改写,注明出自《猃园》
徐思省入虎头城	《警世阴阳梦·第三十一回道人游梦》	[明]国清(号长安道人)	改写
姚大理冥中辩答	《德育古鉴·姚大理冥中辩答》	[清]史洁珵(玉涵)	直接录入
雷神四	《坚瓠余集·雷神画壁》	[清]沈君玉	转载
黄鼠精	《古今笑史·黄鼠怪》	[明]冯梦龙	转载
人产百儿	《二申野录·人产百儿》	[清]孙之騄	转载
朱砂床	《玉芝堂谈荟·光明砂》	[明]徐应秋	摘引
冰中莲	《妙法莲华经持验记》	[清]周克复	雷同
白玉觥	《云杜故事》	[清]易本烺	缩写,注明本《猃园》

明清各家对《猃园》的看重,由此可见一斑。那篇《毛面人》(瑰闻类)情节精彩,语言生动,还为凌濛初《拍案惊奇》卷八《乌将军一饭必酬　陈大郎三人重会》故事所本,有兴趣者可以找来比对一读。

至于《猃园》对《聊斋志异》的影响,粗略比对了一下,明显本于《猃园》的有两则:《聊斋志异·三生》对应《猃园·万侍郎三世轮回》,《聊斋志异·王六郎》对应《猃园·讨替鬼五、六》；或许是同一出处的有《聊斋志异·偷桃》和《猃园·偷桃小儿》，它们与冯梦龙《古今谭概·灵迹部·方朔偷桃法》一样，都具备了流传最广的神仙索故事的两个要件——攀绳通天和碎尸复活，显见为大名鼎鼎的印度神仙索故事的翻版。由于写法雷同，按照时间顺序来说，冯梦龙和蒲松龄都参考了钱希言的《猃园》。《聊斋志异》中尚有一些故事是将《猃园》中的故事打乱了改写而成，比如《寒月芙蕖》《巩仙》《单道士》，都可以隐隐感觉到《猃园》的风格。

尽管《猃园》是志怪传奇之类，但笔记所叙大多为当时的现实题材，多是社会传播之新闻，具时事性，篇末往往附记何所遇、何所闻。《猃园》内容博杂，包罗万象，既有揭露官场黑暗的，比如对阴间受贿的描写（写阴间实则写阳间）；还有大量反映普罗大众生活的，对能工巧匠也有一定记载。它的批判性隐含在字里行间，比如《五郎神》系列就是对程朱理学的批判；在对利玛窦及其团队的描写中，则迸发出科学思维的火花。它对时事，比如明末著名的妖书案以及四川大地震等也有记载，又如对常熟徐家案件和海宁陈家冤案，都有不同侧面的描写。这些记载虽然有的看起来自相矛盾，但作为笔记小说，能多角度地记录各种传说，能让读者自己在书中寻找事件的真相，颇具司马迁的功力，这在志怪小说中尤为可贵。梁溪邹彦吉序其集谓："读其所著书而与之交，土木其身而龙虎其文，憨转为惠，无味转为有味。"说得非常有道理。

三、校注说明

本次注释点评《猃园》，以常熟图书馆藏清乾隆知不足斋刻本为底本，校以国家图书馆藏清钞本，凡有不同之处，都在注释中给予说明。提到"知不足斋"，就要提到鲍廷博。鲍廷博

（1728—1814），字以文，号渌饮，祖籍安徽歙县长塘，故世称“长塘鲍氏”。他随父亲居杭州，不惜巨金求购宋元本，筑室收藏，取“学然后知不足”之意，名其室为“知不足斋”。鲍廷博与江浙一带藏书家频繁交往，互相借抄，八十余岁仍不辞辛苦往来于其间。乾隆三十七年诏令向全国征集图书，鲍廷博长子士恭以所藏精本626种进献，多为宋元以来之孤本、善本，居私家进书之首。仍以孙犁先生为例，孙犁对“知不足斋”刻印的书是非常满意的。还是在《甲戌理书记》中，他这样写道：“余有多种《知不足斋丛书》，有原刻，有翻刻，有石印，多为零本。此为一整集，而又系原刻，故珍藏之。……书多实用，每书有跋……鲍廷博氏之精细用心，实开鲁迅编印书籍优良作风之先河。鲁迅于二十年代，仍购进北新书局石印《知不足斋丛书》一部，可见其对此丛书之垂青矣。”证明“知不足斋”的本子之良善并非虚语。为方便读者阅读，校者进行了必要的注释，我们在整理方面用心多多，比如在繁体字转简体字时，绝大部分古文中非常见异体字已经转成简体正字，尚有少量也以注释方式标明字义。原文不分段、无标点，我们现将篇幅较长者适当做了分段处理。对《猃园》进行校注，尚属首次，错漏在所难免，希望读者批评指正。

李　烨

2017年10月18日

自　序

钱子[①]，虞[②]之贱公子也。仪古人十一，常失古人十九。能家贫口吃如马卿[③]，而不能着犊鼻裈[④]与保佣杂作涤器市中；能见一世龙门李司隶如聂季宝[⑤]，而不能坐砌下牛衣称国士；能任达不拘、耽酒浮虚如阮仲容[⑥]，而不能大盆盛酒、圆坐相向、直接群豕来共饮[⑦]；能文章谐谬、语言不节如陈暄[⑧]，而不能俳优自居为

---

① 钱子：钱希言自称。子，古代特指有学问的男人，一般用来尊称他人，少有自称者，凸显其桀骜不驯。

② 虞：即虞山，为常熟的别称之一。

③ 马卿：1480—1536，字敬臣，号柳泉，彰德府林虑（今河南省林州市）人，明朝官员。弘治十八年（1505）进士，选庶吉士，官终都察院右副都御史，总督漕运巡抚凤阳地方。著有《林县志》《马氏家藏集》《补文献通考》等。

④ 犊鼻裈：亦作"犊鼻""犊裈"，意为短裤。汉文学家司马相如琴挑富家卓王孙新寡的女儿卓文君，文君私奔，与相如在临邛卖酒。《史记·司马相如列传》："文君当炉，相如身自着犊鼻裈与保庸杂作，涤器于市中。"

⑤ 能见一世龙门李司隶如聂季宝：能如聂季宝一样面见春风得意的人物李膺而被后者所赏识。一世龙门，指文人所崇仰的人物。李司隶，即李膺，东汉人，举孝廉，历任渔阳等地太守，征度辽将军。后为河南尹，与太学生郭泰等交游，反对宦官专权，纠劾奸佞。在太学生的心目中，他是"天下楷模"，凡受到他的赏识，皆被誉为"登龙门"。同县人聂季宝，出身寒门，李膺的朋友杜密认为他是一个人才，请李膺帮忙看看。李膺接见聂季宝，在门前台阶上铺了块为牛御寒的蓑衣，俩人就坐在上面，相谈甚洽，李膺断定"此人当作国士"。聂季宝后来的确有一番作为。

⑥ 阮仲容：阮咸，生卒年不详，字仲容，陈留尉氏（今河南开封南）人。魏晋时期名士。阮籍之侄，与阮籍并称为"大小阮"；又与嵇康、阮籍、山涛、向秀、刘伶、王戎并称为"竹林七贤"。

⑦ 大盆盛酒、圆坐相向、直接群豕来共饮：阮氏家族的人都能喝酒，阮咸与同族人聚会，不用一般的杯子来喝酒，而是用大瓮来盛酒，大家围坐，面对面痛饮。当时有很多猪也来喝，它们直接就上去喝了，于是大家就与这群猪一道喝酒。诸位兄弟莫不认为阮咸以放任旷达为德行，唯独阮籍不这样看。

⑧ 陈暄：？—607 年左右，字不详，义兴国山人。自学成才，文才俊逸。特别好酒，沉湎无度。隋炀帝当太子时，引他为学士。隋炀帝即位后，升迁他为通直散骑常侍。陈暄与陈叔达、孔范、袁权、王瑳、陈褒、沈瓘、王仪等经常入禁中，陪侍游宴，谓为狎客，隋炀帝甚亲昵而轻侮之。隋炀帝曾将陈暄倒悬于梁，用刀逼着他限时限刻作赋，陈暄援笔即成，不以为意，而轻慢戏弄的神情有所加，以至隋炀帝不能忍受。隋炀帝令人拾取艾条做成帽子戴在陈暄的头上，点上火，火直烧到他的发际。陈暄垂泣哀求，隋炀帝也不肯放过他。刚巧卫尉卿柳庄在座，站起身来帮陈暄摘掉艾条帽。几天后，陈暄发悸而死。

南朝狎客；又能失财败事如阴子春①，而终不能脚数年一洗。之人也，之行也，不曰天选，则曰天放②。世儒动尊绳墨③而贱龙蛇④，斯其漏而无当者欤？窃自笑生不媚世，犯⑤诅朝那⑥，然所遘岂尽秦嗣王⑦、邵馨⑧其人，所传闻《久湫》《亚驰》⑨之辞，未必皆合。海以内贤士大夫及我二三兄弟，亦或有一人焉，饮酒酹地祝延之者，何至三梦刍狗⑩，并遭堕车折脚，一岁之中数遇五角六张⑪？往往若此。彼未尝牧而牂生于奥，未尝田而鹑生于突⑫者，操何术乎？噫嘻，是宁非⑬造化小儿与之为狡狯哉！夫造化小儿之狡狯我也巧矣，我安得不妄与之为狡狯也？于是署其平居所著之书曰“狯园”。

---

① 阴子春：？—551，武威姑臧人。官梁朝左卫将军，迁侍中。阴子春不爱洗足。史载阴子春“身服垢污，脚数年一洗，言每洗则失财败事”。梁州之战大败，阴子春认定是洗脚所致，遂终身不洗脚。

② 天放：放任自然。《庄子·马蹄》：“一而不党，命曰天放。”成玄英疏：“直置放任，则物皆自足，故名曰天放也。”这里“放”当为“放逐”之意。

③ 绳墨：喻规矩、准则，法度、法律。

④ 龙蛇：比喻非凡的人物。《左传·襄公二十一年》：“深山大泽，实生龙蛇。”杜预注：“言非常之地，多生非常之物。”

⑤ 犯：又。

⑥ 朝那：音 zhū nuó，古县名，治今宁夏固原东南。

⑦ 秦嗣王：即秦昭襄王，前 324—前 251，又称秦昭王，嬴姓，赵氏，名则，又名稷。为我国历史上在位时间较长的国君之一。早年在燕国做人质。手下文有范雎，武有白起等能臣良将。公元前 256 年攻陷东周王都洛邑，俘虏周赧王，迁九鼎于咸阳，奠定了秦统一战争的胜利基础。

⑧ 邵馨（gāo）：战国时秦国首席巫祝，有著名的《秦诅楚文》。

⑨《亚驰》：《秦诅楚文》有《久湫》《亚驼》诸篇，《亚驰》当为《亚驼》之误。

⑩ 三梦刍狗：故事见《三国志·魏书·方技传》。刍狗是古代祭祀时用草扎成的狗，在祭祀之前是很受人们重视的祭品，但用过以后即被丢弃。后人用以比喻微贱无用的事物或言论等。

⑪ 五角六张：形容七颠八倒，也比喻事情不顺利。角、张，星宿名。民间传说在每月初五遇到角宿，或初六遇到张宿，那么这两天做什么都不会成功。一年大概有三四天会碰到这个情形。唐郑綮《开天传信记》：“今日是千年一遇，叩头莫五角六张。”

⑫ 未尝牧而牂生于奥，未尝田而鹑生于突：《庄子·杂篇·徐无鬼》中句：“未尝为牧而牂生于奥，未尝好田而鹑生于宎”，意思为“不曾牧畜，院角跑出一头母羊。不好网鸟，墙隅却跑出一只鹌鹑”。牂，音 zāng，母羊。《尔雅·释畜》：“羊，牡羒，牝牂。”奥，室内的西南角，泛指房屋深处隐蔽的地方。宎，音 yǎo，屋子里的东南角。突则是烟囱的意思。

⑬ 宁非：难道不是。

《狯园》者何？《松枢十九山》中稗家一种，志怪传奇之类是也。则何言乎狯也？汉人以为狡狯也，又谓央亡嚜尿[①]。神禹理水驻巫山下，云华夫人[②]授以策召[③]鬼神之书，顾盼之际，化而为石，为轻云，为夕雨，为游龙，为翔鹤，千态万状，不可亲也。禹疑其狡狯怪诞，问诸童律[④]。按《集仙录》[⑤]所载如此，狡狯之名所由始欤？《神仙传》[⑥]则载：王远[⑦]、麻姑[⑧]共至蔡经家，时经弟妇新产数日，姑求少许米来掷之堕地，视其米皆成丹砂。远笑曰："姑故年少也，吾老矣，不喜复作如此狡狯变化也。"《列异传》[⑨]：小女折荻[⑩]作鼠以狡狯。李延寿《南史》：宋废帝[⑪]欲鸩害太后，令太医煮药。左右止之曰："若行此事，官[⑫]便作孝子，岂得出入狡狯？"齐少帝以萧坦之[⑬]世祖旧人得入内见皇后于宫中，及出后

---

① 央亡嚜尿：尿为屎之误。央亡、嚜屎（mèi chì），意为狡猾、无赖。

② 云华夫人：传说中为王母第二十三女，太真王夫人之妹，名瑶姬。受徊风，混合万景，炼神飞化之道。曾帮助大禹治水。

③ 策召：役使命令。

④ 童律：童国之主。按《姓考》，夏时有童律，随大禹治水有功，封侯童国。其地在下邳（今徐州市）。商汤灭夏时，童国沦亡，其后子孙以国为氏。

⑤《集仙录》：即《墉城集仙录》，唐末道士杜光庭撰。

⑥《神仙传》：东晋道教学者葛洪所著的一部志怪小说集，共十卷。书中收录了传说中的九十二位仙人的事迹，想象丰富，记叙生动。

⑦ 王远：传说中的仙人，东汉人，字方平。汉桓帝时做过官，精通天文、图谶学。后来辞官隐去，在丰都平都山升天成仙。另《神仙传》有关麻姑的记载中，也提到了王方平，"沧海桑田"的成语也来源于此。

⑧ 麻姑：又称寿仙娘娘、虚寂冲应真人，中国民间信仰的女神，属于道教人物。据《神仙传》记载，其为女性，修道于牟州东南姑余山。东汉时应仙人王方平之召降于蔡经家，年十八九，貌美，自谓"已见东海三为桑田"。又流传有三月三日西王母寿辰，麻姑于绛珠河边以灵芝酿酒祝寿的故事。古代我国民间为女性祝寿多赠麻姑像，取名麻姑献寿。

⑨《列异传》：魏文帝曹丕所写（一说为晋张华撰）的一部志怪小说集，作为现存最早的一部描写鬼类故事的志怪小说集，它对后世鬼魅小说有着巨大的影响。

⑩ 荻：芦苇一类的植物。

⑪ 宋废帝：刘昱，463—477，字德融，小字慧震，南朝宋第八任皇帝。

⑫ 官：古时用以称天子。《晋书·石季龙载记上》："官家难称，吾欲行冒顿之事，卿从我乎？"《资治通鉴》卷九十五胡三省注曰："称天子为官家，始见于此。"

⑬ 萧坦之：南兰陵兰陵人。南齐时任给事中、兰陵令，后又任南鲁郡太守等，被萧宝卷诛杀。

堂，杂戏狡狯，皆得在侧。是“狡狯”二字，直当作戏弄义解矣。余取为稗家目者，毋亦窃比于滑稽漫戏、《剧秦美新》①者流，因是以求容于侧媚之场②乎？

夫稗胡可尽废也。仲尼不语神怪③，而玉羊④萍实⑤，间抽绪余，以至肃慎之矢⑥、防风氏之骨⑦、灵威丈人⑧之落简，沾沾辨对不已，非以奇小而勿言，何尝勿为隐哉。《山海》《庄》《列》，偭作厉阶；《神异》《洞冥》，觞舟始滥。浸淫及于《飞燕》《列仙》《拾遗》《博物》《搜神》《述异》，下迨《酉阳》《宣室》《北梦》《杜阳》，无不穷幽瑰极玄虚，捏怪兴妖，矜奇斗艳，家黄车⑨而户青史矣。

乃⑩汉班氏独黜小说家而不列于九流之中，将厌其迂诞不雅

---

①《剧秦美新》：王莽篡汉自立，国号新。扬雄仿司马相如《封禅文》，撰文指斥秦朝，美化新朝，劝王莽封禅，故名“剧秦美新”。此文曾被看作是扬雄的“白圭之玷”。

② 场：国图清钞本作“世”。

③ 仲尼不语神怪：《论语·述而》，“子不语怪力乱神”。

④ 玉羊：当是“羵（fén）羊”之误。《国语·鲁语下》：“季桓子穿井，获如土缶，其中有羊焉。使问之仲尼曰：‘吾穿井而获狗，何也？’对曰：‘以丘之所闻，羊也。丘闻之：木石之怪曰夔、蝄蜽，水之怪曰龙、罔象，土之怪曰羵羊。’”这是古代典籍关于“羵羊”的最早记载。古人对“羵羊”的认识，始终没有超出“精怪”“神怪”“妖怪”等迷信之说的范畴。

⑤ 萍实：萍蓬草的果实。汉刘向《说苑·辨物》：“楚昭王渡江，有物大如斗，直触王舟，止于舟中。昭王大怪之，使聘问孔子。孔子曰：‘此名萍实，令剖而食之，惟霸者能获之，此吉祥也。’”

⑥ 肃慎之矢：周武王、成王时，肃慎氏来贡楛矢、石砮，因有“肃慎之矢”之称。后遂以为典实。肃慎，亦作息慎、稷慎，古族名，古代居于我国东北地区。一般认为汉以后的挹娄、勿吉、靺鞨、女真都和它有渊源关系。

⑦ 防风氏之骨：巨人骨节。《国语·鲁语下》：“吴伐越，堕会稽，获骨焉，节专车。吴子使来好聘，且问之仲尼，曰：‘无以吾命。’宾发币于大夫，及仲尼，仲尼爵之。既彻俎而宴，客执骨而问曰：‘敢问骨何为大？’仲尼曰：‘丘闻之：昔禹致群神于会稽之山，防风氏后至，禹杀而戮之，其骨节专车。此为大矣。’”

⑧ 灵威丈人：传说中仙人名。通称龙威丈人。相传吴王阖闾曾派灵威丈人入洞庭山，得禹藏书。

⑨ 黄车：“黄车使者”的简称。《汉书·艺文志》小说家著录“《虞初周说》九百四十三篇”。原注：“（虞初）河南人，武帝时以方士侍郎号黄车使者。”后因谓编著小说者为“黄车使者”。

⑩ 乃：可是，然而。

驯欤？然则《天乙》[①]《尧问》[②]，削方墨笔，燕丹[③]、宋玉[④]之谈，虽千不存其一，言彼皆非耶？可胜去乎？两京以还，作者云蔚，若魏文之《列异》，沙仲穆之《野史》[⑤]，李隐之《大唐奇事记》[⑥]，诸家即不尽传于今，然而各有其书，岂唐以后人所能办[⑦]者。

稗又胡可尽废也！且夫稗至唐而郁乎盛矣，响亦绝焉。唐以后非无稗也，人人而能为稗也。唐以前皆文人才子不得志于兰台石室[⑧]者为之，率多藻思雅致隽句英谈。唐以后悉出老生鄙儒之手，随事辄记于桑榆中而已。故其为稗均，而其所由稗异也。何也？唐人善用虚，宋人善用实。唐人情深趣胜，为能沿泛波澜；宋人执理局方[⑨]，惟事穿凿议论。唐人以文为稗，妙在不典不经；宋人以稗为文，病在亦趋亦步。由斯以观，非其才之罪也，文章与时高下，大抵然耳。盖余自操觚[⑩]时，习闻往君子之持论如此。

要之，太史公绝代奇才，第称自成一家言。言人人殊，期于成家而止。不唐与宋，则不成家，如是而为唐与宋也，亦不成家，必有所以信今传后者，此未易言，求之古人之心焉，可也。余尚不能窥宋藩篱万一，安能治唐而遽为唐？夫以昭代诸公名能文章

---

① 《天乙》：《汉书·艺文志》小说家著录"《天乙》三篇"。
② 《尧问》：《荀子》中篇章。《汉书·艺文志》小说家著录"《务成子》十一篇"，其后自注曰："称'尧问'，非古语。"
③ 燕丹：燕太子丹，？—前226，姬姓，名丹，燕王喜之子，战国末期燕国太子。
④ 宋玉：约前298—约前222，又名子渊，战国时期鄢（今湖北宜城）人，曾事楚顷襄王。好辞赋，为屈原之后辞赋家，与唐勒、景差齐名。所作辞赋甚多，流传作品有《九辩》《风赋》《高唐赋》《登徒子好色赋》等。《汉书·艺文志第十》录有赋十六篇。所谓"下里巴人""阳春白雪""曲高和寡""宋玉东墙"的典故皆因他而来。
⑤ 沙仲穆之《野史》：沙仲穆，唐昭宗时人。《野史》，即《太和野史》，此为最早以野史名书者。
⑥ 李隐之《大唐奇事记》：李隐，唐末人。《大唐奇事记》，共十卷。
⑦ 办：国图清钞本作"辨"。
⑧ 兰台石室：汉朝时，皇宫内建有藏书的石室，作为中央档案典籍库，称为兰台，由御史中丞管辖，置兰台令史，史官在此修史。后人从此引申，宫廷内的典籍收藏府库、御史台和史官，都曾被称为兰台。
⑨ 局方：意为有局限和墨守成规。
⑩ 操觚：原指执简写字，后指写文章。觚，音gū，古代书写用的木简。

者，所述野史，灿然具备，皆不敢蔑弃典刑[①]，而创其好于三尺[②]之外，何论言不佞哉！

采遗献，食旧闻，核是非，该[③]幽显，大小必识，雅俗并陈，参往考来，品分胪列[④]，而成是书：

圣哲之变，间出神仙。分身隐形，变化万千。少见多怪，世遂不传。爰[⑤]征灵瑰，煌煌斯篇。《园·仙幻》第一。

维彼上人，利根[⑥]法器。得大自在[⑦]，神通游戏。我佛如来，不可思议。一切显迹，希有[⑧]奇丽。《园·释异》第二。

受者为果，作者为因。形往影来，声出响臻。崔浩[⑨]被戮，庾信[⑩]受身。现生他世，无环不循。《园·影响》第三。

既语报应，何疑轮回。王公卿相，从僧中来。平等阁就，伽蓝瓮开。俄顷灵变，畴云处胎。《园·报缘》第四。

崇山幽都，强名[⑪]有北[⑫]。地狱变相，无有纪极。王者为政，设官分职。一如世间，赏罚不忒。《园·冥迹》第五。

山川社稷，间气[⑬]钟灵。明神是凭，俎豆惟馨。穆穆[⑭]上帝，赫赫雷霆。俨临如降，格思[⑮]冥冥。《园·灵祇》第六。

---

① 典刑：国图清钞本作“典型”。
② 三尺：代称法律。古时把法律条文写在三尺长的竹简或木简上，故称法律为三尺法，简称三尺。
③ 该：尽备，包括一切。
④ 胪列：罗列，列举。
⑤ 爰：于是。
⑥ 利根：佛教语。犹言慧性，谓易于悟解的根器。后理学家亦用之。
⑦ 得大自在：涅槃的另一种说法，或者说是佛教中国本土化以后的说法。
⑧ 希有：佛教语。谓事之甚少者、无相类者。
⑨ 崔浩：381—450，字伯渊，小名桃简，北魏清河郡东武城（今山东武城西北）人。著名的政治家、军事谋略家。
⑩ 庾信：513—581，字子山，小字兰成。南阳新野（今河南新野）人，北周文学家。
⑪ 强名：犹盛名。
⑫ 有北：北方寒冷荒凉的地区。有，语助词，无意义。
⑬ 间气：古谶纬之说以五行附会人事，谓帝王臣民各受五行之气以生。正气为帝，间气为臣。
⑭ 穆穆：端庄恭敬。
⑮ 格思：来，到。思，语助词。

何彼蘽妖，跳梁跋扈。祝史巫侲[①]，式歌且舞[②]。时无大沉，啼烟啸雨。李核琵琶，亦尔簧鼓。《园·淫祀》第七。

九经百家，侈言鬼事。跖[③]户摇枝，沉履灶髻。公孙应声，伯有[④]作厉。怪媚纷纷，不废郑卫[⑤]。《园·奇鬼》第八。

禨祥[⑥]氛祲[⑦]，何国不兆。无忌为妖，怪哉当道。蛇淫狐媚，精由物老。旌异研神，是稽是讨。《园·妖孽》第九。

声色梦想，变幻倏忽。木石虫鱼，纷拿奇特。鱼脍虽残，鸡肋可惜。后有作者，弥厥漏逸。《园·瑰闻》第十。

园之目虽止于十，而其为卷十六，其文已二十万言。《园》成，新野马使君[⑧]仲良[⑨]见而异之，叹曰："昔贤集众家而成书，编蒲缉柳，何力是恤。今则以一人之手，独创于无所资承之余，末流不波，斯诚难矣，是安可无传？"遂任剞劂[⑩]，因致[⑪]水衡[⑫]羡余[⑬]从事，余亦减产佐焉。后先经营，虽略就头角，而力已不胜

① 侲：音 zhèn，迷信活动中用以驱疫逐鬼的儿童。

② 式歌且舞：即"式歌式舞"，边唱歌，边跳舞。形容尽情欢乐。式，语助词，无实义。

③ 跖：音 zhí，踏，踩。

④ 伯有：？—前 543，姬姓，良氏，名霄，字伯有，子耳的儿子，郑国的卿。他主持国政时，和贵族驷带发生争执，被杀于羊肆。传说他死后变为厉鬼作祟，郑人互相惊扰，以为"伯有至矣"，见《左传·襄公三十年》《左传·昭公七年》。后用以代称受屈或含冤而死的人。

⑤ 郑卫：春秋战国时郑国与卫国的并称。亦指郑、卫二国的音乐。

⑥ 禨祥：谓祈禳求福之事；亦指变异之事，吉凶之先兆。禨，音 jī，迷信鬼神，向鬼神求福。

⑦ 氛祲：指预示灾祸的云气。祲，音 jìn，不祥之气。

⑧ 使君：汉代称呼刺史，汉以后用作对州郡长官的尊称。也可以通俗地理解为先生。

⑨ 仲良：马仲良，户部官员，曾任职苏州浒墅关，管收税。马仲良即马之骏。马之骏，约 1578—1617，字九逵，又字仲良，马化龙次子，祖籍南京应天府马家庄，河南新野县沙堰镇人。明万历三十八年（1610）中进士，殿试中二甲第五十一名，历任户部主事、郎中，曾降为广德州同知，迁应天府通判，转顺天。后复户部主事。疏请赈边，博洽典籍，善诗文，著《妙远堂全集》四十卷，收入《四库全书》。

⑩ 剞劂：音 jī jué，雕版，刻印。

⑪ 致：尽。

⑫ 水衡：古官名。水衡都尉、水衡丞的简称。汉武帝元鼎二年始置，掌皇家上林苑，兼保管皇室财物及铸钱。后转为掌水军舟船器械。

⑬ 羡余：唐官员向皇室进献赋税的盈余。

其诎，将天之所以益余疾欤！

虽然，余数岁之中，尝见池平台倾矣，尝见陵夷谷贸①矣，尝见浮石沉木矣，尝见豕负涂②而车载鬼矣，又尝见夏雨雪而冬造雷矣，纷纶葳蕤、怪怪而奇奇者莫可胜数也，夫孰非狳哉！且也草名萍，鱼亦名萍；鸟名鹊，犬亦名鹊；璧名璞，腐鼠亦名璞；席名籧篨③，偃人④亦名籧篨；人叩头，虫亦叩头；荡舟之姬曰蔡⑤，孺子容⑥之兆龟亦曰蔡；汉家椒戚谓之五侯，山魈木魅亦谓之五侯；刘凝之答临川称仆⑦，猩猩向人亦称仆。噫嘻，天地间物理至不齐也，谁贤乎？谁愚乎？谁媺⑧乎？谁丑乎？岂必西山之是而东陵之非乎？甚矣造化小儿之巧与人焉，狡狳也，吾庸知造化小儿不以狡狳我者？錞于⑨丁宁，赞其千秋，俾斯园无为鞠草，推之挽之，皆使君力，敢忘所自耶？其又沾沾沈耳于巷，思阑入狳事未已，是积敛于生熟不尽之秋，三于朝而暮于四，余且自为狡狳，于造化小儿乎何尤⑩？余之罪淫矣，余之罪淫矣。癸丑冬钱希言记事。

---

① 贸：改变。

② 豕负涂：谓猪匍匐道途泥淖中。《易·睽》："上九，睽孤。见豕负涂。"王弼注："以文明之极，而观至秽之物，睽之甚也。豕失负涂，秽莫过焉。"后用"豕负涂"比喻污秽。

③ 籧篨：音 qú chú，用竹或苇编的粗席。

④ 偃人：有丑疾不能俯身的人。

⑤ 荡舟之姬曰蔡：蔡姬为齐桓公的三个正式夫人之一，在花园行舟时，她晃动船引起齐桓公的不满，遂被打发回娘家蔡国反思，齐桓公没有与蔡姬解除婚约的意思，但蔡姬随后又嫁了他人，齐桓公火从中来，攻打蔡国，摆平蔡国后又剑指楚国。

⑥ 孺子容：春秋时鲁国臧家继承人，或为武仲之后。《孔子家语》曰："臧氏家有守龟焉，名曰蔡。文仲三年而为一兆，武仲三年而为二兆，孺子容三年而为三兆。"

⑦ 刘凝之答临川称仆：宋元嘉初年，皇帝征刘凝之为秘书郎，他没有就任。临川王刘义庆、衡阳王刘义季镇守江陵，一起派遣使者去慰问他。凝之回信署名时自称仆。有人讽刺这一点，凝之说："过去老莱子对楚王自称仆，严子陵也和光武帝分庭抗礼，没有听说巢父、许由对尧、舜称臣。"刘凝之，字志安，小名长年，南郡枝江人。临川，临川王。

⑧ 媺：音 měi，美，善。《周礼·地官·大司徒》："一曰媺宫室。"郑玄注："媺，善也。"

⑨ 錞于：音 chún yú，亦作錞釪、錞。我国古代军中铜制打击乐器。现发现最早的作于春秋时期，盛行于汉代。《国语·吴语》："鸣钟鼓、丁宁、錞于，振铎。"

⑩ 尤：怨恨。

总　目

第一　仙幻　/ 1
第二　仙幻　/ 41
第三　仙幻　/ 79
第四　仙幻　/ 117
第五　释异　/ 161
第六　释异　/ 197
第七　影响　/ 237
第八　报缘　/ 273
第九　冥迹　/ 303
第十　灵祇　/ 341
第十一　灵祇　/ 373
第十二　淫祀　/ 407
第十三　奇鬼　/ 433
第十四　妖孽　/ 475
第十五　妖孽　/ 517
第十六　瑰闻　/ 565
后　记　/ 613

目　录

第一　仙　幻

画鹤叟 / 2
仙枣 / 3
壁上船 / 4
仙唾 / 5
枯树遇仙 / 6
酒井 / 6
谪仙卖卜 / 8
醉仙人 / 9
椰冠道人 / 10
一味丹 / 11
牡丹十三方 / 12
顶缸和尚 / 12
华仲达遇女仙 / 13
张叟遇仙 / 15
紫衣白马人 / 15
鹤飞火中 / 16
仙药 / 16
赤肚道士 / 17
韩秀才 / 18
画扇仙人 / 20
白玉蟾 / 21
张三丰 / 22
尹蓬头 / 23
高神观道士 / 25
阎蓬头 / 25
潘尚书遇仙 / 30
王省干遇仙丹 / 31
火中仙像 / 32
卖笔人遇仙 / 32
落瘿道人 / 34
焚药 / 34
桃花道士 / 34
捣衣石 / 35
神仙鱼服 / 35
绛笺帖 / 36
赌雷 / 37
卜筑长春山 / 37
影娥川楼船鼓吹 / 38
大茅君张宴 / 39

第二　仙幻

葫芦藏世界 / 42
卸足道人 / 43
金水桥幻戏 / 45
掌心雷 / 46
吹雨 / 47
一茎草 / 47

字误书草 / 47
玄坛神 / 48
夜游滇南 / 48
剑叛 / 50
盗献黄绢囊 / 51
鱼戏 / 51
画屏女 / 52
拂云见月 / 52
掷杯 / 53
飞剑斩湖蛟 / 54
移树 / 54
税宅 / 54
器斗 / 55
分厨 / 56
送别扬子 / 56
鹤背翁 / 57
林道人指石 / 57
太一星君授法 / 60
江长老 / 61
端和尚 / 62
紫霞碧洞 / 62
天医 / 64
折翮鸽儿 / 66
鞋儿样 / 66
顾亭 / 67
代草解头文字 / 67
金姬 / 68
万家牧牛儿 / 69
帝索紫金梁 / 72
世庙宫中仙戏 / 72
偷桃小儿 / 73
僧中幻 / 75
刘刑部儿 / 75
吴叟遇仙 / 76
莅任青城山 / 76
云中画舫 / 77

第三 仙 幻

青丘子 / 80
花篮道者 / 83
捋须人 / 84
玄符先生 / 85
飞神武当山 / 87
青溪道人 / 88
梦召散冰珠 / 91
魏左二公 / 93
西角头幻戏 / 96
南屏寺幻戏 / 97
玉峰老人 / 99
赤松子遗药 / 100
罗浮隐者 / 101
马西风 / 101
白崖老祖 / 103
范丫髻 / 104
金竹 / 104
紫溪先生 / 104
石梅道人 / 105
髯道士摄李月华魂 / 105
杨太真 / 107
桂花仙子 / 108
陈朝后主妃墓 / 109
沈休文女墓 / 110
紫霄宫道人 / 111
孔道人神算会禅师立命 / 112
北京神相数 / 114

第四 仙 幻

乩仙 / 118
白云颖 / 124
云门山人 / 124
孙侍郎 / 125
周明经降乩记 / 125
神仙酒 / 128
许生 / 128
蜕仙 / 129
广仙 / 129
蒲仙 / 129
垢仙 / 130
夫子李 / 132
斗篷张 / 133
菜头张 / 134
铜瓢张 / 134
白尊师 / 134
李大瓢 / 134

李半仙 / 135
草憨憨 / 135
剪头仙人 / 135
樵阳子 / 138
玄洲子 / 140
席生 / 142
衡阳山人 / 144
周箕 / 144
衣绣人 / 145
郭道士 / 146
白云先生 / 147
孙道人 / 149
祝老师 / 149
彭幼朔 / 150
慧虚子 / 151
利玛窦 / 152
瞿道人 / 153
江生 / 154
神巫 / 154
蟠桃会 / 155
荔枝少年 / 156
卖姜翁 / 157
席生二 / 158
葛承奉 / 158
玉龙山伞戏 / 159

第五 释 异

隆菩萨 / 162
西域圣僧 / 163
慧广大师 / 164
夜台和尚 / 165
大智禅师 / 166
海潮寺病僧 / 168
南山和尚 / 169
遍融国师 / 171
花子观音 / 172
淡薄苦松 / 172
幻空法师 / 173
峨眉山异僧 / 175
响佛和尚 / 176
罗汉番僧 / 176
紫柏禅师 / 176
云栖大师 / 179
有门法师 / 180
震溟尊宿 / 180
心光长老 / 181
僧如荣 / 182
僧如清 / 183
僧广槐 / 183
僧广如 / 184
僧大冥 / 184
三塔寺渔翁夫妇 / 185
钱氏子 / 186
京师妇人 / 186
陈道民 / 186
李倪两木匠 / 187
钱贞奴 / 188
台州营卒 / 188
千善菩萨 / 189
西里僧 / 192
双宗 / 193
桃花庵长老 / 194
缪居士 / 194
张织工 / 195

第六 释 异

金刚塔 / 198
法华塔 / 199
地涌宝塔 / 200
圣僧灰像 / 202
圆鱼像 / 203
鳖腹比丘 / 203
鸡卵 / 204
铁莲花叶 / 204
石莲花 / 205
石龛 / 205
火中莲 / 205
冰中莲 / 205
临安树中像 / 206
大士镜 / 206
清凉石 / 207
达磨影石 / 207
径山寺吓石 / 208
玛瑙达磨 / 208

螺蛳金刚经 / 208
塔影 / 209
石无量寿像 / 210
竹杖林 / 210
石中观音 / 210
小本法华经 / 211
写塔童子 / 211
冰中塔 / 212
炉中莲 / 212
裙上观音像 / 213
雉儿塔 / 214
破山寺幢 / 214
毗卢幢 / 215
法海寺画像 / 215
江上钟 / 216
殿角珠 / 217
豫章树 / 217
重荣树 / 217
跨海梁 / 218
雷拔飞来寺 / 218
千佛阁 / 219
天王寺缘起 / 220
獐朝白雀寺 / 220
宝林寺画龙 / 223
天圣寺土龙 / 223
蛇化僧 / 224
僧再世 / 225
妙海二姑 / 225
水上僧 / 228
鱼篮妇人 / 229
灵芝寺降神 / 231
梦见璎珞 / 232
钱塘溺 / 233
香菩萨 / 234
方塔 / 235

第七 影响

王御史毁寺报 / 238
汪尚书毁寺报 / 239
杨昆山毁寺报 / 239
舒御史毁寺报 / 240
张居士鞭佛报 / 241
王民部骂佛报 / 241
金箔朱焚经报 / 242
牛肉僧入道场报 / 242
焦典史沉僧报 / 243
曹侍郎伐树报 / 245
崇德县冤报 / 246
留明府遇鬼阵 / 247
刘廉察滥狱报 / 247
白金吾恶报 / 248
李氏妾妒报 / 249
陈烈妇为厉报夫冤 / 250
南禅僧食鳝报 / 252
钦氏子杀狗报 / 253
瑞光僧淫报 / 253
吴氏子冤报 / 254
定慧寺冤鬼相逢 / 255
吴省郎杀人报 / 256
南濠杨氏冤报 / 257
安庆人杀小儿报 / 257
卖油人杀小儿报 / 258
书生妇妒报 / 259
小韩负心报 / 259
诸葛氏负盟报 / 261
邵举人冤报 / 263
王给事食犬报 / 264
蒸蜂之报 / 265
张阿招屠猪报 / 265
顾乐屠猪报 / 265
冯氏子屠牛报 / 266
天长县化鱼僧 / 266
修行人堕犬腹 / 266
薄明经为鱼 / 267
徐文长冤报 / 269
徐氏兄弟冤报 / 270
新发潘家交报 / 271
来方伯滥刑报 / 271

第八 报缘

王中丞前身为僧 / 274
杨尚书前身为僧 / 274
陈典史前身为僧 / 276
姚御史前身侍者 / 276

段民曹梦前生 / 277
王一鹗悟前生 / 278
刘指挥子记三生事 / 278
赵增广悟前生 / 279
刘秀才轮回 / 280
张明经轮回 / 280
万侍郎三世轮回 / 281
沈佥臬后身为林家儿 / 283
刘季子后身为饶家儿 / 284
假山郑前生公案 / 285
阎头陀后身为祁氏子 / 286
周南甫再生 / 287
韩氏妾三世女身 / 288
猪死为儿 / 289
卞老再生 / 289
童灿两世为僧 / 290
华进士前身为番僧 / 290
王文成前身入定 / 291
陆氏子两世吹箫 / 291
诸老先生善逝 / 292
张都宪前身道人 / 300
蜀王子前身为僧 / 300
徐光禄两世轮回 / 302

第九 冥 迹

陆文裕游地狱 / 304
徐生遇顾文康 / 306
黄生遇顾文康 / 306
蒋鳣错名代死 / 308
应山秀才入冥 / 309
徐思省入虎头城 / 310
朱总练遇金甲神 / 312
金钟观冥中事 / 313
穆御史判冥 / 313
王观察误入牛皂 / 314
南濠钱氏子还魂 / 315
谢家杀蛇被讦 / 317
比部郎夺官偿算 / 318
徐文敏误入丰都 / 318
汪编箕入七重地狱 / 320
泰山使者取人魂 / 321
二王秀才为冥王 / 321
刘秀才入冥 / 325
饮马桥鬼魂 / 327
屠儿前生公案 / 327
倪铎误替杨司理 / 328
顾伟见地狱变相 / 329
姚大理冥中辩答 / 332
施秀才为冥中花鸟使 / 334
孙陈留三应冥数 / 337
达上人入冥 / 339

第十 灵 祇

紫阳真人 / 342
水府神 / 343
插花李王 / 344
小姑神 / 345
周宣灵王 / 346
神记室 / 347
点鬼朱衣神 / 348
海渎神 / 348
水府修文郎 / 350
玉圭神女 / 352
王府基夜行神 / 354
宫亭湖使者 / 355
乘龙神 / 356
韦苏州 / 356
凤阳神 / 357
雷神一 / 357
雷神二 / 358
雷神三 / 358
雷神四 / 359
雷神五 / 359
雷神六 / 360
雷神七 / 361
雷神八 / 362
雷神九 / 363
雷神十 / 363
雷神十一 / 364
雷神十二 / 364
雷神十三 / 364
雷神十四 / 365
花脚神 / 366
场中神 / 366

周孝子 / 367
白马神官 / 368
洞庭君 / 369
三王太尉 / 371

第十一　灵　祇

龙神一 / 374
龙神二 / 375
龙神三 / 376
龙神四 / 376
都城隍神 / 377
郡隍神一 / 379
郡隍神二 / 380
郡隍神三 / 381
郡隍神四 / 383
关汉寿一 / 383
关汉寿二 / 384
关汉寿三 / 386
关汉寿四 / 387
关汉寿五 / 387
天帝一 / 389
天帝二 / 390
天帝三 / 390
天妃娘娘 / 391
三官神 / 392
广利王 / 393
张恶子 / 393
朝岳神 / 394
财神 / 394
神兵 / 395
唐胜祠 / 395
牵牛织女 / 396
二十八宿 / 396
死后为神 / 398
杏树神 / 399
金碧山神 / 400
张睢阳 / 401
青龙白虎神 / 402
水母娘娘 / 403
赤沙塘岸神 / 404
东岳判官 / 405

第十二　淫　祀

五郎神一 / 408
五郎神二 / 409
五郎神三 / 409
五郎神四 / 411
五郎神五 / 411
五郎神六 / 413
五郎神七 / 413
五郎神八 / 414
五郎神九 / 414
五郎神十 / 415
五郎神十一 / 415
五郎神十二 / 415
五郎神十三 / 416
五郎神十四 / 416
五郎神十五 / 417
五郎神十六 / 417
五郎神十七 / 417
五郎神十八 / 418
五郎神十九 / 419
游方五圣 / 419
树头五圣 / 419
花花五圣 / 420
圈头五圣 / 420
檐头五圣 / 420
宋相公一 / 420
宋相公二 / 421
宋相公三 / 421
插花马公 / 422
二郎庙 / 423
金小一总管 / 423
草鞋三郎 / 424
百花大王 / 424
楠木神 / 425
花关索 / 425
柱础神 / 426
济河神 / 426
绛冠紫帔神 / 427
庐狗大王 / 428
藤溪神 / 429
社公 / 429
山王 / 430

芦王 / 431
牛王 / 431
蛇王 / 431
令公鬼 / 432
武婆 / 432

第十三 奇 鬼

靖江县鬼戏 / 434
攫金鬼 / 435
瞽人遇灵鬼 / 436
没头鬼 / 437
医遇鬼 / 437
看戏鬼 / 438
鬼击道士 / 438
鬼笼 / 439
牛魂变鬼 / 440
百岁骷髅 / 440
鬼足代薪 / 442
讨替鬼一 / 443
讨替鬼二 / 443
讨替鬼三 / 444
讨替鬼四 / 445
讨替鬼五 / 445
讨替鬼六 / 446
讨替鬼七 / 447
寄渡鬼 / 447
呼鸡鬼 / 448
鬼哭 / 448
路鬼 / 449
鬼相戏 / 450
俞生遇鬼 / 450
竹林冤鬼 / 451
蛇辨鬼冤 / 452
痘鬼 / 452
鬼相语 / 453
桃源涧遇鬼 / 454
甘夫人墓女妖 / 454
洞庭诗鬼 / 455
鬼登台 / 455
瞟塘鬼 / 457
关中鬼使 / 458
枫桥鬼使 / 459
鬼变化 / 460
孤山女妖 / 460
焦家桥女鬼 / 461
鬼招饮 / 463
陈湖女妖 / 464
梅广文遇落水鬼 / 465
华别驾耳中鬼 / 465
鬼生朝奉 / 466
张王府基三鬼 / 466
醉人两遇鬼 / 467
鬼买棺 / 468
避煞遇鬼 / 470
灵山庵鬼灯 / 471
鬼磨浆 / 471
鬼产收生 / 472
趁鬼船 / 472
黄花舍人 / 473

第十四 妖 孽

妖蛇一 / 476
妖蛇二 / 476
妖蛇三 / 478
妖蛇四 / 479
妖蛇五 / 480
妖蛇六 / 481
妖蛇七 / 482
狐妖一 / 482
狐妖二 / 483
狐妖三 / 484
狐妖四 / 484
狐妖五 / 487
狐妖六 / 487
狐妖七 / 489
狐妖八 / 489
狐妖九 / 489
狐妖十 / 490
狐妖十一 / 492
狐妖十二 / 493
猿妖一 / 494
猿妖二 / 496
猿妖三 / 496
马精 / 497

驴言 / 498
牛天锡 / 498
豕妖一 / 499
豕妖二 / 500
鸡怪 / 500
鼠窜 / 500
黄鼠精 / 501
蚕化为美女 / 501
黄杨一官人 / 502
项家帐 / 502
帚精 / 503
拍板精 / 503
宅魇一 / 504
宅魇二 / 504
宅魇三 / 504
妖术一 / 505
妖术二 / 506
妖术三 / 507
妖术四 / 507
石妖一 / 508
石妖二 / 508
石妖三 / 509
石马 / 509
金银精 / 510
床下狗 / 511
鸡雏鼠 / 511
海啸 / 512
画墙 / 512
神掌化鱼 / 513
红沙煞 / 514
土煞 / 515
冰上花 / 516

第十五 妖 孽

凶宅一 / 518
凶宅二 / 519
人妖一 / 520
人妖二 / 520
人妖三 / 520
人妖四 / 521
人妖五 / 521
人产旱魃 / 521
人产夜叉一 / 522
人产怪物 / 522
人产蛇一 / 523
人产鱼 / 523
人产铜法马 / 523
人产百儿 / 524
人产夜叉三 / 524
人产双鹊 / 525
人产十八儿 / 525
飞天女夜叉 / 525
飞天夜叉 / 527
疫鬼一 / 527
人疴一 / 528
爰居 / 528
人疴二 / 528
人疴三 / 529
人产五夜叉 / 529
人产蛇二 / 529
人产鳅 / 529
人产犬 / 530
地血一 / 530
妖魅一 / 530
妖魅二 / 531
妖魅三 / 532
妖魅四 / 532
妖魅五 / 533
妖魅六 / 534
妖魅七 / 535
获鹿吟诗人 / 536
亳州骑狸人 / 537
欧阳氏壁影 / 537
后宰门地影 / 538
服妖诗谶 / 539
匠谶 / 540
语谶一 / 541
语谶二 / 541
日谶 / 543
歌谶 / 543
名谶 / 544
妖梦 / 544
鸡笼 / 545
龙战 / 546

龙斗 / 546
龙阵 / 546
妖蛟 / 547
怪鸟 / 547
飞纸 / 548
吹被 / 548
羊毛瘟 / 549
白气经天 / 549
风霾 / 549
妄男子 / 550
四川灾异 / 550
黑风 / 551
彗星现 / 552
大星 / 552
夏雪 / 552
雨豆 / 553
木稼 / 553
天鼓 / 553
地坟 / 553
地血二 / 554
地中儿 / 554
鲎精 / 554
妖蛟二 / 555
巨人首 / 555
木牛 / 555
雨雹 / 556
冬雷 / 556
怪风 / 556
讹言 / 557
人变虎 / 557
犬登突 / 558
鸡生儿 / 559
猪生象 / 559
呧吻共语 / 559
豕踞榻 / 560
豕生人 / 560
人变犬 / 560
雷击逆妇变兽 / 561
牛食人 / 561
疫鬼二 / 562
猖鬼败亡日 / 563

第十六 瑰 闻

费太仆梦棘围诗 / 566
鸡鸣山夜呼 / 566
海市 / 567
盗偷生 / 567
武夷山诗梦 / 568
车中女子 / 569
小黄旗 / 570
梁裂 / 571
孔林闻金石声 / 572
误入蛇腹 / 572
虎食斗 / 573
梦得昼锦堂句 / 574
叶和尚 / 574
场中魁星 / 575
古长人 / 575
书生造梦 / 576
毛面人 / 576
三秀才异梦 / 578
孝陵龟瑞 / 579
温凉指 / 579
石作云霞 / 579
石中兔 / 580
石中蟹 / 580
石中金鲤鱼 / 581
石中松色水影 / 581
石中山川人物鸳鸯海马 / 582
醉石 / 582
相思石 / 583
松化石 / 583
白公石 / 583
洞庭石公 / 584
琥珀影 / 584
穴中飞鹤 / 585
双红鼠 / 586
五色土 / 586
铁沙 / 587
沙化水精盐 / 587
帝女化松 / 587
梅梁 / 588
凤皇梁 / 588
木中吹笛人 / 589

双头牡丹 / 589
盆莲作品字 / 589
甘棠树 / 590
杭州四异 / 590
大榕树 / 590
桂子 / 591
松花菌 / 591
蒟蒻 / 592
白枫 / 592
木蕈 / 592
甘露降 / 593
芝异 / 593
蔗火 / 593
桂兆 / 594
双麟冢 / 594
米仓龙 / 595
龙藏鸡肠 / 595
鹿有命 / 596
异鱼 / 596
鱼鳞屋 / 596
井中鱼 / 597
鼠衔钱 / 598
虫耳 / 598
食榧可治虫 / 598
泥丸子治虫 / 599
酒能生虫 / 599
腹虫有鳞角 / 599
湖山二异 / 600
宋襄公墓镜 / 600
大劳山镜 / 600
朱砂床 / 601
雕工 / 601
古磁器 / 603
盂河口烟火 / 604
鬼工球 / 604
玉陶令 / 605
白玉觥 / 605
两古玉杯 / 606
玉鱼 / 606
玉猪 / 607
玉楼台 / 607
玛瑙簪 / 608
梅花琥珀 / 608
水银琥珀 / 609
石中龙戏 / 609
石屏风王维诗意 / 609
石屏风元人画幅 / 609
小研山 / 610
银橘杯 / 611
玉厌胜 / 611
狮蛮带 / 611
张骞乘槎 / 612
竹蟾蜍 / 612

后　记 / 613

第一

仙幻

画鹤叟

虎丘山①后长荡村，属长洲县②，钱氏居焉。其家颇行善。嘉靖中，有号涌峰子者，少病目，两眸赤如火齐③。一日探亲过浒墅关④，凌晨整棹，行未半里，见岸上白衣老叟呼求附载⑤。僮奴哗然，谓此地有盗，不知何所人，未便轻诺。钱君敬其老，亟⑥命延⑦之入舟。于时晓雾半褰⑧，林容微露，促席相对，吟谈豁然。钱君见老叟言论风旨异于常流，心益敬之，问："先生欲饮乎？"曰："可共⑨饮耳。"酒至，则变为红泉⑩。问："先生欲饭乎？"曰："可共饭耳。"及饭至，则又气蒸如丹砂。舟中之人相顾惊愕，罔测所以。老叟因问钱君曰："何以病目至此⑪？"对曰："疾痼矣，不能愈也。"老叟乃索篚箱⑫中片纸，用指头蘸桃花酿画一鹤其上，授钱君云："还家即供之家神堂⑬内，无失也。"遽⑭登岸别去。忽见隔林中涌出五色彩云，捧老叟足，去地渐远，凌空上升，

---

① 虎丘山：位于今苏州古城西北角，号称"吴中第一名胜""吴中第一山"。

② 长洲县：历史上苏州的一个县。武则天万岁通天元年（696），析吴县东部分置长洲县，两县同城而治，同属于苏州管辖。长洲县得名于境内的古长洲苑。

③ 火齐：即火齐珠，宝珠的一种。也是琉璃的别名。

④ 浒墅关：今江苏省苏州市高新区虎丘区所辖的一个镇。明宣德四年（1429），户部在此设立钞关，为全国七大钞关之一，因而发展成"吴中第一大镇"，被誉为"江南要冲地、吴中活码头"。

⑤ 附载：搭乘。南朝宋刘敬叔《异苑》卷五："吴猛还豫章，附载客船，一宿行千里。同行客视船下有两龙载之，船不着水。"

⑥ 亟：急切，迫切。

⑦ 延：引入，引见，迎接。

⑧ 褰：音 qiān，撩起来。《诗经·郑风·褰裳》："子惠思我，褰裳涉溱。"

⑨ 共：通"供"；供给，供应。《周礼·羊人》："共其羊牲。"

⑩ 红泉：红色的泉水。传说汉东方朔小时掘井，陷落井下，有人欲引往采仙草，中隔红泉不得渡，其人以一履与之，遂泛红泉，至仙草之处，采而食之。见旧题汉郭宪《洞冥记》。后遂以红泉为传说中的仙境景色之一。

⑪ 此：国图清钞本作"是"。

⑫ 篚箱：用竹子等物编成的箱子。

⑬ 神堂：即神龛，放置神佛塑像和祖宗灵牌的小阁。

⑭ 遽：音 jù，急，仓促。

久之方灭。钱君大骇，出[①]作礼，遂命返棹。供养仙迹于神堂，晨夕炷香炉中，躬自参礼。自此积岁之目眚[②]一朝顿除。家亦骤富，五十年间起至巨万，钱君竟以寿终。忽一日神堂火起，屋庐荡然，遍村人咸[③]见其家火中飞出朱鹤一只，冲天而去。王征君[④]稚登[⑤]松下说此。

仙 枣

吴县[⑥]东洞庭[⑦]席生，晚年颇好道。独行于莫厘峰[⑧]下，遇道士行如飘风，忽顾见生，驻足而言曰："此子骨清[⑨]可度也。"因出怀中一小枣授之，曰："食此可不饥。"席生再拜，便取枣吞下。还家遂不思饮食，俗馔都不进。日觉身轻步捷，容颜悦泽，须发如漆。家人多怪异之。如此者二十年，一日市上行，与人争忿。道士从旁见而怒曰："将谓汝可度，由来嗔心[⑩]未除。"掴其颈一下，小枣自

---

① 出：国图清钞本作"出舟"。

② 眚：音 shěng，眼睛生翳（yì）长膜，即今言之白内障。宋范成大《晚步宣华旧苑》："目眚昏花烛穗垂。"

③ 咸：表示某一范围的全部，相当于"全""都"。《诗经·大雅·崧高》："周邦咸喜。"

④ 征君：不就朝廷征召的士人被称作"征士"，对这些征士的尊称就是"征君"。《后汉书·黄宪传》："友人劝其仕，宪亦不拒之，暂到京师而还，竟无所就。年四十八终，天下号曰征君。"

⑤ 稚登：王稚登，1535—1612，字伯谷（百谷），号玉遮山人、半偈长者、半偈头陀等，原籍南直隶武进（今江苏常州），生于南直隶江阴（今江苏江阴），后移居吴门。文徵明关门弟子，被钱谦益推为吴门艺坛领袖。嘉靖年间，两度游学京师。万历二十二年（1594），召修国史，未上而史局罢。著有《吴社编》《弈史》《吴郡丹青志》。擅长书法，行、草、篆、隶皆精。

⑥ 吴县：原苏州府附廓首县，今苏州古城区和吴中区。

⑦ 东洞庭：即洞庭东山，又称东洞庭山，俗称东山，现位于苏州吴中区。

⑧ 莫厘峰：位于现苏州市吴中区东山镇北面，东山第一高峰。因隋朝莫厘将军隐居且葬此而得名。

⑨ 骨清：谓超凡脱俗，具有神仙资质。晋干宝《搜神记》卷五："蒋子文者，广陵人也。嗜酒好色，挑挞无度。常自谓己骨清，死当为神。"

⑩ 嗔心：佛教语。三毒之一，指仇视、怨恨和损害他人的心理。三毒中此为最恶。

口中出，旋堕地矣。道士拾去，赋诗一首而行。人①记其末二句云："从来凡骨难轻度，吹落蓬莱②一阵沙。"席生还家，家人悉讶③其皓首，始大悔恨，旬日之间，不食而死。赵明府④一鹤⑤所说。

壁上船

会稽⑥毛公某，成弘⑦间进士。性尚奇，好黄白⑧吐咽⑨导引⑩之术。虽居外台⑪，羽流⑫道侣日与周旋。为⑬广东按察使⑭时，偶检司中旧文书，有一公案，是方士以炼丹失火，延烧民居，诬服⑮论死。屈指岁月，将二十年矣。讯其人尚在狱，亟召出，与语大悦，立破其械，延入内衙。出袖中枯管，画一小船于壁上，一人作张帆状。莫喻其旨也。公见其在狱久，曾无⑯老色，心异之，每加敬礼，时时叩⑰以大道⑱。固不肯言，所谈者皆

---

① 人：国图清钞本无。
② 蓬莱：古代神话传说中的神山名，常泛指仙境。
③ 讶：诧异，感到意外。《吕氏春秋·必己》："若夫道德则不然，无讶无訾。"
④ 明府："明府君"的略称。汉代对郡守的尊称；唐代别称县令为明府，称县尉为少府，后世相沿不改。
⑤ 一鹤：赵一鹤，曾任大名县（今属河北省）、徐闻县（今属广东省湛江市）知县。
⑥ 会稽：今浙江省绍兴市。
⑦ 成弘：明代年号成化与弘治的并称。
⑧ 黄白：黄金和白银。指道家的炼丹术，相传道家有烧炼丹药点化金银的法术。
⑨ 吐咽：即吐纳。吐纳是古代的一种养生方法，把胸中的浊气从口中呼出，再由鼻孔慢慢吸入清鲜之气。后被道家承袭，他们认为通过吐纳可以吸收"生气"，吐出"死气"，达到"长生"。
⑩ 导引："导"指"导气"，导气令和；"引"指"引体"，引体令柔。导引是我国古代呼吸运动（导）与肢体运动（引）相结合的一种养生术，后也为医家、道家所用。
⑪ 外台：明代时为提刑按察司之别称，至清为总督、巡抚通称。
⑫ 羽流：指道士。也作"羽客"。
⑬ 为：国图清钞本无。
⑭ 按察使：与布政使同为地方长吏，掌一省刑名按劾之事。
⑮ 诬服：无辜而服罪。《史记·李斯列传》："赵高治斯，榜掠千余，不胜痛，自诬服。"
⑯ 曾无：一点也没有。晋刘琨《劝进表》："亿兆攸归，曾无与二。"
⑰ 叩：打听，询问（含尊敬意）。
⑱ 大道：谓成仙之道。唐韦渠牟《步虚词》诗之十："大道何年学，真符此日催。"

玉清[①]紫宸[②]及瀛洲[③]玄圃[④]灵异之事，一一皆若经游。尝从布袍角中出药一裹赠公，先以器盛水银，投药少许煎之，须臾[⑤]发视，灿[⑥]然成银矣。公心益神之，咨受方要，亦终不能得。曰："相公无仙骨也。"逼之不已，乃诣[⑦]画船处，呼船中人曰："开船，开船！"便登鹢首[⑧]，扬帆而去。听之，但闻壁间波涛澎[⑨]湃声，渐见帆角及樯杪[⑩]隐隐渐灭，良久都无所见，壁色如旧矣。越数日，走差舍人[⑪]从南昌来，见此人在滕王阁上，使寄语谢毛公曰："宦味如此，可以归矣。"识者谓此人非不能遁去，故示其变幻之迹于世耳。毛公惆怅恍惚，状若发狂，悔事仙人不勤也，急为洗狱，去官而归。试其药，行之岁余，广营菟裘[⑫]，药尽不给，竟以郁致疾死[⑬]。

仙 唾

万历中，姑苏[⑭]城东冯秀才之母舅陆君，背驼而伛偻以行，无

---

① 玉清：道家三清境之一，为元始天尊所居。亦以代称元始天尊。
② 紫宸：宫殿名，天子所居。
③ 瀛洲：亦作"瀛州"。传说中的仙山。
④ 玄圃：又称县圃、平圃、元圃，玄通"悬"。传说中的"黄帝之园"，昆仑山顶的神仙居处、黄帝之下都。玄圃之下有清凉山，四季都刮着清爽的凉风。凡人一旦登上了此山，即可马上成仙而长生不死。
⑤ 须臾：一段很短的时间，片刻之间。
⑥ 灿：国图清钞本作"烂"。
⑦ 诣：前往，去到。
⑧ 鹢首：船头。古代画鹢鸟于船头，故称。梁元帝《采莲赋》："于是妖童媛女，荡舟心许，鹢首徐回，兼传羽杯。"
⑨ 澎：国图清钞本作"崩"。
⑩ 樯杪：桅杆顶。
⑪ 走差舍人：豪门贵族家里服役奔走的门客。国图清钞本作"走舍差人"。
⑫ 菟裘：古邑名。春秋鲁地，在今山东新泰市楼德镇。《左传·隐公十一年》中"使营菟裘，吾将老焉"表达了鲁隐公想退休的愿望，后世因称士大夫告老退隐的处所为"菟裘"。
⑬ 致疾死：国图清钞本作"致死"。
⑭ 姑苏：苏州别称。因西南有姑苏山得名。

不呼为驼子。一日遇青巾道人于市，手抚其背，唾痰在地而去。陆回首不见，曰："莫非仙乎？"嗅其痰，芳香异常，即据地吞之，起而背已直矣。市人见之惊骇，知为遇仙。冯生名时中。赵明府说。

枯树遇仙

嘉靖中，山东曹州①一破寺有老树空腹，其大七八围，不知几百年物矣。一日有云水道人②来寺中乞斋，僧辍饭饭之。道人谓曰："溷③费香积④无以为报，可索水一盂，为和尚活此枯树可乎？"僧亟取水捧进。道人含一口噀⑤之树中而去。才出寺门，欻尔⑥不见。明晨起视此树，则枝叶扶疏⑦，丛生其上矣。后遂成美荫，至今在焉。计野臣访陈州⑧牧⑨，亲过其地，说此。

酒　井

浙东桐庐县旧有酒井，相传有道人过此地，诣一酒肆中，每

---

① 曹州：州、府名，治今山东菏泽。
② 云水道人：即游方道士，指道士为修行问道或化缘而云游四方。
③ 溷：音 hùn，打搅。
④ 香积：指僧寺的饭食。宋范成大《老陈道人自云梦被召作地上主者又常受一贵家供祝之曰他日必来吾家作儿戏赠小颂》诗："幸有于门香积供，不如随喜去罗斋。"
⑤ 噀：音 xùn，喷水。
⑥ 欻尔：国图清钞本作"欻忽"。欻，音 xū，忽然。唐李白《望庐山瀑布水二首》其一："欻如飞电来，隐若白虹起。"
⑦ 扶疏：枝叶茂盛，高低疏密有致。《吕氏春秋·辩土》："树肥无使扶疏，树墝不欲专生而族居。肥而扶疏则多秕，墝而专居则多死。"国图清钞本无"扶疏"二字。
⑧ 陈州：州、府名，治今河南省周口市淮阳县。
⑨ 牧：指主事之官。一州的军政长官称"州牧"。

取酒大嚼，嚼毕便去，曾不[①]顾谢。酿家亦不言钱，礼而接之，虽数[②]亦敬。如是且久。一日道人告别，泻出渔鼓[③]药二丸，色黄而坚，如龙眼大，投之井中，谓主人翁媪曰："劳君家数置美酒，无以报款洽之勤，留此药井中，可日得美酒供客，无烦酿造矣。"言讫而去。明日井泉腾沸，都变作澄醪[④]甘醴[⑤]，香味醇美能醉人，逾于造者，俗呼为神仙酒。其家坐获厚利，积累不赀[⑥]，凡[⑦]三十年，骤致巨富。而道人复来，阖门竞拜，延入阁中，无不敬礼。道人从容问曰："君家自[⑧]此井以来，所入子钱[⑨]几何？"主人媪应曰："酒则美矣，奈乏糟粕饲猪，亦一欠事。"道人叹息曰："人心之不平至是乎！"乃蜓[⑩]掌于井中，漉[⑪]出旧药一双，颜色与三十年前投者无异，仍藏渔鼓中，酒气稍稍而息，井复如故。酿家悔其失言，惭恚[⑫]无已，自此生计萧条。其井基至今尚在。此闻诸故老，不知其何年也。志载若耶溪[⑬]旁沈酿川[⑭]，山阴[⑮]有勾践投醪河[⑯]，而独无酒井。

---

① 曾不：而不，可是不。《诗经·卫风·河广》："谁谓河广，曾不容刀。"
② 数：多次；若干。
③ 渔鼓：又称道筒、竹琴。旧时道士或艺人唱道情用的打击乐器。
④ 澄醪：美酒。
⑤ 甘醴：美酒。
⑥ 不赀：指无从计量，表示多或贵重（多用于财物）。
⑦ 凡：总共。
⑧ 自：国图清钞本作"自有"。
⑨ 子钱：利息，与"本金""母钱"相对。
⑩ 蜓：蜿蜓，龙蛇爬行。《楚辞·大招》："南有炎火千里，蝮蛇蜓只。"
⑪ 漉：过滤。汉邹阳《酒赋》："醪酿既成，绿瓷既启，且筐且漉……"
⑫ 惭恚：羞惭怨恨。汉王充《论衡·累害》："人才高下，不能钧同，同时并进，高者得荣，下者惭恚，毁伤其行。"国图清钞本作"惭愧"。
⑬ 若耶溪：今名平水江，是绍兴市区境内一条著名的溪流。
⑭ 沈酿川：即沉酿川。相传汉代郑弘于沉酿埭遇友无酒，投钱水中，酣饮而醉，因更此水名为"沉酿川"。
⑮ 山阴：旧县名，治今浙江省绍兴市。
⑯ 投醪河：又名劳师泽、箪醪河。在今浙江省绍兴市。勾践在公元前 473 年出师伐吴雪耻，三军师行之日，越国父老敬献壶浆，祝越王旗开得胜，勾践"跪受之"，并投之于上流，令军士迎流痛饮。士兵感念越王恩德，同仇敌忾，奋勇杀敌，终于打败了吴国。投醪河亦由此得名。

谪仙卖卜

正德末年间，有卜者双瞽[①]，忘其姓名，寓江西南昌门外，善九天玄女课[②]，占人灾祥，无不神中。后因宸濠之乱[③]，移妻子适岭南[④]，复寓广州府前，铺张卜肆，日止一卦，遂下帘。贫者亦不责其值。所居甚窘，庖突[⑤]无烟，而每夜与妻子共食，陈列肴馔，时有怪珍，三人饮啖[⑥]自若。邻家窥见，疑其作贼，不敢叩而问也。广东布政司[⑦]库失金，大索穷追，游徼[⑧]侦得之，意此人所为。及往搜僦[⑨]舍，壁立如故，逮于官，官命裸身搜之。解腰缠中得小锭重一金，古质黯然，检其字，乃是至元国号。众愈怪异。拷掠具备，莫得其情，强收付狱，不决。

岁余，卜者双目忽然复明，初无纤翳[⑩]。狱中人咸神之。一日置酒狱中，召妻子至，因呼游徼与狱卒同饮，语之曰："吾[⑪]玉京[⑫]仙人也，有小过谪人间，潜于卖卜，限满当还矣。失金乃守

---

① 瞽：音 gǔ，眼睛瞎。《荀子·解蔽》："瞽者仰视而不见星。"
② 九天玄女课：道家的一种算命法术。
③ 宸濠之乱：又称宁王之乱，指明武宗正德十四年（1519）宁王朱宸濠在南昌发动的叛乱，波及江西北部及南直隶西南一带（今江西省北部及安徽省南部），最后由南赣巡抚王守仁（王阳明）、吉安太守伍文定平定。
④ 岭南：泛指五岭以南地区。
⑤ 庖突：厨房的烟囱。唐高彦休《阙史·裴晋公大度》："尝因积雪，门无辙迹，庖突无烟。"
⑥ 啖：音 dàn，意为吃。陈寿《三国志》裴松之注引《魏略》："五官将知忠尝啖人，因从驾出行，令俳取冢间髑髅系着忠马鞍，以为欢笑。"
⑦ 布政司：承宣布政使司的简称，长官为布政使，官品为从二品，掌管一省的民政、田赋、户籍。
⑧ 游徼：乡官之一。原为泛称，意为有秩禄的官吏中最低级人员。秦末始为官名。汉沿设。掌巡察缉捕之事。魏、晋、南北朝多沿设。后无此名。顾炎武《日知录》卷八《乡亭之职》谓相当于巡检。
⑨ 僦：租赁。唐韩愈《送郑权尚书序》："僦屋以居。"
⑩ 纤翳：眼中微小的瘢痕。
⑪ 吾：国图清钞本作"我"。
⑫ 玉京：昆仑山别名，天外仙境。道家传说元始天尊居住于玉京山，山在天中心之上，山上宫殿都用金、玉装饰。《五星经》："天上白玉京，黄金阙。"

藏吏某所盗，今在某方某处大树下。吾金岂汝藏中物耶？”言讫，持所饮酒杯，与其妻子从狱窗中飞去。逻卒皆醉，相视莫能牵挽。众望见卜者端然安坐，与妻子俱腾五色云端，杳杳①而上，移时方灭。遥瞻礼者数百人，凡愚肉眼，自是信有神仙矣。官后验得吏所盗金，果如其言。

醉仙人

万历中，浙东村落一酒家善于酿酒，寒暑无间，方熟时，香闻数里。一日天暮，忽有醉道士羽衣褴褛，狂歌而入，急索炉头酒饮。主人曰：“公醉矣，吾酒方成未漉，迟明②来可得饮也。”道士曰：“汝家有重灾，须酒禳之，故见索耳。”言讫，即见酒房火起，内外奔救，并汲水灌之，烟焰愈猛，终不可灭。道士箕踞③而笑曰：“不信吾言，今番费却大事也。”举家叩头求助。道士叱之令出，乃呼数十小鬼，命各持器具，挽缸中酒沃之，须臾火止，见群鬼皆汗流喘乏，头焦额烂，次第揭瓿④盖作牛饮状，酒尽方散。主人翁媪狼狈顿足而已。及明起视，屋舍什物俨然如故，不见亏损，但所酿之酒尽耳，余沥在器，色如绛矣。人遂传醉仙人夜过酒家。酒家翁媪大悔不留饮，诣市广物色之，莫知所向。

---

① 杳杳：犹隐约、依稀。唐郑綮《开天传信记》：“吾昨夜梦游月宫，诸仙娱予以上清之乐……其曲凄楚动人，杳杳在耳。”

② 迟明：黎明，天快亮时。《汉书・高帝纪上》：“于是沛公乃夜引军从他道还，偃旗帜，迟明，围宛城三匝。”

③ 箕踞：两脚张开、两膝微曲地坐着，形状像箕。这是一种不拘礼节的坐法，体现轻慢傲视对方的姿态。

④ 瓿：音 bù，古代的一种小瓮，青铜或陶制，用以盛酒或水。

椰冠道人

万历中，苏州城东陆氏子，年十四，时与客游石湖①之治平寺②。遇一椰冠道人于大树下结趺而坐③，见陆氏子，相视而笑，宛如旧识，于肘后解小葫芦，取药一丸，赤色，如黍米大，掷其口中，便吞下。客皆诧以为妖④，不离寺门，闪然不见，人始疑其仙也。陆氏子既归，遂不思火食滋味，惟啖果核、饮净水而已，身康无疾，神气益清。三年后，有丐者跛而过其门，蓬首垢面，恶疮遍体，脓血臭恶不可近⑤。陆氏子呵之出。丐者微笑曰："尚记大树下相会时否？不觉三寒暑矣。"陆惊认之际，恍若有悟，即逊谢⑥之，揖而入。顾视甑⑦中黄粱，都作盘桃⑧花色，香气殊常，遂奉丐者共食之。丐者曰："吾不须食，须浴疮也。"陆氏子趣⑨奉⑩澡盆，具汤请浴。既出，体如凝脂，无复瘢点。视其风仪质状，俨是前时椰冠道人也。谓陆氏子："少年何不从我游乎？"其家恳求，怅然别去。家人有病疥者，以此水洗之，无不立愈矣。后十年，陆贾于燕京。后遇道人于酒肆中，追逐而去，遂不复还。里人⑪

① 石湖：属于太湖支流，在苏州上方山东侧。
② 治平寺：位于苏州市郊上方山麓，东临石湖，隔水与越城遗址相对。南北朝梁天监二年（503）僧法镜所建，原名楞伽寺，宋治平元年（1064）改今名。
③ 结趺而坐：即结跏趺坐，是僧侣坐法之一。即互交二足，将右脚盘放于左腿上，左脚盘放于右腿上的坐姿。在诸坐法之中，以此坐法为最安稳而不易疲倦。又称交一足为半跏趺坐、半跏坐；交二足为全跏趺坐、大坐、莲花坐，此为圆满安坐之相，诸佛皆依此而坐，故又称如来坐、佛坐。
④ 妖：国图清钞本作"怪"。
⑤ 近：国图清钞本作"忍近"。
⑥ 逊谢：道歉谢罪。
⑦ 甑：音 zèng，古代的蒸食用具，以竹木制者亦称蒸笼。
⑧ 盘桃：即蟠桃。
⑨ 趣：音 cù，古通"促"，督促，催促。《周礼·县止》："趣其稼事。"
⑩ 奉：国图清钞本作"捧"。
⑪ 里人：国图清钞本无此二字。

沈颢[①]见其事，亦别有记。

一味丹

吴郡某先辈六七岁时，有道人过其家，谓先辈云："适来望气，知君家当出福人。余有一味丹，不轻妄授，今将以贶[②]君家矣。"先辈父子延坐于堂，道人就地为大炉，指席上所有铜锡器具，及杂铁甑釜、瓷陶瓺，合杯、棬[③]、锭[④]、柎[⑤]、鍉[⑥]、勺之属，以次堆积炉中，倾一小葫芦，取药类粟，捻散其上，逡巡[⑦]色赤，顷之去火，都成上[⑧]金。举家惊骇，降阶再拜，叩头陈谢。道人语先辈曰："观君乔梓[⑨]骨相，皆不足以当此，非吾所能知也。"于是尽出其家人男女，罗拜[⑩]堂下。道人因指先辈之母夫人某氏语曰："是矣。"乃尽授其术。行之[⑪]数年，积赀累万，富甲吴中。后以寿终，术遂无传。娄江[⑫]杜君善谈星，号龙海山人，亲述此事。

---

① 沈颢：1586—1661，一作灏，字朗倩，号石天，吴县（今江苏苏州）人。明末清初画家。补博士弟子员。性豪放好奇。工诗文。书法真、草、隶、篆，无所不能。山水近沈周，晚年笔意挺秀，点色清妍，深于画理，"似而不似，不似而似"是他的创见。著有《画尘》《枕瓢》及《焚砚诸集》。

② 贶：音 kuàng，赠，赐。南朝宋鲍照《拟古》："羞当白璧贶。"

③ 棬：音 quān，曲木做的饮器。

④ 锭：金属或药物等制成的块状物。

⑤ 柎：音 fū，钟鼓架的足。泛指一般器物的足。

⑥ 鍉：音 chí，钥匙。

⑦ 逡巡：音 qūn xún，不一会儿。《水浒传》："雁翎金甲逡巡得，钩引徐宁大解危。"

⑧ 上：国图清钞本作"赤"。

⑨ 乔梓：乔、梓，二木名，人们喻称父子为"乔梓"。明孙仁孺《东郭记·其妻妾不羞也》："一双乔梓真奇怪，老爷扮得寒酸态，还添他贤公子妆着赛。"

⑩ 罗拜：指罗列而拜，围绕着下拜。《宋史·尤袤传》："后因事至旧治，吏民罗拜曰：'此吾父母也。'"

⑪ 行之：国图清钞本无此二字。

⑫ 娄江：江苏旧太仓州的别称。

牡丹十三方

嘉兴府[①]崇德县[②]去城二十余里，地名赵郭[③]，即古“语儿溪[④]”上也。郭氏始祖，宋理宗朝御医，得幸于上，一门之内，纡金曳紫[⑤]，沐恩称异数焉。其家曾遇一道人诣门乞食，食毕，合其碗于案上，众莫能举。郭翁启视，有紫牡丹花一朵，共十三瓣，每瓣中藏一方，依法疗病，远近赴之如市。传于子孙，今数十世，皆曰仙传牡丹十三方矣。云仍[⑥]中近有学宪[⑦]子直[⑧]，父子并长者[⑨]，与余善。

顶缸和尚

顶缸和尚，名真颠，不知其所止，亦不知其所自。善击剑，得分身隐形之术，或云僧侠，或云剑仙。二十年前，云游过山阴县，闻祝秀才良柱好道，喜延方外士[⑩]，留止其家一月。出入往来，

---

① 嘉兴府：南宋庆元元年（1195）升秀州为嘉兴府，治嘉兴（今浙江嘉兴）。元代改为路，明初复为府。国图清钞本作“杭州府”，误。

② 崇德县：五代吴越置县，治今桐乡市崇福镇。

③ 赵郭：今浙江省海宁市周王庙镇博儒桥村赵郭里。南宋初年，名医郭时义的母亲冯氏治好了孟太后（宋哲宗皇后）的病，郭家被宋高宗赐国姓“赵”，郭家从此即以“赵郭”为姓。他们居住的村坊也就叫了“赵郭里”。现在地图上作“赵角里”。

④ 语儿溪：又称语溪，即今沙渚塘。崇福的故名“语儿”即来于此。

⑤ 纡金曳紫：佩带金印紫绶。指身居高位。明袁宗道《贺阳曲金令君父母荣封序》：“纡金曳紫者，多摧兰折玉之叹。”纡，系，结。曳，拖，牵引。

⑥ 云仍：亦作“云礽”，泛指远孙。《尔雅·释亲》：“曷孙之子为仍孙，仍孙之子为云孙。”郭璞注：“仍，亦重也。（云）言轻远如浮云。”

⑦ 学宪：即学政，一省主管教育、科考的官员，俗称学台。明张居正《答陕西学道王麟洲》：“而三秦重地，学宪要秩，非假重望，不足以当之。”

⑧ 子直：郭子直，字舜举，号汾源，隆庆五年（1571）中进士，后来官至福建按察副使。

⑨ 长者：德高望重的人。

⑩ 方外士：不涉尘世或不拘世俗礼法的人。多指僧、道、隐者。《南史·谢澹传》：“帝以为澹方外士，不宜规矩绳之。”

变幻莫测，前后左右，踪迹无定。日啖牛肉数斤及酒麦亡算①。头上常戴一大五斗缸，且行且走，折旋②如蚁，观者无不异之。每当月明之夜，巢于树巅，作曼声③长啸。尤善超越④，攀垣直上，捷如猿猱⑤。然多坐卧于壁上，与人行，忽不见，已复在旁，人莫测其处也。将去之前一夕，命置酒，酒至，连举数大白⑥，谓祝生曰："吾为若⑦设戏，若为我秉烛。"生素有胆气，便携烛立屏风下，忽见杖头一掣，划然⑧声裂，有白气长数十丈，状如素霓，环绕其身，左盘右旋，蓬转⑨数回，但睹衣色成规，倏忽⑩失处。时门户皆镝⑪，求之不得矣。少顷，则依然坐于堂上焉。五更酒尽，明月西行，重门深锁，竟不知其所之。

华仲达遇女仙

余友华善述⑫，无锡县⑬人，住荡口⑭。少有灵质，喜谈《黄庭

① 亡算：无法计算。亡，通"无"。《诗经·唐风·葛生》："予美亡此，谁与独处。"
② 折旋：形容来回奔逐。宋岳珂《桯史·隆兴按鞠》："一日，上亲按鞠，折旋稍久，马不胜勚，逸入庑间。"
③ 曼声：舒缓而长的声音。《淮南子·汜论训》："及至韩娥、秦青、薛谈之讴，侯同、曼声之歌。"
④ 超越：跳跃。汉桓宽《盐铁论·和亲》："丁壮弧弦而出斗，老者超越而入葆。"
⑤ 猿猱：泛指猿猴。《管子·形势》："坠岸三仞，人之所大难也，而猿猱饮焉。"
⑥ 大白：大杯酒。《说苑·善说》："魏文侯与大夫饮酒，使公乘不仁为觞政，曰：'饮不釂者，浮以大白。'"
⑦ 若：你，汝。《汉书·匈奴传上》："若肯发兵助我乎？"
⑧ 划然：拟声词。宋苏轼《后赤壁赋》："划然长啸，草木震动，山鸣谷应，风起水涌。"
⑨ 蓬转：蓬草遇风即转动，比喻事物变化迅速。晋葛洪《抱朴子·刺骄》："其或峨然守正，确尔不移，不蓬转以随众，不改雅以入郑者，人莫能憎而知其善。"
⑩ 倏忽：极快地。《战国策·楚策四》："（黄雀）昼游乎茂树，夕调乎酸咸，倏忽之间，坠于公子之手。"
⑪ 镝：音 jué，上锁。
⑫ 华善述：字仲达，约公元 1582 年前后在世，无锡人，生平不详。与兄善继俱有才名。著有《被揭先生稿》十七卷，王世贞为之序。
⑬ 无锡县：今江苏省无锡市。
⑭ 荡口：古镇，古名丁舍、丁村，相传是东汉孝子丁兰故里，因位于鹅肫荡口而得名。

内景》[①]之事。弱冠时尝遇一仙姝夜降，容服端丽，世无俦[②]也。自云与华生有夙缘，经宿而去。情好甚笃，题诗赠华云："冷落珠帘二十秋，今宵重脱翠云裘[③]。仙郎漫着红罗污，花蕊年年血泪流。"临别，授华辟谷[④]、炼气诸方。华遂绝粒闭阁独处，室中时时闻异香，又数有笙鹤往来。因赋《怀仙》杂诗数章，尝录以寄余。余摘其佳句，有云："镜里舞鸾空有恨，钗头飞燕已无踪。永夜梦魂千里月，隔年书信数行星。""至今别处依然在，夜夜明河泻枕边。""丹霞有路身难到，青鸟[⑤]能言信易通。织就[⑥]云衣如可寄，愿添跳脱[⑦]在其中。"皆有感而作[⑧]，非漫言也。琅琊王世贞[⑨]、沛国[⑩]刘凤[⑪]两前辈常过其家，并见群鹤舞于空中，如迎送然，相与诧为奇事。

---

① 《黄庭内景》：即《上清黄庭内景经》，养生学著作。作者与成书年代待考。

② 俦：音 chóu，同一类的人物。三国魏曹植《洛神赋》："命俦啸侣。"

③ 翠云裘：以翠羽制作，上有云彩纹饰之皮衣。《古文苑·讽赋》："主人之女，翳承日之华，披翠云之裘。"章樵注："辑翠羽为裘。"

④ 辟谷：源自道家养生中的"不食五谷"，是古人常用的一种养生方式。

⑤ 青鸟：一种有三足的神鸟，传说中为西王母的使者。人间既不能相见，唯望在蓬莱仙山可以再见，但是蓬莱无路，只有靠青鸟传信。《山海经·西山经》："又西二百二十里，曰三危之山，三青鸟居之。"郭璞注："三青鸟主为西王母取食者，别自栖息于此山也。"

⑥ 织就：国图清钞本作"织造"。

⑦ 跳脱：手镯、腕钏一类的臂饰。汉繁钦《定情诗》："何以致契阔，绕腕双跳脱。"

⑧ 皆有感而作：国图清钞本"作"后有一"也"字。

⑨ 王世贞：1526—1590，字元美，号凤洲，又号弇州山人，苏州府太仓州人。王世贞十七岁中秀才，十八岁中举人，二十二岁中进士，任职郧阳巡抚时，因恶张居正被罢归故里，张居正死后，王世贞起复为应天府尹、南京兵部侍郎，累官至南京刑部尚书，卒赠太子少保。王世贞与李攀龙、徐中行、梁有誉、宗臣、谢榛、吴国伦合称"后七子"。李攀龙死后，王世贞独领文坛二十年，著有《弇州山人四部稿》《弇山堂别集》等。

⑩ 沛国：现江苏省徐州市沛县。

⑪ 刘凤：明藏书家、文学家。字子威，长洲（今江苏省苏州市）人。刘梅之子，生卒年均不详，明世宗嘉靖三十八年（1559）前后尚在世。嘉靖二十年（1544）中甲辰科进士，初为侍御官，后至河南按察使佥事。勤学博记，藏书富极一时。有藏书楼曰"厞载阁""清举楼"，以藏古今图籍。

张叟遇仙

张叟名易，号观复子。儿时即慕神仙之术，闭门绝务，浪[①]志长生。积十余年，未臻玄牝[②]。一夕，梦中有神语曰：“子好道若此，明日诣府学前[③]，当遇异人矣。”张奇其梦，凌晨而起，趋至府学。遥望学门内有云气蓊郁[④]，隐隐有人。趋至其所，见一衲衣老父趺坐地上，神色毛骨[⑤]非常人也。张遽下拜，申弟子礼，叩其术。老父曰：“吾无术可以授子。”叱去。明日复来，凡三度，乃指授其所修之要，张具领受之，再拜请至其家中奉斋供。遂同步而往，从行百余步，瞥[⑥]不复见，方悟仙也。明日更往迹之，无复云气矣，后寂无闻。张亲话[⑦]所遇之事于余云。

紫衣白马人

正德年间夏九月，天旱不雨。常熟大和镇[⑧]田间戽[⑨]水者七人，白昼见彩云从西来，有一紫衣白马少年扬鞭在云中行，次第过张墓桥[⑩]，转西山角，渐余马足鞭影，久之都没。众喧呼从之，

---

① 浪：空，徒然。
② 玄牝：道教及修真术语，微妙化生之意。玄，幽远微妙之意。牝，雌性。道家认为，“道”就像微妙的母体一样生殖万物，是天地万物的根本。
③ 府学：学庙合一的府级官办教育机构。
④ 蓊郁：浓密，浓郁。宋叶适《送龙水还潭文》：“乃初七之夕，大雨骤至，始于西方，吹台有失，雾气蓊郁。”
⑤ 神色毛骨：神色，神情容色；毛，毛发；骨，气质。
⑥ 瞥：突然，倏忽。
⑦ 话：说，讲。
⑧ 大和镇：亦作泰和。在张墓塘西北，旧属感化乡，现属冶塘镇。
⑨ 戽：音 hù，用戽汲水。
⑩ 张墓桥：原位于江苏省常熟市虞山镇泄水村与尚湖镇平巷村交界处张墓塘上，现为保护文物，迁至常熟尚湖风景区。南北走向，桥建于明嘉靖间，张氏捐资，大河镇范来贤建造，因有张氏葬于桥旁，故名。清乾隆、光绪间多次重修。

少年亦于马上回首，疑其神仙，故示异于凡目矣。

鹤飞火中

成化初，山阴祝瀚[①]由会魁[②]为江西南昌郡守，博采奇术，精思服食。尝从异人授得黄纸古书一卷，名曰《灵匮秘录》，其本残缺糜烂十数纸，是太上炼金丹隐诀，以为黄白变化咳唾可致也。乃谢病杜门，于郡衙造一药炉，高数尺，依法烧炼，昼夜精勤，不离灶侧，克期[③]而成功矣。一日失守，炉败，紫焰[④]穿屋上，火烟四合，廨宇[⑤]俱焚。家人辈惊走，所炼之物烂流散于地。居民见火中有白鹤一双，冲天而去。时会[⑥]寇至境内，太守移病[⑦]还山[⑧]。其书至今子孙收录犹在。

仙　药

袁君一鲸，女未嫁，忽得翻胃病[⑨]，历求方药不能效，众医拱

---

① 祝瀚：山阴（今浙江绍兴）人，字惟容，明成化时进士。为人廉洁，有威名。弘治年间任南昌府知府。他“戴星视事，廉明有威”。在任内清理田租、抗灾救荒、兴办学校，并约束属官，有“祝青天”的美誉。后因办案忤权贵，为人所中伤，弃职归乡。

② 会魁：科场称谓。明清指会试第一名，即会元。又，清制，会试取中前五名以外者均称会魁，以区别于前五名五经魁。

③ 克期：约定或限定日期。

④ 紫焰：国图清钞本无“紫”字。

⑤ 廨宇：国图清钞本作“廨舍”。廨，官吏办公的地方。汉王充《论衡·感虚》：“犹地有邮亭，为长吏廨也。”

⑥ 时会：当时恰逢。会，适逢。汉班彪《北征赋》：“故时会之变化兮，非天命之靡常。”

⑦ 移病：上书称病，为官者要求隐退的委婉语。《汉书·公孙弘传》：“使匈奴，还报，不合意，上怒，以为不能，弘乃移病免归。”

⑧ 还山：致仕，退隐。南朝梁沈约《桐柏山金庭馆碑》：“末自夏汭，固乞还山。权憩汝南县境，固非息心之地。”

⑨ 翻胃病：1. 即反胃，亦称胃反。2. 指大便溏利，每食必吐之膈症。

手，骨立如削，厌厌待尽而已。一日有全真道人诣门请谒[①]，云："吾能疗不起之疾。君家闺中得无有病者乎？"阍者[②]曰："主公有爱女抱疾，不接宾客久矣，疾亦非若所能愈也，请速出去。"厌斥久之，声闻于内。袁氏内眷因命延入。初云："吾写一方救汝。"及书方毕，皆人间所不见之药。内眷云："吾家何从买此奇药？"道人既怜悯，愿出诸囊中，请以缣[③]物酬焉。既而云："龙涎[④]有处可买乎？"众答无有，道人于是取囊中杂药炼为膏液，和作一小黑罐子，封固，云："不须食，只日日嗅之足矣。"初嗅之日，膈间[⑤]觉有一物渐渐吐出，皆老痰也。明日复吐一块，第三日渐思饮食，至七日而匕箸[⑥]大进，肌肉尽生，安好如常人矣。始知遇仙，望空瞻礼。其女未几出嫁，至今尚存。亦赵明府说。

赤肚道士

闽中福州城内，昔年有一道士，常披发佯狂，衣裳垢滓[⑦]，游行市中。人视其躯腹如碧琉璃[⑧]，五脏毕露，洞然照见。儿童蜂聚而随之，每捧其腹大叫曰："撞我肚，撞我肚！"旬日间莫之有应。时因呼为"赤肚道士"矣。一日叹曰："我欲度人，人不来度，无如之何，深可悲哉！"遂去。后莫有遇之者。闽南陈司农[⑨]

---

① 谒：拜见。
② 阍者：看门人。
③ 缣：音 jiān，双丝的细绢。
④ 龙涎：抹香鲸肠胃的病态分泌物。
⑤ 膈间：此为胃、肺之间的意思。
⑥ 匕箸：亦作"匕筯"，进食用的羹匙和筷子。《三国志·蜀志·先主传》："先主方食，失匕箸。"
⑦ 滓：污黑，污浊。
⑧ 琉璃：原指一种天然宝石，后亦指用黏土、长石、石青等烧制成的一种半透明材料。古时由于民间很难得到，所以当时人们把琉璃看得比玉器还要珍贵。
⑨ 司农：或称大司农，官职名，掌钱谷之事。

讦谟[①]讥关[②]时说此。

韩秀才

韩清者，洛阳县[③]人也。幼好道，不修边幅，常服气炼神，遨游云水，自以为乐。十岁操笔便成文章。有女冠[④]自华阴山[⑤]来，过其家，密授道要。因闭室积[⑥]思，遂了深玄之理，渐能分身隐形，若左元放[⑦]矣。虽游学宫，傲然礼法之外，时时微露奇迹，人莫之测。以其褊率[⑧]不拘，又好凌侮，多不与交。惟赵府君[⑨]重方术，见清风骨明秀，知非凡流，深加礼遇。

府君尝丧妾悲哀，燕居[⑩]独坐，思与韩生饮博[⑪]消遣，清忽拱立[⑫]于侧。府君惊曰："生从何来？"对曰："蒙公见怀，敢不趋侍？"府君大笑，命酒数行，相与博戏。时春月[⑬]庭中花开，清以手揉之，和入酒樽，顿觉酒味殊常甘美。外忽报吏廨失火，众奔

---

① 讦谟：陈讦谟，字以弼，号莲湖，福建长乐人。万历二十九年（1609）辛丑进士。初授刑部主事，官终广西按察司副使。

② 讥关：在关市负责稽查和征税。讥，查问，稽查。《礼记·王制》："关讥而不征。"

③ 洛阳县：战国秦襄王设洛阳县，以在洛水之阳而名。东汉时为都城，此后多朝设都或陪都于此。现为洛阳市一部分。

④ 女冠：亦称"女黄冠"、坤道、女道士。唐代女道士皆戴黄冠，因俗女子本无冠，唯女道士有冠，故名。正统道教称呼中并无"道姑"这一称呼。

⑤ 华阴山：即今华山。道教全真派圣地。

⑥ 积：国图清钞本作"精"。

⑦ 左元放：即左慈，字元放，别号乌角先生，安徽庐江郡人，东汉末年方士。少明五经，兼通星纬，学道术，明六甲，传说能役使鬼神，坐致行厨。见汉祚将尽，天下向乱，叹曰："值此衰运，官高者危，财多者死。当世荣华，不足贪矣。"在安徽天柱山中得石室而精思。左慈授予葛玄道家真经数部。

⑧ 褊率：直率。元房皞《寄呈岳阳诸友》："禀性太褊率，不受尘事触。"

⑨ 府君：知府。

⑩ 燕居：闲居无事。《史记·万石张叔列传》："子孙胜冠者在侧，虽燕居必冠，申申如也。"司马贞索隐："燕谓闲燕之时。燕，安也。"

⑪ 博：通"簙"，古代的一种棋戏，用六箸十二棋。

⑫ 立：国图清钞本作"手"。

⑬ 春月：春季。

救，府君登楼共观。清持杯酒，向吏廨噀之，火即灭，府君由此益敬异之，留宿谈宴，弥日累夕[①]不倦矣。

时清父某为县藏吏，偶引亲故入藏，失金若干。县令捉吏夫妇并系狱中。府君心知其无辜，欲释之，令固不从。一日鞫讯[②]其事，吏夫妇囚首跪阶下，令敕[③]门者无容秀才阑入[④]。清忽立案旁，令踞见[⑤]大诟，叱伍伯[⑥]执之。左右素闻其神，共谏令，令乃烈声问清曰："若多妖术，能代父偿藏金乎？不尔，当并受拷掠。"清曰："唯唯[⑦]。请借鼎釜。"及至，清取令案上锡砚笔架，承水瓷瓯[⑧]之属，一一饾饤[⑨]于火，虞其不给[⑩]，命拾阶下瓦瓮聚积其上，出袖中汗巾角，解小囊得药两粒，投火中。良久，紫烟郁蒸，充满厅事[⑪]，启视鼎釜，都成上金矣。谓令曰："此神仙金，敌世间几倍，偿藏之外，可籴[⑫]粟赈饥，无妄费也。"

令大骇，然以方士炉火之术不足异也。问清曰："技止此乎？"清曰："未也。"引其袖一呼，须臾之间，倾出二女子，

---

① 弥日累夕：亦云"弥日累夜"，夜以继日。唐杜光庭《仙传拾遗》卷二《穆将符》："饮酒话道，弥日累夕。"

② 鞫讯：审问。《宋书·谢庄传》："逮汉文伤不辜之罚，除相坐之令，孝宣倍深文之吏，立鞫讯之法，当是时也，号令刑存。"

③ 敕：音 chì，告诫。

④ 阑入：擅入，混进。《汉书·成帝纪》："阑入尚方掖门。"颜师古注引应劭曰："无符籍妄入宫曰阑。"

⑤ 踞见：踞坐而见客，形容待人傲慢。《汉书·高帝纪上》："足下必欲诛无道秦，不宜踞见长者。"

⑥ 伍伯：亦作"伍百"，役卒，皂隶。多为舆卫前导或执杖行刑的役卒。

⑦ 唯唯：恭敬的应答词。

⑧ 瓯：盆盂类瓦器。

⑨ 饾饤：音 dòu dìng，比喻堆砌、杂凑。宋王观《庆清朝慢·踏青》："晴则个，阴则个，饾饤得天气，有许多般。"

⑩ 不给：供给不足。《左传·宣公十二年》："子有军事，兽人无乃不给于鲜，敢献于从者。"

⑪ 厅事：亦作"听事"，指官署视事问案的厅堂。《三国志·吴书·诸葛恪传》："出行之后，所坐厅事屋栋中折。"

⑫ 籴：音 dí，买进粮食。《商君书·垦令》："使商无得籴，农无得粜。"

自阶登拜，窈窕无双，娇歌妙舞，莫可形状，转身逼向令，令止之。清因取女子还纳袖中。令又问清曰："技止此乎？"清曰："未也。"探其襟内，引出一龙一虎，风生云起，哮吼拿攫[①]，而争前作搏噬[②]状，跳跃向令。令急止之。清复取龙虎，还纳襟内。

令神色惶怖曰："止矣，吾见子之奇矣，无烦更设也。"清曰："犹未也，公无惧，聊以剧戏耳。"从左右索水，授水一盂，清持篲[③]噀之，俄有尘起，烟雾晦冥[④]，胥吏皆无人色。顷之尘敛，视其庭，已成大河，波涛汹涌。清乃拾地上树叶作舟浮之，身登其上，父母亦共载焉，挥手别令，曰："为我谢赵府君，异日洞天相见也。"刺舟冉冉入云，俄而渐灭。众皆仰视罗拜。倏忽天霁，县堂如旧。令具以闻府君，府君弃官而归。

画扇仙人

相传有吴人许生懋者，栖心玄门[⑤]，勤求烧炼，积十余年无成。一日游洞庭山[⑥]，遇羽衣道士，飘若仙人，许生[⑦]心讶其非凡也，跪而祈请丹术。道士出其袖中聚头画扇[⑧]，倒拄[⑨]石壁之下，画中有大树，树下磐石，石上安一丹鼎，鼎边贮缸，承水及薪炭之属，旁

① 拿攫：相互拉扯搏斗。汉扬雄《羽猎赋》："犀兕之抵触，熊罴之拿攫。"
② 噬：咬。《左传・哀公十二年》："国狗之瘈，无不噬也。"
③ 篲：扫帚。
④ 晦冥：昏暗，阴沉。同"晦暝"。
⑤ 玄门：此指道教。
⑥ 洞庭山：位于太湖东南部，由洞庭东山与洞庭西山组成，东山与西山隔水相望，相距咫尺，而且有桥相连，统称为洞庭山。
⑦ 许生：国图清钞本作"许"。
⑧ 聚头画扇：折扇。也称撒扇或聚骨扇。
⑨ 倒拄：国图清钞本作"倒挂"，误。

有双丫髻[①]童子立焉。道士[②]叱之，此童子即跪于鼎口，益薪添火。忽见紫焰上炎，鼎中如沸，斯须[③]之间，报药成矣。童子呈药于道士，灭火立如故。道士取一小锭赐许生，因告之曰："此炉中造化也。盗天地，役鬼神，非有积功累行，不可妄求。子仙骨未成，浮慕[④]何益乎？五十年后寻我于华阳洞中矣。"言讫，袖其画扇隐去。许生大骇，遂终身不谈黄白之事矣。此积古[⑤]所说，不知何年代也。

白玉蟾[⑥]

吴城[⑦]中街路徐生药[⑧]家，颇好道，羽流云水[⑨]，多造其门。于是玉蟾老仙[⑩]，着褴褛敝衣，拄瓢策杖而过之。其家诚敬接奉，略无[⑪]倦色。一日同游石湖[⑫]之西，为亡亲营求葬地。吴儿行舟，惯斫[⑬]石为鼓，以压于舟首，相沿如此。徐与玉蟾偕行至黄山下，

---

① 丫髻：古时男女儿童与成年未婚女子的发式。古代，凡未成年或成年但未婚嫁的女子，多将头发集束于顶，编结成两个髻。其状左右各一，与树枝丫杈相似，故名"丫头"，亦称"丫"。

② 道士：国图清钞本作"道人"。

③ 斯须：片刻，一会儿。《荀子·非相》："斯须之言而足听。"

④ 浮慕：表面上仰慕。《史记·酷吏列传》："（张汤）及列九卿，收接天下名士大夫，己心内虽不合，然阳浮慕之。"

⑤ 积古：阅历丰富，见多识广。《红楼梦》第三十九回："我正想个积古的老人家说话儿，请了来我见一见。"

⑥ 白玉蟾：1194—1290，原名葛长庚，字如晦，号琼管，自称神霄散史、海南道人、琼山老人、武夷散人。祖籍福建闽清，生于海南琼州。内丹理论家，创始金丹派南宗，为金丹派南五祖之一。

⑦ 吴城：指苏州城。

⑧ 生药：指纯天然未经过加工或者简单加工后的植物类、动物类和矿物类中药材。

⑨ 云水：指行脚僧或游方道士。言其如行云流水无定居。

⑩ 老仙：对道士的敬称。

⑪ 略无：全无，毫无。《三国志·蜀书·赵云传》："贬为镇军将军"，裴松之注引《赵云别传》："（赵）云身自断后，军资什物，略无所弃。"

⑫ 石湖：湖名。在江苏苏州西南，西南接太湖，北通横塘，东入胥门运河。

⑬ 斫：音 zhuó，用刀、斧等砍。《韩非子·五蠹》："采椽不斫。"

岸侧偶遗石鼓在地。玉蟾折苇一枝，戏击此鼓，声闻远近，数十里外村民皆惊。审知其为神人①也，徐拜请不已。玉蟾遂为觅地点穴而去。石鼓至今存焉。相传大街刘氏墓在虎丘之西，其穴亦玉蟾所点，未详何年事也。

张三丰②

张三丰，国初异迹甚著，正德中尚在，多游云贵之间。贵州有平越卫③，地多深岩密箐④，高神观⑤踞万峰之巅，中栖羽流真侣。三丰居观三年，每夕礼斗⑥，常飞神周游五岳名山，到处皆有灵验。隆平侯⑦、王挥使⑧并黔中人，一日偕入观中相访。三丰方披破衲，结跏趺于佛座之下，二人不敢惊，屏息以俟⑨。既起，延二人坐定，袖中出不托⑩四枚，热气如蒸，装于磁盘，置二人前。二人问从何来，答曰："今日杭州西湖昭庆寺⑪设斋讲会，不觉归

---

① 神人：国图清钞本作"仙人"。

② 张三丰：宋理宗淳祐七年（1247）生，本名通，字君实或君宝，辽东懿州（今辽宁阜新）人。全真武当派祖师。

③ 平越卫：汉时为且兰县，明洪武十五年（1382）改平越千户所置，属四川布政司。治所即今贵州福泉市。

④ 箐：音 qìng，滇黔一带多称大竹林为箐。

⑤ 观：汉元帝被疾，求方士。汉中送道士王仲都，处之于昆明观，故后世道士所居皆曰观（见《云麓漫钞》）。

⑥ 礼斗：道家礼拜北斗星的仪式，亦称"拜斗""朝斗"。

⑦ 隆平侯：张信（？—1442），临淮（今安徽寿县）人，明成祖朱棣时宠臣，早期奉朱允炆之命去攻取朱棣，但却偷偷把此事告诉朱棣，朱棣十分感激张信，称帝后论功行赏，张信晋升为都督佥事，被封为隆平侯，食禄千石，世代承袭。

⑧ 王挥使：淮阴人，曾任居庸关军职。明沈周有诗《为王挥使画牡丹》，明欧大任《吊王挥使》称其为儒将。

⑨ 俟：音 sì，等待。《诗经·邶风·静女》："静女其姝，俟我于城隅。"

⑩ 不托：汤饼的别名。

⑪ 昭庆寺：全称为"大昭庆律寺"。原址在杭州宝石山的东边，南临西湖。昭庆寺作为和北京戒台寺齐名的重要律寺，历史上曾是南宋皇家五山十刹之一，在我国佛教史上具有重要的地位和影响。明、清两代皇帝都曾给昭庆寺题赐匾额。

迟。”常州顾山[①]百姓周庆谪戍滇南，人呼之云南八老，亲见其异，归而说焉。

尹蓬头[②]

尹蓬头者，不知其名氏，相传是明初人。与张三丰同时游行天下，人言久见之，亦莫测其年寿。至正德、嘉靖年间尚在。

梁溪[③]秦太学[④]某号柳台子，款习[⑤]南雍[⑥]，拜为师弟[⑦]，约来年七月七日过其家。如期而至，囊中将[⑧]有碎金一十七镮[⑨]。秦与其妻俱延礼之，跪而上食，呼为大仙。隔日与秦谈宴啸傲[⑩]，颇相狎昵。俄患遍身恶疮，脓血淋漓，臭不可耐，举家细小，无不厌恶。而秦广求医药，治疗殷勤，汤沐之具，必亲承之。疮日益甚，秦泣而告曰：“大仙病势至此，将有不起之忧，其若之何！”蓬头曰：“汝家有美妾，令其侍寝一宵，吾疾瘳[⑪]矣。”秦不敢忤，退而语其姬侍曰：“此真神仙，非如世人但作淫事，卿为我强一赴之。”妾

① 顾山：今属江苏省江阴市。顾山镇因山而得名，南宋时就形成的古镇。地处江阴、无锡、常熟、张家港四市交界。

② 尹蓬头：据《高坡异纂》，尹蓬头名继先，临洮人。

③ 梁溪：无锡的别称。本水名，为流经无锡市的一条重要河流，其源出于无锡惠山，北接运河，南入太湖。梁溪的得名有两种说法。元王仁辅《无锡志》记载：“古溪极狭，南北朝时梁大同（535—545）重浚，故号梁溪，南北长三十里。”也有相传东汉时著名文人梁鸿偕其妻孟光曾隐居于此，故而得名。

④ 太学：古代的大学，此为太学生之意。

⑤ 款习：国图清钞本作“肄习”，正确。肄习：学习，练习。《后汉书·公孙述传》：“(公孙述)遂大作营垒，陈车骑，肄习战射。”

⑥ 南雍：明代称设在南京的国子监为“南雍”，设在北京的国子监为“北雍”。雍，辟雍，古之大学。

⑦ 师弟：师傅和徒弟。

⑧ 将：带着。唐元结《贼退示官吏》：“将家就鱼麦，归老江湖边。”

⑨ 镮：圆形中间有孔可穿系者称镮，此处用为量词。

⑩ 啸傲：指歌咏自得，不受世俗礼法拘束。晋陶潜《饮酒》：“啸傲东轩下，聊复得此生。”

⑪ 瘳：音 chōu，病愈。清方苞《狱中杂记》：“其伤于缚者，即幸留，病数月乃瘳。”

闻言怖而却走。秦俟夜半，强负其妾而出。蓬头从帐中语曰："且负去，今夕不吉，俟吾更选日耳。"盖试秦意，实无他也。

久之，疮势转殆[①]，呼秦语之曰："疾不可为矣，莫信世上有仙人[②]也。但我死后，不免以丧事相累。汝可奉灵柩于中堂[③]，设几筵，成服三年[④]乃葬，庶尽师弟之情。"秦泣，唯唯而退，且行且讶："师未传道，遽焉溘[⑤]先，吾家岂可停柩[⑥]，终当寄于宅后三茅宫[⑦]中安置耳。"才举此念，蓬头已知。明晨谓曰："幸吾此疾尚可起，不至归骨于三茅宫中也。今夜[⑧]得香草煎汤数斛[⑨]，为吾洗疮，疮自愈，无烦以他药相疗矣。"从帐中起坐，将身抖擞，疮瘢下六七升。及入澡盘中，移时方出，肤若凝脂，发皆变黑，容色如桃花。秦夫妻视而惊[⑩]，阖门罗拜，齐称肉眼不识神仙。

明日便去，数之才十七日也，下午复在金陵王挥使家矣。挥使有女病瘵[⑪]，尪[⑫]然待尽，出叩蓬头。蓬头曰："与我寝处一宵，尚何[⑬]病哉！"挥使大怒，欲掴其面。细君[⑭]屏后趋出止之，谓挥使曰："神仙救人，终不以淫欲为事，倘能起病，何惜其躯。"遂许诺。其夜，蓬头命选壮健妇女四人抱病者而寝，自运真阳，逼

---

① 殆：危险。《诗经·小雅·正月》："民今方殆，视天梦梦。"
② 仙人：国图清钞本作"神仙"。
③ 中堂：国图清钞本作"堂中"，误。
④ 成服三年：按古代礼法，父母师长丧需要服丧三年。旧时丧礼大殓之后，亲属按照与死者关系的亲疏穿上不同的丧服，叫"成服"。
⑤ 溘：音 kè，忽然。
⑥ 柩：国图清钞本作"棺"。
⑦ 三茅宫：道家供奉茅盈、茅固和茅衷三位真君的宫殿。相传在汉朝景帝年间，陕西咸阳南关人氏茅盈、茅固和茅衷三兄弟先后来到镇江句曲山修炼养性，研究医学，为民造福。茅氏三兄弟仙逝后，附近百姓不忘其德，改句曲山为三茅山，简称茅山。南朝齐梁时，著名隐士陶弘景在茅山创立道教三茅派，尊茅氏三兄弟为三茅派祖师，三茅真君在信徒心目中至高无上。
⑧ 今夜：国图清钞本作"今但"，正确。
⑨ 斛：音 hú，旧量器名，亦是容量单位，一斛本为十斗，南宋末年改为五斗。
⑩ 惊：国图清钞本作"惊异"。
⑪ 瘵：音 zhài，多指痨病。
⑫ 尪：音 wāng，孱弱，瘦弱。明冯梦龙《警世通言》："魏生自睹尪羸之状，亦觉骇然。"
⑬ 尚何：还有什么。
⑭ 细君：古称诸侯之妻为细君（亦称小君），后为妻的通称。

热病体。众见痨虫无数飞出，用扇扑去。黎明辅以汤药饮食，痼疾顿除。一家惊喜愧谢。遂还西川[①]鹤鸣观，乘石鹤而去。

先是，观前旧有两石鹤，不知何代物也，蓬头乘其雄者上升，其雌者中夜[②]悲啼。土人惊怪，争来击落其喙，至今无喙石鹤一只存焉。

高神观道士

高神观在贵州平越卫山中，有道士居之。道士棋品最高，人莫与敌。一日有异人来，请对局，凡三日夕不决胜负。道士计无从出，潜祷于观中所供西王母[③]像前。其夜局未终，道士据案假寐，梦西王母传示弈旨。醒而默记其下子，急呼异人共了残局。道士随手而应，下至第三着，笑曰："尊师无活路矣，不免输却一局棋也。"异人忽推[④]博局离席而起曰："灵山老母多言。"言已下阶，纵身凌云而逝。高承先[⑤]传顾山周庆说。

阎蓬头[⑥]

阎道人，不知何许人也，名希言，别号亦希言。其投刺[⑦]，人

---

① 西川：古代行政区名。"西川"作为行政区划名始于唐代。公元757年，剑南节度使分为剑南东川节度使和剑南西川节度使，剑南东川简称"东川"，剑南西川则简称"西川"。宋代设西川路。从此，"西川"一词便为人们所熟知。

② 中夜：半夜。《尚书·冏命》："怵惕惟厉，中夜以兴，思免厥愆。"

③ 西王母：又称王母娘娘或灵山老母，道教神灵。

④ 忽推：国图清钞本作"忽推去"。

⑤ 高承先：常熟人。

⑥ 阎蓬头：即阎希言（？—1588），明朝山西人。在茅山乾元观开创"阎祖派"，传有弟子舒本住、江本实、王合心等。蓬头为道士的代称。

⑦ 投刺：投递名帖。

称希言；人与之书，亦称希言。顶一髻，不巾栉[①]，粗布夹衫，有裙襦[②]，无衵服[③]，履而不袜。为人疏眉目[④]，丰辅[⑤]重颔[⑥]，色正紫，肌肉充腯[⑦]，腰腹十围，叩之如铁，彭彭然。得如来之一相，曰"阴马藏"[⑧]，秤之重可三百斤。行步健迅，虽少壮不啻[⑨]也。盛暑辄裸而曝日中，不浴，穷冬[⑩]凿冰而浴。又令人积尿缶中，浴之出，使自干，嗅之殊不觉膻臊。所至惊异，目[⑪]为道人，又目之阎蓬头，讹为阎头陀[⑫]。

或坐不起，辞之亦不起，然未尝以傲色加贵游[⑬]。喜饮，酒量不过三四升，酣畅自适，则歌道情曲以娱坐客。食能兼人[⑭]，不择荤素，但嗜蔬而安粥。人奉之帻[⑮]则帻，奉之衣则衣，与之金钱

---

① 巾栉：指盥洗。唐姚合《假日书事呈院中司徒》诗："十日公府静，巾栉起清晨。"
② 裙襦：裙子与短袄。《庄子·外物》："未解裙襦，口中有珠。"
③ 衵服：指内衣。《左传·宣公九年》："陈灵公与孔宁、仪行父通于夏姬，皆衷其衵服以戏于朝。"杜预注："衵服，近身衣。"
④ 为人疏眉目：样貌眉目疏朗清秀。为人，相貌特征。
⑤ 辅：腮，颊辅。《左传·僖公五年》："谚所谓'辅车相依，唇亡齿寒'者，其虞、虢之谓也。"杜预注："辅，颊辅；车，牙车。"
⑥ 重颔：双下巴，形容肥硕的样子。
⑦ 腯：音 tú，肥壮（多用以形容牲畜）。《说文》："牛羊曰肥，豕曰腯。"段玉裁注："按，人曰肥，兽曰腯，此人物之大辨也。又析言之，则牛羊得称肥，豕独称腯。"
⑧ 阴马藏：即阴马藏相。佛教名词，又作马阴藏相、阴藏相、马王隐藏相、势峰藏密相。是如来的三十二相之一。阴，即男根。佛陀的男根隐藏于腹中而不外现，故称阴藏。似马之阴，故称马阴藏。
⑨ 不啻：无异于。清蒲松龄《聊斋志异·促织》："举家庆贺，虽连城拱璧不啻也。"
⑩ 穷冬：将尽的冬令，指深冬和隆冬。唐黄滔《送友人游边》："关河初落日，霜雪下穷冬。"国图清钞本作"穷冬间"。
⑪ 目：看待。清黄宗羲《柳敬亭传》："不敢以说书目敬亭。"
⑫ 头陀：亦作"头陁"，梵语称僧人为头陀，意为"抖擞"，即去掉烦恼，如衣抖擞，能去尘垢。亦指行脚乞食的僧人。
⑬ 贵游：指无官职的王公贵族。亦泛指显贵者。《周礼·地官·师氏》："掌国中失之事以教国子弟，凡国之贵游子弟学焉。"郑玄注："贵游子弟，王公之子弟。游，无官司者。"
⑭ 兼人：指超过别人；一人顶两人。《论语·先进》："求也退，故进之；由也兼人，故退之。"
⑮ 帻：又称巾帻，古代男子包裹鬓发、遮掩发髻的巾帕。文中两个帻，前一个为名词，后一个为动词。

则亦置袖中，转盼①即付之何人手，不顾也。出则童子噪而从之，往往手甘果为饷②，故从者益众。

问："道人百岁乎？"曰："亦百岁耳。"问："且③二百岁乎？"曰："亦且二百岁耳。"问："元时尝为某路总管乎？"曰："某路总管耳④。"或曰："道人不过六十耳，何诳我为？"曰："是诳尔也。言六十者当。"又言："道人岂六十岁人也？"曰："即非六十岁人。"竟无以测也，绝不为人道其所由得。叩以延年冲举⑤之术，亦不应，惟劝人行阴骘⑥、广施予、勿淫勿杀、勿忧勿恚⑦、勿多思而已。颇好作有为⑧功德，于太和⑨之均江建镇武宫，宏丽甚。又于句曲⑩东郭治驰道⑪五十里，抵故乾元观⑫，左右皆植桃杏，春时若锦绣。谋于其徒，益斥旁亩，引山泉溉之成稻田，岁入米可三四十石，而观独有门及丙舍⑬耳。

乃薄游⑭金陵诸公，若李司寇⑮、王中丞⑯、王鸿胪⑰及余。间

---

① 转盼：犹转眼，喻时间短促。宋苏轼《徐大正闲轩》诗："君如汗血驹，转盼略燕楚。"

② 饷：馈赠。《孟子·滕文公下》："有童子以黍肉饷。"

③ 且：将要。《列子·汤问》："年且九十。"

④ 某路总管耳：国图清钞本前有一"亦"字。

⑤ 冲举：飞升成仙。明袁伯修《袁宗道传》："自古之冲举者，岂尽枯槁耶？"

⑥ 阴骘：指阴德。

⑦ 恚：恨，怒。

⑧ 有为：佛教名词。与"无为"相对。意谓有因缘造作之法。指由众缘所成的、有生灭变迁的一切事物和现象，具有"生"（生起）、"住"（停留）、"异"（差别）、"灭"（消灭）的特点。

⑨ 太和：古名鹿上、邢丘、廪丘，现隶属于安徽省阜阳市。

⑩ 句曲：山名，在今江苏省句容市东南。相传汉茅盈与其弟固、衷修道于此，故又称茅山。

⑪ 驰道：古代供君主行驶车马的道路。泛指供车马驰行的大道。

⑫ 乾元观：茅山道教圣地"三宫五观"之一，是道教全真道的圣地。

⑬ 丙舍：正房旁边的耳房。

⑭ 薄游：泛泛而游，轻装简游。

⑮ 司寇：刑部尚书的别称。

⑯ 中丞：御史中丞的简称。明清时用作巡抚的别称。明朝都察院副都御史职位相当于御史中丞，常用作巡抚的加衔。

⑰ 鸿胪：官署名。周置大行人之职，秦称为"典客"，北齐称为"鸿胪寺"。主掌朝贡庆吊的赞导相礼。

过[①]一二中贵[②]人，欲成观中诸殿阁，然不轻发言。后过一毛百户[③]家，饭毕，谓其徒欲得汤浴。汤至，凡三浴而后爽然，命移枕蓐地坐，曰道人不尝卧床也。已，觉气息微，始惊，问[④]："道人得无欲去乎？"道人曰："既知之，何问？"遂瞑[⑤]，趺坐不僵，浃旬[⑥]犹暖，气色休休[⑦]然，汗沾须有若巩者。三日而入龛，七日而不移，至乾元观[⑧]，时时启龛视之，盖百日犹若生也。

道人游行人间者五十余年，灼然著声者垂四十年，出无恒向，话无恒言，宿无恒夕，忽然而来，忽然而去，无住[⑨]为主，无恋为本，无相[⑩]为宗，其真有道者耶！弇山人[⑪]曰："道人以甲申之冬过我弇中，酒间忽谓余：'吾家山西，二十七八时行贩燕市，足自给，有妻室矣，而淫，往往房室过度，成瘵且死。遇我师诲之坐功，得亡恙[⑫]，且谓汝欲不死，亟去家毋问。时有一女，置[⑬]之，今者都不忆吾血属，惟忆吾姓阎。'度其时，盖在嘉靖乙

---

① 过：前往拜访。《战国策·齐策四》："于是乘其车，揭其剑，过其友。"
② 中贵：亦作"中贵人"，指帝王所宠幸的宦官。
③ 百户：军职名，元置，明因之，为卫所之官，为世袭军职，统兵 112 人，正六品。
④ 问：国图清钞本无"问"字。
⑤ 瞑：闭眼。
⑥ 浃旬：一旬，十天。《全上古三代秦汉三国六朝文·卫尉衡方碑》："受任浃旬，庵离寝疾，年六十有三。"
⑦ 休休：安闲貌；安乐貌。宋《张颙墓志铭》："及退归也，终日默坐，其心休休然，绝口不道世事，唯山僧野隐，相与啸咏于泉石之间，斯盖乐内之君子也。"
⑧ 七日而不移，至乾元观：当为"七日而移，至乾元观"，"不"是衍文。
⑨ 无住：佛教语。为实相的别名，大乘经典皆以此为主旨。一切法（有为法，无为法，不可说法）本来没有自性，自性为空，所以没有所住，一切法皆是因缘相合而生（道家所说的五行相生与此同义而异名）。并且无住为一切法的根本，是般若实相。
⑩ 无相：我国最早的道教理念，远比佛教的"无相"之说早两个多世纪。最早写作"无象"。指没有形迹，没有具体形象、概念。原为道家形容道玄虚无形之语，后亦泛指诸种义理的玄微难测或玄微难测的义理。语出《老子》："绳绳兮不可名，复归于无物。是谓无状之状，无象之象，是谓惚恍。"
⑪ 弇山人：即王世贞（1526—1590），明太仓人，字元美，号凤洲，又号弇州山人。
⑫ 亡恙：没有病痛，引申为安然存在。汉贾谊《治安策》："令此六七公者皆亡恙，当是时而陛下即天子位，能自安乎？"
⑬ 置：放弃。

未、丙申间也。”按：此传出琅琊王长公①世贞所撰，希言节其文以著于说。

后希言与邵武守②严澄③语，颇相符。邵武云：“曾见其暑天裸曝，两目视日，移时不瞬，严冬扣凌而浴④，起，用巾拭，汗出如蒸。每言东去则望西行，初无定准。”岁三日⑤，其徒自金陵来，问何时发足，答曰元旦⑥。艴然⑦曰：“出家人五百里外步行三日到此拜年，有何急事？”即遣去不留。其平易如此。后希言又问中翰⑧徐汝良，对云：“昔肄业⑨南雍时，春官侍郎⑩赵公用贤⑪为诸生⑫祭酒⑬。良随侍郎同送阎蓬头葬，从其箧⑭中检得羊皮度牒⑮一张，上载胜国⑯年号、官衔、岁月、花押⑰，井井可据。侍郎推验

---

① 长公：古人多以“长公”为字，为行次居长之意。故称长兄亦曰长公。
② 邵武守：邵武知府。邵武即今福建省邵武市。邵武素有“铁城”之称，地处武夷山南麓、富屯溪畔，史称南武夷。
③ 严澄：1547—1625，字道澈，号天池、天池居士、撄宁生。江苏常熟人。以父荫官至邵武（属今福建）知府、中宪大夫。虞山琴派创始人。
④ 扣凌而浴：敲碎冰用冰或冷水洗澡。
⑤ 岁三日：年初三。
⑥ 元旦：大年初一。
⑦ 艴然：亦作“怫然”，恼怒的样子。《孟子·公孙丑上》：“曾西艴然不悦，曰：‘尔何曾比予于管仲？’”
⑧ 中翰：明代为中书科中书舍人的别称。
⑨ 肄业：学习。古人书所学之文字于方版谓之业，师授生曰授业，生受之于师曰受业，习之曰肄业。
⑩ 春官侍郎：春官，礼部的别称。侍郎，各部长官副职。
⑪ 用贤：赵用贤，1535—1596，明著名学者、藏书家。字汝师，号定宇，江苏常熟人。隆庆五年（1571）进士。万历初，官检讨。万历五年（1577）因弹劾张居正，与吴中行同杖戍，被夺官归里。居正没，起官。终吏部侍郎。卒，谥文毅。
⑫ 诸生：明清两朝经考试录取而进入府、州、县各级学校学习的生员（俗曰秀才），这些生员又有贡生、增生、附生、廪生、例生、庠生之别，统称诸生。
⑬ 祭酒：官名。汉平帝时置六经祭酒，后置博士祭酒，为五经博士之首，晋初改为国子祭酒，隋唐以后称国子监祭酒为国子监之主官，至清末废。
⑭ 箧：音 qiè，小箱子。大曰箱，小曰箧。
⑮ 度牒：政府机构发给公度僧尼以证明其合法身份的凭证。
⑯ 胜国：前朝之国。替代国则为昭代，即本朝。明朝的胜国就是元朝。
⑰ 花押：旧时文书上的草书签名或代替签名的特种符号。另有花押印，系镌刻花写姓名的印章，一般没有外框。花押兴于宋，盛于元，故又称“元押”。元押多为长方形，一般上刻楷书姓氏，下刻八思巴文或特殊符号。

非赝造者。因知蓬头实二百岁已上人也。”

潘尚书遇仙

新城县①春官尚书潘公晟②，少为诸生，家甚窭③，婚娶之外，未尝二女色也。当浙场乡荐④时，未榜之前五日，遇一道人，容仪俊伟，飘然若仙。公拜而问功名事，道人曰：“功名不须问，管取做到尚书。然子今科中后，便当遇佳丽矣。觅一器来，我乞⑤汝药。”公遂取案上瓷瓯与之。道人出囊中红粒，如芥子大，甚坚，撮与满瓯。公问药何名⑥，道人答曰：“此房中药也，一生受用不尽矣。”公拜收藏其药，忽失道人所在。未几揭榜获隽，其夕，主人之子妇貌极美，即出为公更衣，留侍寝。公遂取药试之，辄能经宿不败。公自夫人而下，妾媵最盛，而新城伎女⑦以至丐妇，亡问妍媸⑧，并召入荐枕，俾⑨昼作夜，极人间之欲矣。年八十余，一日药尽，遂病不起。

---

① 新城县：应为新昌县，位于浙江省东部，今绍兴市辖县。

② 晟：潘晟，1517—1589，字思明，号水濂，一作水帘，浙江新昌人。嘉靖十九年（1540）中举，次年殿试获第二名（榜眼），授翰林院编修，协纂《大明会典》。先后担任过太子侍读、国子监祭酒等要职。隆庆四年（1570）升礼部尚书。张居正任内阁首辅时，以务实精神致力于朝政改革。

③ 窭：音 jù，泛指贫穷。《诗经·邶风·北门》：“终窭且贫，莫知我艰。”

④ 乡荐：唐代应进士试，由州县地方官荐举，称乡荐。后称乡试中式为“乡荐”。

⑤ 乞：音 qì，给与。

⑥ 何名：国图清钞本无“何”字。

⑦ 伎女：指女歌舞艺人。《后汉书·千乘贞王伉传》：“悝自杀。妃妾十一人，子女七十人，伎女二十四人，皆死狱中。”

⑧ 妍媸：美丑。

⑨ 俾：音 bǐ。使。《诗经·小雅·天保》：“俾尔单厚。”

王省干遇仙丹以下十一条回道人[1]遗事

中街路王省干，不知何代人，家近福济观[2]，俗谓之神仙庙矣。岁以四月十四日斋供云水，作面数斛皆尽。时省干方出，忽有道人诣门，从其妇乞水澡浴，曰："但累汤沐，不须[3]饮食也。"妇不能拒，乃从门旁空室，与澡盆授水与之浴，毕[4]，复食以面。道人用碗置案上，倒合而去。家人取之，不能举，益至数十人，亦如故。其夜省干归，妇述以语之，乃一举而启，得药丸并治风癞[5]方。省干以所留药试服之，未半，身体轻壮，容肤光泽，遂依方治病，病无久近，治之即瘥[6]。榜于门曰"遇仙丹"。乞者不远千里。及省干化去，将二十世，子弟行其方不甚验矣。近重修福济观，太原征君[7]题疏有云："壶中传得一丸丹，海内争求千岁药。"即此事也。

---

① 回道人：吕洞宾的别称。亦称"回老""回处士"。《吕帝圣迹纪要·长沙警释》："吕帝游长沙，托为回道人。"《吕帝圣迹纪要·大云会食》："吕帝托为回处士游大云寺。"宋赵彦卫《云麓漫钞》卷一："饱闻回老榴皮字，试问溪头鹤发翁。"

② 福济观：位于今苏州阊门内下塘街，俗称神仙庙。宋时为"李王祠"，元至大四年（1311）重建时，才改称福济观。明景泰年间再建时设吕仙祠，以祭祀民间传说中"八仙"之一的吕仙。

③ 须：国图清钞本作"烦"。

④ 与澡盆授水与之浴，毕：国图清钞本作"与澡盆授水浴之，浴毕"。

⑤ 风癞：麻风一类病症。《云笈七签》卷一一九："居人范彦通忽患风癞，疮痍既甚，眉须渐落。"

⑥ 瘥：音 chài，病愈。

⑦ 太原征君：即王稚登。"太原"应系王氏之郡望。

火中仙像

歙县[①]乌石山下万圣观,有仙迹,画纯阳[②]像于廊庑[③]间。先年回禄[④],四壁荡然,而仙像在[⑤]火,都不焦灼。明日,道士举帚拂出,转觉丹青艳耀,叹以为奇。辛丑年[⑥]亲过其地见此。

卖笔人遇仙

华亭县[⑦]灵官庙[⑧]东楮[⑨]某,卖笔为业。万历戊子年间,楮病瘵已深,医药罔效。尫羸[⑩]骨立,仅存余喘,皆目为必死之征,势不可救矣。时南昌喻邦相[⑪]为松江太守,卤簿[⑫]威仪[⑬]严盛。瘵

① 歙县:古名歙州,今隶属于安徽省黄山市。徽州六县之一,古徽州府治所在地。
② 纯阳:即吕洞宾,名岩,字洞宾,道号纯阳子,自称回道人,河东蒲州河中府(今山西芮城永乐镇)人。
③ 廊庑:指"堂下周屋",即堂下四周的廊屋。分别而言,廊无壁,仅作通道;庑则有壁,可以住人。
④ 回禄:相传为火神之名,引申指火灾。《左传·昭公十八年》:"禳火于玄冥回禄。"杜预注:"玄冥,水神;回禄,火神。"
⑤ 在:国图清钞本作"出"。
⑥ 辛丑年:此指万历二十八年,公元1601年。
⑦ 华亭县:唐天宝十年割昆山、海盐、嘉兴地置华亭县,以地有华亭谷而名。历代因之。1914年改松江县,今为上海市松江区。
⑧ 灵官庙:正面供俸王灵官,本名王善,是萨真人守坚弟子,后成为道教重要护法神将,驱妖压魔,助人升官,保佑仕途通达。从明代起,王灵官地位开始显赫,许多地方建有灵官庙。
⑨ 楮:音chǔ,落叶乔木,叶似桑,树皮是制造桑皮纸和宣纸的原料。古时亦作纸的代称。此处指代笔工,失其姓名。
⑩ 尫羸:音wāng léi,瘦弱。晋葛洪《抱朴子·遐览》:"他弟子皆亲仆使之役,采薪耕田。唯余尫羸,不堪他劳。"
⑪ 喻邦相:即喻均,1539—1605,字邦相,号枫谷,江西新建新塘喻村(即今江西省南昌市新建区石岗镇久驻村)人。隆庆二年(1568)进士,官至天津兵备副使后致仕。喻邦相诗作丰富,与当世名家王世贞、胡应麟等文人学者往来密切,诗文酬唱,至今所存各家诗文集内多有涉及喻均的赠答之作。
⑫ 卤簿:古代帝王驾出时扈从的仪仗队。出行之目的不同,仪式亦各别。自汉以后亦用于后妃、太子、王公大臣。
⑬ 威仪:仪仗、扈从。

者曝背[①]于门，妻嫂翼[②]之不能起。喻公遥望而悯之，禁前驱使勿呵辟[③]，听其自便。

一日，遇蓝袍青巾道人，见瘵者状貌，颇有矜怜[④]之色，谓曰："汝办二十钱斋我，我活汝。"其妻嫂咸异之，遂依言付钱。道人持钱分施与灵官庙前丐[⑤]者，便从指甲中剔出红药七粒，小于芥子，谓曰："掏二粒，水吞之，自当有验。未愈，更服二粒，神可王矣，便以余药乞人。"妻嫂随延道人入坐，以新汲井水[⑥]浸药，滴其口，少顷即跃然起，索饮食，扶杖而行。已[⑦]更进其二粒，步履如常，无复困惫。于是合家罗拜，叩其居止[⑧]。曰："吾向住姚廉察[⑨]家，无他寓也。"

明日笔工妻子并诣姚宅中物色之，廉察大惊，因思中外初无其人，寻绎[⑩]不解。忽夫人从屏后出[⑪]曰："得非后楼所供吕先生[⑫]乎？"引之登楼，俨然蓝袍青巾，与所遇容饰无异。阖门惊叹，传为美谈。后楮家余药转乞与许御史去。闻于宋孝廉[⑬]。

---

① 曝背：以背向日取暖。唐刘长卿《初到碧涧招明契上人》："渐老知身累，初寒曝背眠。"

② 翼：辅助。《尚书·益稷》："予欲左右有民，汝翼。"

③ 呵辟：辟，通"避"。喝令避开。唐段成式《酉阳杂俎·诺皋记上》："有书吏王庚请假归，夜行郭外，忽值引驺呵辟，书吏遽映大树窥之，且怪此无尊官也。"

④ 矜怜：怜悯。《后汉书·张奂传》："父母朽骨，孤魂相托，若蒙矜怜，壹惠咳唾，则泽流黄泉，施及冥寞……"

⑤ 丐：国图清钞本作"乞"。

⑥ 井水：国图清钞本作"水"，无"井"字。

⑦ 已：国图清钞本作"已而"。

⑧ 居止：住所。南朝宋谢灵运《山居赋》："若乃南北两居。"自注："两居谓南北两处，各有居止。"

⑨ 廉察：唐以来对观察使或职权与之相当的官员的简称。廉，通"覝（lián）"，考察，查访。

⑩ 寻绎：反复探索，推求。《汉书·黄霸传》："吏民见者，语次寻绎，问它阴伏，以相参考。"

⑪ 出：国图清钞本无此字。

⑫ 吕先生：吕洞宾。

⑬ 宋孝廉：即宋懋澄，1570—1622，明文学家、藏书家。字幼清，号雅源，一作稚源或自源，松江华亭（今上海松江）人。好诗文，以富藏书知名，所藏书多有秘本、手抄本及名家所校本。《猃园》一书中常以宋孝廉、宋明经称呼宋懋澄。孝廉，对举人的雅称。

落瘿[①]道人

道人还经灵官庙，见庙中道士垂瘿如瓠[②]，试以手捻瘿蒂者再，应手而落，颔下平复如旧，曾无瘢痕，市人竞呼为“落瘿道人”矣。是时观者如堵，徘徊之间，忽失道人所在。

焚　药

越东[③]有善箕[④]召吕仙[⑤]者。一人患眼疾经年不愈，请于仙，仙立授一方，令诣市取药五六种，杵细焚之钧州[⑥]磁炉中。少顷拨其灰，得红丸子一双，遂如法服下，应手[⑦]清凉，双目豁然如初，曾无纤翳。更数年，其疾复发，此人又请善箕者告之。授方焚药，无异前度，而红丸不可得矣。炉灰倾出净尽，卒无以觅。再三哀祷，只云“药在炉中”。后乃碎其炉足，宛然丸子在焉。神仙固无所不戏哉。

桃花道士

苏州东城贩缯[⑧]家，有儿年十余岁，近患腹痞[⑨]，楚[⑩]极，医

① 瘿：音 yǐng，颈瘤，俗称大脖子。
② 瓠：音 hù，葫芦的一种。
③ 越东：相当于今浙东地区。
④ 善箕，善于箕卜。
⑤ 吕仙：吕洞宾。
⑥ 钧州：地名，别称夏台。指的是阳翟（今禹州市）。
⑦ 应手：随手。《汉书·辕固传》：“固刺彘正中其心，彘应手而倒。”
⑧ 缯：音 zēng，古代对丝织品的总称。
⑨ 痞：在中医上是指胸中懑闷结块的病，又称“痞块”“痞积”。
⑩ 楚：痛苦。《后汉书·陆续传》：“诸吏不堪痛楚，死者大半。”

药不支，身渐黄瘦。一日早起，有道士鬓插桃花一枝，负药囊过其门，向西行甚急。儿甚异之，迹之，俱至福济观中。儿牵其衣，跪乞灵药。道士曰："汝病不须药也。"命儿张其口，从囊中掣出铁线，刺其喉，探入腹下，钳出一脔①肉，儿亦懵然②无苦。道士谓曰："牛肉过伤，成此痞积，今便可终身辍食矣。"腹平如故。言讫不见，后乃知为吕仙降神也。人谓天与其疾，而仙显其异矣。

捣衣石

吴人以四月十四日祀吕仙，年年如此，吕仙亦数数来人间。其年，福济观前人家施面，有一丐③者食面毕，覆其器于中庭捣衣石上，众不能举，三日后始开。仙迹幻设，信有之焉。

神仙鱼服④

直塘⑤一道观中，有道录⑥周静清，法术著异。一日，龙虎山⑦张真人⑧来访，周出迓⑨之，偶一道人持酒囊以随，将诣市沽

① 脔：切成小块的肉。
② 懵然：指不明白，无知。唐白居易《与元九书》："然仆又自思，关东一男子耳，除读书属文外，其他懵然无知。"国图清钞本"懵然"作"昏然"。
③ 丐：国图清钞本作"乞"。
④ 鱼服：比喻贵人微服出行。
⑤ 直塘：现属江苏省太仓市沙溪镇。
⑥ 道录：掌道教事务的官员。
⑦ 龙虎山：位于江西省鹰潭市西南20公里处。东汉中叶，正一道创始人张道陵曾在此炼丹，传说"丹成而龙虎现"，山因此得名。
⑧ 张真人：龙虎山掌门人，亦称天师。汉朝的张道陵是第一代的天师，据说能降妖伏魔。
⑨ 出迓：出外迎接。唐柳宗元《龙城录·赵师雄醉憩梅花下》："见一女子，淡妆素服，出迓师雄。"

酒。真人见道人，惊礼云："此纯阳老师也，何缘至此！"降阶长跪，不顾而去。周异之，曰："此吾侍者，执役观中半年矣。"方悟神仙鱼服也。命徒辈速延之入，则已出门不远，见之在前，提酒囊徐徐而行，二三道士各跣足[①]追之无及。如此移时，常相去十余步，竟莫能迹。俄而风雾四起，咫尺不见，惟闻云际笙鹤之声，遂各罢还。

绛[②]笺帖

黄九鼎[③]为北京监博[④]时，夜梦人送绛[⑤]笺帖子，有"吕[⑥]岩拜"三大字。黄讶其仙，亟整衣冠出迎，仓忙中恍然惊觉。明日语其所知[⑦]，所知谓曰："汝第于一七日内，斋沐虔诚候之，必有异人至，慎勿怠事。"黄是日斋戒，凡经七日，杳然亡[⑧]迹，斋禁亦开。又将逾旬矣，一日忽有道人戴双玉圈巾，走入卧内。黄亦顿忘前事，急命驱逐。道人怒曰："我尚书阁老[⑨]家往来出入，无所避忌，汝乃驱逐我乎！"黄趋出追之，不知[⑩]所在。详味"尚书阁老"四字中，又双"口"在焉，始信真仙[⑪]降[⑫]而不悟也。其夕即梦一人来索前绛笺帖子，黄惊惧，遽检还之而觉，悔无及矣。亲话于余。

---

① 跣足：赤脚。唐谷神子《博异志·阴隐客》："首冠金冠而跣足。"
② 绛：国图清钞本作"降"，误。
③ 黄九鼎：遂昌人，举人，授陕州知州。
④ 监博：国子监博士的简称，在国子监中分管教学的官员。
⑤ 绛：国图清钞本作"降"，误。
⑥ 吕：国图清钞本作"品"，误。
⑦ 所知：相识的人。《仪礼》卷三十九："所知，则赗而不奠。"
⑧ 亡：国图清钞本作"无"。
⑨ 阁老：明代设内阁大学士，俗称阁老，又用为对翰林在文渊阁掌诰敕者的称呼。
⑩ 不知：国图清钞本后跟一"其"字。
⑪ 真仙：国图清钞本作"真神仙"。
⑫ 降：国图清钞本无"降"字。

赌 雷

有雷公方行雷，遇一道人至，挟而登酒楼，戏共赌雷为乐。雷公曰："雷吾所役使也，斯何难事，而汝能赌？"道人曰："某亦习五雷之法[①]。"于是下筹于案，互角胜负。雷公每为道人所禁，行十得五，终莫能敌。道人引满[②]尽欢，雷公不得涓滴而罢。既去，雷公请其名，曰："回去，回去！"雷公作礼问曰："莫非吕先生乎？"道人大笑，腾云而上。雷公怒，命使者推霹雳车相随，追之不及乃止。管可成说。

卜筑[③]长春山

歙[④]何洪少随父贾于杭，遂世为杭人。万历中，儿炅[⑤]疾笃，请姚江[⑥]徐永召仙。仙至，乃纯阳子也，题诗云："三春柳外莺声好，啼落残红半树花。分付杜鹃休叫月，一窗香雨湿轻纱。"详其句，知炅不可为矣。后六日，果死。洪悼儿，使永再致纯阳子。纯阳子曰："死者不可复生，生者不当修福乎？吾侪[⑦]厌居壶峤[⑧]，思憩[⑨]人间。西湖之南有山曰长春，君家坟墓在焉，其为我卜筑

---

① 五雷之法：道教方术。出现于北宋末，以自身内丹修炼为体，符录咒术为用，谓人能聚五行之气为五雷。依法行之，可致雷雨，祛疾苦，立功救人。

② 引满：斟酒满杯。

③ 卜筑：择地建筑住宅，即定居之意。

④ 歙：歙州，徽州的古称，州府歙县。

⑤ 炅：疑为"炅"。音 jiǒng，明亮。

⑥ 姚江：现浙江余姚的别称。

⑦ 吾侪：音 wú chái，我辈，我们这类人。

⑧ 壶峤：传说中仙山方壶、员峤的并称。清赵翼《题吴并山中翰青崖放鹿图》诗："从此相随戏壶峤，君骑白鹿我青牛。"

⑨ 憩：休息。

于斯可乎？”洪稽首听命，于是购材鸠[①]匠，相地墓旁，面清江夹翠巘[②]，造成高阁，其上亭焉，垒石飞梁，穿池种树，层廊翼翥[③]，雕栏绣错[④]，绿云多驻，紫气时回，宛然欲界之灵都也。署额颜楣，并出仙笔。落成之后，肖像如生。凡刻仙籍者十余人，而洪祖及祖母仙姑与焉。徐渭[⑤]有记。

影娥川[⑥]楼船鼓吹

影娥川在常熟县城中虞山[⑦]之麓，路由清权里而入，浅水一泩，不通舟楫。相传琴流[⑧]于此结原[⑨]，所谓焦尾溪[⑩]，即其地也。万历丙子正月十五夜，月色甚皎，秀才马凤挈同细君女郎辈踏灯往来，过此川上，惊见川中忽涌楼船鼓吹，帘内隐映贵人，皆曳云霞日月之衣，双鬟[⑪]侍女，倚栏吟望。俄有青褶童子数辈，推篷而起，手携绛纱灯上岸。凤举家惊异，急呼从人尾之以行。

---

① 鸠：聚集。
② 巘：音 yǎn，山峰。
③ 翥：音 zhù，（鸟）向上飞。
④ 绣错：色彩错杂如绣。《魏书·地形志上》：“犬牙未足论，绣错莫能比。”
⑤ 徐渭：1521—1593，绍兴府山阴（今浙江绍兴）人。初字文清，后改字文长，号青藤老人、青藤道士、天池生等。明代著名文学家、书画家、戏曲家、军事家。与解缙、杨慎并称“明代三大才子”。
⑥ 影娥川：在言子墓前，上架“文学桥”以登墓道。相传仙娥在川中泛舟，故名。常熟古城内琴川七弦溪流皆源于此。现已干涸多年。
⑦ 虞山：位于江苏省常熟市内，古称乌目山，横卧于常熟城西北，北濒长江，南临尚湖，传说因商周之际江南先祖虞仲（即仲雍）死后葬于此而得名。虞山东南麓伸入古城，故有“十里青山半入城”之说。
⑧ 琴流：古代常熟县署前后有七条溪水横列，如古琴的七根弦，加之贯通南北的运河（今称琴川河），故常熟有“琴川”的别称。琴流就指这七条横溪。
⑨ 结原：归结发源的意思。
⑩ 焦尾溪：城西有一溪通于虞山脚下，犹如琴尾，因东汉蔡邕有焦尾琴，故常熟人称这条溪水为“焦尾溪”。
⑪ 鬟：古代未婚女子的一种环形发式，即在头上或额旁梳成环形髻。其式有高低、长短、大小等多种。

众童子状甚狡狯①，萦回②数步，便趋入船内不顾。须臾烟雾四起，咫尺晦冥，转盼之间，都无所见矣。龚氏③《松窗快笔》略记其事。

大茅君④张宴

常熟城中虞山西北隅一带，相传其地为三茅峰，旧建华阳观，不甚崇敞。万历年间，火居道士⑤李甲偕邻人夜登虞山看月，憩于三茅峰侧。欻见⑥有张宴于峰之巅者，上不见天，皆五彩帐幄覆之，下铺红锦地衣数十重，罗列绮筵⑦，丹碧交焕，金石竞奏，丝竹互谐，声隐隐出半空中。李初意是大僚筵会，徐徐引避树下。俄望见席上列坐数人，神状秀异，并玄裳缟衣，云冠⑧亸⑨绶，手执碧玉觥⑩，笑傲自若。两旁行酒皆丸髻⑪小儿、黛鬟女子，侍卫百数，各有所执。乃大骇异，方知张宴者即大茅君，亦莫知坐上何人是茅君也。拉邻人趋鸟径而上，其行迅疾，渐觉弥远，未至

---

① 狡狯：机灵。清和邦额《夜谭随录·噶雄》："有务子者，年与雄埒，为人亦狡狯颖秀。"
② 萦回：盘旋往复。汉应玚《驰射赋》："尔乃萦回盘厉，按节和旋。"
③ 龚氏：即龚立本，1572—1644，字渊孟，居常熟冶塘大河（今大河村）。早年为县学诸生，知县杨涟以国士待之。万历四十三年（1615）中举人，选任太平府教授。知崇德县。温体仁之子不法乡里，贩卖私盐被龚立本扣下。本来要擢拔为陕西道监察御史，因忤权相温体仁而被勒改工部。官至南京刑部主事。崇祯十七年（1644），得知北京失守，朝北面长号绝食而死。有《浪泊集》《松窗快笔》《烟艇永怀》等。
④ 大茅君：道教三茅真君中的长兄，名盈，讳叔申，出生于汉景帝中元五年（前145）。
⑤ 火居道士：有家室的道士。
⑥ 欻见：国图清钞本作"倏见"。国图清钞本多处"欻"作"倏"，不再一一注明。
⑦ 绮筵：华丽丰盛的筵席。唐陈子昂《春夜别友人》之一："银烛吐青烟，金樽对绮筵。"
⑧ 云冠：高帽。晋陆机《赠潘尼》诗："舍彼玄冕，袭此云冠。遗情市朝，永志丘园。"
⑨ 亸：音duǒ，下垂的样子。
⑩ 觥：音gōng，盛酒器。
⑪ 丸髻：古代的一种孩童髻式。其式结髻两丸于两耳上侧，故称。

数十步，俄然惊散，众真[①]皆隐，但见流云采霞，香风瑞霭，弥漫崖谷之间，白鹤数声，回翔其地而已，向之管弦罗绮，一无所睹矣。及晓，直上峰头寻求，余粮弃核，尚有存者，绝无影响[②]，惆怅而还。

① 真：真人，道教称存养本性或修行得道的人。
② 影响：影子和声响，引申为踪迹。《西游记》："拨草寻蛇，那里得些影响。"

第二

仙幻

葫芦藏世界

山阴璩生，号衡阳山人，名自忍。居阛阓[①]中，乃凡民也，目不知书。少年贩茶入天姥山[②]中，遇神仙传授变化隐形之术、五雷请雨之法。试之奇验，五符五咒，雨立注如倾矣。又通晓搬运之法[③]，果肴蔬馔，所至无不毕致。分杯结雾，化竹钓鲻[④]，无所不工，无所不晓。杖头挂三葫芦，大如杯。

一日醉后，谓众客曰："某有奇术，自古无者，今日请为诸君设之，不足闻于外也。"众欣然应声曰："敢不如命。"生遂解下三葫芦，用五色彩绳三尺许系之，緪[⑤]于席端，按亥、卯、未三方安置既定，指南边者曰："此第一天界。"指左曰："此第二地界。"指右曰："此第三人界。"于是揭三葫芦盖，使众聚观之，洞然无一物在，然后复掩却。璩生口中喃喃诵胡僧咒一遍，次第拽起绳盖。顷之，第三葫芦中陡然震动，见人马无数，皆长二三寸，官僚将吏，士女老稚，队仗音乐，提携负戴，迤逦从绳上行。至农贾渔猎之具，踵接肩摩，毛发分明，细若刻镂，杂然趋赴于第二葫芦中。生口中仍复诵咒如前，咒毕，但闻其中锵锵然作铜铁之声，闻于外。又鬼啸非常，须臾推出一队，牛头马面，狱卒夜叉，奇貌鬼神，引罪人皆披枷带锁，现种种地狱变相[⑥]，齐赶入南边第一葫芦中。生又复诵咒如初，忽见涌出天人玉女，珠幡宝盖，玉皇香案在前，其后拥诸佛菩萨、帝释龙神，及所乘马驼狮象四足之属，一一现形，庄严具足。其来如风，其去如雨，却走

① 阛阓：音 huán huì，市肆。
② 天姥山：浙东名山，位于浙江省绍兴市新昌县境内。此山被道家称为第十六福地。
③ 搬运之法：遁术，也叫搬运术或五鬼搬运，是道家法术中的一种。
④ 鲻：音 zī，指属于鲻科的一种鱼，生活于咸、淡水中，我国沿海均产。
⑤ 緪：音 gèng，连接两头。宋玉《招魂》："姱（kuā）容修态，緪洞房些（suò）。"
⑥ 变相：简称"变"。佛教画术语。用绘画或雕刻所表现的佛经故事。

进第三葫芦中。诸顶盖一时悉下，寂然无声。抖擞葫芦，复收挂杖头，视之都亡有矣。璩生后弃茶业，辞家入四明山[①]去，不知所终。张君去非亲遇其事，说云然耳。

按，《原化记》[②]载嵩山潘老人怀中一葫芦子，床帐席幕[③]，凡是用度，悉纳其中，无所不受。夜则于空室内陈列，时有见者。又《酉阳杂俎》载剑门[④]负笈老翁，尽取侯遹[⑤]妓妾十余人投之书笈，负之而趋，走若飞鸟。又遂州[⑥]村民于世尊[⑦]前能自作阿弥陀佛，宫殿池沼，一如西方，男女俱集，念佛而已。详璩生伎俩，岂嵩山、剑门、遂州之流乎？不然，其理莫晓，非所云不可思议者耶？

卸足道人以下二条皆金箔张事

国初金箔张者，山西平阳府[⑧]人也。世造金箔为业，人呼之为“金箔张”。其子二郎，聪俊不凡，少遇仙流，受以《鹿卢跷经》[⑨]一卷，遂得乘跷[⑩]之术，闾里骇其所为。

一日，有羽衣人过其门，曰：“家师亦挟小小奇术，二郎不弃，明日遣骑相迎，到敝庄观之。”黎明，果有两童子各乘一龙，自云中下来，复牵一龙来迎。三龙系在一处。有顷，二郎乘龙，龙狞甚，昂首不伏，童子出袖中软玉鞭鞭之，二郎乃腾身而上。

---

① 四明山：地处浙东，有第二庐山之称。
②《原化记》：古代传奇小说集，唐皇甫氏著。所叙内容以神仙冥报、龙虎异变为主。
③ 床帐席幕：国图清钞本作“床席帐幕”。
④ 剑门：在今四川省剑阁县。
⑤ 侯遹：音 hóu yù，隋朝开皇初年时广都（亦称都广，今成都双流）孝廉。
⑥ 遂州：北周闵帝元年（557）置，治所在今四川省遂宁市。
⑦ 世尊：佛陀的尊称。
⑧ 平阳府：宋政和六年（1116）升平阳郡为平阳府，府治在今山西省临汾市尧都区。
⑨《鹿卢跷经》：道家著作。鹿卢跷，道教所说的举足高飞的方法之一。晋葛洪《抱朴子·杂应》：“若能乘跷者，可以周流天下，不拘山河。凡乘跷道有三法：一曰龙跷，二曰虎跷，三曰鹿卢跷。”
⑩ 乘跷：道家所谓飞行之术。跷，举足。

行数里，至一山谷中，花木缤纷，陂陀[①]连接，泉石幽邃，洞壑杳冥。倏忽眺望之际，俄达茅庵矣。二童子先入庵启报，羽衣人亦已在门，传呼延入。见一道人，庞眉[②]古服，坐匡床[③]之上，双足却挂壁间，相去犹寻丈也。二郎欲拜，道人曰："且止勿前。老汉久卸膝盖骨以自便，倚足于壁，不踏世上红尘矣，今日不免为郎君[④]一下床也。"于是挥手招壁间双足，自行前着膝上，辐辏如常人[⑤]。遂下床具宾主礼，呼室中童子煮新茶供客。茶至，则一无首童子也。道人责曰："对佳客乃简率如此乎！可速戴头来矣[⑥]。"童子举手扪[⑦]其颈，遽入室，取头戴之。复出[⑧]，供茶如初。致席于地，坐谈良久，命治具款郎君，脍青龙肝为膳。二郎愧谢再三。道人曰："屠龙是家僮常伎耳，郎君莫怪。"须臾，见童子牵一青龙于阶下，引短剑断龙首，龙亦蜿蜒就屠，先剖其腹，次取其肝，切肉作脍，聚肝其上燔[⑨]之，爪牙麟角，俱弃[⑩]于地。少焉登俎，五彩烂然。二郎疑不敢食，道人连啖数器，掰龙肝食之多[⑪]尽。

二郎观其风貌，听其话言，莫可测识，自谓世之所无也。因留侍数月，尽其术，然后告归。送出庵门，忽风起尘扬，天地昼晦，俄而清霁，道人与茅庵都不见矣。四顾皆黄沙白草之乡，无

---

① 陂陀：音 pō tuó，亦作"陂陁""陂陥"，台阶。《楚辞·招魂》："文异豹饰，侍陂陁些。"王逸注："陂陁，长陛也。……陁，一作陀。"

② 庞眉：眉毛黑白杂色。常与苍颜同用，指老当益壮、鹤发童颜的老者。唐钱起《赠柏岩老人》："庞眉忽相见，避世一何久。"

③ 匡床：方正安适的床。

④ 郎君：贵家子弟的通称。

⑤ 辐辏如常人：形容腿脚附着在身上像常人一样。辐辏，形容人或物聚于一处，也作辐凑。

⑥ 矣：国图清钞本无。

⑦ 扪：音 mén，抚摸。《史记·高祖本纪》："乃扪足曰：'虏中吾指。'"唐司马贞《索隐》："扪，摸也。"

⑧ 复出：国图清钞本作"便出"。

⑨ 燔：音 fán，烤肉使熟。

⑩ 弃：国图清钞本作"垂"，误。

⑪ 多：国图清钞本作"都"。

复花木陂陀，泉石洞壑。讯之，乃在大同[①]浑源州[②]北岳恒山下。步行旬日，始得还家。

金水桥幻戏

平阳张二郎，尝与客同诣水边，见群鱼游泳。客问："此鱼可作羹乎？"二郎曰："可。第[③]君所须几头耳？"客限其数，二郎便丸泥投水中。顷之，有鱼长尺许者鳞鳞[④]跃岸，果符前数。

二郎尝闻济源[⑤]灵湫之奇，亲诣观之，知其伏机所为，归而效焉，穿一池，亦能出物，人以为巧。高皇帝[⑥]闻其术神，召见便殿，问曰："尔有何道术也？"二郎奏曰："臣能开顷刻莲花。"时方二月，春阳媚和，乃出袖中一小铜瓶子，注以净水，须臾见五彩雕云弥布殿阙。于是请上御金水桥观之。二郎解领巾内一小玉盒，倒出石莲子七枚，遍撒水中，俄见荷叶田田[⑦]，渐大如盖，倏焉菡萏[⑧]挺生[⑨]，芙蕖[⑩]交映，花香远馥，芳风藻川，过而瞩者，咸谓神仙幻出矣。

久之，二郎剪云蓝[⑪]纸作小舟，吹落水面，具奏曰："此采莲

① 大同：今山西省大同市。
② 浑源州：金朝设置的州。明、清属山西大同府。民国元年（1912），废浑源州为浑源县。
③ 第：但是。《明史·海瑞传》："此人可方比干，第朕非纣耳。"
④ 鳞鳞：形容多得像鱼鳞。《聊斋志异·促织》："见蹲石鳞鳞。"
⑤ 济源：今河南省济源市。因济水发源地而得名。
⑥ 高皇帝：明太祖朱元璋（1328—1398），字国瑞，原名重八，后取名兴宗，濠州钟离（今安徽凤阳）人，明朝开国皇帝。《狯园》中的高皇帝都是指朱元璋，不再说明。
⑦ 荷叶田田：莲叶盛密貌。《乐府诗集·相和歌辞一·江南》："江南可采莲，莲叶何田田。"
⑧ 菡萏：音 hàn dàn，荷花。依花开情形细分：盛花者称"芙蓉"，花蕾未开者称"菡萏"。
⑨ 挺生：国图清钞本后有一"矣"字。
⑩ 芙蕖：亦作"芙渠"，即莲花。《尔雅·释草》："荷，芙渠。其茎，茄；其叶，蕸；其本，蔤；其华，菡萏；其实，莲；其根，藕；其中，的；的中，薏。"郭璞注："（芙渠）别名芙蓉，江东呼荷。"
⑪ 云蓝：纸名。唐段成式在九江时曾自制云蓝纸，见段成式《寄温飞卿笺纸》诗序。

船也。”上曰：“卿能驾以行乎？”曰：“能。”便竦身[1]登舟而发，复具奏曰：“臣少习于吴，能为吴歌，请为陛下奏[2]清燕[3]之娱。”曼声[4]初引，林容飒飞，韵溢阳春，玩深渌水[5]。朝贵相与耸听，宫嫔为之驻愁。歌竟往来，荡漾花丛之间，众中遥见二郎妻子僮仆悉在此舟共载，更唱迭和，嬉游水央。是时圣情大怿[6]，龙颜和畅，趣命出金帛赏赉[7]。忽有飘风[8]从东南来，烟波腾沸，云雾晦霾，人舟荷花都无所见。

掌心雷以下五条皆张皮雀[9]遗事

张皮雀既得胡风子[10]术，日卖掌心雷里中。群儿每持一钱与之，便以朱书“雷”字于其掌心。儿趋阛市中，扬言曰：“雷来矣！雷来矣！”舒掌即作殷殷之声[11],腾于空中。市人仰观[12]青天，无不骇异，久之渐渐而止。

---

① 竦身：指耸身，纵身向上跳。
② 奏：国图清钞本作“奉”。
③ 清燕：亦作“清宴”，清闲，安逸。汉东方朔《非有先生论》：“使遇明王圣主，得赐清宴之闲，宽和之色，发愤毕诚，图画安危……”
④ 曼声：舒缓的长声。南朝梁刘勰《文心雕龙·乐府》：“总赵代之音，撮齐楚之气，延年以曼声协律，朱马以骚体制歌。”
⑤ 渌水：古曲名。《文选·马融〈长笛赋〉》：“上拟法于《韶箾》《南籥》，中取度于《白雪》《渌水》，下采制于《延露》《巴人》。”
⑥ 怿：音 yì，欢喜。《诗经·邶风·静女》：“说怿女美。”
⑦ 赉：音 lài，赐予。《尚书·汤誓》：“予其大赉汝。”
⑧ 飘风：旋风。《诗经·大雅·卷阿》：“有卷者阿，飘风自南。”
⑨ 张皮雀：明代苏州玄妙观道士。本名道修，长州县（今苏州）人。后迁吴中，为道士，师事胡风子，胡风子居苏州玄妙观，密授道修以秘诀，遂善祈风祷雨。道修常怀一皮雀，善与小儿狎戏，故时人谓之张皮雀。事见《异林》《苏州府志》等。
⑩ 胡风子：胡元谷（又作胡安谷），吴江（今苏州吴江）人，玄妙观高道，因佯狂于世，人称胡风子。胡风子大有来历，他获得青城太乙雷书及斩勘惑魔秘旨，又是莫月鼎大师的再传弟子，得莫的真传，洪武末年时也曾因大旱求雨成功而让世人刮目相看。
⑪ 殷殷之声：指雷声。曹丕《黎阳作三首其二·殷殷其雷》：“殷殷其雷，蒙蒙其雨。我徒我车，涉此艰阻。”
⑫ 仰观：国图清钞本作“仰视”。

吹 雨

一日张皮雀行玄妙观[①]门外，见洗白家曝衣帛在市，呼之曰："煮茶来吃！"其人不应。便书一符吹去西北角，骤雨如倾，点污衣帛，使其家明日重洗。

一茎草

张皮雀尝与诸少年戏赌，同看市行女子足之大小，就地拾一茎稻草横置之，女子行者误视为沟，竞褰裳而跨之。又戏谓诸少年曰："吾欲此女凭肩[②]而行，何如？"复掷茎草于地，女便举手凭之。人问女何故而凭道士肩。答曰："吾自不知何故也。见大沟，沟旁有枯树，遂凭之而过矣。"

字误书草

张皮雀好饮酒食狗肉。适民家建醮[③]，众道士飞章[④]告玄[⑤]，向空上焚，只候皮雀登坛。皮雀大醉而来，谓[⑥]众道士曰："速收醮

① 玄妙观：始建于西晋，位于今苏州观前街，已有1 700余年的历史。观内建于南宋的三清殿是江南最大的木构古建筑。殿内供奉的高达17米的三清（上清、玉清、太清）塑像，堪称宋代雕塑的上佳之作。玄妙观中现存有唐吴道子画老君像、玄宗赞、颜真卿书法等碑刻，弥足珍贵。

② 凭肩：以手靠在别人肩上。唐白居易《长庆集·新丰折臂翁》："玄孙扶向店前行，左臂凭肩右臂折。"

③ 建醮：音 jiàn jiào，旧时僧道设坛为亡魂祈祷。

④ 飞章：急报的奏章。

⑤ 玄：天，上帝。《释言》："玄，天也。"

⑥ 谓：国图清钞本作"语"。

筵，雷火且至，缘所上之章有字失体，复[①]草书，上帝大怒，咸被弃掷，且命火部谴其不敬矣。”众道士云：“未尝误也。”皮雀忽于袖中出所焚之章示之，宛然净本[②]，封题印署如故，字误书草，一符其言。有顷雷电骇空，自北而至，飞火环其庐，焚烧尽矣。

玄坛神

张皮雀常畜一鸡于玄坛祠[③]下。皮雀出门，谓玄坛神曰：“胡子照管家畜，莫被人攘[④]去也。”锁其门，以钥挂门上而出。里中无赖少年阚[⑤]之，便窃启视，攘鸡在抱，欲出不能，但于庭际旋绕，左冲右突而已。伺皮雀归，哀鸣祈[⑥]之，笑而释去。人问少年：“汝既攘鸡，何以不走？”答曰：“身如被系，欲逃不得。”后遂莫敢犯焉。

夜游滇南

以下十三条皆李福达[⑦]事。王征君稚登竹墅席上谈

嘉靖初有李福达者，扶沟县人也，故为千侯[⑧]。能分身散影，役

---

① 复：再，又。
② 净本：写定誊清的正本。
③ 玄坛祠：专祀赵公明（财神），赵公明即玄坛神。元代《三教源流搜神大全》云：“赵元帅，姓赵讳公明，终南山人也……面色黑而胡须者，北炁也……授正一玄坛元帅。”因此下文有“胡子”说。
④ 攘：侵夺，偷窃。《孟子·滕文公下》：“请损之，月攘一鸡，以待来年，然后已。”
⑤ 阚：望。《说文》：“阚，望也。从门，敢声。”
⑥ 祈：国图清钞本作“求”。
⑦ 李福达：山西代州崞县（现山西省原平市）人。明朝弥勒教宗教首领。有著名的“李福达案”。
⑧ 千侯：即千户，官名。明代卫所兵制设千户所，千户为一所之长官。驻重要府州，统兵 1 120 人。

使山魈，坐致[①]行厨[②]，兴腾云雨，飞砂走石。灵奇幻设[③]之事不可胜纪，世莫知其授也。是时大狱始定，阁臣张、桂二公[④]秉朝政，以其妖妄[⑤]恶之，械系甚坚，使狱卒共守。而报京城内外戏场聚处皆有福达，又惊传玉河桥酒馆中有一福达，常与道士对谈共饮，看验无差。二公不信，命悉缚来。力士缚得两人至，余皆遁去，拥至厅事前，伏于阶下，起而细视其貌，乃是两政府中老苍头[⑥]也。二公大怒，将加拷掠，都昏昏如醉梦中，不知身所由出。及使人视械系处，真福达故在也。命秘其事，不以上闻。世宗皇帝方好神仙，亲召福达至，遣中官[⑦]破其械于五凤门[⑧]外，欲留供奉内庭。二公密奏不可，乃止。福达仅获免死，谪戍云南边卫矣。故事，遣戍必有两步健[⑨]守押，以防逸去。李谓步健曰："向某所以不远遁者，为此业报未偿。今偿毕矣，汝曹相逼，意欲何为？"步健曰："公神人也，何敢他阻。但无以复命，亦当获谴，欲得云南文信为凭耳。"李曰："此易耳，不足忧也。"乃选旅舍主人家，求静室一所，周遭

---

① 坐致：轻易获得，轻易达到。《孟子·离娄下》："天之高也，星辰之远也，苟求其故，千岁之日至，可坐而致也。"

② 行厨：出行途中的临时烹饪设置。

③ 幻设：虚构。明胡应麟《少室山房笔丛·四部正讹下》："古人著书，即幻设必有所本。"

④ 张、桂二公：张璁和桂萼。张璁，1475—1539，字秉用，号罗峰，浙江温州人。"大礼议"事件中的重要人物，明朝大改革的开启者。官至内阁首辅。世称"张阁老"，卒谥文忠。著有《礼记章句》《大礼要略》等。桂萼，？—1531，字子实，号见山，余江县锦江镇人。明正德六年（1511）中进士。历任丹徒等县知县、南京刑部福建司主事、翰林院学士、詹事府兼学士、礼部侍郎、礼部尚书、吏部尚书、太子少保兼武英殿大学士等职，升迁之快，史不多见。所经各任都能端正风俗，抑制豪强，政绩颇著。著有《历代地理指掌》《桂文襄公奏议》等。

⑤ 妖妄：怪异荒诞。《三国志·魏书·刘晔传》："此妖妄之国耳，何能为有无？"

⑥ 苍头：奴仆。《汉书·鲍宣传》："使奴从宾客浆酒霍肉，苍头庐儿皆用致富。"颜师古注引孟康曰："汉名奴为苍头，非纯黑，以别于良人也。"

⑦ 中官：宦官。《汉书·高后纪》："诸中官、宦者令丞皆赐爵关内侯，食邑。"颜师古注："诸中官，凡阉人给事于中者皆是也。"

⑧ 五凤门：即午门。

⑨ 步健：步卒。宋李昉等编《太平广记》卷二六五《陈磻叟》："巨容得之大怒，遣步健十余辈，移牒潭鄂，追捕磻叟。"

扃 鐍[1]，封护无隙，告主人曰：“吾中夜入静，慎勿喧动。”因敕两步健宿户外守之，诫曰：“无妄窥，祸及汝曹矣。”步健受教，屏息而寝，不敢謦欬。中夜，但闻人马驰骤之声，若冲涛破浪然，莫测所谓。凌晨启扃[2]，李于袖中出云南都司[3]文凭，收管一一具备，符信宛然，缄封犹湿，授之两人，各各拜谢而去。后客有从滇中贩药回者，见一酒楼壁上诗，后署云：“李福达从军至此。”

剑 叛

先是，李千侯福达为家奴上书告变，遂构成大狱。上不之诛，遣戍徼外[4]，李因隐身之江南。后阴以六丁[5]驱役之术缚归叛奴，从苏州玄妙观所寓道房内穿一坎，深尺许。有甲士牵叛奴立于坎中，钉奴首足。李身衣黄袍，戴金鍪[6]，南坐握固[7]，据两膝[8]叱其奴曰：“速死无他言！”奴乞命号呼甚惨。李从袖中拂出白气一道，如匹练然，旋绕其奴发际，须臾形渐缩减，如火炀膏，食顷[9]，头颅俱没坎中，悉化为水，毛发不存。李徐起，灭烛就寝。观中道士穴壁窥之，悸几死。

---

① 扃鐍：音 jiōng jué，加在门窗或箱箧上的锁，此处用为动词，关闭。《旧唐书·王玙传》：“左震晨至，驿门扃鐍不可启，震破锁而入。”

② 扃：音 shǎng，门上环钮。

③ 都司：全称都指挥使司，是明朝设立于地方的军事指挥机关，掌一方军政。设都指挥使一人，正二品。

④ 徼外：塞外，边外。《史记·佞幸列传》：“人有告邓通盗出徼外铸钱。”

⑤ 六丁：道教认为六丁（丁卯、丁巳、丁未、丁酉、丁亥、丁丑）为阴神，为天帝所役使；道士可用符箓召请，以供驱使。《后汉书·梁节王畅传》：“从官卞忌自言能使六丁。”李贤注：“六丁，谓六甲中丁神也。若甲子旬中，则丁卯为神；甲寅旬中，则丁巳为神之类也。役使之法，先斋戒，然后其神至，可使致远方物及知吉凶也。”

⑥ 鍪：音 móu，又叫兜鍪，古代打仗时戴的盔。

⑦ 握固：道教养生修炼中常用的一种手式。

⑧ 据两膝：手放在两膝上。

⑨ 食顷：吃一顿饭的时间，形容时间很短。

盗献黄绢囊

初，李福达过苏州，寄托枫桥金氏。金氏者，卖古器人耳，不甚礼重[①]。李殊怏怏，即赴常州武进县，住于钱巷杨七郎家。李善缩地术[②]，心欲有诣，身即辄至，不俟整楫驾舟，常令鬼担卧具而行。胸前挂黄绢囊，囊中贮素书[③]二卷，虽盛暑勿[④]脱，卧起常不离身。一日，杨家六郎伺其浴于河，窃而藏之。李登岸，见囊失去，笑曰："当令盗者自献。"乃白座客："某不免对诸君作造次矣。"因整衣冠，两手握固而坐。顷之，六郎双睛垂于睫外长尺余。叱曰："捉阿郎下阶。"六郎即[⑤]自投阶下，头面抢地，求哀咽绝。其弟代为叩头谢过，曰："肉人无知，幸见矜释。"出其囊呈还李，却使六郎自纳其睛，经时复故，因责其归致酒果赎罪[⑥]。前后咫尺，至暮不达，度所行已逾数里。六郎亟返，拜恳求恕，乃释之。明日携酒果极备珍膳，致敬如弟子礼矣。

鱼 戏

杨六郎、七郎争戽池水取鱼，三日而水涸。李福达谓曰："明日将羹鲜鱼饭客乎？"二人匿谢曰："并无有也。"李知其欺之，夜召奇形异状小鬼百数，去其梁笱[⑦]，掷瓦抛砖，风雨大作。池中

① 礼重：礼敬尊重。《北齐书·儒林传·冯伟》："王下厅事迎之，止其拜伏，分阶而上，留之宾馆，甚见礼重。"

② 缩地术：传说中能化远为近的神仙之术。

③ 素书：兵书名，相传为秦末黄石公作。它以道、德、仁、义、礼为主旨，取老子之说为注释。

④ 勿：国图清钞本作"弗"。

⑤ 即：国图清钞本无。

⑥ 赎罪：国图清钞本作"赎前罪"。

⑦ 梁笱：泛指捕鱼器具。梁，水中所筑捕鱼矮坝。笱，捕鱼之具。

有鱼千头，悉跳出外塘，一无获。黎明起视，涨平如故矣。杨氏举家罗拜[①]祈哀，李意解，仍遣诣池上。及至，诸鱼纷纭踊跃，还入如故。由是礼待殊常，朝夕参礼焉。

画屏女

毗陵[②]某衣冠[③]家,尝邀李福达饮。中夜设画屏于堂,屏上有美女一十七人，李一一呼之下地，令其歌舞于前，独留一人守屏上。歌舞毕，次第叱之登屏。衣冠惊骇不测，深加敬礼。按,《仙传拾遗》载，广陵人张定，从道士授变化之术，每见图障[④]屏风有人物音乐者，以手指之，皆能飞走歌舞，言笑趋动，与真无异。今据李君所为，神仙戏术，不可厚诬[⑤]矣。

拂云见月

千侯李福达客常州杨家时，方中秋，会有数客同在六郎家饮。其夕霁月澄莹，云无纤翳。主人谓客曰：“今夕何夕[⑥]，月出皎兮。”李起尿阶下，潜于檐角拔下[⑦]一瓦，可三寸许，复就座饮。忽有黑风暴雨，沾湿盘筵，数客不乐，迸散而去，李却与客

---

① 罗拜：国图清钞本作“罗布”。
② 毗陵：县名。西汉时置毗陵县，唐改为武进县，其地包括今江苏省常州市武进区之全部及新北区之一部分。
③ 衣冠：指世族，士绅。《后汉书・羊陟传》：“家世衣冠族。”
④ 图障：指绘有图画的屏风、软障（即幛子，古代用作画轴）。唐李肇《唐国史补》卷下：“李益诗名早著，有《征人歌且行》一篇，好事者画为图障。”
⑤ 厚诬：深加欺骗。《左传・成公三年》：“吾小人，不可以厚诬君子。”
⑥ 今夕何夕：意为今夜是何夜，多用于赞叹时。《诗经・唐风・绸缪》：“今夕何夕？见此良人。”
⑦ 拔下：国图清钞本作“拔出”。

还诣七郎家索饮，月明如故。明日，七郎过六郎家，六郎谓曰："昨宵与客共饮，方羡月色大佳，忽风雨骤至，客与主人皆不乐，为之罢席。"七郎大惊曰："昨宵月明如昼，吾辈竟夕谈笑，安得风雨事乎？"六郎因知李之所为矣，乃曰："今宵须从李先生乞月赏也。"李曰："有是乎？"座客皆喜。其夜方设席于庭，阴霾不散，李向空以袖拂之，少顷，云收雾霁，清光洞然，主客再拜而谢。据此，则梯取①、纸刻②之事，《酉阳》③《宣室》④所并载者，信而有焉。

掷 杯

李福达游太湖，王文恪⑤公子招饮于舟，由湖口经明月湾⑥下，公子出金玉酒器以侑⑦觞。李每饮毕，辄取杯掷水中，掷之殆尽，举座皆失色。公子知其术异，独不为动，李⑧亦谈笑自若。及济中流，忽有赤金鲤鱼数十头跃入舟中，呼使者烹之，既剖腹，则所掷玉杯金斝⑨一一在焉。夜检视，百不失一。

---

① 梯取：梯云取月置之怀。《宣室志》："太和中，周生有道术。方中秋，月色澄莹，有数客来。周曰：'我能揭月，置之怀中。'因取数百筯，绳而架之，曰：'我将此梯取月。'乃闭户。久之，客步庭中伺焉。忽天地曛黑，仰视无纤云。俄闻生呼曰：'某至矣！'手举其衣，出月寸许，一室尽明，寒入肌骨，食顷，又复如初。"

② 纸刻：刻纸代月。唐段成式《酉阳杂俎·壶史》记山人杨隐之谒道者唐居士，唐留杨止宿，夜呼其女贴片纸于壁如月，祝之，一室朗若张烛。

③《酉阳》：即《酉阳杂俎》。

④《宣室》：《宣室志》，传奇小说集。撰者唐代张读。

⑤ 王文恪：王鏊（ào），1450—1524，字济之，号守溪，晚号拙叟，谥号文恪，学者称其为震泽先生，吴县（今江苏苏州）人。成化十一年（1475）廷试第三名，授编修。正德时官至户部尚书、文渊阁大学士。他黜浮崇古的文学观和尚经术、去险诡的取士倾向，影响了一代文风。有《震泽编》《震泽纪闻》《姑苏志》等传世。

⑥ 明月湾：古村庄，位于太湖西山岛南端，现属江苏省苏州市吴中区。

⑦ 侑：音 yòu，佐助。

⑧ 李：国图清钞本作"而李"。

⑨ 斝：音 jiǎ，古代先民用于温酒的酒器，也被用作礼器，通常用青铜铸造，三足，一鋬（耳），两柱，圆口平底。商汤王打败夏桀之后，定为御用的酒杯，诸侯则用角。

飞剑斩湖蛟

李福达过太湖，蛟挟其舟，风大作。李怒，飞剑湖中斩蛟。少顷，见一蛟死，浮出水面，湖水尽赤。李命庖人取而鲊[①]之。

移　树

上海朱尚书恩[②]家，前门有大槐树二株，下可荫数牛。尚书恶之，问李先生曰："树可徙乎？"李曰："何为不可！"其夜风雨晦冥，雷霆震吼。凌晨起视，则二树已在后门矣。举家怪愕。福达去后，此树依然在前门旧处如故[③]。远近目睹诡异，不测其然。董翰林其昌[④]闻诸故老，向希言说。

税　宅[⑤]

李福达一日到苏州城中税宅，遍阅数处，辄憎湫隘[⑥]。侩[⑦]人

---

① 鲊：音 zhǎ，经加工制作便于贮藏的鱼食品，此处用为动词，腌制。
② 朱尚书恩：朱恩，明成化二十年（1480）进士，武宗时期任南京吏部尚书，享年 85 岁，生卒年不详。
③ 如故：国图清钞本作"如此"。
④ 董翰林其昌：董其昌，1555—1636，明代书画家，字玄宰，号思白，又号香光居士，华亭（今上海松江）人。华亭派的主要代表。明万历十六年（1588）进士，官至礼部尚书，卒谥文敏。著有《画禅室随笔》《容台文集》等，刻有《戏鸿堂帖》。
⑤ 税宅：租赁房屋。唐白行简《李娃传》："生跪拜，前致词曰：'闻兹地有隙院，愿税以居，信乎？'"
⑥ 湫隘：音 jiǎo ài，低下狭小。《左传·昭公三年》："景公欲更晏子之宅，曰：'子之宅近市，湫隘嚣尘，不可以居，请更诸爽垲者。'"杜预注："湫，下；隘，小。"
⑦ 侩：买卖的居间人。《汉书·货殖传》："子贷金钱千贯，节驵侩。"颜师古注："侩者，合会二家交易者也。"

怪之。李曰："卿莫管，我所挈细小什器颇多，必须宽敞始得。"侩人以为戏言。后看下一大姓空宅子，前厦后堂，洞房连闼[1]，意甚乐之。与税赁毕，李便入宅，从容袖中摸出小石函[2]，纵横不离数寸，凡衣服、饮食、床褥、卧具、屏障、几席、釜甑一切资生之物，尽从中出。又于函中挈出妇人、男子凡数辈，皆其妾媵使令。又有十余小儿，皆衣五彩。侩人震怖，便狂走。李笑而不言。久之将行，还复挈此妇人、男子、小儿、诸器玩，一一悉纳石函中，仍袖而去。此石函有人相试提之，重不能胜。福达启闭飘然，若持毛羽。江南豪贵赠遗数千，或受之以济贫乏，或封而留之。所至怀一函一袋，行止自随而已。于时悉悟福达为遁仙异神矣。

希言常疑阳羡书生[3]、太元道人[4]、嵩山潘老、剑门负笈诸说，以为文人爱奇，架虚凿空而成文。顷[5]万历甲寅六月五日，在华亭董翰林坐，遇豫章[6]黄企石至。黄之先人尝为福达弟子。数岁时，随其父入吴门，亲睹异迹而语于人。即知理之所无，事之所有，以斯举验，更何致疑，固无书不可尽信也。

器 斗

最后福达客黄浦上朱恩尚书家。朱公好道，礼为上客。或厨

---

① 洞房连闼：即连闼洞房，重门深邃的房屋。《三国志·蜀书·郤正传》："雍门援琴而挟说。"裴松之注引汉桓谭《新论》："居则广厦高堂，连闼洞房。"

② 小石函：国图清钞本作"小白石函"。

③ 阳羡书生：亦称鹅笼书生，南朝梁吴均《续齐谐记》载：阳羡许彦负鹅笼而行，遇一书生以脚痛求寄笼中。至一树下，书生出，从口中吐出器具肴馔，与彦共饮，并吐一女子共坐。书生醉卧，女子吐一男子。女子卧，男子复吐一女子共酌。后次第各吞所吐，书生以铜盘赠彦而去。

④ 太元真人：即太元真人茅盈。

⑤ 顷：往昔。

⑥ 豫章：古郡名，西汉时设郡，治南昌县（今江西省南昌市），五代南唐改为南昌府。

传稍有不饬[①]，李知是内人慢之，咒其室中器皿服玩使斗击，庭下所曝筐筥[②]，一一历阶而上。内人悔过乃止。

分　厨

福达居朱家月余，尚书戏令李君作主人，应曰唯唯。然一亡所办，第邀尚书至园亭登席，咄嗟[③]之间，雕盘玉俎，从空下来。已而尚书归第，推求其故。家人云："今日内眷醵[④]饮，击鲜在釜，以次失去。"尚书笑问所失之馔，一一皆筵上物也。诸女郎恨李作恶，相与大诟。李闻之，每日俟釜中馔熟，必分取其半。闺人愈忿，讽[⑤]尚书送之去。

送别扬子[⑥]

尚书置酒舟中宴别，舟行累日，还复在门。后直送至京口[⑦]，渡扬子而去矣。朱公归，怏怏不乐，恨留李君不笃[⑧]也。诸女郎共喜李君之去，约伴同游后园，赏花方乐，惊见福达复在山亭外徐步[⑨]而来，且吟且玩，未尝去也。大骇而散，终无奈何。朱公愈加尊敬，未几竟别朱公遁去，称不更还，亦不言所适。后遂无闻。或传其剑仙上升于天矣。

---

① 饬：音 chì，整顿，使整齐。
② 筥：音 jǔ，圆形竹筐。
③ 咄嗟：犹呼吸之间。晋左思《咏史》："俯仰生荣华，咄嗟复雕枯。"
④ 醵：音 jù，大家一起凑钱饮酒。
⑤ 讽：婉言劝说。《广雅》："讽，谏也。"
⑥ 扬子：扬子江，长江从扬州以下至入海口的下游段的旧称。
⑦ 京口：镇江的古称。
⑧ 笃：笃厚，真诚。《吕氏春秋·孝行》："朋友不笃，非孝也。"
⑨ 徐步：国图清钞本作"徐徐"。

鹤背翁

弘正间[1]，西川王维贤[2]刑部[3]过青城山[4]，亲见峰顶有两老人，皆跨白鹤，一自东来，一自西至，相逢下鹤背而揖。从容谈笑久之，复上鹤背，挥手告别，各各升云而去。是时红霞覆地，异香馥空，蜀人皆言真仙所降矣。余邑前辈杨仪[5]礼部素不信玄怪之谈，听王君言，始遂倾心，著有《高坡异纂》[6]行于世。

林道人指石

万历中，福建延平府[7]有林道人者，不察所从来，亦莫知姓氏[8]，俗呼为林仙人。从纯阳祖师受指石成金之法，能令顽石瓦砾、草木诸药、人间所有之物，应手而变，不事炼合。然其术以救济贫乏为主，未尝自润也。沙县王别驾[9]某罢官归，颇乐方术，延之于家，礼待甚渥[10]。

---

① 弘正间：弘治（1487—1505）、正德（1505—1521）年间。
② 王维贤：明朝人，著有《九贤祠记》等。
③ 刑部：刑部郎中的简称，或曰刑部属官。
④ 青城山：位于四川省都江堰市，是道教全真道圣地。国图清钞本“山”后有一“下”字。
⑤ 杨仪：1488—约1560，明著名藏书家、刻书家。字梦羽，号五川。常熟人。嘉靖五年（1526）进士，授工部主事，转礼部、兵部郎中，官山东副使，后以病辞官归乡，日以读书、著述为事。致力于宋元旧本的收藏，收藏古今典籍极富，藏书楼有“七桧山房”，又别建“万卷楼”，多聚宋元旧本及法书名画、鼎彝古器，江左推为雅博。
⑥《高坡异纂》：二卷，明杨仪撰。清代《钦定四库全书总目》称“小说之诞妄，未有如斯之甚者也”。
⑦ 延平府：福建旧十邑之一，治所在今南平市延平区。福建的交通军事要地，府境极险固，与邵武府相倚，谚称“铜延平、铁邵武”。
⑧ 姓氏：国图清钞本作“姓字”。
⑨ 别驾：明代为通判之习称，位居府州副职。全称别驾从事史，亦称别驾从事，简称“别驾”。汉置，为州刺史的佐官。因其地位较高，出巡时不与刺史同车，别乘一车，故名。
⑩ 渥：浓厚，浓郁。

常有贪夫求其术不得，每于僻静处恐胁备至。时延平守下车旬月，深嫉此辈，贪夫陈状讦[①]之。守怒，急遣分捕，而林已在门矣。遽令召入。林秀眉美髯，姿[②]出格外。守望见，心异之，词色稍和，谓曰："若有何术，能立就乎？"林语曰："贫道非炉火术，亦不幻惑贵人，但以振乏绝而已。公既欲试，惟所命耳。"守即戒左右取水银一大锭，计重二镒，与之。林因请水一器，投水银其中，用手揉之，少顷澄水已成好银。守大惊，亟呼银工就地为炉，依法烧炼，果竟不变，乃厚礼而遣焉。

云间[③]董翰林其昌，辛卯岁为送其座师[④]田侍郎一俊[⑤]丧还闽中，偶会林于别驾席上，知其术神，告主人曰："林尊师真有道者，闻其指石之术，可试以为乐乎？"别驾为请于林。林曰："此小事耳，惟学士[⑥]取一物为验。"时七月十三日，炎海[⑦]新秋，梧桐落子，董遂取盘中梧子一粒授林。方茶次，林便投入茶碗，随所指立变为银，徐徐以匙行碗，挑银梧子出。举座验之，无不骇愕。董曰："梧子化为银矣，银独不可复化为梧子乎？"林接取，再纳茶碗，良久出之，故是梧子也。如此者三。林曰："此真银矣，五百年后不复变也。"董乃藏诸[⑧]袖中，因尔致敬。于时延平官僚咸欲就林传术，卒不肯授。从容谓翰林曰："某之术通天地，役鬼神，非

---

① 讦：音 jié，揭发别人的隐私或攻击别人的短处。《论语》："恶讦以为直者。"皇侃疏："讦，谓面发人之阴私也。"

② 姿：国图清钞本作"恣"。

③ 云间：旧时松江府的别称，府治在华亭县，约今上海市松江区。松江古称华亭，别称有云间、茸城、谷水等。

④ 座师：明、清两代举人、进士对主考官或总裁官的尊称。

⑤ 一俊：田一俊，1540—1591，字德万，福建大田县人。隆庆二年（1568）会试第一，选庶吉士，授编修，进侍讲。万历五年（1577），张居正丁忧夺情事件中，被免官。张居正死后，复起侍讲。迁礼部左侍郎，掌翰林院。

⑥ 学士：明代翰林院设翰林学士、侍读学士、侍讲学士之职。然董其昌其时为庶吉士，故文中学士是对学者、文人的敬称。

⑦ 炎海：喻酷热。唐吴兢《乐府古题要解·苦热行》："右备言流金铄石、火山炎海之艰难也。"

⑧ 诸：国图清钞本作"之"。

其人不妄授者。观学士神骨非凡，有少道分，当不靳[①]指示。但某常拯救人，以阴功及物，须藉学士高文流传闽中，请从此他逝矣。”

董慨然许诺，中夜思维：“吾为此人立传，万一事败，岂非名节玷乎？且天生其昌，宁能藉黄白之术以济世哉！”明日遣家监[②]进得持轻吹二端[③]、织成履子一緉[④]，送林留别。而林已逆知[⑤]其心事矣，乃迎而语之曰：“而主昨许为吾[⑥]作传，夜半生疑，然仍遣币致敬，终不失为长者。”卒受其礼，谓曰：“某亦欲附薄仪报谢之，望少待。”忽一脚下碾一断瓦，约重十二镮，急取纸包裹，以授家监，曰：“聊用奉酬学士。然慎勿于途中开视也。”家监唯唯谢辞而去。及抵行馆，董发其所裹，上金灿然，宛是断瓦之状矣。

林所居深山邃谷[⑦]无人迹处，往来城市，每客别驾家。别驾平生好烧水银，寂寂无验，见林神异，自扑泥中礼拜殷勤，董不为动也。林每从山中出[⑧]，日费数金，并以济乏，皆成于俄顷点化，亦不过多。忽一日驾柴车还山，役夫跪而请曰：“仙官济人之功广矣，如某辈贫入膏肓，忍不援手一救耶？”林为之动容，令求一片石。役夫就地选取大者，秤之重七斤八两，林叹曰：“嗟乎！福薄之人，何以当此！”役夫叩头再四。林不得已，强举一指指之，即脱其腰缠来固缚，戒不得妄动，抵家后方可开也。役夫行至半途，觉腰中极冷，疑其有异，因辄开视，乃是七斤半白盐[⑨]耳。诣市鬻之，得钱八十文，仅酬一日之劳而已。

董尝从容叩其大要，曾炼一神，不委何名，欲呼之，用右掌

---

① 靳：吝惜，不肯给予。《后汉书·崔实传》：“悔不小靳，可至千万。”
② 家监：犹家臣。《史记·田叔列传》：“（任安、田仁）此二人家贫，无钱用以事将军家监，家监使养恶啮马。”
③ 端：布帛长度名称。
④ 緉：古代计算鞋的单位，相当于“双”。
⑤ 逆知：预料。《后汉书·乌桓传》：“乌桓逆知，悉相率逃走，追斩百级而还。”
⑥ 吾：国图清钞本作“我”。
⑦ 邃谷：幽深的山谷。唐高宗《万年宫碑铭》：“烟霾邃谷，雾宿危峦。”
⑧ 出：国图清钞本作“出入”。
⑨ 白盐：国图清钞本作“白盐饼”。

食指书神姓名于左[①]掌中指背，止二字，神立至矣。自言读《黄庭内景》，别有指归[②]。每于静夜，密呼五脏神姓名，其神自出，宛若人形，并长寸许，行动如常，衣色精彩，其分明者，容发皆具，是神无病。如或一脏受疴，则此脏之神飒萎不振，急召使入，忙用点检[③]功夫，逡巡再呼之出，便不复尔。

又善回精法，秘不传人，大抵皆泝流[④]还婴[⑤]之术，与世俗所谈小异，董亦不欲授也。又言吕翁[⑥]踪迹近多在幔亭峰[⑦]下，常混仆夫樵子之中，故时人莫之识也。今当往送寒衣，旦夕且去。董濒行，再使人物色之，林已飘然不知其所适矣。银梧子上有星靥[⑧]，类梧子形。里人范尔孚[⑨]请以救母，遂留不归。其所赠小饼金，朱氏太夫人亦请去煎汤，所救多愈。吴儿咸言神仙点金可以疗疾矣。甲寅六月五日，在董氏戏鸿堂闻说。

太一星君[⑩]授法冯月潭遗事

玄妙观冯月潭，学太一月孛[⑪]请雨法，未得妙理，积志累年，

---

① 左：国图清钞本无，误。
② 指归：主旨，意向。《三国志·吴书·诸葛瑾传》："与权谈说谏喻，未尝切愕，微见风彩，粗陈指归，如有未合，则舍而及他。"
③ 点检：查核，检查。唐杜甫《赠献纳使起居田舍人澄》诗："晓漏追趋青琐闼，晴窗点检白云篇。"
④ 泝流：亦作"溯流"，逆流而上。
⑤ 还婴：返老还童。
⑥ 吕翁：指八仙之一的吕洞宾。
⑦ 幔亭峰：在武夷山中。峰顶有一巨石，状如香鼎，叫作宴仙坛，相传当年武夷君曾在此设幔亭宴会乡人，"幔亭"之名即由此而来。
⑧ 星靥：明媚的酒窝。
⑨ 范尔孚：董其昌赴南京应乡试时，范尔孚资助其盘缠。
⑩ 太一星君：即太阴星君，我国道教神话中的月神，俗称太阴娘娘、月姑、月光菩萨等。
⑪ 太一月孛：道教十一曜之一。《洞渊集》卷七称："太一月孛星君，主九天之下一切凶杀。星君戴星冠，蹑朱履，衣玄霞鹤寿之帔，执五简，带七星宝剑，垂白玉环佩。逆行黑道，顺之则吉，逆之则凶。"

精爽未格[①]。一日，有渔妇为星君所凭[②]，裸形走入观中，授以秘术，术遂神，建坛依法为之，斯须雷雨四集矣。按，月孛即彗星也，其神裸形赤脚，右手持剑，左手提一人头。相传法官[③]用月孛法祷雨，令侍者持鲜花鬻于市，市中妇人有买花者，月孛即附之而至，裸而登坛。法官用左脚踏其地户[④]，披发持剑诵咒，咒未毕，雨大注。其人邪心一起，此星君即用剑倒斫[⑤]之。故手中提人首者，即法官首也。西天王堂有唐年[⑥]塑像。春秋时，有星孛于大辰，梓慎占火在宋。[⑦]而秦始皇时，彗星再见。

江长老

桃源[⑧]江盈科[⑨]为西川副使，其族人有江长老者，受良常山[⑩]上真[⑪]秘法，灵异著于楚西沅湘[⑫]之间，目为散圣[⑬]长老。能取生鸡卵二十枚，置臼中杵之，鸡卵纷然跃起，复入臼中。如是者数

---

① 精爽未格：（其修炼）仅仅是外表上看起来神清气爽但根本没有得道。精爽，神清气爽。《醒世姻缘传》第二回："你家大爷昨日甚是精爽，怎么就会这等病？"格，箭靶子。《淮南子·兵略》："夫射，仪度不得，则格的不中。"

② 凭：依靠。

③ 法官：对道士的尊称。《西游记》第六十七回："不拘到那里，也寻一个法官把妖拿了，却怎么就甘受他三年磨折？"

④ 地户：道教称人的鼻子。

⑤ 斫：音 zhuó，用刀、斧等砍。宋司马光《资治通鉴》卷六十五："因拔刀斫前奏案。"

⑥ 唐年：唐代。唐杜光庭《广成集》卷十四："肇兴隋运，绵历唐年。"

⑦ 春秋时，有星孛于大辰，梓慎占火在宋：见《左传·昭公十七年》："冬，有星孛于大辰，西及汉。……梓慎曰：'……若火作，其四国当之，在宋、卫、陈、郑乎！宋，大辰之虚也。'"

⑧ 桃源：现湖南省桃源县。

⑨ 江盈科：1553—1605，字进之，号绿萝山人。湖南桃源人，明万历二十年（1592）进士，先后任官多处，卒于四川提学副使任上。明朝晚期文坛"公安派"的重要成员之一。著有《雪涛阁集》《雪涛诗评》《谐史》等。

⑩ 良常山：在今江苏句容市句曲山小茅峰之北，接常州金坛区界。

⑪ 上真：天上仙人。

⑫ 沅湘：沅水和湘水的并称。

⑬ 散圣：犹散仙。宋刘克庄《最高楼》词："罗浮杖胜如旌节，华阳巾不减貂蝉。这先生，非散圣，即臞仙。"

四，无一损坏。尝以符术行里中，时有孕妇难产，长老折一小符，先焚为灰，和汤水与患者吞之，立时即产，其符黏于儿囟门上而出，宛然不烧。衣冠家有失物者，乞问所在，辄被用术擒获。由是贼党恚恨[①]长老，迹于蛇儿埡口，共执而捶杀之。隔日贼诣尸所，但见刍藁[②]一束，捣如败絮而已。急觇[③]之，长老高卧寺中，无恙也。贼相率奔窜，至今桃源城中不敢为窃盗之事。

端和尚

同时有端和尚者，亦善道术，而伎俩终不及江长老。一日于通衢广众之中，两人较术。端取袖中手巾，掷地化为白蛇，蜿蜒如雪。江便掷僧帽于地，化为玄龟，伸颈吐气，口中生火，立杀其蛇。每共试法事之不胜，端惭恨，乃潜遁焉。亲闻江副使[④]说之也。按，唐人崔进士妻掷一领巾过，作五色彩桥；刘纲唾盘中成鲤鱼；樊夫人唾盘中成獭食鱼[⑤]，向疑其不经，今传说桃源二僧如此，听者皆以为希有之事矣。

紫霞碧洞《真仙通鉴》[⑥]载李白为东华上清监

正统间，嘉善姚绶[⑦]字公绶，别署丹丘子，栖心山泽，想

---

① 恚恨：愤恨、怨恨。《史记·外戚世家》："栗姬愈恚恨，不得见，以忧死。"
② 刍藁：饲养牲畜的干草。
③ 觇：音 chān，窥视。《左传·成公十七年》："公使觇之，信。"
④ 江副使：即江盈科。
⑤ 獭食鱼：獭祭鱼，亦省作"獭祭"，水獭捕鱼后，常将鱼陈列水边，如同祭祀。
⑥《真仙通鉴》：即《历世真仙体道通鉴》，简称《仙鉴》，赵道一修撰，至元甲午年（1294）成书。此书为现存神仙、道士传记中收罗最富，记述较为平实的一部。
⑦ 姚绶：1422—1495，字公绶，号谷庵，又号仙痴、丹丘生、谷庵子、云东逸史，浙江嘉兴人。天顺八年（1464）进士，官监察御史。著有《谷庵集》《云东集》等。

像云烟，中年始成进士。既选入为监察御史，绝不留意名宦，便托疾告归。一夕，梦有大宾过其门，御史屣履[①]出迎，望之则鹤氅云冠，道貌秀异，真神仙中人也。既坐定，请其姓名，对曰："我即唐朝李白，今为紫霞碧洞主矣。"觉而惊异。凌晨，与客泛舟溪上，见有两农夫漉取河泥溉田，同舟相哄，一人坚握其掌不肯开，一人欲攘其掌中物不得，以此争竞。御史遽命使者款曲劝解，索其所握之物视之，乃一铸金图书[②]，上为博山炉[③]形，识其文，皆钟鼎古篆，极精且工，是"紫霞碧洞"四字也，复刻"李白"二小字于左方。时御史方[④]话其梦于座客，遽获斯异，举座传玩，叹以为奇。于是厚出粟镪，分偿其值。御史赋《梦游仙吟》以纪盛事。优游林下者又十余年而终。

往常见一书，载白乐天[⑤]子龟年[⑥]，一日于嵩山东岩下遇李白，曰："吾与汝父皆仙矣。"出一轴素书授之，曰："读此可辨九天禽语、九地兽言。"后试之委验。又《委宛遗编》[⑦]载杜少陵[⑧]与李青莲[⑨]辈并优游江湖，称散仙。其说不知何据。近华亭县西门外

---

① 屣履：穿鞋而不拔上鞋跟，多形容急忙的样子。《后汉书·郑玄传》："国相孔融深敬于玄，屣履造门。"李贤注："屣谓纳履未正，曳之而行，言趋贤急也。"

② 图书：图章。

③ 博山炉：古香炉名。炉体一般呈豆形，上有盖，盖高而尖，镂空，呈山形，山形重叠，其间雕有飞禽走兽，象征传说中的海上仙山——博山。

④ 方：国图清钞本无。

⑤ 白乐天：白居易，772—846，字乐天，号香山居士，又号醉吟先生。唐代伟大的现实主义诗人。

⑥ 龟年：白龟年，异人名。宋曾慥《类说》卷五二引《翰府名谈》："白龟年至嵩山，有一人前曰：'李翰林相召。'龟年趋进。其人褒衣博带，色泽秀发，曰：'吾则唐李白也。子之祖乃白居易也，虽不同代，亦一时人。'出书一卷遗龟年，曰：'读之可辨九天禽语，大（九）地兽言；更修功行，可得仙也。'"

⑦《委宛遗编》：国图清钞本作《宛委余编》，正确。

⑧ 杜少陵：杜甫，712—770，字子美，自号少陵野老，唐代伟大的现实主义诗人，与李白合称"李杜"。

⑨ 李青莲：李白，701—762，字太白，号青莲居士。四川江油人，唐代伟大的浪漫主义诗人。

谢家有客夏生者，善召仙，时时请李太白至，题云：“忆当年沉香亭下玉妃娇态，至今神荡，恨高力士①在旁，不得一扑其面耳。”今观姚先生事，因知供奉真为地仙不死矣，采石②骑鲸③之说，信有之乎！

天 医

吴人张叟，究奇门④六壬⑤、阴阳纬候⑥、还真练气之要，无不精彻。家奉斗母⑦，间为亲戚祈祷疾病，俟斗母许救，约以某日某时命天医至焉。或现形往来，或空中授药，或示异梦中，或附耳而告。凡童男童女见之尤真，不独病⑧者接寤⑨而已。

一日，齐门⑩王氏女得疾沉重，恳延张叟请于斗母，期是日酉时天医下降。至晚，坐客六七人同登小阁子饮酒，咸望见窗外一少年，才长二尺许，戴金线冠，着古色⑪帔⑫，背负药葫芦，眉

① 高力士：684—762，本名冯元一，唐代著名宦官之一。
② 采石：采石矶，又名牛渚矶，位于马鞍山市西南的翠螺山麓。传说唐代大诗人李白醉酒后即从采石矶捉月台跳江捉月，驾鲸升天。
③ 骑鲸：亦作“骑京鱼”，出自《文选·扬雄〈羽猎赋〉》，后因以比喻隐遁或游仙。
④ 奇门：术数的一种。“奇”就是乙、丙、丁三奇；“门”就是休、生、伤、杜、景、死、惊、开八门。
⑤ 六壬：又称六壬神课，是用阴阳五行占卜吉凶的一种古老的术数门类，与奇门遁甲、太乙神数合称三式。
⑥ 纬候：谶纬之学，多指天象符瑞、占验灾异之术。
⑦ 斗母：即斗母元君，也叫斗姥，是道教崇拜的女神。道教说她是北斗众星的母亲，故名。在道教中，斗母崇拜十分普遍，许多道教宫观都建有“斗母殿”“斗母阁”“斗母宫”，专门供奉斗母。
⑧ 病：国图清钞本作“妄”。
⑨ 寤：通“悟”，觉悟，认识到。
⑩ 齐门：位于苏州城北。因门朝向当时的齐国，故名。
⑪ 古色：古雅的色调。
⑫ 帔：即对襟长袍。半长大领、阔袖（带水袖），左右胯下开衩，男帔长及足，女帔稍短（仅过膝），周身以平金或绒线刺绣图案纹样。

目鬓发，历历分明，自楼檐飞下，竟[①]趋赴中堂，直抵患者所。既试刀圭[②]，便失所在，疾亦渐瘳。又尝降于阊门[③]顾家，则绿衣古貌，容饰不同，亲戚咸共睹焉。服其药者异香满口，或用针，便觉患处通快。然斗母不许，终莫能致天医矣。

近数年来，张术亦不复验也。张云："天医有十三科，今在天曹属陶、许两真人[④]职掌。"余于西湖之上曾见天医祠，果祀陶、许于中焉。按黄氏《蓬轩别记》[⑤]载：景泰中，丰城侯[⑥]李公之母目盲，命术士袁生召天医行治，缚高架于李之壶阁前，置玉器其巅，每夜分[⑦]李自登视，辄得药，不数日复明。又读陆氏《庚巳编》[⑧]，记弘治中乡民顾谦家所遘[⑨]，亦云金冠绿袍，室中悬药葫芦累百，自称曰天医。今吴兴[⑩]善针灸者凌汉章[⑪]，尚传其术，然则感格[⑫]之理未可云无。

---

① 竟：国图清钞本作"若"。
② 刀圭：指医术。
③ 阊门：苏州古城之西门，通往虎丘方向。国图清钞本"阊门"作"阊外"。
④ 陶、许两真人：陶指陶仲文，原名典真，湖北黄冈人。明朝神霄派著名道士，被嘉靖帝封为"真人"。由邵元节推荐入朝，得到世宗信任。从此，红极二十年。许指晋代道士许逊，字敬之，江西南昌人。传说他曾镇妖斩蛇，为民除害，道法高妙，声闻遐迩，时求为弟子者甚多，被尊为净明教教祖。
⑤《蓬轩别记》：明黄暐著，研究明早中期苏州地方社会变迁的珍贵材料。
⑥ 丰城侯：李旻，丰国公李贤曾孙，凤阳人，继嗣为丰城侯。正德中镇贵州，擒思南、石阡流贼，平武定诸蛮有功，加太子太傅。
⑦ 夜分：夜半。
⑧《庚巳编》：明陆粲著。内容大都为奇闻异事、因果报应之类，虽然多荒诞不经，但从中可发掘出一些可供参考的历史资料。
⑨ 遘：音 gòu，相遇。《尚书·金縢》："遘厉虐疾。"此字吴语中至今仍用，比如得了感冒，就说是"遘着伤风"。
⑩ 吴兴：现浙江省湖州市吴兴区。
⑪ 凌汉章：即凌云，生卒年不详，字汉章。归安（今浙江湖州）人。明代名医，擅长针灸。被明孝宗召入京师，成为御医。有《经学会宗》《子午流注图说》《流注辨惑》等针灸著作。
⑫ 感格：感于此而达于彼，也可理解为感动、感化的意思。宋李纲《应诏条陈七事奏状》："然臣闻应天以实不以文，天人一道，初无殊致，唯以至诚可相感格。"

折翮[①]鸽儿以下四条皆林酒仙[②]遗事

林酒仙嗜食鸽儿，出作佛事，命侍者燔鸽以待。侍者分其一翮而食，及暮，酒仙醉归，责之曰："汝何为窃食吾鸽，不畏戕[③]物命[④]乎？"侍者曰："和尚食鸽[⑤]数百头[⑥]，不虑伤生，乃虑某以一翮伤也！"酒仙张其口，飞出一折翮鸽儿，在地能行。至今绘折翮鸽儿于祠下。

鞋儿样

酒仙出坐东禅寺门前，看人迎新妇，鼓乐导引甚喧。酒仙迹之至婿家，伺其妇出车[⑦]，捉而啮其颈者再。众大噪，群手格止之。酒仙曰："惜也，更啮一口亡恙矣。"其家推求其故。酒仙曰："此女子剪《华严经》为鞋儿样，罪不可逃，命合嫁夫一年后雉经[⑧]死矣。"岁余，果无故窃索自缢，两索结皆断，如人啮状，复纽第三结，不可解，乃死。

---

① 翮：音 hé，鸟的翅膀。
② 林酒仙：传说中的人物。法名遇贤，因为喜欢豢养白鸽，以供食用，人称"白鸽禅师"；俗姓林，因饮酒无度，整日醺醺然，又被称为"林酒仙"。其人生卒年份不详，五代后晋开运年间，他在府城隍庙西侧的朱明寺剃度出家。北宋建隆二年（961）来到相门内东禅明觉寺，一直住到圆寂。
③ 戕：杀害。
④ 物命：物类的寿命或生命。汉王充《论衡·气寿》："百岁之寿，盖人年之正数也，犹物至秋而死，物命之正期也。"
⑤ 鸽：国图清钞本无。
⑥ 头：国图清钞本无。
⑦ 出车：驾车出外。《诗经·小雅·出车》："出车彭彭，旗旐央央。"
⑧ 雉经：指自缢。雉，通"纼（zhèn）"，牛鼻绳。《国语·晋语二》："骊姬退，申生乃雉经于新城之庙。"

顾亭

居民有顾亭，驴磨为业。敬事酒仙，每见其醉倒街头，便掖以还寺，连年如此。一日酒仙呼亭谓曰：“汝某日当有重厄，可早至，我为汝禳之。”至期，结坛中庭①，朱衣绛节而立于上，令亭伏案下，垂毡障之，戒使勿动。少顷，震雷飞电，崩腾骇空，如有搜索之状。忽闻云中神语云：“辟支佛②临护此人，不得不赦。”霆火俱散，阴翳③廓然。酒仙起谓亭曰：“免矣。然汝得不死，归当弃驴磨业，造桥寺前，以功灭罪也。”后桥成，因名顾亭。

代草④解头⑤文字

万历初年，双塔寺⑥前毛翁者，东浙人也。有子凤起，为秀才。毛翁每日清晨入酒仙祠炷香虔拜，默而祝曰：“他日佑儿成名，当重新像宇。”后辛卯科，凤起应浙江乡荐，主司命“才难”一节为题。凤起见题⑦生疏，懵然若睡，恍惚间有青衣⑧少年连声呼之曰：“速起速起！某奉上真命为卿代草文字，趣缮成无误，今科定作解头矣。”诵声如流，七篇立就。凤起写毕，遂绝声影，不敢增损一字。放榜之日，果领解，符青衣少年言矣。捷至，吴下

---

① 中庭：庭院。
② 辟支佛：即辟支迦佛陀，三乘中的乘圣者。因其观十二因缘法而得道，故亦意译为“缘觉”；因其身出无佛之世，潜修独悟，又意译为“独觉”。
③ 阴翳：阴云、阴霾。
④ 草：草拟；起稿。《汉书·艺文志》：“萧何草律。”注：“创造之。”
⑤ 解头：即解元。
⑥ 双塔寺：在现苏州定慧寺巷，建于宋朝。
⑦ 题：国图清钞本作“顾”，误。
⑧ 青衣：青色或黑色的衣服。汉以后卑贱者衣青衣，故称婢仆、差役等人为青衣。

同社朋友[①]皆相顾吐舌，以为怪异。盖每常结社分题，毛先辈时名远逊诸君故也。其年浙场主文柄者乃温陵[②]李学士，一览取纳，称赏再三，目为神助。鹿鸣宴[③]毕，命撤所插黄金花赐之。于是监临[④]、提调[⑤]诸公竞割以遗解头，传为盛事，不知其果是神人降笔矣，咸谓酒仙挈维[⑥]之力。故吴人语曰："欲作解元，先拜酒仙。"顾别驾、徐光禄共说。

金 姬

《常熟县志》："金鸡墩，在县西北二十五里。世传伪周[⑦]渡江，妃死，权殡于此。"然讹"姬"为"鸡"，因妄言金玉之气化而为鸡，时时夜鸣其上矣。按：金姬本山东李氏子，名金儿，明敏妙丽，诵古今经史及仙佛百家之书。父李素得张明远之秘传，精于卜筮，悉以其术授之，遂臻玄妙，父不及也。士诚之有江南，多其幄算功焉。既自立为王，厚赐姬，加号册立。

姬至舟中，屏去盛妆，启其故箱，出瓣香[⑧]焚之，向天列拜，长跽[⑨]私祝。众环视莫测其意。须臾，闭目奄然[⑩]无语。父母惊

---

① 朋友：国图清钞本作"友朋"。
② 温陵：泉州的别称。
③ 鹿鸣宴：为新科举子而设的宴会，起于唐代，因为宴会上要唱《诗经·小雅》中的"鹿鸣"一诗而得名。从唐至明、清一直相沿。
④ 监临：指科举制度中乡试的监考官。
⑤ 提调：官名。乡会试时，由上司派一委员，专管一切杂务，称为提调。
⑥ 挈维：提携护持。唐裴铏《传奇·崔炜》："倘赐挈维，得还人世，则死生感激，铭在肌肤。"
⑦ 伪周：元末张士诚（1321—1367）起义后，袭据高邮，自称诚王，建国号大周，建元天佑。
⑧ 瓣香：佛教语，犹言一瓣香。
⑨ 跽：音 jì，长跪，挺直上身两膝着地。《史记·项羽本纪》："项王按剑而跽。"国图清钞本"跽"作"跪"。
⑩ 奄然：气息微弱貌。《旧唐书·秦彦传》："死者十六七，纵存者鬼形鸟面，气息奄然。"

赴，抱起呼之，已绝息矣。士诚哀恸不已，乃厚葬之虞山下。

后士诚谋取江阴，久不下，因感金姬先见之言，加封为护国洞玄仙妃，命饶介之[①]撰文，周伯琦[②]书篆，刻石。其夜，姬示梦于妃刘氏，极言士诚运数之将终。果符其言岁月。未几，乱军发姬冢，尸已脱去矣，棺中惟银泥[③]黄袷[④]裳、紫绨[⑤]丝履存焉。世传姬本剑仙之流，尸解[⑥]上宾[⑦]，未尝死矣。

万家牧牛儿

牧牛儿者，鄞县万都督[⑧]家客[⑨]佣仆也。都督名表[⑩]，别署鹿园居士。明嘉靖中，历官至南京后府[⑪]。笃好方书，颇臻玄教，羽流道侣，时常往来。偶因宦辙所经，假[⑫]仆于市，得一人焉，其

---

① 饶介之：饶介，1300—1367，字介之，号芥叟，自号醉樵、醒樵、醒翁、醉翁、华盖山樵、华盖山著书者、华盖浮丘先生童子、紫玄洞樵。江西临川（今抚州）人。元末明初著名诗人、书法家。

② 周伯琦：1298—1369，字伯温，号玉雪坡真逸，饶州鄱阳（今江西鄱阳）人。元代书法家、文学家。以荫授南海县主簿，后转为翰林修撰。招谕平江张士诚，拜江浙行省左丞，留平江十余年。士诚既灭，伯琦乃得归鄱阳，寻卒。

③ 银泥：又称银土。

④ 袷：音 xiá，古代天子或诸侯把远近祖先的神主集合在太庙里进行祭祀。袷裳估计就是祭祀中所穿的礼服中的裤子。

⑤ 绨：音 tí，古代一种粗厚光滑的丝织品。

⑥ 尸解：道教认为道士得道后可遗弃肉体而仙去，或不留遗体，只假托一物（如衣、杖、剑）遗世而升天，谓之尸解。

⑦ 上宾：道教谓羽化登仙。

⑧ 都督：古代军事长官的一种，兴于三国，其后发展成为地方军事长官，明以后成为中央军事长官。

⑨ 家客：犹门客。

⑩ 表：万表，1498—1556，字民望，号九沙山人、鹿园居士，定远（今属安徽）人，一说为浙江鄞县人。明正德十四年（1519）中武举第一，次年成进士，授职浙江把总。累迁至南京中军都督府佥事。嘉靖二十五年（1546）因病乞休归里。表熟先朝典故，于国事无不晓畅。御倭亦有功绩。通经术，著书亦富，有《海寇前后议》《济世良方》《灼艾集》《经济文录》《玩鹿亭稿》八卷等。

⑪ 南京后府：参照万表的履历，当是南京中军都督府。

⑫ 假：雇赁。

名曰小张。虽供佣作，丰神[①]朗然，性态落拓[②]。其家不甚怜之，亦不知其所能也。

后都督被论列[③]归鄞，恒以服饵[④]吐咽为事。庄居近四明山中，一日遇故所善营[⑤]将某，忘其名，诣庄相访，都督欣然延礼，言谈杯酌，极相投契。居月余，营将偶出，见小张在牛背上，丫髻布衣有轻薄之态，心异之，试问："知道[⑥]否？"曰："君初未[⑦]知道，问我何为？近日与主公所谈，某窃听之，皆非道也。"营将因乘间[⑧]与语，参微入玄[⑨]，相顾惊莫测。及叩以至要，曰："能相师[⑩]则可授以一二。君无仙骨，岂宜妄传。"营将遂设拜，执弟子礼甚恭，于是略授以[⑪]术。营将将别去，握都督手谓曰："公家有异人而不识，乃从方士问道，吁，可悲乎！"都督曰："何人？"曰："牧牛儿小张，非常人也。"都督大笑，终不之信[⑫]。

其夕，小张遂称疾，从都督乞一棺。都督复大笑诺之，曰："能化去，则真异人矣，何难一棺。"明日晨起召小张，则以五更忽然暴卒，须臾臭败[⑬]。左右具白[⑭]都督，都督嗟异，悔谢不及，

---

① 丰神：风貌神情。南朝陈徐陵《晋陵太守王励德政碑》："丰神雅淡，识量宽和。"
② 落拓：放浪不羁。《北史·杨素传》："素少落拓有大志，不拘小节。"拓，国图清钞本作"托"，误。
③ 论列：言官上书检举弹劾。《旧唐书·孔戣传》："时吐突承璀以出军无功，谏官论列，坐希光事出为淮南监军使。"
④ 服饵：指服食丹药。道家养生延年术。
⑤ 营：国图清钞本无。
⑥ 道：宇宙万物的本原、本体。
⑦ 未：国图清钞本作"未尝"。
⑧ 乘间：利用机会；趁空子。《汉书·赵充国传》："内不损威武之重，外不令虏得乘间之势。"乘，国图清钞本作"伺"。
⑨ 玄：国图清钞本作"妙"。
⑩ 相师：互相学习、仿效。
⑪ 以：国图清钞本作"其"。
⑫ 不之信：不信之。宾语前置。
⑬ 臭败：气味败坏。《晋书·公孙凤传》："冬衣单布，寝处土床，夏则并食于器，停令臭败，然后食之。"
⑭ 具白：详细说明。

遽令人市棺，殓而瘗[①]之庄北土冈下。

将半年矣，都督遣干力[②]入都门[③]，路出东齐，天阴晦，渐失路不由本道，心甚怪之。乃诣一处，崖谷深邃，花木秀异，徘徊肸蠁[④]，忽闻经声，遂循声而往，有茅庵在深坞[⑤]中。排户[⑥]入看，见焚香案上，云冠紫帔而诵《黄庭内景》篇者，即牧牛儿小张也。干力怖走，谓遇死人。小张曰："吾得道人也，岂肯死将军之家？适有谪事，须保佣杂作乃可以禳，今限已满，故来此隐居耳。"因问都督动定，谓干力曰："主公命汝诣都授[⑦]书四函，诸贵人并已不在。某官出补外任；某官病故；某官已乞骸骨归里，今日出都门矣；某官奉差走塞下。总不须往，徒劳无益耳。"干力不可，便辞出门，信足行数十里，才得上京大路。问樵人，云约其处乃是东海劳山[⑧]。盖地仙[⑨]也。

比至都，诸贵人果皆不在，一如小张之言。结束行李而还，具白其事于都督，言小张见在不虚。都督大惊，立命左右开其墓，棺中只有牛鞭一根在焉，余更无别物，始信小张尸解去，不死矣。后都督手勒封题[⑩]，兼致信物，复遣此干力入东海劳山，却寻旧路，都亡所见矣。吴人章藻[⑪]少游都督之门，亲述非谬。

---

① 瘗：音 yì，掩埋，埋葬。晋潘岳《西征赋》："夭赤子于新安，坎路侧而瘗之。"

② 干力：古代一种供官吏役使的奴仆。《新唐书·沈既济传》："以见官、故官若同正、试、摄九品以上者，视品给俸，至廪饩、干力、什器、馆宇悉有差。"

③ 都门：指京城。

④ 肸蠁：音 xī xiǎng，亦作"肹蠁"。生长茂盛的样子。

⑤ 坞：地势周围高中间凹的地方。

⑥ 排户：推门。《晋书·光逸传》："逸将排户入，守者不听。"

⑦ 授：国图清钞本作"投"。

⑧ 劳山：即崂山。位于青岛市东部，古代又称牢山、鳌山等。

⑨ 地仙：神话故事中住在人间的仙人。晋葛洪《抱朴子·论仙》："按《仙经》云：上士举形升虚，谓之天仙；中士游于名山，谓之地仙；下士先死后蜕，谓之尸解仙。"

⑩ 封题：书札的代称。

⑪ 章藻：1547—？，字仲玉，章文之子。能习父业，善摹刻法帖，书法尤精。

帝索紫金梁

高皇帝尝燕坐[①]楼中，忽见一人冉冉自云端下，近视则羽衣道士驾鹤而至也[②]。金冠星帔，驻于栏楯[③]之外，拱手而奏曰："天帝建白玉殿成，缺一紫金梁，遣臣诣陛下乞取。其长丈余，克日来领。"言讫，翻然飞去。上心异之，然未之信也。越旬日，上坐便殿，道士复来，曰："陛下不信臣言，天谴至矣。天[④]已敕雷部将于某日下击殿角，以警陛下，得无惊圣躬乎？"言讫又去。无何[⑤]，果有雷击奉先殿[⑥]角。上甚惊，遽敕工师范[⑦]紫金为梁，俟之梁成，道士仍从云中下来。上谓曰："已成金梁矣，汝何计能移之去乎？"道士笑曰："臣受帝命，何难归一木于天上[⑧]哉！"乃取其梁横置所乘鹤背，叱鹤一声，其鹤腾起，道士乘之而去，遂飞入云中，须臾不见。

世庙[⑨]宫中仙戏

世祖[⑩]皇帝方属意神仙之事。是时方士羽流，盛陈祸福，广

① 燕坐：安坐；闲坐。《仪礼·燕礼》："宾反入，及卿大夫皆说屦，升就席。"汉郑玄注："凡燕坐必说屦，屦贱，不在堂也。"
② 也：国图清钞本无。
③ 栏楯：栏杆。纵为栏，横曰楯。
④ 天：国图清钞本作"帝"。
⑤ 无何：不久，很短时间之后。《史记·越王勾践世家》："居无何，则致赀累巨万。"
⑥ 奉先殿：明皇室祭祀祖先的家庙。
⑦ 范：用模子浇铸。《礼记·礼运》："范金合土。"
⑧ 上：国图清钞本无。
⑨ 世庙：指明世宗朱厚熜。明朝第十一位皇帝，年号嘉靖，后世称嘉靖帝。
⑩ 世祖：应为世宗之误（明朝无世祖），嘉靖帝。

说妖祥。有楚人胡大顺①，献《万寿金书》②一卷，称吕祖所撰，得之鸾笔③。且言：吕祖授大顺“三元大丹”，用黑铅取其中白，名曰“先天水银”，锻之则成“清霞玉粉神丹”，服之不老。

一日上移仗④于西内⑤，夜坐庭中，御幄后忽获一桃子，鲜艳殊常。左右咸见桃从空中堕，上喜曰：“天赐也。”修迎恩醮五日。明日，复有一桃堕焉。由是宫中皆喧传西王母所降瑶池席上蟠桃。其夜白兔生二子，未几寿鹿亦生二子。上谕官尚书⑥谢玄⑦告庙⑧，旬日之间，中外官僚无不上寿称贺，宰臣⑨赋诗纪瑞，章奏纷飞于御前矣。天颜大悦，飘然有骖鸾⑩控鹤⑪之思，手诏裁报，赏赐不可校数⑫。或云祥符瑞应悉是人造，宫中戏剧多为此状也。

偷桃小儿

弘正中，杭⑬双溪公为广东左布政，生辰宴客，大会官僚于

---

① 胡大顺：？—1565，湖北黄冈人。由陶仲文引荐。伪撰《万寿金书》，诡称吕祖授三元却疾不老仙丹。遣其子元玉献于世宗。时帝晚年渐悟其虚妄。用徐阶言，将大顺、元玉等并论死。

②《万寿金书》：国图清钞本作“《万寿全书》”，误。

③ 鸾笔：也叫扶乩、乩笔。

④ 移仗：天子出行。唐郭湜《高力士传》：“因此被贼臣李辅国阴谋不轨，欲令猜阻，更树勋庸，移仗之端，莫不由此。”

⑤ 西内：即明代皇宫西苑，位置在今北京中南海一带。

⑥ 官尚书：国图清钞本作“春官尚书”。春官尚书即礼部尚书。武则天光宅元年（684），改礼部为春官。神龙元年（705），复原名。后来春官成了礼部的代名词。

⑦ 谢玄：非人名，而是致谢道教真君降祥瑞的意思。

⑧ 告庙：指古代天子或诸侯出巡或遇兵戎等重大事件而祭告祖庙。

⑨ 宰臣：帝王的重臣；宰相。

⑩ 骖鸾：指仙人驾驭鸾鸟云游。《文选·江淹〈别赋〉》：“驾鹤上汉，骖鸾腾天。”吕向注：“御鸾鹤而升天汉。”

⑪ 控鹤：意为骑鹤，指得道成仙。晋孙绰《游天台山赋》：“王乔控鹤以冲天，应真飞锡以蹑虚。”

⑫ 校数：数计。北魏杨衒之《洛阳伽蓝记·开善寺》：“于时国家殷富，库藏盈溢，钱、绢露积于廊者，不可校数。”

⑬ 杭：国图清钞本作“杭州”。

广州藩司。声乐毕陈，歌舞递出。忽有幻人[①]诣门，挈一数岁小儿求见，口称来献蟠桃。时冬月凝寒，索一大青磁盘，捧出仙桃二颗为寿，鲜艳异于人间。项公曰："桃何来？"曰："此西王母桃也。适命小儿诣瑶池取之。"公曰："我今日会客最盛，凡十有二席，能为我更取十枚各尝之，可乎？"对曰："上清[②]北斗门下有恶犬，狰狞可畏，往往欲杀此儿，甚不易得也。"公强之再三，乞重赏，乃许之。命小儿抱木棍长二尺许者十数根，一根之上，信手递接，儿缘木直上，登绝顶，冉冉动摇，观者怖恐。幻人吹气一口，须臾木顶生云，小儿耸身乘之而上。已而身渐入云中，倏忽不见。顷之，掷下簪子、鞋、扇等物。幻人高叫："速取仙桃为[③]相公上寿！"又顷之，见蟠桃坠下，正得十颗在地，连枝带叶，颜色鲜美。公得而分遗，遍席寮寀[④]，无不惊嗟。幻人仰望云端，良久小儿不下，忽闻犬吠云中，狺狺[⑤]之声若沸。幻人顿足大恸曰："吾儿饱天狗之腹矣！"言未毕，果见小儿手足零星自空而下，断肢残体，殷血淋漓，最后落小儿首于地上。其人复大恸，恸毕，强举肢体饤[⑥]辏[⑦]，提其首安之，初无痕迹，复乞重赏。诸寮且愕且怜，厚出金帛以酬之，各赠已逾百金。幻人得金，便取儿尸，急收拾入布囊中，负于背而去。明日有人于市，更见此偷桃小儿还在，知其术所为矣。

---

① 幻人：古代对魔术艺人的称呼。

② 上清：道家所称的三清境之一。《云笈七签》卷三："其三清境者，玉清、上清、太清是也。亦名三天，其三天者，清微天、禹余天、大赤天是也。"

③ 为：国图清钞本作"来为"。

④ 寮寀：亦作"寮采"，指僚属或同僚。《文选·张华〈答何劭诗二首〉之一》："自昔同寮寀，于今比园庐。"

⑤ 狺狺：音 yín yín，犬吠声。《楚辞·九辩》："猛犬狺狺而迎吠兮，关梁闭而不通。"

⑥ 饤：（文辞等）罗列、堆砌。

⑦ 辏：车轮的辐聚集到中心，引申为聚集。

僧中幻

广州城外村寺，有少年僧甚富，多私民间妇女，幽房[①]稚齿[②]，无不罗致。幻人闻之，即取所携偷桃小儿咒焉，化作美女子，容貌可十四五岁，衣虽蓝缕，色艳动人。一日雨后，天向暮矣，携入寺中，叩富僧之门，特求寄宿，云："孤贫无依，乞食至此，老妻又病于旅店，欲急往相看，暂将此女寄宿[③]一宵[④]，明日便来迎取。"言讫，负襆疾走。富僧见女子，惊喜若狂，乃藏于密室，啖以酒膳，诱之淫乱。食毕，先置女子帏中，然后闭门灭烛，解衣就寝。扪其体如冰，亟取火视，则蹶[⑤]然死矣。五更后，幻人掖其病妻同来取女，看见女死，五窍皆流鲜血，群聚恸哭。邻伍[⑥]案验其事甚真，共欲缚之于官。僧再三乞命，至赏三百缗[⑦]乃止。其夜幻人忽遁去，众不能待，即以棺盛女尸，瘗后园中芙蓉树下。及举棺甚轻，发视之，惟有笤帚一枝而已。觅幻人夫妇，已不知所往。后复有人见之都门。

刘刑部儿

闽人比部[⑧]员外郎[⑨]刘庭蕙，在燕京邸中时，其儿可三四岁，

① 幽房：本义为深暗的房间，此处指得不到性满足的妇女。
② 稚齿：年少女子。《列子·杨朱》："穆之后庭比房数十，皆择稚齿婑媠者以盈之。"
③ 寄宿：国图清钞本作"寄置"。
④ 一宵：国图清钞本作"一宿"。
⑤ 蹶：僵。
⑥ 邻伍：古以相邻近的五家为邻伍，泛指邻居。
⑦ 缗：音 mín，古代计量单位。一缗即一串铜钱，一般为一千文。
⑧ 比部：明清时对刑部及其司官的习称。
⑨ 员外郎：古以郎中、员外郎为六部各司正副主官。

日侍母夫人食。一日有奴之平则门[①]，忽见儿穿百结悬鹑[②]，同两丐[③]者坐地。骇问之，两丐[④]者逸去，奴遂抱儿归，阖家惊讶。母曰："儿才共食，何遽作此状乎？"父亦曰："我适从内来，见儿与母共食，安得至此！"即令婢仆于内觅之，不见，是午共食儿踪迹杳然，都亡所有，第以衣鞋掷僻处耳。大骇，诘其故。儿曰："两日前立于门首，被两丐[⑤]者持去，坚留不放，儿忆家肠断矣。"方知在家共食者盖其神魂也。此数年前事。

吴叟遇仙

苏州山塘吴梅卿，生时龟背鸡胸，不能俯仰。一日有全真过门，出囊中大膏药二片与贴，不求一钱。自是胸背俱平，至今不老。

莅任青城山

世庙时，顾文康鼎臣[⑥]扈跸[⑦]出狩[⑧]，途中梦游西山，闻呵殿[⑨]声。见所具威仪多霓旌羽盖，不类大寮。既至，则仙官衣彩云帔，

① 平则门：即今北京阜成门，元代称平则门。
② 百结悬鹑：比喻衣衫破烂。鹑鸟尾秃，像补缀百结。
③ 丐：国图清钞本作"乞"。
④ 丐：国图清钞本作"乞"。
⑤ 丐：国图清钞本作"乞"。
⑥ 顾文康鼎臣：顾鼎臣，1473—1540，初名仝，字九和，号未斋，南直隶苏州府昆山（今属江苏）人。弘治十八年（1505）状元。历官修撰、左谕德、礼部右侍郎、礼部尚书兼文渊阁大学士，入参机务，加少保、太子太傅。谥"文康"。有《未斋集》。
⑦ 扈跸：音 hù bì，随侍皇帝出行至某处。
⑧ 出狩：出外打猎。
⑨ 呵殿：古代官员出行，仪卫前呵后殿，喝令行人让道。

乘苍鹿[①]以行，视之，乃徐祯卿[②]也。问何往，云莅任青城山。问何职掌，云典仙班禄籍。弇州公[③]亦称顾太保[④]三梦迪功[⑤]为第二殿帝君也。

云中画舫

隆万年间[⑥]，常熟县百姓张乙，采石虞山之巅。俄望紫云一片，自西南隅氤氲[⑦]而至，鼓乐之声，殷[⑧]地[⑨]骇空。见彩画花舫数座，次第荡漾于云端，中有仙姝数十人列坐珠帘下，绡[⑩]帔霞[⑪]裳，容华绝世。两旁持篙往来者，并黄帽长鬣[⑫]人也。江涛之声，渺在银汉。久之，其云度城而东，舫亦渐渐隐没。张仰视移时，目所未睹，不觉惊仆岩下，食顷乃苏。

---

① 苍鹿：鹿在古代被视为神物，“鹿”与“禄”谐音，象征吉祥长寿和升官之意，传说千年为苍鹿，两千年为玄鹿。

② 徐祯卿：1479—1511，字昌谷，一字昌国，汉族，祖籍常熟梅李镇，后迁居吴县（今江苏苏州）。吴中四才子（亦称江南四大才子）之一，被人称为“吴中诗冠”。因“文章江左家家玉，烟月扬州树树花”之绝句而为人称誉。著有《迪功集》《迪功外集》《谈艺录》等。

③ 弇州公：指明王世贞，其别号弇州山人。

④ 太保：古代官职名。西周始置，监护与辅弼国君之官。明史载：“太师、太傅、太保为三公，正一品，掌佐天子，理阴阳，经邦弘化，其职至重。”

⑤ 迪功：迪功郎。始于北宋的古代官名，明代定为正八品。此处指徐祯卿，见本页注②。

⑥ 隆万年间：隆庆、万历年间。

⑦ 氤氲：形容烟或云气浓郁。

⑧ 殷：震动。

⑨ 地：国图清钞本作“然”。

⑩ 绡：生丝织物。

⑪ 霞：国图清钞本作“霓”。

⑫ 鬣：马、狮子等颈上的长毛。

第三

仙幻

青丘子

青丘子者，不知何所人也，俗或呼之为青丘先生。隐于武当山，游行天下已久，见者终莫测其年代。

嘉靖间有丹溪[①]生，姓王名生，好寻名山，博采方术，有高蹈遐举[②]之想。偶因秋晴，游踪误入一山谷僻处，见林壑深秀，坞径幽委[③]，不觉爱玩忘归。遂穷其迹，践丹危，履翠险，或下或高，且数十里隐映[④]若有洞门。洞在断崖绝涧中，水流花开，风气如春，似非人迹所至。徘徊良久，忽闻洞中酣睡之声，披榛[⑤]窃视，一白髯老父枕石而卧，鼻息如雷，状貌奇古，而衣冠杖履瓢囊并仙家装束。生察其非凡也，屏息竦立，伺其寤，急趋下拜。老父惊问得入之由，具告所以。赐胡麻饭[⑥]与之食，谓曰："世人不信神仙。汝能冒险至此，真可教矣。然儿之先不闻有七世祖王重阳[⑦]者乎？"生曰："父母早丧，亲族凋残，莫知祖先踪迹矣。"老父曰："吾即王重阳嚞[⑧]也。儿好道，以明年八月十五为期，待我[⑨]西蜀琵琶峰下。今日方与南宫[⑩]列真期会此境，骑卫须臾即来，汝乃凡夫，秽浊未除，必遭仙谴。可速寻归路

---

① 丹溪：仙人居住的地方。此处为"喜丹溪"的意思。
② 高蹈遐举：逍遥浮世之意。高蹈，隐居。遐举，远行。
③ 幽委：幽深曲折。唐樊宗师《绛守居园池记》："樵途坞径幽委。"
④ 隐映：即"掩映"，或遮或露，时隐时现。
⑤ 披榛：分开丛生之草木。
⑥ 胡麻饭：俗称麻糍，是将上好的糯米经水浸透后蒸熟，捣烂揉成小团，再拌上芝麻、白糖等即可食用，味道香甜。据传常为神仙待客所用，故又称为"神仙饭"，是武夷山历史最为久远的地方传统风味小吃。
⑦ 王重阳：道教全真道的开宗者，后被尊为道教的重阳开化辅极帝君与北五祖之一。原名中孚，字允卿，又名世雄，字德威，入道后改名王嚞，字知明，道号重阳子，故称王重阳。
⑧ 嚞：音 zhé，"哲"的古文。王重阳入道后的名。
⑨ 待我：国图清钞本作"待我于"。
⑩ 南宫：宫殿名，相传天帝的宫殿——太微殿叫南宫。

出去，迟则虎狼立至，无噍类[①]矣。”生便叩谢而出，踉跄下山。微闻箫管嘹亮云端，疑是群仙赴会洞中。奔驰不及，逾五日始得达家。诘之于人，其先代果有重阳尊师，道成仙去，生则其云孙[②]也。

生自饭洞中胡麻，腹常不饥，颜色益少。转盼间，明年中秋近矣，遂与家绝，结行李而渡江。然不悉琵琶峰在蜀中何地，忧惶[③]靡宁[④]，莫知所届[⑤]。一日，忽闻舟中同伴朗吟七言诗，诗中却有此峰名在。亟问其处，吟者曰：“此即巫山十二峰之一也。”生喜不自胜，旅怀顿放。有顷，舟过巫山下，因告舟人，脱帆登岸，与同伴各各谢别而去。求寻其峰，积日始到。至中秋前一日晚，露宿峰头，以候仙驾。迟明，望见凌空跨鹤而来者，白髯老父也，就地瞻仰作礼。父见生已先在，笑曰：“此儿大佳，真有心之士哉。但汝骨格未就，因缘尚隔一尘。今生止可学剑仙之术，游戏人间。吾非汝师，汝师是青丘子，现住武当山中，却归往寻，必得其真传矣。”生临别拜辞曰：“不审青丘先生居于武当何峰，愿先生[⑥]垂告。”老父曰：“六株松下一茅庵，即其居也。”乃辞出山，复附他舟入楚。

才经信宿[⑦]，已达江陵[⑧]，寻复抵于襄阳[⑨]之武当山下。负囊独上，缘蹬[⑩]跻攀[⑪]。日向晚矣，忽见岩前苍松六株，果有茅屋数间

---

① 噍类：指活着的人或动物，也可省略为噍。噍，音 jiào，咀嚼，吃。
② 云孙：从本身算起的第九代孙。
③ 忧惶：忧愁惶恐。亦作“忧皇”。
④ 靡宁：不安宁。东晋陶渊明《闲情赋》：“意惶惑而靡宁，魂须臾而九迁。”
⑤ 届：到。《尚书·大禹谟》：“无远弗届。”
⑥ 先生：国图清钞本作“先”。
⑦ 信宿：两夜。《诗经·豳风·九罭》：“公归不复，于女信宿。”
⑧ 江陵：又名荆州城。今位于湖北省中部偏南，古称“七省通衢”。
⑨ 襄阳：襄阳府，治所在襄阳县（今湖北省襄阳市襄州区）。
⑩ 缘蹬：沿着石级。缘，沿着，顺着。
⑪ 跻攀：亦作“跻扳”，犹攀登。

在焉。烟萝[①]四合，仄径微通。叩其门良久，始遇童子出而延入。仰视青丘先生，秀发庞眉，倚树而啸，谓曰："尔祖王重阳使汝来也？"拜罢，趣遣沐浴，毕，令住庵后净堂中给使[②]。堂中有药鼎，高数尺余，周遭封固，紫焰光[③]腾，照耀林壑。生至，第教以守炉看火，添缩薪炭，不得擅离妄视而已。每昼则有玉女持稠膏一筒，投鼎中搅和之，鼎中声类霹雳。夜半则有青童复持稠膏，依前沃入，其声澎濩[④]如旧。此堂之中，玉女二人，青童二人，更番直应，日以为常。生偶问及鼎中何物，皆笑而不对。先生已具知之，愠怒诟责，便欲驱逐出门。众相跪请，乃止，后遂不敢发问。

久之，丹鼎成矣，出其金液，计可六百余斤，分而为二，又析之至七八斤而止，移贮大磐石上捣之。昼作夜息，渐渐而薄，因成铁片。择甲午、丙午[⑤]诸日铸成六剑，悬于绝壁之下，以飞瀑溅激其上，日月之光华烛之。历经旬朔[⑥]，剑质始柔。此六剑各有名目，先生举其一畀[⑦]生，令童子开其脑后臂间藏之，亦亡所苦。却令斋心七日，尽传击刺之秘。命生往青城山中结茅栖止，诫无妄用其剑，第一不得作世间非为事，自奸[⑧]天诛。又以其四分授二青童二玉女，其一自佩。于是使生下山。

生住青城山，一年后又却来[⑨]，寻至，则室庐如故，门户缄

---

① 烟萝：草树茂密，烟聚萝缠。南唐李煜《破阵子》词："凤阁龙楼连霄汉，玉树琼枝作烟萝，几曾识干戈？"

② 给使：服事，供人役使。《墨子·备梯》："禽滑厘子事子墨子三年，手足胼胝，面目黧黑，役身给使，不敢问欲。"

③ 光：国图清钞本作"火"。

④ 澎濩：音 pēng huò。1. 水浪相激声；2. 指大雨声。

⑤ 甲午、丙午：甲、丙都是阳日干。甲午，天干之甲属阳之木，地支之午属阳之火，是木火相生。丙午，天干之丙属阳之火，地支之午属阳之火，是比例和好。

⑥ 旬朔：十天或一个月，亦泛指不长的时日。《文选·曹摅〈思友人〉诗》："自我别旬朔，微言绝于耳。"刘良注："十日为旬，月初为朔。"

⑦ 畀：音 bì，给予。《左传·僖公二十八年》："分曹、卫之田以畀宋人。"

⑧ 奸：音 gān，请求，求取。《春秋公羊传·宣公十二年》："以干天祸。"

⑨ 却来：归来。唐李白《东鲁见狄博通》诗："谓言挂席度沧海，却来应是无长风。"

锁，寂无人在。问山中道士，道士曰：“青丘先生去且一年矣。”生恸哭而还。忽行过荆南[①]，见先生混迹丐[②]者之中，乃相随同去，不知其所之也。世传《丹溪生铸剑经》仅二十五纸，即是青丘所传古本矣。有人曾见此书。

花篮道者

隆庆[③]年间，常熟县西北区船底桥徐家其先施船为桥，有耕夫徐四郎，晨起负锄出门，见一道者，秀眉长髯，持曲竹杖，杖[④]头挂藤丝水火篮[⑤]，篮中盛带露百花，诣门从四郎乞施新履。四郎曰：“某田家，止有草屩[⑥]，敝则弃之，将何奉乞？”时四郎有女未嫁，年可十七八矣，病黄，喜食茶叶、草纸，面浮肿若金色。方映门[⑦]而窥，忽闻四郎拒道者言，遽止之曰：“父生辰将近，儿私制绿布履子一双为寿，夜来灯下方成，今当撤以施道者，须再制无难耳。”四郎见履新好，不肯施，其妻传玩，亦有难色。独此女在房内固请施与。四郎强[⑧]持出以赠道者，道者曰：“闻君有女病黄，当为治之。”因脱下花篮，摸出一小青瓶子，内有膏，色碧而莹，挑两匙于瓷瓯中，教其所服之法，谓曰：“服此不但萎黄可祛，便当一生无恙矣。”其女出拜谢之，道者竟留履子于门，不受而去。女令其父急持履子追送之，四郎挟履奔驰，见道者徐徐而行，常在面前二十步，追不能及，顾盼之间，亦失道者所在。遍

---

① 荆南：今湖北江陵、公安一带。
② 丐：国图清钞本作“乞”。
③ 隆庆：明代年号，1567—1572，明穆宗朱载垕所用。
④ 杖：国图清钞本无。
⑤ 水火篮：即水火花篮，道教法器。
⑥ 屩：音 juē，草鞋。
⑦ 映门：躲在门后。映，遮，隐藏。
⑧ 强：勉强。

访前村锄田人，并云不见，方知仙也。四郎罢还，举家懊叹。女急取沸汤调药饮之，奇香满室，俄而下赤头虫如指大者百余，其虫并有鳞鬣爪甲，积岁之疴顿除。明日于镜照之，容色美好非旧矣。此女嫁于人，尚在。高承先记其事，为人说之。

捋须人

王吏部谷祥①之曾祖电目翁②，异人也，精于相术。早起行，过张王府墓③上，遇见一全真箕踞大树下。王翁讶其道貌殊凡，数伫目看之。全真语曰："汝看我何等人耶？"王翁曰："神清骨清，好像仙人。"全真起而捋其须曰："老子莫胡说。"欻去，遂失所在。时翁年近七十，须眉皓白，及遇此人而归，儿女皆失笑。亟取镜视之，其上寸余手捻处已变为漆黑矣，后亦竟不改色，以寿终。据太原征君云，是国初王仲光④事，非电目也，《烟霞小说》⑤记误，未详孰是。近见一书，载善相遇仙人捋须者，号偏胡子，姓许，后入终南山。

---

① 谷祥：王谷祥，1501—1568，字禄之，号西室，长洲（今江苏苏州）人。嘉靖八年（1529）进士，官吏部员外郎。善写生，渲染有法度，意致独到，即一枝一叶，亦有生色。为士林所重。中年绝不肯落笔，凡人间所传者，皆赝本也。书仿晋人，不随羲之、献之之风，篆籀八体及摹印，并臻妙品。《明史·列传第一百七十五》《吴中往哲像赞》《姑苏名贤小记》《名山藏》《艺苑卮言》《司勋集》《图绘宝鉴续纂》《无声诗史》《广印人传》均有记载。

② 电目翁：王仁美，字安之，善相，决生死、休咎，奇验。人称"王电目"。国图清钞本作"电目"。

③ 张王府墓：国图清钞本作"张王府基"，正确。本为张士诚的王府废基（王废基或皇废基）。

④ 王仲光：王宾，初名国宾，字仲光，号光庵，吴郡（今江苏苏州）人。隐居不仕，善画山水。尝于天平山作《龙门春晓图》，遂知名。亦善刻印。有弟子盛寅。事迹见《吴中人物志》《贫士传》《明画录》《广印人传》《四库全书总目提要》。

⑤《烟霞小说》：明人陆延枝（字贻孙）辑，收书十三种。

玄符先生[①]

玄符先生，别署寒阳子，自幼出家云水，受谷神子[②]之真传，发明内要[③]，凡修身延命之术，无不研探[④]。穷年累月，坐破蒲团，乃得气凝脉住，神明[⑤]洞然。后遇刁虚子传受净明忠孝性宗[⑥]派头，因此猛参知识，当应代补元之任，游行人间，以度志士。然人莫穷其年寿，亦不测其住处也。

嘉靖中，有婺[⑦]人胡清虚[⑧]者，家于樊池，号樊池子，少为县小吏。故少保[⑨]绩溪公宗宪[⑩]拥旄[⑪]浙右[⑫]，权震天下。清虚给事幕府，传呼使令，颇称敏捷。是时鲸波清，海宇谧，少保颇兴髀肉之叹[⑬]。一夕沉醉，倚胡床[⑭]而大言曰："世界承平，将高鸟尽而良弓藏矣。"回顾左右，独清虚立于后，惊讶曰："汝在此耶？"明日，密缄手札半幅，敕清虚亟往投钱唐[⑮]令，乃是授意

---

① 玄符先生：据王龙溪《祭胡东洲文》应该是（刘）符玄先生，钱希言氏误作颠倒。玄符，天符，符命，即上天显示的瑞征。

② 谷神子：即唐代诗人郑还古，河南荥阳人，少有俊才，元和中登进士第，终国子监博士。

③ 内要：内家要诀。主要是调气。

④ 探：国图清钞本作"讨"。

⑤ 神明：指人的精神和智慧。《荀子·劝学》："积善成德，而神明自得，圣心备焉。"

⑥ 净明忠孝性宗：即净明道，道教派别之一。倡导儒道融贯，建树净明忠孝。

⑦ 婺：婺州，今浙江省金华市。

⑧ 胡清虚：1532—1579，名栖，字东洲或中洲，清虚为其号或道号，浙江义乌人。原为陈大参的学生，后随刘符玄参学，陶念斋、王龙溪从之学。

⑨ 少保：官名。明清少保皆为从一品。太师、太傅、太保都是东宫官职。太师教文，太傅教武，太保保护其安全，少师、少傅、少保是他们的副职。后渐成虚衔。

⑩ 宗宪：即胡宗宪，1512—1565，字汝贞，号梅林。祖籍徽州绩溪，在东南倭乱时期任直浙总督。

⑪ 拥旄：借指统率军队。

⑫ 浙右：浙江西部。古代地图上南下北，因此西部在右边。

⑬ 髀肉之叹：慨叹髀肉复生，懊悔久处安逸，无所作为。髀，音 bì，大腿，亦指大腿骨。髀肉复生，因长久不骑马，大腿肉又长起来了，形容长久安逸，无所作为。

⑭ 胡床：亦称"交床""交椅""绳床"，古时一种可以折叠的轻便坐具。

⑮ 钱唐：明时钱塘县，今浙江省杭州市的一部分。

于令，使其杖杀清虚。

令精察人也，发缄览毕，纳诸袖中，瞪视清虚，为人端雅，悯然顾之。遂屏两旁人吏，召而讯曰："汝得何罪于幕府[①]，今使我杖杀汝矣。"清虚应对从容，颜色不变，告令曰："实未尝有毫发忤犯也。岂昨宵醉后之失言乎？惟某得闻，获谴死矣。"因具述以告令。令曰："是矣，汝可速改[②]姓名远遁，不得复还家恋妻子也。"清虚涕泣拜谢而去。明日令入见少保，少保问其人在乎，令曰："毙之杖下矣。"

清虚既脱斯难，狼狈出杭城，易姓游江淮间，思寻访名山，遇异人。凡数载，一无所遘，流离颠沛，苦不可堪。后闻少保已薨[③]，事远人亡[④]，乃复还浙之婺州。问其家骨肉，沦丧都尽，故居已再易主。惊顾之际，不胜悲凉。因访亲近之居乡者暂依栖止。偶于观星台下见一老人，赤脚蓬头，布衣瓢饮，视其须发皆鹤，而貌如桃花，知是仙流，倾心归向。叩之，乃即玄符先生矣。老人曰："我故寒阳子也，欲度世间有心人耳。汝归乡恋恋，俗情未除，岂可求长生之道哉！"清虚叩头诚祈，愿终身为隶于左右。老人知其志笃，许而留之。遂挈入湖平山中，草衣精舍。不数月间，又携之浮兰江[⑤]，登烂柯山[⑥]。直至闽中，寻金粟洞[⑦]。复经庐陵[⑧]之玉笥山[⑨]，南度庾岭[⑩]，过襄阳，到武当山上，止于紫云[⑪]。

---

① 幕府：旧时将帅办公的地方，后也泛指衙署。又运筹帷幄之大将，亦称"幕府"。
② 改：国图清钞本作"变"。
③ 薨：古代称诸侯或有爵位的大官死去。
④ 亡：通"忘"，忘记。
⑤ 兰江：古名兰溪、瀔水，钱塘江支流从兰溪市至建德市梅城段的别称，因岩多兰茝，故名兰溪。
⑥ 烂柯山：又名石室山、石桥山，位于浙江省衢州市东南十公里处。
⑦ 金粟洞：位于现福建省晋江市紫帽镇紫帽山，相传为唐朝道士郑文叔修炼之地。
⑧ 庐陵：旧区划名，治今江西省吉安市。
⑨ 玉笥山：位于江西省吉安市峡江县。汉武帝南巡时，路过此山，天降玉笥，遂称玉笥山。自秦代以来，为方士、道士修真炼丹之所，成为江西道教名山。
⑩ 庾岭：即大庾岭，为五岭之一，在今江西大余与广东南雄二县市交界处，上多植梅树，故又名梅岭。
⑪ 紫云：传说中真武大帝出生地紫云亭。

回，又还庐山火厂。游历数年，咨受道要，早夜精思，无所不到，始得发明性命归源之奥，所传皆清净工夫也。数年间，有人见玄符先生与樊池子于蜀中，两人如孤云野鹤，容色不改，皆云未尝死也。

飞神武当山裴庆遗事

世知肃皇[①]之代宜降神仙。苏州裴庆者，织机为业，因妇有外行[②]，弃之行乞，夜宿于憩桥巷[③]中。一日乞食而还，时吴城大雪数尺，忽见路旁一处蓬席之上，辄无分寸，其气如蒸。怪而疑之，窃启视，则六七丐[④]者在焉。庆便入拜，称曰："下界愚民，稽首大仙。"众丐[⑤]摇手笑曰："子痴矣。吾属乞儿也，何知神仙事乎！"庆再拜叩头不已，伏地如故，强乞破瓯中残沈[⑥]啖之，以舌舐[⑦]尽。归而身轻如飞，攀墙援[⑧]树，几欲凌虚[⑨]直上。邻里聚观，叩以方来[⑩]祸福休咎[⑪]，言无不验。合郡肃敬，如事神明。

有亲故入楚，登武当山，礼玄君[⑫]，路遇庆下山，辄附信物将

---

① 肃皇：明世宗朱厚熜，即嘉靖皇帝，谥号肃皇帝。嘉靖好道，重用善写青词者。
② 外行：妇女有外遇。
③ 憩桥巷：位于现苏州乐桥南堍西侧，古时东口有桥，春秋时吴王率军出征曾在此憩息，故名"憩桥"，巷以桥名。
④ 丐：国图清钞本作"乞"。
⑤ 丐：国图清钞本作"乞"。
⑥ 沈：汁。
⑦ 舐："舐（shì）"之俗体，舔。
⑧ 援：义同攀、拉、拽、牵引。
⑨ 凌虚：升在空中。
⑩ 方来：将来，近来。汉袁康《越绝书·越绝外传记吴王占梦》："（公孙圣）博学强识，通于方来之事，可占大王所梦。"
⑪ 休咎：凶吉、祸福。《汉书·刘向传》："向见《尚书·洪范》，箕子为武王陈五行阴阳休咎之应。"
⑫ 玄君：全称真武荡魔大帝，简称真武大帝，又称玄天上帝、玄武大帝、佑圣真君玄天上帝、荡魔天尊、九天荡魔祖师、无量祖师，是神话传说中的北方之神。真武形象是披发黑衣，金甲玉带，仗剑怒目，足踏龟蛇，顶罩圆光，十分威猛。

归。此人后还，讯其家，云寄至已久，验其日，即此人下①山日也。邻里咸谓庆终日行乞在吴市中，又曾②到人家，何曾远出？走视俨然，方知武当山中相遇，是其飞神所至矣。又张真人③尝遇之武当山上，问姓名，答曰："我姑苏裴庆也。"真人视其足蹑虚④而行，异之。至姑苏，求觅不得，庆已在驿夫中矣。真人跪请不已，乃踞上坐，剧谈至夜分，始⑤隐去。

后夏阁老言⑥再应召北上，来叩庆。庆曰："陛下赐汝一车斤。"夏误斤为金，时以为妖妄。后乃知夏公当斩，故折⑦其字示之也。

世宗皇帝下诏访求庆。一日担街头破草鞋，垒成小洞，方广⑧丈余，端坐其内，扃⑨塞洞门，吐火自焚其身。吴城居民共见烈焰中，裴仙人骑白鹤一只升天而去。

青溪道人

嘉靖初，有青溪道人，讳智，失其姓，书中称弘农⑩，疑姓杨

---

① 下：国图清钞本作"上"。
② 曾：国图清钞本作"尝"。
③ 张真人：张道陵的后人。在《耳谈》中记为龙虎山二十七代天师。
④ 蹑虚：谓得道成仙后可腾空而行。
⑤ 始：国图清钞本无。
⑥ 言：夏言，1482—1548，字公谨，号桂洲，贵溪（今江西贵溪）人。明代政治家、文学家。正德十二年（1517），登进士第，初授行人，后任兵科给事中，以正直敢言自负。明世宗继位后，夏言疏陈武宗朝弊政，受世宗赏识。他豪迈强直，因大礼议而受宠升至礼部尚书兼武英殿大学士入参机务，累加少师、特进光禄大夫、上柱国，后被擢为首辅。后逐渐失宠，因议收复河套之事，再遭严嵩诬陷，嘉靖二十七年（1548），终被弃市而死。明穆宗时追谥文愍。有《桂洲集》十八卷及《南宫奏稿》传世。
⑦ 折：国图清钞本作"拆"，正确。
⑧ 方广：面积，范围。
⑨ 扃：音 jiōng，上闩，关门。
⑩ 弘农：弘农县是汉朝至北宋期间长期设置的一个县级行政区划，治今河南省灵宝市。这里是望族——弘农杨氏的发源地，有"天下杨氏出弘农"之说。

也。善九转还丹[①]之术，自云得南海[②]王神仙斗篷祖师之真传，后又受旨于衡山清风子，皆不知何时人矣。

山阴祝生良柱，少年嗜黄白之事，弃家隐临安石镜山[③]下，依其母舅高氏以居。羽流道士[④]过其门，无不流连款接。尝从方士学炼丹，遂铸炉鼎，爨[⑤]薪鼓韛[⑥]，以为黄金咳唾可致，积数年而终无制伏工夫、下手妙理，丹卒不成。其后母舅自楚中罢官归[⑦]，祝往谒之，偶见败簏中一钞本方书，糜烂残缺，不满三十纸。其理深玄，炉中造化之真机，灿然大备。印之平日所得，亦略相符。祝生自幸见所未见也。

尝因会客，谈及获书之奇，座人惊曰："愿闻其说。"生曰："某母舅高公名尚桂，尝为湖广[⑧]德安府[⑨]应城[⑩]县尉[⑪]。时京师布令天下，悬图购募[⑫]妖僧曾广。高公职掌巡捕，都御史[⑬]委之缉获，责期必得。一日过远乡市镇上，见有全真道人醉倒路旁，遂命停车，遣人推求。广形面上眉心有黑痣一点，今验之非是。令

---

① 九转还丹：道家以矿石药物烧炼成丹，谓服食后可以成仙。九转，谓反复地烧炼。认为烧炼时间愈久，反复次数愈多，丹药功力便愈足。谓一转之丹，服后三年成仙；九转之丹，服后三日成仙。

② 南海：此处指现在的东海。普陀山素称南海佛国。

③ 石镜山：在今杭州市临安区功臣山西麓。《隋书·地理志》《新唐书·地理志》都记有这座小山的山名。

④ 道士：国图清钞本作"道者"。

⑤ 爨：音 cuàn，烧火煮东西。

⑥ 韛：音 bài，鼓风吹火的皮囊，俗称风箱。

⑦ 归：国图清钞本作"还"。

⑧ 湖广：元代置湖广行省，辖境相当今湖南全省、广西全区，广东、湖北、贵州部分地区。明代辖境有所变动，约当今湖南、湖北两省地，但省名未改。清代分为湖南、湖北两省。

⑨ 德安府：今湖北安陆。

⑩ 应城：古蒲骚之地。南朝宋孝武帝孝建元年（454）析安陆县南境置应城县，属郢州安陆郡。明清时属德安府。

⑪ 县尉：官名。位在县令之下，主管本县治安。

⑫ 购募：悬赏缉捕。

⑬ 都御史：御史的一种。明清两代设置了监察机构——都察院，掌纠劾百司、辩明冤枉、提督各道，为天子耳目风纪之司。都御史即为都察院的长官。分左右都御史（正二品），下设副都御史、佥都御史。

津逻[1]遍身搜摸，曾无寸资。问之酒家，云此道人常日以银一小锭止重七分来买酒肉汤饼[2]，恰够一日之费，其明日亦如之。今早误付两锭，某倍与之饮食，以此大醉，其鼾如雷。高公命左右共呼之而不寤。有人于其胸前检此本，乃是虫蚀文字，中多眼科方，兼画人眼形于上，方不计其数。高公不知何书，收贮行李，因语酒家主人云：'此全真酒醒，便可留住店中，往还以半月为期。'主人唯唯而退。高公既去，道人亦醒，不问亡书之由。酒家以官人有令，固留之。道人云：'若然，则汝出酒肴供我，我已无金矣。'酒家不得已，款待如故。忽见梁上失去彘肩一肘，疑是道人所窃。主人翁媪交谪[3]于内，道人闻而大怒诟责，主人惶恐无地。隔一日，道人忽腹痛而死，寻即臭烂蛆流。主人翁媪恨不自胜，市槥[4]僦轝[5]，聚集[6]邻里，瘗于镇南之平冈头。半月后，高公奉差还县，道经市镇，召酒家至，烈声骂曰：'命汝收留全真，何为纵之，令其使酒亡状，辱我于道上乎！'主人泣曰：'饮食汤沐殡葬之费，并出明府所赐，苦不敢言。'高公曰：'昨过大洪山[7]下，全真向吾马前大骂而去。遣伍伯收之，追不能及，奈何以死相诳？'主人云：'现埋此地。'高公遂召邻里，发棺视之，不复见尸，棺中惟一彘肩，已腐臭不可近矣，即是酒家前日[8]所失者，方知其托形而去也。"

按其书末云"世庙十年，剑槎市西弘农青溪道人智撰"。有

---

① 津逻：古代渡口上巡逻的士卒。
② 汤饼：汤煮的面食，系将调好的面团托在手里撕成片下锅煮熟。
③ 交谪：互相埋怨。
④ 槥：音 huì，粗陋的小棺材。
⑤ 轝：同"舆"，车。
⑥ 聚集：国图清钞本作"聚"。
⑦ 大洪山：位于湖北省中北部，西临襄（阳）钟（祥）江汉谷地，东接涢水河谷丘陵，南连江汉水网平原，北与桐柏山遥相呼应。
⑧ 前日：国图清钞本作"前"。

彭祖[①]蒸脐方[②]、吕仙助容丹、造逡巡酒[③]方、神仙延寿丹[④]、还少丹[⑤]、打老丸[⑥]诸方，不可尽述。其金丹妙诀及歌，文多不录，录其诗一首。诗曰："一粒金丹透碧天，黄公[⑦]姹女[⑧]结因缘。五行[⑨]制伏分天地，八卦昆仑列圣贤。造化一团炉内雪，乾坤千朵海中莲。世人识得如斯语，随我来朝玉帝前。"

梦召散冰珠

万历丙申年间，有越[⑩]中士人，不记姓名，盖落魄不拘少年也。尝读书山中，一夕，梦黄衣使者来召，云是天帝有旨。随其行，为风烟拥而去，逡巡便到帝城，乃在最高山绝顶上。宫殿郁郁如云气中，彩绣雕镂，不可名状，屏风壁带[⑪]，悉绘凤鸾。旁有数百仙童玉女，皆丸髻绡衣[⑫]，执幢节[⑬]而环侍。阶前花树，并琅

---

① 彭祖：传说故事人物。姓篯名铿，颛顼玄孙。相传活了七八百岁，因封于彭城，故称为彭祖。后世用以比喻长寿。

② 彭祖蒸脐方：亦称彭祖蒸脐法、熏脐法，一种用辛香温热药填脐以益精起痿、增强性机能的治方。此法医书多有记载，但方药时有出入。

③ 逡巡酒：源于《本草纲目》。功效：补虚益气，去一切风痹湿气。久服益寿耐老，好颜色。

④ 神仙延寿丹：又名延龄丹。功效：养血黑须鬓，延年益寿。

⑤ 还少丹：别名还少丸、滋阴大补丸。功效：温肾补脾。用于脾肾虚损所致的腰膝酸痛、耳鸣目眩、形体消瘦、食欲减退、牙根酸痛。

⑥ 打老丸：又称"仙姑打老儿丸"。传说有一个漂亮女子在街上追打一个老头儿，众人看不过就责问这女子怎么不孝。女子说："他是我的儿子，因为不肯服我给他的药才追打他。"女子让她儿子服的药因此得名"仙姑打老儿丸"。

⑦ 黄公：道家炼丹术语，指黄金或黄铜。亦指老年男性。

⑧ 姹女：道家炼丹，称水银为姹女。《参同契》卷下："河上姹女，灵而最神，得火则飞，不见埃尘。"在外丹术之中，"河上姹女"比喻的是汞。汞在常温中便会蒸发，一旦受热，便会迅速变为气体。

⑨ 五行：我国古代的一种物质观。五行学说是用木、火、土、金、水五类物质的特性及其生克制化规律来认识、解释自然的系统结构。

⑩ 越：指浙江东部。

⑪ 壁带：壁中露出的像带一样的横木。

⑫ 绡衣：用绫绡制成的衣裳。

⑬ 幢节：旗帜仪仗。幢，此处音 chuáng，古代作仪仗用的以羽毛为饰的一种旗帜。

玕[①]珊瑚之属，丹枝翠叶，交灿于庭。见金案上有大碧玉盘十副，其中悉盛冰珠，莹彻有光。帝坐紫绨帐中，传呼甚肃。召玉女两人捧玉盘出，命士人立殿前磐石上，取冰珠撒于下方。士人视其汁可数斗许，心计无奈何，急用右手握而撒之。梦中自觉凛栗[②]殊常，肌肤生粟[③]，手指欲堕。帝敕左右垂火精[④]帘于殿门，以障其后。帘既下，则衣裳中渐有暖气，而寒威解严。久之，撒未半，闻天鸡鸣，俄而下界之鸡亦乱鸣。士人求归甚哀。甲士怒叱，被推仆悬崖之下，陡然惊觉，右手五指冻落如斩，楚不自胜。时天向曙，童子开门出视，则积霰盈庭矣。其年冬，江南吴越间大雪数百里，江河胶结，舟楫不通。

士人既废其右手，飘然有弃家云水之想，不复以世事挂念。窃慕西蜀山川，适有亲故宦游其地，因探而往焉。舟行至蜀，日晚维梢[⑤]，士人见春光韶媚，山气幽佳，跃而登岸。微窥鸟径，误入其中，真仙境也。于时涧花袭馥[⑥]，风籁[⑦]泻空，烟云濯[⑧]鲜，泉石互激。徘徊爱玩之际，不觉攀跻深矣。举头忽见大树下有女郎二人，对坐石上，神姿端妙，绝世少双，邂逅士人如旧识，相谓曰："郎君非紫皇殿前散冰珠者乎？"士人曰："唯唯。"懵然未晓何人，追忆梦事，惨伤之极，因出其右掌示之。二女郎曰："无苦也。儿有软玉，请为郎君续成。"遂出五色彩囊中白玉一片，质甚柔。两人解巾角小刀子齐手切玉，匀作五条，短长类指大，削空其中，仓忙琢之。见下刀如泥，俄而指就。令士人合眼，须臾

---

① 琅玕：指珠树，神话中的仙树，其实似珠，比喻珍贵、美好之物，也比喻优美文辞。《山海经·海内西经》："服常树，其上有三头人，伺琅玕树。"

② 凛栗：严寒，冷得发抖。唐杜甫《北征》诗："那无囊中帛，救汝寒凛栗。"

③ 肌肤生粟：皮肤上（因寒冷而）起鸡皮疙瘩。

④ 火精：太阳。汉王充《论衡·说日篇》："夫日者，火之精也；月者，水之精也。"

⑤ 维梢：系船停泊。梢，通"艄"，船尾，借指船。

⑥ 袭馥：香气迎面扑来。馥，香气。

⑦ 风籁：风声。北魏郦道元《水经注·沅水》："湾状半月，清潭镜澈，上则风籁空传，下则泉响不断。"

⑧ 濯：音 zhuó，光明的样子。《诗经·大雅·崧高》："钩膺濯濯。"

以五穴孔续入断指，瘢上傅[①]以神膏，滑如饴。有顷连接，都无所苦，屈之成节，按之有声，遂坚固不脱也。二女郎令士人开眼，笑而谑曰："将不弄假成真耶？然吾玉不可妄得，是上清希世之宝，价倍世间温凉指。子勤修道，庶[②]足以当之也。"士人再拜谢别。二女郎各缄所锉玉屑一裹，饷之作粮，殷勤送出谷口。

士人回顾如梦，但见荒崖断壁，向之灵境，都无所睹。遇一行脚僧[③]到，问地何所。僧曰："此岷山[④]之第一峰青城山下，道书所谓第五洞天也。"问何遽汗流若此。僧曰："六月不汗，待何时汗乎？"士人惊异，具述登岸岁月，已逾二年。又问亲故宦迹，离任且久，狼狈附他舟而还。时方盛暑，日含裹中玉屑，味极清凉，而饥渴之想顿除矣。士人途次无聊，寻思二女郎容貌，宛是当年梦中所见玉女捧冰珠盘者，始悟神仙续指，非凡人也。梦于彼而遇于此，异哉！自尔右手之屈信[⑤]舒卷，无异左手，但漠然不关疴痒矣。后求寻道流，共入天柱山[⑥]去，不复出。方外芥舟[⑦]道人具陈其事。

魏左二公

万历初年间，有河南人魏公，失其名，号廓庵道人，年可

---

① 傅：涂。
② 庶：但愿，希冀。
③ 行脚僧：也叫云游僧，指游行四方求师问道的僧人。
④ 岷山：自甘肃省南部延伸至四川省西北部的一褶皱山脉，大致呈南北走向，全长约500千米。
⑤ 信：音 shēn，古同"伸"，舒展开。
⑥ 天柱山：位于安徽省安庆市潜山县西北，又名潜山、皖山等。历史上，天柱山被道教、佛教视为宝地。道家把天下名山洞府封为三十六洞天、七十二福地，称天柱山为第十四洞天、第五十七福地。
⑦ 芥舟：小船。语出《庄子·逍遥游》："覆杯水于坳堂之上，则芥为之舟；置杯焉则胶，水浅而舟大也。"

七十余矣。其徒左公，名兼，号荆山隐者，北直隶①真定②人也，年少于魏数岁。两人时时游京城，皆莫知其甲子③。通于变幻，奇怪恍惚，不详何来。

山阴祝秀才④父号凤皋子，素好步虚⑤隐形、长生洞视⑥之术。入京访旧，遇见二公，私奇之，然未信也。一日，三人相约出游西山⑦绝胜处，所行道非所曾经。半途中，二公尽发其行李还城，时日向暝⑧矣，但闻鸟声，不逢人迹。祝头上乌巾⑨辄为旋风吹去，惶惑⑩殊甚⑪。二公相语亟行莫虑，两人挟之疾走，忽转而北，又转而西，指盼之间，不觉隐隐有人家烟火⑫，指谓祝曰："此非绝胜处乎？"既至，则石梁跨涧，屋宇森沉⑬。叩门良久，僮子始开。见一少年紫衣公子，下阶延三人升堂，坐定叙话，颇加敬焉。具茶毕，邀入中堂，则雕栏绣箔，红亭碧榭，水出洞口，云生树中，盖灵境也。询知魏产洛⑭中，左燕⑮人，祝越⑯人，即戒行厨，设三大都会饮食，水陆珍奇，无不毕陈。又

---

① 北直隶：明称直隶于京师的地区为直隶，洪武初以应天等府为直隶，永乐初移都北京后，以直隶北京的地区为北直隶，相当于今北京市、天津市、河北省大部和河南省、山东省的小部分地区。
② 真定：历史上的常山真定，与北京、保定合称"北方三雄镇"，即今河北石家庄市正定县。
③ 甲子：年龄，寿数。
④ 山阴祝秀才：祝良柱。见《狯园·青溪道人》。
⑤ 步虚：道士在醮坛仪式上一边唱诵词章一边在仪式法坛内围绕或面对神座旋绕游走的动态。
⑥ 洞视：透视，看透。汉代以来方士所自称的能看见非肉眼所见事物的特异功能。
⑦ 西山：太行山的一条支阜，古称"太行山之首"，又称小清凉山。宛如腾蛟起蟒，从西方遥遥拱卫着北京城。因此，古人称之为"神京右臂"。
⑧ 向暝：黄昏。
⑨ 乌巾：即乌角巾，常为隐士所戴。
⑩ 惶惑：惶恐疑惑。
⑪ 殊甚：很，非常。形容程度深。
⑫ 烟火：国图清钞本作"灯火"。
⑬ 森沉：指幽暗阴沉。
⑭ 洛：洛阳的省称。
⑮ 燕：旧时河北的别称。
⑯ 越：现浙江省。

命出女伎奏乐，音皆清雅。祝谛视[①]向[②]所失乌巾，宛然挂于胡床角，心大惊疑。公子命侍儿送巾还客。酒罢，备汤沐浴，陈设衾[③]茵[④]，亦极炳焕[⑤]。祝中夜睫不敢交，明日天未曙，促装[⑥]出门，不告主人而去。方行十余步，二公引祝登高岗，令其回视，笑曰："夜来觞酌之地安在？"祝遥望周遭，惟见丹崖绣嶂，灌莽荒烟，向之楼阁台榭，一无睹矣。祝念昨宵之事，不知何等，低徊良久，默然而行。

魏公怀中出[⑦]小枣，长寸许，与祝啗之，觉了[⑧]不饥。复令闭目，两人各于衣袖中共摸出三蹇卫[⑨]，形如纸剪[⑩]，取水噀之，遂化成真驴，驰于路侧。两人跨之，使祝开目，亦乘其一，行甚迅疾。忽如睡醒，不觉已及顺成门[⑪]矣。二公于是呼驴至前，复取水噀之，其形渐渐缩小，次第走入褎[⑫]中。祝目击其术，始大骇异，虽深加敬重，竟[⑬]不测灵怪之理焉。左又善炉鞴[⑭]术，试之神奇。风皋子别去数年，后有人见之[⑮]华阴山[⑯]中，两人常先后同行，或云尚在世间不死矣。

---

① 谛视：仔细察看。
② 向：往昔，从前。
③ 衾：被子。
④ 茵：垫子或褥子。
⑤ 炳焕：光明显耀。
⑥ 促装：急忙整理行装。
⑦ 出：国图清钞本作"出一"。
⑧ 觉了：佛教语，觉悟了知事理。
⑨ 蹇卫：驽钝的驴子。
⑩ 纸剪：即剪纸。
⑪ 顺成门：即今北京宣武门。
⑫ 褎：音 xiù，同"袖"。
⑬ 竟：国图清钞本无。
⑭ 炉鞴：火炉鼓风的风箱，亦借指熔炉。
⑮ 见之：见到魏左二公。
⑯ 华阴山：即终南山。

西角头[①]幻戏以下二条皆曾广事

万历初年，悬图购募妖僧曾广。后闻曾广是道非僧，实有奇术，世之隐遁仙人也。初未尝聚众举事，乃左道淫邪之徒，聚众举事而败，伪托其名，以鼓愚瞶耳。及收真曾广至，讯验不服，司法官强伏其辜。诏下官吏卫士与伍伯[②]，持兵仗者数百人，将广诣西角头就戮。看者围绕数千人，徘徊之间，漫起青气数十丈，横亘天半。众齐仰望，隐影[③]而去，惟绳缚存焉，不知广之所之。京师震惊。忽刑部守门吏奔告尚书，堂上有曾广倚柱而啸，手作反接[④]状。众闻惶怖，于是禁卫巡徼[⑤]，蜂拥而入，果得广，衣饰状貌无异。尚书大怒，促左右百骑押付市曹，不待时而决。及出部门，蹶然[⑥]倒地，掖起细认，乃即守门吏之父也。守门吏诘问之，父自唾其面云：“本在室中炕上假寐，不知何缘[⑦]到此。尔何故领尔许[⑧]人来缚吾。”众察其精神，犹蒙蒙如睡中。

时江陵[⑨]当轴[⑩]，闻其事韪[⑪]之，密令出他囚论死者戮于市，取首以献朝廷，秘而不言。三日后，有人更见广在顺成门外看戏剧，且频上酒楼吟咏自若，见者终不敢言之。厥后[⑫]稍稍泄于宫

① 角头：街巷、胡同的拐角头，或是胡同口。
② 伍伯：衙门中行刑的役卒。
③ 影：国图清钞本作“形”。
④ 反接：反绑两手。
⑤ 巡徼：巡查的士卒。
⑥ 蹶然：亦作“蹷然”，仆倒的样子。
⑦ 缘：国图清钞本作“由”。
⑧ 尔许：如许，如此。
⑨ 江陵：指张居正，1525—1582，字叔大，号太岳，江陵人，时人又称张江陵。明朝中后期政治家、改革家，万历时期的内阁首辅，辅佐万历皇帝朱翊钧开创了“万历新政”。
⑩ 当轴：比喻官居要职。
⑪ 韪：是，对。此处“韪”当是“讳”的误用。
⑫ 厥后：从那以后。厥，其。

禁，天子冲圣[①]，亦怅然知广化去不死矣。

南屏寺幻戏

杭州西湖之净慈寺[②]，一名南屏。七八年前有书生四人，肄业僧舍。忽一日，见远方道士荷杖而来，道貌奇古，须长尺余，黑如漆。与之语古今旧事，无不通晓，共相惊叹，留于僧舍食之，与一室自启闭。昼出夜还，凡经两月，求去。因语四书生曰："贫道久寓于此，费诸郎君薪水不赀[③]。今方告归，凄眷[④]如何！明日请张筵作别，兼有薄赠。"众皆笑，心计道士不持寸赀，何由设宴召客？谬[⑤]许之。

至明日，天色且晚，视道士犹未返寺也，共以为妄。顷之至矣，然了无作主宾意。四书生谓道士曰："某等枵腹[⑥]以待师之盘筵，不卜昼，当卜夜乎？"道士曰："无忧也。乞郎君将琴书尽数检束[⑦]，虚其室，钥以俟之。"时谓善戏之言，益不信，具如所教，勾当[⑧]讫。俄而道士与四书生携手闲步，不觉行至雷峰塔[⑨]下，徙倚[⑩]半晌，忽谓四书生曰："计此时薄设将毕矣，盍[⑪]反乎？"众应声而还[⑫]。入寺，隐隐闻笙歌鼓吹之声，不知何等，渐近则即其

---

① 冲圣：年幼但聪明。
② 净慈寺：位于浙江省杭州市的西湖南岸，雷峰塔对面，是西湖历史上四大古刹之一。因为寺内钟声洪亮，"南屏晚钟"成为"西湖十景"之一。
③ 赀：音 zī，计量。
④ 凄眷：指伤感而眷恋。
⑤ 谬：错误。
⑥ 枵腹：音 xiāo fù，空腹。谓饥饿。
⑦ 乞郎君将琴书尽数检束：国图清钞本作"乞郎君尽数将琴书检束"。
⑧ 勾当：处理，办理。
⑨ 雷峰塔：位于浙江省杭州市西湖风景区岸夕照山的雷峰上。雷峰塔为吴越忠懿王钱弘俶所建，初名"皇妃塔"，因地处雷峰，后人改称"雷峰塔"。
⑩ 徙倚：徘徊，逡巡。《楚辞·远游》："步徙倚而遥思兮，怊惝怳而乖怀。"王逸注："彷徨东西，意愁愦也。"
⑪ 盍：何不。表示反问或疑问。
⑫ 还：国图清钞本作"退"。

室也。启户视之，绮筵[①]罗列，水陆毕登，器物金银犀玉之属，目所未睹[②]；歌童舞女，递进[③]于前；幕帟[④]茵凭[⑤]，华焕无比。四书生大怪之，竟[⑥]席不安，罔敢下箸。道士饮啖如故。夜半方散，道士乃撤其银器，分遗四书生曰："用酬向来[⑦]雅意，不足谢也。"

四书生即便下拜，启曰："不审尊师复何姓名，愿垂告示。"道士曰："郎君宁不闻世上有曾广乎？"曰："闻之。"道士曰："我即广也。"四书生曰："江陵购广，戮于京师，广则死矣，何至今日尊师复称为曾广耶？"道士曰："妖民为乱，诬及某耳。某不出世，人不知曾广矣。夫得仙道者，后天地[⑧]，雕[⑨]三光[⑩]，劫数灾厄所不能害，况兵刃之属耶！尔时某既隐形而去，江陵知不可得，遂出一狱中死囚斩之，以立威声，欺天下耳。某则曾广之本身也。忆长安市中游戏，不觉五六年来，真如梦境矣。"语毕，四书生复下拜曰："不知尊师是神仙也。宁有变幻[⑪]之术指示吾曹一二乎？"道士曰："唯唯。"即下阶负墙而立，却逸入壁中去，莫知所向。众相聚看壁，移时回顾室中，向之盘筵歌舞寂无见矣。视所撤器，皆灿然真金，益大骇愕。

明日，报杭城傅金吾[⑫]家宴客，伎女[⑬]无故仆地，病如中疟，

---

① 绮筵：华丽丰盛的筵席。
② 睹：国图清钞本作"窥"。
③ 递进：按一定顺序推进，由浅入深。
④ 幕帟：音 mù yì，帷幔，帐幕。帟，小帐幕，亦指幄中座上的承尘。
⑤ 茵凭：即"茵冯"，车蓐与车轼。《汉书·酷吏传·周阳由》："汲黯为忮，司马安之文恶，俱在二千石列，同车未尝敢均茵冯。"颜师古注："茵，车中蓐也。冯，车中所冯者也。"
⑥ 竟：从头到尾。
⑦ 向来：一贯以来。
⑧ 后天地：即后天地而生。"故圣人者，后天地而生，而知天地之始；先天地而亡，而知天地之终。"出自《鹖冠子·能天篇》。《鹖冠子》属黄老一派道家著作，讲的是悟道的圣人境界：知道了宇宙是怎么来的，也知道什么时候会灭亡。
⑨ 雕：雕刻，刻镂。
⑩ 三光：古时指日、月、星。
⑪ 变幻：国图清钞本作"变化"。
⑫ 金吾：仪仗棒，后成为官职名。负责皇帝大臣警卫、仪仗以及京师治安的武职官员。
⑬ 伎女：古代指女歌舞艺人。

怪风骤起，客皆迸散。迨[①]至夜分，伎女方寤，席上失去银器多少，悬赏捕贼。四书生急渡江，变易[②]其器，无从踪迹。有人亲见书生祝[③]，说之也。

玉峰老人

玉峰老人，姓王，失其名，不知何来。尝僦居京师象房[④]侧。楚人兵部王员外止之官邸中，叩其秘，黄白之术最高，余[⑤]惟以交接[⑥]补导[⑦]、取精玄牝[⑧]，不失人间之乐而已。数娶小妻，并好女，辄弃之。经历四方多年，人皆奇其不死。诸少年尝构之以祸，长吏械收，系诸请室[⑨]。时比部严郎中知其有术，力为之庇，得从轻释，流海外，官鬻其妻孥。郎中阴令补值领去。

其后郎中为闽南太守，挂冠归吴门，曾遣人推求踪迹，老人直至吴下。郎中益奇待之。诸公书币相属，略无所受，旋亦告别。视其襆[⑩]中不蓄一钱也，而资斧[⑪]未尝困乏，有所得，复散赐与贫穷者。然老人多变怪之事，能撮土掌中，捻之即成银。

居京师时，遇相识人至，向地拾小泥块为丸，用纸裹好送之，曰："无他相赠，将意[⑫]而已。"其人还自邸舍，解出裹泥，已变

---

① 迨：等到，达到。
② 变易：交易，变卖。
③ 祝：祭神的祈祷词。
④ 象房：位于今北京市昌平区东部。东南邻桃林，西南至秦城。因元代在此养象而得名。
⑤ 余：国图清钞本无。
⑥ 交接：交配，性交。
⑦ 补导：采补和导引。道家的养生术。
⑧ 取精玄牝：所谓"采阴补阳"或"采阳补阴"。
⑨ 请室：请罪之室，即囚禁有罪官吏的牢狱。
⑩ 襆：音 fú，同"袱"，铺盖卷，行李。
⑪ 资斧：本义为利斧。《易·旅》："旅于处，得其资斧。"宋程颐《易传》解资斧为资财与器用，后人以之通称行旅之费。
⑫ 将意：表达心意。《续资治通鉴·宋英宗治平四年》："若以为奉承先志，理不可罢，则望阅诸府库，取服用玩好物以充用，才足将意便可，不须过为丰侈。"

上金，光烛一室。人家或请老人会同饮酒，见盘中所饤[①]梧子榛松之属，戏裹几粒，以贻亲知，随核大小，悉化银珠矣。若还贮于盘中，复如故。

噫！自古神仙能煎泥成金矣[②]，未闻有灵幻如此乎，固非常智之所及也。玉霞子语余云：老人每出，不持资粮，还居京师，则饮食居处、妻妾仆从皆事豪奢，与富人无异。不出三年，数易其处。人以道叩之，则曰："我无道也。"世传其二百五十岁矣。长安[③]诸贵人甚尊礼之，而不得一言。楚人祝石韦受其传，尝曰："玉峰老人岂止二百五十岁乎，是周秦[④]以上人也。"玉霞子又云："此人忽老忽少，颜色一日三变，早起则枯瘠若穷饿人；少顷则庞发秀眉，常如童子颜色；午后则转为美少年，可二十左右许。"人皆以为得老彭[⑤]补脑还元之术，以此见骇于世矣。

赤松子[⑥]遗药

相传福建将乐县[⑦]玉华洞[⑧]中一石函内，有五色石丸，光莹圆洁，大如梧桐子，不可算数，俗传是仙人所遗药丸也。有道者得入而取之，旋取旋有，相传[⑨]至今未尝阙乏。肉人往取，多不能出。按，玉华洞在天阶山下，赤松子采药处也，岂即松子所遗药乎？

① 饤：堆叠蔬果于盘，一般供陈设。
② 矣：国图清钞本无。
③ 长安：京师之意，非现在的西安。
④ 周秦：周朝、秦朝。
⑤ 老彭：彭祖，传说活了八百岁。
⑥ 赤松子：又名赤诵子，传说中的上古仙人。相传为神农时雨师。能入火自焚，随风雨而上下。赤松子教神农氏祛病延年。
⑦ 将乐县：三国吴景帝永安三年（260）置县，因"邑在将溪之阳，土沃民乐""东越王乐野宫在是"，得名"将乐"，是福建省最早建县的七个古县之一。
⑧ 玉华洞：在将乐县城东南的天阶山下，因洞内岩石光洁如玉，华光四射而得名，是福建省最大的石灰岩溶洞。
⑨ 相传：国图清钞本作"相沿"。

罗浮[①]隐者

万历近年间有一道人，云自岭南来，号罗浮隐者。数往来江南诸贵人家，饮酒啖面肉如常人，而独无尿屎。诸贵人使从者潜守觇之，竟日[②]不见其尿，亦未尝如厕也，无不惊异。后将西归罗浮，至京口，宿于食店。店人惟供设诸商贩人，而不顾隐者。隐者戟手[③]大骂，遂出杖头钱，别置[④]肴膳，取酒一斗，连啖恣嚼，凡尽数器而卧。此店人忽称腹胀，如厕洞下不止，展转告急，几不自持。诸商贩人共惊异之，登楼见隐者方枕一酒壶眠熟，疑其咒术所为，再三呼之，乃起坐。众曰："主人腹疾，先生岂有药治之乎？"隐者大笑曰："吾饱食，故遣无赖代起尿屎。与作小剧耳，令他日更莫慢客也。"于是诸商贩人为之谢过，须臾，店人腹中平复如故。

马西风

马西风者，不详何自，或云得道仙人也。永新[⑤]彭明府少好道，不乐为县[⑥]，解官归。云水羽流，居常满座。

一日，有花篮[⑦]渔鼓[⑧]道士闯入其室。彭遽起延坐，征姓名。

---

① 罗浮：广东省博罗县罗浮山雄峙于岭南中南部，坐临南海大亚湾，毗邻惠州西湖。被道教尊为天下第七洞天、第三十四福地，被佛教称为罗浮第一禅林。

② 竟日：终日，从早到晚。

③ 戟手：伸出食指和中指指人，以其似戟，故云。常用以形容愤怒或勇武之状。

④ 置：国图清钞本作"买"。

⑤ 永新：今江西省吉安市永新县。

⑥ 县：县令。

⑦ 花篮：花篮和仙鹤是道教的象征。

⑧ 渔鼓：又称道筒、竹琴，是一种流行于湖北、湖南、山东、广西等地区的传统乐器，常用于戏曲表演。宋代已出现。道士用来唱道情。

道士曰:“我马西风也。藉甚道名，愿承眉宇[①]，故来觌[②]耳。”彭顾左右进茶。道士曰：“贫道从武夷山来，携得旗枪[③]数叶，烹方熟，请出奉饷。”取怀中葫芦泻之，香茗二碗，甘冽殊常。两人饮罢，彭顾左右置酒。道士又曰：“酒亦贫道所有，是湘水造成酃醁酒[④]也。”别注一壶如鹤股，倾之不竭。搬出葫芦中肴核种种，并珍怪之食。彭大惊。至暮告别，固留之，不可，曰：“子所交者，非吾侣也。能从吾游，请以明晨会于某坊，可乎？”彭许诺。道士忽掷杯梁上，化为双燕，飞鸣啾啾。众咸骇视，回顾座中，已失道士所在矣。

彭自以得遇真仙，大喜过望，通夕不寐，辨色而兴[⑤]，如言访之。道士已先在坊下，顾而谓曰：“子真有心哉！”趣与俱行。行可数十里，才至一幽绝处，泉香石翠，花媚草灵，望见绣嶂丹崖，高出天半[⑥]，彭心讶其非世间也。忽起家念，告道士曰：“某来时未与妻子言别，师能容我暂归乎？”道士长息而语曰：“信哉凡夫之难度也！子归则归耳，何云暂耶？”彭叩头逊谢。道士出囊中红霞米二升赐之，诫曰：“煮三粒作汤，可疗百病。勤行施舍，慎勿秘惜。米尽，则子迁化[⑦]之期也。”言既，瞥然[⑧]隐去。

---

① 藉甚道名，愿承眉宇：（听说您）特别好道，愿意皈依。藉甚，盛大，卓著。《史记·郦生陆贾列传》：“陆生以此游汉廷公卿间，名声藉甚。”
② 觌：音 dí，见，相见。三国魏曹植《洛神赋》：“尔有觌于彼者乎？”
③ 旗枪：成品绿茶之一，浙江的特种茶类。因该茶经开水冲泡后，叶如旗，芽似枪，故名。
④ 酃醁酒：即衡阳湖之酒，得名于今湖南省衡阳市郊的酃湖。酒取该湖“湛然绿色”的优质湖水酿造而成，味极醇美，故称酃绿、酃醁。至迟在晋代，即被列为朝廷贡品，备极宠荣。
⑤ 辨色而兴：看天色而起床。色，天色。兴，起，起身。
⑥ 高出天半：有天的一半高。天半，即高空，如在半天之上。
⑦ 迁化：变化，应变；也指人死。《荀子·非十二子》：“通达之属，莫不从服，六说者立息，十二子者迁化，则圣人之得势者，舜禹是也。”
⑧ 瞥然：忽然，迅速地。唐白居易《与微之书》：“平生故人，去我万里；瞥然尘念，此际暂生。”

彭乃怅惘还家。以此米施人，最多灵验，寿至百余岁，米将尽矣，呼家人治具，邀亲昵宾游①，宴会数日，沐浴衣冠，与众辞别。俄闻堂中起异香，香风普越②，遂端坐而化。楚人王兆云③记其事甚核④。

白崖老祖

白崖老祖者，云南真定府⑤人，故军民司土官⑥也。能取水银吞服之，运自己真铅真汞，内炼成丹，经三日吐出，每两加赤铜三钱销之，灿然上金矣。此丹银与外丹假借药物火候工夫者不同，第不知五百年后变否耳。闽人陈履吉⑦，或称是故尚书，尝弃家从白崖游，隐于雁飞三顿岭即关索岭⑧，至今尚存。万历年间，槜李⑨朱九成时在彼，因诣白崖问道。白崖悯其游薄⑩，思以拯济，令致水银一两。九成既市水银，三度进之，一一咽而吐还，还时已成小饼，甚坚，如石棋子许大，果好银也。后所求太多，怒其贪，叱而遣去。是时老祖受沐府⑪供养，计年八十余矣。

---

① 宾游：出游。《北史·庾季才传》："季才局量宽弘，术业优博，笃于信义，志好宾游。"
② 普越：到处弥散。越，消散。
③ 王兆云：《碣石剩谈》的作者。
④ 核：翔实正确。
⑤ 云南真定府：明代云南没有真定府，但有孟定府、武定府。
⑥ 土官：是相对于"流官"而言，土官是封建王朝封赐的独霸一方能世袭的官员或统治者。
⑦ 陈履吉：明代人，有《陈履吉采芝堂文集》。
⑧ 关索岭：简称关岭，位于今贵州省关岭布依族苗族自治县城东北面。
⑨ 槜李：音 zuì lǐ，古地名，在今浙江嘉兴西南。
⑩ 游薄：缺少游资。
⑪ 沐府：即沐王府。明初将领沐英抚镇云南，死后追封黔宁王。后沐氏子孙世代镇守云南，故百姓称黔国公府为沐王府。

范丫髻[1]

范丫髻者，不知何人，结庐武当香炉峰下。

金　竹

金竹者，常熟县西湖[2]南人也。常梦游一处，沿溪数里，桃花烂开，风景幽奇，敻异[3]人世。溪行尽处，有高山峰峦秀拔，俨然画图。山之曲，石洞在焉，其中嘉木交荫，美箭[4]成林，掩映楼台，都隔流水，视其阡陌路衢，又皆宛若旧识。竹心怪之。俄入一茅庐，房栊[5]甚洁，堂中有春帖子一联，题曰："流水桃花仙路杳，白云红日洞门长。"细玩之，恍是竹前生手迹。既寤，便大恸，与家人及乡里别而去，不知所之。万历间，曾玄[6]中有为诸生者，特往踪迹，见之于终南山。张秀才应遴[7]说。

紫溪先生

柴紫溪先生者，昆山县人，大京兆[8]柴黼[9]仲儿也。生四子。

---

① 国图清钞本在目录中有《范丫髻》，但正文中抄丢。
② 西湖：尚湖。位于常熟城之西面，故称。
③ 敻异：犹迥异，意为大不相同。
④ 箭：指竹子。《说文》："箭，矢竹也。"
⑤ 房栊：亦作"房笼"。泛指房屋。栊，窗棂木、窗，亦借指房舍。
⑥ 曾玄：曾孙、玄孙。
⑦ 应遴：张应遴，字选卿，常熟人。编有《海虞文苑》二十四卷。
⑧ 大京兆：即京兆尹。
⑨ 柴黼：柴奇，字德美，昆山人，正德辛未进士，官至应天府尹。撰有《黼庵遗稿》。

其年四十三岁，一日之间，三子相续而亡，独存幼者，尚在襁中。因兹痛愤不胜，便弃妻子出家，竟入终南山。家人每岁馈饷不绝，后尽却之，诫云："此中但少沙糖[①]，二三百岁老人多嗜之，相为致少许，余无所须也。"其家载糖果数车给焉，至则分遗山中道侣。后以为烦，亦并却绝。停数年，襁中儿已长大，为诸生，特诣终南。先生见即谢去，明日，人与庵皆不知所在，儿无以寻求焉，自尔绝迹。余师耆宿章程说之。

石梅道人

弘治间，常熟有陆大参[②]公润[③]者，为温州守，有声，御史为之竖五马[④]坊于门。少时，闲行至虞山下，遇一道人坐青荷叶上。旁故有枯梅一株，此道人立咒之，开花满树。润大惊，拜之，遽折一枝以还。有顷，失道人所在。明日与朋游，共往看花，亦亡所见矣。其地遂名石梅，在初平石[⑤]之西。亦章程先生说。

髯道士摄李月华魂

万历庚辰，北直隶顺德府理刑署中书记王沼，家居乡墅，落

---

① 沙糖：即砂糖。

② 大参：布政使和按察使下参政的别称。官阶从三到五品不等。考虑到陆润得到五马坊的奖励，那么他是从温州知府（正四品）升职，所以可以设定他的官阶是正三品或者从三品。但实际上参政对他来说或许只是虚职。

③ 润：陆润，1436—1518，字昌泽，号古松，祖籍江阴。元时，高祖因躲避战火而迁居常熟。成化丙戌（1466）登进士第，历任闽县、清平知县，太仆寺丞，最终升为温州知府。葬于虞山普照原。

④ 五马：太守的代称。

⑤ 初平石：黄初平曾经躺过的巨石。黄初平即黄大仙，东晋人，著名道教神仙。民间流传其法力高强，能够点石成羊。传说因为炼丹得道、羽化登天，而且以"药方"度人成仙，得到人们的敬仰和崇祀。

魄花柳之间。有角妓[①]李月华者，京师教坊，色艺双绝，因避仇潜居墅上，与沼往来情浓。沼常服役府城，多歇道观，遇云水髯道士，姿状高古，姓名不定，亦在观中旅泊。

一日天暮，月光皎然，沼贳[②]酒与道士欢饮。迨夜分矣，忽思月华，欲诣其家，暂与道士取别[③]。道士曰："夜已央，君不能去也。且李娘此时赴侧近贵人家陪宴，某为君邀至，可乎？但不得妄与酒饮，饮则败吾事矣。"约束殷勤，沼亦许诺。道士乃以手按沼头着壁，闭其两目，口喃喃读咒文。咒已，方使开目，趣炳炬照屏风外，见月华冉冉自树影中来，形貌妆束，宛如平生，手携琵琶而至。便命促席并坐，弄弦成曲，弹出《湘妃怨》[④]，凄然竹枝袅袅之声。道士起而长啸，引以相和，其音清越，如黄鹤唳空，渐远而没。月华于座上数目王郎不已，沼亦凝睇久之。私视其怀中琵琶，乃紫檀槽逻[⑤]，背刻"浔阳秋"[⑥]三字，宛是李家故物也，讶不敢言。弹竟，已是四鼓[⑦]，月华告归。既行至步廊下，沼强持一卮往灌之。道士怒曰："若病狂耶！顿忘前诫乎？"连催月华下阶，推仆于地，化为烟气而灭。

沼怏怏益怪其事，目睫未交。际晓，还访月华，不辞道士而去。及门，月华尚未起也。视琵琶历然在壁间，问其晏眠之故，曰："夜来梦中见天使追去，玉虚宫仙官命录[⑧]奏乐，惊不自持，

---

① 角妓：古之艺妓。

② 贳：音 shì，赊欠。《史记・汲郑列传》："县官无钱，从民贳马。"

③ 取别：告别。《太平广记》卷一一五引唐道世《法苑珠林・王弘之》："轨忽更来愧谢。因云：'今即取别。'举家哭而送之。"

④ 《湘妃怨》：古琴曲，作者阿鲁威，生卒年不详，字叔重，号东泉，蒙古族人。曾任南剑太守和经筵官。今存小令十九首。有十几部古琴谱收录此曲，其最早见于 1511 年撰刊的《谢琳太古遗音》。

⑤ 槽逻：或逻槽，即逻逤槽，用西藏逻逤檀木制造的琵琶面上架弦的部件。

⑥ 浔阳秋：《浔阳秋怀赠许明府》是白居易的诗作，此处意为这把琵琶弹奏过白居易的曲子，是唐朝的乐器，隐含其古。

⑦ 四鼓：报更的鼓声敲了四次，古代一个更次敲一次鼓。四更大致相当于现在的后半夜一至三点。

⑧ 录：次第，次序。《国语・吴语》："今大国越录。"

卿何为亦在座，得无以人命戏乎？”方知所摄者李姬之魂也。沼惋怛[①]移时，重访道士，杳不知所迹矣。海宁陈太常[②]与郊[③]，时为顺德理[④]，话于座人。

杨太真[⑤]

毗陵胡郡丞[⑥]澄，自言家中书舍夜数有奇香异光，仍闻管弦歌舞声，就视都无所有，但见花阴月影而已。如此者经旬。其后家人于隔墙引梯而望，隐隐见堂内银屏珠箔之下，坐一神女，容姿旷世，侍卫者二十余人，皆丽色，乃大骇，足战[⑦]而下。明日开户寂然，举头见七尺绢素屏风上，有画《杨太真唐宫夜宴图》。问之，张平山[⑧]画也。众佥[⑨]谓曰：“是矣！”撤去收箧中，其夜遂绝迹。《青琐高议》[⑩]载宋人秦子履所撰《温泉记》，以今征之，似非荒唐。

---

① 惋怛：叹惜悲痛。《晋书·王羲之传》：“知安西败丧，公私惋怛，不能须臾去怀。”

② 太常：古代朝廷掌宗庙礼仪之官。

③ 与郊：陈与郊，1544—1611，原姓高，字广野，号禺阳、玉阳仙史，亦署高漫卿、任诞轩，海宁盐官人。明万历二年（1574）进士，累官至太常寺少卿。万历二十四年（1596），上疏乞归乡里，隐居盐官隅园，埋头著述。工乐府，雅好戏曲，对整理、发展我国戏曲颇有贡献。

④ 理：即署理，凡官员出缺或离任，由其他官员暂时代理职务。

⑤ 杨太真：杨玉环，号太真。

⑥ 郡丞：府同知，正五品，为知府的佐官。

⑦ 战：发抖。后作“颤”。《论语·八佾》：“使民战栗。”

⑧ 张平山：张路，1464—1538，字天驰，号平山，仅以字行于世，祥符（今河南开封）人。少年聪慧，见吴道子、戴进所画人物，临摹肖其神，以画成名，是明代追随戴进、吴伟的重要浙派画家。在人物上师法吴伟，但秀逸不足，狂放过之，山水上有戴进的风致。主要作品有《高士观瀑图》《山雨欲来图》《风雨归庄图》。

⑨ 佥：都，皆。《说文》：“佥，皆也。”

⑩ 《青琐高议》：宋代志怪、传奇小说集，刘斧撰辑。

桂花仙子

钱塘一士人，少年狂荡。其妻早亡，独居廓处①。偶于市中购得唐解元②绢画《桂花仙子图》一轴，悬之书斋，日夕倚案瞪目注视，念欲得佳耦如图中人。凡园有花果，必采撷以荐③。

一夕，有女郎年可十六七，容颜妖④丽，裳衣轻妍，从月色中来。士人询其居止，笑而应曰："家在墙东。"士人心意东邻无是女⑤也，但贪慕艳色，狂不自制，拥之入帷，妖态横生，曲尽欢昵。凌晓趣辞去，定昏⑥之后复来，自是夕夕无间。每至则室中起灵香，枕席皆芬。时说蓬莱阆苑⑦之事，士人颇讶异之。

经数旬，而内外亲表及臧获⑧辈窃窃倚听，穴壁而窥，乃绝代姿首，世所无也。惊为狐魅之属，乘士人他出，阴引南昌道士来治之。道士吐匣中青蛇遍索，因指此图谓曰："非尔为祟耶？可尝吾剑。"忽应曰："身是昆仑山女，与此郎有累世因缘，是以暂谐缱绻耳。卿有何禁术而欲制我乎！"复语其臧获辈曰："君家如此行径，不可留矣。"其声若出画中也。语未毕，道士裂睛上视，持剑自抵其胸，反走出门。家人忙怖号叫，急谋焚毁此画。俄顷昼晦，忽有怪风暴起，云埃四合，弥漫一室。移时朗然，阅其像神如洗矣。隐隐渐失所在，久之，空轴而已。里中数岁小儿，并见绡衣神女罗袜行空而去。

---

① 廓处：独自居处。与独居同义。
② 唐解元：唐寅，字伯虎，一字子畏，号六如居士、桃花庵主、鲁国唐生、逃禅仙吏等，据传于明宪宗成化六年（1470）庚寅年寅月寅日寅时生，故名寅。
③ 荐：进献，祭献。《梁书·袁昂传》："未遑荐璧。"
④ 妖：国图清钞本作"姣"。
⑤ 女：国图清钞本作"子"。
⑥ 定昏：天将黑的时候。《淮南子·天文训》："（日）至于虞渊，是谓黄昏；至于蒙谷，是谓定昏。"
⑦ 阆苑：传说中神仙居住的地方。
⑧ 臧获：古代对奴婢的贱称。《荀子·王霸》："如是，则虽臧获不肯与天子易势业。"

士人归，惊询其事，方悟神仙之游。臂妆衣香，氤氲不散者经月。凄恋宛转，凝望无聊，广延画师好手数十家，重写其真，莫能仿佛。于是乃止，终身不复琴瑟[①]焉。好事者赋无题数章纪之，余记其一，诗云："玉京仙路杳冥冥，风折鸾飞去不停。泣尽云軿[②]何日返，教人遗恨失丹青。"此于唐小说中真真避剑及黄花寺壁宁王画马化去之事，千载合辙矣。岂解元之画神妙通灵一至是乎！张文焕秀才亲见其事，说之。

陈朝后主[③]妃墓

万历中，江南大旱之岁，丹阳县[④]开家湖[⑤]水涸，居民刘藁[⑥]其中，锸[⑦]下铿然有声，深之三尺，掘得一古石函。函中有沉香棺木，惧不敢发，仍覆焉。其家五子，延姚江老生[⑧]为师。密谋于老生发之。既剖，见棺中一美妇人，开目却活，肌肤容貌，俨然如生，殉物形制，都非近世有，而指甲与发缠绕遍棺矣，惟衣服触风成灰耳。自称是陈朝后主妃，葬于此，炼形千年，命合更生，不知今何代也。谈说亡国时事[⑨]，历历可听。欲振衣而起，众以为魅，乃推刃戕之，叹息而绝。推寻其墓之侧，有古碑在，老生验之，果然。后为邻仇所发[⑩]，县令取丹阳志考求其地，委[⑪]有陈后

① 不复琴瑟：不再娶妻。琴瑟，夫妻的美称。
② 軿：音 píng，有帷幕的车子，多供妇女乘坐。
③ 后主：陈叔宝，553—604，字元秀，小字黄奴，陈宣帝陈顼长子，南北朝时期陈朝最后一位皇帝。
④ 丹阳县：今江苏省丹阳市。
⑤ 开家湖：又称练湖、练塘，是利用环山抱洼的地形条件筑堤围成的人工湖泊。
⑥ 藁：多年生草本植物，茎直立中空，根可入药。
⑦ 锸：铁锹，掘土的工具。
⑧ 老生：老童生，年纪比较大但还没有通过乡试的人。
⑨ 时事：国图清钞本作"时"，误。
⑩ 发：告发，检举。
⑪ 委：确实。

主妃墓焉。悉以劫贼论，至抵死。幸老生碎其碑，事遂寝，而沉香棺没入库中，至今尚存。盖修太阴炼形之术而功满当升者也。

沈休文①女墓

万历庚寅年间，吴兴西塞山②中一大古墓，山民发之，十余日乃开。中有石志，识是梁昭明太子③妃沈休文女之墓。既得梓棺，遂破焉，见一好女子颜面如生，被发长数丈，旋绕其体，金冠绣裳，如王妃服制。插髻有大白玉簪，长可径尺，紫磨④跳脱，宛在臂间。急呼曰："某得太阴炼形之术，数千年已满，今旦暮活矣，慎勿伤某体肤，将重报汝。"盗不听，急攘其臂间跳脱不得，因斫数刀，臂断遂绝。得其中宝玩可万缗。

是夕，感梦于县令，祈求理冤。令即余友袁君光宇也，遣吏往验而已，竟不收问，其事遂寝。盗发棺者，无疾而死。袁君旋擢为尚书郎⑤，治河张秋⑥，以河徙⑦惧罪，一夕暴死，人咸以为阴谴云。

---

① 沈休文：沈约，441—513，字休文，吴兴武康（今浙江德清）人，南朝史学家、文学家。少时笃志好学，博通群籍，擅长诗文。仕宋齐梁三朝。与周颙等创"四声八病"之说。著有《宋书》等。

② 西塞山：在今浙江省湖州市吴兴区境内的西苕溪上。

③ 梁昭明太子：萧统，501—531，字德施，小字维摩。南兰陵人（祖籍江苏武进）。南朝梁代文学家，梁武帝萧衍长子，梁简文帝萧纲、梁元帝萧绎长兄。天监元年（502）十一月，萧统被立为太子，然英年早逝，未及即位即于中大通三年（531）去世，谥号"昭明"，葬安宁陵，故后世称其为"昭明太子"。曾主持编撰我国现存最早的一部汉族诗文总集《文选》（又称《昭明文选》）。

④ 紫磨：上等黄金。

⑤ 尚书郎：官名。东汉之制，取孝廉中之有才能者入尚书台，在皇帝左右处理政务，初入台称守尚书郎中，满一年称尚书郎，三年称侍郎。魏晋以后尚书各曹有侍郎、郎中等官，综理职务，通称为尚书郎。

⑥ 张秋：张秋镇现在只是聊城市阳谷县下辖的一个普通小镇，但在明清时期，却享有"南有苏杭，北有临张"的美誉，在山东与颜神镇、景芝镇并称"山东三大镇"，是京杭运河沿岸著名的巨镇。

⑦ 河徙：黄河决口变道。

吴人王征君稚登尝赋《吴兴竹枝词》以纪其事。诗曰："沈休文女昭明妃，陵谷千年事已非。盗发墓门取宝玉，生时花貌葬时衣。"有工字砚，为袁令取去。玉簪今在嘉禾①沈司马思孝②家。王先生曾见之，白如脂肪，云是道簪，非妇人饰也。相传西塞山脉所绾结③最高处有娘娘庙，莫知所始，妃墓在焉，娘娘即妃是矣。

紫霄宫④道人

万历初年，有一云水过吴门，自称紫霄宫道人。肤革如铁，足跣不着履。每夜露其顶危坐⑤中庭，时方积雪凝寒，了不⑥为异。其随行弟子海雨，善行草，说是楚诸生。或云道人即玉虚子也，姓李，能于掌握起风雷，造集仙楼于武当山中。昔游长安，春官侍郎韩世能⑦师事之。后隐去，莫测所终。陈旃说。

---

① 嘉禾：今浙江省嘉兴市。北宋改秀州为嘉禾郡，因此嘉兴有嘉禾古称。

② 思孝：沈思孝，1542—1611，字继山，一字纯父，嘉兴人。明隆庆二年（1568）进士，初为刑部主事，后授番禺知县。官至右都御史，协理军机大事。天启中，赠太子少保。

③ 绾结：即"绾髻"，顶部。

④ 紫霄宫：又名"太元紫霄宫"，明代道观建筑，位于现湖北省十堰市武当山。

⑤ 危坐：指端坐，亦指坐时敬谨端直。

⑥ 了不：了与"无""不"连用在动词或形容词前面，表示范围，相当于"完全没有""完全不"。

⑦ 韩世能：1528—1598，字存良，号敬堂，长洲（今江苏苏州）人。明代官员、学者。隆庆二年（1568）进士，选庶吉士。同馆三十人，世能为之长，授编修。参与编修世宗、穆宗实录。充经筵日讲官，累官礼部左侍郎，以疾归。世能善鉴赏书画，名噪一时，书法家董其昌在翰林院时曾得到他的点拨。

孔道人神算会禅师立命

滇南孔道人，不得名。修髯伟貌，飘若仙者。得邵子①《皇极数》②正传。云游江南，至嘉兴县，舍于慈云寺。

时秀水③袁黄④仪卿，因早丧父母失学，将弃举业为医。适遇道人于寺中，敬而礼之。道人语曰："子仕路中人也，明年即补邑诸生矣，何不肄业？"袁告之故，引之归家，试其数⑤，每言小事，无不毕验。遂起名场⑥之思。谋于表兄沈称。称言："郁海谷先生在沈家设帐⑦，送汝寄学甚便。"袁遂礼郁为师。道人为袁起数⑧，县童子试⑨当十四名，郡试七十一名，督学试第九名。明年赴考，三处名数皆合。复与之卜终身否泰⑩，言某年考第九名，某年当补廪⑪，某年当贡⑫，贡后某年当选四川一县令，在任二年半即

---

① 邵子：即邵雍，1011—1077，北宋哲学家，有内圣外王之誉。创"先天学"，以为万物皆由"太极"演化而成。著有《伊川击壤集》《皇极经世》等。

②《皇极数》：来源于《皇极经世》一书，共三卷。

③ 秀水：地名，在今浙江省嘉兴市北。

④ 袁黄：初名表，字坤仪，初号学海，后改号了凡。浙江嘉善人（又有资料称其为江苏吴江人）。少即聪颖敏悟，卓有异才，对天文、术数、水利、兵书、政事、医药等无不研究，补诸生。万历十四年（1586）进士。初任宝坻县知事，有政绩，擢兵部主事。

⑤ 数：术数。用阴阳五行生克制化的数理，来推断人事吉凶。

⑥ 名场：科举的考场。以其为士子求功名的场所，故称。

⑦ 设帐：指设馆授徒。

⑧ 起数：起课，卜课，即算命。

⑨ 童子试：亦称童试，即科举时代参加科考的资格考试。在唐、宋时称州县试，明、清称郡试，包括县试、府试和院试三个阶段的考试。县试一般由知县主持，试期多在二月，考四到五场，内容有八股文、诗赋、策论等，考试合格后才可应府试。府试由知府或直隶州知州、直隶厅同知主持，考试内容和场次与县试相同，试期多在四月。府试合格方可参加院试。院试又叫道试，由主管一省诸儒生事务的学政主持。院试合格后称秀才，方可进入官学和正式参加科举考试。《促织》中言"邑有成名者，操童子业"，"操童子业"即未取得秀才资格，没有功名，还算不得读书人。

⑩ 否泰：事情的顺逆或运气好坏。

⑪ 补廪：生员经岁、科两试成绩优秀者，增生可依次升廪生。廪生，即廪膳生员，科举制度中生员名目之一。明府、州、县学生员最初每月都给廪膳，补助生活。名额有定数，明初府学四十人，州学三十人，县学二十人，每人月给廪米六斗。

⑫ 贡：即成为贡生。科举时代，挑选府、州、县生员（秀才）中成绩或资格优异者，升入京师的国子监读书，称为贡生。意谓以人才贡献给皇帝。明代有岁贡、选贡、恩贡和纳贡。

宜告归，五十三岁八月十四日丑时当终①于正寝，惜无子。袁因笔记于小书之杪②，常私省之。自此以后，凡遇考校③，其名数先后皆不出孔公所悬定④者。独算袁食廪米九十一石五斗当出贡，及食米七十余石，屠学宪⑤即判令补贡。袁心疑之，后果为署印⑥杨君所驳，直至丁卯科落举。未捷时，袁颇有藉甚之誉，殷学宪检浙场备卷，叹曰："五策即五篇奏议也，岂可使博洽淹贯⑦之儒老牖下⑧乎！"遂依县申文准补贡，连前食米计之，果九十一石五斗也。袁益叹孔公之神，窃自计曰："岂其然乎？"由是淡然无求，终年静坐而已。

后游南雍太学，访云谷会禅师⑨于栖霞寺⑩。禅师授以立命之说，教之力行善事，无被孔先生算数拘缚，以为义理之身⑪，自能格天。又教持《准提咒》，不令间断，持得纯熟，于持中不持，于不持中持，到得念头不动，始获灵验。袁伟其言，拜而受教，是日改号了凡子。盖悟立命之说，而欲不落凡夫窠臼耳。明年，秋官⑫考太学科举。道人算定第三，忽考第一，其言不验。而秋闱⑬

---

① 终：国图清钞本自"终"后一直到"始获灵验"全部抄丢。
② 书之杪：书的末尾。
③ 考校：亦作"考较"，考试。
④ 悬定：预定，预测。
⑤ 学宪：即学政。学政为古代学官名，提督学政，主管一省教育科举，简称学政，俗称学台，是由朝廷委派到各省主持院试、岁科两试，并督察各地学官和生员的官员。学政由翰林院或进士出身的官员担任。
⑥ 署印：代理官职。
⑦ 博洽淹贯：形容学问好。博，见识广博；洽，见解通达；淹，透彻；贯，文章思路脉络清晰。
⑧ 老牖下：即老死牖下，谓终其天年。此处意为不得出头当官为国家作贡献。
⑨ 云谷会禅师：即云谷禅师，1500—1575，法名"法会"，又号"云谷"。祖籍浙江省嘉善县胥山镇，俗姓怀。幼年便看破红尘，立志出家。平日动静语默，安详稳重。住在山中清修，四十多年如一日，夜不倒单，终身拜佛诵经，直至圆寂，从未间断。
⑩ 栖霞寺：位于现南京市栖霞区栖霞山中峰西麓，是我国四大名刹之一，佛教"三论宗"的发源地。
⑪ 义理之身：佛家用语，与"血肉之身"相对，指觉悟后的个体。
⑫ 秋官：刑部的通称。
⑬ 秋闱：科举时代，乡试例于八月举行，故称秋闱。

中式①后，行善事如故，竟生子登第，授宝坻县②令。五十三岁时安然无恙，后官至礼部郎而归，平生休咎，毫无验者。袁因著《省身录》示其家儿，竟以寿终于家。

北京神相数

武宗③朝，江阴大豪周抚字安卿，家财百万，广结朝贵。入赀太学，因赴举诣京师，闻西山真空寺老僧神相，与驸马、隆平侯三人一等④妆束，联骑而行。既至，老僧迎门，三人拱揖而入。僧相驸马曰："金枝玉叶，帝子姻亲。"相隆平侯曰："胙土分茅⑤，勋臣之胄。"后相至抚，叹曰："富长者，可惜可惜！好匹大红罗，只是尺头短，君可至四十二矣。"时年三十有六，抚闻斯促报，急理归鞍，部署家事，以待死期。至是岁，果无病而亡。恨失老僧姓名也。

世庙中，京师有神数冯瞎子，开肆长安街上，初不知名。时新郑⑥相公高拱⑦方居首揆⑧，扫门⑨无客，冯忽诣相府前，践尿其下，虞候⑩数十人蜂拥而至，呵是何人，共相责问。冯举首云：

---

① 中式：指科举考试被录取。《明史·选举志二》："三年大比，以诸生试之直省，曰乡试。中式者为举人。"

② 宝坻县：现天津市宝坻区。

③ 武宗：明武宗朱厚照，1491—1521，在位期间年号正德。

④ 一等：一样。

⑤ 胙土分茅：指分封爵位和土地。胙，赐；分茅，古代帝王分封诸侯的仪式。

⑥ 新郑：现河南省新郑市。

⑦ 高拱：1513—1578，字肃卿，号中玄，新郑人。嘉靖二十年（1541）进士。朱载垕为裕王时，任侍讲学士。嘉靖四十五年（1566）以徐阶荐，拜文渊阁大学士。隆庆五年（1571）升任内阁首辅。明神宗即位后，高拱以主幼，欲收司礼监之权，还之于内阁。与张居正谋，张居正与冯保交好，冯保进谗太后，责高拱专恣，被勒令致仕。万历六年（1578）卒于家中。著作有《高文襄公集》。

⑧ 首揆：首相。

⑨ 扫门：汉代魏勃欲见曹参，乃早夜扫齐相舍人门外。后以"扫门"为求谒权贵的典故。

⑩ 虞候：宋时官员的侍从，此处沿用宋时称呼。

“莫拦阻我，相公三日后且去位也。”众以为狂。新郑偶在堂上闻此说，默然不言，戒左右善遣之，果三日而圣怒不测，下罢相之命矣。新郑既出顺成门，急使人四出追觅冯瞎子。时冯已束行李候立道旁，曰：“相公无忧，不出三年家居，寻当召还政府。某送相公至家，仍伴来京也。”新郑抵家才三年，果有后命，冯与俱入长安，广蒙荐引，致数万金而归。此太原征君说。

第四

仙幻

乩仙以下凡二十事

世之言乩仙者多矣。如余少时目击，则近信而有征者然，或以为紫姑[①]神，或以为诗鬼[②]。余时与名贤达士各穷其异，即非上清高真，必皆南宫仙客。笔端韵语，灵气奕然[③]，录之以广井鱼[④]之听矣。

三十年前，与沈廉访[⑤]之子椿年秀才肄业秦陂山[⑥]中。秀才，余姊夫[⑦]也，极好扶鸾，其族雪帆子所传授者。后两沈生皆少年夭死，遗有符咒书本一箱，并是虫迹鸟篆文字，黄素书，古漆轴，余悉取而焚弃之。今所记降乩之诗仅十有七首。乩仙尝为余写芦花仙舸卷子，题《百字令》长句及五七言短歌，盛夸一生禄命，后竟不协，亦不能尽记忆矣。所降仙人皆有别号，一曰绛[⑧]雪洞天使，一曰黄石公[⑨]，一曰安期门下鹤喙仙班，一曰虎观使，一曰知几子，一曰醉仙，一曰邓元岳[⑩]，一曰周岐凤[⑪]，女仙曰罗袜仙子。

---

① 紫姑：古代神话中的司厕之神，又作子姑、厕姑、茅姑、坑姑、坑三姑娘等。世人谓其能先知，多迎祀于家，占卜诸事。每当上元节的时候，居家妇女便要迎厕神。

② 诗鬼：李贺，790—816，字长吉，福昌（今河南省洛阳市宜阳县）人，家居福昌昌谷，后世称李昌谷，是唐宗室郑王李亮后裔。有“诗鬼”之称。

③ 奕然：国图清钞本作“烨然”。

④ 井鱼：比喻见识狭隘的人。现常用“井底之蛙”来形容。《淮南子·原道训》：“夫井鱼不可与语大，拘于隘也。”

⑤ 廉访：元有肃政廉访使，掌监察官吏，明、清按察使亦有此职权，故用“廉访”为“按察使”的尊称。

⑥ 秦陂山：即常熟虞山秦坡涧。位于虞山西北坡，为虞山上最长的山涧。

⑦ 姊夫：国图清钞本作“姊丈”。

⑧ 绛：国图清钞本作“降”。

⑨ 黄石公：约前292—前195，姓崔名广，字少通，下邳（今江苏省睢宁县古邳镇）人。世人称黄石公“圯上老人”“下邳神人”。悟道成仙，被道教纳入神谱。

⑩ 邓元岳：万历年间任云南提学佥事。

⑪ 周岐凤：即江阴周岐凤，据《寓圃杂记》，其“为人警敏，佛老、刑名、佰工技艺与吾儒之词翰，种种精晓。尝避难陕西巩昌江氏，数年归，不抵家。偶一夕归，其妻不内，遂放荡苏、杭间，率多舟居，自奉丰洁，尤爱狎娼，人疑其能作黄金。然所为阴险，端人君子不与之交。……天顺中，客死京师。后于旧游之地屡附鸾乩”。

绛[①]雪子下坛诗以下皆七言绝句

绛雪[②]纷纷点翠苔，忽传青鸟[③]信音来。
苍星已迟玉关[④]口，接饷蟠桃齿颊开。右一。[⑤]

绛烛绯罗吐焰奇，谪仙[⑥]齐赋下坛诗。
明晨奏草玄元殿，夺得东方宫锦帔[⑦]。右二。[⑧]

罗袜仙子即事

隔帘烧烛烂如银，隐映繁星出绛滨。
独韵三山鹤背笛，吹残人世几红尘。

鹤喙使自题以下皆五言绝句

洞里日修真，红泉涤世氛。
酒醒棋一局，不遣世人闻。

---

① 绛：国图清钞本作“降”。
② 绛雪：炼丹家丹药名。也比喻红色花朵。
③ 青鸟：神话传说中为西王母取食传信的神鸟。
④ 玉关：借指宫门。中药玉关丸专治男子妇人关键不牢，精源失禁，神志恐怯。
⑤ 右一：国图清钞本无。
⑥ 谪仙：谪居世间的仙人。常用以称誉才学优异的人。
⑦ 宫锦帔：唐朝进士及第披宫袍，后称中进士为“披宫锦”。帔，古代披在肩背上的服饰，如肩披、袈裟之类。
⑧ 右二：国图清钞本无。

东方朔①告汉武帝②云：臣往取东北地芝草，乃隔红泉不得渡。

知几子下坛诗

春光到百卉，余方醉瀛洲③。
一闻香篆④结，跨鹤洞庭秋。

罗袜仙子命余出交梨火枣⑤题赋

仙家爱梨枣，采之饷群真。
绝胜金母⑥桃，结实空千春。

又题梅月小景

月色何佳哉，乘烟驾鹤来。
梅花香雪里，百鸟韵齐开。

---

① 东方朔：前154—前93，本姓张，字曼倩，西汉平原郡厌次县（今山东省德州市陵城区）人。西汉时期著名的文学家。汉武帝即位，征四方士人，东方朔上书自荐，诏拜为郎。后任常侍郎、太中大夫等职。他性格诙谐，言词敏捷，滑稽多智，常在武帝前谈笑取乐，他曾言政治得失，陈农战强国之计，但当时的皇帝始终把他当俳优看待，不以重用。东方朔一生著述甚丰，有《答客难》《非有先生论》等名篇。亦有后人假托其名作文。明人张溥汇为《东方太中集》。
② 汉武帝：刘彻，前156—前87，西汉第七位皇帝。
③ 瀛洲：指古代神话传说中的东海仙山，最早见《列子》。
④ 香篆：指焚香时所起的烟缕。因其曲折似篆文，故称。宋范成大《社日独坐》诗："香篆结云深院静，去年今日燕来时。"
⑤ 交梨火枣：道教称神仙所食的两种果品。
⑥ 金母：即王母娘娘，全称西王金母，又称西王母、王母等。

邓元岳咏宝剑赠钱子①

丰城②有灵剑，飞入虞山阿③。
剑上星斗文，向子胸前罗④。

绛雪子还蓬莱山

五云⑤拥蓬莱，鸡唱玉楼⑥开。
铁笛一声晓，琪花⑦落满台。

又题虞山七桧⑧

虞山冷紫烟，星桧七枝⑨传。
龙蛇影落地，冷然吸丹泉。

七桧之旁有葛洪⑩炼丹井，故云。

---

① 钱子：钱希言自称。
② 丰城：即丰都城。旧时迷信传说中的阴司地府，人死后的去处。
③ 山阿：山的曲折处或指山岳、小陵。《楚辞·九歌·山鬼》："若有人兮山之阿，被薜荔兮带女萝。"王逸注："阿，曲隅也。"
④ 罗：网。
⑤ 五云：青、白、赤、黑、黄五种云色。古人视云色占吉凶丰歉。
⑥ 玉楼：传说中仙人的居所。
⑦ 琪花：亦作"琪华"，仙境中玉树之花。
⑧ 虞山七桧：即星坛七桧，在今常熟虞山南麓原致道观内。相传南朝梁时建观道士张道裕在观内虚皇台（象征天上斗宿的七座平台）分植七株桧柏（圆柏），长相奇特，盘曲如虬。今宫观与七桧均已不存，遗址之桧柏，为后人补植。
⑨ 枝：国图清钞本作"株"。
⑩ 葛洪：约281—341，东晋道教学者、炼丹家、医药学家。字稚川，自号抱朴子，丹阳郡句容（今江苏省句容市）人。三国方士葛玄之侄孙，世称小仙翁。他曾受封为关内侯，后隐居罗浮山炼丹。著有《肘后方》等。

虎观使辞坛诗

更筹[①]已报四，鸡唱又过三。
鸾軿在前路，跨鹤归烟岚。

安期门下鹤喙仙班别署鹤上先生，自题其乘鹤像以下皆四言绝句

声振穴寥[②]，羽击三清。
乘之一去，九见凋瀛[③]。

周岐凤下坛诗

久坠人道，才登仙迹。
俯仰尘世，已成今昔。

黄石公画黄石图，因题赞于石中，以赠钱子

谷城之巅，下有黄石。[④]

---

① 更筹：古代夜间计时的器具。
② 穴寥：即寥泬，指天空。《太平广记》卷一〇二引《三宝感通记·新繁县书生》："每至斋日，村人四远就设佛供。常闻天乐，声震寥泬，繁会盈耳。"国图清钞本作"泬寥"。
③ 瀛：海。《玉篇》："瀛，海也。"
④ 谷城之巅，下有黄石：张良故事。黄石公是秦末汉初的五大隐士之一，排名第五。本为秦汉时人，后得道成仙，被道教纳入神谱。《史记·留侯世家》称其避秦世之乱，隐居东海下邳。其时张良因谋刺秦始皇不果，亡匿下邳。于下邳桥上遇到黄石公。黄石公三试张良后，授与《太公兵法》，临别时有言："十三年孺子见我济北，谷城山下黄石即我矣。"张良后来以黄石公所授兵书助汉高祖刘邦夺得天下，并于十三年后，在济北谷城山下找到了黄石，取而葆祠之。

天地不朽，此石不泐[①]。
欲鉴吾照，爰[②]征兹笔。

又题圯桥堕履[③]图赠钱子

欲树奇迹，先死竞[④]心。
圯桥故事，永为良箴。

座中后至一仙，云适从蓬莱山醉而至也，署曰醉仙，索笔题酒酣放歌一首，但记其首四句

我居白玉十二之金城[⑤]，面面群峰拱而立。
下有万顷桃花波，点作醁醽[⑥]供一吸。

余不能记。凡此皆信笔而成，运乩如飞，味其玄韵，研其妙旨，自非凡下陋才所能构合也。夫诗鬼故自有之，如周岐凤自云成化间人，往往署名曰江湖散人。《庚巳编》《志怪录》并载其降乩语，不独余所目见矣。

---

① 泐：音 lè，石头依其纹理而裂开。
② 爰：作“于是”解。
③ 圯桥堕履：圯，音 yí。张良故事。张良在下邳圯桥遇见黄石公，其鞋坠桥下，命张良拾取并为之穿上。事见《史记 · 留侯世家》。
④ 竞：争斗，争胜。
⑤ 我居白玉十二之金城：典出李白《经乱离后天恩流夜郎忆旧游书怀赠江夏韦太守良宰》：“天上白玉京，十二楼五城。”
⑥ 醁醽：音 lù líng，即醽醁，古时美酒，产于湖南。

白云颖

婺源[①]潘玺卿[②]士藻[③]，号雪松居士。成进士后，有乩仙白云颖者尝随之密室，啸咏相属。潘自谓与御风[④]者游矣，记其《题严州[⑤]建德县唐寡妇诗》二绝，云："砧杵[⑥]不成眠，严寒午夜天。衣裁无婿[⑦]着，课子[⑧]当金钱。""比肩难作双，并蒂空留核。欲识霜闺[⑨]心，严滩[⑩]一片月。"

云门山人

陆云门，太原征君妇翁也，曾为秀才，能诗，貌清癯。余尝识之太原斋头。后以寿终。近里中有扶乩致仙者题诗毕，请问姓名，遂署曰云门山人，而其诗亦清逸有韵致，仿佛平昔之作矣。

---

① 婺源：古徽州属县，今江西省婺源县。
② 玺卿：尚宝司卿。尚宝司是明朝官署名，命名于1367年，迁都北京后又名外尚宝司。尚宝司官位居正五品，掌用印、符牌、印章。
③ 士藻：潘士藻，字去华，婺源人。万历十一年（1583）进士。授温州推官，擢御史，谪广东布政司照磨。科道交章论救，不听。寻擢南京吏部主事。再迁尚宝卿，卒官。
④ 御风：借指仙家。
⑤ 严州：旧严州府位于浙江省西部，下辖淳安、建德、桐庐、分水、寿昌、遂安六县。
⑥ 砧杵：亦作"碪杵"，指捣衣石和棒槌。此指捣衣。
⑦ 婿：国图清钞本作"絮"，错。
⑧ 课子：锞子，金银小锭。课，通"锞"。
⑨ 霜闺：孀居的女子。霜，通"孀"。
⑩ 严滩：即严陵濑，在浙江桐庐县南，相传为东汉严光隐居垂钓处。

孙侍郎

天官[①]侍郎孙公继皋[②]，谢世一年矣。近梁溪某大家，以他事召乩仙降坛，则宛然侍郎笔也。书云："吾与诸神共游龙泉庵，偶过此。寄语寒家[③]，京师消息将至，吾已有荫[④]有赠[⑤]矣。"不十日，而北信至，果下荫赠之典矣。侍郎平生不谈性命之学[⑥]，而神清韵雅，玩采[⑦]游玄，真世上逍遥仙官也，宜乎灵爽不昧，遂凌紫霞。吴司教[⑧]亲见其事，为余说之。

周明经[⑨]降乩记

万历甲寅秋七月二十日，南濠[⑩]王一统秀才于家设坛召仙，仙至，则女仙刘采春[⑪]也。乩题云："余在蓬莱山饮九酝酒[⑫]，焚兰

---

① 天官：官名。《周礼》中记载：廷分设六官，以天官冢宰居首，总御百官。唐武后光宅元年（684）改吏部为天官，旋复旧，因此后世亦称吏部为天官。吏部尚书称为吏部天官，但其他部的尚书，如刑部尚书称为天官也是可以的。

② 继皋：孙继皋，1550—1610，字以德，号柏潭，江苏无锡人。万历二年（1574）状元，任翰林院修撰。历任经筵讲官、少詹事兼侍读学士、礼部转吏部侍郎等职。万历八年（1580）充任会试同考官时，提拔魏大中、顾宪成等。

③ 寒家：谦称自己的家庭。

④ 荫：庇荫。因祖先有勋劳或官职而循例受封、得官。此处的荫是荫及子孙。

⑤ 赠：追赠，赐死者以官爵或荣誉称号。

⑥ 性命之学：关注性与命的关系，也通常作为儒学的代称。

⑦ 采：采阴补阳，道家的一种养生方式。

⑧ 司教：明代管理教育的官员。

⑨ 周明经：指周汝宗。周汝宗，名胤昌，本施姓。其人笃实有隐操，能无惭孝廉名也，逾壮而死。明经，汉朝出现之选举官员的科目，始于汉武帝时期，至宋神宗时期废除。被推举者须明习经学，故以"明经"为名。明经由郡国或公卿推举，被举出后须通过射策以确定等第而得官。

⑩ 南濠：今苏州南浩街。

⑪ 刘采春：淮甸（即今江苏省淮安、淮阴一带）人，一作越州（即今浙江省绍兴市）人，是伶工周季崇的妻子。她擅长参军戏，又会唱歌，深受元稹的赏识，说她"言辞雅措风流足，举止低回秀媚多"。在唐代，刘采春以靡靡之音，红遍江南。

⑫ 九酝酒：一种经过重酿的美酒，又称九酝春酒。

茎香[①]，与李郎围棋。适白鹤双双，鼓翼而来，称有能诗者在座，欲赓歌[②]耳。”问李郎为谁？则“采石江头捉月人”[③]也。问在座能诗，则蒋君铉[④]字伯玉其人也。问：“刘采春非唐朝闺秀乎？”则题“双燕不知肠欲断”[⑤]之作，已又题“不喜秦淮水”[⑥]绝句。题罢，各问功名事。答语类古谶文，回环读之，义不可解。

因自序其家世，历履[⑦]颠踣[⑧]，云：“儿本浙西[⑨]钱塘人，刘元之第四女。阿母陆媪。善音律，好读书，且能诗赋，盛有文彩，搊[⑩]筝鼓琴，艺无不绝。在唐时有《刘内子草窗集》行世，板[⑪]留在山子王氏。至元初兵起，帖木儿百花率其众来攻虎林[⑫]，而此草遂毁于烽燹[⑬]，不复传矣。儿十岁时，即能于阿母膝上口占成咏。年十八，已著诗名。唐匡世者，京都富豪也，闻儿名，厚遣金缯，因媒妥娘，强纳娉于家。予与家慈从屏后窥之，直铜臭耳，以死谢之而去。后二年，乃归狄郎。狄郎风仪才调，并神仙中人也。

---

① 兰茎香：古代一种名贵香。南宋陆游《梅花绝句》：“兰茎古所贵，梅乃晚见称。盛衰各有时，类非人力能。”茎，香草名，即“菖蒲”，又名“荪”，古用以比喻君主。

② 赓歌：酬唱和诗。《尚书・虞书・益稷》：“乃赓载歌曰：‘元首明哉，股肱良哉，庶事康哉！’”

③ 采石江头捉月人：指李白。传说李白着宫锦袍，游采石江中，傲然自得，旁若无人，因酒醉入水中捉月而死。

④ 铉：蒋铉，生卒年不详，字伯玉。江苏苏州邓巷人。浙江参议蒋梦龙后。

⑤ 双燕不知肠欲断：出自唐代张窈窕《春思二首》，全诗为：“门前梅柳烂春辉，闭妾深闺绣舞衣。双燕不知肠欲断，衔泥故故傍人飞。”“井上梧桐是妾移，夜来花发最高枝。若教不向深闺种，春过门前争得知。”

⑥ 不喜秦淮水：刘采春作《啰唝曲六首》之首句。全诗为：“不喜秦淮水，生憎江上船。载儿夫婿去，经岁又经年。”“借问东园柳，枯来得几年。自无枝叶分，莫怨太阳偏。”“莫作商人妇，金钗当卜钱。朝朝江口望，错认几人船。”“那年离别日，只道住桐庐。桐庐人不见，今得广州书。”“昨日胜今日，今年老去年。黄河清有日，白发黑无缘。”“昨日北风寒，牵船浦里安。潮来打缆断，摇橹始知难。”

⑦ 历履：今作“履历”，简历。

⑧ 颠踣：挫折困顿。

⑨ 浙西：古以钱塘江为界，分为“浙西”“浙东”，今杭嘉湖地区古为“浙西”，而宁（甬）绍属“浙东”地区。

⑩ 搊：音 chōu，弹拨。

⑪ 板：当是印书的刻板。

⑫ 虎林：在今杭州。也是杭州的别称。

⑬ 燹：音 xiǎn，多用为兵火。国图清钞本“燹”作“火”。

偶于路旁彼此目注，遂荏苒同心焉。儿年二十五，而阿母长逝，摧陨无状，不知有生人之乐。便委家事于弟大德，而身与狄郎逃入深山中。遇异人，授修性炼形之术，食松柏实，身躯渐轻，时亦能乘虚御风，最后遇赤松子、王子乔①诸神人，随与俱去矣。”其说详委甚繁，兹不曲载。

乩又忽动，降书云：“‘错教婢子上帘钩’，此非蒋生诗乎？”问：“仙姑何以知之？”答：“周汝宗道。”一统笑曰：“汝宗，吾良友也，上宾②之事有之乎？”曰：“汝宗已任玉清宫掌记矣。”一统问：“汝宗可致乎？”曰：“可。”于是更焚符咒。顷之，箕③运如飞，云：“弟周胤昌白：往与二三兄弟结欣赏社，相爱相亲，情逾肉骨，方欲周旋左右，奈生不逢辰，遘此长别。上有高年两尊，中有良友密亲，下有孤儿寡妇④，一生事业，了无究竟，可悲可痛。弟今在玉清宫掌文书。近闻刘母病甚，寄声昌伯，且托致谢陈允清。”已，又言：“申相国⑤今得生天曹矣。”一统问汝宗：“天上有酒饮乎？”答言：“上帝一日赐三杯，然胜人间三升矣。”疾书有事欲去，言已寂然。

刘母则同社刘昌伯母也，今方疾笃⑥负床，允清上舍⑦为周君营葬事，赠孤嫠⑧，敦义甚高。而申少师公果以十九夜寝疾而终，既殓，顶犹温，识者知其升⑨天无疑。始验乩书之不谬焉。王子、

---

① 王子乔：姬晋，王姓始祖，字子乔，又称王子乔、王乔或王子晋，是周灵王之子。学老子五千文得道。
② 上宾：道教谓人死后羽化登仙。
③ 箕：插乩笔的筲箕。
④ 寡妇：国图清钞本作“寒妇”。寒妇指贫寒的妇女。
⑤ 申相国：申时行。即下文的申少师公。申时行，1535—1614，字汝默，号瑶泉，晚号休休居士。长洲（今江苏苏州）人。嘉靖四十一年（1562）殿试第一名。历任翰林院修撰、礼部右侍郎、吏部右侍郎兼东阁大学士、首辅、太子太师、中极殿大学士。
⑥ 疾笃：国图清钞本作“笃疾”。
⑦ 上舍：监生的别称。宋代太学分外舍、内舍和上舍，学生可按一定的年限和条件依次而升。明清因以“上舍”为监生的别称。
⑧ 孤嫠：孤儿寡妇。
⑨ 升天：国图清钞本作“生天”，误。

蒋子并别有记，采其异者著于篇。

神仙酒

亡祖驾部[①]府君[②]，夙[③]慕至道，别署宗旸子。每岁遇四月十四仙诞日，必就家展回仙[④]像，以名花美果荐焉。常半月之前先酿白堕于床头，俟其熟，压[⑤]以成献。戊子年[⑥]，缸瓻中嘈嘈作桃花乳，命余侍饮。余敬问其故，府君教云："神仙过门则酒赤也。"余从沈生[⑦]扶鸾请仙，夜既半，席间所荐之酒悉变为丹霞。后余移寓郡城种花池上，亦常造酒祭吕翁，启视缸面，竟成珍珠红矣。家人以为仙过不祥，后竟无他。又壬寅年[⑧]冬，浙东丁望云家蒸秫[⑨]酿酒，忽作绛色，异之。已，视甑中，则一层朱一层白，相间至底，尤可怪。

许　生

许生，不详名字，善召仙，能于乩上点药化石为金，剪灯花煎出黄金白银，种种甚奇。

---

① 驾部：官署名。三国魏始设，为尚书的一曹，有尚书驾部郎。晋、南北朝沿置。隋改归兵部，置郎中、员外郎，唐、宋沿袭。明、清改名车驾司。掌卤簿、仪仗、驿传、厩牧等事。

② 府君：唐以后子孙对先世的敬称。

③ 夙：平素。

④ 回仙：即吕洞宾，民间也称吕翁。因其常自称回山人，故民间称其为回仙。

⑤ 压：搁置。

⑥ 戊子年：万历十六年，公元 1588 年。

⑦ 沈生：钱希言氏姐夫沈椿年。

⑧ 壬寅年：万历三十年，公元 1602 年。

⑨ 秫：音 shú，俗称高粱。

蜕 仙[1]

武夷山接笋峰下幔亭坞中，有历朝以来蜕仙共十有四人，居民供养，藏诸石龛中。每岁大旱，迎归其家，祷雨立应。赛谢[2]毕，明日将具萧鼓，送还故处，则蜕仙夜半自归坞中石龛，不失位次，其灵异往往如此。

广 仙

武夷北山有水濂[3]四十里，行至山麓，攀援而上，如在半空。逶迤又过水濂道院，遥见一龛石罅中。讯之道士，曰："此嘉靖十年广信府[4]蜕仙也，俗呼'广仙'。"其貌清癯，肌如腊，目如电，皮毛爪发宛若生者。有御史某来访其处，题曰"升仙"。高君承先自闽中归，述其事。

蒲 仙

蒲仙者，不详何许人，或云即上海高桥[5]朱乞儿也。少为人佣保[6]，俄辞主人，行乞里中。冬夏无衣，露处人家篱下，雨雪不侵。取蒲囊五六领，连缀而裹其体，因呼之为"蒲仙"。尝在嘉兴

---

① 蜕仙：会蜕皮的神仙。
② 赛谢：一种还愿酬神的祭礼。
③ 水濂：有时也作水帘，一般是指瀑布等水流倾泻而下，犹如一条水晶挂帘悬在空中。
④ 广信府：元末至清末的行政区划名，治所在今江西省上饶市信州区。
⑤ 高桥：又名翁家桥，跨黄湰港（始建年不详，同治年间重建），桥不高而名颇著，镇以桥得名。
⑥ 佣保：雇工。

城东角里街①上出入往来，不择净垢。每天将雨，辄临水自浣其蒲囊，以是征验。里中有疾病，摘蒲施之，煮汤服下立愈。或有母患瘫痪，往叩蒲仙乞药，便撒尿于地，令其刮尿泥煎汤进母，如言亦愈。众以为神。一日过湖州村落，入人家乞食。其人已入山贩茶，蒲仙在其家食毕，因熟卧于檐下，气息如蒸。抵暮，索笔题"蒲仙卧此一日"六字于壁间而去。及贩茶人归，云："今日入山遇二虎，几不免，踉跄而还，见蒲仙于坞口，挟两狸置于肩而出，安得卧此地乎？"后乃悟山中见者是其飞神，所挟之狸即二虎矣。岁余竟不知所之。

垢仙

垢仙者姓刘名黑黑，东齐人也。万历三十年间，由泰州渡江来游虞山，止泊无所，衣服滓弊，状若风狂②，号为"垢仙"。每行市中，群犬竞来征逐③，俗又呼之为"狗仙"矣。路遇邑丞④导从⑤，箕踞相视。丞怒，命左右执而笞之。众驱⑥出界，遂入姑苏城，坐于北寺⑦前香华桥⑧下。昼曝夜露，蓬首秽形，见者咸笑焉。每风雪连旬，市人虑其已死，就视无恙，气蒸汗流，然未之深信也。

① 角里街：嘉兴城区通往乍浦方向的交通要道。街名由隐士角里先生而来。国图清钞本作"六里街"，同音而误。
② 风狂：疯狂，发疯。
③ 征逐：追随。
④ 邑丞：县丞。县令的副手。主要职权是管理文书、仓库，少数时期里，能管理地方财政和治安。
⑤ 导从：古时帝王、贵族、官僚出行时，前驱者称导，后随者称从，因谓之导从。
⑥ 驱：国图清钞本作"驱逐"。
⑦ 北寺：位于今苏州市古城区。
⑧ 香华桥：即香花桥，位于苏州市古城区人民路北寺塔前。

太原相公[①]闻而来访，礼貌甚恭。时公方有家事，忧不能决，诣请问，忽高声叱曰："何不速了却！"会上方特旨召公再入政府，兼敕抚臣[②]劝驾[③]，公屡辞不许，因从容质之。忽又高声唱吴歌两句云:"朝里官多坏子法,姐为郎多[④]乱子[⑤]心。"自是吴中知有垢仙，迹之者众矣。

岁余，忽不复见，寻求在齐门外阳泾桥，后住太仓，最后到松江黄浦。老幼围绕之，便走入芦花丛里，穴地而坐，委曲隐蔽，不火食者经月，时时取生鱼啖之。村民共以为神。华亭朱进士国华[⑥]方举于乡，造而请焉。垢仙曰："汝是庚戌进士，慎勿多言。"朱叩其道不已，曰："吾有弟子方接头，在苏州城东，可就而问也。"忽一日，无病而卒。村民火其尸棺，髑髅[⑦]烧赤，大如火球。停数日，有人见其坐泖[⑧]滩上，折芦一枝，掠水而去。

方接头者，城东织机人，曾出钱施垢仙，垢仙授以道要，因委[⑨]妻子出家，相从俱去。亦能昼曝赤日，夜没于水，尽得垢仙之术。与其徒潘酒保、周文秀等七八人往来云间，俱宿风露中，餐霞吸瀣[⑩]。朱进士、张[⑪]孝廉诸君共为买地齐女门[⑫]内，造老君

---

① 太原相公：王世贞，曾任山西按察使。
② 抚臣：巡抚。
③ 劝驾：劝人任职或做某事。典出《汉书·高帝纪下》："贤士大夫有肯从我游者，吾能尊显之。布告天下，使明知朕意。……御史中执法下郡守，其有意称明德者，必身劝，为之驾。"颜师古注引文颖曰："有贤者，郡守身自往劝勉，令至京师，驾车遣之。"
④ 郎多：国图清钞本作"多郎"。
⑤ 子：吴歌中前后二子均表示"了"之意。
⑥ 华亭朱进士国华：或许钱希言氏记错了名字，应为朱国盛，字叔（一作敬）韬，号云来，后以字行，华亭（今上海松江）人。万历三十八年（1610）三甲同进士，官太常卿。著有《画禅室随笔》《松江诗征》《南汇新志》《图绘宝鉴续纂》《海上墨林》。
⑦ 髑髅：音 dú lóu，死人的头骨。
⑧ 泖：音 mǎo，湖名，又名三泖。在今上海市青浦西南，现已淤为平地。
⑨ 委：抛弃，舍弃。《孟子·公孙丑下》："委而去之。"
⑩ 餐霞吸瀣：餐食日霞，吸饮沆瀣。指超尘脱俗的仙家生活。
⑪ 张：国图清钞本作"姜"。
⑫ 齐女门：即齐门。相传阖闾十年（前 505），吴破齐，齐以女质，配与吴世子波。齐女思乡，日夜号泣成病，阖闾乃造此门，名"望齐门"，令齐女往游其上，后称齐门。又传，当时吴强齐弱，年老的齐景公慑于吴王声威，将女配与吴太子波。太子波早亡，齐女思乡，吴王在齐门上造九层飞阁，让齐女登阁望乡，故又名望齐门或齐女门。

庙居之。事在四十二年[①]也。

一说垢仙常自称张明珠，谈人间事无弗中者。催刈北禅寺[②]前麦，不信，旬日间雨涝麦烂[③]，不及收割。娄江王夫人卜女娠何，祥举其阳示之，左右殴击。后果生男，迎归园亭供养。重门深锁，忽失所在，推求[④]野外，复载而还。赵祖美问谒选[⑤]何官，叱曰："尔当先做寿官。"赵三月病卒，方验"寿棺"之言。渡浏河[⑥]，自沉于水，以为死矣。停数日，复在黄浦滩上。后忽称病暴亡，村民以芦席裹尸，弃之河滨，风雨飘溺，不知所之。停数日，又复在岳王庙前。王小选[⑦]士骐[⑧]相从问道，多通宗旨，竟莫能测。常呼方接头为尧夫而不名。方居吴中狮林寺[⑨]，一日殿廊下见空中叶坠，拾视之，师手笔也，悟当行矣，急诣上海参谒。抚其身，肌滑如脂，误以爪伤，血出皆白乳。化后，有人见之泖上，凌波而去。

夫子李

夫子李者，曲阜县人，传是故衍圣公[⑩]也，禅封爵于其子，

---

① 四十二年：万历四十二年，公元1614年。国图清钞本在"年"后有一"间"字。

② 北禅寺：又称北园，唐代寺院。

③ 麦烂：国图清钞本作"烂麦"。

④ 推求：以知道的条件为据，推究、探索未知。

⑤ 谒选：官吏赴吏部应选。

⑥ 浏河：在今江苏省太仓市境内。

⑦ 小选：吏部郎的别名。

⑧ 士骐：王士骐，字冏伯，太仓人。万历十年（1582）江南乡试解元，万历十七年（1589）登进士，与睢州袁可立、云间董其昌同科。授兵部主事，任至礼部员外郎，有政绩。后署吏部郎中。万历三十一年（1603），为权者所嫉，坐妖书狱削籍归。屡荐不起，刚直以终。天启初录国本功，赠太仆寺少卿。著作有《晋史》《四侯传》及《醉花庵诗选》五卷。

⑨ 狮林寺：建于元代，寺后之花园即狮子林。

⑩ 衍圣公：孔子嫡长子孙的世袭封号，始于宋至和二年（1055），历经宋、金、元、明、清、民国，直至1935年国民政府改封衍圣公孔德成为大成至圣先师奉祀官为止。

遂变姓名入武当山，草栖于玉虚宫。穆宗[①]皇帝尝遣人物色之，诏岁给廪粒，命中贵人供养于山中。今上登极，至今恩典不废。一日，李忽语中贵人曰："吾久留此山，靡费[②]国家资粮，无益于事，明日往云南去也。"中贵人曰："师今年老，舍此而远游，不以奏闻于朝，可乎？"曰："要行便行，安能待王命下耶！"中贵人阴使道士守之，其夕伪病死，深相怪叹。明日给棺盛殓，葬之于樛木冈。冈形长七十里。后三日，有人见李在山下酒家，持杯倒饮，自云将往云南。怪之，问曰："师是夫子李耶？犹在乎？昨传山中送葬者，何神人耶！"李大笑，掌其颊曰："少年莫浪说。"于是潜遁而去。众诣中贵人，具言之，不信，陟冈发棺，惟一緉草履子存焉。

斗篷张亦称蒲团张，负一蒲团，重数十斤，上下岭版[③]如飞，故得名

斗篷张[④]隐武当山蜡烛涧[⑤]，修行山中。猿猴常采名花异果酿成美酝，献于斗篷，名曰"猴酒"。苏州山塘吴梅卿入山求道，斗篷赐之一杯，醉经三日。其后斗篷过吴阊门，从梅卿乞斋，梅卿出家酝一罂[⑥]，重七十斤为献。斗篷曰："某今独饮，不敢累诸君相陪也。"于是裂去罇泥[⑦]，褰裳而踞其上，少顷，口呵出气三口，遽起还视，其瓮空无滴矣。

---

① 穆宗：朱载垕（音 hòu），1537—1572，明朝第十二位皇帝。
② 靡费：过度地消耗费用。
③ 岭版：国图清钞本作"岭阪"，正确。
④ 张：国图清钞本作"张者"。
⑤ 蜡烛涧：在武当山蜡烛峰下。
⑥ 罂：音 yīng，小口大肚的陶器。
⑦ 罇泥：酒坛子封口泥。

菜头张

菜头张者，山东人也。故世胄后，为裨将[①]，弃官云水。喜啖生菜头，俗呼之为“菜头张”矣。

铜瓢张

铜瓢张[②]，陕西人也，未详氏族。故尝为右方伯[③]，云游湖海，以大铜瓢自随，因而得号。

白尊师

白尊师者，相传是白香山后裔。以其胜国时人，或呼“白元人”，讹为“白猿神”矣。结庐天台白玉庵旧名衲陀。道行高古，阎头陀师事之。

李大瓢

李大瓢者，住茅山[④]，授变幻术，百三十岁矣。

---

① 裨将：副将。《汉书·项籍传》：“梁为会稽将，籍为裨将。”颜师古注：“裨，助也，相副助也。”

② 张：国图清钞本作“张者”。

③ 右方伯：巡抚的别称。

④ 茅山：位于江苏省句容市与常州市金坛区交界处，为我国道教名山，道教上清派的发源地，有“上清宗坛”之称。

李半仙

李半仙者，徽州[①]人也。由太学为赀郎[②]，后弃家，随阎头陀云水[③]。出无瓢囊，亦不见其所。常携带药物，惟善采人身中元阳[④]，应手成药，粘须触颊，立能返黑还童。人以是异其神变，呼之为“半仙”矣。住茅山，年九十三岁。

草憨憨

草憨憨者，云南人也。有道术，后不知所之。或传武当山琼台观[⑤]侧有憨憨道人，东瓯[⑥]何白[⑦]尝见而问道，未委[⑧]是一人也两人也。

剪头仙人

陕西延安府葭州[⑨]深山中，有剪头仙人，断粒不食，日饮净

---

① 徽州：古代地名，亦称歙州、新安。古徽州一府六县，即歙县、黟县、休宁、祁门、绩溪、婺源，府治在歙县，前四个县在现在的安徽省黄山市，绩溪县今属安徽省宣城市，婺源县今属江西省上饶市。

② 赀郎：指出钱捐官的人。赀，通“资”。

③ 云水：行脚僧或游方道士，此处指云游参访。

④ 元阳：中医谓人体阳气的根本。

⑤ 琼台观：位于天柱峰东南麓约 10 公里处，垂直距离 1 350 米，分为上观、中观、下观。在元代时，称为“琼台宫”。清咸丰六年（1856），毁于兵火。光绪时重建部分庙房。现已修复部分庙房。

⑥ 东瓯：温州的古称。

⑦ 何白：1562—1642，明末布衣诗人，字无咎。生于乐清，随父迁居温州。自称丹邱生，又号鹤溪老渔。家虽贫寒，而致力于学习，孜孜不倦。十六七岁即操笔为诗歌。著作有《山雨阁诗》《榆中草》及《汲古堂集》等。国图清钞本“何白”作“何自”。

⑧ 未委：未悉，不知。

⑨ 葭州：金大定二十二年（1182）改晋宁军为州，二十四年改为葭州，治今陕西省佳县，属河东北路。辖境相当今陕西省佳县、神木、吴堡等县地。元辖境扩大至今府谷县。

水三瓯，以为常，屎尿俱绝。间用法水疗民间疾苦，甚有灵验。其水止取一滴，滴入净瓷罐中，携归则盈罐矣，煮服之，应手而愈。由此远近称神。

有司上其事于延绥[①]开府[②]郑汝璧[③]、榆关[④]大帅李如樟[⑤]，数遣官吏入山敦请，车骑旁午[⑥]于途，不至，最后以裨将往，强之出山。既达榆林[⑦]城，时万历甲辰冬十月，西北极边地且冻矣，众见仙人气如蒸，面有微汗。视其貌，可十六七岁少年，身披百结衲头[⑧]，首戴七星帽，以七金铃缀于帽檐，故曰七星，又用金圈束其额，金环贯其耳，发皆鬒[⑨]黑卷起，一如头陀之状，俗因呼为"剪头仙人"。仙人见中丞、元戎[⑩]，抗手[⑪]长揖，叙世间宾主礼而已。揖罢，不登席坐，便结跏趺于地。叩其胸中，古今事无不畅晓[⑫]。二公大惊，幕下宾僚无应对者。

时有东浙四明[⑬]人吴一鲸颇称博洽，方客中丞幕下，中丞命

---

① 延绥：军镇名。明九边之一。初治绥德州（今陕西绥德），成化七年（1471）移治榆林卫（今陕西榆林），此后通称榆林。防地东至黄河，西至定边营。清初废。

② 开府：古代指高级官员（如三公、大将军、将军等）建立府署并自选僚属。

③ 郑汝璧：1546—1607，字邦章，号昆岩、愚公，缙云（今浙江丽水）人。明隆庆二年（1568）进士。始授刑部江西司主事，累迁云南司郎中。时任榆林中路按察使。

④ 榆关：当指榆林镇。榆关是范围广泛的军事防区概念，南至海，北至山，东至山海关，西北抵青龙都山。也是山海关的别称。

⑤ 李如樟：李成梁第四子。骁勇善战，任都指挥佥事，万历二十年（1592）哱拜生叛，李如樟随兄李如松征宁夏，部卒何世恩于大火中取哱拜首级，擒哱拜次子。

⑥ 旁午：音 bàng wǔ，亦作"旁迕"，交错，纷繁。

⑦ 榆林：古称"上郡"，始于春秋战国，兴于明清，明朝九边重镇"延绥镇"（又称榆林镇）驻地，有"小北京"之美称。榆林系陕、甘、宁、蒙、晋五省区交界地，自古就是兵家必争之地。

⑧ 百结衲头：用碎布缀成的破旧衣服。

⑨ 鬒：音 zhěn，须发又黑又密。

⑩ 元戎：主将，统帅。

⑪ 抗手：举手施礼。《文选·扬雄〈羽猎赋〉》："是以旃裘之王，胡貉之长，移珍来享，抗手称臣。"李善注："抗手，举手而拜也。"

⑫ 畅晓：国图清钞本作"晓畅"。

⑬ 四明：浙江旧宁波府的别称，以境内有四明山（传说山上有方石，四面如窗，中通日、月、星宿之光，故称四明山）得名。

往质难之。仙人与吴生酬论，邃古①以还、六合②而外之事，吐纳如流，倾湫倒岳③，一鲸闻所未闻，中怀悦服，口屈不能置对。衣缨④跗注⑤，咸谓仙人周游八垓⑥，淹贯千古，言非孟浪，皆为诞章⑦诞，大也，出《汉书》。虽张茂先⑧之博物，梁杰公⑨之谈奇，蔑⑩以尚⑪矣。

偶论宋史及咸阳⑫冤死岳家父子⑬事，仙人辄大恸，泪下如雨。明日复语及，又恸如初。座人或征时事，不对，叩以国家运数，仅答“尚绵远”三字，余不肯言。

是日，中丞移仙人于城西玉皇阁住，外虽深加钦敬，阴使人守之，日惟供水三瓯，他无所需也。军民求法水者络绎喧填⑭，门如雾市⑮，俄而法水不给，仙人索红枣代之。开府、大帅各送枣二

---

① 邃古：远古。
② 六合：常用于指上下和四方，泛指天地或宇宙。
③ 倾湫倒岳：形容道人之言谈犹如倾倒的水潭，有冲倒山岳的威力。湫，水潭。
④ 衣缨：本义衣冠簪缨，古代仕宦的服装。此处指文官。
⑤ 跗注：古代的一种军服。此处指武官。
⑥ 八垓：八方的界限。唐任公叔《通天台赋》之二：“八垓可接于咫步，万象无逃于寸眸。”
⑦ 诞章：犹巨著。唐权德舆《太傅岐国公杜公墓志铭》序：“著《通典》二百篇，诞章宏议，错综古今，经代立言之旨备焉。”
⑧ 张茂先：张华，232—300，字茂先。范阳方城（今河北固安）人。西晋时期政治家、文学家、藏书家，西汉留侯张良的十六世孙、唐朝名相张九龄的十四世祖。张华工于诗赋，词藻华丽。编纂有中国第一部博物学著作《博物志》。《隋书·经籍志》有《张华集》十卷，已佚，明人张溥辑有《张茂先集》。张华雅爱书籍，精通目录学，曾与荀勖等人依照刘向《别录》整理典籍。《宣和书谱》载有其草书《得书帖》及行书《闻时帖》。
⑨ 梁杰公：《梁杰公传》中人物。见《太平御览》。
⑩ 蔑：无，没有。《左传·僖公十年》：“蔑不济也。”
⑪ 尚：借代为“上”。
⑫ 咸阳：指秦桧。《战国策·秦策四》载，齐、韩、魏攻秦，昭王割三城以求和，且曰：“宁亡三城而悔，无危咸阳而悔也。”南宋丞相秦桧割地媚金以求偏安，事类昭王。秦都咸阳而桧姓秦，故时人以“咸阳”称之。
⑬ 岳家父子：指岳飞和岳云。
⑭ 喧填：亦作“喧阗”或“喧嗔”，喧哗，热闹。
⑮ 雾市：喻从学弟子会集之所。据《后汉书·张楷传》，张楷字公超，通《严氏春秋》《古文尚书》，隐居弘农山中。其性好道术，能作五里雾。学者随之，所居成市。唐苏颋《对勤学犯夜判》：“朝游雾市，披学序之图书；暝出香街，听严城之钟鼓。”

石至，遽命置于阁下，不须舁上。乃召病者登阁取枣，仙人出枣于袖中，次第给散，其下八筐之内，空无有矣。

中丞益奇待之，常来参礼。因屏左右，私质其姓名年纪。仙人默然，不得已强应曰："姓周。"昼夜环卫于阁上下者百余人，是夕逸去，不知所之。众皆惶惧，二公相顾失色。

数日后，抚帅两府内各见空中堕下名刺一束，中有"周三畏[①]拜谢"五大字，余并空纸。因知三畏是宋朝贤臣，相传秦桧先曾命其勘鞫[②]武穆[③]之狱，三畏弃官入山，后乃使万俟卨[④]罗织而成，仙人即三畏之本身也。夷考[⑤]正史，不见其说，岂五百六十余年未尝死乎？后榆林人服其枣者终身无病，争绘小像，龛事于家。初，仙人乘白骡而来，遂画乘骡之像焉。

樵阳子

樵阳子，姓雷氏，名化缘，或云孔文[⑥]进士之孙，西川[⑦]大

---

① 周三畏：河南开封人，宋高宗初任大理寺卿，性谨慎、畏事。绍兴十一年（1141），他与秦桧党羽御史中丞何铸、罗汝楫、万俟卨等一起担任岳飞一案的审理者，后何铸因同情岳飞并为岳飞开脱、申辩而被免职。周三畏在案件审理过程中，因畏惧秦桧权势，未对岳飞的申辩做出正确抉择，后阿附万俟卨等置岳飞于冤狱。岳飞被害之后，周三畏、万俟卨等因功分别被晋升为吏部尚书、参知政事。秦桧倒台后，周三畏又先后出任过婺州知府、平江知府等职，后因他事被弹劾去职，隐居白露山，死后葬于此山下。后人因他在古本小说《说岳全传》中的文学形象非常值得尊敬，故为纪念而建"忠隐庵"。

② 勘鞫：审讯。

③ 武穆：岳飞，1103—1142，字鹏举，宋相州汤阴（今河南省安阳市汤阴县）人，我国历史上著名的军事家、战略家、民族英雄。1142 年 1 月，岳飞以"莫须有"的"谋反"罪名与长子岳云和部将张宪同被朝廷杀害。宋孝宗时岳飞冤狱被平反，改葬于西湖畔栖霞岭。后又追谥武穆、忠武，追封鄂王。

④ 万俟卨：音 mò qí xiè，1083—1157，字元忠，开封阳武县（今河南原阳）人，南宋初年宰相。

⑤ 夷考：考察。

⑥ 孔文：雷孔文，大足县人，嘉靖三十八年（1559）己未科三甲第 108 名，赐同进士出身。

⑦ 西川：误，应该为东川。

足县[①]人也。初生时，有僧乞食于母门，遂名之为化缘。生二岁，父母相继死，育于安县[②]民陈和家。十余岁，陈夫妇亦相继死，展转寄养于灌县[③]之青城山下童老家。童老家赤贫，无以自食。化缘衣破腹空，寒色可掬，日日入山采薪以给灌县人。人见化缘负薪下山，辄持一升半升粟来易，化缘尽所负与之便去，亦不争较[④]。往来出入，艰苦不辞，连年如此。

一日天大雪，误迷失道，陷绝壑中，积雪可六七尺许。望见苍崖古木，若在云霄，忽有白须老人荷拂而来，引之起，同行乱石间。至一大树下，相与盘憩[⑤]。少顷，又一紫衣老人，修眉[⑥]便腹[⑦]，策杖[⑧]于前，亦来共坐。三人常劚[⑨]黄精[⑩]生饵之，渐觉不饥，耐寒轻健。如是者累月，二老人忽指大树下而告之曰："此是子前身脱化处也。"出囊中一神枕，若履子大，授化缘枕之。化缘既觉，憬然[⑪]而悟，遂起坐于石上，叹曰："大奇大奇！"于是二老人下地作礼而拜甚恭，尊之曰"樵阳子"而不名。后灌县人惊传其事，皆呼为樵阳子矣。徘徊之间，忽失二老人所在。化缘自此誓不出山，终日结跏趺危坐大树下，耳中隐隐闻隔谷鸣琴之声，或时闻人语。穷而迹之，寂无有也。又数月，人有逐伴入山采樵，遇见化缘，敝衣蓬首，形如枯木，颓然[⑫]识是童家负薪儿，相与大怪异之。

---

① 大足县：今重庆市大足区。
② 安县：今四川省绵阳市安州区。
③ 灌县：今四川省都江堰市。
④ 较：计较。
⑤ 盘憩：盘桓憩息，即徘徊逗留休息之意。
⑥ 修眉：长眉。
⑦ 便腹：肥满之腹。现在一般说大腹便便。
⑧ 策杖：拄杖。也称杖策。
⑨ 劚：音 zhǔ，挖，砍。
⑩ 黄精：药草名。具有补脾、润肺生津的作用。
⑪ 憬然：形容醒悟的样子。汉许慎《说文》："憬，觉悟也。从心，景声。"
⑫ 颓然：糊涂无知貌。宋苏轼《东坡志林·论修养帖寄子由》："而世之昧者，便将颓然无知认作佛地。"

事稍稍闻于灌令①。灌令景君，爱奇之士也，暇日屏车骑，与二三宾客左右徒行入此山中，涉溪登岭，攀顿②忘疲。乃至大树下，具问所由。化缘曰："某前身托此树中，今乃得复形为人耳。"令遂命伐树。操斧未下，忽树中声震如霹雳，火生其腹，划然③洞开，见遗蜕焉：身着布衲，髻顶铁冠，腰系黄丝绦，犹未烂，头枕一剑，剑柔可绕指，发垂覆额，已长丈余，指爪盘旋，环其足矣。寻复于蜕旁得石匣，匣中有券，其文字皆古篆，丹砂所书，循环反覆④，竟不晓其义理。景君与宾客左右各各惊叹而还。

遂下令制龛，以奉树中遗蜕，筑庵居樵阳子。灌县百姓翕然⑤敬事之，以为师。数年前来游江南，自梁溪至姑苏，届于武林⑥之西湖，俗流多不识。梁溪士大夫稍有一二接遇之者，然其见衣冠大僚士族子弟亦不为礼，所酬对甚简，只教人于心地⑦上领悟宗旨而已，世莫能窥其诣也。未一岁而还。谭中丞秉钺⑧西川时，尝为樵阳子建大通观于青城山下，至今尚存。

玄洲子

玄洲子，姓卫氏，莫知其名，洛中⑨人也。貌奇伟，身着破衲头，又自称一衲道人。嘉靖中，山阴朱生启贤为太学生徒⑩，家

① 灌令：灌县县令。
② 攀顿：即"攀登"。
③ 划然：犹豁然，开朗貌。
④ 覆：通"复"。
⑤ 翕然：一致的样子。
⑥ 武林：杭州之旧称。
⑦ 心地：佛教语，指心，即思想、意念等。
⑧ 秉钺：持斧，借指掌握兵权。
⑨ 洛中：洛阳。孟浩然《洛中访袁拾遗不遇》中有句"洛阳访才子"。
⑩ 生徒：唐代的科举制度中，常科的考生一般有两个来源，一个是生徒，另一个是乡贡。由京师国子监、弘文馆、崇文馆和各地方州县学馆出身，通过学校的选拔考试合格后，由学校举荐到尚书省参加各科考试，称作生徒。

饶赀财，广延方术之士，道人常过其家。时诸学士大绶[①]林居[②]，其长郎寝瘵[③]积年，众医治之，皆云不及活。道人谓朱生曰："吾能起之，但惜囊中药尽，止存六分，可延六年算耳。然吾与语儿溪上一角妓往还情属，谋欲擅[④]之，非百金莫办。子为我居其间。"朱生曰："药能活人足矣，慎勿言六年事也。"遂往告学士。学士曰："出百金，以延吾儿旦夕之命，尚安惜哉[⑤]！"

趣延道人至，深加接遇[⑥]。道人入卧内，褰其帷而视之，惊曰："气息奄奄，元神散矣，明日五更且死，奈何！"急索妇人稠乳半杯置案上，即于肘后摸一小银壶卢[⑦]，倾出神药两方寸匕[⑧]，色紫而细，研其半[⑨]，投入乳中，曰："服此三分，当蹶然而起。若下床足不着地，再进其半，行如飞矣。"患者鼻端闻此奇香，哑然作声曰："莫不有仙人相救乎？"左右应之曰："果仙人药也。"急命进，强灌入喉，以舌舐而尽之。有顷，见其体在衾中渐能蜿蜒，俄而求食，与之薄糜，复尽。良久，遽起坐，便欲下床，而两足桥然，果不能下。于是左右奔告道人，更求其半进之。方设酒食之具于西厅事前，长郎忽凭侍者肩，直诣厅事，谢受更生之恩。道人遂留坐中同饮。饮毕，其家出金八十两，缯彩[⑩]十匹，再拜酬赠而去。

朱生于途中私询其药何名，道人曰："此即仙家九转大还丹

---

① 诸学士大绶：诸大绶，1523—1573，字端甫，号南明，山阴（今绍兴）漓渚人。嘉靖三十五年（1556）状元，授翰林修撰，预修《承天大志》《世宗实录》，校录《永乐大典》，升左春仿左谕德，官至礼部右侍郎兼侍读学士，卒谥文懿，有《诸文懿公集》。
② 林居：下野闲居。
③ 寝瘵：卧病。瘵，病。
④ 擅：独揽，占有。
⑤ 尚安惜哉：还会在乎吗。
⑥ 接遇：接待。
⑦ 壶卢：亦作"壶芦"，即葫芦。
⑧ 方寸匕：古代量取药末的器具。其状如刀匕。一方寸匕容量相当于十粒梧桐子大。
⑨ 半：国图清钞本作"末"。
⑩ 缯彩：亦作"缯采"，彩色缯帛。

也。李少君[①]所谓铅锡投和而黄金克[②]成，刀圭入喉而凋气立反，弊方犹然，况其上者。”朱生曰：“六年之说然乎？”曰：“戏耳。此药固能长生也。”还家恳请其方，道人曰：“知子好道，奈何靳之。”乃脱下破衲头，折[③]其背缝中丹书一卷，标有金字一行，曰“许旌阳[④]尊师石函记”。付朱生，令于净室斋心三日，写其要诀，写毕收藏如故。

明日将之语儿溪上，因告别，朱生复赠道人三十金。生虽受其真秘，然不能修用，复以其书授之玉霞子。此道人娶妓为小妻，俱入罗浮山中去也。

席　生

席生者，号小棠散人，不记名字，广平[⑤]之曲周县[⑥]人也。少为肥乡[⑦]张金吾[⑧]家狎客[⑨]。圣标[⑩]之先将军幸之，常令侍饮，不离左右。忽委妻子出边关外，云水数年。一日挟两剪头胡雏[⑪]归，张氏不知其奇也。

---

① 李少君：西汉时人，异人，方士。常自称七十岁，隐瞒自己的年龄、籍贯、平生经历，因懂得祭祀灶神求福、种谷得金、长生不老的方术而得到汉武帝的尊重。能驱鬼神，擅用药物，能让人返老还童。

② 克：能够。《尚书·尧典》：“克明峻德。”

③ 折：国图清钞本作“拆”，正确。

④ 许旌阳：许逊，239—374，江西南昌人，晋太康元年（280）举孝廉，出任旌阳令，人称许旌阳、许天师、许真君。道教著名人物，净明道尊奉的祖师，我国民间信仰的神仙。

⑤ 广平：广平府。秦邯郸郡地，汉景帝时分置广平郡。明清为府，下辖邯郸、鸡泽、广平、清河等八县。

⑥ 曲周县：现河北省邯郸市下辖县。

⑦ 肥乡：现为肥乡区，隶属于河北省邯郸市。

⑧ 金吾：禁军，卫军。

⑨ 狎客：陪伴权贵游乐的人。

⑩ 圣标：张金吾的字或名。明刘荣嗣有诗《寄怀张圣标金吾》。

⑪ 胡雏：胡人小儿，胡人僮仆。

家有宴会，童子携银壶温酒，席生遽夺其壶，投诸井中。童子泣诉于主人，举家诟骂，以为病狂。席生曰："无草草[①]，请于爨下索之。"众共走爨下布[②]觅，无有。忽听釜中有汤沸声，徐举其盖，则银壶宛然，汤中酒已温矣，泻之不少涓滴。旋复命左右取酒，盛满壶中，用纸丸塞其壶口，去壶盖，倒合席间，亦无涓滴漏[③]出。于是远近惊传，无不大怪异之。行厨诸物，水陆毕致，以空衣承之而得，惟金银不可取。然一着其手，虽锁铁柜中，已在其怀袖间矣。每当月明之夜，辄呼酒大嚼。召群鬼舁[④]舆担箧而出，周游名山，不止一处。既归，取鬼所担箧发之，出其地土产之物，以征于座人，咸莫测其理也。

久之，复走塞下。遇敌[⑤]至，军中大战，赖席生阴遣神兵驱之[⑥]，敌[⑦]溃而退。大司马[⑧]嘉其功，署为京营[⑨]小将。中贵人闻之，日夜诱说，逼之传术。生固不肯告，中贵人怒，因其昔年有挟胡雏事，乃使人上书诬告，构以交通外夷之罪。有司验无实迹，止于遣戍辽阳而已。寻遇赦还北平，告亲故，言当入衡山[⑩]祝融峰[⑪]下合轩辕九鼎，丹成然后出。自此杳然无闻。

---

① 草草：慌乱。或"吵吵"。
② 布：分散到各处。
③ 漏：国图清钞本无。
④ 舁：音 yú，抬。
⑤ 敌：国图清钞本作"虏"。
⑥ 之：国图清钞本作"虏"。
⑦ 敌：国图清钞本作"虏"。
⑧ 大司马：古代官名。明清用作兵部尚书的别称。
⑨ 京营：明代京军编制。洪武初即设，隶大都督府。洪武十三年（1380）改隶五军都督府。明成祖迁都北京后，分设京师京营和南京京营，规制渐臻完备。京师京营又称三大营，包括五军营、三千营和神机营。
⑩ 衡山：又名南岳、寿岳、南山，为我国"五岳"之一，位于湖南省中部偏东南部。
⑪ 祝融峰：南岳衡山七十二峰的最高峰和主峰。

衡阳山人

衡阳山人璩[①]生，善五雷请雨法[②]，不用设坛禹步[③]，但拈片纸，立书五符[④]，口中诵五咒[⑤]，雨大注矣。叩其术，乃从北方真武[⑥]借来，初非自天而降也。璩生坐致行厨，亦不用符咒，以衣从席下受之，或索碗碟，下承珍果美馔，罗列满前，座客无不醉饱得意而去。

周箕

周箕南甫[⑦]，夙志学道，乐诵《道德》《黄庭》《阴符》诸经，精勤不怠，而未获穷其指归[⑧]，但能焚香窗下，日诵千遍而已。

曾遇异人授希夷[⑨]睡法，自云睡中常作游仙梦，名山洞府，无不历焉。曾飞神至青城山中，过悬崖绝涧凡十余处，烟云鲜媚，花木繁荣，异兽珍禽，能歌善舞。询其地，曰此太上老君[⑩]说经

---

① 璩：音 qú。

② 五雷法：道家声称的一种可以呼召风雷，伏魔降妖，祈晴雨、止涝旱的方术。

③ 禹步：道士在祷神仪式中常用的一种步法动作。传为夏禹所创，故称禹步。因其步法依北斗七星排列的位置而行步转折，宛如踏在罡星斗宿之上，又称“步罡踏斗”。

④ 五符：五行符，指画有金木水火土的符箓。

⑤ 五咒：“咒”指的是旧时僧、道、方士等自称可以驱鬼降妖的口诀。

⑥ 真武：真武大帝，又称玄天上帝、玄武大帝、佑圣真君玄天上帝、荡魔天尊、九天荡魔祖师、无量祖师，全称真武荡魔大帝，是神话传说中的北方之神，为道教神仙中赫赫有名的玉京尊神。

⑦ 南甫：周箕的字或者号。

⑧ 指归：主旨，意向。

⑨ 希夷：指陈抟，？—989，真源（今河南鹿邑）人。字图南，自号扶摇子。后唐长兴中，举进士不第，隐居武当山、华山，宋太宗赐号“希夷先生”。《宋史》有传。

⑩ 太上老君：道教天神、教主。为三清（玉清元始天尊、上清灵宝天尊、太清道德天尊）之第三位。又称“道德天尊”“混元老君”“降生天尊”“太清大帝”等。在道教宫观三清殿，其塑像居右位，手执扇子。相传其原型为老子。

处也。周生亲遇老君，叩头陈乞。老君为解“谷神”二字，义奥言深，周生跪而受之。且诫以早来此间。见石案上置古经一轴，字如鸟迹，署曰“玉清秘籍”，不及考问[①]而返。服膺[②]玄教，至今不忘。

当其睡也，每五六日或七八日方觉，家人莫敢呼也。如此数年，渐能绝粒咽气，经月不食矣。

丙申[③]中秋，余遇周生于西湖片石居[④]。生布席断桥[⑤]之上，以酒为劝，剧谈痛饮。至夜分，月向西行，余醉倦思寝，遂入寺。黎明遣问周生，尚以石枕其首，单衣鼾卧风露中，气如蒸，莫测所自。

衣绣人

楚西[⑥]荆[⑦]、澧[⑧]之间，有一异人，着七梁冠[⑨]，身衣锦绣，容状甚奇古[⑩]，腹如斗大，须长尺余，若五十许，人皆呼之为“醉叟”。随行惟一弟子，手携黄竹篮，篮中尽贮干蜈蚣、蜘蛛、癞虾蟆[⑪]及一切虫蚁之属，人或窥之，无不骇走。问其所蓄诸毒何故，答曰：“天寒赖以佐酒，此物亦不可猝致也。”

---

① 考问：考查询问。
② 服膺：衷心信服。
③ 丙申：万历二十四年，公元 1596 年。
④ 片石居：明张岱著《西湖梦寻》中记载，“由昭庆缘湖而西，为餐香阁，今名片石居”。
⑤ 断桥：杭州西湖景点。位于杭州北里湖和外西湖的分水点上，一端跨着北山路，另一端接通白堤。
⑥ 楚西：湖北西部及湖南地区。
⑦ 荆：荆江，即今湖北江陵县以下长江段。
⑧ 澧：音 lǐ，澧水，长江中游支流，属洞庭湖水系。源出桑植县西北，流经湖南省西北部。
⑨ 梁冠：冠上的梁数是明朝时期区分王公大臣品级的一种方法，公冠八梁，侯、伯七梁。
⑩ 奇古：奇特古朴。
⑪ 癞虾蟆：即癞蛤蟆，蟾蜍的通称。

市中童儿争觅毒虫数十种，见异人饮时，悉以乞与，皆擘而生嚼之，如得未尝啖。其虫之极细小者，辄浸杯中，顷之与酒俱尽。蜈蚣长五六寸者，则夹杂以松柏枝叶，去其钳，生置口中，赤爪狰狞，蜿蜒须髯之际，观者股栗，咸大怪之，多有惶怖逃去。异人恣意饮啖，似有盈味[①]。尝曰："蝎味最美，惜南方所无。蜈蚣亦佳，味又次于蝎。蜘蛛则以小者为贵。诸虫中惟蚁不可多食，多食闷人[②]。"

一日之间，尝过十余家饮，更不谷食，尽日沉酣[③]而已。或于古庙中醉卧三日五日，或宿人家屋檐下，口中尝提"万法归一，一归何处"八字，行住坐卧，斯须不忘。言人往事，率多[④]奇中。人以苛礼相苦，便欲出门，及置酒，又复欣然，乞一醉然后去也。小选袁中郎[⑤]赴官，曾见异人于沙市[⑥]，自后莫知所之，中郎为作《醉叟传》。

郭道士

北京神鹤观道士郭蓬素，好道，积功累行，辛勤有年。六十岁时，遇一异人至，蓬素欲乞长生之诀，曰："未[⑦]也，更二十年

---

① 盈味：余味。
② 惟蚁不可多食，多食闷人：因蚁酸故。
③ 沉酣：饮酒尽兴畅快。
④ 率多：大多。唐封演《封氏闻见记・贡举》："杨绾为礼部侍郎，奏举人不先德行，率多浮薄。"
⑤ 袁中郎：即袁宏道，1568—1610，字中郎，又字无学，号石公，又号六休。湖广公安（今湖北省公安县）人。万历二十年（1592）进士，历任吴县知县、礼部主事、吏部验封司主事、稽勋郎中、国子监博士等职。他是明代文学反对复古运动主将，提出"独抒性灵，不拘格套"的性灵说。与其兄袁宗道、弟袁中道并有才名，史称公安三袁，其文学流派世称"公安派"。
⑥ 沙市：现湖北省荆州市沙市区。
⑦ 未：不曾，还没到时间。

后，吾当点化汝，今且先寻外护[①]。”时富平[②]孙尚书[③]方在台中，郭闻名，便往诣之。尚书许而未之奇[④]也。其后蓬素八十岁，异人复来，曰：“吾度汝矣。”究其术，皆房中[⑤]补导，名为接命[⑥]。后入西山养火[⑦]半载，出居观中，须发返黑，面如二十少年，京师人无不惊异。尚书便作礼而拜，深加敬事，得其术一二焉。郭今尚存。

白云先生

辛卯年[⑧]，于燕[⑨]市酒楼遇一异人，庞眉美髯，神姿清古，方岸帻[⑩]挥扇。望见余在隔坐，亟呼同席对饮。视余衔杯蹙额，便曰：“此酒岂中[⑪]江南人饮，莫想[⑫]莲香白吃否？”余曰：“莲香白即吴下亦少，那得到此中？”异人曰：“易耳。俟少间客散，为子设之。”趣呼酒佣汲洁净井水一大壶来。须臾水至，异人便于肘下囊中取出粒药，状若枸杞子，掷壶中，用绵纸封固，谓余曰：“少待。”

顷之，座人皆星散矣，余便问：“先生从何处来？”异人曰：“适从终南山来，偶携得白云一缕，请出赠君。”复于囊中掣小葫

① 外护：指供给衣服饮食的亲属檀越。
② 富平：今陕西省富平县。
③ 孙尚书：孙丕扬，1531—1614，字叔孝，号立山，富平县流曲镇南街人。明嘉靖三十五年（1556）进士。
④ 未之奇：没有引以为奇。
⑤ 房中：即房中术，我国古代的性科学。
⑥ 接命：补亏。
⑦ 养火：指不断供给燃料，使燃烧之火保持不灭。
⑧ 辛卯年：万历十九年，公元 1591 年。
⑨ 燕：指燕京，即今北京市。
⑩ 岸帻：推起头巾，露出前额，形容态度洒脱，或衣着简率不拘（古代，戴帻既是一种装束，也是一种礼节。把帻掀开便代表了一种行事不受拘束、率性而为的状态）。汉孔融《与韦休甫书》：“不得复与足下岸帻广坐，举杯相于，以为邑邑。”
⑪ 中：适合。
⑫ 想：国图清钞本作“思”。

芦，周遭纸绢封裹，呼余键[①]其楼窗，用手次第揭开葫芦，有云如篆烟[②]袅袅上腾，逡巡渐作紫色，氤氲旋绕，布满室中。食顷，其云穿窗隙而出。急命余开窗，曰："酒熟矣。"启视壶中之水，尽为芳醪，不觉芬人齿颊，连呼大白浮余[③]。又曰："莫学俗子，饮哑酒不欢也。"袖中出木刻妇人置席上，长可五寸许，眉目分明，手足能动，服饰窈窕，宛如生人[④]。令其持杯至余前劝饮，便叱使跪求尽杯，如不尽不起。少焉，急收入袖中，曰："恐客中[⑤]春心荡也。"

余时偶携得李蓬头星书[⑥]在袖，因出甲子[⑦]呈异人看，第称曰[⑧]："郎君好踪迹。"固叩之，则曰："他日声彩极振，但目前尚有重厄耳。"余谓："蓬头算中焦状元[⑨]，名赫都下[⑩]，先生曾识其人乎？"异人笑曰："那得识，此辈是呓语汉，不足听也。"酒尽别去，请其姓名，不言，第书一"云"字于余掌中。余笑曰："名号岂止一字乎？便当呼公为白云先生也。"不离店门，倏忽相失。明晓重诣其地消息之，不可得矣。余由此遂决归计，不半载，母死，身遘危疾几殆，一如异人之言。

---

① 键：插在门窗上关锁门窗的金属棍子。此处意为关。

② 篆烟：盘香的烟缕。

③ 连呼大白浮余："连呼余浮大白"的倒装。浮大白，即"浮一大白"，原指罚饮一大杯酒，后指满饮一大杯酒。浮，罚人饮酒。白，罚酒用的酒杯。国图清钞本作"连呼大白浮"，不通。

④ 生人：活人。

⑤ 中：内心。东汉曹操《短歌行》："忧从中来。"

⑥ 星书：星相占卜之书。此指算命后的笺注。

⑦ 甲子：以阴阳五行论，天干之甲属阳之木，地支之子属阳之水，甲子是水生木相生。此指八字。

⑧ 第称曰：只是称赞说。

⑨ 焦状元：焦竑，1540—1620，字弱侯，号漪园、澹园，江宁（今南京）人。晚明著名思想家、藏书家、史学家。他二十五岁乡试中举，但之后屡战屡败，直到五十岁才高中状元，在北京任翰林院修撰。可惜，此后他的仕途同样不畅，万历二十五年（1597）顺天府乡试结束后，担任副主考官的焦竑被诬受贿等罪状，遭降级降职。第二年考核中他又被评"浮躁"，遂辞官归隐，从此一心治学。八十岁时卒于南京家中。

⑩ 都下：京城。

孙道人

孙道人，不知何所人也。常披发佯狂，游行市里，形骸①垢秽，未尝栉沐②。叩其术，明于补导之要。能飞沙撒土，吹入人家屋子中，无不以手掩目，开盘中器物，簌簌有声。又能嚼墨喷人，忽黏肢臂上，虽重③裘之内，斑斑悉成点痣。又能搬运市肆中物，于袖引出鲜鲫鲤诸鱼数十头，付厨中烹以共食。一日裾④下忽作羊鸣，乃出一牡羊，羊遽欲走，遂牵于市卖之。乙巳⑤春，董学士⑥入楚督学，泖上诸君送之，共觞酌阊门外范家楼上。道人来，众求试法。乃撮出福橘十四枚于袖中，分而尝之。余亦在座。后一日过余里门，为小妓所侮。孙顾视卖桃人担云："借汝一桃。"遂拾以掷其面。妓者右颊立时赤肿，如桃大焉，楚不可忍。还复哀祈，乃索杯水，咒之，三噀，其肿渐消，都亡所患。

祝老师

祝石韦有异术，楚人尊之曰"祝老师"而不名，盖高道者也。应城杨给事⑦涟⑧，少读书大洪山⑨中，寝瘵经年，骨消肉尽，

---

① 骸：国图清钞本作"体"。
② 栉沐：梳发与沐浴。
③ 重：数量多。多层。
④ 裾：一种有前后襟的衣服。
⑤ 乙巳：万历三十三年，公元 1605 年。
⑥ 董学士：董其昌。
⑦ 给事：官名。给事中的省称。
⑧ 涟：杨涟，1572—1625，字文孺，号大洪，湖广应山（今湖北广水）人。明末著名谏臣，东林党人，"东林六君子"之一。天启五年（1625），因弹劾魏忠贤二十四大罪，被诬陷受贿两万两，历经拷打，惨死狱中。崇祯元年（1628），杨涟获平反，追赠太子太保、兵部尚书，谥号"忠烈"。有《杨忠烈公文集》传世。
⑨ 大洪山：位于湖北省中北部，西临襄（阳）钟（祥）江汉谷地，东接涢水河谷丘陵，南连江汉水网平原，北与桐柏山遥相呼应。横跨随州、荆门两地三市区（随县、钟祥、京山），方圆 350 平方公里。

自分不起矣，遇师出刀圭之药起之。后疾再发，师不得已，复畀药如初。训诫谆切，皆至言要道，给事病由此渐渐得瘥。师觉其神王[①]，趣使复修公车[②]之业。担簦[③]赴举。既获隽[④]，又勉之计偕[⑤]，诫[⑥]云："汝功名在三口里。"莫测所谓。后乡会[⑦]主司是孙如游[⑧]、董复亨[⑨]、刘文琦[⑩]三人，果符"三口"之兆。给事自进士擢第后，于世味[⑪]泊然。选授常熟县令，政绩大著。暇日与宾客[⑫]游话，言必及神仙之事云。或云彭幼朔[⑬]即石韦也。庚戌[⑭]仲春，邀宴署中说此。

彭幼朔

近云阳[⑮]有百岁仙人彭幼朔，一号江甔甀[⑯]，一署祝石韦。昔年楚中[⑰]所称祝老师者，或云即其人也。又尝改姓为邹，时时变

① 神王：精神旺盛。王，通"旺"。
② 公车：汉代曾以公家车马接送应举的人，后便以"公车"作为举人入京应试的代称。
③ 簦：音 dēng，古代有柄的笠，像现在的雨伞。
④ 获隽：会试得中。亦泛指科举考试得中。
⑤ 计偕：汉时被征召的士人皆与计吏相偕同上京城，故称为"计偕"。后世举人入京会试，也称为"计偕"。
⑥ 诫：国图清钞本无。
⑦ 乡会：乡试与会试的并称。
⑧ 孙如游：1549—1625，字景文，号鉴湖，余姚人，都御史孙燧曾孙。进士出身，明神宗时累官礼部右侍郎。光宗即帝位后，进礼部尚书。首请建东宫，并反对册立贵妃为太后。熹宗即位，命其以东阁大学士入阁，参与机务。时言者诋其不以廷臣推荐而入阁，遂于熹宗天启元年（1621）力请而辞位，居家四年而卒，赠少保，谥号文恭。
⑨ 董复亨：字见心，直隶元城（今河北省大名县）人。明万历二十年（1592）进士，任章丘知县，政声卓著又学识渊博。
⑩ 刘文琦：明万历二十九年（1601）辛丑科殿试金榜第三甲第 58 名同进士出身。
⑪ 世味：对世事或生活的情趣。
⑫ 宾客：国图清钞本作"宾"。
⑬ 彭幼朔：彭仙翁，钱谦益作有其传。
⑭ 庚戌：万历三十八年，公元 1610 年。
⑮ 云阳：即云阳山，位于现湖南省株洲市茶陵县。
⑯ 甔甀：音 dān zhuì，陶瓶。
⑰ 楚中：国图清钞本无此二字。

易，无有定名。彭于黄白之事已得手有年，所至妻妾子女、辎重随拥甚盛。所传者云是先世彭祖之术。由是远近衣冠贵介①，无不倾动，奔走其门，拜而叩之，如真仙矣。及问其术，是服气②之法，功夫密密，不容间断，只在七日间打成一片，而其法主于自然汗吐下③以为验，汗以去骨节中病，吐以去胸膈中病，下以去肠胃中病，真气④胜则邪气自除，依而行之，其人无病而汗吐下，不知所由也，然大抵皆养性交接之术。严邵武⑤言。

慧虚子亦称宜真子

虞山⑥龙城山人，姓孙氏⑦，住塘市⑧，挟致鬼之术，逆说⑨民间祸福休咎，无不有验，远近传为真仙。初，炼鬼⑩得章生日暗⑪，云是闽中解元，少年夭死，立愿相随。孙氏举家事之，呼曰慧虚子。

其术使人先书姓名及意内事于纸上，另置一空纸于案，密封净室中，三日后启视，则空纸上报如所祈，龙文鸟篆，无所不工。

---

① 贵介：尊贵。
② 服气：又称“食气”“行气”，指呼吸吐纳锻炼。以呼吸为主，在呼吸吐纳中吸纳天地精气，炼养身体。
③ 汗吐下：汗，发汗，常用于身体上部浮肿、感冒。吐，催吐，常用于积食。下，润下，常用于便秘。
④ 真气：真元之气，由先天之气和后天之气结合而成。道教谓为“性命双修”所得之气。按照中医理论，真气是维持人体生命活动最基本的物质，人之有生，全赖此气。
⑤ 严邵武：严澄。国图清钞本“邵”字位置为空白。
⑥ 虞山：与琴川一样为常熟的别称。也是城内的山名。
⑦ 孙氏：据明胡文学编《甬上耆旧诗》卷十九，名孙荣祖。
⑧ 塘市：今作唐市。常熟境内原有两个唐市，一在常熟之东，一在常熟之西，习称“东唐市”“西唐市”。西唐市在 20 世纪 60 年代因组建沙洲县（今张家港市）而划出常熟，改名“塘市”；东唐市仍属常熟，现为沙家浜镇政府所在地。
⑨ 逆说：推测，推说。
⑩ 炼鬼：疑即太极祭炼法。道教语。祭鬼炼度的方法。谓对死者进行“施食”“追荐”，可使死者生前的罪过得到宽宥，并早升天界。
⑪ 章生日暗：章日暗，字木实，号大氐，明嘉靖十六年（1537）解元，福建泉州人。

又或掷龙眼、荔枝之类于地，俾[①]其人自拾，谛视之，一果实耳，劈开，则所报之笺在焉。或设钟鼓于仙坛上，无故自鸣，如有人持筳[②]以击状。见者大怪，因是人赴之如市，数百里外皆来。

尝报王小选士骐科名云："直至牛无头，然后羊生角[③]。"后果以壬午科发解。凿凿如见，言皆神异。梦石老人是孙姻家，居止相接。据云小楼与孙宅并，每夜穴壁孔窥觇，见孙披发裸体，衔刀跳掷，用五色绳子数百丈围于坛外，须臾户牖拉然，暴鬼飒至，作呦呦之声，因知其所炼果是灵鬼[④]，不独一慧虚子也。

利玛窦[⑤]

利玛窦，大西国[⑥]人，游于中华十五年矣。衣服语言，饮食礼乐，无不中华，但不娶耳。彼国无佛法，亦不通儒教，第奉天主为尊，其像是一妇人，手中所抱者即天主也。妇人像若西王母，而绘彩之色绚烂非常，望若七宝庄严[⑦]者然。既以其像进圣母[⑧]，张壁凛凛，便敕收藏于库。其所进自鸣琴、自鸣钟，皆按刻漏[⑨]而鸣，若吾中华有自鸣更鼓之属。天子甚异之，赐赉无数，日给

---

① 俾：使。

② 筳：卷丝的小竹管，也叫筟或篗，也可作纱管或纡管解。

③ 直至牛无头，然后羊生角：牛无头，"午"字。羊生角，"圭"字。圭是古代在祭祀、宴飨、丧葬以及征伐等活动中使用的礼器，其使用的规格有严格的等级限制。

④ 灵鬼：又称"鬼仙"，修道者未能炼至纯阳，死后可以做到一念清静，出幽入冥，不生不灭，乃为鬼仙。

⑤ 利玛窦：1552—1610，号西泰，又号清泰、西江。意大利的天主教耶稣会传教士、学者。明朝万历年间来到中国传教，是天主教在中国传教的最早开拓者之一，也是第一位阅读中国文学并对中国典籍进行钻研的西方学者。在传播天主教教义的同时，他还积极传播西方天文、数学、地理等科学知识，对中西文明交流作出了重要贡献。

⑥ 大西国：明代对意大利的称呼。

⑦ 七宝庄严：形容佛教建筑或塑像富丽堂皇，气象尊严。

⑧ 圣母：万历皇帝的生母慈圣皇太后，姓李。

⑨ 刻漏：漏壶，一种古代计时器，以铜为壶，底穿一孔，壶中立一有刻度的箭形浮标，壶中水滴渐少，箭上度数即渐次显露，视之可知时刻。

飧[①]钱，因养之京师。玛窦他所制自鸣鼓吹未进上者，尤奇，一拨关捩[②]，众乐皆鸣。今京师市中有制成出卖者。所携经籍皆梵字[③]，其印装之巧，纸笔[④]之精，中华所不及也。玛窦慧性绝伦，虽数万亿言，一览而得。人谓其胸有成案，故能然。据云学识字如造屋然，疑即吾儒以一贯万[⑤]之义矣。往尝刻广舆地图于金陵，用五色以别五方，中华幅员，大如弹丸黑子。庚戌年夏，中疫卧病，服参而死，始知其无他道术，是外夷中一异人也。

瞿道人

戊申[⑥]年间，宰辅[⑦]娄东[⑧]王公[⑨]荐一方士于族侄侍御[⑩]家，姓瞿，籍金华府，共称为瞿道人。常挂花瓢于肘后，及持天台[⑪]藤杖，嬉游山水间。道人有一刺函[⑫]，中以素纸封绛笺一条于内，缄题甚固。众苦请开之，不肯。后窃取以视，乃是“庚戌[⑬]状元韩

---

① 飧：音 sūn，晚饭，亦泛指熟食、饭食。
② 关捩：机轴，机关。
③ 梵字：当时西方少有文字传到中国，而佛教则大为流行，有梵文经典输入，因而把外国文字通称为梵字。
④ 纸笔：国图清钞本作“纸墨”。
⑤ 以一贯万：用一种道理贯穿万事万物。
⑥ 戊申：万历三十六年，公元 1608 年。
⑦ 宰辅：辅政的大臣，一般指宰相或三公。明代无宰相，指首席执政大臣。
⑧ 娄东：指太仓。太仓位于娄水之东，故有娄东之称。
⑨ 王公：王锡爵，1534—1611，字元驭，号荆石，苏州府太仓州（今属江苏太仓）人。嘉靖四十一年（1562）会试名列第一（会元），廷试名列第二（榜眼）。后被授翰林院编修，累迁詹事府右谕德、国子监祭酒、詹事、礼部右侍郎、文渊阁大学士。万历二十一年（1593）为首辅，官至太子太保、吏部尚书、建极殿大学士。万历二十二年（1594）辞官致仕后仍一再被皇帝相召。终老于太仓老家，赠太保，谥文肃。
⑩ 侍御：御史。
⑪ 天台：天台山。全国有二十四处天台山，此处应为浙江省天台县天台山，此山既是佛教天台宗的发祥地，又是道教南宗的祖庭，故有“佛窟仙源”的美称。
⑫ 刺函：放名片或信的盒子。“刺”即名片。
⑬ 庚戌：万历三十八年，公元 1610 年。

敬[1]”六字。其时求仲尚名敬求，未有改也，观者咸笑其狂诞，不知韩敬为何人。至庚戌春，报会元[2]是韩敬，见者[3]方以为奇。有顷，求仲果发状头[4]，乃始验。其术之神，真如芙蓉镜[5]下矣。

江 生

壬子年[6]五月中，有楚人江生过吴门，挟某贵人书往谒吴淞帅府。舟经葑门[7]，遇相识偕某卫尉[8]过其舟，持一缣[9]为赠，求看年命[10]，略批行止。江曰："不得暇矣。"强之，出甲子置案上览焉。江大惊曰："几误公事！不出今日，当有大灾！"卫尉悒[11]忿而去。是夜所掌运粮艘过吴江城下，失火焚烧略尽，赔费不赀。

神 巫

东浙金、衢[12]之间，俗事鬼信巫。巫多黠者。开化县[13]太末

① 韩敬：1580—？，浙江归安（今浙江省湖州市）人，字简与，一字求仲，号止修。明代状元。
② 会元：指会试的第一名。会试由礼部主持，在京师举行考试。
③ 见者：国图清钞本作“见之”。
④ 状头：即状元。
⑤ 芙蓉镜：一种背面铸有芙蓉花饰的铜镜，或泛指明镜。
⑥ 壬子年：万历四十年，公元 1612 年。
⑦ 葑门：苏州吴县城东门，本作鲋门，又称鲟门。
⑧ 卫尉：锦衣卫官，又称中尉。
⑨ 缣：音 jiān，双经双纬的淡黄色细绢。
⑩ 年命：寿命。
⑪ 悒：忧愁，不安。
⑫ 金、衢：金华、衢州。
⑬ 开化县：现浙江省衢州市下辖县。

山[①]中有一神巫降神[②]，能手持利刃，自屠其腹，巨斧斫胸，跣足行火砖上，口含沸油噀人，着人体肤立见糜烂，而其口都亡所伤。或时狂叫登山，手拔大竹，揉作绕指柔，以自缠缚其体。其异如此。屠隆[③]礼部少时读书山中，目击之。

蟠桃会

嘉靖初年，有优伶十人，不知何处来，尝过楚之常德，寓邹溪[④]市镇上，搬演歌舞妙绝时[⑤]，市人竞相称赏，征逐[⑥]聚观，遂无虚日矣。后忽告归，市人厚以金帛酬之，强留搬演。其夕至四鼓，重点《蟠桃庆寿》杂剧。群伶命市人置一大瓮于剧场中央，八人装为八仙，次第走入瓮中，曰："请了，众弟兄们[⑦]！同下海赴蟠桃会去也！"良久不出，止存司鼓板者二人，故起而扬言曰："你们应是醉倒瑶池上，往而不返耶？须往视之。"持其鼓板，亦走入瓮中不出。市人取瓮视之，空无所有，竟不知何往矣。江大理[⑧]与袁吏部[⑨]同在吴中为令，席上亲说之也。

---

① 太末山：开化县地原属太末县，境内的山称太末山。

② 降神：指使神灵降临，是我国民间的一种请求神灵降临己身并为问神人解疑解难的神秘仪式。

③ 屠隆：1542—1605，字长卿，一字纬真，号赤水、鸿苞居士，浙江鄞县人。明代文学家、戏曲家。万历五年（1577）中进士，曾任礼部主事、郎中等官职，为官清正，关心民瘼，后罢官回乡。戏曲主张"针线连络，血脉贯通""不用隐僻学问，艰深字眼"。

④ 邹溪：位于湖南省桃源县境内，明代左千户所防地。

⑤ 妙绝时：国图清钞本作"妙绝一时"，通顺。

⑥ 征逐：招呼追随，指朋友频繁交往。

⑦ 弟兄们：国图清钞本作"兄弟们"。

⑧ 江大理：江盈科，曾任大理寺正。

⑨ 袁吏部：袁宏道，曾任吏部主事。

荔枝少年

有方士设帐卖药于河南开封府前。常见一乌巾少年，以卖鲜荔枝为事，称自闽中来。时方暑月，众讶其南北路遥，何由至此。少年云："得善藏之法。取树头轻红①，摘入新瓷罂中，用火酒②沃之，投以他药封固，虽经万里外，色不败也。"市人辏集③其处，竞出高价买之。中州④人生不识⑤此异味，朱门白屋⑥，无不遍尝。

如是者数日，方士疑少年非市贩人，察其神状，类有道者，且荔枝颜色日益美好，常满器中，如才折下，益大可怪。因踪迹其客舍，在一酒肆，方士遂赁隔壁半间宿焉。中夜闻有声，穴壁窃窥，见少年取大瓷鼎盛土，出铜箸一双，耨之甚熟，种荔枝核于内，频用鸳鸯手轻拂其上，口喃喃作胡咒语。咒毕，便跃身梁上，以一脚挂梁倒睡。有顷睡觉⑦，自梁而下，见鼎中之核森然挺生⑧，转复滋长，少顷开花，俄而结实，天向曙，则已累累红熟可餐矣。连枝带叶一一剪下，锉⑨其树焚之。及明，携之而出。

方士大惊，伺其休暇，市美膳⑩醇醪进焉，祈求传示。少年

---

① 轻红：荔枝色淡红，故用以借指荔枝。宋黄庭坚《廖致平送绿荔支为戎州第一，王公权荔支绿酒亦为戎州第一》："试倾一杯重碧色，快剥千颗轻红肌。"
② 火酒：烧酒。
③ 辏集：聚集。
④ 中州：河南省的古称。
⑤ 生不识：从出生以来就没有见过。
⑥ 朱门白屋：富裕与贫穷之家。朱门，古代王侯贵族的府第大门漆成红色，以示尊贵，后泛指富贵人家。白屋，古代指平民的住屋。
⑦ 睡觉：睡醒。
⑧ 挺生：挺拔生长，出苗。清陈恭尹《南海神祠古木绵花歌》："挺生奇树号木绵，特立南州持绛节。"
⑨ 锉：折损。
⑩ 膳：国图清钞本无。

曰："君不闻能开顷刻花乃神仙事乎？若无仙骨，学之何益！"指方士帐中药，问何名。答曰："乌须膏[①]也。"少年因解襥中，取青药一袋，细如巨胜子[②]，其色翠净，授之曰："吾药一粒，可和君一罐，获此足了一生，无烦白土画地[③]也。请自此别。"遂去，不复见。方士投药中试之，一点如漆，能令黑者不再白。周王[④]闻其术异，延入府中，以金帛赏赉之。遍游朱邸，无不赀给，此人终身用药不尽矣。

或云少年仙术，得之则随果可种，不必荔枝，鼎中之土皆大丹也。神仙变幻，信而有焉。按《列仙传》[⑤]载，宋人寇先[⑥]好种荔枝，食葩实。马自然[⑦]种瓜席上，引蔓生花。若少年者，果得仙之道乎，抑善戏耶？

卖姜翁

相传衡州[⑧]有卖姜翁，莫详姓氏。尝荷姜担卖于衡湘[⑨]间，三十年来，颜如花，鬓如漆，未尝改色。人多怪之，未之奇也。一日，遇道士于市上，却谓翁曰："某有黄白秘术，非其人勿妄授，叟岂有心者乎？"翁默然不应，但取担中姜一块含口中，少顷吐出，变成黄金。道士惊遁去。尔后翁亦不知所之。闻之积古，并忘其年代也。

---

① 乌须膏：国图清钞本作"乌须药"。
② 巨胜子：川续断科植物拉毛果的干燥成熟果实。
③ 白土画地：指变戏法。古代变戏法的人以白土一块，画地为一大圈，众人环坐圈外。
④ 周王：明代周王府在开封。
⑤《列仙传》：旧题刘向撰。应系伪托。
⑥ 寇先：古代民间传说中的仙人。春秋时期宋国人，尝以钓鱼为业，居睢水旁百余年。宋景公求其道术，不告，因而被杀。后数十年，踞宋城门，鼓琴数十日乃去。
⑦ 马自然：马湘，字自然，唐代的云游道士。
⑧ 衡州：湖南衡阳的古称。
⑨ 衡湘：衡山和湘水的并称。

席生二

席小棠尝客龚司马[①]锡爵[②]家。一日邀龚饮，把袂[③]并入书斋中，破壁而进，龚自身不觉已在大空宅子高楼上饮。饮毕下楼，回顾乃是长安酒肆"马上人物"，色得之，龚莫知其所以然也。董翰林其昌说。

葛承奉[④]

楚府[⑤]黄门[⑥]葛承奉，失其名，得道者也。能烧水银为黄金。凡武昌境中古刹佛图[⑦]、仙宫道观之属，无不捐赀修补。所到村邑，见有瑜[⑧]婆[⑨]坊寺、灵圉[⑩]神仪[⑪]，无问金木土石，若染若碧，并即布舍妆饰涂治，后先费以数万，悉出于炉火中。楚王闻而怪之，欲从受方[⑫]，备加搒掠[⑬]，神色如常，终不能得。曰："奴婢自竭身资，愿与众生共成福缘，何知黄白事乎？"逼之不已，蹶然[⑭]

---

① 司马：古代官名。
② 锡爵：龚锡爵，字汝修。万历二年（1574）进士，授都水司郎中，议河强淮弱，惟筑堤束水，可以济漕，用其言，报功，升广东参政，息海南黎人之祸。进广西布政，多惠政。归里著书，人称石岩先生。
③ 把袂：握住衣袖，表示亲昵。
④ 承奉：亲王府有宦官机构承奉司，承奉是其首领，负责管理王府人员，权力很大。
⑤ 楚府：楚王府。明代楚王的封地在武昌。
⑥ 黄门：宦官。
⑦ 佛图：塔的别名。亦作浮图、浮屠。
⑧ 瑜：瑜伽宗，大乘佛教的派别之一。国图清钞本作"偷"，误。
⑨ 婆：即菩，泛指佛和某些神。
⑩ 灵圉：神仙的总称。
⑪ 神仪：神像。
⑫ 欲从受方：想从葛那里得到合成黄金的配方。
⑬ 搒掠：笞击，拷打。
⑭ 蹶然：忽然，突然。

端坐而化。楚人竞相哀叹，曰："葛黄门愿力[1]已大，正当生天上耳。"或又疑其尸解矣。王稚庸客武昌，亲睹传说。

玉龙山[2]伞戏

常熟县湖南[3]金竹秀才，字子虚，少有拔俗之韵。尝馆[4]于李氏，其所居枕虞山下，时时辟[5]馆之后扉，登眺徘徊。每当月朗风清，曼声长啸，戛于云表。而平生绝不喜谈人间事，众呼之为"痴秀才"矣。

偶过福山[6]，刘神庙[7]中道士徐壶隐新构云房[8]，乞其歌咏，磨墨沈[9]以待濡毫。亟命喝[10]题。壶隐遂以"壶中日月长[11]"五字次第命之。金手不停挥，立缀五绝，语多玄胜[12]，夸赏艺林。

嘉靖三十年间，倭乱初平，金怅然不乐尘世。一夕梦见其前身之所处，恍惚旧游，便舍妻子出家云水，称不更还。后数年，金有相识人，居相去里许，适解军之云南，事毕将归，道经玉龙

---

① 愿力：佛教语。誓愿的力量，多指善愿功德之力。
② 玉龙山：即玉龙雪山，古称耸雪山、雪山、雪岭，位于云南省丽江市玉龙纳西族自治县境内。
③ 湖南：尚湖南岸。尚湖，位于常熟城之西面。
④ 馆：书塾，此处作"当私塾老师"解。
⑤ 辟：打开。
⑥ 福山：常熟地区最早建制的行政区划之一，北滨长江，近靠福山（殿山），为江海要塞。现江苏省常熟市海虞镇福山社区。
⑦ 刘神庙：刘太尉祠，祀宋将武穆刘公，公名锜，俗称中山永定公。刘神庙也称刘神堂，民间也俗称老爷堂。
⑧ 云房：僧道或隐者所居住的房屋。
⑨ 沈：汁。《左传·哀公三年》："无备而官办者，犹拾沈也。"陆德明释文："北土呼汁为沈。"
⑩ 喝：国图清钞本作"唱"。
⑪ 壶中日月长："袖里乾坤大，壶中日月长"，据传是八仙之一吕洞宾爱说的话。那时的仙人都喜欢一甩袖子施法，所以说"袖里乾坤大"。而"壶中日月长"是说自己无拘无束爱喝酒，表现吕洞宾的洒脱。
⑫ 玄胜：玄学义理，一般指道家学说。

山下。旁有草庵，际暮投宿，望见庵主纶巾羽氅，据绳床[①]盘膝而坐，细视之，乃里中金秀才也。颜色转少，须鬓如青丝。因[②]摄衣[③]下拜[④]，通乡里姓名，且告其家中消息，云:“郎君[⑤]亦为邑诸生矣。”金笑曰：“不才之子，何足道哉！”给与钱数十文，令诣村店，进少酒啖，仍来安宿。

解人既获醉饱，其夜寝于庵内绳床之侧。初就寝时，见金取其襆中伞张之，用两手摇转不停，如此竟夕，似梦非梦，耳中但闻海潮汹涌之声。凌晨寤而起视，身却卧于扬子江岸西津渡[⑥]口。推问岸上担夫，已是镇江府东郭门外矣。自暮及朝，瞬息万里，怪莫测其所由。寻忆昨宵所经蛮烟瘴雨之乡，真落梦境，乃叹息绝思也。视伞室中有附书数行，寄语家人，云：“浮踪浪迹，绝无处寻，勿更以为念也。”自是人知金已得仙矣。又寂绝数年，有人见之于终南山。孙太学胤伽[⑦]记其诗句甚详，兹不备载。

---

① 绳床：古时一种可以折叠的轻便坐具。也叫“胡床”“交椅”。
② 因：国图清钞本无。
③ 摄衣：整饬衣装。《管子·弟子职》：“摄衣共盥，先生乃作。”
④ 下拜：国图清钞本作“而拜”。
⑤ 郎君：贵家子弟的通称。
⑥ 西津渡：古代渡口，位于镇江城西的云台山麓。
⑦ 胤伽：孙胤伽，1571—1639，明藏书家。又名孙允伽，一作孙引伽。字唐卿，一字伏生，号生洲居士、东川居士。常熟（今属江苏）人。好异书，将祖父“丌册度”藏书楼更名为“春云楼”“艳雪斋”，藏书多奇本秘籍。好诗文，精于填词，尤擅长于研究唐宋稗官小说及金元杂剧。著有《艳雪斋集》三卷、《谈觚》四十卷、《玉台外史》二十卷。

第五

释异

隆菩萨

隆菩萨者，即永隆禅师也。洪武中出家长洲尹山[①]之崇福禅寺。初为寺僧，逍遥放纵，似癫似痴，不为同流[②]所重。一日火焚其殿，禅师忽谓众曰："早晚钱塘江上当有大木客[③]过，将往募焉。"众皆笑之，讽其负襆而去。

至则果有江右[④]大商王友谅，巨木千章，蔽江而下矣。禅师遂从之乞木，友谅不允。俄顷之间，飓风暴作，柎[⑤]筏纵横，诸木起空中，自相斗击，堕折江滨，漂流四散。友谅计无所出，急向空中叩头请止，因悬赏格，以募能归木者。禅师立江岸呼曰："汝肯悔过发欢喜心[⑥]，我当归之。"友谅乃许捐其半以助修寺。许[⑦]讫而江涛顿息，木亦渐还旧处，钩连如故。观者始知禅师是非常人，顶礼而拜。

友谅语禅师曰："吾木甚巨，易舍而难致，奈何？"禅师曰："莫忧，但喜舍足矣，木自安稳至也。"友谅遂分所舍之木置卧一处，但见其木次第没于江心，若有鬼神牵拽之者，不晓所谓。

禅师还寺，亟命集众[⑧]僧齐来舁木，乃用巨绠[⑨]汲向井中，先后逐根挽出，适符其半之数。远近神之，争共施舍，寺遂重兴。

其后洪武二十五年下度僧之令[⑩]，沙弥至南京者三千余人，禅师预焉。中有冒请度牒者，忤犯龙颜，上怒，悉命加戮。禅师乞

---

① 尹山：地名，在今苏州市吴中区。
② 同流：犹同辈，同类。
③ 木客：贩卖木材的商人。
④ 江右：原指长江下游以西地区，后称江西为江右。
⑤ 柎：音 fū，木筏。
⑥ 欢喜心：佛教语，指于善法起随喜心，因众生得度而欢喜。
⑦ 许：国图清钞本作"语"。
⑧ 众：国图清钞本无。
⑨ 绠：音 gěng，汲水用的绳子。
⑩ 度僧令：僧侣认证制度。

焚身以救免众僧，上允其议，敕中官、武士卫其龛而出，既至雨华台[①]下。禅师出龛，望阙拜辞，仍入龛中，题一偈子[②]，又拈香一瓣，书“风调雨顺”四字授之中官，告曰：“烦语陛下，遇旱请以此香祷雨。”于是端坐瞑目，口吐三昧火出，自焚其身。一时士女作礼悲哀，见白鹤数群，舞于龛顶。上乃赦三千僧不诛。

时方大旱，即命以禅师所遗瓣香送天禧寺[③]中祷雨，雨大降。上叹曰：“此真永隆雨也。”因制《落魄僧诗》以嘉之。至今吴人称禅师为“隆菩萨”。取木之井，犹在方丈内。二庙御碑巍然尚存。而王友谅之闻孙[④]世为木商，住天宁州上，不替[⑤]其业。

西域圣僧

皈的达者，西域圣僧也。洪武中来朝阙下[⑥]，马足所践，地涌金莲。高皇帝奇待之。时的达与真人张宇[⑦]皆侍从焉。帝令二人较术，谓宇曰：“朕闻西域某国有玉龙可取，试为朕设坛召将取之。”真人遂受诏作法。的达止求盂水置前，结跏趺坐而已。约以三时返命，俄逾六日不至，帝心已懈，命罢之，宇惶恐无地，于是奏言的达破其术。帝大笑，复谓的达曰：“上人既能禁止，亦能解之乎？”的达曰：“此最易事。”呼侍者取盂水泻于地，有顷诸

---

① 雨华台：即今雨花台。

② 偈子：又名偈颂，因为大多是诗的形式，又名偈诗。“题一偈子”，国图清钞本作“题偈一首”。

③ 天禧寺：南京大报恩寺前身，是江南最早建立的寺院。又称聚宝山、报恩寺。吴赤乌十年（247），康僧会至吴都建业（南京）弘扬佛教时，吴王孙权信服其教法而创建此寺，并建阿育王塔，据传系阿育王八万四千塔中之一。

④ 闻孙：指有声誉的子孙。

⑤ 替：废弃。

⑥ 阙下：宫阙之下。借指朝廷。

⑦ 张宇：应为张宇初，1359—1410，明代正一派天师，历代天师中最博学者之一。有道门硕儒之称。字子旋，别号耆山。

神至矣，以次入见，对云：“取得玉龙，行抵流沙，忽见洪涛涨天[①]，遂迷失道。六日后水退，始得渡，而玉龙竟沉于沙中，失所在矣。”帝不悦。的达便从怀内探出玉龙以献，帝骇以为神，赏赉无数。

慧广大师

慧广大师，俗姓姚氏，名让义，常州无锡人也。年三十，从师披剃出家，法名真缘。遍参名山老宿[②]，历一十六年，得念佛三昧[③]。万历戊戌夏四月，师东游渡江[④]，卓锡[⑤]明州[⑥]之阿育王寺[⑦]，亲睹舍利光中现释迦文佛[⑧]法身，师遂誓焚身以报佛恩。即从寺中普请众僧，求施薪蒿，人与一束，垒而为棚，告众僧曰：“二十五日是吾舍身之期也。”至日，师取香油涂身，结跏趺坐于柴棚之上，端然不动，合掌而诵佛号，足下火燃，俄成灰烬。大众咸见有五色祥光自师顶门[⑨]上起，光中现出菩萨金身，其长可二尺许，晃然四照，烛地亘天。顷之，映云而灭。于是道俗士庶，

---

① 天：国图清钞本作“至”。
② 老宿：释道中年老而有德行者。
③ 三昧：梵语的音译，意思是止息杂念，使心神平静，是佛教的重要修行方法。借指事物的要领、真谛。
④ 江：古代著作中单称“江”的一般指长江，但这里似指钱塘江。
⑤ 卓锡：名僧挂单某处，称为“住锡”或“卓锡”，即立锡杖于某处之意。卓，植立。锡，锡杖，僧人外出所用。
⑥ 明州：宁波的故称。明洪武十四年（1381）为避国号讳，朱元璋采纳鄞县读书人单仲友的建议，取“海定则波宁”之义，将明州改称宁波府。
⑦ 阿育王寺：位于现宁波市鄞州区五乡镇宝幢太白山麓华顶峰下，始建于西晋武帝太康三年（282）。阿育王寺素有“东南佛国”之称，是佛教禅宗名寺，我国佛教“五山第五”，也是我国现存唯一以印度阿育王命名的千年古寺。因寺内珍藏佛国珍宝释迦牟尼的真身舍利及玲珑精致的舍利宝塔而闻名中外。
⑧ 释迦文佛：即释迦牟尼佛。
⑨ 顶门：指头顶的前部。因其中央有囟门，故称。

填满溪谷，雨泪悲啼，赞叹顶礼。屠小仪[①]隆亲见其事，作传示余，余至，不及遇胜缘[②]矣。

夜台和尚[③]

夜台和尚，不知氏族乡土何出。尝居五台山狮子窟[④]，带索[⑤]褴褛，几不蔽身。每夜赤脚持木鱼诵佛[⑥]，绕[⑦]遍东西南北中央诸台。山虎群拥而至，五色龙伏于钵中，号“夜台和尚”焉。

亦尝游吴越间，姑苏、华亭，踪迹殆遍。尝[⑧]以铁琅铛[⑨]锁其项，曳之于市上行，重数百斤，蜿蜒里许，其去如飞。人以其落拓[⑩]无恭敬之心。或有施一钱两钱者，或有施饭与之食，食毕，人家收其食器，觉有异香，疑之为神。忽去忽来，不知夜台所在。

万历辛亥年，乘船经孟河口[⑪]。于时秋涛甚壮，晓雾初消，夜台忽谓同舟客伴曰：“吾将归矣，大众听取。”遂翻身扑入江心，端坐浪花中数十里，挥手谢众。久之，与海潮俱没矣。客伴大惊，躄踊[⑫]悲号，合掌作礼。比及举头，又见夜台履空而去，有庆云[⑬]

---

① 小仪：礼部主事的别称。
② 胜缘：佛教语，善缘。
③ 夜台和尚：夜台本指坟墓，后来也用来指代阴间。因为该和尚常常在夜间绕台诵佛，故用夜台形容他的行为。
④ 狮子窟：现称狮子窝，亦名大护国文殊寺，始建于明万历十四年（1586），坐落在五台山的竹林岭（又称狮子岭）上。狮子窝是五台山著名的大道场之一。
⑤ 带索：以绳索为衣带，形容贫寒清苦。
⑥ 佛：国图清钞本作“佛号”。
⑦ 绕：国图清钞本无。
⑧ 尝：国图清钞本作“常”。
⑨ 琅铛：亦作“琅珰”，链锁。
⑩ 落拓：穷困潦倒，寂寞冷落。
⑪ 孟河口：在今常州市孟河镇。
⑫ 躄踊：音 bì yǒng，捶胸顿足，哀痛貌。
⑬ 庆云：五色云。古人以为吉祥之气、祥瑞之气，也作“景云”“卿云”。

承其足，冉冉向西，移时乃灭。即知圣贤之溷俗①，龙蛇难辨，岂所谓阿罗汉②游戏神通③、得大自在④者乎？

大智禅师

禅师名真融，法号大智，湖广麻城人也。貌黑而洼⑤，颇类蓑衣真人⑥。自伏牛、五台、峨眉、九华诸大道场⑦，咸创饭僧之所。至万历八年，复过南海，卓锡于补陀⑧之后茶山坞中，峰名光熙⑨，地名千步沙⑩。初时止结小草庵，不甚广，垒土为两禅床，一以坐卧，一以栖挂褡僧⑪，壁间供观音佛画像一轴、长明灯一盏而已。

远近道俗，共相餐仰⑫，风瓢露笠⑬，至者如云。尝见禅师着破衲头，荷锄铲草，慕其苦行，无不倾心。朝野闻之，争共喜舍，

---

① 溷俗：混迹于世俗之中。

② 阿罗汉：梵语的音译，即得道者、圣者。

③ 游戏神通：指以游乐玩要的态度来使用神通本领。出自《维摩经》。

④ 得大自在：涅槃的另一种说法，或者说是佛教中国本土化以后的说法。

⑤ 洼：指眼睛凹，即眼窝比较深。

⑥ 蓑衣真人：又称蓑衣先生，姓丘名处机（亦作邱处机），字通密，号长春子，山东登州人，元代皇帝封他为“长寿真人”，是道教全真道龙门派的创建人。

⑦ 大道场：佛教大道场一般有四处，五台（位于山西省五台县，为文殊菩萨道场）、普陀（位于浙江省舟山市，为观音菩萨道场）、峨眉（位于四川省峨眉山市，为普贤菩萨道场）、九华（位于安徽省青阳县，为地藏菩萨道场），公认的第五大道场为雪窦山（位于浙江四明山奉化市，为弥勒道场）。河南南阳洛阳附近的伏牛山道场在晚明已经不再兴旺。

⑧ 补陀：即普陀。

⑨ 光熙：光熙峰，位于普陀山。

⑩ 千步沙：在普陀山的东部海岸，南起几宝岭北，东北至望海亭，因其长度近千步而得名。

⑪ 挂褡僧：亦作“挂搭僧”，指游方和尚。

⑫ 餐仰：崇奉。南朝宋何承天《答宗居士书》：“泥洹以离苦为乐，法身以接苦为身，所以使餐仰之徒不能自绝耳。”

⑬ 风瓢露笠：相当于风餐露宿。瓢笠，和尚云游时随身携带的瓢勺和斗笠，借指行踪。清王昙风《送金陵隐仙庵琴师张雪堂道士入东磊》：“风瓢露笠琴三叠，月窟花房水一天。”

航粟镪[1]而至者络绎海上,五六年间,遂建成大业林[2]。净室殿堂,穷极土木,庄严焕曜,金碧琳琅。郡守吴安国改庵额曰海潮寺[3]。三十四年,今上遣御马太监[4]党礼赐所建寺额,以护国镇海为名,香火之盛,与补陀前后争胜矣。

吴中大姓某氏,创就华严[5]楼于家,将木瓦匠工一并载去建之。康时万[6]等又捐赀造印《妙法莲花经》二十四部,送[7]寺中供养。琅琊王公世贞为说偈[8]一首护持。其为善信钦奉如此。

禅师时有所言,靡不奇验,由是道俗咸敬之。尝在禅床上入定,忽呼诸弟子曰:"大众今日斋供船到海岸边也,速出迎取。"弟子辈往海口,果见江南大家载送米几百石、银几百两。施主见僧徒来接,莫不骇以为神。

临化之日,嘱咐其弟子曰:"汝等受十方供养,不修功行报答檀越[9],最难消受。急须一心办道,无有异志。得粒粟一钱,必同堂合爨,庶不负吾荜簬[10]开林之恩。从此不出十年,此寺尚当火灾,其不免乎。若天然化去,荼毗[11]毕,汝等便舁吾遗像,供其庵中,令此庵不寂寞也。须熟记取。"

至万历四十年冬,天然亦化去矣。择以十一月十八日,众共

---

① 镪:指成串的钱。

② 业林:僧俗和合,住于一处,如树木之丛集为林。

③ 海潮寺:原名海潮庵,取"法海观音"之义。万历二十二年(1594),郡守吴安国将其改额"海潮寺",至今依然是普陀山第二大寺庙。

④ 御马监:明宦官官署名。十二监之一。有掌印太监、监督太监、提督太监各一员,下有监官、掌司、典簿、写字等员。掌腾骧四卫营马匹及象房等事。

⑤ 华严:佛学流派之一。华严宗主张认识的最高境界是万物成为一个和谐的整体,互相关联,互相依存,并以毗卢遮那佛为中心。

⑥ 康时万:字孟修,号郎山,晚更号了予居士,云间(今上海松江)人。隐居不出,诗必宗唐,字必宗晋,挥毫染墨,有大历、永和之风。

⑦ 送:国图清钞本作"并"。

⑧ 说偈:讲解佛经唱词。偈,佛教语,佛经中的唱词。

⑨ 檀越:音 tán yuè,施主。

⑩ 荜簬:音 bì lù,即"筚簬"或"筚路",柴车素木。荜,同"筚",荆竹织门;簬,古同"簬",竹名。

⑪ 荼毗:梵语音译,亦作荼毗、阇毗,意为焚烧。指僧人死后将尸体火化。

送龛于山侧荼毗。弟子记禅师临化之言，其夜即与群僧舁师厥像供养于天然庵。明日十九，寺即延烧，楼殿山门，悉成灰烬。禅师先觉之明，至是大验，无不向空作礼，谓为圣人云。

相传禅师是普贤①再来，故神通如此广大。初游杭州之云栖②，时莲池宏大师③出家未久，徒辈崇奉，乃设上中下三等斋供，以上等供师，其余待客接众并得中下食。禅师见而怒曰："如此作事，尔后只可闭门吃饭，何用开法席④乎！"拂衣而出。宏大师闻而惭愧，追之不及，遂戒弟子罢设三等斋供。至今云栖不开正门，为肉身菩萨说破也。

海潮寺病僧

万历壬子冬十一月十九日，海潮寺中火起佛楼，须臾遍满宫殿。时有一病僧卧韦驮⑤尊天⑥像下，此像是大智禅师装塑，高可数尺，忽作人语叱病僧起，曰："火来也，尚不速走乎！"病僧不觉跃然而起，答尊天曰："我驮老爷出去。"韦驮倚之而行，其去如飞。病僧初不觉重，俄而移置山门外，得不火。明日，七八人舁之，不能举矣。病僧沉困之苦，逡巡顿苏，筋骨强健，逾于平昔。

---

① 普贤：普贤菩萨，我国佛教四大菩萨（观音菩萨、文殊菩萨、地藏菩萨、普贤菩萨）之一。普贤菩萨象征着理德、行德，与象征着智慧、正德的文殊菩萨相对应，同为释迦牟尼佛的左、右胁侍。

② 云栖：云栖寺，又称"云栖山寺"，佛教法眼宗历史名寺。与灵隐、净慈、虎跑、昭庆诸刹并称杭州五大丛林名刹。

③ 莲池宏大师：1535—1615，明代高僧，我国净土宗第八代祖师。俗姓沈，名袾宏，字佛慧，别号莲池，因久居杭州云栖寺，又称云栖大师。与紫柏真可、憨山德清、藕益智旭并称为明代四大高僧。

④ 法席：讲解佛法的座席。亦泛指讲解佛法的场所。

⑤ 韦驮：亦作违驮，佛教护法神名。梵语是健陀。保护佛法，驱除邪魔。在我国寺院通常将之安置在天王大殿弥勒菩萨之后，面对着释迦牟尼佛像。

⑥ 尊天：现一般说"天尊"，原道教信徒用以尊称地位最高的神仙（元始天尊、灵宝天尊、道德天尊），佛教徒亦称佛为天尊。

古德相传，韦驮尊天以十二童真[①]梵行[②]，不交天欲，成就正果，现将军身，而为世间弘护佛法，所谓南方天王韦将军是矣，宜其神通不可思量者欤。

大智禅师存日[③]，每遇库房斋粮缺少，便握一撮秫米于掌中，擎一净水碗向天尊像前启请[④]，曰："十方大众，在寺修行，今斋粮不给，愿菩萨感供。"咒毕，即掷秫米[⑤]数粒于口，次第取水含咽下之。如是一昼夜，不尝饮食，不出三日，便有斋供船到。嗟夫，非禅师道行之高，何以致人天感应若斯之异者乎！显神病僧，尤为奇特，盖与金刚之假力于北齐稠公[⑥]古今合辙矣。

南山和尚

南山和尚者，法名真金。形躯短小，传是北地人，不详氏族乡土所出。神力超越，世莫测其由，盖万回[⑦]、杯渡[⑧]之流也。

嘉靖末年，东游入吴郡，见北寺佛图火废，所在荒芜，慨然兴鼎新之志。于是大显神通，震惊道俗，常以腾踔[⑨]为戏。使木工从塔顶插木搭架，上造盘车[⑩]，凡诸砖瓦土石，转盘而上。捧绳一

---

① 童真：已受十戒的小和尚。
② 梵行：泛指符合于佛教戒律、可趋求解脱的修行。
③ 存日：活着的时候。
④ 启请：诵经之前，奉请诸佛。如举行楞严会之际，当唱楞严会上佛菩萨之名号。
⑤ 秫米：国图清钞本作"米"，无"秫"字。
⑥ 稠公：又称稠禅师或僧稠，俗姓孙，本为昌黎人，后居巨鹿，生于北魏太和四年（480）。初为太学博士，二十八岁时出家。传说当皇帝想看看佛法究竟有多么灵验的时候，他把袈裟扔在地上，让皇帝派几十个人抬它，却纹丝不动；而他让和尚去拿，却轻而易举，这就是所谓的"金刚假力"。正是这些类似幻术的方法，僧稠让齐文宣帝高洋大为敬畏和崇信。
⑦ 万回：民间称万回哥哥，旧时民间普遍信仰的神祇，为团圆欢喜之神。万回原为唐朝僧人，俗姓张，虢州阌乡人。
⑧ 杯渡：刘宋时期神僧，常乘木杯渡水。
⑨ 腾踔：奔腾跳跃。
⑩ 使木工从塔顶插木搭架，上造盘车：国图清钞本作"使木工从塔顶插木塔架上造盘车"，常熟馆藏本似更妥当。

团，长计百余尺，施关捩以贯之木首，将一绳头抛下，衔入口中，咬定绳结，次第徐徐收起，身足离地，望空而升，直达第九级铃檐之上。自西至东，自南至北，上下驰走如飞。少年角力，聚驰塔下，喘促汗流，终莫及也。又于其上舞轮升竿，弄丸[①]白打[②]，无所不为，捷若猿猱[③]，疾同鹰隼。常用一脚倒挂于檐角，良久，起行如故。有时插一木出檐外数尺许，腾身立于木杪，以手障目[④]，作望海夜叉形相，宛然无二。又能入佛殿中，蹋[⑤]壁横行，蜿蜒数百步而止。看人逾万，毛竖股栗[⑥]，叹希奇事，发欢喜心，争先踊跃，咸共布施[⑦]，金银钱帛、指环钏钗之属，出而施者，不可称量。

后因匠食不给，出募斋粮，制一大钵盂，中可容数石米，造双轮车盘出街上。妇女云集，小儿尘拥，闻户外推车声，便知南山钵至矣。每日满载而归。不数年间，众缘既凑，佛图重建，金雘[⑧]焕丽[⑨]，穷极一时。和尚以后便留住增坊[⑩]，将所长[⑪]木石购[⑫]立精舍于寺后，今之退居[⑬]是也。

经积三十多年，寿七十余化去。临化之日，嘱其徒以二缸盛尸，埋于寺后土冈之下。弟子依言而殡。后寻遗骸，莫知所在矣。奇踪诡迹，颇难记录。故老每述其道行，辄肃然起敬焉。

---

① 弄丸：古代的一种杂技，两手上下抛接好多个弹丸，不使落地。
② 白打：赤手空拳的搏斗。
③ 猱：兽名，猿属。身体便捷，善攀缘。又名“狨”或“猕猴”，因其牙齿尖锐，又称为“锐齿猱”。
④ 目：国图清钞本作“日”，误。
⑤ 蹋：同“踏”，践踏，踩。
⑥ 栗：发抖，因害怕或寒冷而肢体颤动。
⑦ 布施：国图清钞本作“布舍”。
⑧ 金雘：谓镂金涂丹，引申指雕饰。《文选·江淹〈杂体诗三十首〉》：“眷我二三子，辞义丽金雘。”吕向注：“金雘，雕饰也。言此子皆以辞义自相雕饰而为美丽。”
⑨ 焕丽：光鲜美丽，华丽。
⑩ 增坊：国图清钞本作“僧坊”。似以“增坊”为正。
⑪ 长：增加。国图清钞本“长”作“余”。
⑫ 购：国图清钞本作“构”，正确。
⑬ 退居：寺院中方丈的居所。宋周密《癸辛杂识别集·祖杰》：“（祖杰）无义之财极丰，遂结托北人，住永嘉之江心寺，大刹也。为退居号春雨庵，华丽之甚。”

遍融国师

遍融者，陕西人，或讹为“卞容”，以俗姓名呼之。长面，颔下垂，额有肉坟起如珠，两耳覆其肩。身长九尺三寸，音吐如钟。住庐山修行六十三年，有猿献果、鸟传松之异。

隆庆元年，出山行脚到西川峨眉。一年游于金陵，在水西门沿家跪而托钵。魏国公①迎养于家。又一年，始诣北京兴龙桥茶亭挂褡。又三年，仁寿太后②迎养于千佛寺。自是多出入禁中，京城内外无不尊之为“卞容国师”矣。

主上幼冲③，江陵④秉政，贬斥佛教，恶其惑众，收之付狱。在狱七日，大显神通。凡狱中所用铜铁杖械桎梏之属，并是高皇帝时所铸旧物，无故摧裂。天子心异师冤，有诏赦出，仍留寺中供养。时万历九年事也。

其从来⑤灵异，莫可备纪。每入定，僵立四十九日不仆。凡西方安养⑥国土，清净香海⑦，无不神游遍历。及出定，则高声诵佛而来，还向宫中具说莲花境界⑧，有如临见。圣母⑨闻而改容。

---

① 魏国公：按时间推算应该是第七代魏国公徐鹏举（1518—1571），徐俌之孙，正德十三年（1518）十一月继承爵位，守备南京兼中军都督府佥事。嘉靖四年（1525）加太子太保，统领中军都督府。嘉靖十七年（1538）四月，守备南京。隆庆五年（1571）二月去世。

② 仁寿太后：孝肃周皇后，1430—1504，明英宗朱祁镇贵妃，明宪宗朱见深生母。徽号圣慈仁寿皇太后。按时间推算，此时已经是1572年，仁寿太后已去世68年。国图清钞本“仁寿”作“仁圣”，正确。仁圣太后，即孝安皇后（？—1596），陈氏，明穆宗朱载垕继妻，通州人，锦衣卫副千户封固安伯陈景行之女。

③ 幼冲：年龄幼小。《尚书·大诰》：“洪惟我幼冲人，嗣无疆大历服。”

④ 江陵：指张居正。

⑤ 从来：指向来，一向。

⑥ 安养：佛教经典所叙的西方极乐世界。南朝宋谢灵运《庐山慧远法师诔》：“安养有寄，阎浮无希。”

⑦ 香海：佛经指须弥山周围的海。

⑧ 莲花境界：佛教把西方极乐世界比作清净不染的莲花境界，故称“莲邦”。

⑨ 圣母：指仁圣太后。

尝入宫讲经，留赐斋供，外传寺中复有一卞容登座说法，人莫测其游戏也。至万历十一年秋八月，师欲辞世，乃自吐三昧火焚身[①]，端坐五色云中，举手谢乡里而化。化时一百七岁矣。

花子观音

花子观音者，北京人也，不知姓名。尝带索褴褛，跣行乞食，因而为号。嘉隆间[②]，千佛寺金刚脚下修行。人初不肯信之。皇上登极，仁圣太后奉像教[③]，召而见焉，颇加礼敬。善知人间未来事，发言多中。朝贵因诣之，以决禄命焉。每将行乞[④]入市，伽蓝神[⑤]先为感梦，由是都门士女甚见信崇。其声如洪钟，自巷坊达于宫禁，散施金钱，常得满手。忽一日诣阙谢恩，仰天吐火，自焚于朝门外，立成灰烬。众咸骇异。上叹曰："花子观音今日驾祥云去也。"万历九年事。

淡薄苦松

苦松头陀者，不详乡土。隆庆中，草栖于五台山侧。善驱龙咒虎之术。常挂一大铜瓢自随，有五色神龙游泳其中，不知者触之，兴风作浪，走石飞砂。师咒之，至于铁树下五台山铁树，岁以六月十九日开花，然后宁息。京城内外，常飞神出入往来。万历九年六月十九日，忽诣皇极殿前叩头谢恩，传闻禁内有诏宣入，欻失

---

① 焚身：国图清钞本作"焚其身"。
② 嘉隆：嘉靖、隆庆年间。
③ 像教：佛像与经教，概指佛教。
④ 每将行乞：国图清钞本作"每将行每"，误。
⑤ 伽蓝神：狭义指伽蓝守护神，广义泛指所有拥护佛法之诸天善神。

所在。上初不信，敕遣使往五台推验之，使还，具奏报云：“苦松师于六月十九日化矣。”上大惊。时年九十三岁。人以其一生操行精苦，呼之为“淡薄苦松”云。

幻空法师

法师名圆果，号祇圆弟子，称为幻空法师，凤阳卫守陵指挥使也。少即弃官学道，出家于五台山，从秀禅师披剃[①]。淹贯经论[②]，顿悟真如[③]。东游至于苏杭，登座说法者二十余年，天花昼下，缤纷如雨。讲席之盛，所未尝有，实自师而始也。

嘉靖三十三年，浙中倭乱，杭城被围。绩溪胡宫保[④]公宗宪闻师道高，命监司[⑤]延请出山，领兵退贼。时师卓锡于杭州古荡之佛慧寺。使者至，具述开府监司仰望之意甚殷。师坐青纱帷中，从容语使者曰：“我久不持凶器。过此三日，贼自当退，无忧也。”使者不可，褰帏而观，欻忽不见，及下帏，师又端坐，语言如初，再启视，寂无影迹矣。于是大骇，不敢强而去，还报监司。监司以其事闻于开府，相与叹以为神。果三日而贼报退矣。军士咸见云中有神兵数千人击走倭奴，倭奴皆踉跄奔窜，围遂解。杭城生聚[⑥]获免于兵燹[⑦]者，皆师力也。

---

① 披剃：亦作“披鬀”，削发出家。
② 经论：国图清钞本作“经纶”。
③ 真如：佛教语。一般解释为永恒常在的实体、实性。
④ 宫保：明代时太子太保、太子少保均可称宫保，虚衔。1560 年，胡宗宪因擒汪直有功，加太子太保、左都御史。
⑤ 监司：明布政使、按察使因有监察官吏之权称监司。
⑥ 生聚：生命财产。宋苏轼《论齐侯卫侯胥命于蒲》：“《春秋》之时，诸侯竞骛，争夺日寻，拂违王命，糜烂生聚。”
⑦ 兵燹：指因战乱而遭受焚烧破坏的灾祸。国图清钞本“兵燹”作“兵火”。

佛慧[①]旧有虎患。有一斑斓白额骑于香积厨[②]边墙上,沙弥百余人咸怖而散走。师提绳床,坐隔墙竹林中,咒之,虎不能下,急作叩头状。师叱曰:"业畜[③]!尔后再来吓小沙弥,不放汝还也。"复咒如初,虎便翻身扑地而去。明日,遂绝虎迹。

师道貌奇伟,面相满月,大于斗,声如洪钟。每拈花微笑,则宛然与弥勒无异。临化之日,嘱咐弟子曰:"藏吾棺于寺旁[④],俟十年后荼毗。"果示寂十年,而庞御史[⑤]下车杭城,不容寺中停柩[⑥],悉命焚弃。师徒[⑦]聚薪于野,舁棺至,忽自起火,灰烬无遗。道俗来观者千人,咸见白云中现出西方景,果有七重栏楣[⑧]、七重罗网[⑨]、七重行树[⑩]、七宝池[⑪]、金沙地。楼阁宫殿并是金、银、琉璃、玻璃[⑫]、砗磲[⑬]、赤珠、玛瑙之所严饰,池中开出青黄赤白莲花,白鹤、孔雀、鹦鹉、舍利[⑭]、迦陵频迦[⑮]、共命之鸟[⑯],种种奇妙,与《佛说弥陀经》所载无有差别。俄而天乐震空,移时方灭,始知师之神异有不可思量者焉。

---

① 佛慧:佛教语。唯佛具有的至大至圆的智慧,即无上正等正觉。此种智慧能如实觉知一切真理,了知一切事物,出自《法华经·方便品》。此处指寺院。

② 香积厨:寺庙厨房。

③ 业畜:作恶的畜牲。业,通"孽"。

④ 寺旁:国图清钞本作"寺后"。

⑤ 庞御史:庞尚鹏,广东南海人。进士出身,曾为巡按河南监察御史。

⑥ 停柩:国图清钞本作"停棺"。

⑦ 师徒:国图清钞本作"僧徒"。

⑧ 楣:国图清钞本作"楯",正确。七重栏楯,表示戒,就是"诸恶不作,众善奉行"。

⑨ 七重罗网:表示定,就是不出不入。

⑩ 七重行树:代表人的智慧。

⑪ 七宝池:指西方净土中由七宝构成的莲花池,往生净土的人在该池莲花中化生。

⑫ 金、银、琉璃、玻璃:这四种物质称为四宝,譬喻四种德行——涅槃四德,也就是"常、乐、我、净"。

⑬ 砗磲:海洋中最大的双壳贝类,被称为"贝王"。

⑭ 舍利:梵语音译。佛教称死者火化后的残余骨烬。通常指释迦牟尼的遗骨为佛骨或佛舍利,佛发、佛牙也称佛发舍利、佛牙舍利。

⑮ 迦陵频迦:意译作好声鸟、美音鸟、妙声鸟。此鸟产于印度,本出自雪山,山谷旷野亦多。

⑯ 共命之鸟:佛教传说中的一种鸟,两头一体,一荣俱荣,一死皆死。

峨眉山异僧

异僧，西蜀人也，不知其姓氏。出家于[①]峨眉山，道行高洁，宗律[②]兼通，闻其名者，莫不染渍风流，餐仰玄味。万历中东游渡江，止于吴下，见皋桥[③]张承祖好善，受供养于其家。承祖其年病热而死，死去时，急奔出阊门外下塘，见一徽商大宅，与黑衣者四人同入门，适有一器在地，其家置羹汁于中以饲犬者，见四人取啖，承祖觉喉中渴甚，亦取啖之，须臾而尽，不知其身已投犬胎托生矣。是日异僧中夜入定[④]，睹承祖托生因缘[⑤]，趣披衣起。待天明，携禅杖徐出阊门，物色徽商家，驀直[⑥]走入中堂，果见牝犬乳五子，毛色皆黑，蒙瞳未视[⑦]，独其一徘徊嗫嚅[⑧]，绕于僧足，如有祈求。异僧叱而谓曰："业畜业畜！何故堕落此中！速随我还家矣。"运杖力击其首，犬踣[⑨]地而毙。及异僧返，承祖已苏，具说身堕犬胎中，赖师拯救，得出迷津[⑩]，命妻子设礼望僧拜焉。于是倾家追福，阖门炼行，以终其身。僧后忽去，不知所适。

---

① 于：国图清钞本无。
② 宗律：宗，主旨；律，戒律。
③ 皋桥：近苏州观前街。
④ 入定：即入于禅定。有时得道者的示寂也称为入定。
⑤ 因缘：佛教语。指产生结果的直接原因及促成这种结果的条件。
⑥ 驀直：笔直。《五灯会元》卷三《麻谷宝彻禅师》："乃问：'径山路向甚处去？'婆曰：'驀直去。'"吴语常熟话中有"一驀直"，就是"一直往前走"的意思。
⑦ 蒙瞳未视：还未张开眼睛，才生不久。蒙瞳，迷糊，朦胧。
⑧ 嗫嚅：想说而又吞吞吐吐不敢说出来。唐韩愈《送李愿归盘谷序》："口将言而嗫嚅。"
⑨ 踣：音 bó，跌倒。《庄子·外物》："申徒狄因以踣河。"
⑩ 迷津：国图清钞本作"津迷"。

响佛和尚

南海有一方僧，每夜登补陀山巅，高声诵佛，响振林谷[①]，虽风雨雪霰之夕，端坐诵之如故，人遂呼为响佛和尚矣。曾游吴中，止于报国寺[②]，许久方去。莫知其名号乡国也。

罗汉番僧

姑苏城南报国寺，万历辛亥年七月中元建盂兰盆斋[③]时，有罗汉番僧至，自[④]西域于阗国[⑤]人，名尊住锁南，道行甚高。寺僧便相敦请登座，放焰口[⑥]法食。此番僧能以一小铁锅，置炭火中烧赤，用左手三指擎之，更令取沸汤贮满其中，却含其汤于口，噀众人头面上。其水清凉沁肌，曾不焦灼，众莫测其神通也。人问："师有术乎？"曰："有。"问："可学乎？"曰："可学，但汝无信心。"

紫柏禅师[⑦]

禅师名真可，号达观和尚，苏州吴江人也。聪颖出类，才

---

① 林谷：国图清钞本作"岩谷"。
② 报国寺：坐落在今苏州人民路（旧名护龙街）穿心街三号。
③ 盂兰盆斋：盂兰盆会中的餐会。"盂兰盆"是梵语，意译为"救倒悬"。
④ 自：国图清钞本作"是"，正确。否则正文中应去掉人字。
⑤ 于阗国：古代西域王国，在今新疆和田一带。
⑥ 放焰口：佛教仪式，为一种施食饿鬼之法事。施放焰口，则饿鬼皆得超度。亦为对死者追荐的佛事之一。焰口，另称为焰口、面然，是指地狱里的饿鬼，其体形枯瘦，咽细如针，口吐火焰。
⑦ 紫柏禅师：紫柏真可，1543—1603，明代四大高僧之一，晚号紫柏。苏州府吴江县人，俗姓沈，法名达观，中年后改名为真可，号紫柏老人，后世尊称他为紫柏尊者。因陷入东林党争，在第二次妖书案中，被东厂拷打，伤重圆寂。

辨[1]不凡。少为虎丘山寺行童[2]，后居嘉兴，结茅郊外。始落发为沙弥[3]，俗未之奇也。一日行过城南书舍，有老生朗诵《毛诗》[4]中“生刍一束，其人如玉”[5]之章，即作礼求解其义，老生具告之故。是时沈侍郎思孝，以比部建言，朝野推重。家方有丧，师便取稻草束而斋之，诣门行吊。众相惊奇，稍稍物色[6]其庐。

初不识文字，后借人经论[7]观之，悉晓义理，博通旨趣[8]，率尔[9]酬对，皆造[10]禅宗。由此缙绅[11]士庶，无不翕然归信之矣。师遂以传佛心印[12]为任，钳槌棒喝，瞬目扬眉，应机[13]骋辞，深微[14]锋出[15]，兼提念佛法门[16]，以榜钝汉。虽经行无常处，所至知名，缁俗[17]供事者不可胜数。

余游荆南，过一村坊，小庵中有坐关老衲，念佛之声甚高，因与问讯，不答。同游者谓余云：“渠[18]念佛忙，无工夫答客。”

---

① 辨：国图清钞本作“辩”，正确。
② 行童：寺院中的童仆。
③ 沙弥：指七岁以上、二十岁以下依戒律出家，已受十戒，但未受具足戒的男性修行者，俗称小和尚。
④《毛诗》：指西汉时鲁国毛亨和赵国毛苌所传的古文《诗》，也就是现在流行于世的《诗经》。
⑤ 生刍一束，其人如玉：《诗经·白驹》中句。生刍一束，原意是指新割的青草一捆，后用来表示薄薄的一点儿礼物，寓意极其深厚。也指用一捆青草作为吊丧的礼物。
⑥ 物色：访求，搜寻。南宋文天祥《指南录后序》：“为巡船所物色。”
⑦ 经论：佛教指三藏中的经藏与论藏。
⑧ 旨趣：要旨，大意。
⑨ 率尔：指随便，无拘束貌。
⑩ 造：去、到。
⑪ 缙绅：原意是插笏（古代朝会时官宦所执的手板，有事就写在上面，以备遗忘）于带。士大夫的代称。缙，通“搢”，插。绅，束腰的大带子。
⑫ 佛心印：又名心印，佛教禅宗语。谓不用语言文字，而直接以心相印证，以期顿悟。
⑬ 应机：顺应时机，随机应变。
⑭ 深微：深奥微妙。《吕氏春秋·勿躬》：“是故圣王之德……精通乎鬼神，深微玄妙，而莫见其形。”
⑮ 锋出：纷纷出现。锋，通“蜂”。
⑯ 法门：佛教指修行者入道的门径，也指佛门。今泛指修德、治学或做事的途径。
⑰ 缁俗：僧侣和普通老百姓。以前僧徒衣缁（黑色），俗众服素（白色），因此又称缁素。
⑱ 渠：他。南宋朱熹《观书有感》：“问渠哪得清如许，为有源头活水来。”

余征故，答云："此僧是庵主，近日达观住此庵一月，临去，僧求指示。观便叱弟子将此僧反背起，正南而立，观因五体投地，设四拜礼，每下一拜，高声称南无阿弥陀佛。拜毕，乃告之曰：'我去后，汝当作如是念佛。受吾四拜，不速忏悔，永堕无间[①]中，无出头日矣。'此僧悸汗，不知所出，遂发精进勇猛心，悉以衣钵之资置大豆十石，置前为记，昼夜不敢辍声，常恐豆之不尽也。"据一事观之，师之老婆心热若此，岂得以俗见凡情窥测其道行耶！

慈圣皇后[②]深加恭敬，赐以金襕紫袈裟[③]，师自是出入禁中。未几，遂及于难。临化[④]，高声称念"救苦观世音"者三，端坐而去。两鼻下垂肉柱，长径尺余。皇后制锦绣宝幡百幅送其葬，幡上并织"南无紫柏禅师"六字。余从荪谷[⑤]见师画像，真是[⑥]满月，疑是佛果[⑦]中来。而师平居[⑧]所著诗文，率多了悟语，绝无窠臼。自《石门文字禅》[⑨]已来[⑩]，斯为玄妙也。语录行世，惜未见焉。

---

① 无间：即无间地狱，也就是阿鼻地狱。据《俱舍论》卷十一称，造"十不善业"的重罪者堕入之，"受苦无间"，是地狱的最底层。

② 慈圣皇后：为慈圣皇太后之误，即孝定太后（1546—1614），李氏，明穆宗朱载垕之贵妃，明神宗朱翊钧之生母，漷县人。神宗即位，上尊号曰慈圣皇太后。下"皇后"并为"皇太后"之误。

③ 金襕紫袈裟：即以金缕织成的底色为紫色的袈裟。朝廷赐紫袈裟、绯袈裟作为沙门的荣耀。

④ 临化：国图清钞本作"临行"，误。

⑤ 荪谷：应为孙瑴（音 jué），1585—1643，字子双，又称双甫，自号赍居士。湖南华容人。父孙羽侯，万历十七年（1589）进士，官刑科给事中；兄孙瑴（gǔ），万历三十五年（1607）进士，官副都御史，巡抚辽东。父子兄弟，并有文名。

⑥ 真是：国图清钞本作"真如"，正确。

⑦ 佛果：佛教认为成佛是持久修行所得之果，故名之为"佛果"。

⑧ 平居：平日，平素。宋苏轼《教战守》："而其平居常苦于多疾。"

⑨《石门文字禅》：简称文字禅，又名筠溪集，共三十卷，辑录江西筠溪石门寺德洪觉范之诗、文、词、疏及记、铭等而成。

⑩ 已来：国图清钞本作"以来"。

云栖大师[①]

大师俗姓沈氏名袾宏，字佛慧，号莲池和尚，杭州仁和[②]人也。弱冠举邑茂才[③]，不乐儒业，立愿出家。然其厉行甚苦，经论宗旨多所博通，无不研玄洞微，兼总条贯[④]。

隆庆末年，行脚至五云山[⑤]下，得宋伏虎遗刹[⑥]，爱其地幽寂，绳床瓦钵，燕坐颓墙败壁之间。时坞多虎患，山下人家环村四十里，岁伤于虎者不下二十人，羊豕之属无算。师乃大发慈悲[⑦]，讽[⑧]经千卷，设放瑜伽法食津济[⑨]之。自此虎不为暴，居者行者，悉赖以安。岁大旱，师祷于山中，甘雨四集。

村民异而德之，乐输财力，助兴废址。云栖故先吴越王香火，至是百年榛莽[⑩]之区，一朝焕然还旧观矣。四十年来，簪缨[⑪]缝掖[⑫]，圆顶方袍[⑬]，染高风而餐理味者，参礼供养，半倾东南衣冠氏族，至有违家背室，结庐坞中，熏蒸大师之教。非德行之高洁，何以致此！

师道貌清古，语音朗畅，平生不设讲席，不处高座，耻以道

---

① 云栖大师：因久居杭州云栖寺，人称云栖大师。与紫柏真可、憨山德清、藕益智旭并称为“明代四大高僧”。

② 仁和：五代吴越置钱江县，北宋改称仁和县。仁和县一直存在到清代。在晚清，杭州老城墙内大致是官巷口北为仁和，南为钱塘。

③ 茂才：即秀才。因避汉光武帝名讳，改秀为茂。

④ 兼总条贯：兼容并蓄，有条有理有系统。

⑤ 五云山：西湖群山中的第三座大山。

⑥ 宋伏虎遗刹：传说这里是自后周显德三年（956）开始伏虎志逢禅师结茅开山、静修说法的静虑庵，又叫定慧庵。

⑦ 慈悲：国图清钞本作“悲悬”。

⑧ 讽：背诵，朗读。《周礼・大司乐》：“兴道讽诵言语。”注：“倍文曰讽，以声节之曰诵。”

⑨ 津济：救助，接济。南朝梁简文帝《大法颂》：“九有倾心，十方草靡，如凭津济，咸赖归依。”

⑩ 榛莽：芜杂丛生的草木。唐李白《古风》之十四：“白骨横千霜，嵯峨蔽榛莽。”

⑪ 簪缨：古代官吏的冠饰，因指为官。

⑫ 缝掖：古代儒者宽袖单衣，古代儒生所服。借指儒者。

⑬ 圆顶方袍：指僧人。宋释重显《三宝赞其三・僧宝》有“方袍圆顶义何宜”句。

德骄人，卓然名闻利养[①]之外。末年齿德[②]并高，与人酬对，只以念佛法门为善诱。而闲居著述，兼明性宗[③]。所著有《弥陀经疏钞》《缁门崇行录》《禅关策进》等书数十种，锓[④]行于世，信知[⑤]宏兴佛法，为古德[⑥]再来也。

有门法师

有门法师，名[⑦]传灯，一号无尽，太末[⑧]人也。出家天台之高明寺。少精炼戒行，学识高出道流。尝撰《天台山志》，甚有禅藻。发心造楞严坛于山中，用诸品香，和其泥，捣成涂壁，经费浩繁。又绘十二大菩萨像。所至讲席如云。万历己亥，新昌县[⑨]石佛庵请师讲《大弥陀经》，天乐迎空者凡七昼夜而散，闻其声者千人。其时石佛住持守庵道人坐化而去。沙弥空相，听讲还吴，具述希有[⑩]。

震溟尊宿[⑪]

尊宿失其名，法号震溟，北地人也。辨[⑫]慧绝伦，精持戒律。

① 利养：指财利。《法华经》卷一之二："贪着利养，虽复读诵众经而不通利，多所忘失。"
② 齿德：指年龄与德行。
③ 性宗：又称法性宗。此宗认为，一切众生之心并非由于断惑而得清净，实乃本来清净者，故众生之心即为法性。
④ 锓：音 qǐn，刻，雕刻。
⑤ 信知：深知，确知。唐杜甫《兵车行》："信知生男恶，反是生女好。"
⑥ 古德：佛教徒对年高有道的高僧的尊称。
⑦ 名：国图清钞本作"号"。
⑧ 太末：县治在今浙江省龙游县。
⑨ 新昌县：位于浙江省东部，今为绍兴市辖县。
⑩ 希有：谓事之甚少者、无相类者。
⑪ 尊宿：指年老而有名望的高僧。
⑫ 辨：国图清钞本作"辩"。

曾游迦毗罗国[①]。此国是释迦文无[②]诞生之地，有缁无俗，与中华相去十万八千。尊宿往三年，尽传其国梵音真言，归而流化东土，新学后进，多所依皈，持咒者皆受其教焉。

心光长老

长老法名如瑞，号心光，常熟人也。幼失怙恃[③]。行脚补陀、五台、鸡足[④]、峨眉、九华地水火风四处，归于吴门。夜大雪，向枫桥人家投宿，疑其为贼，厉声拒之，殴击相继。复投一家，然后止焉。如瑞启问主人："此地侧近有业林[⑤]乎？"主人曰："有一正觉庵，已废久矣。庵基尚存，无人兴建。"如瑞乃吁天而誓曰："吾当[⑥]重缔此庵，接供十方，无忘今夜雪中之苦。"

于是端坐持咒，迨[⑦]晓即起，而踪迹其故处，所有衣装悉变易之。先编篴篨作棚，立其中，供佛诵经，昼夜不辍。人稍稍有聚观之者。其夕，吴县袁明府宏道，梦与长洲江明府盈科并驾出枫桥迎接御史，忽见岸上有一白须老父，身着绿衣，揖袁明府而告之曰："我吴中枝指道人祝允明[⑧]是也。帝命为正觉庵伽蓝神，助心光和尚重兴道场。公有文名，烦作一记。"既觉，异其事，明

① 迦毗罗国：位置大约在大雪山南麓，尼泊尔与印度的交界处，为古代释迦族的国都，也是释迦牟尼的故乡。

② 释迦文无：即释迦文佛，一般称释迦牟尼佛。

③ 怙恃：音 hù shì，父母的代称。《诗经·小雅·蓼莪》："无父何怙，无母何恃！"

④ 鸡足：鸡足山雄踞于云贵高原滇西北宾川县境内西北隅。东南亚著名佛教圣地，我国汉传、藏传佛教交汇地和禅宗发源地。

⑤ 业林：这里相当于"寺院"。

⑥ 吾当：国图清钞本作"我当"。

⑦ 迨：等到。

⑧ 祝允明：明书法家、文学家。1460—1526，字希哲，号枝山，长洲（今江苏苏州）人。弘治举人，历官兴宁知县、应天府通判。与徐祯卿、唐寅、文徵明齐名，号称"吴中四才子"。

日语于江。三日后，报新御史按临①，二公果出枫桥迎候。袁明府召里正而问之曰："此地有正觉庵乎？"对曰："有之，但废久矣。今有一外方僧来结棚募化，尚无人作缘也。"袁复问曰："其僧得非名心光者乎？"又对曰："不知何名，心光乃其法号也。"二公相与惊叹，果契梦中之言。因推江明府撰文，共捐羡镪②舍施。由是道俗奔辏③，远近争输，助造殿堂，兼筑精舍，竭赀财，穷土木，不逾三载，遂成大业林矣。

袁后擢为天官员外郎，具奏其事于阙下，诏改庵额曰"敕赐慈泰护国禅寺"，施经一藏④，遣中贵护送至寺中，别创藏经阁贮之。易荆榛灌莽之区而为金碧琳琅之境，皆长老力也。先是，袁明府移病还公安⑤时，择日饭僧，其夕复梦祝京兆来，谓曰："愿迟一日设斋，明晚尚有一僧来也。"届期果心光长老自吴门至，遂改设同饭。京兆之两感异梦，斯亦甚奇，今为寺中伽蓝神，奉香火之荐⑥焉。

僧如荣以下五人并云栖座下法众，莲池师立传，余采而著于编⑦

如荣，俗姓金氏，法号大贤，杭州海宁人也。壮业屠沽⑧，为豕所啮，遂感悟出家县之北寺。后归云栖，时年六十矣。昼作夜持，精勤不怠。万历九年，生日设斋饭僧，长跪如来猊座⑨前，

① 按临：巡视。
② 羡镪：身边积余的钱财。羡，盈余。镪，指成串的钱。
③ 辏：国图清钞本作"凑"。
④ 一藏：指一部藏经。
⑤ 公安：今湖北省荆州市公安县。
⑥ 荐：祭品。
⑦ 编：国图清钞本作"篇"。
⑧ 屠沽：宰牲和卖酒。亦泛指职业微贱的人。
⑨ 猊座：佛座。即狮子座。佛教称佛为人中狮子，故称其所坐为"狮子座"。也指高僧所坐之处。猊座，国图清钞本作"猊"。

厉声“愿生西方者”三[①]，众环绕念佛，合掌吉祥而逝。

僧如清

如清，俗姓阮氏，法号法源，绍兴上虞人也。初出家于西湖龙井寺[②]，后入云栖。锐志念佛，诵《法华经》，六时[③]礼拜。万历十一年得疾，沉绵者数月。既革[④]，忽闻堂中念佛声，矍然[⑤]起坐，中夜合掌注视金容[⑥]，奋迅[⑦]翘仰[⑧]而逝。

僧广槐

广槐，俗姓陈氏，法号东林，金华[⑨]浦江[⑩]人也。少从事行伍[⑪]间，后遂委妻子落发于清水庵为僧。慕云栖，发大誓入山修行。既受具进[⑫]菩萨戒[⑬]，信力坚贞。至心[⑭]持《金刚经》，中夜讽诵，寒暑不辍。临终，谆谆以“及时念佛”为嘱，尽散衣钵斋供

---

① 三：国图清钞本无。
② 龙井寺：原在浙江杭州龙井村西北落晖坞内，1949 年后寺废。
③ 六时：佛教分一昼夜为六时，即晨朝、日中、日没、初夜、中夜、后夜。
④ 革：音 jí，急，重。《礼记·檀弓上》：“夫子之病革矣。”
⑤ 矍然：惊惶急视的样子。《后汉书·班固传》：“西都宾矍然失容，逡巡降阶。”
⑥ 金容：指金光明亮的佛像面容。南朝齐王融《法乐辞》之三：“金容函夕景，翠鬟佩晨光。”
⑦ 奋迅：指精神振奋，行动迅速。《后汉书·耿纯传》：“大王以龙虎之姿，遭风云之时，奋迅拔起，期月之间兄弟称王。”
⑧ 翘仰：翘首仰望。
⑨ 金华：国图清钞本作“衢州”。
⑩ 浦江：浦江县，现隶属浙江省金华市。
⑪ 行伍：代指军队。古时兵制，五人为伍，二十五人为行。
⑫ 具进：疑为“具足”之误。
⑬ 菩萨戒：大乘菩萨所受持之戒律。又作大乘戒、佛性戒、方等戒、千佛大戒。
⑭ 至心：最诚挚之心，诚心。

众僧，敛容而逝。

僧广如

广如，俗姓来氏，法号本真，绍兴萧山①之世族也。二十九岁出家云栖，闻莲池师亟赞伏牛②，锐然向往，遂受具进菩萨戒。砥砺苦行，端庄自持，破碎衲头，形同土木。而性至孝。母年八十，到山中来看广如，病不能去，师③为缚小茅于寺侧，俾终养之。广如私减己膳奉母，不令师④知也。母既亡半月而疾作，亦逝。逝之日，呼大众检取衣装，买名香异果，以供其师。从床跃起，安坐竹绳床中脱去。抚其首，犹挺然直也。

僧大冥

大冥，俗姓朱氏，法号照空，嘉兴人也。自幼目失明，兄欲教之算术⑤，照空不乐为术士⑥，愿事空王⑦。兄为送之出家，即归云栖，誓炼行以终身焉。师以其盲，遂命名曰大冥，而字之照空，冀其盲于目不盲于心也。为人醇谨，奉道精勤。后又为家人以事

---

① 萧山：今为萧山区，是浙江省杭州市辖区。
② 伏牛：指佛教中的禅宗。因首先扎根于河南嵩山（属伏牛山系）而得名。
③ 师：指广如。
④ 师：指云栖大师。
⑤ 算术：为人算命之术。
⑥ 术士：指以占卜、星相等为职业的人。
⑦ 空王：佛教语。佛的尊称。佛说世界一切皆空，故称“空王”。南唐李煜《悼诗》：“空王应念我，穷子正迷家。”

逼归，遂留不遣，大冥忽忽不乐[①]，遂成疾。已又住大圣寺，将一年，疾日益笃。莲池师偶过朱泾[②]访船子和尚[③]遗迹，路经大圣寺，大冥病中色喜，求附载还云栖。才入寺门，合掌向佛及诸比丘[④]归涅槃堂，逡巡化去。

三塔寺渔翁夫妇

嘉兴府西门[⑤]三塔寺前，旧有渔船十余只停泊其下。近年间，有一渔翁与其媪，并八十多岁人，捕鱼为业。忽于岁除[⑥]之夜，沽酒烹鱼，召诸子孙列坐船头，共饮为乐。饮罢，渔翁忽谓其媪曰："阿婆，我今夜好归去也。"言讫，泊然[⑦]而化。老媪随应之曰："老汉慢走[⑧]，待吾同行。"须臾瞑目，亦坐亡矣。明日子孙尽鬻其渔具，得钱数百贯，付三塔寺僧，建梁皇道场，设放瑜伽甘露法食[⑨]凡七昼夜，忏除积愆[⑩]。于是折竿裂网，弃业改行。寺僧来王征君座上说之，忘其岁月矣。

---

① 忽忽不乐：形容若有所失而不高兴的样子。忽忽，心中空虚恍惚的情态。《史记·梁孝王世家》："上疏欲留，上弗许。归国，意忽忽不乐。"

② 朱泾：朱泾镇位于上海市西南郊的金山区北部。朱泾在唐代已有集市，高僧兼著名词人船子和尚居此，后人为纪念船子和尚，建法忍寺。

③ 船子和尚：生卒年不详，名德诚。唐代高僧和词人。四川武信（今四川省遂宁市）人，后长期居住在华亭朱泾（今金山朱泾）一带。受法于澧州药山弘道俨禅师。离药山后，飘然一舟，泛于朱泾、松江之间，接送四方来者，纶钓舞棹，随缘度世，时人莫测其高深，称他为船子和尚。

④ 比丘：俗称"和尚"。佛家指年满二十岁，受过具足戒的男性出家人。

⑤ 西门：国图清钞本作"南门"。

⑥ 岁除：年终的一天，除夕。宋王安石《元日》："爆竹声中一岁除，春风送暖入屠苏。"

⑦ 泊然：恬淡的样子。三国魏嵇康《养生论》："爱憎不栖于情，忧喜不留于意，泊然无感，而体气和平。"

⑧ 慢走：国图清钞本作"漫走"，误。

⑨ 甘露法食：即佛教甘露施食，用乳粥、饼干等给饿鬼施食。

⑩ 愆：音 qiān，罪过，过失。《诗经·大雅·假乐》："不愆不忘。"

钱氏子

万历中，长洲永仓钱氏子，失其名，弱冠为秀才。忽一日闲行过村坊僧舍，见案上有《圆觉经》一卷，展阅其半，叹曰："西方圣人之言，精妙一至此乎！儒门所不及也。我当弃儒业归向其道。"还家便取衣巾焚讫，辞别父母妻子，复投僧舍，研寻经义，顿悟上乘。一日无病坐而化去。

京师妇人

京师有妇人，夫妇持斋，并为人念佛，得斋衬①钱度日。自乡徙于京城。岁余，忽患病半月，思得一新净白衣送终。夫既贫窘，无力裁制，适有女冠②过门，持白衣施之，甚新净。妇人得衣，颇有喜色，便坐而亡。邻里募木造龛荼毗之。此万历壬子秋事也。王太学家齐至京亲见其事，不记姓名。

陈道民

道民姓陈氏，法名明觉，吴江人也。自幼持斋。嘉靖二十六年，投祇园法师为弟子，许其在家出家，不与落发。明觉六时功课，口不离佛，为里人诵经禳灾，颇有征验，人多敬信之。

① 斋衬：施舍财物给做佛事的僧尼。
② 女冠：亦称"女黄冠"。唐代女道士皆戴黄冠，因俗女子本无冠，唯女道士有冠，故名。

四十二年，杭州昭庆律寺开戒①，觉往受焉。至万历十五年九月中，安然无病，预知亡期，诣诸道友门告别。至十七夜，其妇方篝火络丝，觉向妇拱手作别。妇颇以为讶。觉绐②之曰：“睡去也。”妇便相随入房，见其坐床角上，脱两鞋与袜，以带并缚之，笑曰：“今朝③与汝作别，明朝着不成矣。”妇亟呼其儿女移灯看守。中夜念佛声绝，便化去。至三七之中，其子梦云中猛将神下来，急索明觉文凭。子未之悟。明日起视箱中，则受戒之牒宛然在焉，礼忏焚牒。是夜复梦其父来别，嘱以戒衣挂树头风化，不得火焚，匆匆束装而去。

李倪两木匠

数年前，苏州阊门内有木匠，姓李氏，虽为工人，自小慕念佛法门，后亦竟持长斋④。人与工值⑤，不问多寡。暮年自制一龛子，无病诣其女家告别，云某日某时当去。至期坐龛中，雇人舁之而出，索火不得，乞一枝线香，吹气三口其上，火光绕龛，须臾成烬。时⑥又有南城倪木匠者，住五龙堂前，念佛持斋，为人施造佛寺。亦制龛子⑦，无病诣诸道侣作别，还坐龛中，翛然⑧而化。邻里惊叹，为之荼毗。

---

① 开戒：开戒会传戒。
② 绐：音 dài，欺哄。《史记·项羽本纪》：“项王至阴陵，迷失道，问一田父，田父绐曰：‘左’。”
③ 今朝：国图清钞本作“今宵”。
④ 长斋：终年素食。
⑤ 工值：工钱。
⑥ 时：国图清钞本作“其时”。
⑦ 龛子：国图清钞本作“一龛子”。
⑧ 翛然：音 xiāo rán，超脱貌。《庄子·大宗师》：“翛然而往，翛然而来而已矣。”成玄英疏：“翛然，无系貌也。”

钱贞奴

吴兴有农家妇人钱贞奴，性好洁，不与人殊。既嫁于农家，凡蚕桑织纴之事，悉不肯为。少不悉[①]文字，往往谈人休咎，颇多灵异，里中呼之为“聪明娘”。一夕，无病呼家人具沐浴，既讫，便对镜妆梳，告其姑[②]曰：“儿乃弁山[③]土地神妾也。昔因忤主获罪，谪遣人间，今限已满，复来相召，不可留矣。”语毕，端然长逝。又十年，其夫亦卒。姑乃延寺僧礼忏[④]，以资二人冥福。道场初起，其夜姑梦贞奴着浅黄衫子而来，谢曰：“儿喜见满地莲花，灵香绕室，承姑礼忏功德，非久当脱鬼神趣[⑤]，证[⑥]生善地去也。”姑觉而异之。明夕，又梦贞奴谓曰：“昨所见莲花皆化为青蛇[⑦]，此功德无用矣。”姑觉而复异之，征其故，坐中一僧是酒肉沙门[⑧]，溷触道场故也。闻于沈颢。

台州[⑨]营卒

嘉靖甲寅年间，东齐戚将军继光[⑩]，由副将分部台州。时有营

---

① 悉：国图清钞本作“识”。
② 姑：旧时妻称夫的母亲为姑，夫称妻的母亲为姑。夫之父母合称姑翁、姑舅、姑嫜。妻之父母合称舅媪、舅姑、外舅姑。
③ 弁山：又名卞山，位于浙江省湖州市西北。
④ 礼忏：佛教语。谓礼拜佛菩萨，诵念经文，以忏悔所造之罪恶。通称拜忏。
⑤ 趣：趣向。佛教谓地狱、饿鬼、畜生、人、神仙、天、阿修罗，为众生轮回所趣向，故称七趣。
⑥ 证：佛教用语。参悟，修行得道。唐张鷟《朝野佥载》：“禅师后证果，居于林虑山。”
⑦ 莲花皆化为青蛇：莲花在佛教中被尊为圣物，象征着纯洁、超然和清净。青蛇则代表性欲。
⑧ 沙门：依照戒律出家修道的男性僧侣。也指佛门。
⑨ 台州：今浙江省台州市。
⑩ 继光：戚继光，1528—1587，山东登州（治今蓬莱）人，字元敬，号南塘，明朝军事家，抗倭名将。

卒病死，感梦于妇曰：“冥中功果，惟持《金刚经》福力最大，卿试为吾告于主将，亲为诵之。”继光虽居戎幕，颇好道，平居常受持《金刚经》。既阅卒妻所陈之牒，信其灵谈，遂为焚香佛室，至心持诵。诵至半，忽有僮子自外行茶至。继光微示不用意，麾去[①]其茶。是夜卒妇复梦其夫曰：“主将为吾诵经，极其精诚，奈经半增出‘不用’二字，故功德未免唐捐[②]。卿再诣之乞灵。”其妇明日又具牒，白见其梦如初，继光始悟茶至之言，即复虔诚改诵。诵毕，就佛前回向[③]，恍见此营卒跪谢于庭，须臾闻稽颡[④]声，形遂灭。又明日，卒妇来谢曰：“儿夫夜复见梦，赖将军诵经功行，得超鬼趣矣。”

千善菩萨

千善菩萨者，四川叙州[⑤]彭山县[⑥]田家女也。生而端洁，志慕空玄。女红[⑦]中馈[⑧]，性所不闲。亲戚往来，一无闻见。常欲舍俗出家，父母不许，嫁之前村某氏子。夜则夫妇虽同寝处，每灯灭后，忽见床中涌起墙壁，互相间隔，其夫不得辄近。如是经月，稍稍闻于姑，姑未深信，夜就看之，因留伴宿，灯灭而壁涌如故。

---

① 麾去：挥之即去，命令他走就离开。形容服从指挥，听候调遣。

② 唐捐：落空；虚耗；虚掷。“唐”字这里意为“白白的，徒然的”。《法华经·观世音菩萨普门品》：“若有众生，恭敬礼拜观世音菩萨，福不唐捐。”

③ 回向：佛教语。谓回转自己的功德，趋向众生和佛果。

④ 稽颡：音 qǐ sǎng，古代一种跪拜礼。行跪拜礼时，以额触地，表示极度虔诚。后世称为“五体投地”。颡，额，脑门儿。

⑤ 叙州：宋政和间改戎州置叙州，治宜宾（今属四川）。元为路。明清为府。民国废府。一般称叙府。

⑥ 彭山县：汉代置武阳县，唐时设彭山县。现属四川省眉山市。

⑦ 女红：旧谓妇女从事的纺织、刺绣、缝纫等。

⑧ 中馈：指妇女操持家中饮食之事。《周易·家人》：“无攸遂，在中馈。”孔颖达疏：“妇人之道……其所职，主在于家中馈食供祭而已。”

姑惊起，千善笑曰："安得墙壁间隔，是君家心有窒碍[1]故耳。"及明，则墙壁皆不见矣。又如是者两月，夫族目之为妖，相与陈诉于县。

县遣吏追验其事，委无异词，命锢之深山石洞中。洞方广不逾寻[2]丈，甚黝黑，似寝息处而无烟爨。既送千善入，即用砖塞洞门，惟留寸余一窦[3]，以砖甃[4]成，时其启闭，不遗粒米，冀绝其食而死。隔数日消息之，宛然端坐其中，却通光明，无所苦也。

千善家母兄怜惜，裹枣栗相啖，而千善鼻间诩诩有气，不复思人间饮食，因[5]谢去。其兄越三月再来，启视，则容光炳曜[6]神采焕发。洞中供佛像，灯烛涌空，异香芬苾[7]，明如琉璃，天华[8]满席，不知所从来也。其兄问千善曰："汝住此，岂有天人供养乎？当以何时白异冤耶？"千善曰："遇桓[9]而开。"传其言于外，众皆往伺，举俗同见，于时远近莫不嗟异。

既三年矣，适有浙江山阴县人徐观察[10]名桓者分巡西川，按

---

① 窒碍：障碍；阻碍。北宋苏辙《论衙前及诸役人不便札子》："庶几推行而终有窒碍，乞下有司早议成法。"

② 寻：古代长度单位，一寻等于八尺。也有说七尺、六尺为一寻的。

③ 窦：孔穴，洞。《左传·襄公十年》："筚门闺窦之人而皆陵其上。"杜预注："闺窦，小户。穿壁为户，上锐下方，状如圭也。"

④ 甃：音 zhòu，用砖砌（井、池子等）。明冯梦龙《醒世恒言》："起百尺琉璃宝殿，甃九层白玉瑶台。"

⑤ 因：国图清钞本作"固"。

⑥ 炳曜：亦作"炳耀"，光彩焕发。

⑦ 苾：音 bì，芳香。

⑧ 华：通"花"。华的本义为树木开花。《诗经·周南·桃夭》："桃之夭夭，灼灼其华。"

⑨ 桓：古代立在驿站、官署等建筑物旁作标志的木柱，后称华表。此处意为名字中带"桓"的人。

⑩ 观察：官名。道台或道员别称观察。道是明代布政使与按察使的辅佐官员，有的分管诸如粮政、簿册、守备、刑名、驿传、学政、盐茶等事务，略似今日省以下的厅局；有的分道巡察地方，由布政使和按察使下的参政、参议、副使、佥事等官员担任，官阶由从三品到正五品不等，通称为道员。

临其地，闻而亲入山中验之。千善忽谓观察曰："郎君[①]方有大厄，避仇于丹阳[②]道中。"越二日信使至，果然。时徐君夫人崇信内典[③]，遂下令毁洞门，求千善奉事。千善曰："某有罪谪未满，愆期[④]不可出也。"徐曰："然则何时满限乎？"曰："遇宁而满。"徐遂不敢强之出，复塞洞门如故。未几，徐以迁转[⑤]去，寻病归山阴。倏忽四年，其事都忘之矣。

又有一观察姓宁名瑞鲤，赴任浙中，由叙州经此山洞，人言有圣姑居此洞中，宁遂往问，云："某之官赴浙，师不靳指示乎？"千善曰："无他指示，但为我稍[⑥]一信与徐副使可也。"宁既入浙，特过山阴访徐，道其事。徐乃悟，急遣人入川中迎千善。计其岩栖绝粒十有八年矣。

抵浙之日，万历辛亥岁也。明年春，浙中吴方伯[⑦]用先[⑧]，延千善入武林，缁流[⑨]数百，捧香花、提灯烛，引导至藩司[⑩]，供养三月，阖门钦敬。至是，日啖蔬果如常人，惟不屎尿而已。叩以祸福，无不奇中，杭城事[⑪]如神明。后复送还山阴徐宅，白黑[⑫]皈依、奔波过江者千人。又一年，千善忽示微疾，语徐曰："某将逝，决必[⑬]仍归骸骨于西川。"徐夫妇倍加慰藉。千善曰："死生

---

① 郎君：犹言公子，通称贵家子弟。
② 丹阳：楚国最早的国都叫丹阳，因此以丹阳指称楚地，即今湖北。
③ 内典：佛教徒称佛经为内典。此处指佛教。
④ 愆期：延误日期。《周易·归妹》："归妹愆期，迟归有待。"
⑤ 迁转：晋升或调动官职。汉王充《论衡·初禀》："仕者随秩迁转，迁转之人或至公卿。"
⑥ 稍：同"捎"，顺便寄、带。国图清钞本"稍"作"梢"，误。
⑦ 方伯：殷周时代一方诸侯之长。后泛称地方长官。
⑧ 用先：吴用先，字体中，一字本如，号余庵，明代安徽桐城人。万历二十年（1592）壬辰科第三甲同进士出身。著有《周易语》《塞玉山房集》。
⑨ 缁流：僧徒。僧尼多穿黑衣，故称。
⑩ 藩司：官名。明清时布政使的别称。主管一省民政与财务的官员。
⑪ 事：侍奉。
⑫ 白黑：佛教语，指俗人与僧徒。因俗人衣白，僧徒衣黑，故称。
⑬ 决必：国图清钞本作"必"。

去住[①],亦细故[②]耳[③]。吾终后不须制龛,可置一大桶坐我其中,于外加铜箍数围。三年后箍断送归,无误也。”徐果置桶具如所教。千善曰:“望多将灯心草[④]为茵,是名软草,坐此功德无量矣。”经理既定,沐浴更衣,便入桶中,合掌安坐而逝。道俗来看,令念般若[⑤]赠行,由是旅众竞呼之为千善菩萨矣。癸丑夏,西川旅泊和尚叙此因缘。先是壬子秋,希言客方伯[⑥]幕下,具所谙闻也。

西里僧

明万历年间,海宇宁谧,边陲晏然,九译[⑦]来庭[⑧],千里却献[⑨]。时有西域异僧[⑩]利玛窦者,航海梯山[⑪],来朝圣君,贡自鸣钟、长明灯、天主绘像、内宫珍重,绝[⑫]莫测其制也。于是天子异之,非时引问,命四夷馆宾[⑬]焉。将授一散职官[⑭],玛窦辞不敢拜,但服中国衣冠,往来公卿缙绅之家,共相酬对而已。

---

① 去住:去留。唐杜甫《哀江头》:“清渭东流剑阁深,去住彼此无消息。”
② 细故:细小而不值得计较的事。《史记·匈奴列传》:“朕与单于皆捐往细故,俱蹈大道,堕坏前恶,以图长久。”
③ 耳:国图清钞本作“尔”。
④ 灯心草:多年生草本植物,茎细长,叶子狭长,花黄绿色。茎的中心部分用作油灯的灯芯,可入药。
⑤ 般若:音 bō rě,梵语音译。犹言智慧,或曰脱离妄想,归于清静。为六波罗蜜之一。
⑥ 方伯:国图清钞本作“方”,误。
⑦ 九译:本义为辗转翻译。转指边远地区或外国。《史记·大宛列传》:“重九译,致殊俗。”张守节正义:“言重重九遍译语而致。”
⑧ 来庭:犹来朝。谓朝觐天子。《诗经·大雅·常武》:“四方既平,徐方来庭。”毛传:“来王庭也。”
⑨ 千里却献:因为想要进贡的国家太多,在距离京城千里之外就被劝阻回去。
⑩ 异僧:国图清钞本作“异人”。
⑪ 航海梯山:渡过大海,攀越高山。指经历艰远的路程。南朝梁沈约《宋书·明帝记》:“日月所照,梯山航海,风雨所均,削衽袭带。”
⑫ 绝:国图清钞本无。
⑬ 宾:动词,“将……作为贵宾”。
⑭ 散职官:有官名但无固定职事的官职。

时同舟而济者凡八十一人。庚戌之夏，玛窦病疫，卒于京师，而此八十一人亦后先命过，止存二人，流落吴越间，并年近百岁，眉长尺许，环穿耳上，轻健如未老人，众呼之为西里僧矣。后此二人结庐杭州之钱塘门①内水沟桥下，言人祸福，最多神验，有难解事，叩之立解。累年不举烟火，而好事相访②，设具相留，间出珍膳异果，啖者莫不玩味忘归。又能用勾股法以测天地高深广远之数，凡所推步，一一无差。其术与阴阳五行家稍异，或云即周髀算法③。大抵方为数始，圆为数终，圆始于方，方终于圆④，得其理甚无难也。上海徐翰林光启⑤，昔言尝授数学于玛窦，其理以一贯万⑥，疑即此法。

双 宗

双宗阿师⑦，不知何郡县人。万历辛亥自北地来，渡海礼补陀大士⑧，遂卓锡虞山之东皋小庵，停三宿，端坐脱去。时方八月，秋暑未消，三日而扪其体，犹香也。邻人高乙数推仆之，屹然不

---

① 钱塘门：杭州十大古城门之一。隋朝筑城时有钱塘门之称，后多年未改名，未易地。南宋以后为杭州西城门之一。民国时拆除。

② 而好事相访：按照前后文意，“好事”后宜有一“者”字，否则意思刚好相反，变成二僧侣喜好外出访问。

③ 周髀算法：一般称《周髀算经》，我国最古老的天文学和数学著作，约成书于公元前1世纪，主要阐明当时的盖天说和四分历法。其在数学上的主要成就是介绍了勾股定理。

④ 方为数始，圆为数终，圆始于方，方终于圆：这是所谓的“割圆术”，即用圆内接正多边形的面积去无限逼近圆面积并以此求取圆周率的方法。

⑤ 光启：徐光启，1562—1633，字子先，号玄扈，上海人，明代著名科学家。万历三十二年（1604）进士。崇祯五年（1632）升礼部尚书兼东阁大学士；崇祯六年（1633）兼任文渊阁大学士。较早师从利玛窦等学习西方的天文、历法、数学等，是介绍和吸收欧洲科学技术的积极推动者。

⑥ 以一贯万：也作“一贯万机”，把一种道理贯穿于万事万物之中。

⑦ 阿师：称僧人。唐段成式《酉阳杂俎·怪术》：“（李秀才）因奉手袖中，据两膝，叱其僧曰：‘粗行阿师，争敢辄无礼，柱杖何在？可击之。’”

⑧ 大士：佛教对菩萨的通称。

动，悔谢作礼。一时善信，惊闻赞叹。至七日龛成，即于庵后茶毗。是日有僧在府城[①]金昌馆前，见师顶笠西行，讯之，云自虞山东皋庵中来也。孙胤伽作传。

桃花庵长老

桃花庵长老，失其名[②]。持斋喜饮，饮不过数酌。为人诵经毕，夜归，自取床头所藏瓮醅[③]，倾一小樽温之，饮已，灭灯而寝。年八十，预知亡期，诫其徒勿出。是日僧众悉出，其徒独留。长老沐浴，具[④]袈裟，市一新草鞋着之，曰："西方路上，会须[⑤]走得快也。"便端坐示寂。

缪居士

常熟县居士缪玄，馆于沙头[⑥]王家两岁矣。斋中供观世音菩萨像一躯，虔修净业[⑦]，日以为常。万历癸丑春，玄祝厘[⑧]天竺[⑨]而还，忽见菩萨座下迸出绿笋一枝，半月长近丈余矣。又十余日，

---

① 府城：指苏州城。
② 失其名：国图清钞本作"失名"。
③ 瓮醅：指酒。宋陆游《睡起》："瓮醅力重初投枕，鼻鼾声豪已撼床。"
④ 具：准备，备办。
⑤ 会须：应当。唐李白《将进酒》："烹羊宰牛且为乐，会须一饮三百杯。"
⑥ 沙头：今江苏省太仓市沙溪镇。明时为商贸重镇。
⑦ 净业：佛家指清净之善业，种善业者得往生西方净土。
⑧ 祝厘：祈求福佑。厘，福也。《史记·孝文本纪》："今吾闻祠官祝厘，皆归福朕躬，不为百姓，朕甚愧之。"
⑨ 天竺：这里指位于杭州的法镜寺（下天竺）、法净寺（中天竺）和法喜寺（上天竺），或指杭州灵隐寺。所谓的东土天竺。

露梢解箨[①]，横亘屋梁，渐穿入椽[②]罅中，长枝下垂，短枝钩上，结成翠色宝盖，覆于菩萨之顶。看人无数，至今尚存。

张织工

苏州城东织工张甲，佣织为业，归即持诵《往生咒》不辍。一日，邻人笼伏雌[③]而来，寄哺鸡卵一窠，置于窗下。停数日，甲夜梦十二小儿诣门谢云："某等罪业深重[④]，堕畜生道中，赖长者咒力，悉获度脱，往生人间。"言已，各各稽首而去。甲寤而怪之，举其笼甚轻，启视，则十二雏皆空无有矣。居士沈颢述。

---

① 箨：音 tuò，竹笋上一片一片的皮，即笋壳。
② 椽：音 chuán，放在檩子上架屋瓦的木条。
③ 伏雌：指母鸡。《乐府诗集·琴曲歌辞四·琴歌三首其一》："百里奚，五羊皮。忆别时，烹伏雌，炊扊扅。今日富贵忘我为！"
④ 深重：国图清钞本作"重深"。

第六

释异

金刚塔

金刚塔者，相传是文殊大士所制[①]，梵僧自西天竺[②]携来，宋人勒[③]之于石。其塔一面，上下七层，经文总计五千六百字。每塔一层有七“佛”字，以六“佛”字写于栏杆柱顶，而中间“佛”字即画佛像一躯在塔门内，以充供养，作一“佛”字读。其中央第四层，恰写到“如佛塔庙”四字，则画一小塔作塔心，连此“佛”字并画像五躯算，便通共有四十八佛矣。此七层皆然。

其就地而起者，是第一层。门内经文起结，偶然对并，天造地设。左则“如是我闻，一时佛在”，右则“皆大欢喜，信受奉行”。却从右至左，横写“金刚般若波罗蜜经”八字于上，以“金”字接结“行”字，以“经”字接起“如”字，起亦可讽，结亦可持，所谓首尾相应、本末贯通者矣。

又第一层柱顶有“佛”字，门内无“佛”字。后人因画释迦文无说法。须菩提[④]跪听，左右两金刚侍立拥卫，辏成一段公案，而于塔顶尖上却写一“塔”字。其余栏杆、大柱、瓦缝、琅珰、铁缸、铃子之属，并缮经文，灿然具备，回环反复，寻始要终。自像教已来，最为奇丽也。

如斯制作，并出西方圣人之巧思妙算，岂凡夫常智所能构合者乎！吴人章藻[⑤]摹石精工，甚为名流所重。尝于万历戊戌年夏月[⑥]夜，梦空中有白鹤一双盘云而下，集于其家庭树。少顷变为

---

① 制：制图。

② 西天竺：古代我国以及其他东亚国家对当今印度和其他印度次大陆国家的统称。

③ 勒：雕刻。

④ 须菩提：梵语音译，意译为“善现”“善见”“善吉”“空生”等。古印度拘萨罗国舍卫城长者鸠留之子，出家为释迦牟尼十大弟子之一，以“解空第一”著称。

⑤ 章藻：1547—？，字仲玉，章文之子。能习父业，善摹刻法帖，书法尤精。刻有《墨池堂选帖》。

⑥ 夏月：夏天。《尚书·君牙》：“夏暑雨。”孔传：“夏月暑雨，天之常道。”

二童子，言曰：“某奉文殊菩萨[①]命，自五台山而来，请公勒金刚塔者[②]也。”藻时亦不晓所谓，但拜而谢曰：“上真[③]有大神通，故能化鹤而来，化鹤而往，数千里外，行若屈伸臂顷[④]。某则肉人下愚，安能[⑤]缩地游狮子窟乎？”二童子曰：“无忧也，当授公以化鹤之方矣。”遂惊寤，心异其事而不言。不旬日，吴江人周祇得紫柏禅师所遗宋刻旧本，流纹水线，大半模糊，字迹[⑥]依稀，亦莫可辨，命章君逐一摹画。积月乃成，而畴昔[⑦]之梦于斯践矣。

云间陈征君继儒[⑧]闻其事，赋诗赠曰：“十指齐含海印[⑨]光，笔头三昧岂寻常。文殊嘱付金刚塔，梦里亲传化鹤方。”余得一本，是己亥[⑩]春章藻为无别融禅师所摹，非周家本也。

法华塔

金字法华塔七轴，每轴青绢金书。其塔一面，上下凡十三层。就地而起者是第一层，檐角左右各四铃，铃上写一“佛”字。塔基栏楯，皆《法华经》文也，而中间塔门，却以金绘释迦文无佛一躯。第二、三层亦如之，但第三层檐角少一铃，便少一“佛”

---

① 文殊菩萨：佛教四大菩萨（观音菩萨、文殊菩萨、地藏菩萨、普贤菩萨）之一。释迦牟尼佛的左胁侍菩萨，代表聪明智慧。因德才超群，居菩萨之首，故称法王子。
② 者：国图清钞本作“去”。
③ 上真：真仙。南朝梁陶弘景《冥通记》卷二：“子良答曰：‘枉蒙上真赐降腐秽，欣惧交心，无以自厝。’”
④ 顷：国图清钞本作“项”，误。
⑤ 安能：国图清钞本作“安得”。
⑥ 字迹：国图清钞本作“塔像”，似乎更合理。
⑦ 畴昔：往日，过去。《礼记·檀弓》：“予畴昔之夜，梦坐奠于两楹之间。”
⑧ 继儒：陈继儒，1558—1639，明代文学家、书画家。字仲醇，号眉公、麋公，华亭（今上海松江）人。诸生，年二十九即焚弃儒生衣冠而自命隐士，后虽屡奉征召，皆以疾辞，然亦周旋官绅间。诗文书画兼擅，与董其昌齐名。一生著述颇丰，有《陈眉公先生全集》《闲情野史》《珍珠船》等。
⑨ 海印：生卒年不详。唐朝末年蜀（今四川）慈光寺尼，才思清逸。今存《舟夜一章》。
⑩ 己亥：万历二十七年，公元1599年。

字。第四层中间不画佛像，将经名一字抵之，以“大乘妙法莲华经”七字次第填入，每轴填一字，挂壁上横看去，便知第几轴矣。至此则檐角之铃止有二，“佛”字亦止有二。自第五层至第十三层，檐止一铃，铃止一“佛”字，中间塔门大“佛”字四，小“佛”字五，亦无画像，余皆经文填满焉。塔顶两旁并挂檐铃，亘以铁琅铛四串，左“佛”字八，右“佛”字八。其经文起处，“大乘妙法莲华经第几”共九字，从鱼鳞瓦①缝中一直书下，便以经文横写右旋。假如第一卷，则起“妙法莲华经序品第一”，旋于相轮②左铁琅铛之上，余可类推。其经文结处，直在塔基之下矣。逐层经文，皆填满无余。或第六、七卷中字数减少，则匀作稀疏行款于塔下三层，朗然可诵。而七轴之中，惟第四轴三层中间塔门内写“皇帝万万岁”五字，抵佛像一躯，盖为此轴挂于壁中央故也。不书岁月，亦无年代，奇丽之物，金刚塔而下所不多见者，非圣僧异人，莫能下一筹矣。疑是西天竺尚有梵书轴本，而宋朝人译出，始作金字小楷书。绢色亦甚古，必非近代制作也。娄江驾部郎王志坚③家物，施于胥水庵中云居志长老收藏供养。癸丑④中元，余获入庵瞻礼，叹未曾有。

地涌宝塔

明州鄮山⑤阿育王寺有舍利宝塔，是从地涌出者。塔状青色，

---

① 鱼鳞瓦：瓦片形状有若鱼鳞，与普遍常见的近似方形或长方形的瓦不同，瓦形线条更为优美。

② 相轮：佛教语。塔刹的主要部分。贯串在刹杆上的圆环。多与塔的层数相应，为塔的表相，故称。

③ 王志坚：1576—1633，字弱生，一字闻修，号淑士，江苏昆山人。与归昌世、李流芳并称为昆山“三才子”。

④ 癸丑：万历四十一年，公元 1613 年。

⑤ 鄮山：在浙江省宁波市鄞州区东。《方舆胜览》引《四蕃志》：“以海人持货贸易于此，故名。”

似石而实非石，高一尺四寸，方广七寸，露盘[①]五层，挺然四角，四面开窗，中悬铜磬[②]。

晋武帝太康三年壬寅[③]，僧慧达[④]行至其地，中夜闻地下有钟声，即刻木为刹，标记其处，三日乃见闻钟者，疑此磬之声也。绕塔身上，并是诸佛、菩萨、金刚、圣僧杂类等像，状极微细。注目谛视，乃有百千像现出，面目手足悉皆具备，真神工圣迹，非人力所能缔造也。

按《塔寺记》云："慧达游行，望见越西山川千里有异气色，因就礼拜，果是先阿育王塔之所也。定知必有舍利，乃聚众掘之，入地三丈，得石牌三，下有铁函，铁函中复有银函，银函中复有金函，盛三舍利及爪发。乃于此处造一塔焉。"据记中所载如此，第称三函盛三舍利，而不言舍利宝塔从地涌出，当是非曾亲到其地，目击斯瑞，故漫然记之耳。

及余考天台沙门传灯[⑤]所撰《舍利塔现缘起》，慧达是并州[⑥]离石县[⑦]人，俗名刘萨诃，生畋[⑧]家，弋猎为业，得病死。死时见梵僧语曰："汝罪重，应入无间泥犁[⑨]。缘汝前生入吾道场随喜，曾结小缘，今日幸遇吾到，且开示汝以忏洗之路。今洛下[⑩]、齐城[⑪]、丹阳[⑫]、会稽并有古塔，及江海中浮出石像，悉阿育王所造。

---

① 露盘：塔上所建重重之相轮（俗云九轮），名为承露盘，略称露盘。
② 铜磬：佛教的打击乐器，形状像钵，用铜制成。
③ 晋武帝太康三年壬寅：公元 282 年，壬寅年。
④ 僧慧达：东晋僧人，俗名刘萨诃，并州（治所在今山西太原）西河人。
⑤ 传灯：明代中兴天台宗之僧人。嘉靖三十三年（1554）生，浙江衢州府西安县人，俗姓叶，字无尽，号有门。
⑥ 并州：治所在今山西省太原市。也是太原的别称。
⑦ 离石县：现山西省吕梁市离石区。
⑧ 畋：音 tián，打猎。《尚书・五子之歌》："畋于有洛之表。"
⑨ 泥犁：佛教语。梵语的译音。意为地狱。在此界中，一切皆无，为十界中最恶劣的境界。
⑩ 洛下：洛阳城。
⑪ 齐城：位于今山东省淄博市临淄区。
⑫ 丹阳：今湖北江陵。非今江苏省丹阳市。

汝可披剃南行，求舍利宝塔，忏悔业愆，得免此苦。”萨诃作礼而谢，遂蒙放还，因尔复苏。便改畋业，委妻子出家，如言南行。行至会稽海畔山薮[①]间，精诚求觅，莫识基绪[②]，悲哀烦惋，投告无门。忽一夕，遘斯希有奇特之事，乃知我佛现大神通，不可思议。遂于其地募建阿育王寺，香火繁盛，至今尚存。其塔中时时放出舍利神光，有缘者常得见之。

圣僧灰像

豫章宗室朱奉国[③]多炤[④]家，有像教精舍，中供灰佛一躯，高可径尺，其质坚致[⑤]白净。传是西域圣僧，将入涅槃，诣树下，口吐三昧火，涌身自焚。僧徒杵其骨为细末，和以旃檀诸香粉而成像。奉国得之秋官尚书[⑥]王公世贞，尚书得之学士李公维桢[⑦]，转相函送，流传无穷。余为说偈二百八十八字，勒石舍中。

---

① 薮：音 sǒu，生长着很多草的湖泽。

② 基绪：犹基业。《尚书・太甲上》：“肆嗣王丕承基绪。”孔传：“子孙得大承基业。”

③ 奉国：即奉国将军，明朝皇族的爵位之一。位于辅国将军之下，镇国中尉之上，是郡王的曾孙。位列宗室封爵之第十一位，有一、二、三等之别。辅国将军之子一律封奉国将军。

④ 多炤：朱多炤，字孔阳，弋阳王支裔。著有《自娱集》。

⑤ 坚致：（质地）坚固精密。

⑥ 秋官尚书：刑部尚书。武则天光宅元年（684），改刑部为秋官，刑部尚书为秋官尚书。又将吏部尚书改为天官尚书，户部尚书改为地官尚书，礼部尚书改为春官尚书，兵部尚书改为夏官尚书，工部尚书改为冬官尚书。

⑦ 维桢：李维桢，1547—1626，字本宁，湖北京山人。明朝末年大臣，著名文学家，文坛领军人物。

圆鱼[①]像

闽人何璧，戊申[②]五月客于杭城，适金中丞[③]家招宴，过之。庖人羹圆鱼既熟，剖之，见一肉观世音，首戴巾帔，象白衣装饰，眉目衣折[④]皆如画，右手下垂，左手中按，足踏芙蕖一朵。座客无不惊惋，遂命覆羹。然则唐人猪牙臼观音又不足称希有矣。壬子[⑤]四月晦日[⑥]，谭小观察席上谈。

鳖腹比丘

万历丁未年，遂昌县[⑦]民宋甲，河中射鳖，得一极大者，重八斤。烹之，从釜中涌而起，因取巨石压其釜盖。谛听之，如念佛声。甲不信，熟而剖焉，中有一比丘端坐，手握牟尼珠[⑧]，方袍圆帽，斩然[⑨]如新。观者动万，甲骇而弃之山中。未几病疫，发狂而卒。

---

① 圆鱼：较为罕见的一种鲫鱼。
② 戊申：万历三十六年，公元 1608 年。
③ 金中丞：金学曾，字子鲁，明钱塘（今浙江省杭州市）人。善草书，《诗余画谱》有其所书。隆庆二年（1568）进士，授工部主事，历郎中，改礼部主事，出为湖南督学，遭弹劾罢归。
④ 折：皱褶，褶子。国图清钞本作“褶”。
⑤ 壬子：万历四十年，公元 1612 年。
⑥ 晦日：农历每月的最后一天。
⑦ 遂昌县：现隶属于浙江省丽水市。
⑧ 牟尼珠：即数珠。佛教徒念佛、持咒、诵经时用来计数的成串珠子。每串以二十七颗、一百零八颗为常见。
⑨ 斩然：全新貌。

鸡 卵

里中某乙嗜鸡卵，每日不能缺。一日垒卵于釜，令其妇灶口益薪。忽闻釜中作人语如沸，妇因逼前听之，乃齐声诵“南无阿弥陀佛”。久之，渐高，妇惧，急灭炊出卵，用水沃[①]之，具以语乙，诫令终身辍食焉。松江唐询家烹鸡，忽火光出釜中，视之，有未产卵化观世音菩萨像，身坐莲花。自是询家誓不杀生。据此二事，则唐敬宗[②]朝宫中鸡卵念“南无观世音”，唐文宗[③]朝蛤蜊中现菩萨像，皆非架空之说矣。

铁莲花叶

高皇帝命信国公[④]定宁波后，即遣往补陀山，有意毁灭其寺。舟次[⑤]招宝[⑥]，忽海中有铁莲花叶拥出水面，灿然作练金色，光烛上下，鱼龙交沸。信国公舟不及渡而返，奏闻于帝。异之，即命官修葺殿宇。敕命到日，共见大青牛浮海而至，吞啮铁莲花叶，其声如雷，舟始获济。至今落伽山[⑦]五里有莲花洋[⑧]、石牛港[⑨]，相

---

① 沃：浇，灌。
② 唐敬宗：李湛，809—826，唐穆宗李恒长子，唐朝第十三位皇帝（除武则天和殇帝外），824年至826年在位。
③ 唐文宗：李昂，809—840，唐朝第十四位皇帝（除武则天和殇帝外），唐穆宗李恒第二子，唐敬宗之弟，826年至840年在位。
④ 信国公：明朝汤和封号。汤和，1326—1395，字鼎臣，濠州（今安徽凤阳）人。明朝开国功臣，军事家。
⑤ 次：途中止宿的处所。《左传·襄公十八年》：“楚师伐郑，次于鱼陵。”
⑥ 招宝：宁波有招宝山，距市区十五公里，位于宁波甬江出海口，是镇海关隘、甬江咽喉、海防要塞，素有“浙东门户”之称。
⑦ 落伽山：即普陀山。
⑧ 莲花洋：莲洋，处舟山本岛与普陀山之间，北接黄大洋，南为普沈水道。
⑨ 石牛港：位于舟山群岛东南部莲花洋上朱家尖岛的古海港。在蜈蚣峙石牛山的西面，是古代中日韩三国商人海运航行的主要通道，被称为“海上丝绸之路”的出口。

传国初以此得名也。

石莲花

万历十六年大旱，南海水涸。估客[①]泊船其下，洞见海底皆白石磷磷，如象，如马，如莲花，如岛屿，历历可观。一人急持斧凿下而斫之，得白石莲花二枝，叶作绿琉璃色。

石　龛

又一人得白石观音于海底，上有龛如补陀岩状，雕镂精细，不知何来。后归闽贾。

火中莲

嘉靖中，有民黄莹家，火炉内炽炭中挺生莲花五朵，朵六瓣，中红外白，枝长六七寸。曹旭家烹茶，垆[②]内亦开莲花七朵。故老相传，是庚戌、辛亥年间事也。

冰中莲

近日有江阴复禅师者，道德高重，学侣共推。常写《法华

---

① 估客：行商。《玉台新咏 · 梁元帝 · 别诗》："莫复临时不寄人，漫道江中无估客。"
② 垆：旧时酒店里安放酒瓮的土台子。国图清钞本"垆"作"炉"，正确。

经》，寒暑无间，积岁乃成。既罢写，掷其笔于池中。时方腊月凝寒，忽有莲花一朵自冰中吐出，亭亭直上，见者以为奇特之应矣。师遂改法号为冰莲道人[①]。夏孝廉树芳[②]师事之，亲炙[③]其异。

临安树中像

甲辰年，临安县山北村民斧树作薪，中有径尺观世音像，眉目衣饰，宛然如镂。高封公[④]欲得之，不遂。至今供于村中为香火。

大士镜

瓜州[⑤]民某甲夫妇供养观世音、文殊、普贤三大士像，朝夕参礼，精勤不怠。万历十三年，其像后三镜中夜忽放大光明，遍照一室，如是者三夕而灭。近辛亥[⑥]年间，苏州葑门内某乙夫妇，亦虔供观世音。其像后一镜，忽有云鹤盘旋其中，久之，见红白青莲花，斯须[⑦]复现帝释[⑧]诸天形相。市人群聚而观，喧传者众。

---

① 冰莲道人：复禅师自称冰莲道人大有可疑之处，因为夏树芳拜复禅师为师，夏树芳给自己取别号“冰莲道人”，有与师重号的嫌疑。夏树芳尚有《冰莲集》四卷传世，故夏树芳别号“冰莲道人”可信。存疑。

② 树芳：夏树芳，1551—1635，字茂卿，一字习池，号冰莲道人。明江阴人。善诗能文，著述甚丰，有《冰莲集》《玉麒麟》等数十种。

③ 亲炙：谓亲受教育熏陶。

④ 高封公：高汝登，1525—1605，字自卑，号柳溪，淄川县（今淄博市淄川区）月庄人。累赠中宪大夫都察院右佥都御史，世称高封公。

⑤ 瓜州：一为镇名，在长江北岸，扬州南郊，京杭运河分支入江处。一为县名，隶属甘肃省酒泉市，古丝绸之路的商贾重镇。此处或指扬州的瓜州。

⑥ 辛亥：万历三十九年，公元 1611 年。

⑦ 斯须：片刻，一会儿。《荀子・非相》：“斯须之言而足听。”

⑧ 帝释：亦称“帝释天”。佛教护法神之一。佛家称其为三十三天（忉利天）之主，居须弥山顶善见城。

旬日之间，神光遂绝。斯亦希有之瑞，不概见于载籍者矣。

清凉石

五台山中卧佛洞边有一石，名清凉，纵横不甚广，仅可布两氍毹[①]。老僧云："此千人坐也。"廉访李公维桢过而异之，时方轺车[②]入山，遽命铃下[③]威仪辛苦，并呼僧雏[④]灶养[⑤]俱集，前后得百十有四人，一一登石，以僧持木鱼称佛号为导，绕石三匝而下，尚有容足处也。按李公《五台游记》云：石色青，长十有五尺，广半之，不甚方圆，亦有讹缺，不能平如砥。其下二石支之。置盂水焉，童子距跃[⑥]曲踊[⑦]，则水荡摇。或曰可容四百人也。

达磨[⑧]影石

嵩山少林寺初祖洞旁，有达磨影石。其石影酷似人间所绘初祖像。有理学先生迷执[⑨]不信佛法，使人刮其影，影愈分明，不能尽乃止。袁小选中郎说。

---

① 氍毹：音 qú yú，纯毛或毛麻混织的毛布、毛毯。

② 轺（yáo）车：奉使者和朝廷急命宣召者所乘的车。亦指代使者。

③ 铃下：指门卫、侍从。《三国志·魏书·张邈传》："遣铃下请灵等。"

④ 僧雏：幼龄僧人。明李贽《追述潘见泉先生往会因由付其儿参将》："即令僧雏打扫净室，留二人读书其中。"

⑤ 灶养：厨工的辱称。后借指无能的武将。

⑥ 距跃：向上跳。《左传·僖公二十八年》："距跃三百，曲踊三百。"

⑦ 曲踊：跳跃之名。向上跳，折体，转身而下。一说横跳。

⑧ 达磨：即达摩。菩提达摩是南北朝禅僧，略称达摩或达磨，意译为觉法。据《续高僧传》记述，僧为南天竺人，属刹帝力种姓，通彻大乘佛法，为修习禅定者所推崇。民间常称其为达摩祖师，禅宗的创始人。

⑨ 迷执：国图清钞本作"迷疑"。

径山寺[①]吓石

径山寺有吓石，上不着天，下不着地，以线曳之，可以经过。会稽大龟冢上一石亦然。此皆事之所有而理之所无也。

玛瑙达磨

闽人何璧，游西湖昭庆寺，见肆中挂一玛瑙念珠头。日中照见有达磨祖师在焉，头戴僧巾，身披水田衣[②]，脚踏芦苇一枝，须眉鬓发皆卷，俨然胡僧貌，与人间所画无异。

螺蛳金刚经

相传唐朝王待制[③]，不记名里，精持《金刚经》不辍，积有年矣。一日自川中下汉江[④]，暴风欻起，波涛汹涌，其船将次[⑤]就没。举家惶怖。待制不得已，将平日所持经函捧向江心而祝之曰："岂老龙王欲取吾经，故相试耶？吾当出此经奉施[⑥]可也。"言讫，遂

---

① 径山寺：创建于唐天宝年间，居江南五大禅院之首。位于浙江省杭州市余杭区径山镇。

② 水田衣：袈裟的别名。因用多块长方形布片连缀而成，宛如水稻田之界画，故名。也叫百衲衣。

③ 待制：官名。唐置。唐太宗即位，命京官五品以上，更宿中书、门下两省，以备访问。

④ 汉江：又称汉水、汉江河，为长江最大的支流。汉江常与长江、淮河、黄河并列，合称"江淮河汉"。

⑤ 将次：将要，快要。宋周密《谒金门》词："屈指一春将次尽，归期犹未稳。"

⑥ 奉施：奉献。

举经函沉之于水，风亦渐息。既得济，待制追忆失经，郁郁不乐。还至金山①下，见船尾百步许有物如球之状，出没水中，须臾渐近。急命停船，谛视之，是螺蛳一队，几数万，结成大团，浮至船旁，蜿蜒欲上。待制呼左右捞取②，劈而开之，乃前所沉《金刚经》宛然在也。汉江至于京口相距二千里而遥，梵夹宝函，不湿一字，盖昆虫之异，以龙象③故而共护持焉，人弗若矣。待制惊喜不自胜，遂拜而受之，召寺僧作佛事，津济螺蛳而去。常阅《广记》④中载《金刚经》报应事百有三则，独漏此段公案，何也？因著于篇，以补唐人小说之缺。

塔 影

常熟县城东有崇教兴福寺⑤。宋建炎四年建寺塔，止四面，谓之方塔，俗遂呼为东塔寺。徐光禄第四郎所居，正在东塔巷中。有客尝登其楼，见照壁上倒挂塔影数百座，其人大怖而下，呼主人共观，莫测所谓。此数年前偶闻，以后不知如何。今其宅已归萧氏矣。牛首山⑥献花岩⑦祖堂内塔影，闭户则见，宛然倒挂于慈尊⑧绣座前。

---

① 金山：在今江苏省镇江市，上有著名的金山寺。
② 捞取：国图清钞本作“捞起”。
③ 龙象：龙与象。水行中龙力大，陆行中象力大，故佛氏用以比喻诸阿罗汉中修行勇猛有最大能力者。
④《广记》：即《太平广记》。古代小说总集。全书五百卷，目录十卷，取材于汉代至宋初的小说、笔记及道经、释藏等为主的杂著，属于类书。
⑤ 崇教兴福寺：寺已毁，仅剩崇教兴福寺塔，俗称方塔。方塔既是历史文化名城常熟的标志性建筑，也是目前江苏省内保存比较完好的一座宋塔。
⑥ 牛首山：位于南京市江宁区，由牛首山、祖堂山、将军山、天幕岭、隐龙山等诸多大小山组成。
⑦ 献花岩：在牛首山南祖堂山的北岩下。
⑧ 慈尊：一指弥勒菩萨。又为“大慈悲世尊”之简称，即指如来。

石无量寿[①]像[②]

明万历年间，吴城东华严寺[③]，故孙吴大帝[④]庙基。寺僧辄见眢井[⑤]中夜现神光，使人掘深二尺，漉出石无量寿像首，高三尺许，形相端严，惟无有身。检其铭勒，篆赤乌年号字样，识是孙吴时物，最为古矣。至癸丑[⑥]岁，里中杨应春捐赀，命工斫木为身，造成金像一躯，连华趺[⑦]通高七尺，处于寺中供养。

竹杖林

吴县西洞庭包山寺[⑧]旁有竹园，传是宋朝[⑨]呆庵禅师[⑩]临化时，手插一枯竹杖于庭，后遂渐生枝叶，长数丈，郁然成林。

石中观音

楚宗室家藏一黄石子，如掌大，日中映之，有白衣观音像一

---

① 无量寿：指无量寿佛，即阿弥陀佛。
② 寿像：国图清钞本作“寿佛”。
③ 东华严寺：东吴赤乌年间（238—251）建，故址在今苏州邮电大楼西侧。
④ 孙吴大帝：孙权。
⑤ 眢井：废井；无水的井。《左传·宣公十二年》：“目于眢井而拯之。”陆德明释文：“眢井，废井也。《字林》云：‘井无水也。’”
⑥ 癸丑：万历四十一年，公元 1613 年。
⑦ 趺：碑下的石座。
⑧ 包山寺：故址位于苏州市吴中区西山梅益村包山坞。初名福愿寺，始建于南朝梁大同二年（536）。
⑨ 宋朝：误。应为明朝。
⑩ 呆庵禅师：呆庵敬中普庄禅师，1347—1403，台州（今浙江临海）仙居袁氏。明永乐年间呆庵禅师结茅重建包山寺（原寺前双塔之一即呆庵舍利塔）。

躯在焉。眉发璎珞[①]，相好成就，中似嵌空[②]，摇动如活。王稚庸见之。

小本法华经

董翰林其昌，曾见吴兴沈通政[③]子木[④]家小本《法华经》，纸甚薄，是宋代宣和间物。止三十叶[⑤]。《莲经》一部在焉。字如粟大，而分别可识，书法整洁，非世所见。纸色经久如旧鲜明，未详何人抄写也。通政殁，长君[⑥]藏于家。

写塔童子

苏州城西宝林寺[⑦]，相传不知何代，忽有十三岁童子无何[⑧]而至，云欲得净室写经。寺僧以别房待之。就索纸笔，写《法华经》。以半幅高丽茧纸[⑨]，画作七级浮图[⑩]，一级一卷。纸长四尺许，

---

① 璎珞：古代用珠玉穿成的戴在颈项上的装饰品。

② 嵌空：指凹陷。

③ 通政：即通政司属官。通政司，官署名，明清时收受、检查内外奏章和申诉文书的中央机构。

④ 子木：沈子木，1508—1609，字汝南，号玉阳，嘉靖三十八年（1559）己未进士，历南京太常寺卿、都察院右都御史。卒赠兵部尚书，谥“恭靖”。

⑤ 叶：同“页”。

⑥ 长君：此处指沈儆照，1550—1608，字伯昭，号豫垣，沈子木长子。国学生，曾任大名府通判，授光禄署正。

⑦ 宝林寺：该寺元朝至正年间由圆明大师宝林懋所筹建，初名宝林庵，规模不大。明宣德二年（1427）原庵被毁，后由白云英集资重建。

⑧ 无何：没有什么。多指没有什么事。《荀子·天论》：“星队木鸣，国人皆恐，曰：‘是何也？’曰：‘无何也。’”

⑨ 高丽茧纸：简称高丽纸，又名韩纸、高丽贡纸。书画用纸。产于朝鲜半岛，高丽为其古称，故名。质地坚韧、光洁，受墨微渗有韵，宜书宜画，有镜面及发笺等多类品种。

⑩ 浮图：即浮屠。佛塔。国图清钞本“浮图”作“佛图”。

广可尺半，而经文六万余言尽在焉。数日便了，仍留寺中供养。童子不知所之。里人陈文纲云曾亲见此塔，字如麻大，致密分明，其下左方题“行童东海王师光写”一行，年月不尽记矣。今归荡口华氏。

冰中塔

常熟陈庄靖公瓒[①]为给事时，以直言忤世宗，廷杖阙下，削籍放归。归后杜门谢事，一意修西方净业，昼夜六时，持《弥陀》不辍。今天子登极，诏复公故爵，由是不数载间，超迁至秋官尚书矣。万历戊子秋七月，公病革[②]。弥留之际，诵佛益庄。故事，京师大臣自三品以上，暑月赐冰。既置冰于公榻前，众忽见冰中涌出七级浮图，栏楯钩缀，窗槛玲珑，檐角顶轮，无不周备。移时而冰势渐消，塔影渐瘦，其顶尖亦渐微细。顷之，报公气绝。一时幻迹，寂无所睹矣。瞿盐使汝稷[③]、严太守澄适在长安[④]，相与共奇其事。

炉中莲

庄靖公女陈氏，嫁于孙，今太学胤伽之母也。家常熟城西山

---

① 瓒：陈瓒，1518—1588，字廷裸，号雨亭，南直隶苏州府常熟人。嘉靖三十五年（1556）进士。历仕江西永丰知县、刑科给事中、会稽县丞、刑部左侍郎。卒谥庄靖。著有《济美堂集》。

② 病革：病势危急。语出《礼记·檀弓上》：“夫子之病革矣。”郑玄注：“革，急也。”

③ 汝稷：瞿汝稷，1548—1610，字元立，号那罗窟学人、幻寄道人、槃谈等，南直隶苏州府常熟（今属江苏）人。瞿景淳之子。以父荫受职，三迁至刑部主事，出知辰州府，任职长芦盐运使，累官至太仆少卿。幼秉奇慧，博览强记，宿通内外典。

④ 长安：指京师，即北京。非陕西西安。

塘泾上。先是，有楚尼来里中，以西方之教倡化朱门，夫人娘子归信甚众。陈氏平居见庄靖公奉佛，亦奉佛，既嫁之后，持诵益虔，在家常设观音斋。万历五年六月十九，斋会毕，焚纸钱于炉，灰且冷矣，移置佛案之下。炉中忽挺出青莲花一枝，形如菡萏，乍吐尚含，翠色欲滴[①]，其下茎微有刺。于时中外姻党，无不赞叹。三日后，为一妊身妇人触之而萎。西川叙州佥臬[②]陈禹谟[③]，其同产兄也，尝为余言。

裙上观音像

黄氏仆母者，常熟罟里村[④]媪也。平居持斋念佛，了无他异。有子为黄观察时雨[⑤]家仆。万历甲寅秋，媪年六十五岁[⑥]矣，疾笃将逝，索一新裙不得，便命取所常着旧蓝裙，曝之于庭。其裙衣里十二幅，须臾现出十二面观音像，各幅变相不同，咸具竹林[⑦]鹦鹉[⑧]之致，经一昼夜化去乃灭。遍村人皆见之。

---

① 滴：国图清钞本作“摘”，误。

② 佥（qiān）臬：即佥事，官名。金置按察司佥事。元时诸卫、诸亲军及廉访、安抚诸司，皆置佥事。明因之，都督、都指挥、按察、宣慰、宣抚等，皆有佥事。清初沿用，乾隆时废。

③ 陈禹谟：1548—1618，字锡元，号抱冲，江苏常熟人。万历间举人，历仕南京国子监学正、四川按察司佥事、贵州布政使。禹谟采掇诸书琐事隽语，著《广滑稽》三十六卷。

④ 罟（gǔ）里村：即今古里镇，位于常熟市大东门外十公里处。

⑤ 时雨：黄时雨，字化之，号润寰，常熟人，万历甲戌（1574）进士。最高官职为云南左参政。

⑥ 岁：国图清钞本无。

⑦ 竹林：指天竺，佛教诞生地。

⑧ 鹦鹉：传说唐代杨贵妃饲养的鹦鹉为躲避灾难诵读《多心经》，日夜不息，大有皈依佛教获得解脱的韵味。

雉儿塔[1]

雉儿塔在半塘寺[2]，传是晋朝生道人[3]虎丘说法，野雉来听，明日诞生为城东某氏儿，肋下有雉翼尚存。儿后出家半塘寺中，化之日，寺僧造石幢[4]葬之，因名雉儿塔焉。宋学士濂[5]前生[6]血书《法华经》[7]，至今尚存在寺也。

破山寺[8]幢

常熟县破山寺，今名兴福，有唐人刻尊胜咒[9]幢二座石，斯

① 雉儿塔：莲花底座的舍利塔。相传晋代高僧道生讲《法华经》，有野雉来听，明日降生城东某氏，儿肋下有雉翼，后出家半塘寺，死之日，寺僧造幢葬此，又名雉儿塔。此后晋代义熙十一年（415）时，商人谢本夜泊于此，闻童子诵经声，次日寻迹，见坟上生青莲花，郡闻，诏建是塔。见宋范成大《吴郡志》。

② 半塘寺：位于苏州城内山塘街一带。晋代所建，又称圣寿教寺。同治年间，更名为龙寿山房。

③ 生道人：晋代高僧，名竺道生，巨鹿人，俗姓魏。自幼颖悟，十五岁时已能上台讲经，后拜西域高僧、译经家鸠摩罗什为师。他从长安出，东游苏州，来到阊门外半塘，见这里溪流潆洄、松竹苍翠、颇为幽胜，遂结茅为庵，诵经修持。

④ 石幢：古代祠庙中刻有经文、图像或题名的大石柱。有座有盖，状如塔。

⑤ 濂：宋濂，1310—1381，初名寿，字景濂，号潜溪，别号龙门子、玄真遁叟等，汉族，祖籍金华潜溪（今浙江义乌），至宋濂时迁居金华浦江（今浙江浦江）。明初著名政治家、文学家、史学家、思想家。与高启、刘基并称为“明初诗文三大家”，又与章溢、刘基、叶琛并称为“浙东四先生”。被明太祖朱元璋誉为“开国文臣之首”，学者称其为太史公、宋龙门。

⑥ 宋濂前生：宋濂在《血书华严经赞》中写道，在他出生之时，母亲做了一个梦，梦见一僧人手持《华严经》而来，对她说：“我就是永明延寿禅师，想借一室，以终此卷。”当她醒来，小孩就要出生，为此给小孩取名寿，后来才改为濂。宋濂深受延寿禅师的著作、作为等影响，认为自身与延寿禅师有前世因缘，并以延寿禅师转身自命，把延寿禅师当作佛学的导师。

⑦ 血书《法华经》：钱氏记载有误，应该是元代至正年间（1341—1370）半塘寺善继和尚刺血抄写成的《华严经》。善继，号幻天，发愿抄写这部《华严经》时，从自己手指端刺出鲜血，蘸笔专心缮写。为写这部血经，他长期食淡斋，其字呈金黄色，后半部稍暗，可能因精神体力不支，稍有盐分摄入所致。纵观全书，六十余万字，一笔不苟，确是一片赤诚。

⑧ 破山寺：即常熟兴福寺，位于江苏省常熟市虞山北麓。

⑨ 尊胜咒：原称佛顶尊胜陀罗尼，亦名净除一切恶道佛顶尊胜陀罗尼。

为古矣。寺即常建[①]题诗处。

毗卢[②]幢

苏州阊门内专诸巷[③]城上，有专诸墓，与要离[④]墓相近。万历年间，专诸墓坏，居民起出石幢一座，高仅三尺许，上莲华，下[⑤]雕础，四壁各刻毗卢遮那佛一躯，三面并作思忆相，一面撤手。不知何代物也，今归寒山[⑥]。

法海寺[⑦]画像

赵居士宧光[⑧]，尝偕黄山人习远同游洞庭东山法海寺，见其殿

---

① 常建：籍贯邢州（根据墓碑记载），后游历长安（今陕西西安），唐代诗人，字号不详。开元十五年（727）与王昌龄同榜进士，仕宦不得意，来往山水名胜，长期过着漫游生活。后移家隐居鄂渚。天宝中，曾任盱眙尉。常建的现存文学作品不多，其中的《题破山寺后禅院》一诗较为著名。

② 毗卢：佛名，毗卢舍那（亦译作昆卢遮那）之省称，即大日如来。一说，法身佛的通称。

③ 专诸巷：苏州城区西北部的一条街巷，位于阊门内，以春秋时刺杀吴王僚的勇士专诸得名。

④ 要离：春秋时期吴国人，生活在吴王阖闾时期。其父为职业刺客，要离为屠夫，后由于成功刺杀庆忌，为春秋时期著名刺客。

⑤ 下：国图清钞本无，误。

⑥ 寒山：寒山寺，位于苏州市姑苏区，始建于南朝梁天监年间（502—519），原名妙利普明塔院。寒山寺属于禅宗中的临济宗。相传唐寒山、拾得两僧曾居此，遂改今名。今寺为清末重建。寺内有寒山、拾得画像石刻及张继《枫桥夜泊》诗刻碑。

⑦ 法海寺：在莫厘峰西坡下法海坞中，相传隋代莫厘将军舍宅所建，至五代十国时的后梁乾化年间，寺改名祇园。宋大中祥五年（1012），恢复法海寺旧名。明万历年间，寺重建天王、弥陀两殿，称为“丛林寺”。民间传说，其时大小殿堂、僧寮有一千余间。崇祯年间又重加修葺。

⑧ 宧光：赵宧光，1559—1625，字凡夫，一字水臣，号广平，又号寒山梁鸿、墓下凡夫、寒山长。南直隶太仓璜泾（今江苏太仓璜泾）人，国学生。作为王室后裔，赵宧光却一生不仕，只以高士名冠吴中，偕妻陆卿隐于寒山，读书稽古，精六书，工诗文，擅书法，尤精篆书，夫妇皆有名于时。他兼文学家、文字学家、书论家于一身。有《说文长笺》《六书长笺》《寒山蔓草》《寒山帚谈》《寒山志》等。

堂之左栋间悬一巨箧，讯之老衲，云：“轴子[①]在内，自入教以来三十年矣，未有开展[②]，不知何法。”居士不听，使数人百计发之，既下，众共展阅，乃是陀耶入泥洹[③]画像也。天龙八部[④]、人非人[⑤]等皆号啕躄踊，悲惨莫可名状。其图方广各二丈余一幅，素为之，箧上题“平江府造”四字而无岁月，鉴为宋政和时物。于是率同游作礼于殿庭草间，叹未曾有。

江上钟

江阴县广福寺[⑥]，今名观音。屡废于火，复建于嘉靖年中。寺既成，无钟，僧将募铁[⑦]铸造。一日，黄田闸口[⑧]居民忽见江面上有二巨钟浮来，怒涛溅激，声闻数里，钟上各栖一鸜鹆[⑨]，连呼曰“观音寺里钟，观音寺里钟”，如此者数声，远近骇听。居民[⑩]即取其一送至寺中。其一振声如故，复从上流隐隐浮去，不知所之。故老常说此异于人。

---

① 轴子：卷轴，画像。本义为安在字画的下端便于悬挂或卷起的圆杆。亦指装成卷轴形的帛。
② 开展：展开，打开。国图清钞本“开展”作“开转”。
③ 泥洹：即涅槃。
④ 天龙八部：佛教分诸天、龙及鬼神为八部。因八部中以天、龙二部居首，故曰天龙八部。
⑤ 人非人：紧那罗之别名，似人而非人。
⑥ 广福寺：即乾明广福禅寺，现称君山寺。
⑦ 铁：国图清钞本作“钱”。
⑧ 黄田闸口：今江阴黄田港。
⑨ 鸜鹆：音 qú yù，同“鸲鹆”。鸟名，即八哥。
⑩ 居民：国图清钞本作“民”。

殿角珠

西川一破寺，殿角常夜有光如镜，骤见者疑为明月影也。寺僧怪之，数梯而窥焉，或讶宝气，将设计穴取。一夕，迅雷大震，龙掇之而去矣。或云蜘蛛常抱夜光。理不可晓。

豫章树[①]

诸暨县[②]一老人，三十年前行于郊外，憩磐石上，旁有大豫章树。忽见风击其颠，一子堕下，谛视之，渐有萌芽意。老人倦怠，枕石而卧，才觉，则芽已长。怪之，拾小石子识其地而去。明日走视，已长数寸。又明日，高几尺许。与宾客共往看之，随视而长，顷刻及人[③]，七日之间，遂成大树。老人记其堕子之年月日时，戏从一术士布算[④]之。术士曰："此支干是王者之命，惜作无情物耳。"二十年而此树已大十围。适某村坊佛寺火焚，寺僧募缘重建，殿成而无佛，居民伐其材，装观音佛一躯，万人朝礼，乃知草木无情而有命矣。语曰"豫章生而七日成林[⑤]"，信非妄也。

重荣树

常熟福山寺中有一大银杏树，相传是千年物也。寺既火，此树枝叶萎瘁。后殿宇鼎新，复吐青葱之色。居民谓之"重荣树"云。

---

① 豫章树：樟树。
② 诸暨县：现浙江省绍兴市下属县级市。
③ 及人：一人高。
④ 布算：卜算。
⑤ 豫章生而七日成林：国图清钞本"豫章生七日而成林"。

跨海梁[①]

常熟县北行三十六里有福山镇,镇在海滨[②],寺名大慈[③]。中有转藏[④]殿，极大，相传转藏一回，可代诵经百卷，故四方善信游其寺者，无不转藏。嘉靖甲寅年，殿毁于燹[⑤]。至隆庆中，有僧募化重建[⑥]，改其殿额曰“西方”。木瓦之费，已苟完矣，独缺正梁一根。居民葛甲，夜具舟楫，将往郡城买梁施寺。侵晓，忽见海口有一巨木浮来，视之，乃是香楠，盖良材也。使人起之于岸，亟召匠工计度，不爽尺寸，其殿遂成。道俗长幼，咸来观瞩，呼之为“跨海梁”矣。乃知佛力广大，加崇信焉。

雷拔飞来寺

广东博罗县[⑦]城外有飞来寺[⑧],创立甚雄,不知其所由也。舒

---

① 跨海梁：南宋末年，大慈寺毁，寺内的银杏树也随之枯槁。元朝初，大慈寺重建，在建造僧堂时，唯缺一根正梁。众僧正急得一筹莫展时，忽见寺东江口海门的波涛中漂浮着一根巨木，时隐时现。大慈寺僧一起到江边祈求，那巨木似有灵性，随着潮水漂至寺下。众僧大喜，合力将巨木捞起，竟是一根又粗又长的栋梁之材，便将它做了大梁。因这大梁从海中乘浪而来，故称之为“泛海梁”或“跨海梁”。

② 海滨：实际是长江边，当地人习惯称长江为海。

③ 大慈寺：即大慈教寺，位于江苏省常熟市福山镇。

④ 转藏：佛教语。转动藏经的层龛，谓可以祈福。

⑤ 燹：国图清钞本作“火”，正确。

⑥ 至隆庆中，有僧募化重建：钱氏把跨海梁出现的时间弄错了。《至正重修琴川志》大慈寺条下有：“中遭回禄，焚毁殆尽。近始鼎新焉。传闻海中有巨木荡漾其间，他寺欲求而不可，惟大慈一祷得之，遂以为僧堂巨栋，标之曰泛海梁，至今尚存。”也就是说宋元时代就已经有了“跨海梁”的传说。大慈寺确实被大火烧毁，元末方才重建，与战争无关。嘉靖年间“寺毁于燹”，为倭寇放火烧毁，应该是传说有误。而国图清钞本作寺毁于“火”，符合早期的常熟志书。

⑦ 博罗县：现为广东省惠州市辖县。

⑧ 飞来寺：位于广东省清远市北江小三峡处的飞来寺，相传是从安徽飞来，故名。

州[1]贞俊禅师[2]曾有密语，谓“此寺飞来，终当飞去耳”。忽一夕，天呼地吼，殿宇摇动，遂为暴雷拔去，荡然无有遗者，仅存东南一角而已。僧俱露立，相顾莫测，果契禅师之谶矣。老衲方明上人[3]慧素能诗，欲募化重兴此寺而不成。或云当有巨蟒大蜃[4]之属长养于中，竟载此寺而之他国，未可知。传其地即初唐诗中“清远峡[5]”也。

千佛阁

虎丘千佛阁[6]，倾圮[7]不可为，游者无不仰叹。殿学[8]申公[9]发大愿力，捐赀鼎新，众亦乐助。一日，有匠人持斧凿诣寺，自云能整齐之，请具香烛花果纸镪，罗列数百余灯，夜与同伴三四人闭户丁丁不辍，及晓，锱铢不失尺寸，岿然如故矣，仍索厚缗，辞谢[10]而去。识者谓匠本凡人，偶为神物所凭而然，如古者般[11]、倕[12]之流，其神不死，往往下降人间，成就释道二门胜事[13]，非有他也。一云是异僧来敲正之，非匠人也。其僧是越东人，尚在。

---

① 舒州：位于安徽省西南部、皖河上游，是安徽省安庆市的前身。
② 贞俊禅师：安徽舒州上元延祚寺住持。
③ 上人：佛教称德智善行的人。后用作对僧人的敬称。
④ 蜃：传说中一种能吐气成海市蜃楼的蛟。
⑤ 清远峡：又名禺峡、中宿峡、飞来峡，珠江水系干流北江河道中的三峡之一，为北江中下游的分界点。全长九公里，是北江三峡中最险要的地方。
⑥ 虎丘千佛阁：始建于明永乐十七年至十九年间（1419—1421），复建于万历和天启年间。
⑦ 倾圮：倒塌。
⑧ 殿学：观文殿（曾名文明殿、紫宸殿）、资政殿、端明殿（曾名延康殿）、保和殿（曾名宣和殿）诸殿学士。
⑨ 申公：申时行。
⑩ 辞谢：国图清钞本作“谢辞”。
⑪ 般：鲁班，我国古代建筑工匠。相传姓公输，名般，亦作班、盘，或称“公输子”“班输”，春秋时鲁国人，故通称“鲁班”或“鲁盘”。
⑫ 倕：传说中的巧匠名。
⑬ 胜事：指寺、观中法会、斋醮等。

今苏州玄妙观、三清殿亦有远方匠工来，一夕而焕然旧观矣。

天王寺缘起

苏州府治东，有东西两天王寺，相传唐大历三年间，托塔李天王①白昼显形其地，居民见而神之，争共募造，寺遂获②兴。中有炽盛光王佛③、毗罗观音诸像，其二十八宿④，犹是唐朝夹纻旧物。石韦驼尊天迹最古矣，至今尚存。

獐朝白雀寺⑤

吴兴白雀寺，唐年刹也，今为西越名蓝⑥。顷岁⑦重新道场，香火之盛，他丛林⑧莫与比矣。观音殿前，往常有虎来朝，亦不为暴，寺僧多怖而逐之去。后遂每日有一獐来作礼，云是虎所使也。

---

① 托塔李天王：李靖，出现于古典神话小说《封神演义》《西游记》等，家住陈塘关。后修道成仙，晋升仙班。因为左手中常托玲珑宝塔，又被称为"托塔李天王"。他的形象特征是：身穿铠甲，头戴金翅乌宝冠，左手托塔，右手持三叉戟，还会使用宝剑。

② 获：国图清钞本作"得"。

③ 炽盛光王佛：如来佛的化身，亦称"大威德明王"。其形象为三面四臂，上右手持金轮，上左手举印，下二手当胸。怒发上冲作火焰状，大有怒不可遏之势。

④ 二十八宿：我国古代天文学家把天空中可见的星分成二十八组，东南西北四方各七宿，俗称"二十八宿"。东方苍龙七宿是角、亢、氐、房、心、尾、箕，北方玄武七宿是斗、牛、女、虚、危、室、壁，西方白虎七宿是奎、娄、胃、昴、毕、觜、参，南方朱雀七宿是井、鬼、柳、星、张、翼、轸。

⑤ 白雀寺：在湖州西北九公里，弁山东麓石斗山。南朝齐（479—502）比丘尼道迹曾在此山诵法华经，昼夜不息，共二十年，圆寂后即葬其处。道迹生前在诵经时，经常有白雀旋绕，状若听法，故又称白雀寺。

⑥ 蓝：即伽蓝。伽蓝，梵语僧伽蓝摩译音的略称。意为众园或僧院，即僧众居住的庭园。后因称佛寺为伽蓝。

⑦ 顷岁：近年，昔年。南朝梁江淹《萧上铜钟芝草众瑞表》："顷岁以来，祯应四塞。"

⑧ 丛林：僧人聚居之处。因指寺院。

寺中有李公垂[1]石，长可二尺余，颇具孤峰一片之势，仄[2]之可用为枕。其上刻字三行："长庆甲辰[3]二月辛巳余英[4]孟郊[5]来访竟陵[6]陆霄翁[7]曾观"凡二十有一字。埋没草莱[8]，今归快雪[9]。

相传此寺是唐宰相李绅公垂所建。初未有寺时，一高行上座[10]结草为庵，李绅秀才与上座为方外之交，便借庵中肄业。时近新秋，绪风[11]送凉，林容如洗。李欠伸[12]思寝，施枕榻间，谓上座曰："师打坐片时，某欲睡去也。"上座乃结跏趺，于窗下观之，见李方就榻而寝，鼾声如雷。顷之，顶门内忽走出一小绿蛇，长可二寸，蜿蜒下榻，环绕于溺器[13]之侧。已渐缘入溺器中，半

---

① 李公垂：李绅，772—846，唐诗人，字公垂，无锡（今属江苏）人。元和进士，曾因触怒权贵下狱。武宗时拜相，出为淮南节度使。与元稹、白居易交游颇密，并共同倡导写作新乐府。作有《乐府新题》二十首，已失传。今存《追昔游诗》三卷，《全唐诗》另录其杂诗为一卷。其中《悯农》诗二首，较有名。

② 仄：倾斜。《管子·白心》："日极则仄，月满则亏。"

③ 甲辰：长庆四年，公元 824 年。

④ 余英：钱氏用来作为武康的别称。余不溪上溯十余里，即余英溪，又称前溪，余英溪流经古城武康。

⑤ 孟郊：751—814，唐诗人，字东野，湖州武康（今浙江德清）人。早年隐居嵩山。近五十岁中进士，任溧阳县尉。元和间任河南水陆转运从事。其诗感伤遭遇，多寒苦之音。与韩愈齐名，并称"韩孟"。又与贾岛齐名，有"郊寒岛瘦"之目。有《孟东野诗集》。

⑥ 竟陵：今湖北省天门市。

⑦ 陆霄翁：或许是陆羽。陆羽（733—约 804），字鸿渐，唐朝复州竟陵（今湖北省天门市）人。性诙谐，闭门著书，不愿为官。一度曾为伶工。与女诗人李季兰、僧皎然颇友好。以嗜茶著名，并对茶道有精深研究，撰有《茶经》，旧时被视为"茶神"。又能诗，但传世者仅数首。

⑧ 草莱：犹草莽。杂生的丛草。

⑨ 快雪：王羲之有《快雪时晴帖》，堪称旷世奇作，在唐代就已经是国宝级珍品。这里作珍品解。

⑩ 上座：佛教称谓之一。对法腊（出家年岁）高者或有德行僧人的尊称。也可指全寺之长。

⑪ 绪风：余风。《楚辞·九章·涉江》："乘鄂渚而反顾兮，欸秋冬之绪风。"

⑫ 欠伸：亦作"欠申"。打呵欠，伸懒腰。疲倦的表示。《仪礼·士相见礼》："凡侍坐于君子，君子欠伸，问日之早晏，以食具告。"郑玄注："志倦则欠，体倦则伸。"国图清钞本作"欠身"，误。

⑬ 溺器：盛小便的器物。

晌而出，出则延首[①]向阶下行，行至大沟之内，悉是泥淖[②]，有丹黄[③]二叶，委积[④]其间。蛇于叶底盘旋不已，久之，乃上大银杏树，直跻树头，徘徊不下。上座恐其忘返，徐举锡杖击树枝，蛇便逶迤而下，急寻归路，依然入室登榻，走入其顶门中。须臾之间，李生寤矣。师喝[⑤]云："郎君何久不起，作何梦乎？"李起而对曰[⑥]："乐不可言。初，睡中渴甚，梦至一处，有大[⑦]城门，颇极壮丽。某入其中，四顾皆清流碧湍，非人境也。见其水色湛然，欣然就浴，因试饮之，如沃醍醐甘露矣。少顷即出，复至一大堤之上，邂逅美丽女郎十数辈，或着金泥[⑧]帔子，或衣绛袖绣襦，绰约轻盈，飘然仙侣。方调笑间，举头见仙山楼阁，若在烟霄，女郎辈趣某往游，遂去。既登峰顶，清沁肌骨，疑在阆风山[⑨]前。耳中闻雷霆声，急下山，不觉惊醒。"上座因知绿蛇为李生梦中之身，其所游历，皆恶境也，于是具说所见因缘以开导之。李大怅愕，遂于佛前宏誓发愿："若我他日富贵，必兴佛法，建幢此中。"李后擢进士第，武宗[⑩]朝拜相，捐赀数千，寺遂鼎建，名曰白雀，上座则开山祖师云。此段公案，《广记》诸书所失载，故拈出之，与管珍秀才所说同，《无锡志》记误。

---

① 延首：伸长头颈。常形容急切盼望的样子。三国魏曹植《王仲宣诔》："孰云仲宣，不闻其声。延首叹息，雨泣交颈。"

② 行至大沟之内，悉是泥淖：国图清钞本作"行至大沟，沟内悉是泥淖"。

③ 丹黄：赤黄色。《周髀算经》卷上："青黑为表，丹黄为里。"

④ 委积：聚积，堆积。《楚辞·九章·怀沙》："材朴委积兮，莫知余之所有。"

⑤ 喝：国图清钞本作"唱"。

⑥ 李起而对曰：国图清钞本作"李对而起曰"。

⑦ 大：国图清钞本无。

⑧ 金泥：用以饰物的金屑。将金箔碾成粉，配以蛋清，和成漆状，即为金泥。一般用于佛像塑身的皮肤部分。

⑨ 阆风山：神话传说中，邻近仙境的山被称作阆风山。

⑩ 武宗：唐武宗李炎，840 年至 846 年间在位。唐武宗推行一系列"灭佛"政策，使佛教受到严重打击，史称"唐武宗灭佛"或"武宗灭佛"。因唐武宗年号"会昌"，故佛教徒又称之为"会昌法难"，将它与之前的北魏太武帝灭佛、北周武帝灭佛和后来的后周世宗灭佛并称为"三武一宗"。

宝林寺画龙

阊门内有宝林寺，唐年刹也。正殿梁柱雕绘盘龙，门外有水一池[①]，石梁跨之。夏月，居民晓起入寺追凉，惊见群龙下饮于池，鳞甲张起，如欲振跃。奔走告人，黯然风雷之声，不知其所矣。市人皆见檐庑间烟雾絪缊[②]，其础上犹有泥滓萍藻，若经水淋洗者然。是日苏州城中震雷暴雨。

天圣寺[③]土龙

吴兴天圣寺，先朝古刹。殿上东壁有管夫人[④]画竹，西壁有赵承旨[⑤]画水墨云山。前有大池，其左右两栋间，各塑彩绘土龙一条于上。万历中，老僧晓起拈香佛案前，见二龙下饮于池。僧大怖，语其徒众曰："土龙饮水，大是怪征，兹地其当陷乎！"龙饮毕，仍各归栋间，而两尾则已交互相衔，非如旧矣。寺僧闻于郡守，守不信，即驾车来观，惊叹其事。命取纸笔，题"错龙盘殿"四大字，刻木以榜于殿上。未久，此两龙便挟风雨飞去，不知所之。今所妆饰者，又后人所补，非旧物也。

---

① 池：国图清钞本作"汜"。汜，音 sì，不流通的小沟渠。

② 絪缊：形容云烟弥漫、气氛浓盛的景象。《易经 · 系辞下》："天地絪缊，万物化醇。"

③ 天圣寺：原址在今浙江省湖州市益民路，创建于唐中和二年（882），初名"景清禅院"。北宋天圣八年（1030）改"天圣禅院"，宣和年间（1119—1125）又改名"神霄玉清万寿宫"，南宋建炎元年（1127）复名"天圣禅寺"，并一直沿用。其后屡经兴废，"文革"中毁。

④ 管夫人：即管道昇，1262—1319，字仲姬，德清县茅山村（今属干山乡）人，元代著名的女性书法家、画家、诗词创作家，世称管夫人。

⑤ 赵承旨：即赵孟頫，1254—1322，字子昂，号松雪道人、水精宫道人，浙江吴兴（今浙江湖州）人。南宋末至元初著名书法家、画家、诗人。入元后，累官至翰林学士承旨。著有《松雪斋文集》等。

蛇化僧

杭州镇海庵，在草桥门[①]外敌楼[②]东。相传此基故是化智庙也。国初时，忽有一僧，自称姓叶，来此募缘造庙。庙垂成矣，僧忽谓众匠工曰："明日吾出募缘，午间有一贫子来看，须分酒食饮食之。若饭毕将去，急挽其袂，直云此饭乃十方施主钱财，难以消受，请为我助一工。"

到明日，果有贫子至，众工悉如所教。此贫子不得已，甃成一纸炉而去。临行，谓众工曰："叶长老所募金银甚多，日可斗量，不信，俟其入浴时，从窗罅[③]窥视，当验吾言不诬耳。"此僧归，见纸炉甃成精美，叹曰："公输子[④]下降，人间肉眼迷离，都不识却也！"及暮，僧入缸澡浴，众工依言觇之，乃一大白蛇，鳞甲灿然，光烛一室，须臾仆地死矣。岂蛇之有愿力者乎？

庙后为屠中丞[⑤]拆毁，改作社学[⑥]，建于钱塘江口。今川僧满胜遂于基上建[⑦]庵焉，号曰镇海，与西陵诸山隔江相对，祝厘补陀者必经其门。

---

① 草桥门：即望江门，杭州东城门之一，始建于南宋高宗绍兴年间，又称"新门"或"新开门"。

② 敌楼：城墙上御敌的城楼。也叫谯楼。

③ 窗罅：国图清钞本作"窗隙"。

④ 公输子：即鲁班。

⑤ 屠中丞：屠勋，1446—1516，字元勋，号东湖，浙江平湖清溪屠家栅村（今属林埭镇）人。成化五年己丑（1469）进士。授工部主事。为官清廉，办事干练，遂升为刑部员外郎、郎中、尚书。著有《太和堂集》（又名《家藏集》）六卷、《东湖遗稿》十二卷、《东湖内奏》一卷、《屠康僖公集》。

⑥ 社学：元、明、清三代的地方学校。元至元二十三年（1286）始设。元制五十家为一社，每社设学校一所，择通晓经书者为教师，农闲时令子弟入学，读《孝经》《小学》《大学》《论语》《孟子》。明承元制，教育八岁以上十五岁以下之幼童；教育内容增加《御制大诰》《大明律令》及冠、婚、丧、祭等礼节。

⑦ 建：国图清钞本无。

僧再世①

北直隶真定府老僧死去，托生于塞外②，能知前生事，自幼至长不忘。尝因互市③，求归乡里，上官不许入关，乃复还北。官与之移文④真定，索其故居僧舍中经函、念珠置处，其徒某法名，一一验讯无差。仍令通事⑤传递，给还故物。此人⑥遂倡化于彼方，诸人⑦受其教者，咸加崇信，念佛持斋，如中华法侣之盛矣。

妙海二姑以下五条皆观世音事

施氏，尤生锡绶之妻，长洲人也，孝顺舅姑。万历丁未年间，忽患膈症⑧，积治不损，日就尪羸。至十月初九日，天色向晚，强起，用帕抹首，立于门侧。忽有道姑东来⑨，过其门，数目施氏，从之乞茶。施氏延请入门，送茶饮讫，问道姑从何方来，曰："吾居南海，有事偶到此耳。"因谓施氏曰："娘子灾重，想难久长。"施氏即说所苦。道姑曰："此关仓、膈⑩也，法在不治。吾见汝夙有善根，当为治之。"于衣带上解出黑色丸子甚坚，教施氏于临卧

---

① 僧再世：国图清钞本作"僧为鞑子"。
② 塞外：国图清钞本作"虏中"。
③ 互市：往来贸易。《后汉书·应劭传》："（鲜卑）故数犯障塞，且无宁岁，唯至互市，乃来靡服。"
④ 移文：将公文发往平行机关。
⑤ 通事：旧时指翻译人员。
⑥ 人：国图清钞本作"鞑子"。
⑦ 人：国图清钞本作"鞑子"。
⑧ 膈症：指饮食难以下膈入于胃肠。
⑨ 东来：由东而来。非向东而来。
⑩ 仓、膈：人体两个穴位地仓、膈俞。

时噙化口中，疾当自愈。因问："娘子几岁矣？"曰："三十二。"问："食斋乎？"曰："十三岁时持斋，廿二岁又开，至廿四岁更持，七年后复破戒。"道姑叹曰："此是魔王上身，故不能坚久耳。今[①]疾愈后，仍须持之。我书一符于汝额上。"即出朱笔于袖，向施氏眉心画一小符，隐隐肉中[②]，初无痕迹，曰："从此魔王不至矣。"施氏作礼而谢，道姑曰："何劳郑重。他日有便，寻吾于南海可也。"问："南海广大无边，不知尊师家安在乎？"曰："汝过南海，若问妙海老爷，无不共晓。"即送出门，转盼间已不见矣。

尤生归，施氏语之故，惊曰："若言南海，得非救苦观世音乎？"其夜施氏如言服药，明日遂进饮食，绵笃之疾，一朝顿除。明年戊申，偕其姑刘氏同到补陀瞻礼，才入寺门，便见"妙海宫"三大金字榜于殿堂，始悟菩萨之灵应焉。

其年九月十九日，施氏早膳毕，坐于中堂，又见一道姑，手持棕拂子[③]排户而入，合掌问讯曰："娘子乞吾[④]斋粮半升。"施氏亦合掌答之。道姑便问："在家女人能受戒乎？"施氏曰："我固持斋人也。"道姑遂口念弥陀，因宣四句偈曰："弥陀口里念弥陀，不识弥陀争[⑤]奈何。这句弥陀参不透，轮回那得出娑婆[⑥]。"施氏问："姑何处人？"云："湖广人，住枯松塔里修行，自已[⑦]功行虽已圆成，止有一点度人心未了耳。"问："娘子年多少？"答云："三十三岁矣。"道姑叹曰："汝有五短相。"屈其指云："日月三光短，父母相遇短，手足短，夫妻缘[⑧]短，六亲缘短。"旋于

① 今：国图清钞本无。
② 中：国图清钞本作"内"。
③ 拂子：即拂尘。古代用以掸拭尘埃和驱赶蚊蝇的器具。常为僧尼术士所执持。
④ 乞吾：吾乞。吴语的一大特点是主谓倒装。
⑤ 争：怎么，如何（多见于诗、词、曲）。
⑥ 娑婆：我们所居之娑婆世界的简称。娑婆，佛教语，梵语的音译，意为"堪忍"。因此世界的众生堪能忍受十恶（杀生、偷盗、邪淫、妄语、绮语、恶口、两舌、贪欲、嗔恚、愚痴）及诸烦恼而不肯出离，故名"堪忍世界"。
⑦ 已：当为"己"之误。国图清钞本作"己"，正确。
⑧ 缘：国图清钞本无。

袖中出簿籍一册，黄素装面，中间字皆篆文靛色，阅罢，谓施氏曰："汝阳算止二十九岁，如何多却四年？"又揭册中一叶，点其首曰："是矣，因汝昔曾行三善事，故延至今日。一者汝于十五年前捐资铸金像一躯，二者尝施经板一块，三者万历三十年十二月初九见路旁饥寒人舍饭一瓯。有此三善，获延三载。又缘曾遇肉身菩萨点化来，故不即夭死耳。"施氏具说妙海因缘告之，心计此姑虽衣饰容貌种种与前不同，而双瞳秀异，宛是昔所遇者，因合掌下拜，哀祈拯度。

道姑曰："能便相随枯松塔里修行乎？"曰："舅姑老，无人侍养，不能去也。"曰："装一炉香来。"走视厨下，已无火。道姑曰："不须装，吾携得一瓣在此，可取一瓯净水来。"水至，用棕拂子梢微微洒之，净其坐处，俄而出一竹篮，中有三足鼎如蜀山窑①色，可七八寸许，鼎中复有小炉，其制与鼎无异。拨之，中有奇香，氤氲茀郁②。却贮净水于鼎中，插花四种养之。一杏花，二芙蕖，三紫萸，四红梅③，红白相映，各可四寸许。花上栖燕雏一双，蛱蝶④一对，啾啾栩栩，飞鸣其间。施氏见之大骇，请其故。道姑曰："此鼎乃兜率宫⑤中希世之宝，天人见赠，非世间物也。"于是命施氏法名，名曰本贤，旋即授之三戒：一戒断绝夫妻恩爱，二戒破除无明烦恼，三戒割弃赀财业缘。仍令吁天立誓，有发愿文数十言，不录。辄举手向施氏发际微掠一过，抽得青丝一簇，绾作小髻，付之曰："待汝夫君归，将此发十五茎遗之，便可谢绝，早办修行。"施氏复合掌下拜。忽风起扬尘，举头而道姑已灭，不知所之，香炉花鸟都无有矣。施氏计其结缡⑥之岁月，

---

① 蜀山窑：即宜兴窑，位于现江苏省宜兴市丁蜀镇蜀山。
② 氤氲茀郁：应为"氤氲馥郁"。馥郁，形容香气很浓。《艮岳记》："芬芳馥郁。"
③ 红梅：国图清钞本作"江梅"。江梅，一种野生梅花，又称野梅，在古代全是野生，常在山涧水滨荒寒清绝之处生长，后来才被移植到园中栽培。
④ 蛱蝶：蝴蝶。
⑤ 兜率宫：梵语。犹言天宫。
⑥ 结缡：古代嫁女的一种仪式。女子临嫁，母亲给她结上佩巾。

恰是十五年也。西方圣人显奇现瑞，固自不可思议哉！非所谓见优婆夷[①]身而为说法者耶？龙街[②]父老共传其事。

水上僧

江阴顾山庵西房有一行童，俗姓曹氏，随其师太虚庄长老出家，自幼持戒精严，尝誓舍身以报佛恩。所积粒粟铢钱，每转施于里中穷饿者。

万历庚戌，行童年三十矣。二月中，庄长老往南海补陀进香，行童苦欲相随，便令担襆而去。既泛海至梅岑山[③]，瞻礼观世音金容。行童默于[④]菩萨座前发誓，愿舍其身。俄而舟出海口，到大莲花洋，飓风暴作，波涛汹涌。行童遽合掌向空而吁曰："将此身心奉尘刹[⑤]，是则名为报佛恩。[⑥]"言讫，便向波心跳入，举船无不惊哄，捞救不及，知无奈何。顷之，日渐晚，风亦渐息。长老还山，传语里巷，称为异闻，便选日与众僧广修佛事忏洗之。

经三月余矣，七月中，行童忽夜归叩门，众僧疑骇，以为鬼也，拒不肯开。说观音神力护持之故，众咸不信。问："庄长老安在？"内应曰："往玄墓山[⑦]古心法师[⑧]筵下听讲，汝亦可诣彼一听，好超度西方去也。"行童忿然而出，竟投玄墓。

---

① 优婆夷：梵语。指出家的女子。

② 龙街：应为"卧龙街"的简称，现苏州人民路。代指苏州。

③ 梅岑山：普陀山在宋代以前称梅岑山，因民间传说西汉成帝时，有方士梅福隐居山中炼丹，并以医道救济岛民，故而得名。

④ 默于：国图清钞本作"默然于"。

⑤ 尘刹：佛教语。刹为梵语国土之意，尘刹谓微尘数的无量世界。

⑥ 将此身心奉尘刹，是则名为报佛恩：出自《楞严经·阿难赞佛偈》。意为：把自己全部的精神、精力、生命、功德，包括个人财富毫无保留地供养给众生。真正做到不为自己求安乐，但愿众生得离苦！这就是报答佛祖慈悲度众的大恩。

⑦ 玄墓山：位于江苏省苏州市光福镇西南部。

⑧ 古心法师：1540—1615，俗姓杨，名如馨，字古心，赐号慧云律师。溧水人，生于明嘉靖十九年（1540），是我国佛教南山律宗的中兴始祖。

时庄长老方作夜课毕，留灯闭户，端坐转经，忽闻行童窗外唤声，心亦讶其为鬼，叱而问曰："汝已舍身，当寻善地中证果去，何得游魂入东土乎？"行童于隔窗具述所经，曰："弟子实人也，未尝作鬼。初跳洋时，忽于下流数步外见一胡僧，深目巨颡，体状魁硕，着赭布袈裟，自水上乘一船板而来，口称'吾度汝'，载之而浮，轻疾如驶。前望见一座山，山渐高，某问何名，曰周山[①]也。倏忽之际，已及浅沙，引而登岸，达于山下。某顾视胡僧衣履都不濡湿，心异之，不敢问。挈某同叩岸旁人家，有女人出应曰：'我亦佛子，但夫出外，不敢留客。'指临近村舍中，'是渔家，有男子在，汝可往投。'至则果有男子启扉，便求寄宿。须臾，欻失胡僧，追觅亡见。其家推询缘由，共相怪叹，知是菩萨显迹世间矣。即取芦藁爇[②]为地炉，与某熏衣，煮蔬具饭，某得不死。明日，送某于周山镇海寺[③]，从首座披削，教习诸品经咒[④]。今已学成梵音，颇明经理。忽思父母，亦念本师，求归故乡。庵中不纳，故特寻访到此，请和尚急开门。"庄长老即收留之，挈还顾山庵。父母见而悲喜。由是远近缁俗，翕然皈依，一时道业，杰出流辈。高君承先质[⑤]而说焉。

鱼篮妇人

姑苏章藻尝写《普贤行愿品》[⑥]及白衣大士经像，勒石施于开

① 周山：疑为现今的舟山。但从下文的叙述来看，又似普陀山。
② 爇（ruò）：点燃，焚烧。
③ 镇海寺：最早叫海潮庵。古时，大智禅师从峨眉山云游至普陀山后选址建茅棚，之后又相继将海潮庵改为海潮寺、镇海寺、法雨寺。
④ 诸品经咒：国图清钞本作"诸经品咒"。
⑤ 质：质证，对证。《礼记·曲礼上》："虽质君之前，臣不讳也。"
⑥《普贤行愿品》：全名为《大方广佛华严经入不思议解脱境界普贤行愿品》，是大乘佛教修学最重要的经典之一。《普贤行愿品》的文字有长行、偈颂两部分。《普贤行愿品》发大宏愿，以果立因，使众生在大愿中得到法益。普贤十愿的诵持，至今仍然是我国一般佛教寺院的常课。

元寺[①]。功愿未满，万历辛亥年，忽病瘈[②]下，自夏徂[③]秋，转加绵笃，又呕血常及数升，分必死矣，嘱妻孥处置后事。

西邻管珍秀才，好道[④]之士，频来问疾，见其肌肉虽消，而两目尚有神光，慰劳之曰："君病当不死，但发心写经崇像，必有神人来相救[⑤]拔也。"章于枕上首肯[⑥]而已。

是日八月初一，其明晨，章忽索进饮食，使人邀秀才而告之曰："夜梦甚奇。初见有五鬼，头抹破碎，身着褴褛，捉某至一荒郊，将衣巾履袜尽数剥去，惟存裸身。此五鬼复将自己破碎褴褛挂于某身，各各奔散而去。某心甚惶怖，逢人控诉。忽见市中有妆画佛像店，店人引而语曰：'无苦也。公之服饰悉在此三间屋子中，请自检取。'既至，则履袜巾帽之属在东厢，衣服又置西厢，堆积甚多，不校其数。而中间一室有高广禅床，梵僧端坐其上。某便合掌作礼，请其名，不答。旁有侍童应曰：'此法华大师也。'令某速出。既出，见其南有一亭，亭有白衣妇人，珠翠满头，提鱼篮而立，后有孩子相随。某向前揖拜，告以褫[⑦]衣之故。此妇人便取鱼篮中杨柳枝[⑧]，将某头上破碎挑去。忽悸而醒，此身如濯清冷渊矣。始悟救吾苦者，即观世音也。"由是得生，旬日病起，众相叹异，坚行其志愿焉。

章年近七十无子，自尔崇信像教，礼拜白衣大士。壬子夜[⑨]，

---

① 开元寺：位于苏州盘门内东大街 11 号，无梁殿是开元寺现在仅存的一座古建筑。我国四大无梁殿之一。
② 瘈：音 zhì，赤白痢。
③ 徂：音 cú，往，到。
④ 道：此指佛教而非道教。
⑤ 救：国图清钞本作"拯"。
⑥ 首肯：点头表示同意。宋苏轼《司马文正公行状》："时仁宗简默不言，虽执政奏事，首肯而已。"
⑦ 褫：音 chǐ，脱去，解下。
⑧ 杨柳枝：国图清钞本作"杨枝"。
⑨ 夜：国图清钞本作"除夜"。

复梦白衣大士座前印香[①]盘结成一“子”字[②],以箸簇之。明日是癸丑岁朝[③]，其妾免身[④]，得雄。

灵芝寺[⑤]降神

西湖灵芝寺，吴越香火，有观世音木像一躯，高可[⑥]七尺余，相传是行脚募化所造，造成而去，不知是[⑦]何处人也。妙好庄严，最为灵应。吴方伯[⑧]入寺中访余，尝见而赞叹。但殿基在正殿之后双银杏树下，为杭州萧秀才所据。秀才不信佛法，架屋其上为书舍，经十余年矣。比丘无力兴复，权以此像供养在正殿三世诸佛[⑨]之下。

余寓其寺，瞻礼兴嗟，即时为比丘题募建殿缘疏。疏既成，比丘将出募，先持示秀才。秀才执科举未定为辞。不数日，府榜落名，呕血二斗，垂死，舁而归矣。

一日邂逅管公子可成会稽来[⑩]，余留之饮。管具说所梦云：“某昔年曾借寓萧氏书舍，其夜梦有梵僧降神，敕令速去，不去，明日将有大祸。梦中取某书剑授剪头奴装而出门。既觉，异之，

① 印香：用多种香料捣末和匀做成的一种香。唐王建《香印》诗：“闲坐烧印香，满户松柏气。”

② 字：国图清钞本无。

③ 岁朝：农历正月初一。

④ 免身：分娩，生育。

⑤ 灵芝寺：旧址在杭州羊市街，现寺与街都已不存在。

⑥ 高可：国图清钞本作“可高”。

⑦ 不知是：国图清钞本作“不知”。

⑧ 吴方伯：吴瑰，字仲伟，成化五年（1469）进士。授南京驾部主事，进员外郎。后官至云南右布政使。以外艰归，卒于家。墓葬于今云霄（福建省漳州市云霄县）郭浦村，俗称“吴方伯墓”。

⑨ 三世诸佛：即过去、现在、未来三世的一切诸佛。又作一切诸佛、十方佛、三世佛。一般以燃灯佛代表过去诸佛，释迦牟尼佛代表现在诸佛，弥勒尊佛代表未来诸佛。

⑩ 一日邂逅管公子可成会稽来：国图清钞本作“一日解后（邂逅）会稽管公子可成来”。

遂不果[1]留。某别去之夕，有丰城[2]人来宿其内，中宵[3]暴亡。然某所挟止书一箧[4]，剑三尺，无余长物，恍与梦中所见相符矣。”

吁！两足慈尊[5]，肸蠁昭如，乃若此之明验乎！昔舍宅为寺者何人，儒生不能反一袈裟地以安猊座，横罹阴谴[6]，曾弗之悟。悲夫！

梦见璎珞[7]

高居士承先，常熟人。尝为余言：万历辛卯年，张太仆[8]鼎思[9]延馆[10]于滁阳[11]。四月八日，传是如来降诞之辰。某与亲识同游至黄草洼。洼中有小茅庵，一坐关[12]老僧[13]数目某，谓有善根，劝之持斋念佛。时琅琊山[14]中有唐吴道子[15]石刻观音像，某领老僧

① 不果：没有结果；未成事实。《孟子·公孙丑下》：“固将朝也，闻王命而遂不果。”

② 丰城：今江西省丰城市。

③ 中宵：中夜，半夜。晋陆机《赠尚书郎顾彦先》诗之二：“迅雷中宵激，惊电光夜舒。”

④ 箧：国图清钞本作“筐”。

⑤ 两足慈尊：即通常说的“两足尊”，如来佛的尊号。足是圆满，两足是指智慧与福德圆满无缺，因为佛陀具足了圆满的福德与智慧，所以最尊最贵。国图清钞本“两足慈尊”在“两”旁打圈存疑并抄倒“慈尊”二字为“尊慈”。

⑥ 阴谴：冥冥之中受到责罚。

⑦ 璎珞：文中指菩萨。

⑧ 太仆：掌舆马畜牧之事的官员。

⑨ 鼎思：张鼎思，1543—1603，字睿甫，号慎吾，河南安阳人。万历五年（1577）考取进士，任吏科给事中，后历任福建按察司副使、江西按察使等职。著有《琅邪曼衍》《考工记补图》《琅邪代醉编》等。

⑩ 延馆：私塾。分两种。由公共延师就教，校址大都利用庙宇公房，塾师的束修向学生摊派，这种私塾称公延馆。由富户在家设馆，延请塾师任教，专教自己及亲友子弟，男女皆可，这种学馆称专延馆。此当为公延馆。

⑪ 滁阳：滁州，简称滁，今为安徽省省辖市。

⑫ 坐关：佛教徒的修行方法之一。指一定时期内，与外界隔离，独居静坐，一心念佛或参禅。又称闭关。

⑬ 老僧：国图清钞本作“僧”。

⑭ 琅琊山：位于安徽省滁州市西郊。

⑮ 吴道子：约680—759，唐代著名画家，画史尊称画圣，又名道玄。阳翟（今河南禹州）人。开元年间以善画被召入宫廷，历任供奉、内教博士。曾随张旭、贺知章学习书法，通过观赏公孙大娘舞剑，体会用笔之道。擅佛道、神鬼、人物、山水、鸟兽、草木、楼阁等，尤精于佛道、人物，长于壁画创作。

言，便请一幅持归，供养于官衙书舍。

其夜即梦身堕茫茫大海中，水从西[①]流，四望无际，头出头没，相将[②]溺矣。忽见西北角有黄石砌墙，高可三尺，心计此堂[③]为岸，而一时不能即达，无如之何。又见东北角柳树下有一童子，如七八岁儿，合掌而招。某见其水急甚，不得不从西北极力划到岸边。忽有穿耳胡僧推上于岸，回视其僧，倏忽又变为璎珞菩萨，隐入水中[④]而去。某已知大士现相救人，于是高声称念南无观世音，悸汗而醒。自此发愿，每朔望[⑤]诵《心经》十卷、观音圣号百声，如是者二十二年矣。

钱塘溺

苏州皋桥张叟，素崇像教，喜施僧食。万历辛亥年春，将诣南海补陀瞻礼观世音，挈其孙八岁小儿以行。既达杭城，担囊渡江，不取道于西陵，求寄载[⑥]下海船，意在速济。时海船已鳞次江头，待潮平而发矣。张叟欲乘一船，其小儿忽见此满船人悉被绳缚手足，急从后牵衣止之，向阿翁叙此异事。叟大骇，遽依其言登岸。及再换第二船，其小儿复叙所见如初。已又登岸，更求第三船附之，问此小儿，目中已无所见，曰：“只前两船怪异，余并安然。”叟意未决，有二人立于船首，大呼之曰：“弗乘彼而来此，此船甚稳，无虞也。”逡巡，又若有人自后推之，遂挈小

---

① 从西：自西。
② 相将：行将，即将。《秦并六国平话》：“有秦兵二十万围了晋城韩国，相将半月有余。”
③ 堂：国图清钞本作“当”，正确。
④ 水中：国图清钞本作“山中”。
⑤ 朔望：农历每月初一和十五。
⑥ 寄载：附乘别人的交通工具。晋干宝《搜神记》卷七：“糜竺尝从洛归，未达家数十里，路旁见一好新妇，从竺求寄载。行可数里，妇谢去。”

儿登船附焉。祖孙两人坐方定，访呼者推者，并已不见。日暮潮至，雪浪如山，而前两船所载并尼妪僧徒之属，舟人不善迎潮，应时沦没[①]，缁俗男女溺死无一存者。张叟所附之船独全，与数十人俱济。

越三日，仁和县令出江口点巡没[②]死人尸，每一方僧腰缠中各有两大锡锭，小刺刀子一枚，验是钓淫之具。信知阐提[③]无赖为菩萨所不救也。张氏感悟，折节[④]空门。杭城人目睹僧事，而未委八岁小儿所见之奇矣。

香菩萨

岭南沉香至贱，凡有官廨[⑤]公座[⑥]，皆香所雕。市人制沉香佛像最精工。有妖髡[⑦]数十辈，命工刻沉香观世音菩萨，其外装成丈六金身，而空其中腹，施以关捩，并藏刀斧戈矛之属。往往驾像以出，幻惑男女，因而杀人劫货，掠取处子之有容色者，行房中之术。先截好发，剃作沙弥状貌，与着消瘦衣裳，教之梵呗[⑧]，淫秽舟中。每泊都市闹场，木鱼声响，流俗士女争往礼谒，金钱粟帛，抱负而至，往往不下千人。

万历癸丑年间，浙东某贵人归装[⑨]经海，辎重悉被劫掠，举

① 没：国图清钞本作“覆”。
② 没：淹没。
③ 阐提：佛教名词。“一阐提”的略称，意为“不具信”，或称“断善根”。佛教用以称呼不具信心、断了成佛善根的人。
④ 折节：指降低自己身份或改变平时的志趣行为。
⑤ 官廨：官舍，衙门。
⑥ 公座：旧指官吏办公的座席。
⑦ 髡：音 kūn，旧时对僧人的贱称。
⑧ 梵呗：佛教作法事时念诵经文的声音。
⑨ 归装：带回家的东西。

家百口，一时并命①，独携其少女而去。女迫于威势，勉强从焉。时舟停京口，斋供云集。镇江守公某初下车②，忽然③梦见白衣妇人诣前白状曰："妾腹中昼夜不宁，楚毒④甚矣，官人何方相救？"既寤，心怪其事，升堂而问左右："境中得毋⑤有妇女枉滥⑥者乎？"逻人⑦从旁进曰："近日河下有香菩萨，从者如归，足新府君之听，他不足问也。"守公立命驾车出郭，搜其舟中，尽得奸宄⑧。见诸沙弥十余辈姿媚柔雅，验之，悉有乳，皆前后所劫良家女子也，呼冤沸天。于是决杀妖髡，荡灭其党，江左称为神明。督抚⑨中军⑩向陈嘉谟⑪说。

方塔

常熟城中东塔，为一邑之镇，有宋建炎初，僧文用募造，功未及半⑫，化去。至咸淳中，僧法润撤其遗构，改建方塔，四面九层，岿然壮观，与他处浮图迥异矣。或云法润即文用再来也。去县治东十五里，有水一洼，旧名塔潭。每当天色开霁，纤云无痕，

① 并命：同死。《颜氏家训·兄弟》："江陵王玄绍，弟孝英、子敏，兄弟三人，特相友爱……及西台陷没，玄绍以形体魁梧，为兵所围；二弟争共抱持，各求代死，终不得解，遂并命尔。"
② 初下车：刚到任。
③ 忽然：国图清钞本作"忽夜"。
④ 楚毒：痛苦。宋苏轼《与朱鄂州书》："有神山乡百姓石揆者……其妻一产四子，楚毒不可堪忍，母子皆毙。"
⑤ 毋：国图清钞本作"无"。
⑥ 枉滥：枉错淫滥，使无辜受害。《魏书·高道穆传》："窃见御史出使，悉受风闻，虽时获罪人，亦不无枉滥。"
⑦ 逻人：巡逻的人；巡察的人。
⑧ 奸宄（guǐ）：指犯法作乱的事或人。
⑨ 督抚：总督和巡抚，明清两代最高的地方行政长官。
⑩ 中军：中军将军的省称。
⑪ 陈嘉谟：1486—1570，字廷采，号月朋，西乡石墅（今安徽祁门二都）人，明朝御医。在诗词赋和书法算方面均有建树。
⑫ 功未及半：造了一半不到。

潭中倒影九层，历历可数，少焉，纵横上下，忽有数十塔影，凌乱波光中，恍不可辨。此其理殆莫测。先年徐光禄振德季子故居在塔寺前，其家北楼壁缝中现出塔影无数，见者诧为怪异，岂未观之潭上乎？余别有记[①]。一僧房在塔东南隅，中有小屋，周遭漆黑，而上置蜃窗[②]，窗中隙光射壁，宛然一小塔也，此更奇矣。相传塔顶常有黄衣仙人偃卧[③]其上，白昼多见之。龚氏《松窗快笔》载其说颇详。

① 余别有记：见《猃园·第六·释异·塔影》。
② 蜃窗：用磨薄的大蛤壳镶嵌的窗子。
③ 偃卧：仰卧，睡卧。《孙子兵法·九地篇》："令发之日，士卒坐者涕沾襟。偃卧者涕交颐。投之无所往，诸、刿之勇也。"

第七

影响

王御史毁寺报

城东齐门内大宏寺[①]，宋延佑[②]中赐额，即古庆寿寺也。与王御史宪臣[③]第宅临近。御史耽情[④]丘壑，与李长沙[⑤]、文待诏[⑥]诸公交善，而平生不信内典，因拆毁此寺以广园囿。命恶少挽仆佛、菩萨、天王诸像于地，用刀刮其面金。左右强谏不从，须臾之间，梵轴纵横，僧徒奔窜，薛碑剥落，莲社[⑦]荒凉。其后不数月，御史身发疯癞[⑧]，痒不可忍，手持刀自刮其皮，皮尽至肉，肉尽至骨，举体绽裂，腥血淋漓，旬日而死。所造之园名拙政，乔木千章，皆寺中故物也，为吴下之甲焉。死后其子不能守[⑨]，竟鬻于衣冠家矣。以此观之，则释氏因果报应之理，岂虚也哉！

---

① 大宏寺：或称大弘寺，原址在今苏州城内东北街拙政园位置。

② 宋延佑：延佑是元代的年号，宋代无此年号。

③ 宪臣：应为王献臣，字敬止，号槐雨。明弘治六年（1493）中进士，授职行人，又升迁为御史。后罢官家居。于正德四年（1509）开始在家乡苏州营造园林，嘉靖九年（1530）点化出“广袤二百余亩，茂树曲池，胜甲吴下”的一代名园——拙政园。

④ 耽情：专心，潜心。《宋书·律历志中》：“自昔幼年，颇好历数。耽情注意，迄于白首。”

⑤ 李长沙：李东阳，1447—1516，字宾之，号西涯，茶陵（今属湖南）人。天顺进士，官至吏部尚书、华盖殿大学士。以馆阁大臣领袖文坛，形成以他为首的茶陵派。主编《大明会典》等，著有《怀麓堂集》等。

⑥ 文待诏：文徵明，1470—1559，初名壁，字徵明，以字行，更字徵仲，号衡山居士，明苏州长洲人，明代画家、书法家、文学家。因官至翰林待诏，私谥贞献先生，故称“文待诏”“文贞献”。

⑦ 莲社：以念佛为主旨之团体名。东晋慧远大师居庐山，与刘遗民等同修净土，寺中有白莲池，因号莲社，又称白莲社。后结社念佛者亦多以此名之。

⑧ 疯癞：麻风病。国图清钞本作“风癞”。

⑨ 不能守：王献臣死后，其子赌博，一夜将拙政园输给阊门外下塘的徐少泉。

汪尚书毁寺报

新安[①]城南有披云峰[②],峰下有太平十寺[③],《应梦罗汉》,唐僧贯休[④]所画，其像至今尚存。嘉靖初，有婺源汪尚书鋐[⑤]，因占风水，将造墓其上，于是拆而毁焉。剥像焚经，千年之香火一朝荡然矣。旬月之间，尚书中恶疾，皮肉消尽而死，妻子皆相继亡，家业殆尽，墓遂无成。往年余为寺僧题疏募修殿堂，新安贾人子莫有起而应者，今不知如何。

杨昆山毁寺报

嘉靖中，昆山县令姓杨[⑥]，失其名字乡土。崇信理学，不遵像教，拆毁报国寺为魏恭简公[⑦]祠堂，像亦剥坏。无何，罢官还，中途舟覆，家口尽没于江。此公无病发狂，自去其皮，未及门而卒。

---

① 新安：即新安郡，古称新安，后成为徽州、严州地区的代称。治所在今歙县。

② 披云峰：在歙县城西南练江南岸的西干山上。

③ 太平十寺：太平兴国寺的下设院，为罗汉寺、如意寺、经藏寺、等觉寺、福圣寺、五明寺、长庆寺、净明寺、妙法寺和诸天阁，通称十寺。

④ 贯休：832—912，五代前蜀画僧、诗僧。俗姓姜，字德隐，婺州兰溪（今属浙江）人。唐天复间入蜀，被前蜀主王建封为“禅月大师”，赐以紫衣。贯休能诗，有《禅月集》存世。亦擅绘画，尤其是罗汉，在我国绘画史上，有着很高的声誉。存世《十六罗汉图》为其代表作。

⑤ 鋐：汪鋐，1466—1536，字宣之，行荣四，号诚斋，晚号蓉东，别号石耳山人，世居徽州婺源大畈（今属江西）。历经四朝，纵横官场三十余年，一生历任十七职，官至太子太保，吏部尚书兼兵部尚书，是明代唯一同掌吏兵二部权力的人。

⑥ 杨：即杨廷桢，昆山历史上有名的贪赃枉法的县令，传说被刑部尚书昆山人周伦所杀。

⑦ 魏恭简公：昆山之大儒。其家一世姓魏，一世姓李，相为昭穆，传之二三百年。

舒御史毁寺报

苏州城东积古有万寿寺，先朝所建。每岁长至[①]、履端[②]、圣诞[③]之辰，守令卫尉而下，先一日例用习仪，必于斯寺。嘉靖年间，一日有二三广文[④]偕恶少子弟入寺中，僧徒迎候稍迟，衔[⑤]之。适闽人舒汀[⑥]为御史按临苏城，此公专崇理学，不事梵王，遂听泽宫[⑦]之议，立时拆毁，改为长洲县新学[⑧]。先期令下[⑨]，责令养济院[⑩]要绳索[⑪]万条，不晓何用。既具，夜半召集役夫军士数千人，一齐到寺，卸瓦摧梁，焚经仆像，僧徒三百众并逐于外，绕车号泣。惟三世佛牵拽之不动，乃是当时其地有合抱银杏三章，匠工即就地削其枝叶，装塑成佛，树根犹在土中，盘亘千余年矣。御史计无奈何，命左右齐手刮其金，金尽乃止。后御史得亚父之疾[⑫]，楚极号叫，骨肉烂尽而死。广文恶少家口并相续沦亡。陈觉元亲睹其事。

---

① 长至：指夏至。夏至白昼最长，故称。一说指冬至。自夏至后日渐短，自冬至后日又渐长，故称。
② 履端：年历的推算始于正月朔日，谓之“履端”。后因以指正月初一。
③ 圣诞：1. 称孔子的生日。2. 旧称皇帝或皇太后的生日。3. 尊称神、佛的生日。
④ 广文：广文先生的简称。泛指清苦闲散的儒学教官。
⑤ 衔：记在心里；怀恨在心。
⑥ 舒汀：字绍安，福建侯官人。汀为人抗简，重气节。嘉靖乙未（1535）进士。以行人选监察御史，奉命按两淮，按南直隶，锄击奸豪，风裁赫著。
⑦ 泽宫：古代习射取士之所。这里指学堂。
⑧ 新学：新的县学。县学，旧时供生员读书的学校。科举制度童试录取后准入县学读书，以备参加高一级之考试，谓之“进学”“入学”或“入泮”。士子称“庠生”“生员”，俗称“秀才”。
⑨ 令下：国图清钞本作“下令”。
⑩ 养济院：旧时收养鳏寡孤独的穷人的场所。
⑪ 绳索：国图清钞本作“绳彩”。
⑫ 亚父之疾：背上生毒疮。亚父，指范增，他因背上毒疮发作而死。

张居士鞭佛报

可一居士张敉，少读儒书，不信佛法。有人送古铜弥勒像一躯，居士受焉，按之于地，鞭至八十乃止。后甲辰[①]秋八月，居士夜为盗所杀，身被数十刀，楚毒号呼，彻[②]于远近，盗割其阴，乃绝。冯廉察语余曰："此诚经中所称见报，今生作之即今生受之，不可不记，以昭鉴诫焉。"近传葑门钱氏子怒其亡父奉佛，制小枷以加于金像之颈，虽有名贤劝化，终不听信，未知后来报应何如也。

王民部[③]骂佛报

王洪颢[④]，西安三原县[⑤]人。平生不信天地阴阳、仙佛鬼神[⑥]，著书骂佛妖妄不经。为洛阳令时，已毁佛寺数处。其后擢民部郎，榷税[⑦]北新关[⑧]，尝为大言以欺世云："我他日来作都御史，必先填取西湖，悉种桑柘[⑨]，然后拆毁灵隐、昭庆、净慈诸大古刹，改为

---

① 甲辰：此为万历三十二年，公元1604年。
② 彻：响彻。
③ 民部：即户部。
④ 王洪颢：陕西三原人，军籍，明万历二十六年（1598）戊戌科三甲第179名同进士出身。
⑤ 三原县：史称"甲邑"，古称"池阳"，位于陕西关中平原中部，因境内有孟侯原、丰原、白鹿原而得名。今属陕西省咸阳市。
⑥ 鬼神：国图清钞本作"神鬼"。
⑦ 榷税：征税。
⑧ 北新关：明代京杭大运河上的七大钞关之一。明宣德四年（1429），朝廷在北新关设关，上为桥，收陆路商贾之税，下为水门，收水运商船之税。关以桥名，隶属户部，又称户关、户部分司、北新钞关。明成化四年（1468）裁并，明成化七年（1471）重新恢复。
⑨ 桑柘：桑木与柘木。

书院，送与士夫开讲。”又不信冥中有阎天子。时黄田曹[①]汝亨[②]，其同年友也，为谑辞以应之曰：“此公不宜犯他，将来与兄算账，何以处[③]之？”举[④]座闻之[⑤]，无不大哄。不数日，洪颢中夜发狂号叫，腹胀如瓿而死，遍体皆作青紫色。当时莫不以为有报应焉。万历辛亥冬事。

金箔朱焚经报

苏州皋桥朱及，以炼金为业，人呼为金箔朱。曾有一西蜀僧来，持金字《华严经》一部寄其家。别去累年，杳无影响。朱听信左右，取火焚经，煎其金炼为金箔。年余，家道日渐旁落，未几得疾而殂。此目前近事也。

牛肉僧入道场报

楚中有僧号荆山和尚，善星命[⑥]。昔年来寓半塘[⑦]寿圣寺[⑧]东房，旦出市肆中饮酒数升，啖饭数升，牛肉数脔，至暮醉饱而归，率以为常。时值中元，寺中造盂兰盆斋，设放[⑨]瑜伽甘露法食。

---

① 田曹：古时掌管农事的机构。

② 汝亨：黄汝亨，1558—1626，字贞父，钱塘人，明万历二十六年（1598）进士，官至江西布政司参议。著有《天目记游》《廉吏传》《古秦议》《寓林集》《寓庸子游记》等。晚明著名小品文作家。善书，行草合苏米之长，媚不掩骨，韵能成法。

③ 处：国图清钞本作“应”。

④ 举：国图清钞本作“四”。

⑤ 之：国图清钞本作“言”。

⑥ 星命：术数家认为，人的命运和星宿的位置、运行有关，遂据人的出生年、月、日、时，配以天干地支成八字，附会人事，推算人的命运，称为“星命”。也指人命八字。

⑦ 半塘：在苏州山塘街。

⑧ 寿圣寺：俗称半塘寺，又称龙寿山房。元代高僧善继在此刺破手指血书《华严经》。

⑨ 设放：国图清钞本作“设”。

此和尚从外裸袒入道场，荤酒之气，触忤诸佛菩萨，即为护法伽蓝神所击，立跪而死。次旦①人共往看之，双手犹擎向天而跪如故，莫不惊叹②，回心向善。

焦典史③沉僧报

典史姓焦氏，失其名，常州江阴人也。县小吏出身，后任楚中某县，寻以能名，迁他府知事④。行，离县三四程⑤，偶逗舟江上，邂逅一南僧，自蜀江来，求附载。舟人不许，僧因吐情告典史曰："贫僧橐⑥中有募化金六百两，将往补陀山设道场，为观世音建幢树刹，公幸附吾而南，此功德载其半矣。"典史曰："此好事，无不可者。"遂与偕行。行复三四日，典史忽萌毒念。一夕颠风⑦大作，竟推此僧于江中，胠⑧其箧，果六百金在焉，悉入私帑⑨，随隐其事，自谓鬼神莫知。

晓起，见此僧从水而出，直来案前索命，抚其背曰："君不特攘吾金，且害我命，我命已矣。是金乃十方所施，必终不为君有。从此与君形影相依，不能舍矣。"自是无昼不现形，无夕不感梦，梦即惊寤，目既瞑，复⑩梦如初。凌晨起坐，其僧已先在侧，

① 旦：国图清钞本作"早"。
② 叹：国图清钞本作"嗟"。
③ 典史：官名。元始置，明清沿置，是知县下面掌管缉捕、监狱的属官。
④ 知事：明清时代的属官名。明清之廉访司、通政司、按察司、盐运司等及各府皆置知事。
⑤ 三四程：三四天的路程。
⑥ 橐：音 tuó，袋子。
⑦ 颠风：暴风，狂风。明杨柔胜《玉环记·富童潛非》："忘却困穷，不记当初梗迹萍踪，才得提携便弄颠风。"
⑧ 胠：音 qū，从旁边打开。《庄子·胠箧》："将为胠箧、探囊、发匮之盗。"释文引司马注："从旁开为胠。"
⑨ 帑：音 tǎng，国库里的钱财，公款。
⑩ 复：国图清钞本作"又"。

且云："吾获诉于上帝，帝大怒，将命戮汝父子。"其声甚厉。典史心中忧惧，不知所出，遂得大病，寝兴不安，所至驿递，维舟其下，延请僧道追荐[①]冤魂，而荐亡疏中又不敢直书其故，惟有叩头流血，默祷悔过而已。

逡巡抵家，病日益剧，愿将此金广做佛事，誓不留分毫橐中。诸凡禳谢，无所不营。而此僧为人而至，常大呼曰："功德何益，还我命来，要六百金往南海去也！"或来自屋上，或走出壁间。尔后常见其据床而坐，负[②]屏而立，不恒厥处。已而左右皆见，惊而散走，佥[③]曰："和尚来也！"百计哀祈，僧终不听。

时典史归且一年有半矣，装中金亦垂尽，精神沮丧惶怖，转不自支。忽一日，亡僧持刺直来诣门相访，阑入中堂，阍者拒云："主人病剧，不能对客矣。"僧叱云："吾非寻常客也，必欲见汝主人，试告之。"典史方负床呻吟，妻孥环聚而泣，已睹僧形现前，复闻僧通姓名于外，大骇云："索命鬼变幻如此，吾必无路活矣，不如速死！"遂投床下，夺刀欲自杀。家人急抱止之，如此者三，取绳缚其手足，仓卒之际，不觉僧至前矣。

僧谓典史曰："某乃人也，非鬼也，君勿疑，速屏去妻子，当告之故。"众相率出避。僧曰："去年游魂于风浪中，分必死矣，忽见观世音自空中降，持一灯荧荧然，引入芦漪[④]，幸遇渔舟得相拯脱，万死一生，免于鱼腹。某六百金虽为君有，且复募化，已足其数矣，将之补陀，偿此夙愿于观世音前。过江阴，知君病所

① 追荐：请僧道诵经祭奠，超度死者。

② 负：背倚。

③ 佥：众，众人。《楚辞·天问》："佥曰何忧。"王逸注："佥，众也。"

④ 芦漪：渡口名。楚地有《芦漪歌》，传说伍子胥急欲逃出楚境，在芦漪渡口（后叫芦洲渡）见江上一渔夫划着小船，便求渡过江投吴国。登船后，伍子胥解下价值百金的七星宝剑，作为酬金送给渔夫。渔夫当即谢绝了："楚王正悬赏捉拿你。我不要重赏，也不要大夫的爵位，怎么倒贪图你一口宝剑呢！"

由来，故须一见，为君释杯蛇之疑[①]耳。”典史曰：“虽然，金已尽，即四壁所有，不满数镒，何以偿吾师负？终当俟之来生矣。”僧笑曰：“吾初无意索金，君何出此言。”举家列拜，欲制方袍帽履相遗，固却不受，仅享其饭一餐。使人迹之，果乘南海舟而去。自尔之后，鬼形遂绝。

典史疑终不释，语言倒错，如失心人，少日而殂矣。典史止有一子，为江阴秀才，学艺已成，方应孝廉举，以亲丧不赴，无故白日走江干[②]，跳怒浪中以死。络绎往救，寻失其尸。僧归自南海，闻而叹息久之。此万历申酉年间[③]事。噫！自古冤鬼为厉者亦多矣[④]，此则未尝死，而菩萨神通[⑤]，幻出奇鬼形状以嬲[⑥]之至死，一何[⑦]狡狯也！

曹侍郎伐树报

侍郎曹公时聘[⑧]，治河[⑨]济[⑩]上，以太夫人内艰[⑪]还获鹿[⑫]。里中无水，居民出钱买大家井水。公遂凿十四井于家，汲者络绎不

---

① 杯蛇之疑：即杯弓蛇影。典出应劭《风俗通义·怪神》。比喻疑神疑鬼，妄自惊扰。
② 江干：江边，江岸。
③ 万历申酉年间：万历朝共有三对申酉年，它们是万历十二、十三年（甲申、乙酉），万历二十四、二十五年（丙申、丁酉），万历三十六、三十七年（戊申、己酉）。
④ 矣：国图清钞本无。
⑤ 神通：国图清钞本作“相通”。
⑥ 嬲（niǎo）：纠缠，戏弄。
⑦ 一何：何其，多么。唐杜甫《石壕吏》：“吏呼一何怒，妇啼一何苦。”
⑧ 时聘：曹时聘，1548—1609，河北获鹿县人，明隆庆四年（1570）举人，第二年中进士，授都察院右佥都御史。万历三十二年（1604）升任工部右侍郎，受命总理河道，实现了“黄河归槽（曹）”的宏愿。
⑨ 河：黄河。
⑩ 济：济水，古代四渎之一，是黄河下游的一条重要支流。现在黄河下游的河道就是原来济水的河道。
⑪ 内艰：旧时遭母丧称内艰。
⑫ 获鹿：旧县名。在河北省西部偏南。唐由获泉县改称。1994年撤销，改设鹿泉市。

绝，而阳宅地形，从此残破。其宅旁有老柏树一株，故老相传为千余年物。公检历择日，将伐取其材。是夜，公梦树神托形为绿衣老人，诣门告曰："吾寿已千余岁矣，明公无遽相害也。不听，阴谴至矣。"公明日起而讶曰："树果有神乎？此必无之理也。吾志决矣。"其夜老人复现梦如初，曰："必伐我，将灭而①家，先殛②而③子。"公大怒，睡中叱之去。明日早起，亟召匠工持斧执锯，立时伐取，树中血流，地为之赤。未几，长子孝廉死，公与夫人相次而亡，一门之内，无噍类矣。

崇德县④冤报

吴中衣冠为西越⑤某县令，县有大盗，城社⑥数十年，莫能得。衣冠籍没其家财累万，又毙之杖下，家无少长，悉决杀之，惨毒之声，闻于街巷。隐其事，以为人莫知也。一日，衣冠贺年入郡城谒观察使⑦，乍登舟，便见此盗与妻子数人，皆身披缧绁⑧，囚服褴褛，行于道上。问左右，咸无见者。久之，微闻锁械声渐近案前。自此举眼即至，往返百里，仿佛常在于其侧。衣冠心甚不乐。返县之日，复遇百姓叫屈称冤，拥车而入，各裹神马⑨于砖，乱掷县堂之上，都莫能制。进衙后，即见鬼卒押此盗家口立

---

① 而：尔的借代，你。
② 殛：诛杀。
③ 而：尔的借代，你。
④ 崇德县：后晋天福三年（938），吴越国析杭州嘉兴县西南的崇德、南津、语儿、千乘、积善、石门、募化七乡，置崇德县，设县治于义和市（今浙江省桐乡市崇福镇），属杭州。1958年11月，并入桐乡县。从此崇德县称崇福镇。
⑤ 西越：浙江西部地区。
⑥ 城社：喻靠山（含贬义）。唐李邕《又驳韦巨源谥议》："托城社之固，乱皇家之基。"
⑦ 观察使：官名。唐于诸道置观察使，位次于节度使。凡兵甲财赋民俗之事无所不领，谓之都府，权任甚重。宋观察使为虚衔，无定员。
⑧ 缧绁：捆绑犯人的绳索。引申为牢狱。
⑨ 神马：指画有神佛像的纸片，供祭祀时焚化用，也称纸马、甲马。

于门旁，昼夜现形不去，或床前，或屏后，奴婢皆惊而走。衣冠遂病疮于颈，透其喉，痛楚备极，七日而殂。

留明府遇鬼阵

晋江[①]留明府震臣[②]，先年令常熟，极有吏才。但法尚严峻，尝枉征财课[③]，百姓瘐[④]狱中、毙杖下者十而九矣。又拷掠之惨，至手足指堕。于是虞[⑤]人歌之曰："落指君子，民之父母。"后迁曹郎[⑥]去。未几，奉差南还，将之闽，道经吴下，舟中得疾，因入城借寓求医。而余姻家徐光禄适有空宅，张典于剪金桥[⑦]，明府遂寓焉。其时暑月，居人邻近者夜乘凉，方就枕，咸闻街中若数百人语声，相催而过。急起视，月尚未午，自门隙觇之，则皆狞厉鬼物，怒目戟髯，或着锁械，或披褴褛，怪状奇形，莫可名状，始知非人也。顷之，候徐氏门开，遂拥而入，其黑如烟。及晓，报明府卒。

刘廉察滥狱报

明浙西廉察使东齐刘庚，青州[⑧]寿光县人，登隆庆戊辰[⑨]第。

---

① 晋江：现福建省晋江市。

② 震臣：留震臣，字龙德，号中台，一说号中召，明万历二年（1574）甲戌科殿试金榜第三甲第73名同进士出身。当年出任常熟县令。任职六年，升任刑部主事。《重修常昭合志》说他"年才弱冠，娴习吏事，所定征课法，吏民不得欺隐。疏浚白茆，吴中大水，赖是塘以渐泄之"。但明龚立本《常熟县志》对其评价不高，称其为酷吏。

③ 课：旧时指赋税。

④ 瘐：古代指囚犯因受刑、冻饿、生病而死在监狱里，现在称"监毙"。

⑤ 虞：即虞山，与琴川均为常熟的别称。

⑥ 曹郎：部曹。部属各司的官吏。

⑦ 剪金桥：苏州城区西部的旧桥梁名，位于胥门内道前街西端，跨第一直河。现已废。

⑧ 青州：地处山东半岛中部，为古九州之一。

⑨ 隆庆戊辰：公元1568年。

为人刚执不阿。万历乙巳年间，海宁太常少卿陈与郊家奴[①]在外兴生[②]，值卫巡官格斗，巡官死。长君太学实不与闻[③]，有司坐罪家长，论抵下狱，舆议颇称枉滥。是时廉察为政，略不哀矜[④]。太常一夕梦其先祖，手执一纸文书来告曰：“冡[⑤]孙之狱，刘侯所成，吾得理于上帝矣，寻当不食而死也。”太常寤而异之。适外传廉察有病迎医，医出而语人曰：“膏肓之竖[⑥]在焉，诊其脉，是祟脉[⑦]，不可为也。”廉察病中仿佛常见一老公，毡巾白衣，长可七八寸，从屋而下，行至案前。每当食时，辄跳至胸[⑧]上，坐而据之，食以此不下咽，日尔羸瘦。后月余，不起。杭城人多知此事。嘉定何秀才与许生说。

白金吾恶报

万历中，留都[⑨]金吾右卫[⑩]白卫尉者，不载其名，历世济恶[⑪]。卫尉生而颖异，巧习刀笔。后成武进士，为营将，而刀笔益善，人以为天道无征。一日，忽患牙床肿痛，其楚毒不可忍。痛数日，齿遂动摇不牢，渐将脱落。卫尉命家人以次取下，每取一

① 家奴：国图清钞本无。
② 兴生：经商求利。《北史·隋本纪上》：“诏省、府、州、县皆给廨田，不得兴生，与人争利。”
③ 与闻：国图清钞本作“与”。
④ 哀矜：哀悯，怜悯。《尚书·吕刑》：“皇帝哀矜庶戮之不辜。”
⑤ 冡：此处当为“冢”之误。冢孙，嫡长孙。
⑥ 膏肓之竖：即膏肓鬼，又名二竖子。古人认为，这是一种类似于腹鬼的鬼类，藏身于膏肓。此鬼能够使人得重病，鬼居膏肓极难除去，故有“病入膏肓”之说。所谓“心中有鬼”指的就是膏肓鬼。典出《左传·成公十年》。
⑦ 祟脉：亦名鬼脉。《脉经·卷四·平杂病脉第二》：“脉来乍大乍小、乍长乍短者，为祟。脉来洪大袅袅者，社祟。脉来沉沉泽泽，四肢不仁而重，土祟。”
⑧ 胸：国图清钞本作“胃”。
⑨ 留都：古代王朝迁都以后，旧都仍置官留守，故称留都。此处指南京。
⑩ 金吾右卫：明代皇帝亲军。掌守卫皇城西面及巡警京城各门。
⑪ 济恶：相助作恶。

齿，出一大蛆虫，鳞甲狰狞可畏。久之，齿荡然矣，仅存龈腭[①]，犹能自嚼其舌，舌烂至尽而死。识者以为切齿之怨，众口所诅，报当如是尔。吴人钱允治[②]闻其事于都下客也。

李氏妾妒报

长洲县治后平桥[③]东老胥李祝恒，以刀笔为事。妻妾二人。妾先与[④]妻不和，妻暴死，咸疑是妾所杀。万历癸丑年春，妾忽患阴中痛[⑤]，不堪其苦。久之挺出二物，状并如蛇，时时昂首于外。细视之，喙目备具。或云是人面疮[⑥]。医曰："是肉鳅也，喜食肉。"因取肉试之，便衔肉而进。每日尽肉四两，痛才定矣。邻人辈咸劝讽经洗忏，多方以禳之。其家素不信佛，今具如所教，乃建斋七日，礼忏精勤。法席既终，痛苦如故，闷绝者数四。因令女巫视之，巫于妾前方抱琵琶鼓舞，良久，忽闻帘下有切齿之声，初远渐近，巫惊而起，至者李氏大娘子也。举家惶怖。俄而空中灵语谓家人曰："某为长室，罪不至死，何故横见残害！理于帝所，得托此疮，以雪冥恨。虽有三昧法水，安能洗此积愤耶！"其声甚厉，宛如平生。妾自此后常仿佛见大妻在于其侧，禳谢竟不能止，号呼岁余，至明年甲寅夏四月而死。是月十八日，希言与秀才管珍同过处士钱允治，具说如是也。

---

① 龈腭：牙床和腭。泛指口腔。
② 钱允治：1541—1624，名府，字允治，又字功甫，吴县（今苏州）人，明代文学家、画家、藏书家。
③ 平桥：位于今平桥直街上。1958 年填河，桥亦湮没，拱券存留地下。
④ 与：国图清钞本无，误。
⑤ 阴中痛：病症名。又名阴痛、阴户痛。
⑥ 人面疮：此症自古传来乃奇病也，多生两膝或两肘，肿类人形，眉目口鼻皆俱。现代医学证明，人面疮属于寄生胎的一种，应当通过外科手术进行切除。

陈烈妇为厉报夫冤

钱日省，嘉兴海盐县人，住半逻村[①]，家丰族盛，入赀为太学生。其地近接海宁县，因与海宁陈氏姻连，陈太常与郊之长男诸生祖皋[②]者，日省从女[③]夫也，经义最高，知名庠序[④]。烈妇实祖皋之妻。

万历乙巳冬十二月间，嘉兴卫满指挥捕盐[⑤]硖石[⑥]，贩人[⑦]据岸投石，碎其首，立死。太常父子皆不与闻。会烈妇母丧，遣奴曹在硖石治祭。有采指挥[⑧]夙共太常怨，欲构于上官，遂兴大狱，罪当坐长男，竟论祖皋抵死。狱且具矣，烈妇悲恸，计不知所出。日省使其从子朗生，夜传语往说烈妇曰："汝夫覆盆[⑨]，吾力能营救之，但事势危迫之秋，非倾橐委仗[⑩]，无路雪冤。汝岂有意乎？"烈妇深相倾信，立捐镪三百缗及奁[⑪]中物金凤钗、珠步摇[⑫]、银幔钩[⑬]、紫磨条脱[⑭]之属，杂缯采宝玉称是[⑮]，尽付叔弟，二人不问出入，随隐其事。

日省乡居，往来城市常舍于海盐城隍庙中，既挟重赀，略不周旋，却与朗生潜往庙中[⑯]，分擘财物。发箧灿然，喜动声色，竟

---

① 半逻村：今属齐家乡中钱村，为吴越王钱镠后代的聚居地。
② 祖皋：陈祖皋，1564—1619，字元常，号区吴，受父亲牵连科举失败。万历三十三年（1605），陈祖皋因牵涉命案而入狱，其妻因而自缢身亡。
③ 从女：侄女，对应从父（伯父或叔父）。
④ 庠序：古代的地方学校。后也泛称学校或教育事业。
⑤ 捕盐：抓捕私盐贩子。
⑥ 硖石：在浙江省海宁市东，因两山夹峙得名。西有硖石镇，为海宁市治。
⑦ 贩人：贩卖私盐的人。
⑧ 采指挥：采成文。（据《狯园·第十一·灵异·郡隍神三》）
⑨ 覆盆：覆置的盆。比喻社会黑暗或沉冤难雪。晋葛洪《抱朴子·辨问》："是责三光不照覆盆之内也。"
⑩ 委仗：亦作"委杖"，谓丢弃武器。
⑪ 奁：国图清钞本作"匣"。
⑫ 步摇：古代妇女附在簪钗上的首饰。
⑬ 幔钩：蚊帐钩。
⑭ 紫磨条脱：上等黄金打造的古代臂饰。紫磨，上等黄金。条脱，臂饰。
⑮ 称是：与此相称或相当。
⑯ 既挟重赀，略不周旋，却与朗生潜往庙中：国图清钞本无此十六字。

为道士隔墙窥见，突扉阑入，攘金二饼而出，日省迹之不及。道士往告于族人沈儒宗。儒宗又亡行青衿[①]也，遽走入庙，吓攘其半。明日白之于官，官遂案赃拷讯，不禁鞭捶，强自诬伏，而儒宗及满家宾客并相引证，鍜[②]成大辟[③]，祖皋有口，终莫自明。

烈妇闻之，不胜愤恚[④]，以头抢地[⑤]，昼夜哭不辍声，曰："吾陷夫君欧刀[⑥]絮棺[⑦]，尚何面目见舅姑！不能白之地上，终当白之地下耳。"入户反阖[⑧]，缢于屋梁而死。县令闻而大惊，旌其门曰孝烈。海宁黎献[⑨]，莫不陨涕，呼之为陈烈妇矣。

未久，日省方在家料理行装，将赴京夤缘[⑩]为郎，准拟[⑪]皆毕，忽顾见[⑫]烈妇囚首敝衣，带从鬼使六七辈，来家纷闹，认是海盐县亡过手力[⑬]，姓名皆籍入城隍庙中者，张目攘袂，如有捕捉之状。问侍从，并无见，心甚恶之，少日无病而死。

又未久，烈妇形现于儒宗家，作诸灵怪，索金征命，煎逼万端。一日，忽坐其妻某氏妆台前，对镜吁嗟，似若称屈。叩之，答曰："妾钱氏也。汝夫太忍[⑭]，攘吾金矣，又织吾夫之罪，致妾枉死。怨气上达，闻于帝庭，今获理矣，要[⑮]当断汝家种。"自尔

---

① 青衿：学子之服。后因称读书人为"青衿"。
② 鍜：保护颈项的铠甲。当为"锻"字之误。
③ 大辟：古代杀头的死刑。
④ 愤恚：痛恨，怨恨。
⑤ 以头抢地：把头往地上撞。
⑥ 欧刀：古欧冶子所作之剑。后泛指刑人之刀或良剑。
⑦ 絮棺：即棺絮。办丧事。《后汉书·袁敞传》："廷尉鞠遣，欧刀在前，棺絮在后，魂魄飞扬，形容已枯。"
⑧ 阖：门扇。
⑨ 黎献：黎民中的贤者。《尚书·益稷》："万邦黎献，共惟帝臣。"
⑩ 夤（yín）缘：本指攀附上升，后喻攀附权贵，拉拢关系。
⑪ 准拟：准备，安排。
⑫ 顾见：看见。宋洪迈《夷坚乙志·海中红旗》："方张帆早行，风力甚劲，顾见洪涛间红旗靡靡，相逐而下。"
⑬ 手力：古代官府中担任杂役的差役小吏。
⑭ 忍：狠心，残酷。《史记·项羽本纪》："君王为人不忍。"
⑮ 要：察劾。《尚书·康诰》："要囚。"孔颖达《正义》曰："要察囚情，得其要辞，以断其狱。"

之后，征逐如常，儒宗妻因此得病。一日，烈妇形现，仍带从日前鬼使六七辈，手持铁锒铛铿然有声，遍室搜擒，拉攦[①]床帐。凡诸内外长幼举家八口，以次殂殁，不及一年，妻某氏亦死。每一人死，则曰"陈家娘子来也"，室中终夜相惊。

儒宗惶恐叩头，向阴魂忏悔，频为设食。烈妇曰："何劳如此，罟[②]我百金，坐夫大辟，岂是壶餐所能禳免！"儒宗跪而请曰："今当出此攘金，为娘子装塑佛像，追福生天[③]，不亦善乎？"哀求千数，烈妇良久方许之，因辞去，霍然[④]不见。隔数日，儒宗匍匐亡妻丧事，哭吊纷纭，顿忘前约。晨坐，辄闻户外诟骂声，见烈妇褰帘而至，怒曰："许君出攘金装像，获免追录[⑤]，何故迟延，以我不能杀君耶？"言已遂灭。儒宗变色流汗，应时并工[⑥]装成金像数躯，供养于家，朝夕忏悔。骨肉丧尽，余有一二子孙，不胜沦落之感焉。太原王征君稚登为作《陈烈妇传》，有云："谁谓巾帼不能为厉鬼[⑦]乎？"传成，两家果有此报，征君向余称述如此。后金生请记无忘焉，自古枉死三尺组下者载记甚多，烈妇一何灵异若斯也！

南禅僧食鳝报

苏州南禅寺[⑧]秃师[⑨]云峰上人者，酒肉沙门，不习经典，广求

---

① 攦：撕裂。
② 罟：用网捕捉。
③ 生天：佛教谓行十善者死后转生天道。
④ 霍然：突然。
⑤ 追录：追记，补写。晋袁宏《后汉纪·桓帝纪上》："乃使户曹吏追录旧闻，以为《耆旧传》。"
⑥ 并工：加班赶活。宋叶适《并工》："并工催作趁春前，又值春归一莞然。"
⑦ 厉鬼：恶鬼。
⑧ 苏州南禅寺：即南禅集云寺，寺院已毁。
⑨ 秃师：《神僧传》有阿秃师，但是并州（今山西太原）和尚。此处为何称云峰上人为秃师，不明。

滋味，无惭愧心。平生嗜鳝鱼，每食鳝，或生剥，或沸羹，或断其头，日办烹杀。万历戊午，火焚沧浪亭①后僧庐，秃师衣钵亦在焚中，因入内搬徙囊箧，烟迷不能出。人见其昂首墙上，蜿蜒偃转②，与釜中鳝鱼无异，咸以为杀生之显报焉。

钦氏子杀狗报

苏州钦氏子，不载其名，少渔于色，尝得媚药方。其法取雌雄两狗交时，用利刀断其阴，出以治药。药成，乍试御女，中夜得病，作狗嗥数声而死。钦与画家王中立③周旋，王所传说。

瑞光僧淫报

苏州盘门④内瑞光寺⑤僧如兰，不持律戒，畜养园妇⑥为妻。万历癸丑年春⑦，为人揽送菩萨像一躯至五台山，寄载运粮船上，

---

① 沧浪亭：位于苏州市三元坊。苏州现存诸园中历史最为悠久的古代园林。原为五代吴越广陵王钱元璙的花园（一说为吴越中吴军节度使孙承佑的别墅），北宋庆历五年（1045）诗人苏舜钦在园内临水筑亭。

② 偃转：仆倒转动。晋袁宏《后汉纪·献帝纪一》："（董卓）诱北降者三百余人，于坐中，先披其舌，或斩其手，或凿其眼，未死，偃转杯桉之间。"

③ 王中立：明代画家，字振之、彦强，号子正、子和、玄洲、玄洲生，吴县（今江苏苏州）人，生卒年不详。善画花鸟，笔力苍老，钩写兼用，设色绚丽。

④ 盘门：位于苏州城西南处。周敬王六年（前514）吴王阖闾命伍子胥筑春秋吴国都城，盘门为吴都八门之一。

⑤ 瑞光寺：初名普济禅院，三国吴赤乌四年（241），孙权为迎接西域康居国僧人性康而建。赤乌十年（247），孙权为报母恩又建十三层舍利塔于寺中。据考证，今塔系北宋景德元年（1004）至天圣八年（1030）所建，当时佛寺名为瑞光禅院。今寺毁塔存，同治十一年（1872）曾加以维修。

⑥ 园妇：指管理花园的仆人的妻子。

⑦ 春：国图清钞本无。

如兰共守①而去。见船人妇艾而有色②，日夕调戏，秽言狼藉。将及其私③，忽为运粮卫尉所觉，怒兰淫邪，立加叱逐，并菩萨像舁置东昌河④滨。左右讽⑤之不能止。如兰计五台路已渐近，因雇生口⑥前进，隐匿奸谋，将报山中人，共决致像之策。才登驴背，便见阴神⑦从空而下，以戈矛刺其两肋，应声流血，痛苦不胜，闷绝于地。良久，所患处因尔⑧成疮，日渐洞开，烂出两内肾，脓血与腹相通，及家而死。当时莫不以为有果报矣。钱允治说。

吴氏子冤报

长洲县平桥沈幼文，工于摹石，称高手。其子长郎本立，亦善箕裘⑨。万历丁未，长郎忽思远游，将挟薄技干⑩齐东都御史黄公。幼文以子不识道路，托婿吴士廉合伴同行。既遍江淮，复游边塞，两年间，计会剞劂之资⑪不下三百金。与廉单船⑫寄载南还，行至瓜步⑬，廉利其资蓄，忽萌异谋，遂于扬子江头，推长郎

---

① 守：随船押运的意思。
② 艾而有色：艾色，美色。指美女。
③ 私：私情，指通奸。
④ 东昌河：在今山东聊城。
⑤ 讽：用委婉的言辞暗示、劝告。《后汉书·李云传》："礼有五谏，讽为上。"
⑥ 生口：即牲口。
⑦ 阴神：物分五行，神分五种，阴神，阳神，元神，玉神，圣神。在道教文化中，阴神是阴司之神，如土地、山神、城隍、夜游神、判官、后土等。在儒家文化中，阴神是未受封而淫祀的邪神、鬼神，不入正统。
⑧ 尔：而。
⑨ 箕裘：意谓子弟由于耳濡目染，往往继承父兄之业。后因以"箕裘"比喻祖上的事业。
⑩ 干：打搅。
⑪ 计会剞劂之资：累计收到的雕刻工费。会，总计。《周礼·天官·小宰》："听出入以要会。"郑玄注："月计曰要，岁计曰会。"剞劂，音 jī jué，本义为刻镂的刀具。此处意为雕刻。
⑫ 单船：单独雇船，没有同伴。
⑬ 瓜步：步，一作埠。山名，在南京市六合区东南，亦名桃叶山。水际谓之步，古时此山南临大江，又相传吴人卖瓜于江畔，因以为名。

堕水而死，尽擅其橐，将书札簿籍一一烧灭。

幼文梦见长郎披发裸形，浴血而来，冤泣不能自胜[①]。访于客伴，竟无究其迹者。廉自以逆谋气阻[②]，不见丈人，潜住妹家。其妻往会，适见纸灰在地，又庭中晒出白练衫、月色裙子、青镶锦半臂[③]、流苏[④]香缨汗巾、小刀子，悉认是弟长郎故物，心疑之，密而不言，泣告于父。幼文力孱[⑤]口讷，情知是婿所为，不能诉官申雪，追加痛愤，设祭招魂而已。

至癸丑夏四月，廉挟赀出贾，仍过扬子江口，低头便见长郎影于水中，相拖入水，须臾，失性发狂，自投洪波而死。

定慧寺冤鬼相逢

万历年间，有姑苏城东少年某乙，尝从其伯父入京。伯父死，流落不能归。因得疾沉痼，忽遇新安贾人某甲怜而拯之，力为营办医药，少日遂痊。乙便相随不去。甲以其人敏给[⑥]可使，倾心相托，簿籍管钥，出入其手。行贩至于涿州[⑦]，乙忽起恶念，将甲谋害，挤之急流中，拥其赀千金还姑苏，骤为富人，莫知所自也。

其年葑门内定慧寺中元作兰盆法事，津济幽魂，传有西里[⑧]高行法师至寺，僧延请登座放食。远近淄白观者数千人。有往来

---

① 不能自胜：国图清钞本作“不自胜”。
② 气阻：即气短。志气沮丧，失去勇气和信心。
③ 半臂：其形似衫去其长袖，成为宽口短袖衣，其形制与衫齐长。交领、腰下接襕。男子半臂长及膝部。明代演变为褡护。
④ 流苏：又称穗子，为一种下垂的以五彩羽毛或丝绒等扎成、如禾穗状的饰物。
⑤ 孱：软弱，弱小。
⑥ 敏给：敏捷。《庄子·徐无鬼》：“有一狙焉……王射之，敏给搏捷矢。”成玄英疏：“敏给，犹速也。”
⑦ 涿州：今河北省涿州市。
⑧ 西里：西里古里。印度东北边平原上的古城。它是印度边境的交通重地，从西里古里可到达尼泊尔、不丹和孟加拉国。

少年之门者，侈为胜事，挈同往观。乙心虽疑忌，初不欲行，已自度世间必无真鬼，竟与之偕。才入寺门，已见新安贾人先在矣。乙遂发狂大叫，作贾人语曰："我何处不寻汝到[①]，汝却在此！今番放不去也[②]！"急走僧厨，攘刀自屠其腹，抽出肝肠脏腑[③]，擎于掌，以示众人，无不怖走，遂仆于地而绝。

其夜，贾人之子复梦其父来说报冤事。明日直诣少年家，检其簿籍管钥，宛然如故，赀财封记尚存。邻里推验无差，子遂据有其业。乃知天道好还，如斯冤报，速而惨矣。

吴省郎[④]杀人报

万历近年间，毗陵吴氏大族某贵人，为省郎时误毙一裁工[⑤]于狱。数岁，请告还家，裁工亦魂随之返，乃于其家为祟，白日现形往来。贵人病如中恶[⑥]状，日渐沉绵[⑦]。

一日，信州[⑧]张真人[⑨]舟过毗陵。浼[⑩]所亲往白其状，恳求禳制之事。真人曰："余正一明威之法[⑪]久不传，即燃香烧甲，亦无验矣。请转祈于郡城隍，以伺其便。"及焚符书法，城隍立命出牒逮治。俄而冥卒受牒，广索于吴氏不得，又遍地搜访，凡十来日，乃遇裁工于小君山庙中，曰："处处寻不得见，却在此耶！"叱起

① 我何处不寻汝到：吴语，意谓"我到处找不到你"。
② 今番放不去：吴语，意谓"今番不放你走了"。
③ 腑：国图清钞本作"肠"，误。
④ 省郎：指皇帝的侍从官或者中枢诸省的官吏。
⑤ 裁工：裁缝。
⑥ 中恶：中医病名。由冒犯不正之气所引起。其症状或为错言妄语，牙紧口噤；或为头旋晕倒，昏迷不醒。俗称中邪。
⑦ 沉绵：意为疾病缠绵，经久不愈。
⑧ 信州：今江西省上饶市信州区。
⑨ 张真人：道教传人。
⑩ 浼：音 měi，央求，请托。
⑪ 正一明威之法：张天师有《正一明威符箓》一百二十阶。

就擒。裁工怒曰："吾盆覆积年，今方得理异冤于上帝，帝命君山之神为我昭雪。此人福尽灾生，旦暮且摄至矣。现形于其家者，即所差鬼使。吾待罪于兹山，未尝去也，何与城隍事，而以真人之命制我乎！"冥卒不得已，持牒还白所司，报于真人。真人曰："名闻于帝，非吾力所能回也。"其夜贵人竟卒。

南濠杨氏冤报

南濠杨氏，开生药铺有名。其子先春，获举于乡，杨遂用势力谋得其邻马氏宅。马氏亡妇形现如生，时恒在屋梁上住，张目攘袂而骂。杨死，甲寅冬，子病，又见马，同逼去。

安庆人杀小儿报

安庆府某县中有某甲，早死，而赀产甚饶。遗孤方在襁褓，母嫠①保惜②非常。其叔亡赖③，辄思谋害，蜂目豺声④，颇惊视听。一日跪告其嫠曰："吾今悔悟改事嫂矣。兄所遗子，犹吾子也，当竭其力抚字⑤之，愿嫂无他疑。"嫠谢曰："叔有此心，妾夫为不亡矣。"自是深相接待⑥，各无异志。孤年且六岁矣，一日叔于侧

---

① 嫠：音 lí，寡妇。《左传・襄公二十五年》："嫠也何害，先夫当之矣。"
② 保惜：保护爱惜。明陶宗仪《南村辍耕录・庄蓼塘藏书》："其家蓄书数万卷……蓼塘既没，子孙不知保惜，或为虫鼠蚀啮，或为邻识盗窃。"
③ 亡赖：指不务正业的人。《新唐书・李纲传》："后太子浸狎亡赖，猜间朝廷。"
④ 蜂目豺声：眼睛像蜂，声音像豺。形容人相貌凶恶，声音可怕。《左传・文公元年》："蜂目而豺声，忍人也，不可立也。"
⑤ 抚字：抚养。《后汉书・列女传・程文矩妻》："四子以母非所生，憎毁日积，而穆姜慈爱温仁，抚字益隆，衣食资供皆兼倍所生。"
⑥ 接待：国图清钞本作"待"。

近河头造船，携其侄同往。小儿拾得零星木屑还家，戏盖小房，如是者再四，同出同入，略无防范。一夕去而不返，急取火往觅，斧劈其脑，仆于途矣。

明日讼于府，府下其事于理①，理不能决。值上巳②祭丁③，理将赴文庙，起呼家人具食。灯烛之下，忽有一小儿跪于案前称冤，流血披面。理问曰："是某氏儿耶？"应曰："然。"曰："是汝叔谋害乎？"应曰："叔也。"理点首诺之。其日祭毕，即召叔对簿，具服其辜。旬余后早起独坐，又见此小儿来谢，视其面已无血矣。闽人王某现为府理刑，亲与黄州牧九鼎谈。

卖油人杀小儿报

苏州盘门外某甲，卖油为业。此人常肩油担往来城中一大家，见四五岁小儿头戴金珠④帽兜⑤，颔下锁银项箍⑥，臂垂紫磨跳脱，身衣文葆⑦翠缨⑧，计可值数十金，便萌恶意。常袖果核与食，出入戏诱，如是经时，家人亦不防范之。

一夕，卖油人忽见儿独在门，抱之而去，潜于僻处褫剥衣饰殆尽，竟绝其吭，藏尸智井中。父母失儿，寻觅无路，昼夜悲啼。卖油人行劫得计，几年之间，家亦骤富。妻生一子，宛与大家所

---

① 理：理刑，掌理刑法之官。
② 上巳：古代节日名。汉以前以阴历三月上旬巳日为"上巳"，魏晋以后多改为三月三日。这一天人们都到水边洁身或嬉游，以去除不祥。
③ 祭丁：即丁祭。旧时每年仲春及仲秋上旬丁日祭祀孔子之称。
④ 金珠：产自南洋，因为呈金色所以叫南洋金珠，也叫南洋珍珠，是珍珠中的上品。
⑤ 帽兜：即风帽。《镜花缘》第五十回："俺在那边树下远远看着两人，头戴帽兜，背着包袱，俺说必是你们回来。"
⑥ 银项箍：即银项链。
⑦ 文葆：即文褓，绣花的襁褓。
⑧ 缨：丝、线等做成的穗状饰物。

生无别，亦至四五岁。时夏月天暑，卖油人移枕簟[①]当风而卧，儿拔其髻中银簪，戏刺当胸。卖油人方眠熟大鼾，不知也，睡中误谓青蝇[②]所集，举手一拍，簪贯心矣，即便绝不复活[③]。儿遂长成，擅其赀业。许生国光尝见其翁，说之。

书生妇妒报

近日吴城有大家女，嫁于某书生为妇，妒甚。尝怒媵婢与书生私通，取木秤一根，穴入其阴，婢竟以死，莫有发其事者。居数月，此女阴中生一肉蛇，楚割异常，时时昂首向外，用手扪之，复缩而入，医药罔效，遂死。

小韩负心报

小韩者，杭州人，少年美丰姿。暑月裸裎，肤腻如雪。父亡后，与母孀居。其母善制纸镪，日剪数百，供里社祭享之用，糊口而已。未久，母亦死，韩遂流落无家。

一日，偶立于陕商盐店之下，见有算簿在案，店中人不娴算术，前后昏错，致主人翁屡叱之。韩遂代为布算一局，从容下筹，甚有条贯。主人翁惊视再三，见其衣服蓝缕，曰："以子骨相不贫，奈何困悴[④]如此，岂谋之拙乎？子来店中为我司其出入，即

① 枕簟（diàn）：枕席。泛指卧具。
② 青蝇：苍蝇。蝇色黑，故称。
③ 不复活：国图清钞本作"不活"。
④ 困悴：贫困愁苦。宋王谠《唐语林·补遗二》："值洛中仍岁乏食，正郎滞曹不迁，俸甚微，困悴甚。"

终身可成就矣。”韩大喜过望，讯知此翁即关中鹾[①]贾贾老也，家于杭城，积赀四十万，侍妾数人，有妻与子居关中，岁通信耗[②]以为常。

贾老既得小韩，视如己子，甚于骨肉。韩亦父礼事之。每食则数妾皆来侍坐，韩亦与焉，往来出入，略无嫌疑。辈中有幸姬年稍长者，小字荆娘，容色艳丽，风态动人，兼善于治家，一见小韩，遂属意焉，而事贾之心怠矣。韩虽年逾弱冠，犹未近女色，始谐缱绻[③]，曲尽于飞[④]，时时隐入室中，两情相得，眷恋少双[⑤]。岁余，家人不之知也。

已而荆娘有娠，免身生男，模样与小韩无二矣，众始觉之。贾老又极爱此儿，常抱出店中戏韩曰：“人皆谓此儿类汝，意汝所生，果否？”韩面发赤，贾亦微笑[⑥]而已。

首尾三年，所得荆娘囊蓄数千金，喻山河，指日月，誓心不娶，愿毕一生之欢。后韩忽萌二志，竟置别室于外，娶得某家女婚焉。荆娘闻而大恨，涕泣不食，沉绵枕席，冤忿弥深。韩自以负盟惭耻，避不入内，常托事故。一夕设计召至，荆娘怒甚，啮其颈肉者三，长恸号哭[⑦]，呕血数升而死。中外闻者，无不唾韩之薄幸矣。

荆娘死后，辄见梦为祟。同时男女婢使十余人，又无故相继经死[⑧]于室。韩反嗾[⑨]其怨家讼贾老于官，多方布置，计毙之狱中。官察其枉，雪之。贾老出狱后，房帷若扫，悒悒不乐[⑩]，又数

① 鹾：音 cuó，盐的别名。《礼记・曲礼下》：“盐曰咸鹾。”
② 信耗：音信，消息。唐李朝威《柳毅传》：“信耗莫通。”
③ 缱绻：情意缠绵、难舍难分的样子。《左传・昭公二十五年》：“缱绻从公，无通外内。”
④ 于飞：本指凤和凰相偕而飞。后比喻夫妻和谐。
⑤ 眷恋少双：相互留恋，无他人可比。
⑥ 微笑：国图清钞本作“发笑”。
⑦ 号哭：国图清钞本作“哭”。
⑧ 经死：上吊而死。
⑨ 嗾：音 sǒu，教唆、指使别人做坏事。
⑩ 悒悒不乐：心里郁闷，感到不快。悒悒，忧愁不安的样子。《汉武内传》：“庸主对坐，悒悒不乐。”

见怪异往来。韩教他客讽之西归[①]，至是四十万金赀业，一旦为韩氏有矣。

明年，贾老命其长子来杭营算什一[②]，韩复百计诱惑，与为花柳之游。后阴使人诬以不法事，有司追提急迫，中夜遁去。而韩自谓用计之得，鬼神所莫知也，广张典库，纵畜少艾[③]，遂为杭城富人。

一日于官巷口过，忽见香车中一美人，妆饰甚盛[④]，褰帘而语曰："负情侬尚在乎？"左右望之，酷类荆娘，既近，乃真是也。出帘捽[⑤]韩领发，同还所居，及门，韩脱身疾走入内，荆娘随踵而至，登堂诟骂，气壮如生。复招集前所经死之鬼十余辈，昼夜作耗[⑥]。常自持韩臂指啮咬掏捩，楚毒万状。韩开眼便见，计无所出，但以手掩其面，向天私祝，愿盲双目。荆娘遂唾其目，目无故自盲。嗣后韩神理惑乱，状若病狂，左右咸见冤魂之气缠结其身，竟暴卒，卒之日，适贾子复来，泣控于官，官将赀业尽数断还，而并典库、少艾亦归贾子矣。张文焕松陵[⑦]舟中说此。

诸葛氏负盟报

浙人诸葛一鸣，秀才时读书杭州灵隐寺中。一日步至冷泉亭[⑧]

① 西归：回关中。
② 什一：《史记·越王勾践世家》："（范蠡）候时转物，逐什一之利。"后亦泛指经商牟利。
③ 少艾：指年轻美丽的女子。《孟子·万章上》："知好色，则慕少艾。"赵岐注："艾，美好也。"
④ 盛：国图清钞本作"富"。
⑤ 捽：音 zuó，揪住头发。
⑥ 作耗：指妖物作怪。
⑦ 松陵：位于苏州城南，是吴江区建镇历史最悠久的古镇。现为苏州市吴江区人民政府所在地。
⑧ 冷泉亭：在灵隐寺山门之左。

下，见石上坐一老翁，状貌清奇。与之语，甚玄远[①]，讯其故，云："吾待小孩子至，即行矣。然渴甚，子为我觅浆一瓯饮之。"诸葛即从担上买鲜藕一枝奉上，曰："以藕代茶可乎？"老翁从容嚼藕毕，日向暝矣，谓诸葛曰："所期不至，奈何，当从子借宿一宵矣。"诸葛贪其高论，欣然挽归僧舍，置酒张灯，谈笑忘倦，设榻于隔壁室中止之。心讶其为异人也，灯下穴壁以窥，见案上所阅者，新浙江举子榜也。诸葛方知老翁是天神，亟款门[②]求进，跪于灯下，叩头不已，曰："肉眼不识大圣，死罪死罪！但不知今科榜中有某姓名否？"老翁曰："子当于后科[③]获隽，无忧也。"诸葛固恳曰："某苦志[④]已久，既有科名之分，何靳不先与之，复使某待三年，且老矣。惟愿神人为某高下其手[⑤]。"老翁曰："固也，但阴注阳受[⑥]，天曹已定，吾岂能独私于子耶？"再三叩头，恳[⑦]之不已。老翁曰："籍中止有张某父方病，倘其不及与试，请以子当之矣。但吾为子力求，子须费三十万钱酬之。阴府公门，亦有使费，初[⑧]不异世间也。"诸葛曰："贫甚，何从得三十万钱耶？"翁曰："无难，子于放榜之日，多取纸镪，计三十万钱者焚之，所费不多，愿无相忘。"诸葛许诺甚坚。夜半，果有四岁小儿来，老翁竟去。

其秋，诸葛果中乡荐矣。放榜之日，人事匆匆，虽常记老翁之言，以为冥理茫昧[⑨]，不足为凭，遂爽其约。旬日之后，老翁复来，形容憔悴，衣裳褴褛，无复曩昔[⑩]气度，数而责之曰："吾

① 玄远：指深远微妙的哲理。《晋书·张华传》："天道玄远，惟修德以应之耳。"
② 款门：敲门。《晏子春秋》卷五："景公饮酒，夜移于晏子之家。前驱款门，曰：'君至。'"
③ 后科：国图清钞本作"后科榜中"，"榜中"似为衍文。
④ 苦志：国图清钞本作"苦心"。
⑤ 高下其手：即上下其手。比喻玩弄手法，串通作弊。
⑥ 阴注阳受：古代的一种迷信思想，认为父祖辈所积阴骘会福荫于在世的后代。
⑦ 恳：国图清钞本作"求"。
⑧ 初：本来。
⑨ 茫昧：模糊不清；不可揣测。《汉武故事》："神道茫昧，不宜为法。"
⑩ 曩（nǎng）昔：往日，从前。晋向秀《思旧赋》："追思曩昔游宴之好，感音而叹，故作赋云。"

为子受困不可言，子非人也。”诸葛谢过不已，曰：“小间便了夙愿，何如？”老翁曰：“今无用矣。然吾乃某山之神，为子受谪，遂无所归。明春当为子力谋一进士，第子能为我立庙，使复有香火，但无若前度之食言可也。”诸葛许诺益坚，指天设誓，因约于某日某时会于北京某地。

至则果然。其春会试，老翁昼夜作伴，首场三日之前，即于闱中窃出经书题目与之，及入试，一毫不误。第二场复如之。至第三场，待之良久不至。临试之夕，将唱名矣，见老翁踉跄而至，曰：“吾为子觅策题，几不得出，恐子部署无及，顷便窃得程策[①]五篇，以贻[②]子，怀之而入可也。”诸葛曰：“禁甚严，吾安敢自罹法网？”老翁曰：“某在，能蔽人目，无虑也。”诸葛遂如其言。遇搜检出，老翁在旁与军士高声相哄，蜂拥之至厅事前，失此翁矣。诸葛遂被笞三十，枷示贡院门一月，几死。枷将毕矣，老翁复来骂曰：“子欠三十万钱，今受此杖，尚思侥幸进士第耶？世上未有如子负恩失信人也！”言讫不见。后乃知此翁是天狐[③]，非神人也。京山[④]李博士维柱偕诣公车，亲质其事。

邵举人冤报

姚江邵喻义[⑤]，浙东知名士也。其父德久[⑥]，为北京东城兵马[⑦]。

---

① 程策：科举考试时用作示范的文章。明沈德符《万历野获编·内阁一·籍没古玩》：“是年丁酉已定南京主考，忽被污见斥，其程策无所用之。”

② 贻：赠送。《诗经·邶风·静女》：“贻我彤管。”

③ 天狐：道术通天的仙狐。

④ 京山：今属湖北省荆门市，素有“鄂中绿宝石”之称。

⑤ 邵喻义：浙江举子。《万历野获编》卷十六《会场搜检》有其事。

⑥ 德久：邵德久，余姚人，举人出身，曾于嘉靖年间接替彭应麟任邵武府知府一职。

⑦ 兵马：兵马司，官署名。专理京城捕盗及斗殴等事。元至元九年（1272）改千户所为大都路兵马司，明沿设五城兵马司。

民间一妇人素有贞操，而仇族蒙以不洁，兵马受赃枉法，杖而遣之。妇耻见辱，恨冤不明，归而雉经以死。死之后，适喻义偕计[①]入京会试，每夜梦见空中一仙女冉冉从云端而下，向喻义作礼而言曰："君是今科会元，必中矣，但朱卷要进呈御前者，第三场策最要紧[②]，须用心做，无造次也。"如是无夜不梦，率以为常。

是科丁未，喻义进头场，文甚得意。至中场出后，又复梦见如初，喻义心愈疑猜。至末场，恒恐失误，只得怀挟钞写策要一小本，缝衣袂中，搜检不出，竟置桌上对钞。监军[③]过而好言谓曰："岂宜公然如此！"喻义叱骂而去。又一监军过，复如是相谓，喻义复叱骂如前。其人忿而夺去，白于监临[④]。时孔御史为监临官，闻而大怒，亟遣擒捕。既至，则其旧拔门生也。御史遂诡言以问喻义曰："监军于汝平日岂有怨觓[⑤]乎？"喻义进曰："两场文字，定中会元，某恐三场不称，实是带进，初无怨觓。"御史本欲伸救喻义，无奈狂悖如此。有徐御史亦同监临，因曰："彼已自首，我辈岂可容情。"即叱伍伯行杖，杖毕枷示于贡院前，充吏南还。后其事卒闻于上，邵卷果达御前，适符前梦。梦中女子即冤妇所化，或谓妇以冤死，得为女仙[⑥]，未可知也。

王给事食犬报

昆山王给事好食犬，前后杀犬数百头。一夕在邸舍时，坐灯下读书，忽闻小犬嗥嗥声环其榻而吠之。觅看无所见，既坐又

---

① 偕计：即计偕。
② 最要紧：国图清钞本作"要紧"。
③ 监军：原意为监督军队的官员。此为监考人员。
④ 监临：负有监察临视责任的官吏。
⑤ 觓：音 qiú，文中意思应该是"仇"。
⑥ 女仙：国图清钞本作"仙女"。

闻，起觅杳然。呼左右共相寻，听其声乃出灯檠[①]之中，历历可辨，一家惶骇。给事后虽断食，竟成疾而卒矣。辇下[②]冠裳[③]多知其事。

蒸蜂之报

有某甲养蜂一房，盗者乘夜囊之而去。未及卖，迹之，甲伺于门外，盗者计无所出，置甑上蒸而熟之，瘗入土中。其明年，以是月之日，举家忽患癜风[④]，相枕籍[⑤]死，莫有为收葬者。余见释典中有沃蜂之报，由此观之，定不妄矣。

张阿招屠猪报

江阴县顾山有屠儿张阿招，一生宰猪为业，年六十余而死。死之日，皮肉发痒不可忍，呼其妻炊沸汤，沃于四体以为快，又用大木槌击其手足，昼夜不停。久之，攘取屠刀，自剖其腹以死。

顾乐屠猪报

顾山又有顾乐者，亦宰猪为业。高君承先亲见其死时，在定庵伽蓝前地上，作猪叫数声，宛转而绝。

---

① 檠：音 qíng，灯架，烛台。
② 辇下："辇毂下"的省称，犹言在皇帝车舆之下，代指京城。
③ 冠裳：指官宦士绅。
④ 癜风：皮肤病的一种。皮肤上出现紫色或白色的斑片。
⑤ 枕籍：纵横交错地躺卧在一起。

冯氏子屠牛报

江阴长溪冯氏子，腊月廿五日宰牛。是日天大寒，见其先割牛舌作羹，以下沸酒十余碗，不觉醉极，将刀割牛，误举刀口向上自屠。见者共叹业报①之不爽矣。

天长县化鱼僧

天长县居民刘万，打雁捕鱼为业。一日有比丘诣门乞食，适釜中赤米饭熟，其妇因取施之。谓万曰："君今日捕鱼，必当得极大者，然不得妄杀，是龙而鱼服者②也。"已而果得大鱼，万不听，剖其腹，赤米饭③犹在焉。万举家相继病死。

修行人堕犬腹

处州④民张某，号幻云道者。一家母子兄弟六人，俱持长斋，修行奉佛。一夕，张在房中坐，有人呼之甚急。张应曰："来⑤。"其母兄弟弗闻也。已又呼之，如此者三。张乃泣谢其母兄弟曰："呼我者二人，约同到黄仰桥家，似将往托生耳。兄弟幸善事母，明日须过黄家相看。如为人则已，倘堕落非类中，汝辈无为持斋

① 业报：国图清钞本作"报"。
② 龙而鱼服者：幻化成鱼的龙。
③ 赤米饭：国图清钞本作"赤饭"。
④ 处州：今浙江省丽水市的古称。
⑤ 来：国图清钞本作"求其母"，错。"其母"当属下。

事佛[①]矣。”其夜无疾而逝。侵晨[②],询黄家果夜半犬生三子,兄弟恸号，遂不信佛。黄即陕州[③]兄弟也，其说不浮。余谓作犬是业报,亦由宿因[④]。如来白犬骨尚与须弥齐高[⑤],何况五浊[⑥]有情？张以一念之疑而入异类，心为畜生，吁，可畏哉！抑其平居修持之志必有未坚？不然，理之不可知[⑦]者也。

薄明经[⑧]为鱼

余邑中薄生名澹如，少年有文藻，能为近体诗[⑨]，以万历丙午举明经。然性喜荡,汩[⑩]于酒色。壬子七月间,从严舍人[⑪]泽[⑫]合子[⑬]中偶阅《说海》,见唐人韦主簿[⑭]化鱼事,津津慕乐[⑮],意入清冷之渊矣。

---

① 事佛：国图清钞本作“念佛”。

② 侵晨：黎明，天快亮的时候。

③ 陕州：此处指黄九鼎。

④ 宿因：佛教语。前世的因缘。

⑤ 如来白犬骨尚与须弥齐高：释迦牟尼佛轮回中做白狗，其尸骨堆积如须弥山。见《菩萨处胎经》。

⑥ 五浊：佛教谓尘世中烦恼痛苦炽盛，充满五种浑浊不清，即劫浊、见浊、烦恼浊、众生浊和命浊。

⑦ 不可知：国图清钞本作“不可”。

⑧ 明经：明清对贡生的尊称。

⑨ 近体诗：亦称“今体诗”。诗体名。唐代形成的律诗和绝诗的通称，同古体诗相对而言。句数、字数和平仄、用韵等都有严格规定。

⑩ 汩：沉，淹没。引申为沉迷。

⑪ 舍人：官名。始见于《周礼·地官》。历代都置，至清废。各代舍人职权大小不一。

⑫ 泽：严泽，字道普，号开宇，江苏常熟人。严讷第四子。荫生。历仕文华殿中书舍人、奉直大夫、河南信阳州知州。工书，神宗见其书称善。

⑬ 合子：疑为“阁子”之误。繁体的合为“閤”，阁为“閣”，形近。阁子，阁楼。明归有光《项脊轩志》：“项脊轩，旧南阁子也。”

⑭ 主簿：官名。掌管文书、办理事务的属官。

⑮ 慕乐：犹慕悦。仰慕相悦。《诗经·小雅·角弓》：“君子有徽猷，小人与属。”唐孔颖达疏：“君子之人有美道，以得声誉，小人则慕乐之，美其荣名。”

其明晨赴友人徐先辈待任①文社，二三同袍在焉。角艺②既毕，主人设酒肴饷客，薄生于席上恣谈古今，无不称说③。俄而口角忽觉流涎，沾渍衣袂，坐客相目惊讶，生故不自知也。讽其归，又固不肯行，强掖之登榻，则病已口噤④不能言。亟召医至，察其脉，已不可为。请按穴以灸，炷艾凡五壮⑤，亦不知痾痒。僮仆怜悯，遽止之，募役夫数十人，连帷榻舁而归。

入门登堂，妻孥环拥号泣。疾发于未⑥，迨戌⑦而绝矣。殓后经七日，是首七之期。生虽家于虞山，世为娄江人，于是延娄江沙门所善者六七辈至家，设大斋供，顶礼梁皇慈悲忏法。沙门以杨枝洒昼食，口喃喃作胡语，忽见饭中跃出一金色小鲤鱼，击跳佛前，向空斗触⑧。众沙门围绕于座，罗而得之。于是一时合掌，齐声念佛诵咒，放之城西大泽中，悠然而逝。

明经精灵所化，与韦主簿事千载同符矣。释典所称六道四生⑨，一切惟心所造，此非其可证者欤？余又尝见唐人小说有《甘泽谣》⑩一书，载《鱼服记》甚详。洪炉变化，理实有之。凡人所信，唯耳与目，此固非出耳目之外者也。

---

① 待任：徐待任，钱希言常熟时的同窗兼邻居，字廷葵，号季元。
② 角艺：较量才能或武艺。
③ 说：同“悦”。
④ 噤：闭口不作声。
⑤ 壮：中医艾灸，一灼为一壮。
⑥ 未：未时，指下午1点到下午3点。
⑦ 戌：戌时，指晚上7点到晚上9点。
⑧ 斗触：撞击。唐张鷟《朝野佥载》卷二：“诸木起立空中，自相搏击，声若雷霆，斗触摧折，缤纷如雨。”
⑨ 六道四生：六道指地狱、饿鬼、畜生、阿修罗、人间、天上六种世界。又依六道众生出生之形态，可分胎生、卵生、湿生、化生四类，并称六道四生。
⑩《甘泽谣》：作者袁郊，唐文学家，字之乾（一作之仪），蔡州朗山（今河南确山）人。咸通中，官刑部郎中，又曾为虢州刺史。国图清钞本《甘泽谣》作《甘露谣》，误。

徐文长[1]冤报

山阴徐渭，字文长，为县诸生，试屡隽[2]。世庙时，胡少保宗宪总督浙西，闻其名，招致幕府典[3]书记，宠礼特甚。渭尝出游杭州某寺，为僧徒所不礼，阴衔之。夜宿妓家，窃其睡鞋一只，藏之于袖，来晨入幕，出以呈于少保，诡曰得之某寺僧房。少保怒，不复详察，登执其寺僧二三辈斩之辕门。

渭为人猜而妒，妻死后再娶，辄以嫌弃，续又娶小妇，有殊色。一日，渭方自外归，忽户内欢笑作声，隔窗斜视，则见一少年僧，年可二十余，风仪俊美，拥其妇于膝，相抱而坐。渭惶遽[4]走入，遍室周旋，忽然不见。后旬日，渭复自外归，小妇昼卧于床，忽见前少年僧与之共枕。渭不胜愤怒，声如吼虎，挺前擒捉，寂无所有。急索挺刃不得，便引铁灯檠刺妇顶门深之而绝。遂坐法系狱中，卒以援者[5]力获免。既出狱数年，事亦解。

渭闲居发悟，往日谮杀寺僧，受此冤报，又伤其妇之死也，赋《述梦诗[6]》二章，云："伯劳打始开，燕子留不住。[7]今夕梦中来，何似当初不飞去。""怜羁雌[8]，嗤恶侣。两意茫茫坠晚烟，门外乌啼泪如雨。跣而濯，宛如昨，罗鞋[9]四钩闲不着。棠梨花下

---

① 徐文长：徐渭，1521—1593，山阴（今浙江绍兴）人。初字文清，后改字文长，号天池山人、青藤道士，或署田水月。明代文学家、书画家。与解缙、杨慎并称"明代三大才子"。

② 试屡隽：与事实不符。徐文长四十岁才中举人。隽，科举时代喻称考中。

③ 典：出任，主持。

④ 惶遽：惊恐慌张。《三国志·魏书·夏侯惇传》："持质者惶遽叩头……"

⑤ 援者：状元张元汴（明末著名散文家张岱的曾祖父）等。

⑥ 述梦诗：国图清钞本作"述梦"。

⑦ "伯劳"二句：南朝《东飞伯劳歌》："东飞伯劳西飞燕，黄姑（牵牛星）织女时相见。"比喻情人不能相聚。

⑧ 羁雌：失偶的雌鸟。

⑨ 罗鞋：鞋为尖头翘首，也称弓鞋。

踏黄泥，行踪不到栖鸳阁。[①]”自是绝不复娶矣。丁酉[②]冬四明太常卿余寅[③]说。

徐氏兄弟冤报

常熟徐昌祚[④]任子[⑤]，官至比部正郎，尚书公栻[⑥]之孙也。兄弟六人，同父异母，各不相能[⑦]。昌祚昔有沉姑[⑧]之事，为第六弟鼎祚所讦。时西台御史[⑨]行部[⑩]江南，以锄强为名[⑪]。鼎祚欲重兄罪，乃摭[⑫]第三兄弑父隐恶，并证入昌祚案中。昌祚称冤不服，鼎祚与诸族人怨家交相诬引，构成大狱，昌祚衔恨[⑬]而死。死后，其同产弟[⑭]复祚设为鬼言，备陈古今罪福报应之理，谕[⑮]释鼎祚。鼎祚不胜寒心，虽复悔谢，殷忧[⑯]不已。其家数见昌祚为祟。却

① “跣而濯”五句：这是写梦中所见妻子的模样。她像生时一样，赤着脚洗东西，把罗鞋随便钩在什么地方。一会儿又在棠梨花树下走来走去，就是不肯到自己所住的地方来。
② 丁酉：万历二十五年，公元1597年。
③ 余寅：1519—1595，字君房，晚年改字僧杲，鄞县人。万历八年（1580）进士。官至太常寺少卿。著有《农丈人诗集八卷文集二十卷》及《乙未私志》《同姓名录》《吴越游稿》等。
④ 徐昌祚：字伯昌，常熟人，生卒年不详，约明神宗万历三十年（1602）前后在世。尝为刑部官。徐昌祚因辑《太常寺志》，得征各州县志，因采其所记，成《燕山丛录》二十二卷。
⑤ 任子：因父兄的功绩，得保举授予官职。汉制，二千石以上官员，任满三年，可保任子弟一人为郎。
⑥ 栻：徐栻，1519—1581，字世寅，号凤竹。明嘉靖二十六年（1547）中进士，累官至南京工部尚书。
⑦ 各不相能：谁都不认为对方能干，也就是谁也瞧不起谁。
⑧ 沉姑：把被夫家休掉的姑妈沉入池塘淹死。
⑨ 西台御史：即御史。西台是御史台的通称，明初亦设御史台，洪武十五年（1382）改为都察院，清代因之，御史台之名遂废。御史专司弹劾纠察之事。
⑩ 行部：巡行所属部域，考核政绩。
⑪ 以锄强为名：以铲除强族而闻名。
⑫ 摭：音zhí，拾取。
⑬ 衔恨：国图清钞本作“衔恩”，误。
⑭ 同产弟：同母弟。
⑮ 谕：国图清钞本误作“论”。
⑯ 殷忧：忧伤。唐骆宾王《萤火赋》：“感秋夕之殷忧，叹宵行以熠耀。”

后[1]三年，万历甲寅五月，鼎祚游无锡惠山寺[2]，忽闻昌祚隔壁笑语，已又闻叱咄声。惊问侍从，咸无闻者，往视寂然。意大恶，遽命舟驰归。病七日，见昌祚守之，少时遂亡。

新发潘家交报[3]

苏城富民潘时用[4]，资财十万，号新发潘家。时用先有一弟名璧，生岁余，潜于襁[5]中杀之。其妇免身，便生潘大郎，模样酷类其所杀弟，常有忿志。未几生二郎，既长，兄弟不和，共相讦斗。后大郎为子钱家[6]所逼，推仆时用于地而死。二郎妻父卫，起部[7]勋也，榷杭关时，与秦御史谐善。秦按吴中，立召大郎鞭杀之，咸云起部[8]所构。俄而二郎寝瘵，数见其兄械系[9]相守，备诸妖祟，无何呕血死。起部衣绯而出，亦顾见大郎在堂后，问左右，皆无所睹，惊走入内，数日相次暴亡。

来方伯滥刑报

萧山来方伯三聘[10]，性刚严。居江西藩辖时，有一典被仇诬

① 却后：犹过后。
② 惠山寺：位于惠山秀嶂街（今惠山直街和横街交接处），始建于南北朝，距今已有一千五百余年。
③ 交报：交相报应。
④ 潘时用：明代苏州富豪。苏州今还存潘儒巷。
⑤ 襁：襁褓。
⑥ 子钱家：放债取息的人。犹言高利贷者。
⑦ 起部：即工部。
⑧ 起部：指二郎岳父。
⑨ 械系：谓以刑具拘系人犯。
⑩ 三聘：来三聘，字任卿，号熙庵。浙江萧山长河人。明穆宗隆庆四年（1576）举人，万历十一年（1583）进士，累官至江西右布政使。

盗，不穷踪迹，立杖杀之。万历辛亥冬，方伯论列还家矣，遇江西地师[1]到，拟同往乡卜地。欲行前一日，遣使过姻家，预令设具以待。其夜方伯张灯置酒，与地师饮。饮罢，阖扉寝矣，忽闻门外人马声，初远浸[2]近。自起出户看之，见一人手持文书，跪于微月之下，就视，乃昔所杖杀典也。惊问曰："若[3]何以至此？"曰："来召相公耳。"方伯收其文书，急取火视，则两手空矣。便呼妻子处分家事毕，于是遂卒。乡人徐说叙之。

① 地师：风水先生。
② 浸：逐渐。
③ 若：你。

第八

报缘

王中丞前身为僧

临海[①]中丞王公士性[②]，好游名山，宦辙所至，无不搜奇讨奥，所著有《五岳游稿》[③]。先是，西川峨眉山老僧性好游，自恨一生不得遍探名岳，年又骎骎[④]向暮矣，乃誓于来生了此夙愿。临化谓其徒曰："吾今往台州临海县王氏托生为男，十六年后，汝可来一相访也。"其徒遂书屋壁以记之。至期，溯江南下，寻访至台州城中，则公年才十六，相见依然，宛如旧识。计老僧化去之年月日时，即公之甲子也。厚遣[⑤]金帛而还。乃知李暠[⑥]、房琯[⑦]、苏轼[⑧]诸公，并是高僧转世，以佛法推之，信不妄矣。

杨尚书前身为僧

宫保[⑨]尚书杨俊民[⑩]，山西蒲州[⑪]人。父即太傅襄毅公博[⑫]，世

---

① 临海：今浙江省台州市代管之县级市。

② 士性：王士性，1547—1598，字恒叔，号太初，临海城关人，人文地理学家。少年好学，喜游历。著有《五岳游草》十二卷、《广游志》二卷、《广志绎》五卷及《玉岘集》等。士性被誉为我国人文地理学的开山鼻祖。

③《五岳游稿》：应为《五岳游草》。

④ 骎骎：疾速。

⑤ 遣：国图清钞本作"遗"，正确。

⑥ 李暠：351—417，字玄盛，陇西狄道（治今甘肃临洮）人。十六国时期西凉政权建立者。

⑦ 房琯：唐大臣，697—763，字次律，河南人。宝应初，任刑部尚书，在赴京途中病逝，追赠太尉。

⑧ 苏轼：1037—1101，字子瞻，号东坡居士，眉州眉山（今属四川）人。北宋著名文学家、书法家、画家，唐宋八大家之一。

⑨ 宫保：太子太保、少保的通称。明代习惯上尊称太子太保为宫保。

⑩ 杨俊民：1531—1599，字伯章，号本庵。嘉靖四十一年（1562）进士。拜官户部主事，历任礼部郎中。后升任户部尚书，总督仓场。

⑪ 蒲州：今山西省永济市。

⑫ 博：杨博，1509—1574，字惟约，号虞坡，山西蒲州（今运城永济）人。明朝名臣。出入朝廷四十多年，始终以兵事著称。卒赠太傅，谥号襄毅。

庙中名臣也。先[①]为兵部尚书时，与世父[②]武选[③]府君[④]深相结契。尝为府君言："民儿堕地[⑤]即合掌而笑，见人则打问讯[⑥]，仆[⑦]心恶其妖妄，抽床头短剑按而叱之。民儿即从乳母怀中作声言曰：'老僧四川人，峨眉山出家，因发愿修造寺殿，估计二千金，止募得银六百两，埋于寺旁石桥下，不果成功，以此托生高门，愿为相公子。求相公遣人往彼发其藏金，为我完成胜事。有两弟子俱在，一可托，一不可托，惟相公裁之。'言毕，襁褓如故，自此不复言矣。仆闻而大惊，便纳剑，立捐千四百金，遣干办[⑧]往川中推验，委有寺在，较[⑨]老僧化去之日，适符民儿所生之年月日时。其徒二人尚在，发桥下藏金，果六百两无缺。于是遂出金，盖建佛殿，焕然鼎新。此寺今为名蓝。"

余幼时尝闻府君言如此，忘其寺名矣。襄毅公曾因北兵[⑩]之变，以大司马[⑪]得专征伐，挂平虏将军[⑫]印出塞外，军声大振。后铨[⑬]宰缺官，世皇[⑭]手批特旨，命杨博为吏部尚书，故公门上榜帖子有四句云："金印腰悬，曾司百万貔貅命；丹书手敕，谬叨千百

---

① 先：指杨博。

② 世父：大伯父，后用为伯父的通称。此指钱希言的伯父钱之选。钱之选，字舜臣，常熟人。嘉靖二十九年（1550）进士，担任晋江县知县。后任兵部武选郎中。

③ 武选：即武选清吏司，官署名。明清时期兵部下设的机构，掌考武官的品级、选授、升调、功赏之事，考查各地之险要，分别建置营汛；管理少数民族聚居的土司武官承袭、封赠等事。

④ 府君：旧时对已故者的敬称。

⑤ 堕地：落地。指出生。

⑥ 打问讯：又称"问讯"。僧尼等向人合掌致敬。

⑦ 仆：谦辞。称自己。《战国策·燕策》："今提一匕首，入不测之强秦，仆所以留者，待吾客与俱。"

⑧ 干办：亦称"干办公事"。原名勾当公事，避宋高宗赵构名讳改。制置使、总领、安抚使、镇抚使、转运使、提点刑狱公事等属官。由长官委派处置各种事务。

⑨ 较：比较，比对。《老子》："长短相较。"释文："较，较量深浅也。"

⑩ 北兵：指蒙古兵。

⑪ 大司马：官名。明清时兵部尚书的别称。

⑫ 平虏将军：明代为战时将军名号，统兵将领。

⑬ 铨：选授官职，量才授官。

⑭ 世皇：即世宗，指嘉靖。

缙绅头。”父子生而一品者，自公家而外不多见也。

陈典史前身为僧

嘉靖癸亥，姑苏齐女门外陈言者，由功曹[①]入选顺德[②]广宗县[③]典史，与外孙汤汝学并其仆三人赴任。道经村坊中一野寺[④]，见寺僧五六辈，衣帽修整，候于门外。陈问曰：“前路有歇处乎？”僧应曰：“驿递远矣，盍留小寺一宿，明晨行路，可乎？”先是，寺僧夜梦其先师谓曰：“明日我当暂归，汝等可着袈裟立寺门外俟之。”至是僧见陈君模样俨似先师故身也，心疑之，延入坐定，细问其生年月日，即老僧入寂时矣，果符所梦。陈亦如旧相识。汝学乃同行者，说其事。寺名西寺。

姚御史前身侍者[⑤]

嘉善姚御史，名绶，字公绶。其父封公[⑥]颇好善。宅西有大云寺[⑦]僧房，侍者年且老矣，常受封公赈施。一日封公于田中观刈获，忽见此侍者肩其襆，从宅中后门直入。怪之。使人往问，

① 功曹：官名。汉代郡守下有功曹史，简称“功曹”，相当于郡守的总务长，除掌人事外，得以参与一郡的政务。北齐后称功曹参军。唐时，在府的称为功曹参军，在州的称为司功。
② 顺德：邢台市的古称。
③ 广宗县：今隶属于河北省邢台市。
④ 野寺：野外庙宇。唐韦应物《酬令狐司录善福精舍见赠》诗：“野寺望山雪，空斋对竹林。”
⑤ 前身侍者：国图清钞本为“前身为侍者”。
⑥ 封公：封翁。封建时代因子孙显贵而受封典的人。
⑦ 大云寺：源于唐朝，始名净众寺，宋治平二年（1065）改名大云寺，因寺成镇。明代官员、著名画家姚绶晚年隐居大云寺东南厢房。大云寺持修净土宗。

则细君就馆产子。又使人诣寺中消息，云侍者病三日，顷化去矣。封公心知是其托生。及御史长而猥黠①，不若②于训，公亦不甚保惜。年十六，尚未识字读书。御史行第三，其伯仲二兄咸举秀才。公令御史践更③于县，县尉怒其狂率④，杖之。归乃发愤就师傅⑤，日夜程书⑥不休。如是十年，登进士第，为监察御史。请告还家，悟前身是大云寺侍者，因自号云东逸史。

段民曹⑦梦前生

武进段⑧金，字子新。十九岁擢进士第，拜官民曹郎，榷税杭州北新关。一日坐理文书，忽觉倦甚，掷笔而假寐于案。逾时⑨惊寤，亟召伍伯，前诣第三条巷内，沿街住有穿绿妇人，祭其亡夫，筵上祭品是青菜馄饨。讯之，果符其言。妇人云："夫亡已十九年矣。"亡之日时，即段⑩君年命。段⑪君喉中犹带青菜香也。遂捐俸羡⑫，给以粟帛。时妇年犹未满四十。当路⑬中段⑭与

---

① 猥黠：狡黠。清昭梿《啸亭杂录·马僧》："又客馆逢二僧，皆猥黠少年。"
② 若：顺从。《诗经·小雅·大田》："播厥百谷，既庭且硕，曾孙是若。"
③ 践更：古代的一种徭役。轮到的可以出钱雇人代替。受钱代人服役叫践更。
④ 狂率：狂妄轻率。后蜀何光远《鉴诫录·徐后事》："后主性多狂率，不守宗祧。"
⑤ 师傅：国图清钞本作"傅"。
⑥ 程书：限量阅读处理文书。即不读满多少页书不休息的意思。《汉书·刑法志》："至于秦始皇……昼断狱，夜理书，自程决事，日县石之一。"颜师古注引服虔曰："县，称也。石，百二十斤也。始皇省读文书，日以百二十斤为程。"
⑦ 民曹：官署名。汉成帝初置。后世名称多变，职责也并不完全相同。至隋时定名为民部，唐高宗时避太宗李世民讳，又改称户部，因亦用作户部的代称。
⑧ 段：国图清钞本作"叚"，误。
⑨ 逾时：不一会儿，片刻。
⑩ 段：国图清钞本作"叚"，误。
⑪ 段：国图清钞本作"叚"，误。
⑫ 俸羡：多余的工资。羡，有余，余剩。
⑬ 当路：执政，掌权。《孟子·公孙丑上》："夫子当路于齐，管仲、晏子之功可复许乎？"赵岐注："如使夫子得当仕路于齐而可以行道，管夷吾、晏婴之功，宁可复兴乎？"
⑭ 段：国图清钞本作"叚"，误。

妇有奸，论劾罢官。

王一鹗[①]悟前生

山东王郡伯[②]一鹗，为真定府太守。前身即真定府人，入境依然[③]。忽命吏入某巷访某家，征某人姓名，果是。盖死之日，即公生辰也。一妪出，鸡皮[④]鹤发，询之，乃是公妻，公厚给之。

刘指挥子记三生[⑤]事

三十年前，苏城有某秀才，为暴于乡，乡人莫不切齿，然颇通宿命。一日中恶死，记托生城外某家为猪，形体面目，宛然猪也。自恨一生为人，无所不恣睢[⑥]，今乃堕于畜类，受此恶形。视其身，与余猪共卧粪壤窟室中，肿胀臭秽，甚可憎恶，求死不得，恒欲早就屠割。于是日夜向圈中作耗，不肯食，其家怒，即缚四足在店前杀之。杀死复托生为小绿蛇。自顾其身，仅长尺许，已为蛇矣。时蟠于深榛草[⑦]中，窃听人言，乃是刘指挥家后园。自恨方脱刀涂，又罹毒业，舍身受身，终不获生人道。复求死不得，以头击树触石，脑血滂沱，日夕在草中扰乱无已。见人至，便张吻啮之。又私念蛇死可为人，忽见一挑菜妇人，窥其形躯似有娠，

---

① 王一鹗：1534—1591，字子荐，号云衢，今河北省邯郸市曲周县人。王一鹗机警聪敏、通达干练，立朝四十年，文治武功皆有建树。
② 郡伯：爵名。金置，元因之。明清时亦称知府为郡伯。
③ 依然：依恋不舍的样子。南朝梁江淹《别赋》："惟世间兮重别，谢主人兮依然。"
④ 鸡皮：比喻老年人起皱的皮肤。北周庾信《竹杖赋》："鹤发鸡皮，蓬头历齿。"
⑤ 三生：原指前生、今生、来生。此处用来表示刘指挥子的三次投生。
⑥ 恣睢：放纵暴戾。《荀子·非十二子》："纵情性，安恣睢，禽兽行。"
⑦ 榛草：丛生的杂草。

试追随之，竟蜿蜒于筐底菜下。乃是刘氏后房姬也，将娩矣，从女伴携筐园中挑菜。既而入室，惊见盘蛇，呼家人共来打杀。不觉神魂缠住姬身，其夜即产，却见其身已复为人矣，遂为指挥之子。此子六七岁时犹知前生事，谓身从蛇中来也。沈问之父说此。

赵增广[①]悟前生

嘉靖中有赵生者，是赵某子，为大同学增广生。暑月迎督学[②]公，出郊数里外，入一酒楼，过饮火酒[③]，大醉，不脱巾服而卧于树下。其仆汲寒泉沃之，便气绝。魂游溪边，犬来相啮。忽见洗菜妇人临水垂裆[④]，就而隐身，不觉魂神冉冉走入其牝户中。楼上人咸怪秀才在树下卧不起，撼之，死矣，仆走报家，舁归殡殓。初不知其故也，是晚妇还家，即产一子。赵生见身形缩小，即悟托生在此。忽一日，妇家出外，置儿筐中。有犬入房，以舌舐其儿，遂惊起作声曰："赶狗子！赶狗子！"邻人咸谓筐中儿语不祥，亟觅其父母还，将杀之矣。父持锄作击儿状，赵生惧，乃不敢言。至五岁时，始向父母具述其故，曰："我故本府增广生某也。家在城中某巷，可速唤吾家人来。"及家人至，叹息泪下，叙述家事，一一无爽。妻犹未改嫁也，且戒收藏遗书[⑤]勿失。两家因此遂相往来不绝。后求还家觅遗书读，凡前生所读之书，犹能一一覆诵，及能记忆同袍姓名。常向人诵生前州考试卷，吐辞朗

① 增广：即增广生员。科举制度中生员名目之一。明代生员都有月廪，并有一定名额，称廪膳生员。后又于正额之外，增加名额，称为增广生员。简称"增生"，无月米，地位次于廪生。
② 督学：明代提督学道、清代提督学政的简称。督理一省学校教育及各种文化学术之事。
③ 火酒：即烧酒。清和邦额《夜谭随录·鼠狼》："某佐领好酒喜啖，一夕夜归，市羊蹄六七枚，火酒一瓶，提拥炉独酌。"
④ 垂裆：解手的意思。
⑤ 遗书：指赵生遗留在家里以前读过的书。非现代意义上的绝命书。

朗，不讹一字，书法亦与前生相同。数岁外即补诸生，仍为增广。诸君赋诗，以纪其事焉。

刘秀才轮回

四川某县秀才刘祥，年三十，与妻子窗前算账，忽暴死。死后托生于百四十里外邻县某家为女。到四岁时，其母抱之怀中，女忽作声而言曰："吾是某县刘祥秀才也，方在窗前算账，何遽以死，死何以生于君家？"其母大骇，急遣人至其地访之，刘家停棺尚存，账簿与手遗书宛然在窗前案上。其妻闻之，乃出金帛聘其女归，终日手抱，告于人曰："此吾夫君刘秀才之后身也。"张太仆鼎思亲见其事，为高君承先说之。

张明经轮回

山东东昌府[①]高唐州人林士章，婴儿时能言，自称前身原系北直隶易州[②]人，姓张名承勋，嘉靖壬子科中顺天[③]乡试一百二十五名。待试春闱，偶醉卧逆旅[④]小楼，忽中煤烟熏死。上帝怜其枉，敕为任丘县城隍。后享秽妇之祭，复谪人间，转受生于德府[⑤]礼生[⑥]林接武家，述前生事了了[⑦]。

---

① 东昌府：今山东省聊城市。
② 易州：治所在今河北省易县。
③ 顺天：顺天府，古代行政区划名，明、清设于京师（今北京）之府属建制。
④ 逆旅：客舍，旅馆。
⑤ 德府：即德王府，在今山东济南。
⑥ 礼生：司礼者。旧时常以称祭祀时在旁提唱起、跪、叩首之仪者。
⑦ 了了：明白，清楚。晋袁宏《后汉纪·献帝纪》："小时了了者，至大亦未能奇也。"

先是明经未受生时，托梦于其姻家李太学云：“六年后君谒选，当得上海丞。过高唐，愿少驻行车，遣来童[①]一访我于林礼生家，因得面吾女喜姐。”是时明经柩尚未葬，其家壁中隐隐闻有车马鼓吹声，久之遂寂。及李太学谒选，果丞上海矣。隆庆六年壬申十一月朔日赴任，道经高唐，即挈来童及子妇喜姊[②]诣林家。士章一见，即呼来童。来童泣且拜，出袖中镜子及绣囊与认之[③]，云：“是我买与喜姊[④]者。”又言：“在京师时购珠一囊，为喜姐作嫁时装，检箧中无失乎？”于是其女痛哭抱持，遂留镜以期后会焉。详载《处实堂集》[⑤]。

万侍郎三世轮回

明江西南昌万侍郎某，不离襁褓，具知往因。记第一世是董氏子，北直隶人，为县胥史[⑥]，颇工书算而行多险诐[⑦]，往往虐取人财，至三十五岁无病而死，留阎罗王殿下三年，仍管书记[⑧]。王忽谓曰：“汝在阳世造业[⑨]最多，不可纪极[⑩]，安能免于马腹乎？”即命冥卒取马皮一具，覆其体，推辞不及，黾勉[⑪]受之。移时便入马腹中。逡巡之间，不觉堕地为驹矣。

---

① 来童：其女婿名字。
② 姊：国图清钞本作“姐”，从上下文看，正确。
③ 与认之：国图清钞本作“与之认”。
④ 姊：国图清钞本作“姐”，从上下文看，正确。
⑤《处实堂集》：明代张凤翼撰写的一部书籍，共八卷。
⑥ 胥史：犹胥吏。《陈书·世祖本纪》：“梁氏末运，奢丽已甚，刍豢厌于胥史，歌钟列于管库。”
⑦ 险诐：亦作“险陂”，阴险邪僻。
⑧ 书记：书写记录。
⑨ 造业：同“造孽”。佛教用语，做坏事。
⑩ 不可纪极：相当于不可胜数。纪极，终极，限度，引申为穷尽的意思。
⑪ 黾（mǐn）勉：勉强。唐吴兢《贞观政要·纳谏》：“虽黾勉听受，而意终不平。”

稍长啮甚[①]，充北地[②]驿传，日奔驰数百里，鞭棰[③]交下，殊常楚痛。一日掣缰逸走，迅越灌莽，圉人[④]迹之河滨树下，马遂啮数口，挤圉人入水，复蹂躏之水中，至死乃已。寻自追恨：阿马既受畜生身，复犯杀人大罪，今番不知堕落何状也。便跳蹶[⑤]嘶鸣，不食而死。

死后复有人牵至阎罗王殿下，自理擅杀圉人，罪合万死。王阅簿谓曰："斯有何罪，由彼七生前杀汝，今世报之，适相当矣。"有顷，敕冥吏曰："董某偿债已毕，此回合生世间为贵人，身居枢贰[⑥]之职。"吏遽取乌纱帽戴于马头，帽甚窄，请易其大者。王曰："此二品官职，至[⑦]不易得，当复何所嫌也？"遂以头戴帽而出，托生此身于江西南昌县万家。复登进士，果历官至工部侍郎，信三世之有征，舍生受生之理，昭然不爽矣。

万公自通籍[⑧]已来，清介[⑨]自持，一节[⑩]不改，所至捐俸钱买牛皮，命工缝作马鞍中衬皮，每一马家分给两片。既拜司空[⑪]，三月而乞骸骨[⑫]。天官尚书吴鹏[⑬]，嘉禾人也，与万周旋甚厚，尝苦留之，语云："公望甚重，一二年间可居吾位矣，何得言去乎？"万答曰："某定命合居二品官职，岂宜过望哉！"吴素闻公有施马衬

---

① 啮甚：特别喜欢咬（人）。
② 北地：国图清钞本作"地"。
③ 棰：鞭子，木棍。
④ 圉（yǔ）人：官名。掌管养马放牧等事。亦以泛称养马的人。
⑤ 跳蹶：强横，放纵。清钱学纶《语新》卷上："一旦白昼，跳蹶少年十数，持尖刀如雪，言往濮家去。"
⑥ 贰：副。
⑦ 至：极，最。汉贾谊《治安策》："材之不逮至远也。"
⑧ 通籍：指初做官。意为朝中有了名籍。
⑨ 清介：清正耿直。三国魏刘劭《人物志·体别》："清介廉洁，节在俭固，失在拘扃。"
⑩ 节：气节，节操。
⑪ 司空：亦称"大司空"。明、清时工部尚书的别称。
⑫ 乞骸骨：古代官吏因年老请求退职。
⑬ 吴鹏：号默泉，浙江秀水县（今浙江嘉兴）人。嘉靖二年（1523）进士，授工部主事，历福建参议，出使安南（今越南）。后总理河漕，督兵镇压河南师尚诏起义。嘉靖三十五年（1556）由工部侍郎进为吏部尚书。嘉靖四十年（1561）致仕。万历七年（1579）卒，年八十。

鞍之事而不详其故，因诘之万，良久，遂叙宿缘，敛眉而言曰："某昔第二世被配作马，为人乘骑。其人恒以双膝夹击两肋，痛不可支。马肋下肉俱被磨烂，每行一步，惨入心骨。而此神识[①]还生万家，即今此身是也。思作马身受苦如是，故造斯功德，以施群马，非徒然尔。"尚书叹息久之，因遍以话于宾客，所知金三枝述焉。按《北梦琐言》[②]载唐有刘三复[③]能记三生事，云曾为马，其家不施门限，虑伤马蹄，与万公夙缘仿佛矣。

沈佥臬后身为林家儿

明广西佥臬沈公应魁[④]，字仲文，常熟县人，擢嘉靖庚戌进士。其子椿年，即希言之先姊夫也。佥臬有文名，工书翰[⑤]，与吴中皇甫诸昆季[⑥]及三黄[⑦]辈为诗社交。晚年结庐于虞山葛洪丹井[⑧]之上，好烧水银为黄金，平生赀业，费于炭值，为方士所诳惑，郁郁不遂其志，卒以贫死，死年六十有余。后数载，椿年始露头角，为县诸生。复好扶乩之术，尝于静夜作一符，召仙人至，忘

---

① 神识：指精神意识；神魂。
② 《北梦琐言》：古代笔记。五代宋初孙光宪撰，原帙三十卷，今本仅存二十卷。记载了唐五代朝野遗闻、士大夫言行和社会风俗，其中颇多诗人逸事。
③ 刘三复：润州句容（今江苏省句容市）人。以文章见知于李德裕。聪敏绝人，善属文，工八分书。
④ 应魁：沈应魁，字文父，又字文仲，号冲玄，南直隶苏州府常熟（今属江苏）人。嘉靖二十九年（1550）进士，授南京礼部侍郎，上疏言制倭六策，官至广西按察佥事，罢归。著有《皇明名臣言行录》。
⑤ 书翰：泛指书面文字。南朝宋鲍照《拟青青陵上柏》诗："书翰幸闲暇，我酌子萦弦。"
⑥ 皇甫诸昆季：即皇甫汸（字子循，号百泉、百泉子，斋名浩歌亭）、皇甫冲（字子浚）、皇甫涍（字子安）、皇甫濂（字子约）四兄弟，人称"皇甫四杰"。昆季，兄弟。长为昆，幼为季。
⑦ 三黄：黄鲁曾、黄省曾和黄姬水（黄省曾之子）。前二黄为表兄弟。
⑧ 葛洪丹井：在今常熟市石梅广场。葛洪，约281—341，字稚川，自号抱朴子，东晋医学家、道教理论家、炼丹术家，丹阳句容（今属江苏）人。葛玄从孙，世称小仙翁。他曾受封为关内侯，后隐居罗浮山炼丹。丹井，炼丹取水的井。

其名，问佥臬死后因缘。仙人笔授云：“卿父亦无大罪，不堕恶趣[①]中。地府处分,已令于福建兴华府[②]莆田县[③]林庭棉[④]家为男矣。后当贵。”扶乩人并非识字解书者。椿年密不外传。希言弱冠时，亲在其家见之也。未几椿年亦夭。

刘季子后身为饶家儿

长洲县诸生刘咸明，参政[⑤]玉成第四子也。二十一岁隽于泽宫，其年万历癸卯。一夕，忽梦入太山[⑥]东岳庙[⑦]中，见一绯衣官人执简而立，旁有同游指而谓咸明曰：“此官姓孙名阿，掌人间生死名录者。”咸明因下拜求问年寿。官人曰：“卿寿止二十七岁，不能多也。”咸明意甚恶之，愁忧不乐，秘不肯述于人，间[⑧]告所知，亦嘱勿泄。

至己酉春，咸明已二十七岁矣，一夕又梦前绯衣官人告之曰：“卿今应死，无可避处。死当受生于江西南昌饶家为第三男，两兄皆诸生，卿后却为孝廉也。”咸明惊寤汗流，自知不免，乃辑其麟经[⑨]课艺[⑩]，梓行于世，旬余遘疾，少日而殂。

① 恶趣：佛教语。指地狱、饿鬼、畜生三道。
② 兴化府：今福建省莆田市。
③ 莆田县：现为莆田市荔城区、秀屿区、城厢区和涵江区。
④ 林庭棉：1472—1541，字利瞻，曾任工部尚书，其家明朝时为闽中望族。其父林瀚，瀚有子九人，林庭棉、林庭机最显。林氏家族连续数代进士，并位居尚书。
⑤ 参政：明代在布政使下设左、右参政，以分领各道及派管粮储、屯田、驿传、水利、抚名等事。
⑥ 太山：即泰山。
⑦ 东岳庙：即岱庙。位于今山东省泰安市泰山南麓，俗称“东岳庙”。始建于汉代，是历代帝王举行封禅大典和祭拜泰山神的地方。
⑧ 间：秘密地。《史记・廉颇蔺相如列传》：“故令人持璧归，间至赵矣。”
⑨ 麟经：《春秋》的别称。
⑩ 课艺：课试之制艺，其文体为科举考试制度所规定，明清时一般指八股文。

咸明与蔡秀才士顺[①]，并为吴都谏[②]婿。士顺叙之。

按，裴松年[③]记魏蒋济[④]妻梦亡儿言："在地下为太山伍伯，憔悴困辱。今太庙西孙阿，将召为太山令，愿嘱转我令得乐处。"明日推问，果得之。济乃见阿，具语其事。阿亡月余，母复梦儿来告曰："已得转为录事[⑤]矣。"俱说如此，岂阿至今犹为令未改乎？

假山郑前生公案

苏州女医郑氏[⑥]，著名"假山郑"。有[⑦]从兄弟[⑧]二人，兄名钦谟，弟名钦试。万历丁未秋，钦试夜梦两鬼使，手把文书，来家追摄。问其故，曰："四十年前劫杀一僧，僧今申理[⑨]，使我等来追摄耳。"及出文书视之，则钦谟姓名也。试曰："误矣，此非贱名，乃某亲房兄[⑩]耳。"两鬼使便乞引至彼家。既入，即出而谓[⑪]曰："在家诵《金刚般若》，不可得取也。后三日复来。"试惊起，私与细小[⑫]共说，初无信者，往验诵经，恰符鬼语。经三日后，

---

① 士顺：蔡士顺，著有《傃庵野钞》十一卷。
② 都谏：明时为六科都给事中之别称，掌该科印，正七品。
③ 裴松年：或为裴松之之误。裴松之，372—451，字世期，河东闻喜（今山西闻喜）人，后移居江南。南朝宋著名史学家，与儿子裴骃、曾孙裴子野被称为"史学三裴"。
④ 蒋济：188—249，字子通，楚国平阿（今安徽省怀远县常坟镇孔岗）人，三国后期曹魏重臣，四朝元老，官至太尉。
⑤ 录事：职官名。管记录、缮写的小吏。
⑥ 苏州女医郑氏：即昆山女医郑氏，自南宋开始声名鹊起，有《郑氏家传女科万金方》传世。女医即女科，专看妇女病的医生。
⑦ 有：国图清钞本作"后有"，误。
⑧ 从兄弟：同祖兄弟，也称堂兄弟。
⑨ 申理：为受冤屈的人昭雪。
⑩ 亲房兄：即吴语门房弟兄、从父兄弟，今称为堂兄弟。
⑪ 谓：国图清钞本作"语"。
⑫ 细小：指家眷。

复梦如前，两鬼使仍乞引至。试从屏外窃窥，见其径入谟帐，捉而出矣。既觉，悸汗交流。投明[①]往看，且见兄谟坐堂上，为人处方治剂如故，了无病气，未敢说之。络绎探听，至于日暮。闻其家拥闹，急走消息[②]，谟适患急心痛而绝矣。时年正四十一岁，人谓即谋僧者之后身也。又二年，钦试相续而亡。蔡士顺、高承先并说。

阎头陀后身为祁氏子

阎头陀希言，以万历辛卯冬化于金陵。化之前三日，偶行步过急，忽腹中爆然有声。头陀大惊，叹曰："婴儿走矣！"便诣金陵旧游诸公门，各各辞谢[③]，云欲上茅山去。其日却在茅山下祁家店句容县地，去白堍三十里，上茅山大路也。大门楼边托钵。适门内嫂姑二人骈肩[④]而出，头陀合掌问讯，高声唱云："娘子肯借我[⑤]一间净房住乎？"嫂不答，其姑是室女[⑥]，忻然[⑦]应曰："净房尽有，任师傅住去也。"言讫急走还内，头陀相随而入，瞥焉不见。嫂姑二人并怪之。

其夕，姑忽称腹痛，产一男儿，魁梧殊特。父母怒，欲杀女[⑧]并毙其儿，见儿异相，不忍毙。嫂亦从旁苦谏。会溧水[⑨]彭公

① 投明：破晓。
② 急走消息：急忙往来传递消息、探听信息。
③ 辞谢：国图清钞本后有一"去"字，疑衍文。
④ 骈肩：并肩，肩挨着肩。宋欧阳修《相州昼锦堂记》："夹道之人，相与骈肩累迹，瞻望咨嗟。"
⑤ 借我：借给我，借与我。
⑥ 室女：未出嫁的女子。宋齐仲甫《女科百问》第十三问："室女者，乃未出闺门之女也。"
⑦ 忻然：喜悦貌，愉快貌。《史记·周本纪》："姜原出野，见巨人迹，心忻然说，欲践之，践之而身动如孕者。"
⑧ 女：国图清钞本作"姑"。
⑨ 溧水：今南京市溧水区。

感梦头陀来嘱，亟使人物色至祁家，得不死。今儿已长大，神姿端远[①]，见者以令器[②]期之。书窗膏烛之费，悉出彭氏给焉。真空道者说。

按，琅琊王公世贞传略云：道人末年，颇好作有为功德，欲于句曲东郭治驰道五十里，抵故乾元观，左右皆植[③]桃杏，春时若锦绣。谋于其徒，益斥[④]旁亩，引山泉溉之，成稻田，岁入米三四十石。而乾元观独有门及丙舍耳。于是薄游金陵诸公间，遇一二中贵人，欲成观中诸殿阁，然不轻发言。后过毛百户家，饭毕乞浴，浴已遂瞑，趺坐不僵，浃旬犹暖气休休然，汗沾须若玑。三日入龛，七日移至乾元观。时时启龛视之，百日犹若生也。据琅琊公文如此，合于真空道者所述上茅山之言，无不验矣。方知托钵于祁家店者是其飞神，而末年开道种花，毕力于句曲乾元之间，其有旨乎？头陀事迹散在"仙幻"中，然此段公案，琅琊未之及也。

周南甫再生

武林周箕南甫[⑤]，少年寝瘵甚剧。既绝，妻子具衣衾将殓矣，及明乃苏。自言死去时，即托生于杭州城内一大家。投胎之际，茫然不知，但见形躯绝小。其家卧房在高楼下，床壁皆黑漆彩画，帏幄鲜灿，器案华整。银台上高烧绛烛，一室烂然。抱儿入澡盆

---

① 端远：端庄超脱。北魏郦道元《水经注·谷水》："见一少年，姿神端远，与机言玄。"

② 令器：优秀的人才。《三国志·吴书八》："张纮文理意正，为世令器，孙策待之亚于张昭，诚有以也。"

③ 植：国图清钞本作"值"，误。

④ 斥：开拓，开辟。

⑤ 周箕南甫：名周箕，字或号为南甫。甫，古代男子的美称，多附缀于表字后，因亦以为表字的代称。《核舟记》："虞山王毅叔远甫刻。"

中洗之，笑声哄堂。讶是五六辈中年妇人，绝无男子行动。浴毕，用红衫绷缚甚紧，枕于床侧，时时用药汁来喂，苦不肯饮。忽寻思我是周某，家事百无一了，今若转身此处，不如无生矣。遂悔恨恸哭，决意还家。见妇人辈齐来慰藉，摇手禁小儿勿哭，不听，啼益急。夜分后声渐微，至五更，觉气喘力乏，遂死。死后蹶然而生，欻如梦醒，乃尸横地上经宿矣。家人惊喜，便复走医调治，越数日，辄神王如初。

韩氏妾三世女身

姑苏明经韩治，学士公之从孙[①]。有妾周氏，临顿里[②]旧族也，性敏慧，及笄而嫁。尝为夫君言："儿[③]前生是某家女子。"韩颇异其言。后寝瘵沉绵，呻吟枕席，医药不能奏功。万历癸丑之五月，忽告夫君曰："冥司有人追摄[④]某矣。"明日暴死，至夜复苏，具说冥中事云："午前摄至郡城隍庙，籍籍[⑤]称太守府中，与阳间无异。因案牍事烦，不及解，摄者云：'尔平日无大罪过，不必入见矣。但我冥中差使，亦非钱不行，放你暂还，速备醪胾[⑥]楮镪[⑦]于家，候我享之而去也。'"明经便依言具办。方毕，周氏曰："其人复至矣，亟与之食。"遂与夫君、主母、子女、婢仆作别云："儿今两世为女身[⑧]矣，此去又当托生于别郡某家为女，复作

① 从孙：侄孙。
② 临顿里：苏州古临顿路一带称临顿里，范围甚广，包括今拙政园、东北街一带。据《吴地记》载，吴王亲征东夷时，曾在此临时停顿憩息，宴赏军士。后在此置桥，以"临顿"命名，路因此得名。
③ 儿：青年男女的自称。
④ 追摄：勾取，追捕。
⑤ 籍籍：众口喧腾貌。
⑥ 胾：音 zì，大块的肉。《诗经·鲁颂·閟宫》："毛炰胾羹，笾豆大房。"
⑦ 楮镪：旧俗祭祀时焚化的纸钱。
⑧ 女身：国图清钞本作"女"，无"身"字。

穷秀才妻，至第四世方为男子。今其家妇人分娩临蓐，我即往投胎，不可留也。”又自言：“儿今形躯渐渐缩小如婴孩状矣。”言讫，遂瞑目而逝。

猪死为儿

吴中一老儒，与侍郎袁公愈春布衣之旧。侍郎在南曹①时，老儒往谒，行抵丹阳，方舍楫登途，乘跨蹇卫，适遇屠者宰猪。陡见屠刀上跃出赤体小儿，倏忽失处，不觉大怖，从驴背堕下。仆夫掖起，暂止路侧店家，整顿鞍韉②而去。适遇此店家新妇免身，诞一小男，呱呱在地，尚未浴也，乃知此儿即所刳③之猪托生，与驴背所见无别。措大④老不解事，忽经睹此新异，出于耳目之外，便成悸病，心绪昏错，卧侍郎衙内两旬。侍郎素以清苦自持，虽念寒绨⑤，无所濡沫，但割俸余遗之。老儒匆匆告还，岁余始愈，自后固穷没齿，不复作软红尘⑥上想矣。

卞老再生

苏州阊门外洞泾桥，有居民卞老，酿酒张肆为业，人呼为卞

---

① 南曹：泛指明代留都南京各部的官员。
② 鞍韉：马鞍和车马上的饰物。
③ 刳：音 kū，剖，剖开。东汉王充《论衡·儒增篇》：“引刀自刳其腹。”
④ 措大：旧指贫寒失意的读书人。《类说》卷四十引唐张鷟《朝野佥载》：“江陵号衣冠薮泽，人言琵琶多于饭甑，措大多于鲫鱼。”
⑤ 寒绨：原指御寒的绨袍，此指贫贱之交。
⑥ 软红尘：指都市的繁华。金元好问《秀隐君山水》诗：“乌鞓踏破软红尘，未信溪山下笔亲。”

二老。隆庆初年病死，其家拜《梁皇忏》[①]以资冥福。阎天子谓曰："忏法功德最大，汝纵有罪恶，已洗却矣。赐寿一纪，仍放还。"既活，便能强起，坐于门。其亲陈世仁自横泾[②]入郡，持纸镪诣门吊之，惊而反走。卞老呼告其故，始信。陈之子文纲言。

童灿两世为僧

隆庆年间[③]，衢州[④]王氏子，小名童灿，数岁，日诵《圆觉经》，琅琅可听，人问之，亦不自知也。年十五，随父至西陵寺，见壁间永明师[⑤]像，憬然有悟，因忆有写未了经在故笥[⑥]中，索而阅之，则《圆觉》古本，宛然手迹，始知前身即永明师矣。遂索笔写竟，若出一手。告其父曰："此儿故居，愿留以毕净业。"父不许，卒与俱还。数年父殁，治丧葬毕，即弃家持钵，飘然不知所之。《续耳谈》[⑦]亦记其事。

华进士前身为番僧

太原进士华仁，幼在荷褓[⑧]之中，即能读番经，恍惚记忆前

① 《梁皇忏》：全称"慈悲道场忏法"。相传南朝梁武帝初为雍州刺史时，夫人郗氏，性嫉妒，旋病死。梁武帝即位后夜梦郗氏化为蟒。为了替郗氏忏悔罪业，梁武帝集录佛经语句，作成忏法十卷，世称"梁皇忏"。后为佛家常用的超度忏法。

② 横泾：今苏州市吴中区横泾街道，位于吴中区西南部。因文中有"入郡"，此处横泾也有可能是常熟的横泾，位于今沙家浜景区内。

③ 隆庆年间：国图清钞本作"隆庆间"。

④ 衢州：今浙江省衢州市。素有"四省通衢、五路总头"之称。

⑤ 永明师：唐末五代时僧人。904—975，俗姓王，讳延寿，字冲元，本丹阳人，后迁浙江余杭。受法嗣，为法眼宗第三代祖师。

⑥ 笥：盛饭或盛衣物的方形竹器。

⑦ 《续耳谈》：即《续耳谭》。

⑧ 荷褓：襁褓。

身是西天竺比丘也。

王文成[①]前身入定

新建[②]王文成公守仁[③]，尝游一古寺中，见旁有空院，缄镉[④]甚固。公叩其故，寺僧皆曰不可开。公固命开之，寺僧曰："中有入定比丘，闭且五十年矣。"公心动，竟发视，见[⑤]龛中坐一老僧，颜貌如生，俨然与自己模样无二。心怪之，举头忽见壁上题一诗，云："五十年前王守仁，开门原是闭门人。精灵剥后还归复，始信空门不坏身。"公憬然而悟，其年政[⑥]五十，乃曰："此吾前身。"遂建塔葬焉。

陆氏子两世吹箫

青浦县编户[⑦]陆坤家生一子，自幼好吹箫。一夕背灯下关将就寝矣，恍惚见紫衣童子蹒跚而来，持一物至，落几有声。叩之，忽尔不见。心甚怪异，以为鬼也。晨起，有紫玉箫一根在几上，谛视其侧，镌有"凤箫"二字。寻思此物若经玩弄，不得其所，因取佩之。偶遇毗陵人沈暹之者，整棹诣门，请而观焉。既见陆

① 王文成：即王阳明。
② 新建：因平定宸濠之乱，王守仁被封为新建伯，隆庆年间追赠新建侯。谥文成，故后人又称其为王文成公。
③ 守仁：王守仁，1472—1529，字伯安，别号阳明。浙江绍兴府余姚县人，因曾筑室于会稽山阳明洞，自号阳明子，学者称之为阳明先生，亦称王阳明。
④ 缄镉：以锁固封。《新唐书·崔佑甫传》："遗以缯帛菽粟，受而缄镉之。"
⑤ 见：国图清钞本作"是"。
⑥ 政：正好。《说文》："政，正也。"
⑦ 编户：指编入户籍的平民。《史记·货殖列传》："而况匹夫编户之民乎。"

氏子，辄大恸。陆氏子亦泣然心悲。诘其故，暹之先有子，好吹箫，携紫玉箫与俱卧起，自署曰“凤箫子”，年十九，寝瘵[①]而亡。暹之痛伤，取箫纳棺中殉葬。见陆氏子模样与亡子无别，故失声长号。诘所生甲子，即与其子死时日同。出箫观之，宛然旧物也。暹之遂以甥女配之，两家往来不绝。

诸老先生善逝[②]

吴中先达往哲，去来[③]多奇。希言所闻，惟文待诏先生徵明，年至九十，矍[④]矍不衰。一日为御史严杰[⑤]母书墓志已[⑥]，掷笔而逝，儵然若蜕，人咸谓先生尸解去，不死矣。

昆山张石渠先生寰[⑦]，官银台[⑧]，好为诗，书法仿眉山[⑨]、豫章[⑩]，而擘窠[⑪]尤善。与希言先世有交。尝见其所题卷册中翰墨甚伙。先生年至八十外而逝。逝之日，着衣冠于堂，命家人取匹纸

---

① 寝瘵：卧病。宋秦观《春日杂兴》诗：“寝瘵倦文史，驾言从遨嬉。”
② 善逝：佛教语。梵语 sugata 意译。又译“好去”。善逝有如实去彼岸，不再退没生死海之义。
③ 去来：佛教语。指过去、未来。亦即生死。
④ 矍：形容老人目光炯炯、精神健旺。
⑤ 严杰：浙江乌程（今浙江湖州）人，嘉靖二十八年（1549）进士。明世宗时任职辽东。
⑥ 书墓志已：嘉靖三十八年（1559）二月二十日，文徵明为御史严杰母书写墓志，没有写完就离开了人世。因此文中“已”与事实不符。
⑦ 寰：张寰，1486—1581，明藏书家。字允清，直隶昆山（今江苏昆山）人。正德十六年（1521）进士。曾任济宁知州，调濮州，历刑部员外郎、通政司右参政。筑“崇古楼”，聚书甚富。
⑧ 银台：官署名。宋时有银台司，掌管中央文书收发。明清时为通政使司，掌受内外章疏。
⑨ 眉山：即苏轼。
⑩ 豫章：即黄庭坚。1045—1105，字鲁直，号山谷道人，晚号涪翁，洪州分宁（今江西省九江市修水县）人，北宋著名文学家、书法家。“苏门四学士”之一。生前与苏轼齐名，世称“苏黄”。
⑪ 擘窠：指大字。

一番[①]，濡笔蘸墨，直写“莲华[②]”二大字。写讫，展置地上，熟而看之[③]。家人立两旁，以肩承其腋，须臾泊然而化。

扬州宗子相先生臣[④]，与先世父同榜，督学闽中。疾革[⑤]，衣冠坐厅事，赋诗三章，飘然欲仙，掷笔而逝，得年仅三十六。

四明沈嘉则先生明臣[⑥]，年八十二。晨起课[⑦]童子种盎[⑧]中菖蒲[⑨]，忽觉不豫[⑩]。起坐胡床，少时便卒。

山阴王公元敬[⑪]，昔抚江南，有惠政。兄弟并甲科[⑫]，与两先世父同榜。希言应童子试时，尝蒙其奖借[⑬]，真古人[⑭]也。后官至南京兵部侍郎，乞归不允，偶感微疾，召医师入署诊脉。诊讫，公问曰：“疾可为乎？”曰：“可为，第须用药耳。”公曰：“七十外老人，尚须服药以延年，贪生甚矣！”命左右亟治后事。治毕，沐浴更衣而终。

妻伯徐光禄公履中，七十三而卒。卒之日，晨起索汤服丸子药毕，梳栉[⑮]着衣冠，谓家人曰：“今日力不能支矣。”戒勿哭。

---

① 番：量词。枚，张，片。《新唐书·杜暹传》：“（杜暹）秩满归，吏以纸万番贶之，暹为受百番。”

② 莲华：国图清钞本作“莲花”。

③ 熟而看之：即熟视，注目细看。《战国策·齐策一》：“明日，徐公来，孰（熟）视之，自以为不如。”

④ 臣：宗臣，1525—1560，字子相，号方城山人。兴化人，明代文学家。

⑤ 疾革：病情危急。《礼记·檀弓下》：“卫有大史曰柳庄，寝疾。公曰：若疾革，虽当祭必告。”郑玄注：“革，急也。”

⑥ 明臣：沈明臣，1518—1596，字嘉则，号句章山人，晚号栎社长，鄞县（今浙江宁波）人。明代诗人，平生作诗七千余首，与王叔承、王稚登并称万历年间三大“布衣诗人”。著有《丰对楼诗选》四十三卷、《越草》一卷等。

⑦ 课：督促（完成指定的工作）。

⑧ 盎：一种口小腹大的容器。

⑨ 菖蒲：多年水生草本植物。古人夜读，常在油灯下放置一盆菖蒲，因为菖蒲具有吸附空气中微尘的功能，可使人们免受灯烟熏眼之苦。

⑩ 不豫：泛称尊长有疾。

⑪ 元敬：王元敬，曾任明南京兵部右侍郎。

⑫ 甲科：进士。明、清通称进士为甲科，举人为乙科。

⑬ 奖借：称赞推许。宋司马光《答彭寂朝议书》：“辱书，奖借太过，期待太厚，且愧且惧！”

⑭ 古人：有德行的人。

⑮ 梳栉：梳理头发。

神理[①]渐索漠[②]，少时便逝。

名医张先生康忠[③]，尝自言弱冠时病瘵，困惙[④]且甚，众医拱手，都不下药。一日有王翁竹西[⑤]者，负药囊过门，闻内哭声，问其故，具言郎君病将死，故哭。王乃阑入卧内视先生，遥望其色，曰："目有神，无忧也。"因诊脉五六息[⑥]，复曰："不错。寿且八十，今年几何？"曰："二十矣。"曰："此子尚当享六十年大名，可与我为弟子。"即以附子[⑦]、人参煮而饮之。饮毕，与被覆之，令熟寐。寐觉，乃索糜。糜后复进一剂而苏。王遂以方书悉授先生。先生受其术，更加精焉。用寻常之药不过六七味，罔不愈者。人无远近，塞门[⑧]而请。至八十岁时，偶患小疽于下体，瘍医[⑨]请进刀圭，云一试即愈。先生不许，趣[⑩]治木[⑪]。适值生辰，诸子捧觞上寿，觞毕乃终。至是竹西之言验矣。

公安袁小选先生宏道，才品、学识、道业、佛理并超妙过人，性高旷，为诗文耻于常调，时辈以为不似[⑫]从人间来。庚戌[⑬]春，乞差出都门，游百泉而归。抵家不数日，入荆州城中哭故知增感，

---

① 神理：精神理智。《世说新语·言语》："晋武帝每饷山涛。"刘孝标注引《谢车骑家传》："玄（谢玄）字幼度，镇西奕第三子也，神理明俊，善微言。"
② 索漠：亦作"索莫"或"索寞"。枯寂无生气貌，消沉貌，冷漠貌。
③ 康忠：张康忠，字孝资，号别廉。专精脉理，时以切脉决人休咎，或悬断数年后事，皆不爽。
④ 惙：疲乏。
⑤ 竹西：王竹西，明代名医，明代薛己《内科摘要》中记述其病例用药。
⑥ 息：一呼一吸为一息，成人正常脉率一息四五次。一息六次为数脉主热病，一息三次为迟脉主寒病。
⑦ 附子：中药名。毛茛科植物乌头的子根，经盐渍、水漂或再蒸煮等炮制后的加工品。功能主治：回阳救逆，补火助阳，散寒止痛。
⑧ 塞门：谓门户阻塞。形容登门之人众多。
⑨ 瘍医：外科医生。
⑩ 趣：催促。
⑪ 木：棺材。
⑫ 不似：国图清钞本作"不自"。
⑬ 庚戌：万历三十八年，公元 1610 年。

其夕宿于僧寺，无病而化。咸谓袁公为尊宿[①]再来也。

司寇王长公先生世贞，一世龙门，名满海内。然晚年好道弥笃[②]，每晨起，焚香燕坐，持诵《金刚般若》《弥陀》诸经，胡跪[③]膜拜，如此积岁。庚寅[④]十一月既望[⑤]，病势转剧，神明不衰。命延名德沙门于榻前，高声说法，领悟而逝，时年六十六矣。先是，其年六月内，童子晨扫佛堂，见文木[⑥]胡床无故自行，若有凭焉。众莫不怪，公竟无言者，礼佛讽经而已。至属纩[⑦]之前三日，悉驱姬侍[⑧]，召诸游宾[⑨]入幕伴守。众咸见有绿衣童子赍[⑩]幡来迎，迹之倏灭，方知公善证[⑪]焉。

少师申公时行，居首揆十四年，独以忠诚敬敏幸信于主上，丙魏[⑫]之业，烂焉一时。又致其相事二十余年，而寿至八十。天子方遣行人三锡[⑬]存问，恩纶将及其庐，公不能待而逝矣。伤哉！先是，癸丑[⑭]十一月长至节[⑮]，公晨起望阙而拜，起伏之际，左臂忽不能举。急召医，使诊视，医言是血衰痰盛，不治将有半身不遂之忧。已稍进药。至甲寅四月，孝定皇太后[⑯]哀诏

---

① 尊宿：年老而有名望的高僧。
② 弥笃：更加坚定。
③ 胡跪：古代僧人跪坐致敬的礼节。右膝着地，竖左膝危坐，倦则两膝姿势互换。又称互跪。
④ 庚寅：万历十八年，公元 1590 年。
⑤ 既望：农历每月十六日。
⑥ 文木：木名，材质密致无理，色黑如水牛角。
⑦ 属纩：用新绵置于临死的人鼻前，验其是否断气。后因以为疾病临危的代称。
⑧ 悉驱姬侍：古人认为死于女人之手不吉利，故临死前不让女人靠近。姬，媵妾。
⑨ 游宾：滞留在王世贞处的访客和幕僚。
⑩ 赍：携带；抱着。宋王禹偁《五哀诗》："何路得自新，赍志入长夜。"
⑪ 善证：积德行善证果位。
⑫ 丙魏：丙吉、魏相的并称。两人均为汉宣帝时丞相，以知大体、为政宽平名重当时。《汉书·魏相丙吉传》："孝宣中兴，丙魏有声。"
⑬ 锡：通"赐"。给予；赐给。《诗经·商颂·烈祖》："申锡无疆，及尔斯所。"
⑭ 癸丑：万历四十一年，公元 1613 年。
⑮ 长至节：冬至之别称，是日后白天时日渐长。
⑯ 孝定皇太后：即李太后，1546—1614，漷县人，明神宗生母。为人十分严谨，对明神宗十分严厉，明神宗统治时期的繁荣也有她的辅佐之功。

至，公出哭临[①]，不胜哀慕[②]，疾由此殆[③]，容颜[④]日渐尪[⑤]然。至六月望后，遂不茹荤。长君凮卿[⑥]懋[⑦]敬跪进汤药，竟不肯御，笑曰："八十老人，尚须服药求生，真欲俟河清[⑧]耶？"至七月初三日，在卧内草成遗奏一通，赋存问纪恩诗一章，命左右送长君收藏，其夜即与内眷尊卑作别。初四日，命设榻于西斋正寝，禁绝内人无得阑入，且曰："不数日，吾将行矣。"长君问何往。公曰："吾忆前生是须陀洹[⑨]中来，今亦愿生西方耳。"长君闻言大恸，绝而复苏。公曰："无恸。"趣命置酒榻前，与亲友作别[⑩]，欢然而散。至十四日，召子若[⑪]孙语之曰："西方巾已制成乎？恐明日可行也。"谆谆以忠孝为嘱，诫存问[⑫]到日，止领敕书[⑬]，拜辞表礼[⑭]。盖又寝疾五日而殁，是七月十九夜也。先一夕，家人梦见胡僧五人，乘异色马五匹，又牵一匹尾其后，从空中下，突入厅事。众共呵之，对曰："我迎相公，持此马至耳。"或又闻空中音乐之声。至二十日，南濠王秀才一统在家扶鸾召仙，仙至，乃盘门周举人胤昌也，曰："今日甚忙，为迎申相公莅任。"问何官职，曰："已为天曹[⑮]左掌记[⑯]矣。"时八月改朔[⑰]，蒋秀才铉在王

① 哭临：帝后死丧，集臣民举哀叫"哭临"。《史记·孝文本纪》："毋发民男女哭临宫殿。"
② 哀慕：因父母、君上之死而哀伤思慕。
③ 殆：危。
④ 容颜：国图清钞本作"容貌"。
⑤ 尪：瘦弱。
⑥ 凮卿：继承人。
⑦ 懋：长子申用懋。
⑧ 河清：古称黄河千年一清，因以"河清"比喻时机难遇或历时之久。
⑨ 作别：国图清钞本作"话别"。
⑩ 须陀洹：梵语的音译。意为预流、入流。谓预入圣者之流。
⑪ 若：与，和。《史记·魏其武安侯列传》："愿取吴王若将军头，以报父之仇。"
⑫ 存问：慰问。
⑬ 敕书：皇帝慰谕公卿、诫约朝臣的文书之一。
⑭ 表礼：用作礼品或赏赐的衣料。
⑮ 天曹：道家所称天上的官署。
⑯ 掌记：唐代节度使的官属有"掌书记"，掌管笺奏，简称"掌记"。
⑰ 改朔：变换朔日。指经过一个月。朔，农历初一。

武库[①]宅说，座中闻者二十余人。希言尝观释典，顶温者必生天宫。闻公小殓时举体如冰，而扪其顶，移时尚温，当证兜率[②]位中无疑。果如乩仙之语，则公犹作玉皇香案吏，未敢信以为然也。

徐征君应雷[③]，尝为诸生，弃去。事母笃孝，志操高洁，隐居著述，不交声利[④]。面颐有痣毫数茎甚白，因自称“白毫子”。平生又多山水癖，遇佳胜处[⑤]，孤吟独往，悠然忘归。万历壬子冬，疾殆。先一日，几上古端溪砚[⑥]中夜无故自鸣。度不起，夷然[⑦]赋诗而逝。逝时目视其子正举曰：“吾生六十，幸无过，可以瞑矣。”遂瞑。

曹明府先生胤儒，自署石鼓山人。孝廉，为县颇著令绩。居乡讲学，亦崇佛典。生朝[⑧]是九月二十八日癸丑岁，寿八十四矣。先是老病迁延，其郎君遇一术士，求推算先生甲子。术士云：“大期将至，决不能过生朝也。”人以为妄。及诞之前二日，早起梳栉着巾，赋诗一章，冥然[⑨]而逝。诗中有“绛霄[⑩]鹤驭[⑪]”之语，闻者知其脱然于去来，而惊谓术士为神算矣。术士又云：“明年此时尚有一大老[⑫]先生，也过生朝不得。”盖谓申少师公也。至是其言果验。

会稽陶太史先生望龄[⑬]，文章学术俱冠词林。素善病。是年庚

① 武库：明置武库司，掌藏兵器，属兵部。这里指武库司官吏。
② 兜率：梵语音译，是妙足、知足的意思。佛教谓天分许多层，第四层叫兜率天。泛指人死后所登的“天界”。
③ 应雷：徐应雷，明吴县（今江苏苏州）人。字声远，号白毫子。诸生。
④ 声利：犹名利。
⑤ 佳胜处：国图清钞本作“佳处”。
⑥ 端溪砚：即我国四大名砚之一的端砚，以广东高要县（今广东肇庆）端溪所产之石制成。
⑦ 夷然：坦然，泰然。
⑧ 生朝：生日。
⑨ 冥然：玄默貌。
⑩ 绛霄：指天空极高处。天之色本为苍青，称之为“丹霄”“绛霄”者，因古人观天象以北极为基准，仰首所见者皆在北极之南，故借南方之色以为喻。
⑪ 鹤驭：指仙人。传说成仙得道者多骑鹤，故名。
⑫ 大老：国图清钞本作“老大”。
⑬ 望龄：陶望龄，1562—1609，字周望，号石篑，明会稽（今浙江绍兴）人。明万历进士，官至国子祭酒。与袁宏道兄弟等交善，时相唱和，为公安派重要成员之一。有《歇庵集》。

戌[①]秋，偶得小病，已预知不起，即敕治后事，三日乃逝。

豫章相国张公位[②]，道德节概[③]为江右所宗，又素乐神仙，多采方术。平居强健无疾，当庚戌之冬，忽称疾作，命驾车过[④]其所幸吴姬垞[⑤]子，置酒话别，呼左右取绛缯一帧，索笔自题其旐[⑥]曰"桃花峰主人洪阳张公之柩"。题毕，曰："我惫甚，趣驾卧车来。"舁还故垞，其夜倏然而逝。年七十有六。

王征君先生稚登，病革之前数日，梦身在一大官舫中，地似嘉湖[⑦]之间。先有朱衣大僚，具威仪往来于路，奄尔[⑧]散去。忽见衣绣半臂者八人，插花于首，争来叩头。承应[⑨]问之，云："吾属是天部[⑩]乐人也。"外忽传龙虎山张真人国祥[⑪]入谒。真人故征君旧交也，附征君耳谓曰："此曹皆善作贼者，将诣君所窃金叵罗[⑫]，故非佳人，请为驱之。"于是衣日月云霞之帔，执玉简，作亥步[⑬]，一如世间道士降坛之状。有顷，与八人共腾虚[⑭]而去。征君遂寤。明日，述其梦于子无留，希言在坐，亦与闻焉。逝前一日，命子无田作书问希言云："依稀是曲才堪听，又被风吹别调中[⑮]。此何人诗？能覆其全乎？"希言适从浒墅赴张司农宴归，强起捉笔，疏成一段公案，以答其问。是晚入看先生，疾已剧，犹

---

① 庚戌：万历三十八年，公元 1610 年。

② 位：张位，1538—1605，字明成，号洪阳，江西南昌新建人。明代大臣、学者、诗人。著有《闲云馆集钞》《丛桂山房汇稿》《词林典故》等。

③ 节概：节操气概。

④ 过：从这儿到那儿，前往。

⑤ 垞：音 chá，宅的古文。

⑥ 旐：音 zhào，出丧时为棺柩引路的旗子，也称魂幡。

⑦ 嘉湖：嘉兴、湖州。

⑧ 奄尔：忽然，突然。

⑨ 承应：指妓女、艺人应宫廷或官府之召表演侍奉。此指侍奉的人。

⑩ 天部：天界众生的总称。

⑪ 国祥：张国祥，？—1611，字文征，号心湛。正一派第五十代天师。

⑫ 叵罗：古代饮酒用的一种敞口的浅杯。

⑬ 亥步：相传禹臣竖亥善走，后因称健行为"亥步"。

⑭ 腾虚：国图清钞本作"腾空"。

⑮ 依稀是曲才堪听，又被风吹别调中：唐高骈《风筝》中句，全诗为："夜静弦声响碧空，宫商信任往来风。依稀似曲才堪听，又被移将别调中。"

于枕中举手珍重，神气恬然。其明日，是癸丑立春，晨起栉发，竟赋《迎春日病不赴文启美①之招》七律一篇，命小史②书之，逡巡攲枕③而逝。左右号呼，已又微张其目，摇首戒勿呼，遂长往，年七十八。

先次公④府君讳疾革，医视其脉，曰："太重。"遂召希言治后事，希言泫然⑤不敢应。明日，问："木具乎？"又明日，问："衣冠具乎？"则又明日，召希言而问曰："人言死鬼神⑥，尽妄，吾一无所见。第不知人之死也，神果灭欤，抑有不灭者在耶？"希言对曰："齿发有尽而休明⑦无尽。"曰："如是，为吾延沙门礼《梁皇忏》，因隔屏风诵四十八愿，使我窃闻一二足矣。"府君平生不信内典，至是乃曰："吾自天竺谒大士归，中元日持斋起，将满一月而行矣。有《楞严》《金刚》二经在箧，可留供养佛前。"府君能预为日⑧，时八月十一日也，轮其指⑨曰："十四可行，然是辛巳，不吉，其在中秋之夕乎？"果以是日晨起，自题其旐，至夜索桂花微嗅，命献佛，戒勿哭，叉手卷膝而化，年七十七。

是诸老先生皆能超脱人累，默契禅宗，非其定力之深，良由夙根之利。余所不闻者尚多，未可便谓世无陶潜⑩、到溉⑪其人也。

---

① 文启美：文震亨，字启美，1585—1645，南直隶苏州府长洲县人，明末画家。书画家文徵明的曾孙。明熹宗天启六年（1626）选为贡生，任中书舍人，给事武英殿。工诗，善琴，长于书画，咸有家风。著有《香草诗选》《岱宗琐录》等。

② 小史：书童，官府中的小差役。

③ 攲枕：即斜倚枕头之意。攲，歪斜，倾斜。

④ 次公：排行第二者之称。此指钱希言二叔。

⑤ 泫然：流泪貌。

⑥ 人言死鬼神：由下文"吾一无所见"可知漏一"见"字。

⑦ 休明：美好清明。国图清钞本作"体明"，误。

⑧ 日：国图清钞本作"日期"。

⑨ 轮其指：指扳着手指算计。

⑩ 陶潜：即陶渊明，365—427，字元亮，私谥"靖节"，世称靖节先生，浔阳柴桑（今江西省九江市）人。东晋诗人，曾任江州祭酒、镇军参军、彭泽令等，后去职归隐，绝意仕途。长于诗文辞赋。

⑪ 到溉：477—548，字茂灌，南朝梁代官员、学者、文学家，彭城武原人。

张都宪[①]前身道人

云南安宁州[②]都宪张素，母分娩时，其父见旧识赵道人入卧内，迹之忽灭，遂生都宪。初，赵道人为昆明县中屠儿，一日缚老牛于地，将杀之，就石磨刀，偶以他事置焉。所生之犊旁睨其侧，窃衔刀藏石罅中。道人至，索刀不得，见者告之，不信，复取刀置石上，而匿身[③]壁间以伺，犊又窃藏如初。乃大惊，悔恨屠业，遂弃去，牵牛俱上华山，修行于花亭庵中。昼夜向佛前胡跪膜拜，忏洗从前罪愆。久之，额坟起如赘矣。每下山往溪桥取水，约三四里许，道人以水桶架于牛背，令其徐拽至桥边，居民认为赵道人牛，争为汲水置桶中，牛复拽而上山。如是者二十余年，始化去。化之日，即都宪所生之辰也。都宪既生，额上有肉如珠。登嘉靖二年癸未进士第，以右副都[④]巡抚西川。

蜀王子前身为僧

东齐历城[⑤]王祭酒敕[⑥]，少有道术。尝读书卧牛山[⑦]中，与一僧为道侣。每晨炊将熟，相与携筐同登高岩。采摘蔬菜药草之属，使僧携之先下。比[⑧]叩门，王却自内出，与开键。僧讶而叩之，

---

① 都宪：明都察院左、右都御史的别称。

② 安宁州：我国古代行政区划名。汉时为连然县。唐武德初，置安宁县。治今云南省安宁市。

③ 匿身：国图清钞本作“藏身”。

④ 右副都：全称为都察院右副都御史，官名。明始置，为都察院右都御史的副职，正三品。在外督抚，也加都御史或副、佥都御史衔。

⑤ 历城：旧县名。西汉置县。1987年撤销，改设济南市历城区。

⑥ 敕：王敕，1446—1511，字云芝，另字嘉谕。山东历城人。明成化二十年（1484）进士。授翰林院编修。官南京国子监祭酒。著有《漫游稿》《云芝稿》。

⑦ 卧牛山：在今济南市华山景区内。

⑧ 比：及，等到。

则曰："吾从间道[①]还也。"

王后登鼎甲[②]，自翰林出外督学省中。一日集校诸生，遥见白云一片起山顶上，急驰两骑。戒[③]疾驱数里，视云落处劚之。得白石子数升，圆莹如雪，辇[④]之而归，命庖人剉[⑤]碎[⑥]，煮成腐羹，遍召诸生食之，甘美殊常。诸生请问何药，王曰："此云母[⑦]也。"

后以国子祭酒家居。前卧牛山僧寝疾[⑧]，王往视之，问僧曰："此行愿富乎贵乎？"僧曰："兼之。"王曰："惜也，功行未满，且着蜀王府[⑨]中为第二儿。"因举笔判其背上一行，僧便脱化。是日蜀府宫中果诞次子，背隐隐有字现出。蜀王以手摩之，应手而灭，方验儿之前身是卧牛山僧也。

王后尸解而去。历城人有自都下还者，道逢驺从[⑩]旌旗鼓乐甚盛，趋避之。王从舆中呼而谓曰："得非吾乡某人也？"历城人曰："是王公耶？"王曰："某被上帝召，不得辞家[⑪]。寄语吾儿[⑫]，有书数卷藏某处，可取而读也。"比至其家消息[⑬]，而王以是日化矣。二事并载闽南[⑭]潘氏《闇然堂类纂》[⑮]中。

---

① 间道：偏僻的或抄近的小路。
② 鼎甲：科举制度中状元、榜眼、探花之总称。以鼎有三足，一甲共三名，故称。
③ 戒：命令，告请。《仪礼·士冠礼》："主人戒宾。"
④ 辇：古代指用人拉或推的车，也指乘车、载运、运送。
⑤ 剉：铡切。
⑥ 碎：国图清钞本无。
⑦ 云母：矿物，主要成分是铝硅酸盐，耐高温，不导电，能分成透明的可以弯曲的薄片，在电力和电子工业中是重要的绝缘材料。
⑧ 寝疾：卧病。
⑨ 蜀王府：始建于1385年。今四川成都的四川科技馆、天府广场一带。又称"成都皇城"，是明代藩王府中最富丽的一座。
⑩ 驺从：古代贵族、官员出行时的骑马侍从。
⑪ 不得辞家：不能回家辞行。
⑫ 寄语吾儿：国图清钞本作"寄吾语于儿"。
⑬ 消息：传递消息。
⑭ 闽南：钱氏记忆有误，详见下条注。
⑮《闇然堂类纂》：明人潘士藻辑录的一部笔记。潘士藻，字去华，徽州婺源人，万历十一年（1583）进士。授温州推官。擢御史，巡视北城。

徐光禄两世轮回

常熟县光禄署丞徐振德，自言其先君东塘翁，初生一子，乳名周舍，不数岁夭死。翁哭之甚哀，小殓时用一私记印章，钳[①]朱于儿左肩。未几，光禄诞生，其左肩有肉隐起，印记宛然。辛卯[②]夏，光禄在长安邸舍，出肩痕以示希言，方知探环[③]之说非妄矣。

---

① 钳：似“钤”之误。

② 辛卯：万历十九年，公元1591年。

③ 探环：转世。《晋书·羊祜传》：“祜年五岁，时令乳母取所弄金环。乳母曰：‘汝先无此物。’祜即诣邻人李氏东垣桑树中探得之。主人惊曰：‘此吾亡儿所失物也，云何持去！’乳母具言之，李氏悲惋。时人异之，谓李氏子则祜之前身也。”后因以“探环”借指转世。

第九

冥迹

陆文裕[①]游地狱

上海陆文裕公子渊讳深，死五日而苏，急呼家人取纸笔，登即[②]记录，因口授云：

初死时，见妻孥环绕而哭，语音历然，此身已忽坐堂上矣。有吏二人，口称奉大王命迎相公。文裕不及讯，遽有数人舁轩车[③]于阶下，身不自由，遂升而行，其疾如风。行数十里，须臾至一所，若馆驿廨宇[④]。吏请相公换小帷车[⑤]，文裕不得已从焉。又行数里，隐隐望见城郭宫室，俄而至大城，吏复请相公下车步行，文裕谓："我老矣，不能行。"两吏便掖之而行，行如雾中[⑥]，足不践地。见两旁皆市井，居民往来贸易，一同人间。有顷，忽达大王殿前。宫阙、左右侍从威仪，具如王者。凡经数重门，乃是大王所居之处。一吏守文裕共立阶下，一吏先入跪禀："奉大王命，追到陆深。"王闻文裕至，整簪冕，降阶尽礼，传呼甚严[⑦]。已而延坐，谓文裕曰："子渊不识吾耶？"文裕仰视而对曰："莫非昔年同学蒋焘[⑧]乎？"众杂然呵责，王止之曰："此吾故人也，无相惊。"蒋焘，太仓人，九岁为诸生，十七而夭，奇才，与公同学。是时文裕已知身死矣，悲感久之，告王曰："某在世间无大罪恶，不知可从故人乞灵复返阳界乎？"王曰："子渊世寿

---

① 陆文裕：陆深，1477—1544，明代文学家、书法家。初名荣，字子渊，号俨山，南直隶松江府（今上海）人。陆深书法遒劲有法，如铁画银钩。著述宏富，在明代上海人中绝无仅有。上海陆家嘴也因其故宅和祖茔而得名。

② 登即：当即，立即。《乐府诗集·卷七十三·焦仲卿妻》："登即相许和，便可作婚姻。"

③ 轩车：有屏障的车。古代大夫以上所乘。后亦泛指车。

④ 馆驿廨宇：官方招待客人的地方。馆，高级客舍，宾馆。驿，驿站。廨宇，官舍。

⑤ 帷车：有帷幔的车子。

⑥ 行如雾中：国图清钞本作"行如雾"。

⑦ 严：严肃，认真；郑重，庄重。

⑧ 蒋焘：字仰仁，南直隶苏州府长洲（今苏州）人，明代文学家。九岁能究经史百家言，十一岁补郡学生，十七岁而卒。有《东壁遗稿》二卷。

八十，因犯三大罪十二小罪，故减算①一纪②，极于六十八而止矣，奈何！”时文裕年正六十八也。文裕不信，曰：“且请检某算寿几何，若合命尽，伏听处分。”王遂召冥官。须臾，一官抱案入来，检出捧呈王。王令送文裕阅。罪状昭然，寿命已减。文裕惭谢。王谓文裕曰：“本司有二等③簿。一黄簿，是记缙绅学士禄寿，上帝为政，某不得而与也。一青簿，是记士庶禄寿，此则某为政，或可增损其间耳。且上帝有敕到某，故敢相邀。”速令取敕来。须臾，复有冥官捧敕至，唱文裕罪。文裕再拜伏罪，取而阅之，龙文鸟篆，烂然④黄纸中。因告王曰：“某罪状已不敢辨，若放某回，当勤行善事，以赎垢愆⑤也。”王曰：“帝既下敕，孰敢违忤？修补已无及矣。念故人之情，放归二十日，处置家事讫即来。”随遣吏送出，复令止之，云：“请一观地狱苦报，可言于世人也。”吏引文裕远近至十八重地狱，备诸楚毒，与人间所画变相无异。又尽见亲友衣冠中之亡殁者数十人，呼之即诺，相与抗手悲泣。众谓文裕曰：“兄若不积罪状，蒋君之位要兄代矣。兄今去速来。”复悲泣而别。吏趣之行，行更疾甚，涉水不溺，信宿乃达黄浦⑥。入门，见己卧于床上，妻孥依然环绕而哭，遂惊寤。却后二十日长逝。

冯观察时可⑦过其家，出公所记如此。

---

① 算：寿命。即“数”。

② 一纪：十二年。

③ 二等：两种不同等级。

④ 烂然：闪出光芒。清江藩《国朝汉学师承记・贾田祖》：“喜《左氏春秋》，未尝去手，旁行斜上，朱墨烂然。”

⑤ 垢愆：罪垢愆行。愆，罪过，过失。

⑥ 黄浦：黄歇浦的简称，代指当时的松江府及其上海县。

⑦ 时可：冯时可，字元成，号文所，生于嘉靖二十年（1541）左右，约卒于天启初年。他出生于松江华亭，是隆庆五年（1571）的进士，父亲是明末著名的“四铁御史”冯恩。冯时可本是首辅张居正的门生，却不肯附和张居正的权势，因此并不受张居正的重用。著述甚富，文学造诣颇高，与邢侗、王稚登、李维桢、董其昌被誉为晚明文学“中兴五子”。

徐生遇顾文康

隆庆年间，苏州阊门内刘家浜[①]传神[②]徐生名珏，得病暴死，经一昼夜，既殓，忽闻扣棺声甚急，听者惊走。其妻子不得已，命匠工启视，果活矣。久之始能言，言曰：初被人将[③]去地狱，备见诸苦，不可尽述。最后至一大府，厅事雄敞，护卫甚严。立珏于堂下，见堂上面南端坐官人，紫绶金章，形容贵倨，乃是昆山顾文康公鼎臣也。昔年曾与文康公传神，公细认珏，惊而引之登阶，谓曰："若何以至此？待取文簿阅之。"及检文簿，年命犹未尽，乃是冥卒错唤同姓名人。公亟命放还，亲送珏从西廊下而出。见一人跪于地，以青石压背上者，葑门陈龙翘也。又二人秤钩摘[④]背于梁者，清嘉坊[⑤]张豫及卫前[⑥]陈怀国也。珏既别公，在烟中行良久，若有人推仆之者，遂苏。遽使推验三家，葑门陈病吐血，清嘉张与卫前陈则疽发于背。陈道复[⑦]第三子柱[⑧]说其事。

黄生遇顾文康

黄生嘉玉，字同宋，吴县人，名士黄河水之子也。少有胆力，

① 刘家浜：苏州城区西部的一条街巷，位于金门内，吴趋坊西侧。因明朝尚书刘缨宅在本处，且巷南侧又有河浜，故名刘家浜。

② 传神：画人物画像的人。下文"传神"，用为动词，意为画像。宋张师正《括异志·许偏头》："成都府画师许偏头者，忘其名，善传神，开画肆于观街。"

③ 将：带领。

④ 摘：勾住。吴语中称钩一类的东西为"摘钩"。

⑤ 清嘉坊：苏州城内古坊之一，因诗"土风清且嘉"得名。现称中街路。环秀山庄所在。

⑥ 卫前：即苏州卫治前。现在已经更名为道前街。

⑦ 陈道复：1483—1544，明代画家。初名淳，字道复，后改字复甫，号白阳山人，长洲（今江苏苏州）人，诸生。尝从文徵明学书画，工行草。后人把他与徐渭并称"青藤白阳"。

⑧ 柱：陈柱，明代画家，专长花鸟。

好击剑，善为诗。平生但嗜酒，不好女色，故年近三十而不娶。万历中，黄生初丧父，忧居[①]。其年郡城大疫，忽染疫而死，手足僵冷，独心头微温。时方暑月，家人具棺请殓。祖母在堂[②]，怒不许，使人昼夜看守。凡经四日而苏，苏亦不能开目，又三日，目始开，索水浆，稍能视矣。又二日，是第九日，始能言，具述所经之迹：

玉初死时，无追摄，不知何人移置一曲室[③]中。室有牖[④]，天[⑤]甚阴惨，竟无日月。初见己病躯独卧于床，床头挂所常佩剑，妻孥亲故无一人在左右，但有美丽女子六七辈逐队[⑥]而至，戏脱其剑而舞，渐来调弄。心甚恶之，觉困惫中，无力起逐。既去，久之复来，各各据床而坐[⑦]。玉怒甚，强挣起拔剑击之，并走入壁角中，寂然无声。忽举头见床顶上无数黄纸伞，心计吴俗丧事四旁乃有此不详之物，何为见于床顶，岂吾已游泉下乎？愕不自胜，急寻出路。

宛转行廊庑间，始有门，门外皆旷野荒郊，苍莽无际。且行且怖，常误踏泥淖中。约可数里许，才有人烟村落。俄[⑧]望见高城一座，城甚[⑨]壮丽，逡巡到矣。便入城，城内有通衢夹道，皆市廛[⑩]阛阓，屠门米肆，鸡犬相闻，或斧薪，或锻铁，或饮酒吹笙，绝无相识。但觉冥冥漠漠[⑪]，终不睹日月之光。贾勇[⑫]前进，

---

① 忧居：丁忧家居。宋张知甫《可书》："仆大父讳问，字昌言，初与种世衡有旧，及忧居，世衡遗以汝州田十顷。"
② 在堂：健在。西晋潘岳《闲居赋》："太夫人在堂，有羸老之疾。"
③ 曲室：犹密室。三国魏阮籍《达庄论》："且烛龙之光，不照一堂之上；钟山之口，不谈曲室之内。"
④ 牖：窗户。
⑤ 天：国图清钞本无。
⑥ 队：国图清钞本作"阵"。
⑦ 据床而坐：靠床背而坐。
⑧ 俄：不久，一会儿。《聊斋志异·促织》："俄见小虫跃起。"
⑨ 城甚：国图清钞本无此二字。
⑩ 市廛（chán）：店铺集中之处。《孟子·公孙丑上》："市，廛而不征。"赵岐注："廛，市宅也。"
⑪ 冥冥漠漠：阴森。
⑫ 贾勇：鼓足勇气。

不知南北，忽闻官府来，呵殿之声甚严。玉竦立路旁俟之，侍从威仪与阳世毫发无二。其前大僚先去，容状怪恶，不可仰视。后复见一大僚在车上，细认之，是昆山顾文康公鼎臣也。文康与玉父有交，五六岁时曾识其面，便于车旁呼之。文康回首盼①玉，问：“汝何得来此？”命吏挈之行。

既达公署，巍峨如王家宫殿。此吏虽许挈行，弃玉门外，竟入署中。玉窃映门而窥，见恶貌大僚坐第一席，文康坐第二席，相并陈设，若人间京兆尹②左右辖③之官。玉心惶悸，不俟其召，混于人丛中而入，隐身檐下。又见罪犯皆着单绞④，露顶膝行以进，哀啼如沸。大僚阅籍注罪，按十二生肖定之，勅云：“某人合与作牛。”冥吏遂取牛皮一张，覆其身上，须臾出门，形皆牛矣。“某人合与作犬。”冥吏又取犬皮一张，覆其身上，须臾出门，形皆犬矣。惟妇人作蛇者多。而两旁狱卒，并牛头马面。

大僚问：“堂下安得有生人气乎？”并来牵玉，持叉直刺。文康厉声曰：“吾查簿籍，渠⑤算且未尽，速放还家。”勅狱卒送出城门。既出，见牛头马面者悉是假装，卸却依然人也。玉便与格斗，被赶入一荒田小径中。旁有大潭，水皆腥黑，卒推堕之，冷汗如雨，觉在水中起也，因此得活。

蒋鳣错名代死

无锡县乡民蒋鳣，在家无病，白昼见两冥卒，状甚狞，将一帖子来取。鳣视之，因唾其面曰：“误矣！”召诸子而谕曰：“地

① 盼：看，望。《诗经·卫风·硕人》：“巧笑倩兮，美目盼兮。”
② 京兆尹：官名。国都所在地区的行政长官。
③ 左右辖：意为正副两人。
④ 单绞：暗黄色的薄衣。
⑤ 渠：代词。表示第三人称。

府所取者，乃蒋专也，帖子中具载明白，鬼误至吾家耳。且渠名是‘专一’之‘专’，吾名是‘鳣鱼’之‘鳣’。渠家住惠山寺前，吾世为怀仁乡[①]人。彼此何相干涉！汝速备酒果香灯于中堂，召巫者来为我虔诚上章，白其见[②]枉于帝。兼市羹醪，速领取者[③]二人出去。”俄而巫至，乃三家村[④]中小巫也。初不依鳣所教，章奏中略无宛转，但列乡贯姓名，哀祈请免而已。章既焚，有顷，鳣忽骂其子曰：“令汝辩白吾冤，反证假成真[⑤]！吾今代蒋专死矣。速治木，无他言。”其夕遂卒。后访惠山寺前蒋专，竟亡恙。

应山[⑥]秀才入冥

湖广应山县秀才二人，同志甚欢，才名亦相伯仲。一日，某甲无病而死，息虽绝矣，其尸尚温，家人未忍殓。三日开目复活。妻孥询其所以，摇手不言，但问某乙亡恙乎，曰亡恙，遽命取衣巾来着之，召其子具一帖子，书姓名其上，强掖而出门，诣其家，乙方赴他约未返也。甲长跪阶下，家人望见，笑声哄堂。无不以为狂诞，趣使人报乙还。

既至，甲便击额数四[⑦]，乞命于乙。乙笑而谓曰：“吾与卿椒兰[⑧]久矣，闻卿死而复生，不胜喜跃，何求不得，而必拜恳[⑨]如是

---

① 怀仁乡：在今无锡市锡山区东湖塘镇辖区内。与惠山寺相距二十七公里左右。
② 其见：国图清钞本作“见其”。
③ 取者：取命者，即两冥卒。
④ 三家村：指偏僻的小乡村。
⑤ 真：国图清钞本无。
⑥ 应山：今湖北省广水市。
⑦ 数四：犹三四。表示为数不多。《东观汉记·张纯传》：“旧典多阙，每有疑义，辄以访纯，自郊庙婚冠丧纪礼仪，多所正定，一日或数四引见。”
⑧ 椒兰：比喻美好。此处意为好兄弟。
⑨ 拜恳：拜见祈求。《初刻拍案惊奇》卷二十：“（先君）临终时怜我母子无依……特命亡后赍了手书，自任所前来拜恳。”

乎？”固扶其起，不从。询所以，亦不肯言，曰：“某有罪[1]被录，仁兄主管人间命籍，欲乞判断释放。若能见怜，但赐一帖足矣。”乙曰：“安有是也[2]！”不得已，遂索丹笔判帖上：“某人放还，并与增算。”具日月署名于后，甲便拜谢而起。乙拊掌[3]大笑，谓其妄也。

甲既得帖，却从容为乙具陈冥中事，且泫然流泪云：“仁兄将为地下主者，恐不久于世矣。某始死，即有鬼卒守押以行，人烟市肆，俨若世间。到一处，若大寮公署，卒欲引入。有一冥吏出曰：‘上官交代，匆匆不遑[4]治牍，何不放还，以俟后政[5]？’某问后政何人，吏即称仁兄姓名。某大惊曰：‘此吾莫逆友也。’吏曰：‘果尔，今放汝还。三日内索取新官帖来焚之，入冥罪可释耳。’某叩头致谢，敬当如教。吏遽叱鬼卒送归，遂寻归路，不觉便活。”

乙闻其言大恐，无复致疑，急处分家事以待。明日日午，忽闻人马声到门相迎，遂与家人辞诀[6]，沐浴冠带，如睡而亡矣。甲建醮焚帖，一如冥吏之言，后果获延年。杨给事涟亲为余说此。

徐思省入虎头城

常熟邵舍[7]有徐思省者，文恪公云孙也，其人刀笔之雄。万历改元[8]，年三十余矣。夏月诣县践更，受笞于令，归而病疫以

---

① 罪：国图清钞本作“疾”，误。
② 安有是也：怎么会有这种事情。
③ 拊掌：也作“抚掌”，拍手。
④ 不遑：无暇，没有闲暇。
⑤ 后政：继任者。
⑥ 辞诀：也作“辞决”，诀别。
⑦ 邵舍：今属江苏省张家港市杨舍镇。
⑧ 万历改元：即万历元年，公元 1573 年。

死。死后家人舁棺欲殓，扪其心下微温，遂置尸于棺盖上。

三日而后苏，具述初死时，为冥吏二人摄去。行四五里许，悉是漆黑泞地。至一水潭畔，天始漏明，前进，则城郭宫阙在焉。讯之，即阎罗天子所居也。冥吏将思省至殿前①阶下跪却，传言用刑。有狱卒数人，皆牛头夜叉之形，押到一大车轮上，其状若人间牛宫②水车③，周遭浴铁④数重，皆刀剑也。先已反接三十二人在，思省至，又增一人。见四狱卒用长枪踦⑤角其外，盘旋磨转，身从刀尖划过，痛楚万状，骨肉消落。

顷之复起，报命⑥殿前，便传言付狱。狱乃一大城子，榜曰“虎头城”。四围皆铁栅为藩⑦，中四百多人在焉。思省问何时出乎，众哗而笑曰：“我辈处此，不知岁月。汝新死人也，乃思出头日耶？”思省曰：“吾父母妻子俱未了，安得遽至于此！”言讫泪下，悲不自胜。

见铁栅之外有男女若干人，白衣巾帽，或髻或总⑧，一如世间服饰，往来于外自若。思省乃私语同狱者曰：“此辈何以不付狱乎？”曰：“此世间持斋念佛人也，安得有罪？非久托生善地矣。”徘徊嗟叹之间，忽遇插花李王⑨过狱门外，见思省，遽阑入与相劳苦，谓曰：“汝三世住河洋⑩，供养我于家庙中，香火不断，我忍⑪

---

① 殿前：国图清钞本作“阶前”，误。
② 牛宫：牛栏。
③ 水车：利用带刮板的链带（条）或系汲筒的水轮，将水从低处提升到高处的一种提水工具。通常由人力、畜力、水力、风力或电力带动旋转。用于灌溉农田和排除积水。
④ 浴铁：披挂铁甲。
⑤ 踦：抵住。国图清钞本作“猗”。
⑥ 报命：奉命执行任务后回来报告。
⑦ 藩：屏障。
⑧ 或髻或总：（头发）或盘扎成发髻；或聚合成一束仅在发根用带捆扎一下，长发飘飘。
⑨ 李王：即宋代的李禄，他生前为民驱瘟免灾，救民于倒悬，传说其死后化为水神（海神），卫海漕，息灾厉，为老百姓所崇敬。《常昭合志》记载：邑中到处有李王庙，而湖甸地区尤盛。
⑩ 河洋：疑应为河阳。位于今江苏省张家港市凤凰镇的河阳山一带。
⑪ 忍：不忍。

恝然[1]不为之援也！”徐而挈出，守者有难色，李王怒而叱之。既出狱，令思省止于殿前，李王入殿内，食顷而出，曰：“免矣。放汝还世间，将复有十七年阳算，以万历十八年二月十七午时死。汝宜勤心为善也。”给与一符记，即命前所摄二冥吏引归。仍至水潭畔推堕之，遂活。视其身，偃卧在棺盖上耳。

由是倾家奉佛持斋者一十七年，至万历十八年二月十七日，延善侣作佛事。日当午，忽中恶呕哕，倚于舰盖而卒。其日会中有一人不至，翌旦，此人亲见思省带皂罗帽[2]，着蓝袍方舄[3]，相遇于途，谓曰：“汝昨何以不来念佛耶？修行是世间第一事，汝夫妇宜力行之。”言讫不见。过其家具述所遘，衣饰宛是棺中所殓者。一市人皆信佛法矣。

朱总练[4]遇金甲神[5]

四年前，李上饶之戚朱大任为镇江总练，病热而死，家人移置于榻，四肢已冷，独心下如蒸。环守之三日乃苏，语其妇云：“冥司将某遍观地狱，种种诸变相及善恶报应之事无不历矣。忽遇金甲神人入门见救，主者怒始解，索簿籍按之，却云：‘此人数尚未尽，误为怨家牵引姓名，乃逮及耳，可速放还。’神人遂推某仆地而寤。冥中所见神人，俨然关壮缪侯[6]也。”盖朱平日奉事甚恪，尝设像于家焉。先是，其妇夜梦关神语云：“吾当往救汝夫。”

---

① 恝（jiá）然：冷漠不在意的样子。
② 皂罗帽：黑色软帽。
③ 方舄（xì）：方形复底之鞋。《醒世姻缘传》第四回：“道袍油粉段，方舄烂红绸。”
④ 总练：即团练总兵，也就是民兵头子。往往是地方上自发组织民兵后，向朝廷表示愿意接受调派，于是朝廷表示嘉奖，把民兵头子封为团练总兵。
⑤ 金甲神：我国民间信仰的神仙。本指韦驮菩萨，但因其有许多变相，民间把关公也奉为金甲神。
⑥ 关壮缪侯：蜀汉关羽死后，后主刘禅景耀三年追谥为壮缪侯。也省称为壮缪。

李明府生平不信泥犁[①]之事，朱至，具说如此，李为悚然。

金钟观冥中事

徽州休宁[②]人金钟，为县秀才，以事诖误[③]黜去，遂家于楚之京山，善入冥观冥中事。人欲知父母妻子亡处，则必倩[④]之往通信问[⑤]。冥然若睡，或一日，或二日三日，家人不敢惊其魂魄[⑥]。及寤，谈及地下，历历如见，听者莫不流涕焉。一日，钟忽谓京山友人曰："吾昨过阎罗天子殿前，见其案上一簿籍，将徽州太守胡公、休宁令丁公姓名两笔勾却，此不知何说也。"友人曰："子妄言若此，不虑患乎？"钟曰："此地去新安二千余里，何从闻之？"其年大计[⑦]，二公后先罢官，楚人于是验金生之言不妄矣。生至今犹在。

穆御史判冥

楚黄冈县穆天颜，号象玄子。秀才时尝入冥为地下阎罗王。莅任之日，鼓乐骑乘迎导如世间威仪，九殿阎罗[⑧]咸来会席，其

---

① 泥犁：佛教语。梵语的音译。意为地狱。
② 休宁：今隶属于安徽省黄山市，古徽州"一府六县"之一。
③ 诖（guà）误：贻误；连累。《汉书·息夫躬传》："左曹光禄大夫宜陵侯躬，虚造诈谖之策，欲以诖误朝廷。"
④ 倩：请（别人代替自己做事）。南宋辛弃疾《水龙吟》："倩何人唤取，红巾翠袖，揾英雄泪！"
⑤ 信问：音信。
⑥ 惊其魂魄：民间认为，人睡着后，魂魄会离开人体，如果受到惊吓，其魂魄将不能回归人体，会发生预想不到的事情，甚至死亡。
⑦ 大计：每三年对官吏政绩的考察。《明史·佞幸传·朱隆禧》："由进士历顺天府丞，坐大计黜。"
⑧ 九殿阎罗：其说始于唐末。民间有十殿阎罗说，分别是：秦广王、楚江王、宋帝王、五官王、阎罗王、卞城王、泰山王、都市王、平等王、转轮王。此十王分别居于地狱的十殿之上，因称此十殿阎王。

形状可怪可愕，穆心凛然，有吏在旁私语曰："相公莫怕，恐失观瞻。"穆一日治事于堂，见所解囚犯中妇人，形貌宛然亲姑也。穆令近前认之，毫发无误，遽令放还。及寤，谓家人曰："姑家得无有恙乎？"往视之，其姑适病寒[1]死，气且绝矣，中夜忽苏，亦方语其儿曰："吾与数人同被勾摄，至地府录对，见堂上坐一官人，细认之，是穆家长哥也，放我还阳间，汝可诣谢[2]。"语未毕，适穆家人至，叙话略同。如是者八年，或半月，或一月，入冥治事毕，复还其家，了不为异。后有代政者，遂绝不往。穆登戊戌[3]进士，今为名御史。

王观察误入牛皂[4]

吴兴观察王公豫[5]，一日病热[6]死，见冥官发入牛皂中，令托生为牛。遂有两夜叉押王入皂，秽污狼藉，恶[7]不可忍。又见栏外挂牛皮数百张，讯此何用，狱吏笑云："请尊披其一，向人间作老牛耳。"王大恐，念何由得免此恶业，当修行善事，忏悔垢愆。忽牛皂之西有小穴，其窍[8]如斗大，光若皎月。王即伛身[9]而出，吏迹之不及。遇一白衣人坐堂上，问王："亦思悔过乎？"王俯伏阶下，叩头乞援。白衣人遂引之数里许，指其归路，谓

---

① 病寒：由寒邪引起的疾病。
② 诣谢：登门拜谢。
③ 戊戌：万历二十六年，公元1598年。
④ 皂：喂马或喂牛的饲槽。
⑤ 豫：王豫，乌程（今浙江湖州）人，明万历五年（1577）丁丑科殿试金榜第二甲第二十六名进士出身，传世著作有《学庸识大录》二卷。
⑥ 病热：邪在脾胃，阳气有余，阴气不足，则风邪不得宣散，因而生热，热搏于腑脏，故为病热。
⑦ 恶：要呕吐的感觉，亦指对人和事的厌恶态度。
⑧ 窍：窟窿，孔洞。
⑨ 伛身：国图清钞本作"偻身"。偻身，弯下身子。《后汉书·皇后纪上·和熹邓皇后》："若并时进见，则不敢正坐离立，行则偻身自卑。"

曰："汝从此归，尚有阳寿若干年，但不可忘修行念头也。"三日始苏，犹未殓。从此举家奉佛，专行善事，至今犹在，亲向人说此因缘。

南濠钱氏子还魂

南濠钱孝廉仲弟二舍[1]士完，万历癸未病死。死后一月，其叔宏先为名医，所居邻并，家有故苍头寿郎者，偶行社坛上，白日遇城隍神，仪卫甚严，具如太守，乃见二舍于后随行。忘其死矣，因问向[2]居何处。士完曰："我忆念家中，方欲往看。羁魂[3]不宁，无所栖托。今欲假子之身，暂附而归，可乎？"

寿郎许诺，便转身还家入门。主人呼之不应，叩其故。寿郎曰："我钱二舍也，叔氏[4]应呼我为侄。今将归吾家。"已而言动非寿郎矣。宏先骇而叱之，使人守护，便从隔壁呼其父母兄弟来家辨认，语音举止，信二舍也。酬对如常，历然可听。诘其家人姓氏，至于小名排行及生平隐事，一一皆知。索平居所着巾帻[5]衫履，众便检与着之。昼则相共谈笑，夜深乃寝，饮酒啖肉，掷色[6]行令，悉无异于生时。但数欲呼其妇与相见，孝廉坚持不可，竟拂其意，咨嗟[7]者久之。每窃听其妇帷中哭声，私自掩袂呜咽而已。

又能道幽冥中事，及亲见所亡过中外亲识之人，现在某处，

---

① 二舍：二少爷。方言。
② 向：向来，一向。
③ 羁魂：客死者的魂魄。《南史・垣昙涤传》："垣氏羁魂不返，而其孤藐幼。"
④ 叔氏：指钱宏先。
⑤ 巾帻：裹发的头巾。
⑥ 色：骰子。
⑦ 咨嗟：叹气。

陈说罪福苦乐因缘，闻者泣下，若听雍门之琴[①]矣。吉凶休咎，言无不验，以是远近愈惑之，互来访问，事如神明。众问："修行人亦受地狱诸苦乎？"曰："持斋戒者，死得乐报，处于净业堂中，无所苦也。"名医、孝廉素不信因果之说，意为妖怪所凭，心厌恶之，驱遣无策。

如此一月有余，完语其家人曰："天曹命我为雷部[②]神，已为我娶城东某氏之女作配，明日夜半闻马声至，吾其行矣。"尔日[③]伺之，容色惨然。抵暮，忽与父母兄弟拜别，反阖其户而寝。中夜，果闻门外有马蹄蹴踏[④]，已又闻其声隐隐向空而灭。众取火启扉视之，巾帻衫履，皆委于地，若蝉蜕然，神已去矣，但辫发作丱角[⑤]如旧，宛然故苍头寿郎也。众听其喉中忽响，便复苏活。

寿郎活后，精神恍惚若痴醉人，三日方能言。众推鞫[⑥]之，具说本末云："二舍令某代役地府。幸腰下解一小金牌与某作符记。某当初死时，两脚甚健，趋走如风。东冲西突者凡三日夜，悉在深谷旷野、断砂荒碛之中，足力惫矣。适遇一冥吏捉臂止之，验其[⑦]所悬之牌是真，乃收讫，引入空城子内，与诸人共住，粗给饮食，亦无驱使。某懵然迷乱者经时，不知何缘复活。"自此寿郎戒绝酒肉，从师披剃出家于慧庆寺[⑧]，法号东明和尚。数年而终，余犹及见之焉。

后讯城东某氏之女，其家驴磨为业，亦以是日死矣。乃知

---

① 雍门之琴：一般说"雍门琴"或"雍门鼓琴"。典故见汉刘向《说苑·善说》。代指哀伤的曲调。
② 雷部：道教道法神系之天庭属部，由正神"九天应元雷声普化天尊"执掌。
③ 尔日：当天。南朝宋刘义庆《世说新语·排调》："刘尔日殊不称，庾小失望，遂名之为'羊公鹤'。"
④ 蹴踏：踩；踏。唐杜甫《韦讽录事宅观曹将军画马图》诗："霜蹄蹴踏长楸间，马官厮养森成列。"
⑤ 丱（guàn）角：儿童束发成两角的样子。
⑥ 推鞫：审问。《隋书·裴蕴传》："蕴知上意，遣张行本奏威罪恶，帝付蕴推鞫之，乃处其死。"
⑦ 其："某"之误。
⑧ 慧庆寺：位于苏州阊门外白莲泾西。

《宣室志》[①]《幽明录》[②] 所记借尸还魂之事,种种不一,非寓言也。按《稽神录》[③] 载番禺[④] 村女为雷师所娶,将至一石室中,亲族甚众,昏姻之礼,一同人间,姥[⑤] 呼其婿为雷郎。

谢家杀蛇被讦

吴江谢甲,家世[⑥] 行善。其年元旦起,见蛇横井上,心讶以为不祥,家人争共击杀,谢禁之不能止。三日后谢即暴死,死见地下主者如阎罗王状,叱曰:“有人讦汝以人命。”谢曰:“某平生积善,未尝有杀人事也。”王曰:“非人命即物命,有之乎?”谢曰:“有之。岁朝卜一年之休咎,今见井上有蛇,命为不祥,故见杀于家人。某亦尝力禁之,非其[⑦] 罪也。”王召蛇至,谓曰:“汝即死于非命,奈何以一善人偿之?”呼判吏检其籍,尚有阳算十八年。王曰:“地下一日,人间已是半月矣。汝即求归,而故宅已坏,将如之何?”遣冥卒暂送至河南某府某县范家托生为男,了十八年之数。谢固不肯行,云:“某有父母妻子未了,宁死于家,不愿受生范氏。”判吏复为之跪禀,王于是命急送还家。既苏,犹未殓,才半月。家人为其心头肉暖而微动,故待之。其人行善如故。至十八年,竟亡恙。又十八年,寿至九十一而终,乃知人寿有可延之理矣。

---

① 《宣室志》:传奇小说集。唐代张读撰。汉文帝曾召贾谊于宣室,问以鬼神之事,书名取义于此。十卷。内容多记仙鬼灵怪故事。原书已佚,今本为明人据《太平广记》等书重辑。

② 《幽明录》:志怪小说集。南朝宋临川王刘义庆编著。三十卷,一作二十卷。所记都是鬼神灵异、人物变化的故事。原书已佚,今存二百余则,鲁迅《古小说钩沉》辑本最完备。

③ 《稽神录》:宋代志怪小说集,共六卷。徐铉撰。此书大多写鬼神怪异和因果报应故事。

④ 番禺:今广州市,古称番禺。

⑤ 姥:通“母”。此即岳母。

⑥ 世:世世代代。

⑦ 其:为“某”之误。

比部郎夺官偿算

有比部郎某者，中于谗，无罪而挂[①]吏议[②]。归数月矣，梦一人告之曰："君当子贡[③]之年。"比部曰："尝闻端木五十六岁，余今五十四矣，其不久于世乎？"更数月，又梦一青衣人，持虎头牌召之曰："帝有命，可速行。"追随至一公廨，若王者之居。青衣人止之于门，见有冕服而坐堂上者，呼使入，赐之坐，谓曰："子平生正直，而以谗构夺其官。吾将以寿偿子，更为注阳算十年。"黄陕州云此公尚在。

徐文敏[④]误入丰都[⑤]

正德初年间，吴县人徐文敏公缙[⑥]，为翰林院编修，册封琉球国[⑦]。还遇海飓大作，楼船漂泊一矶嘴上，人烟断绝，道路芜荟[⑧]，不知何地。凡经七昼夜矣，文敏久在船，闷甚，颇思闲行，遂命一小史相随登岸。行百余步，遥望见孤峰秀出，其下隐隐有城阙宫殿之状。文敏欲穷其迹，猛力前驱，入一谷口。约行二里许，

---

① 挂：国图清钞本作"挂之"。
② 吏议：指司法官吏判处罪人刑罚的拟议。
③ 子贡：前520—？，姓端木，名赐，字子贡。春秋末卫国人。孔子学生。善于辞令。经商曹、鲁间，富至千金。并参与政治活动，历仕鲁、卫。聘问各国，与诸侯"分庭抗礼"。曾游说齐、吴等国，促使吴伐齐救鲁。
④ 文敏：谥号。
⑤ 丰都：传说中的鬼城。
⑥ 缙：徐缙，1482—1548，字子容，号崦西，谥号文敏，直隶吴县（今苏州市吴中区）人。明朝弘治十八年（1505）进士，官至吏部左侍郎，并经筵日讲。因"黄精白蜡敬寿"行贿而削籍，著有《徐文敏公文集》五卷、《经筵讲义》六卷。
⑦ 琉球：古国名。位于今琉球群岛。隋时建国，清光绪五年为日本所侵占，改为冲绳县。
⑧ 芜荟：荒芜。

觉路渐低，俄及大石牌坊下，榜有金书三字曰“丰都界”。

文敏震惊，心讶其非世间，遽转身趋出。忽遇青衣女子提筐于小径中来，文敏潜视行止，乃是二十年前亡婢榴花也。惊问：“郎君何得至此？”文敏曰：“吾已登进士第，为翰林官，因奉册封差南还，舟遇大风，漂泊于此七日。偶来遣闷，不虞误入冥中。汝今住此何所为耶？”视其状貌，依然为女奴时，未尝老也。榴花向前告曰：“妾嫁此中一判官为妻，日来馈食①，何期幸遇郎君。”已而判官适抱公案出，怒其妻曰：“汝与何人交语？”曰：“此妾旧主人徐公也。衔王命渡海，失风②至此，安得不与叙旧？”判官便向前拱揖，问姓名，知是徐缙。文敏请检禄命如何。判官曰：“相公后至天官侍郎，不及入阁，无劳阅簿也。”文敏曰：“某既来此，可得一见阎天子，问冥中事乎？”判官曰：“既有意，何不可者？请修十刺，以通姓名，某敬为之将命③矣。”时仓卒无备，判官遂出素纸十番，教文敏亲书官衔姓名，如人间参谒礼，将引而入。榴花数目文敏而诫之曰：“茶至郎君，即传递左右，慎无妄尝。”文敏唯唯。

凡经桥梁亭馆数处，乃至大殿，甲士守卫甚严。刺既通，有冥吏二人，开西院门出迎，引文敏自西阶而上。十天子止九人，披衮垂旒，次第降于东阶，又如人间宾主礼，东西列坐。文敏坐东向西，九天子坐西向东。茶至，文敏传递去讫，便问：“尝见人间塑十殿王，今何以缺一殿王也？”曰：“天帝使某等每日更番④一殿，察人间善恶，往来南赡部洲⑤大明国中，故不在耳。”问：“阳世尚贪利，喜奔竞，阿附成风，黄金为政⑥，不知地下亦如是

① 馈食：献熟食。此处指送饭。
② 失风：谓行船遇恶风失事。
③ 将命：传命。《论语·宪问》：“童子将命。”宋邢昺疏：“将命，谓传宾主之语。”
④ 更番：轮流替换。《南齐书·文惠太子传》：“太子使宫中将吏更番役筑，宫城苑巷，制度之盛，观者倾京师。”
⑤ 南赡部洲：佛教传说中四大部洲（另包括东胜神洲、西牛贺州和北俱节洲）之一。用以代指人类所生存的这个世界。
⑥ 黄金为政：视上贡钱多少做决定。

否乎？”曰：“冥中若同阳世，何以握生死之权哉？至如以金涂锡，以纸作绢，亦是饿鬼所须，正直明神不藉[①]此矣。”曰：“僧道功德为有益否？”曰：“无益也，惟拜《梁皇宝忏》为最胜，亡者一闻忏言，便超度去矣。”曰：“此行可一观地狱乎？”曰：“可观，未免惊恐。”

文敏再三强之，乃引至一犴狴[②]前，皆用青石甃成，上为雉堞[③]之形，其高插天。呼狱卒以两手拽开石门，中有炎火飞出，烈焰[④]赫然，光属[⑤]数丈。文敏大怖而走，急使闭门。天子曰：“此无间狱[⑥]也。”言讫，遂回至院，谢辞而出。判官仍送之抵界上，寻路登舟。

明日，遣驺人[⑦]往迹其处，周览四隅，无非榛棘，城阙宫殿都无有矣。文敏还朝，话其事于宾僚，无不奇叹[⑧]。后果为吏部侍郎，予告[⑨]归吴，不勤修善，疽发于腰而卒。是时吴郡守往京口，遇官舫南下，讯之，答云：“奉敕腰斩徐侍郎也。”

汪编箕入七重地狱

苏城饮马桥[⑩]下居民汪国昂，编竹为篦梳，人呼之曰汪编箕。万历壬子年二月，病疫而死，第四日乃苏，具述其事于邻人云：

---

① 不藉：不凭借，不依靠。
② 犴狴：监狱。明杨珽《龙膏记·罗织》：“奸谋，叹邹阳难免犴狴穷愁。”
③ 雉堞：城上排列如齿状的矮墙，作掩护用。
④ 烈焰：国图清钞本作“焰”。
⑤ 光属：国图清钞本作“光”。
⑥ 无间狱：即无间地狱，也称阿鼻地狱。佛教语。据《俱舍论》卷十一称，造“十不善业”的重罪者堕入之，“受苦无间”，是地狱的最底层。
⑦ 驺人：为长官驾驭车马的人。
⑧ 奇叹：国图清钞本作“奇异”。
⑨ 予告：大臣因病、老准予休假或退休。
⑩ 饮马桥：建在苏州第三横河上沟通护龙街的南北拱桥，河东是十梓街，河西是道前街。

"初死时，见冥卒一人，用赤绠缚去，如从阴崖暗谷中行，不睹天日。至一处，有井，井旁有篮，盛之而下。见第一殿王，将某拷掠毕，复送至第二殿。并从井入，渐低渐深，辗转传送直至第七殿，深无际矣。拷掠如初，传声将某送至转轮殿[①]，受形为畜生。某苦告求还。见王检阅簿书，默然良久，便云：'赐银三十两，量延一年。'被前冥卒牵出，不由旧路，径到大海岸，推堕洋中，便活。"汪小人也，既活，不肯勤修，反改业为县门干力，鬻父所遗居得二十五金，又掯[②]人，先后恰得五金。首尾一年，果以癸丑二月某日复死。

泰山使者取人魂

王御史有功[③]内兄查敬廷，尝话其亲戚中一妇人，卧病经年，淹缠[④]床蓐。忽夜梦有黄衣吏，持一布囊至。囊中先有一合子，云："吾是泰山使者，特来录汝神魂，无他也。"解囊启合，取妇人魂合之[⑤]，结束[⑥]其囊于背，负之而去。明日，妇人病遂剧，越三日乃卒。

二王秀才为冥王

长洲县甫里村[⑦]，有秀才两人皆姓王，一名宪章字以度，一名

---

① 转轮殿：即阿鼻地狱的所在，由转轮王管辖。
② 掯：音 kèn，刁难。
③ 有功：王有功，曾任广东御史。
④ 淹缠：缠绵，纠缠。元刘唐卿《降桑椹》第二折："他病痛苦淹缠，良方治不痊。"
⑤ 合之：将……放进盒中。
⑥ 结束：扎缚，捆扎。
⑦ 甫里村：今苏州吴中区甪直镇有甫里村。

炳勋字子元，同姓同里同学，相善同弟兄，不同族也。

万历己亥，宪章有疾卧于床，不能起。至秋七月，炳勋亦病。病经少日[①]，恍然如梦。忽有两青衫人领去，夹扶其身，径将东行。不知可几里，至一旷野，见公廨如人间都御史台[②]，犹未开门。讯之，领人曰："此阴府也。"府场上人烟凑集，车马驰骤[③]，但阴霾蔽天，不睹日月之光。回顾有一术士设帐，谈子平[④]五星[⑤]，炳勋便话甲子与看。术士曰："君命尽于闰年，必过不得也。"炳勋误闰为壬，问曰："某今年四十有七，若到壬子[⑥]，只数年事乎？"术士曰："犹恐目前难过，非有大阴功，上帝不为[⑦]君增算也。"

酬对未毕，公廨门开，引入者凡数百人，炳勋亦随领人而入。俯伏阶下，不敢仰视，见冥官坐厅事[⑧]东偏，戴金冠，衣黄袍，有吏数十辈列其左右。以次呼囚犯名，间阅至炳勋，便降阶扶起，已而延坐，谓炳勋曰："良友何须行世间苛礼。"端相其状，则宪章也，曰："一别不觉几月矣。"炳勋曰："人皆以死为苦，如兄贵为王公，虽庄生[⑨]所云'南面王乐'[⑩]，岂是过哉！不知何修而得此。"宪章曰："谈何容易。某与玉皇香案吏一人往有夙缘，得册

---

① 少日：不多日；数日。《太平广记》卷三一八引南朝宋刘义庆《幽明录·甄冲》："至家少日而染病，遂亡。"

② 都御史台：即御史台或都察院。官署名。专司弹劾之职。西汉时称御史府，东汉初改称御史台，又名兰台寺。梁及后魏、北齐或谓之南台，后周则称司宪。隋及唐皆称御史台。唯唐一度改称宪台或肃政台，不久又恢复旧称。明洪武十五年（1382）改为都察院，清沿用，御史台之名遂废。

③ 驰骤：驰骋，疾奔。《韩非子·外储说右下》："造父御四马，驰骤周旋而恣欲于马。"

④ 子平：传说宋有徐子平，精于星命之学，后世术士宗之。一说，子平，名居易，五季人，尝与麻衣道者陈图南同隐华山。因即以"子平"指星命之学。是一种根据星象或人的生辰八字推算人的命运的迷信方法。

⑤ 五星：古代星命术士以人的生辰所值五星之位来推算禄命，因以指命运。

⑥ 壬子：万历四十年，公元 1612 年。从己亥（1599）到壬子有十三年。

⑦ 不为：国图清钞本作"不能为"。

⑧ 厅事：国图清钞本作"厅事毕"，不通。

⑨ 庄生：即庄子。

⑩ 南面王乐：出自《庄子·至乐》。指面向南称王称侯，享受王侯之乐。原文为："吾安能弃南面王乐而复为人间之劳乎！"

立为冥王。兄将来与我同升矣。然里面尚有阎罗天子之尊，总司冥务，标冠[①]岳渎[②]，我辈皆其所节制者也。”因命左右取章服[③]与炳勋服之。

其时有一缁衣[④]、一黄冠[⑤]至，与宪章揖，不礼炳勋。炳勋私计此二人，岂即人间所称五方[⑥]座上匡阜[⑦]与白鹤观中仙官[⑧]之类乎？遂问：“天子殿前相见之礼若何？”宪章默然良久，曰：“兄是犯人，还须囚服对簿，且不宜僭[⑨]用此品服也。”复命左右将一宽大青衣蒙覆其体，用皂帕抹额[⑩]。

顷报殿上开门，仍着领人引入。又经数重门，则宫阙巍峨，枪槊[⑪]罗列，文绣炳焕，金碧辉煌。天子端冕南向而坐，官吏环侍两旁，近数百人，各赍文书，请天子判署。同入而俯伏者，炳勋居三。其第一人泣告曰：“可怜客死于途，妻子不得相见。”第二人亦泣。于是炳勋不觉悲感，泪下如雨，厉声而呼曰：“某一生为善，正直无私。”天子大怒，骂第一人曰：“是你哭起，众人皆哭。”叱手力齐手捉下杖之。未及行杖，手力捉炳勋不定，先掴其腰一下，痛而警觉，腰如折矣。

既觉，病良已[⑫]，不告宪章，窃[⑬]话其梦于友人李中军成龙。

---

① 标冠：首位。唐刘知幾《史通·列传》：“亦有事迹虽寡，名行可崇，寄在他篇，为其标冠。”
② 岳渎：五岳和四渎的并称。五岳，东岳泰山、南岳衡山、北岳恒山、西岳华山、中岳嵩山。四渎，我国古代对四条独流入海的大河的称呼，即长江、黄河、淮河、济水。其中淮河、济水古时候也独流入海，故得与江河并列。
③ 章服：古代以日、月、星辰、龙、蟒、鸟、兽等图文作为等级标志的礼服。
④ 缁衣：僧尼的服装。借指僧人。
⑤ 黄冠：道士所戴束发之冠。用金属或木片制成，其色尚黄，故曰黄冠。因以为道士的别称。
⑥ 五方：东、南、西、北和中央。亦泛指各方。
⑦ 匡阜：江西庐山的别称。
⑧ 仙官：道教称有尊位的神仙。
⑨ 僭：越礼。超越自己的身份，冒用在上者的职权、礼仪行事。
⑩ 抹额：束在额上的头巾。
⑪ 槊：兵器名。似长矛。
⑫ 病良已：指痊愈。病已良的倒装。
⑬ 窃话：国图清钞本作“话”。

成龙取纸笔疏其语，遂为好事者传播于外，宪章稍稍习闻[①]。至八月终，宪章病且加剧，谓其友曰："子元有梦而秘不我告，何也？"便召炳勋至榻前苦诘之，辄为具陈颠踣。宪章笑曰："既有侯王之贵，宁复以幽显[②]为恨乎！"至九月初十日，呼汤沐，具衣冠，卧于榻。是夜，甫里村民咸闻空中有人马声，飒[③]若甚雨[④]，自北而来，直入宪章之室。有顷，宪章卒。又闻其声隐隐向北而去。自是人皆惜宪章之才，而异炳勋之梦矣。

无何，十月下旬，长洲县录科举。炳勋就试毕，仓皇出葑门，蓦于子城[⑤]内遇恶少年，乘怒马[⑥]奔突入城，马首正中炳勋之胸，颠仆于地。僮仆掖而登舟，呕血数升，至十一月十五日相续而殂。推验其年己亥，是闰四月。术士谈星于地下，岂非妖征之先见者乎？

至三十三年乙巳，凡经七载，两王君之墓木拱矣[⑦]。秋七月，成龙家顾贵染疫猝死，死后三日而苏，告其主人曰："某被人追摄去，路经一狱，狱门封锁而有窦，无异阳间。瞥见王炳勋官人披麻着孝在狱门内，问某何得来此。某对曰：'有摄人将某而至，不知何等[⑧]。'王曰：'吾掌簿籍，知汝世寿未尽，当是错追。我亦因误录一县令，故有谪事，三日后限满出狱，上帝仍许复故职矣。'因谓摄人曰：'何为滥取，速放彼还。'临去呼某复[⑨]回，殷勤语曰：'有一小孩子为我方便带归。'即于狱窦中递出红衫孩儿，与某抱持。某随路而还，将到家，经王官人门首，见其小新娘子

① 习闻：常闻。此处应为听到传闻之意。《汉书·董仲舒传》："习闻其号，未烛厥理。"
② 幽显：犹阴阳。亦指阴间与阳间。《北史·李彪传》："如此则道协幽显，仁垂后昆矣。"
③ 飒：迅疾貌。
④ 甚雨：骤雨，大雨。《庄子·天下》："沐甚雨，栉疾风。"
⑤ 子城：大城所属的小城，即内城及附郭的瓮城或月城。
⑥ 怒马：体健气壮的马。
⑦ 墓木拱矣：坟墓上的树木已有两手合抱那么粗了。指人死了很久。出自《左传·僖公三十二年》："尔何知？中寿，尔墓之木拱矣。"
⑧ 何等：什么样的。用以指不能确定的事物。
⑨ 复：国图清钞本作"为"，误。

映户而窥，怀中儿亦忽惊啼，便交与之。方入户，不知何人[①]推却得活。”时二更初矣，唤妇令起燃火，而贵方雨汗交浃。

成龙听话历历，不觉大惊。明日凌晨，王家遣女奴来报曰：“昨夜小新娘子免身生男，相烦转乞医家一服化毒丹。”其时炳勋之继母初死，才逾首七，故冥中亦着凶服也。

按《梁清传》[②]云“鬼有叙吊[③]，不异世人”，岂虚语哉。成龙因以德祖名其孙，今渐露头角矣。炳勋家故贫，凡丧葬嫁娶之事，悉成龙为之经营。吴中孝廉俞琬纶[④]，故炳勋门下知名士，亦高[⑤]脱骖[⑥]之义焉。

刘秀才入冥

长洲县吴塔村，有秀才[⑦]刘永清者，踬[⑧]于名场以老，年六十，病疫而死。死九日，背肉已腐，复苏。自述云：

“死时方热极发狂，不知身在何处，见冥卒二人，身衣黑，持帖子来摄。家中陈设羹饭祭之，视其啖饮，不异生人，享毕便摄去。将至岸侧，呼一小舟，寄载舟中。出帖子示清，为旋风忽卷，野火烧却，遂不及览。俄而水势滔天，舟欹将覆，二冥卒督促入水。清有难色，卒云：‘我二人先入，君尾其后可也。’不觉随之

① 何人：国图清钞本作“何”，误。
②《梁清传》：南朝宋刘敬叔撰。
③ 叙吊：表示祭奠死者或对遭遇丧事的人家、团体给予慰问。
④ 俞琬纶：生卒年不详，字君宣，长洲（今江苏苏州）人。万历四十一年（1622）进士，任西安令。性疏简有高韵，风流文采，掩映一时，临池最胜。
⑤ 高：崇敬，崇尚。
⑥ 脱骖：《礼记·檀弓上》：“孔子之卫，遇旧馆人之丧，入而哭之哀，出，使子贡脱骖而赙之。”谓解下骖马，以助治丧之用。后用为以财助人之急的典实。
⑦ 秀才：国图清钞本无此二字。
⑧ 踬：事情不顺利，受挫折。

俱入，身在水底行矣，耳畔但闻波涛湔[①]湃声。约数十里许，行至大石桥，甚陡。二冥卒复逼行，清股栗不能上，二冥卒掖而过之。蓦见旷野无际，阴霾蔽天。

又约数里许，始近城郭，引而入城，被捽其领疾驰。至一公署，大阙广殿，环卫甚严。令清跪伏阶下，见堂上坐者冕旒端笏，两旁侍从数百人，具如吴城玄妙观东岳庙中之仪。有冥吏西向立，阅视名簿讫，唱云：‘无大罪恶，发疾疫司听勘。’二冥卒即押之出。

既出，见门外一囚，蓬跣着枷，急呼刘官人。清徐视之，乃郭吏部家监奴[②]小周也。小周云：‘官人出此门，便获亡恙，仍归阳世去矣。到家烦为白某妻子，检簏箱中文券[③]十三纸，可速焚之。某为此公案未明，受诸罪苦也。’俄见数小儿相率嬉戏，中有熟识，逼[④]而察之，乃是女奴[⑤]新妇之子茅孙，清居平[⑥]所钟爱者，以痘死月余矣。俄又见清之祖父、父母，衣冠俨然如生，并在一空室中，惊谓曰：‘儿何以至此！’清具陈其追摄之故。清祖生为乡贡[⑦]，今在冥中亦有职掌，闻发司以勘，喜曰：‘儿年命未绝，若发疾疫司，我当为儿周旋，从末减释放矣。’

二冥卒促之行。须臾，引至一曹司[⑧]，见文书山积，吏胥鼎沸，堂上二大僚偶坐如人间左右方伯状。搜寻名簿阅讫，却谓清曰：‘措大虽无罪恶，间有小口业，量罚疮疡三年。’右者曰：‘太轻。’左者曰：‘念其祖薄分，恕之。’叱二冥卒押放还家。遂被扶却出城，但行如马驶，都无所知，恍若梦觉。”

---

① 湔：象声词，波涛相互冲击发出的声音。湔湃，现一般作澎湃。
② 监奴：为权贵豪门监管家务的奴仆头子。
③ 文券：公文案卷。
④ 逼：国图清钞本作“迫”。
⑤ 女奴：国图清钞本作“女红”。
⑥ 居平：国图清钞本作“平居”。
⑦ 乡贡：唐代不经学馆考试而由州县推荐应科举的士子。
⑧ 曹司：官署。诸曹郎中职司所在。

清后果病疡三年，复享寿二纪而卒。里人顾植与清善，见其传说云尔。

饮马桥鬼魂

长洲县郭秀才，家住府治东饮马桥南，里人呼为郭出粪。万历二十八年八月内，有贩人十余辈，常于夜半挑空担出葑门外，贩鲜鱼入城零卖，路经饮马桥。其夜笼月①依微，忽见有男子三人带两妇人，妇人手中各抱一孩子，共大小七人，披枷带锁，一齐上桥，小憩桥栏边。贩人惊谓："此时尚早，何缘放罪囚出狱？不明何等。"既去。凌晓贩鱼而还，郭家被里舍恶少夜半出捉蟋蟀，误将纸灯煤②塞篱壁中，隔篱悉是藁积，延烧卧内，庐舍荡然，死于火者三男子、两妇人又两孩子，共大小七人焉。始悟夜半桥上所见者，即鬼魂也。其后七人魂入恶少之家，昼夜为祟，依附其家男妇孩子，索命不绝。未及半载，恶少无病而殂。戚伯坚③说。

屠儿前生公案

吴县西山梅舍村④民顾甲，屠猪为业。万历己酉年间，白昼被两人摄至东岳，发山阳县⑤审，有群猪来索命。县官曰："且无暇理现世人命事。汝前生非郑汝弼乎？杀人公案犹未结也。"召讼

① 笼月：云雾笼罩遮掩的月亮。
② 纸灯煤：即纸灯媒，点火引子。
③ 戚伯坚：明隆庆、万历年间人，生卒年不详。工山水，师法宋元，受"明四家"影响，笔端拓落秀劲，墨色苍浑而润。
④ 梅舍村：今属苏州市吴中区香山街道。
⑤ 山阳县：位于今陕西省商洛市。

者至，姓王，对簿于庭。讼者曰："汝怙势凌人，欲污吾妻，不从，便抽刀洞胸以死。冤愤百年，为证人不到耳，今到，可偿吾妻命也。"官遽追集证人，证人对词含糊。官因召冥吏检籍视算，报曰："算未尽。"官乃判案云："审得郑汝弼，系郑尚书之子，倚势淫杀，理或有之，但凶器无存，干证①支吾，况年代既殊，姓名各别，姑俟算尽，并追完卷。"判讫，命吏高声诵之，凡三遍，问顾能记乎，曰能，于是放还。顾既活，素不识字，口授其父，笔之于书，传于远近。灵岩②黄习远③说。

倪铎误替杨司理④

嘉兴县杨铎，字斯觉，擢万历庚戌科第，司理吉安⑤。寻以病改教。至癸丑之岁，年六十矣，复患疠⑥下不止，决意求归，当路卒遂其请。杨少慕释教，常持戒菜食⑦。至是⑧抵家，病转剧，自以必死，与家人诀别。而择中元日延请至行⑨沙门，大设佛会，强掖于佛前，发誓剃度为僧。发祝⑩未半，而夫人出哄，遂中止，其半犹未祝也。不意是日有追摄鬼使在门，闻经呗声，不敢入。

① 干证：与讼案有关的证人。
② 灵岩：灵岩山在苏州古城西部，是江南有名的佛教道场。
③ 黄习远：字伯传，世居木渎山塘街。他嗜好读书，以诗文往来于公卿名流间，曾为状元宰相申时行的门客。万历间，与隐居寒山的赵宧光校刊、增补、编定《万首唐人绝句》四十卷。
④ 司理：职官名。掌理狱讼的事。
⑤ 吉安：现江西省地级市，古称庐陵、吉州，元初取"吉泰民安"之意改称吉安。
⑥ 疠：恶疾。
⑦ 菜食：吃素。
⑧ 至是：至此。司马迁《报任安书》："积威约之势也。及以至是，言不辱者，所谓强颜耳，曷足贵乎！"
⑨ 至行：卓绝的品行。《晋书·朱冲传》："少有至行，闲静寡欲，好学而贫，常以耕艺为事。"
⑩ 祝：断。

适[①]对门邻人倪铎，酤酒[②]为业，忽诣杨宅，见缁流作佛事，笑谓其左右曰："人生固当死，佞佛何益！薄命贫苦，贵人能料理吾家，请以身代。"众皆嗤其妄言。言未毕，出遇鬼使现形，直前持其袂收缚之，云："奉命追杨铎，今其家供养圣容，铎又祝发，我不敢近。幸汝同名，却肯代死，何容推诿，便请前行。"倪身才入门，魂乃随去，去时累回顾其妻，大呼云："某命未合死，与合死者杨铎同名，一时失言，为鬼使捉替，曲相罗织。卿须守尸，过七日却后烧化，勿令参差[③]。"语讫便死。

其夕，杨梦一比丘至，抚摩其顶，谓曰："君有生象，须晨起听好消息至也。"及明杨起，令奴扶出，猝遇倪妻缟素而入，具陈其事。杨私喜曰："如是我何惜断除烦恼障[④]乎！"复命僧祝其发半焉。明日密赙[⑤]四金，趣令殓棺烧化，更无外人知。至第七日，是七月廿一，倪果被论放还，觅尸不得，绕室号呼，怒其妻曰："与卿七日为期，何不少待！今杨铎为僧，别遣从僧中摄取矣，我归又无宅舍，饮恨如何！"隔二日，杨竟亡也。倪家至今叫唤不绝，百日如常，曰："身在何处，还我来！"同里包衡[⑥]见而述于吴下。

顾伟见地狱变相

常熟县居民顾伟，以医业寓郡城[⑦]之鹤桥，谨厚[⑧]知名。万历

---

① 适：刚巧，恰好。
② 酤酒：卖酒或买酒。此处为卖酒。
③ 参差：差池，失误。
④ 烦恼障：佛教语。谓坚持我执，丛生贪嗔，而为解脱之阻碍者。二障之一。与所知障相对。
⑤ 赙：拿钱财帮助别人办理丧事。
⑥ 包衡：明代作家，与张翼辑有《清赏录》。
⑦ 郡城：指苏州城。
⑧ 谨厚：谨慎笃厚。《墨子·节用中》："彼其爱民谨忠，利民谨厚，忠信相连……"

癸丑夏，笃病旬余，至五月三日，陡然起立，合掌而逝，人咸谓其善终。下尸于地[①]，心头气暖，眷属环聚守之。越三日复活，开目求饮食，便能起坐。

说初死之时，不闻鬼使追呼，冥然若梦。忽亲睹观世音菩萨真形，如今虎丘寺中行像[②]，而身更广大，俨然从空中下也。伟便头面作礼[③]。随行至一处，见紫石城一带，石色如磨盘样，仰望峻极，不见女墙。城旁多有小圆窗，约可径尺，亦漏微明。徘徊之际，遽失菩萨真形所在矣。旁有一妇人，年可五十许，上着青袄，下服白布裳，道貌端庄，手持宝珠，当前而立，语伟曰："凡人去来，必须此窗中出入也。"伟下拜祈之曰："何有尔许大孔容某身出入其间邪？[④]"妇人曰："既不肯入，且将汝遥望。"言未及竟，若有人掖之上者。

伟望见有数重门户，瓦屋彩楼[⑤]，一大圆镜安在高台上，镜光琉璃[⑥]，洞[⑦]澈明照数丈，相望如月，纤微[⑧]毕陈。妇人曰："凡人善恶，随心所现。汝一生罪福，安能逃此鉴乎？"引伟立镜前，忽觉身在镜中，从前隐秽，一切历历。慑然丧胆，不敢仰视，而从旁隐隐露出"善果"二字，伟心稍安。又睹黑丸子数枚，如龙眼大，掩映其内。伟怪问何物，妇人曰："此是汝阳世未了公案也。"

俄而又至一处，见大地皆作黄金色，望之灿然，如积麦薪之

---

① 下尸于地：即小殓。古代，小殓在室内，设帷，给死者沐浴、穿衣、覆衾等。

② 行像：一种宗教仪式。即把佛像安置在装饰性的花车上，众人随其巡行瞻仰、膜拜，此间伴有舞蹈、杂戏的演出。此指"行像"时的佛像。

③ 头面作礼：全称头面接足作礼。行礼者伸两手掌承接受礼者之双足，并以头面接之。人身中，头为最尊，足为最卑，以头礼足，表示恭敬之至。

④ 邪：古同"耶"，疑问词。唐韩愈《杂说四首》其四："其真无马邪？其真不知马也！"

⑤ 彩楼：本义为用彩色绸帛结扎的棚架。一般用于节日盛典喜庆之事。此处指装饰得五彩缤纷的楼宇。

⑥ 镜光琉璃：镜子像琉璃般光亮。

⑦ 洞：国图清钞本作"同"。

⑧ 纤微：指细微的事物。

状。中间径丈洞穴，类井形，其深不测，未详下何物。妇人曰：“汝去不得。”曰：“是何地，不可往乎？”曰：“幽途苦相，其变无穷，汝欲下观，切莫忙怕。”因命伟①蹋梯而下，其梯长可数十尺。既下，以手摸城垣，又皆黄石侧甃，鳞次葺之，极细密，如人间走花砌砖然。遍地漆黑，伟疑是黑暗地狱矣。已②又至一处，见囚徒数十人，或枷或锁，或钳梏，或露髻，或无头，或无腹，或无手足，或缺左股，或缺右股，或疮烂脓血，或肢体不完，而皮肉皆好，然并是活者。已又至一处，见遍地人肉块，形似冬瓜瓤，无头尻③手足，若大若小，旋转不定。已又至一处，见长短棺槥④，堆积空屋数间。已又至一处，见人形如怪兽，胸前一聚皆猪毛，有妇人胸生六乳者，形体多欠缺不完，完者约三十许辈，则皆童子婴儿。伟至，相顾有喜色，曰：“某等无罪，恣意游行，今无了期，不如随君共寻归路矣。”指向所积棺槥处，皆其尸也。伟四顾阴惨，心生愁怖，便与童子婴儿，以手相引而出。

历⑤南大道二百余步，寂无人迹，转觅旧路已非，弥望⑥皆水。前所遇青袄妇人不见⑦，及⑧所引童子婴儿亦不见。停立少时，忽复有丫角⑨女子从地踊出，挑菜就水边洗，遥见伟立，挺手一推，雨汗而苏。苏已，次第经历⑩种种地狱变相奄然⑪都灭。邻里

① 因命伟：国图清钞本作“伟因”。
② 已：国图清钞本无。
③ 尻：屁股。
④ 棺槥：粗陋的小棺材。《梁书·武帝纪上》：“高祖并加隐恤，其死者命给棺槥。”
⑤ 历：经过。
⑥ 弥望：满眼。弥，满。《汉书·元后传》：“大治第室，起土山渐台，洞门高廊阁道，连属弥望。”
⑦ 不见：国图清钞本作“不及见”。
⑧ 及：国图清钞本无。
⑨ 丫角：女孩梳在头顶两边像犄角的短发辫。
⑩ 经历：国图清钞本作“经”。
⑪ 奄然：忽然。

闻之，竞来问委[①]，答叙如前。口授不悉[②]，因条记本末，以传远近。发愿菜食长斋，供养三宝[③]，先洗《梁皇慈悲忏》一部。

姚大理[④]冥中辩答

明秀水县[⑤]大理寺寺卿[⑥]姚思仁[⑦]，久居宪职[⑧]，望积兰台。万历壬子年春，谢病还家，常于梦中见人索命。至六月间，似梦非梦，见一使者赍板来召姚。仓卒间整冠束带，着公服，徒步随行。所经历处，与世无异。恍惚至一公署，重门广殿，丹碧炳耀。俄有褴褛恶状之鬼十六人，椎发[⑨]敝衣，面目尽血，相随纷闹有声，叫屈称冤，渐来加逼。姚问何处人，曰："山东人也。昔枉见杀，从公征命[⑩]。"姚乃南面而立[⑪]，叱曰："吾职本代巡[⑫]，决录重囚皆监司守令定罪，依而行之，何与于我！"言讫，群鬼稍稍引退，聚于门外，相守如故。使者引姚入丹墀[⑬]，见冥王着衮衣坐堂上，床几案褥，翼侍森严。姚乃升阶长揖[⑭]，王不为动。姚心知其非阳

---

① 委：原委。
② 不悉：犹言不尽。《文选·孔融》："欲公崇笃斯义，因表不悉。"刘良注："言因孝章以表见志，不尽所怀也。"
③ 三宝：佛教语。指佛、法、僧。后以指佛教。
④ 大理：官名，全称为大理寺卿。
⑤ 秀水县：国图清钞本作"嘉兴县"。
⑥ 大理寺寺卿：大理寺是南北朝到清代的中央审判机关。寺指官署，其首长称大理寺卿。其职掌是审核刑狱案件。
⑦ 姚思仁：字善长，浙江秀水（今嘉兴）人。明代宰相。初时授行人，后升任御史等职。不久巡按河南。天启二年（1622），任工部尚书，位至宰相之职。次年致仕。年九十一岁去世。
⑧ 宪职：指负责弹劾纠察的都御史、御史一类官职。
⑨ 椎发：椎头，指边远地区少数民族的发式。
⑩ 征命：讨命、讨说法的意思。
⑪ 南面而立：面朝南，背朝北，处于尊位。
⑫ 代巡：代皇帝巡察。
⑬ 丹墀：宫殿的赤色台阶或赤色地面。
⑭ 长揖：古时不分尊卑的相见礼，拱手高举，自上而下。

道矣，然气固不挠，从容告曰："未委君侯见召[①]之旨。"王曰："罪何多也，今从汝乞命者不可胜数。"姚曰："思仁生时积善好修，历官二十年，未尝枉滥一人，妄杀一命，安得有乞命者乎？有之，是诬陷耳。"王呼主吏[②]检按文籍，云："可开簿检其罪福也。"有顷，一[③]黄衫吏捧出大叶子簿，黄纸签标，开数幅，至思仁款，乃唱曰："无大罪，亦无大善。"王曰："诚然，何有尔许冤对耶？此曹当是受枉于下僚，而卿不与之申雪耳。"姚曰："思仁奉天子命巡察四方，知有三尺而已，其枉与直，固无容心也。"于是黄衫吏出，向门外褴褛恶状之鬼前十六人者，一一谕令且去，当别为料理，俄而遂散。

姚乃进曰："平生有过，不蒙见遗，平生作善，不蒙见录，岂冥中亦无公道耶？"王曰："何谓也？"姚曰："思仁昔年采访河南，曾请朝廷三万金赈饥，所全[④]活民命以数十万计，厥功顾[⑤]不大欤？"王曰："此吏部郎贺灿然[⑥]事，非卿之力。"敕主吏再呈功德簿与看，见侧注其下云："灿然功九，思仁功一。"姚曰："尔时贺灿然为行人[⑦]，此疏虽其起草，然上疏者实思仁也。"王曰："汝初无意，乃灿然劝之，何劳说此！"姚曰："思仁自河南复命，上此疏，万一圣怒不测，罪在思仁，灿然岂得而与哉！"王听其词辩，遂出位抗手而言曰："卿言有理，如此则功过亦略相当，卿与贺各载其半矣。"因谓曰："候交代时，当更议也。然卿禄算尚远，可速放还。"连催主吏。遂被前使者推却出门。初似堕层崖[⑧]，少

---

① 见召：国图清钞本作"召见"。
② 主吏：秦汉郡县地方官的属吏。此指主管。
③ 一：国图清钞本无。
④ 全：保全。
⑤ 顾：文言连词，反而、却。
⑥ 贺灿然：浙江秀水（今嘉兴）人，曾任吏部员外郎。
⑦ 行人：明代设行人司，有行人之官，掌传旨、册封、抚谕等事。
⑧ 层崖：悬崖。唐李冲昭《南岳小录·圣寿观》："观内卢公真堂坛殿俨然，又有层崖峭壁，修竹茂松，涧水潺湲，风景甚异。"

焉如睡而觉。

初，贺小选灿然在大行[①]时，奉使入洛[②]，与姚同里至戚[③]。当姚行部之日，邀贺署中，从容宴语。贺曰："卿为绣衣使者[④]，报命阙庭[⑤]，能忘嘉谟[⑥]之献欤？"姚曰："固也，窃尝计之，无便宜可请者，奈何？"贺曰："以岁之大祲[⑦]，流亡满目，诚得请于陛下，发御府金钱赈之，所全活亡算矣。言无善于此者。仆行李之役未毕，有志从事，而尚未遑[⑧]也。"因出袖中疏草示姚，姚读既讫，遽纳诸己袖中，寻即录其草以奏上，如冥中所记不差。至是得活，自言辩答辛勤，不可具载，远近皆闻。包衡、金枝等说大略相同。

施秀才为冥中花鸟使

苏州府学秀才施安弦，字吉甫，住城西日辉桥转弯。为人坦夷[⑨]，胸无城府，须眉飘然，雅有饮量。万历甲寅，安弦年四十九岁矣。三月十六日，右腿忽患湿毒[⑩]流注[⑪]，遍身浮肿。医言毒宜解不宜溃，后竟溃下黄水数斗，合宅皆闻酒臭，浮肿虽平，色[⑫]

---

① 大行：官名。掌接待宾客。
② 洛：本义指洛水，此指河南省。
③ 至戚：最亲近的亲属，现在称为至亲。
④ 绣衣使者：官名。汉武帝末年各地农民起义，汉朝政府特派官员衣绣衣，持节发兵，进行镇压，并有权诛杀镇压不力的地方官员，称为"绣衣直指"，或称"绣衣使者"，武帝以后，仍有派遣直指之事。
⑤ 阙庭：朝廷。
⑥ 嘉谟：犹嘉谋，高明的经国谋略。
⑦ 大祲：严重歉收，大饥荒。
⑧ 未遑：没有时间顾及；来不及。
⑨ 坦夷：坦率平易。
⑩ 湿毒：又称湿疹，是一种常见的炎症性皮肤病，该病病程迁延难愈、易复发。
⑪ 流注：中医外科病名。为多发性深部脓疡。以其流窜无定，随处可生，故名。
⑫ 色：面部表情，气色。

已不起。至五月初四日，忽召其二子万邦、万年而语之曰：“远行之期，在今日矣，速营后事。”须臾神渐索漠，少时而死。

至宵分[①]，忽翻身复苏，急索参麦汤[②]饮。饮毕，骤能起坐，说死时有八十骑拥门相迎，一吏持版[③]云：“天帝召去为花鸟使。”因问吏何地，答言：“初点福建，后乃改北直隶。”问吏职事何如，答言：“务甚剧。所司花、鸟有二院，手不停批，搒掠[④]无数。”问答既已，先行至一处，是大公署，暂停其下，见有人持出金冠蟒衣[⑤]来与安弦着。安弦既着，升堂坐定。寻思儿时便思仕宦，今将齿[⑥]半百，老作寒儒，死乃得为阴官，亦复何恨。但念人间事都未了，妻儿亲旧俱在吴下，北行路远，举目无亲，岂可安受此职。即据案修疏辞谢，封付来吏，脱金冠投掷于地而起。

忽见后堂突出[⑦]黄衣老翁，以头向安弦胸上一撞，几踣于地，就视，乃先君也，让[⑧]安弦而骂曰：“地府之官，权位甚尊，且上帝所命，汝安得辞！吾方出苦趣[⑨]中，与汝母住此相待，今一旦辞职，徒重父母之罪，于汝安乎！”言讫悲泪，又语安弦：“汝既不便之[⑩]官，可乘此暇往丰都一观地狱变相，还语于世人也。”

逡巡有人引安弦入丰都城中，其地黑暗，无诸日月，但见数万罪囚在地狱中，悉受苦报，刀山剑树，火坑镬[⑪]汤，宛转呼号，晓夜无息。主丰都者称是韩公，不详名号，如阳世都宪之职。安

---

① 宵分：指夜半。
② 参麦汤：中药。主治阴分亏损已久，渐至肺虚有痰，咳嗽劳喘，或兼肺有结核者。
③ 版：手版。即朝笏。
④ 搒掠：拷打。
⑤ 蟒衣：古代官服。上绣蟒形，故称。
⑥ 今将齿：国图清钞本作“今齿将”。齿，年龄。
⑦ 突出：窜出，冲出。
⑧ 让：责备。《左传·桓公八年》：“使薳章让黄。”杨伯峻注：“让，责让也。”
⑨ 苦趣：佛教指地狱、饿鬼、畜生这三种“恶道”。均为轮回中的受苦之处。趣，同“趋”。
⑩ 之：就任。
⑪ 镬（huò）：古代无足的鼎，用来煮鱼、肉等食物。

弦似曾识面，因烦赞成[①]辞疏，韩公欣然首肯，令安弦且暂还家，由此得活。

其夜枫桥周大来，安弦旧主人[②]也，亦梦安弦车骑诣门辞别，说北行赴任，未知辞得脱否，兼就其儿索所借后场[③]文字[④]，付儿万邦收读。明日端阳，大来使儿入城问先生病，参语[⑤]梦兆，曰："无之。"苦恳，才言死状，骇与父梦相符。至初十日早起[⑥]，安弦忽向二子说："冥使到矣，辞疏似不下[⑦]也，如何！"至十六日早起，安弦又说如初，惆怅自责，因云："辞疏奏闻，不合，婴触[⑧]帝怒。幸遇鹤上二仙，我随至其庐，都非人境，拜求方便救解。一仙不顾而入，一仙已诺我矣。"问二仙姓名，安弦摇手曰："不可。"但说："记得堂中春帖子一联，速呈纸笔，吾当书出为验。"安弦平生不喜声律[⑨]，忽便于枕上题"翠羽碧翎王子氅，缃絺绛缘吕公裘"，凡十四字，其下注云："仙人所乘二鹤，皆能作人语，疑即是青田使者，非世间凡鸟比也。"至廿一日早起，安弦又说远行必矣，迎者三官舫并狭小，不堪住，怒之，姑令易其大者耳。其夜安弦于枕中唱曲，通宵如此。至廿二日早起，频呼汤沐，诫二子"勿以鬼言浪传于世，恐人笑其荒唐。但地狱之说，汝曹不可不信。勉植善业，凡百柔让，娄公[⑩]唾面自干，千载可师也。"是日薄暮，复索纸笔，留要语示二子。及方拈笔，已落地不能举，

---

① 赞成：帮助使完成。

② 旧主人：从后面的文字看，安弦曾当过周大来儿子的私塾教师，古代称西宾，周大来便是东家，故称旧主人。

③ 后场：科举时，乡试分前场与后场，凡前场试取之士，始得应后场考试。

④ 文字：文章。

⑤ 参语：此处意为了解或打听。参语的本义为"三人聚话"。参，通"叁"。《汉书·杨敞传》："延年从更衣还，敞、夫人与延年参语许诺，请奉大将军教令，遂共废昌邑王，立宣帝。"颜师古注："三人共言，故云参语。"

⑥ 早起：早上起来。

⑦ 不下：没有被接受。

⑧ 婴触：触犯。元戴表元《南山下行》："不知婴触为何罪？但惜贵贱同所遭。"

⑨ 声律：古代对诗和骈文在声调、音韵、格律等方面的要求。此指律诗。

⑩ 娄公：娄师德，630—699，字宗仁，郑州原武（今河南原阳）人，唐朝宰相、名将。

有顷便绝。家人焚衣于庭，其衣悉布制者，无端现出异花。众惊视之，皆缠枝[1]牡丹锦也，斯尤异矣。安弦是宋明经懋澄内兄，希言因懋澄以交善，懋澄亲见其尸如蝉蜕仙人。

孙陈留[2]三应冥数

陈留令孙养正[3]，苏州吴江县人，少有英才，风容美丽，常行市上，顾影自怜，妇女多随看之，虽潘仁[4]、卫玠[5]未之过也。年十八，举吴江县茂才，馆于钜姓，方修举业，数为东墙[6]所挑，因尔放荡不检，颇负轻薄之讥。

时新娶妻，生一子矣，夜宿馆中，天犹未曙。忽见二皂衣[7]人持版来至床头，称府君[8]教唤。养正讶是郡县大夫[9]招寻，诺之而起。坐未定，又有胡帽长髯人直至床头，呵驱[10]甚迫。养正即顿卧床上，泯然[11]如尽，其魂不觉随出。路遇亲知，告而莫应。

① 缠枝：缠枝纹，全称“缠枝纹样”，俗称“缠枝花”，又名“万寿藤”。因其结构连绵不断，故又具“生生不息”之意，寓意吉庆。缠枝纹与莲瓣纹、卷云纹、如意纹、回字纹等一样，都是我国古代艺术品的重要装饰纹样。

② 陈留：今河南省开封市陈留镇。

③ 孙养正：万历三十二年（1604）甲辰科进士。

④ 潘仁：潘安，也即潘岳，247—300，字安仁，荥阳中牟（今属河南）人。西晋文学家，古代十大美男子之首。曾任河阳令、著作郎、给事黄门侍郎等职。长于诗赋，与陆机齐名。《闲居赋》《悼亡诗》较有名。

⑤ 卫玠：286—312，字叔宝，河东安邑（今山西夏县北）人，曹魏尚书卫觊曾孙、太保卫瓘之孙。晋朝玄学家，古代十大美男之一。卫玠是魏晋之际继何晏、王弼之后的著名清谈名士和玄学家，官至太子洗马。永嘉四年（310），迁移南方。永嘉六年（312）去世，时年二十七岁，葬于南昌，后迁葬江宁。有成语“看杀卫玠”。

⑥ 东墙：有成语“宋玉东墙”，喻指貌美多情的女子。战国楚宋玉《登徒子好色赋》谓宋玉东邻有一女，容貌姣好，为楚国之冠，登墙窥视宋玉三年而宋玉不与之交往。

⑦ 皂衣：低级官吏，属吏。

⑧ 府君：对神的敬称。

⑨ 县大夫：县令的别称。

⑩ 呵驱：呵斥驱赶。

⑪ 泯然：消失净尽貌。《太平广记》卷二八七引唐皇甫枚《三水小牍·侯元》：“元因拜谢而出，仍令一童送之。既出洞穴，遂泯然如故。”

于是出吴江城门，行可十余里，奄[①]至一处，城郭宫阙高丽，都非人间。

入门升阶，望见当厅贵人，俨若王者，衮冕南向，视养正而不言。养正心知其为阴道[②]矣，泣告无罪。王敕黄衣吏引至西廊下，发阅罪簿，见其簿堆积于大格，纵横可三尺许，展之几席皆满。中载己身生年月日、里族妻子甚详，后列名第[③]官禄，字颇模糊，而其下并注蝇头小楷，阅不甚真，然半是生平暧昧事，渐悔无及。黄衣吏仍引之至王所，王问："有是事乎？"对曰："有之，罪实不在养正也。养正父老妻少，子才弥月[④]，家事百无一了，尚希宽恤，敕令自新。"王亦首肯再三，乃判"十月日"三字于案后，令前[⑤]二皂衣人送之还。推下阶级，须臾便活，欻如梦醒，日已暮矣。

左右云："以为郎君且死，独心下未冷耳。"是时往来观者，窗户叠迹，然不敢以实语人尔。后誓戒酒色，忧不自胜，至其年十月十日，安然无恙。主人[⑥]曰："梦耳，曷[⑦]足凭乎？"强持杯劝饮，遂复饮如初。才十月又奇十日，而联捷癸卯[⑧]、甲辰[⑨]科第。既擢科第，后谒选得陈留县。为县甚有声，颇以修洁自励。无何疾作，才十月又奇十日而告归。归未久，仓卒而逝，似复有鬼神召之者，逝之日却是十月初十日也。三应冥数，一一无差焉。同年[⑩]举人王腾程[⑪]说之。

---

① 奄：忽然，突然。东汉马融《长笛赋》："奄忽灭没。"注："奄，遽也。"
② 阴道：迷信谓阴间的政法。
③ 名第：科举考试中式的名次。
④ 弥月：满月。
⑤ 令前：国图清钞本作"取前"，误。
⑥ 主人：钜姓东家。孙养正是他们家的私塾老师。
⑦ 曷：何。
⑧ 癸卯：万历三十一年，公元 1603 年。此年中举人。
⑨ 甲辰：万历三十二年，公元 1604 年。此年中进士。
⑩ 同年：与孙养正同一年中举者。
⑪ 王腾程：南直隶苏州府长洲县人，明代书画家、藏书家。

达上人入冥

苏州东华严寺沙弥净达，乳名午孙[①]，葑门外人也。少有戒行。万历甲寅正月初五夜，梦在葑门俗家[②]，有人叩户连呼午孙便被[③]摄去。云昏雾暗，狼狈前行，须臾入城，豁然宫阙，其门如雉墙之形，并画虎头，严峻无比，上有金字榜额[④]帖联，类城隍庙模样。净达入门跪阶下，见两旁堆积于地者皆麻布襆也，襆中微闻喘息声，似有人在。问之，云并是阳界录来未结公案者。俄见朱衣贵人垂帘而坐，摄人白云："追午孙到。"贵人云："既已出家，且放去。"因嘱净达曰："此去为僧要信心[⑤]，我为汝勾却文簿也。"遂举笔抹其名。

摄人引出，且导净达西行。至一处，满堂僧众，见其亡过先师海润，方倚案数钱，散与徒辈，直视净达云："汝安得来此？"答云："弟子被摄，今蒙放还，偶来游戏耳。"海润云："隔壁雍熙寺[⑥]惠兰师，今日分家忙甚，汝来恰好，亦分少许去。"数钱十文与之，问："欲见惠兰师乎？可进去。"又经一重门，果见师跏坐在禅床上，床头[⑦]倚一竹杖，周遭壁上挂众僧袈裟数十领。既出，徘徊庭序，奄见两廊下锁系褴褛僧徒无数，都不相识，惊嗟良久。于是遂还，回头却在玄妙观东岳庙前。忙走还寺，遍街积雪，泥滑不得前，被摄人推仆于地而寤。寤后犹记榜额帖联，与沈颢辈说，停三日，尽忘之矣。净达自言。

---

① 午孙：吴语发音似"猢狲"，大概小时候非常调皮捣蛋，故有此乳名。
② 俗家：出家人称自己出家前的家庭。
③ 便被：国图清钞本作"便饭"。
④ 榜额：匾额。
⑤ 信心：虔诚信仰宗教之心。
⑥ 雍熙寺：久废，仅存"雍熙寺弄"地名，在苏州市景德路东头北侧。据史料载，雍熙寺为三国东吴名将周瑜旧宅，舍宅为寺。一说是姑苏陆氏舍宅为寺。三国姑苏陆氏，也就是陆逊一族。确切位置不可考，一说就是现在城隍庙的位置，也有说是就在雍熙寺弄的位置。
⑦ 床头：国图清钞本作"头"。

第十

灵祇

紫阳真人[①]

永乐[②]年间，苏州葑门外有一军士，相随郑和太监出使。行至海中央，飓风欻起，涌浪滔天，飘过东洋[③]当复数千里，舟倾人溺，主将亦亡。独此军士善泅，依附船板，划至一岛中，适为怒潮推送海岸而苏。既登岸，四顾昏惨，阴霾蔽天，心知非人间世也，恍然复进里许，乃见岛中宫阙台殿，金碧琳琅。宫门有六大金字，榜曰“紫阳真人之府”。洞户昼扃，悄无声迹。

适有妇人于水边接淅[④]，年可三十许，青帕抹额，身着浅绿裙子，垂轻红裲裆[⑤]。军士端相，乃其亡妹三娘也，见兄相持[⑥]而恸，问何为至此。具述覆舟之苦，乃引至其所住处。宫殿之外，悉是民居。

妹婿为府中手力，因追摄人自外而还，深相劳苦[⑦]，引入府中。经十余重门，趋[⑧]而进，匿身阶戺[⑨]以窥。见真人金冠巍峨，端正非常，坐绛纱帐中，威仪严峻。左右官吏兵卫数百人，各有执事，务甚繁杂。中庭设大木架，一人悬于架下，有铁钩钩其背，

---

① 紫阳真人：张伯端，984—1082，北宋道士，全真道南五祖之一。字平叔，天台（今属浙江）人。少中进士，通三教典籍及刑法、书算、医卜、战阵、天文、地理、吉凶、死生之术。自称在成都遇异人（一说刘海蟾），授以金液还丹诀，遂改名用成，号紫阳。著有《悟真篇》，论述内丹修炼和道教、禅宗、儒教“三教一理”思想。后世奉为南宗或紫阳派初祖，称紫阳真人。

② 永乐：明成祖年号（1403—1424）。国图清钞本“永乐”误为“嘉靖”。

③ 东洋：指日本。

④ 接淅：捧着已经淘湿的米。文中指“淘米”。

⑤ 裲裆：古代指背心。

⑥ 相持：互相扶持、抱持。

⑦ 深相劳苦：相互间都表示对方非常辛苦。

⑧ 趋：以短而多的步子快步走，表示敬意。《论语·子罕篇第九》：“子见齐衰者、冕衣裳者与瞽者，见之，虽少，必作；过之，必趋。”

⑨ 戺（shì）：台阶两边砌的斜石。国图清钞本作“所”。

流血殷地[①]。逼视[②]之，乃城东何指挥也。西头跪一妇女，首戴大铜盘，盘中燃炽炭，飞焰赫然。惊问妹婿，云是即指挥之妻也，因私受盗者银盆之贿，不言于指挥而枉杀之。盗既死，理冤于上帝，故犯斯酷罚，自悔何阶[③]。又见旁有朱发锯牙两卒，持戟守此二囚，回眸视军士，有怒容。军士震怖，急出，不更周览便恳求归。三娘苦留不可。婿与俱诣冥官所乞一小符验，遂有小舟来岸，呼共载。三娘又相持而恸，嘱其闭目，慎无妄视，乃别。

军士卧舟中，耳根但闻波涛风雨之声。忽睡如梦，拂旦起视，却在葑门外杨枝塘[④]上冰阴边，归则妻子招魂葬[⑤]矣。奔赴何宅，则指挥疽发于背，宿昔[⑥]困笃[⑦]，夫人亦病暴头火丹[⑧]，医师满堂，计无所出。军士于静处细说冥中所见如此，略及银盆之由。夫妇惶惧，不敢隐讳，遽命出其盆销之，得若干镪，悉捐以作佛事，荐亡禳灾，水陆并设。旬日之间，疾并获愈。近见一坊间小说分作二事，殊未核。

水府神

龙阳[⑨]书生曾寿贵[⑩]，过洞庭湖，风浪甚猛。同船扰乱[⑪]，寿贵独蒙被而卧。忽梦至一大宫殿处，堂上坐者如帝王之状，趣召贵

① 流血殷地：流出的血把地染成了黑红色。殷，黑红色。
② 逼视：靠近细看。
③ 自悔何阶：自悔不及之意。
④ 杨枝塘：在今杨枝塘路西，位于苏州市姑苏区，又称里河。
⑤ 招魂葬：指人死而不得其尸，用其生前所着衣冠，招其魂而葬。
⑥ 宿昔：指很短的时间。《韩非子·奸劫弑臣》："卓齿之用齐也，擢湣王之筋，悬之庙梁，宿昔而死。"
⑦ 困笃：病重，病危。汉王充《论衡·解除》："病人困笃。"
⑧ 暴头火丹：即抱头火丹，病症名。指生于头面的丹毒，皮肤红炽热，肿胀疼痛。
⑨ 龙阳：龙阳县，三国吴分汉寿县置县，治所在今湖南省汉寿县。
⑩ 曾寿贵：曾任明朝刑部员外郎。
⑪ 扰乱：混乱，慌乱。

入，赐之坐，谓曰：“如此风波，少年何故冒险而至，舟中莫有黄卷通否？非此人，举舟葬鱼腹矣。吾是水府之神，汝可言于世人也。”既寤，风已定，得济。推验果有黄卷通者，乃其同学诸生，事父广文极孝，故感格至此。卷通后亦登仕版[①]矣。古云“孝通于天”，岂不可信。

插花李王

常熟致道观[②]，旧有梁朝七桧[③]，至今夭矫[④]。其西廊李王庙最灵应。自来[⑤]常熟人相传，此观为李王宫。万历癸巳年十二月五日，观门火发，几延廊庑，居民奔救不及。余宗人钱继发、良栋等，住在观之侧近，各各登楼顾望。忽见火光内[⑥]有数十官舫，蔽空而下，篙师水手，几及百余，并挽天河中水以灭赫焰。隐隐闻风涛之声，队仗旌旗，缤纷照耀。而拥黄盖着白袍立于舟首者，惊是插花李王。顷之，飞焰顿息，止毁观门而已。凌晓，并诣庙中，委悉[⑦]详视，则梁上所挂数十小舟，水气淋漓，苔沾荇[⑧]渍，行舟土偶[⑨]，皆泥湿如汗，宛是夜所睹者。一时士庶老稚，并下拜

① 仕版：旧指记载官吏名籍的簿册。亦借指仕途或官场。宋苏舜钦《应制科上省使叶道卿书》：“某为性本迂拙，不喜事人事，名虽在仕版，而未尝数当涂之门。”
② 致道观：建于梁天监年间（502—519），已废。
③ 七桧：即星坛七桧，或称虞山七桧，七株桧柏（圆柏）。
④ 夭矫：形容屈曲而有气势。《文选·张衡〈思玄赋〉》：“偃蹇夭矫，娩以连卷兮。”李善注：“夭矫，自纵恣貌也。”
⑤ 自来：由来；历来。
⑥ 火光内：国图清钞本作“火内”。
⑦ 委悉：详尽。
⑧ 荇：多年生草本植物，叶略呈圆形，浮在水面，根生水底，夏季开黄花，结椭圆形蒴果。全草可入药。
⑨ 土偶：泥塑的神像。

焉。家侍御岱[①]为文以记其事。李王本长兴[②]人，南朝神中所称长兴李烈士者也。

小姑神

尚书刘洪[③]，湖广安陆卫[④]人。历官至掌院[⑤]，殁后，赠秋官尚书。二十年前奉使还楚，舟过小孤山[⑥]下。小孤相传为小姑，即所称“嫁彭郎[⑦]”者也。是日遭暴风怒涛，舟几覆。篙师云：“贵游至此，皆赍酒脯纸马，献于夫人。”尚书曰：“为我许之，后当酬愿[⑧]可也。”既许愿讫，顷之风霁得渡。

后遂负盟不酬。及归林下[⑨]，常见小姑神于梦寐中频来索愿。家人有病，卜云是神[⑩]为祟[⑪]，尚书终不之信。无何，小姑神白日现形，责尚书食诺。尚书题诗两句拒之，云：“寄语小姑休妄想，老夫从此不行船。”姑笑而谓曰：“我出一对与汝，能对则不复索矣。”尚书曰：“何对？”姑曰：“十八岁女子经行流红。”盖嘲及

---

① 岱：钱岱，1541—1622，字汝瞻，号秀峰，江苏常熟人。明隆庆五年（1571）进士，授广州府推官。秩满，召为侍御史，出按齐、楚。年四十四，疏请终养，遂告假归。优游林下数十年，声色自娱。

② 长兴：今浙江省湖州市长兴县。

③ 刘洪：字希范，明安陆州（今湖北钟祥）人，成化十四年（1478）进士，授阳谷知县，征为御史，升浙江副使、广东按察使、都察院右佥都御史，巡抚贵州、四川，寻升右都御史，总督两广。

④ 安陆卫：属湖广都指挥使司。区域大致为今湖北省安陆市。

⑤ 掌院：明清两代翰林院掌院学士的省称。

⑥ 小孤山：亦称“小姑山”，因其形如妇女发髻，又称“髻山”。在安徽省宿松县东南部。屹立于长江之中，形势险要，江流至此，湍激如沸。有海门山之称，被誉为“海门天柱”。

⑦ 彭郎：彭郎矶。本名澎浪矶。在今江西彭泽西北，临长江，与小孤山相对。

⑧ 酬愿：犹还愿。《元典章·刑部十九·杂禁》：“或因父母，或为己身，或称祈福以烧香，或托赛神而酬愿。”

⑨ 林下：幽僻之境。引申指退隐或隐居之处。

⑩ 是神：就是小姑神。

⑪ 为祟：国图清钞本作“祟”。

尚书名也。尚书亦茫然无以应之。姑遂持诗而去，从此绝迹。

明年岁朝，尚书出赴邻翁社饮[1]，其路迂远，而贺节之士女喧阗于市。相随一小苍头忽告尚书曰："某家对岸即是，何不乘此小船济之，甚便。"尚书遂从船。才登，立足未定，而船覆矣。小苍头犹未下，得不死。按，谢灵运《江妃赋》有"宫亭双媛"之句，即指大小二姑神也。

周宣灵王[2]

周宣灵王，不知何代人，或云属五显灵官[3]部下，而庵寺中常以为伽蓝神。神在徽州休宁县，灵异甚著。今苏州阊门内宝林寺旁亦有祠焉，衮冕巍峨，疑即寺中昔时伽蓝香火也。万历辛丑年间，殿宇鼎新，祈请辐辏。寺僧跛者，占签如响，日坐获二三十镮。乞香水者不绝于途，遂夺二郎庙[4]之盛。

其时余偶客休宁，讯之民间，曰："神被冤而去矣。"更讯其本末，具言曰："有一恶少年，暮夜与邻妇通好，伺夫出辄隐入其家。一夕夫自外归，两人欢狎之际，闻扣门声甚急。时月色如水，少年与其妇枕中设计，先拔妇头上银簪，衔之于口，披发持衣，伺夫入门，忽纵身从窗中跃出，口喃喃作灵语。其夫惊异，迹之所居，侧近有周宣灵王庙，见此少年突入庙中，忽失所在。还诟

① 社饮：社日聚众饮酒。

② 周宣灵王：民间传说中司风雨之神，旧时为钱塘江上"九姓渔民"所崇拜的行业神祇。民间相传其本名周雄，南宋宁宗和理宗时人。周宣灵王庙位于浙江衢州城西下营街，俗称孝子庙。

③ 五显灵官：又称华光大帝、三眼灵光等。他是我国民间信仰的神仙，也是道教护法四圣之一。相传，他姓马，名灵耀，因生有三只眼，所以民间又称"马王爷三只眼"。

④ 二郎庙：供奉二郎神的庙宇。二郎神，本名杨戬，又称灌口神、郎君神等，是民间信仰的道教神祇。民间多认为他是一位与水利、农耕、防止水灾有关的神，甚至是水神，清以前曾被奉为戏神，还被奉为猎神、蹴鞠神、雷神、酒神等。

其妇，妇曰：‘去来恍惚，疑神降于家，此身如在梦境中也。’夫遂信以为然，竟夜[①]不寐。黎明入庙，细视神像，宛然银簪在发焉。由是归祸于神，谋欲移居他所。盖此少年夜入庙中，直取银簪插于神帽，冀[②]相煽惑，而神为无赖所冤，昭雪无地，不能复安其位矣。

“明日神到苏州，夜半现形于宝林寺中，召僧语曰：‘吾周宣灵王也，帝命福此一方，可告乡里，重新庙貌。’言讫，欻然而灭。又明日，寺僧宣教百姓，兴工助役，遂大事之尔。

“后休宁人家占验祭祷，寂然无应矣。至丁未[③]岁，少年奸迹始败露，里人无不讼[④]神之冤，神亦复还休宁。”

宝林香火恰盛六年，遂歇。

神记室[⑤]

阊门外有一人能书[⑥]少年，因病许身府城隍庙中为记室。常时呼唤，夜而入，旦而出，自云为神缮写札[⑦]刺。神亦常出，与经过神舟逢迎报接，此人随行趋走，惟恐其后。还家便困惫，若睡者几日矣。面目之间，觉有靛色。《前定录》[⑧]载韩晋公之吏兼属阴司，主三品以上食料，以今验之，其事不妄。

---

① 竟夜：整夜，通宵。《南史·沈怀文传》：“孝武尝有事圆丘，未至期而雨晦竟夜。”

② 冀：希望，期望。

③ 丁未：万历三十五年，公元 1607 年。

④ 讼：为人辩冤。

⑤ 记室：官职。东汉置，掌章表书记文檄。后世因之，或称记室督、记室参军等。旧时亦用作秘书的代称。

⑥ 能书：善于抄写；擅长书法。

⑦ 札：信件和公文。

⑧《前定录》：一卷，作者钟辂，唐文宗大和年间（827—835）官至崇文馆校书郎。是书凡二十三则，系其闲暇之时编次而成，事涉前定，不免附会，但含有劝诫之意。

点鬼朱衣神

嘉靖甲寅、乙卯年间，倭乱吴中。乡民有中于锋刃而死者，有不得入城而死者。西阊门外钓桥[①]、度生桥[②]两处，暴骨露尸，互相枕藉，然腰缠之中所藏金银珠玉甚多，人莫敢近。惟张老复阳者，常于静夜遍搜而得之，顿获无数。守至夜半，蓦见有传呼语言渐近。乃是官吏十数人，一朱衣，余俱皂绿，抱案而至，列炬数行，火皆青色，张老惧，遂卧于死人中，听其按据簿书称点死者名姓，其尸一一起应，点毕踣仆如故，独不及呼张老名姓。俄而又遍阅之，阅至张老，曰："此老汉非是。"提而出焉，遂过。过后犹闻其于前途推验未已。张老大惊，便挟重赀仓皇走归家。从此富，今子孙为西昌[③]贩缯儿，尚在。乃知人死即为冥司所录矣。

海渎[④]神

山东登莱[⑤]之间滨海处，有书生某，博综[⑥]经史。家贫无馆[⑦]，留意寻求。一日行于郭[⑧]外，路逢戴席帽[⑨]着黄衣长须使者，

---

① 钓桥：又叫吊桥。它跨过外城河，连通阊门城内外，是苏州的主要桥梁之一。
② 度生桥：即渡僧桥。在苏州阊门外古运河上。相传三国东吴时本无桥，人们靠摆渡来往。当时有一和尚募钱修建了此桥，故称渡僧桥。现存的桥系明代重建，清代重修，桥面之钢筋混凝土为民国年间修铺。
③ 西昌：结合年代、地理分析，西昌应该为"西阊"，即苏州西门。"西阊"作西门的用法，参见《狯园·卷十三·奇鬼·鬼登台》。
④ 海渎：泛称江海。
⑤ 登莱：登州和莱州。
⑥ 博综：亦作"博纵"，犹博通。
⑦ 馆：书塾。
⑧ 郭：外城。在城的外围加筑的一道城墙。
⑨ 席帽：古帽名。以藤席为骨架，形似毡笠，四缘垂下，可蔽日遮颜。

持金二饼为贽[①]，曰："国王遣吏邀公为世子作师，方欲诣门耳。"言讫送金，立强其去。书生亦昏然无拒，不觉与使者俱驰至海岸，身如尘中行也。

顷之，舟在岸侧矣。既登舟，令书生闭目熟寝。耳中但闻风涛之声，逡巡就泊一岛上。举头见宫殿高敞，羽卫[②]森严。黄衣引立于门外。主人是王者，黄屋古纛[③]，冕旒衮衣，庭中列戟树幢。传呼开中门[④]，延书生入，降阶[⑤]迎接。登堂赐坐，既再拜，王磬折[⑥]而谢，命其子出拜，执弟子之礼。引榻东向[⑦]，而延书生坐，称为先生。坐定，复传呼张筵西院。行酒毕，遂卷珠帘，命奏乐，丝竹繁乱，曲调新奇。须臾下食，见书生筵上不举著[⑧]，顾左右别取人间食与先生食。食至，备极珍丰。谓书生曰："吾是海渎之神，岁时享祀，此牲牢酒食与人间都无所异，幸[⑨]先生勿疑。"书生然后敢食，独辞不能饮耳。

明日，乃开馆于别室。其子风仪[⑩]秀朗[⑪]，可十四五岁，而姿[⑫]甚敏。书史未见者，一经指示，无不淹通[⑬]，宛若夙解。由是一月之间，治经书略遍，皆卒业焉。暇则教之学书，落笔便佳，

---

① 贽：初次拜见尊长时所送的礼物。
② 羽卫：帝王的卫队和仪仗。
③ 黄屋古纛（dào）：指帝王的车辆。黄屋，帝王车盖，以黄缯为盖里，故名。纛，帝王车上的装饰物，用牦牛尾或雉尾制成。
④ 开中门：中门是正中的主大门。古代等级制度森严，什么人走什么门都是有规定的，中门大开表示隆重和尊重。
⑤ 降阶：走下台阶，以示恭敬。《陈书·吴明彻传》："明彻乃诣高祖，高祖为之降阶，执手即席，与论当世之务。"
⑥ 磬折：弯腰如磬之形。形容十分恭敬。
⑦ 东向：面向东。古代以东为上方、尊位。
⑧ 著：国图清钞本作"箸"，正确。
⑨ 幸：希望。《玉台新咏·古诗为焦仲卿妻作》："幸可广问讯。"
⑩ 风仪：风度，仪容。《晋书·简文帝纪》："帝少有风仪，善容止。"
⑪ 秀朗：秀美俊朗。晋陆机《汉高祖功臣颂》："袁生秀朗，沉心善照。"
⑫ 姿：资质。《汉书·谷永传》："上主之姿也。"颜师古注："姿，材也。"
⑬ 淹通：精通；贯通。南朝梁刘勰《文心雕龙·体性》："平子淹通，故虑周而藻密。"

不烦程督[①]。书生曰："子今业就，吾可以归矣。"王恳留不从，因敕择日置酒，送先生归。

书生于席上从容问曰："某一生禄寿可得预闻之乎？"王召冥官至，命取东堂簿籍来检之，谓书生曰："先生极有寿，余不足问也。"既而讶书生不饮，又命取西堂簿籍按之，见书生姓名下一"酒"字甚小，于是遂判一大"酒"字，厚赠金帛，仍遣黄衣送之还家，谓曰："此金帛是阳世所用，非阴道物也。"既出，黄衣驾舟偕行，复令闭目如初。

书生在舟中如醉如睡，明日起视，见身卧其家庭树下。妇疑是鬼，集众开门，交唾其面。书生具述本末，且惊且喜，盖已招魂成服[②]，设灵仪于堂，将二年矣。所得金帛，一如人间。而书生自此酒量渐宽，酣饮以乐余生。因知酒为人禄，相传不虚尔。此事与《庚巳编》所载镇江胥教授事颇相符。

水府修文郎[③]

吴人张太仆鼎思，由馆省[④]左迁[⑤]，以行太仆[⑥]分署滁阳。时

---

① 程督：对于法定赋税、工程劳役、学课等的监督。《史记·平津侯主父列传》："上及虞夏殷周，固弗程督，禽兽畜之，不属为人。"

② 招魂成服：即招魂葬。成服，旧时丧礼大殓之后，亲属按照与死者关系的亲疏穿上不同的丧服。与三周年以后的"脱服""除服"相对应。语出《礼记·奔丧》："唯父母之丧，见星而行，见星而舍。若未得行，则成服而后行。"

③ 修文郎：传说晋苏韶死后现形，对他的兄弟说："颜渊、卜商，今见在为修文郎，修文郎凡有八人，鬼之圣者。"见《太平广记》卷三一九引王隐《晋书》。后因以"修文郎"称阴曹掌著作之官。

④ 馆省：中央官员。馆，馆阁，明代为翰林院。省，中央行政机构中书省的简称。

⑤ 左迁：贬官，降职。

⑥ 行太仆：行太仆寺，明官署名。洪武三十年（1397），除于滁州置太仆寺（属中央九寺）外，另分置于山西、北平、陕西、甘肃、辽东，有卿、少卿、寺丞等官，品秩同太仆寺。永乐元年（1403），滁州太仆寺改为南京太仆寺，虽同北京太仆寺一样的官衔，但是因为没有实权，所以从北京到南京的同级调动便是左迁。

州学秀才七人，时时呈窗课[①]就正焉。

是年万历辛卯，南都[②]复当乡试，七人者同来诣别。七月廿一日，太仆使人送至浦口[③]，给一小官哨[④]以行。既至其地，中有少年生姓宥者，故有若[⑤]子孙也，肘后若有人掣之者，忽心动，托言其妇就馆[⑥]，勒马便回。区秀才[⑦]怒止之，不得，辄听其去。明日六人主仆共船渡江，有卖鸡人求寄载于船尾，发江口才二三里，遇暴风船覆，此六人皆溺死，而所随之仆并卖鸡人并为破木所载，漂流至燕子矶[⑧]头，获登岸无恙。

明晨，区[⑨]秀才忽形现还家。经日[⑩]，向其弟求纸笔，立遗命曰："我为水府追去，即补修文郎缺，忙甚，许以暂归，处分家事。此后守职不得来矣。"敕嫁女金姐于姻家，妆奁什物，一一笔之于纸，分拨常稔[⑪]之田若干亩，以养其母。由是举家哀恸，审其已死，设祭于堂。秀才欷歔[⑫]不食，曰："安能使我下咽乎！"问水府何门往来，曰："自有道路宫室如人间也。"达暮将别，语便哽塞，曰："同袍[⑬]相待久矣。"奄然出门而去。咸见人马拥之，渐近而没。其夜奴归，凶问[⑭]踵至，妻女哭赴水滨，招魂葬之。

---

① 窗课：旧称私塾中学生习作的诗文。
② 南都：明人称南京为南都。
③ 浦口：位于现南京市长江北岸。
④ 官哨：巡逻、警戒防守的兵士。
⑤ 有若：即有子，春秋末鲁国人。有氏，名若。孔子晚年学生。提出"礼之用，和为贵"等主张。
⑥ 就馆：临产时移住侧室（馆）分娩。引申指生子。《汉书·孝成赵皇后传》："故废后宫就馆之渐，绝微嗣祸乱之根。"
⑦ 区秀才：国图清钞本作"内有欧秀才"。
⑧ 燕子矶：位于现南京市栖霞区观音门外，长江三大名矶之首，有"万里长江第一矶"的称号。在古代是重要渡口。
⑨ 区：国图清钞本作"欧"。
⑩ 经日：经过一日。
⑪ 稔：谷物成熟。
⑫ 欷歔：叹息。
⑬ 同袍：同僚。
⑭ 凶问：死讯；噩耗。出自《三国志·魏书·王基传》："是岁，基母卒，诏秘其凶问。"

玉圭神女

常州吴生，参政公孙也。髫年[①]美风度，议婚未谐。一日毗陵城上徒行晚归，偶与一女郎同路，或前或后，相傍相偎。女郎年稍长于吴生，姿容妖媚，韵度绰约，真灵人[②]也。有四女奴从焉，皆妍冶上色。顾盼之间，辄通眉语，问郎君居止何处。生喜不自胜，曰："敝居咫尺，肯迂驾乎？"女郎微笑。生乘暝色，遽前拥之而归，匿于密室，不令人知。

是夕置酒对饮，备极款狎[③]。逡巡，灭烛叙欢，弱骨丰肌，曲尽于飞之态。生既未近女色，女郎又宛然处子，誓心伉俪，永结绸缪[④]。如是缠绵者浃旬矣。室中时起贵香，芳风发越[⑤]。女郎昼则作女真妆束[⑥]，常服淡靓，不加新彩。晚则花钿满髻，浓艳照人。左右见者，无不荡魄[⑦]。

于时春色渐酣，名花烂发[⑧]，女郎谓吴生曰："东望吴山越水，灵气蔚然，吾将往观。"生即驾二楼船[⑨]，从女郎出游。两月之间，虎丘、茶磨[⑩]、六桥[⑪]、三竺[⑫]诸胜地，无不探焉。绮罗围绕，路人

---

① 髫年：幼童时期。髫，古时小孩下垂的头发。
② 灵人：神仙。《汉武帝内传》："天姿掩蔼，容颜绝世，真灵人也。"
③ 款狎：亲近，亲昵。北齐颜之推《颜氏家训·慕贤》："人在少年，神情未定，所与款狎，熏渍陶染，言笑举动，无心于学，潜移暗化，自然似之。"
④ 绸缪：犹缠绵。谓情意深厚。
⑤ 发越：播散，散发。《文选·司马相如〈上林赋〉》："郁郁菲菲，众香发越。"郭璞注："香气射散也。"
⑥ 女真妆束：女真族女子打扮。
⑦ 魄：国图清钞本作"魂"。
⑧ 烂发：犹焕发。
⑨ 二楼船：国图清钞本作"二船"，似误。二楼船即二层楼的船，当然也可理解成两条楼船。
⑩ 茶磨：即石湖茶磨屿。
⑪ 六桥：浙江省杭州西湖外湖苏堤上之六桥：映波、锁澜、望山、压堤、东浦、跨虹。宋苏轼所建。亦指西湖里湖之六桥：环璧、流金、卧龙、隐秀、景行、浚源。明杨孟瑛所建。
⑫ 三竺：浙江杭州灵隐山飞来峰东南的天竺山，有上天竺、中天竺、下天竺三座寺院，合称"三天竺"，简称"三竺"。

惊异，谓是神仙之游也。

临发杭城[①]，令生多买好粉胭脂，不计其数，久之乃返棹兰陵[②]。吴生一日窥其小妆奁中，见有碧玉圭[③]径尺许，问何用。女郎曰："卿自谛视，何问我为？"检之，圭足乃有镌摹"玉帝"二字，填金[④]所书。生颇错愕，戏之曰："夫人能执此朝玉京天帝耶？"女郎曰："卿何了了若是！"以生年未及冠，每易[⑤]而狎之。又一日，出其所秘藏簿籍示生，则吴族某贵人新隽魁者，姓名裒然[⑥]其上矣。暇则私向生说天上事及诸神仙变幻，又教以房中玄素[⑦]之术，生由此精神倍常，知其审[⑧]神人也。

然欢洽既久，两情如胶，女郎既不甚藏密，吴生亦略无疑惧。家人忧郎君为邪所魅，阴遣道士结坛诵咒驱之，寂寂无验。最后得某法师术，挥剑击之而中女奴左臂，女郎大呼诟骂，与生惆怅呜咽，挈四女奴白昼凌空而逝，疾如风雨。所伤之臂脱堕阶前，视之，乃土偶臂也。

无何，家人于城北一古庙殿[⑨]中，忽见九子魔母[⑩]妆塑，姿容绝丽，旁有四侍者，一折其臂，容貌依稀宛如前遘。吴生竟无恙。所延法师不疾而殂矣。

案《会昌解颐》[⑪]及《河东记》[⑫]载，越州[⑬]观察使皇甫政妻陆

---

① 临发杭城：快要从杭州出发时。
② 兰陵：常州的别称。
③ 碧玉圭：国图清钞本作"碧玉"。
④ 填金：阴刻装饰纹样，然后填描金水。
⑤ 易：轻慢。
⑥ 裒（póu）然：聚集的样子。
⑦ 玄素：玄女和素女，传说她们以房中术授黄帝。
⑧ 审：确实，果真。
⑨ 古庙殿：国图清钞本作"古庙"。
⑩ 九子魔母：佛经中的鬼子母。传说生有五百子，逐日吞食王舍城中的童子，后经独觉佛点化，成为佑人生子的女神。
⑪《会昌解颐》：唐代著作，著者佚名。
⑫《河东记》：唐薛渔思著，传奇故事集。原书不传，辑本有《绀珠集》本、《说郛》本（一卷）。
⑬ 越州：古地名，别名越中、会稽、山阴、绍兴。今浙江省绍兴市。

氏，出脂粉钱百万，别绘魔母神堂。忽遇善画者从剑南①来，一夕而成，光明灿烂。观察择日设斋，大陈伎乐。复遇黑叟荷锄而至，直上魔母堂，举锄以劚其面，壁乃颓，抚掌笑曰："恨画工之罔上也。如其不信，田舍老妻足为验耳。"遂自苇莽间引一女子，年十五六，薄傅粉黛，服不甚奢，艳态媚人，光华动众。顷刻到宝林寺，百万之众，引颈骇观，皆言所画神母果不及耳。携手而行，二人俱化为白鹤冲天而去。由此验之，魔母信是神仙丽质，吴郎所遇不诬矣。《玉堂闲话》②亦载，南中③僧院有九子母像，装塑甚奇。行者少年夜入其堂寝宿，有一美妇人引同狎处。与此事今古相符。

王府基夜行神

苏城周二，家住城西，善讴，少年场④中人也。夜从平桥东亲故家会饮，周以赴家路远，里鼓⑤动即求去。才出门，经张王府基，行可十余步，遥闻呵殿之声甚急。顷之，见列炬烛天，卤簿队仗导引极盛，填隘路岐⑥。周疑官僚夜过，乃映身颓墙以自匿。见乘车者贵人，绛衣金帻，威仪侔⑦于王者。车旁有数十驺御⑧，相讶云："此中安得生人气！"急敕搜捕，得周二。周二大

---

① 剑南：道名。唐贞观元年（627）置，以在剑阁之南得名。开元以后治益州（今成都市）。乾元元年（758）废。

②《玉堂闲话》：笔记小说，五代王仁裕（880—956）所撰。内容主要涉及唐末五代时期中原、秦陇和陇蜀地域的史事和社会传闻，多数为王仁裕亲身经历或来自同时期当事人叙述的记录，具有很高的文学价值和史料价值。

③ 南中：历史上指今天的云南、贵州和四川西南部。

④ 少年场：典出《汉书·尹赏传》："安所求子死？桓东少年场。生时谅不谨，枯骨后何葬？"后遂用"少年场"指年轻人聚会的场所。

⑤ 里鼓：区域内打更的更鼓。里，街坊。

⑥ 路岐：亦作"路歧"。歧路，岔道。《初学记》卷十六引晋潘岳《笙赋》："发千里之长思，咏别鹤于路歧。"

⑦ 侔：等同，齐等。

⑧ 驺御：指随从。

恐[1]。讯其触忤之罪，命驺以土掷面，推倒在地而去。

去后渐远，周二徐徐起行。既至家门，已闭矣。呼其妇开，连声数百不应。心甚疑怖，不觉纵身逾垣而入，觉身如飘风，了无所碍。其妇尚篝灯[2]夜绩，周二前语，曾莫瞻顾[3]。因立灯下极力大呼曰："某自外至！"即又不闻。幼女在旁，亦弗之应。周私自怪曰："岂吾已入夜台耶？不然其梦乎？"泫然流泪，复逾垣而出，还诣张王府基上求觅其尸。若有人引之至尸处，见身如瞑，横于道上，死矣。百计排入，合为一体，乃复重苏。疑坐良久，忽闻鼓下二声将绝，遂强起，仍诣平桥东亲故家，款门，席尚未散，备话历历。众共愕然，使三四人持灯护归。

既入门，问妇云："何不应？"妇曰："向坐灯下 缏[4]纑[5]以待卿还，后忽闻鬼啸声，急惧而就枕，不虞卿之游魂也。"相与悲喜，如隔世人。明日引镜自照，土痕犹被面焉。

周二慨余生之难得，遂茹长斋，终身不复夜行矣。此张王府基，伪周废址，宜多鬼物。如周生所见乘车官人，得非士诚[6]死后为神耶？蔡文源[7]与周二善，见其自说。

宫亭湖[8]使者

九江湖口县郭门外有旅店，安泊往来商贾。一夕有两皂衣投宿，

---

① 大恐：国图清钞本作"恐"。
② 篝灯：谓置灯于笼中。
③ 曾莫瞻顾：好像没看见。
④ 缏（bó）：纺麻。
⑤ 纑（lú）：麻缕。
⑥ 士诚：张士诚。
⑦ 蔡文源：即蔡士顺，苏州人，由国子监生官福建按察使。
⑧ 宫亭湖：古湖名。原专指今江西星子县东南鄱阳湖的一部分。因湖旁庐山下有宫亭庙得名。

腰插骡鞭，形躯短黑，文书箱袱，结束宛然。店人知是伍伯逻徼[①]之流，送歇楼中，酒食汤沐具备。隔壁有估客宿焉。夜半，估客枕上觉阴风凛飒，但闻践踏檐瓦之声，心生疑异，潜起穴壁以窥。见有同伴伺立檐牙，敲击楼窗，密呼彼云："此时尚熟睡耶？"两皂衣亟从被中着衣起应曰："来矣来矣！"吹剔篝中残火，对镜栉发，束纲带帽，复将行李一一装裹，砑然推开楼窗，耸出窗外，反身灭火，踉跄而行。估客一一睹视分明，骇汗如雨，睫不及交。旦起语于店人，环视檐瓦，周遭皆触碎矣。云是宫亭湖神部下所遣使者。

乘龙神

某州王氏女既嫁，而见疑于夫，归诸母，不能自明。其州有玄君舍身崖，因往投崖而堕，母长号送之。已而夫入于房微闻床上呻吟声，揭帏视之，则所堕之妇也，讯之，曰："觉初堕下时，有数百朱衣神妆饰雄伟乘龙而至，携儿于龙背，冥冥来此，恍惚不知所自也。"举家惊异，遂为夫妇欢好如初。

韦苏州[②]

唐韦应物，为吾苏名刺史[③]，死遂为神，庙在苏州府学中。郡

---

① 逻徼：巡逻的人。逻，巡逻，巡察。徼，巡行，巡察。

② 韦苏州：韦应物，约737—791，唐代诗人。字义博，京兆万年（今陕西西安）人。少以三卫郎事玄宗。后为滁州、江州刺史及左司郎中，官至苏州刺史，故称韦江州、韦左司或韦苏州。其诗以写田园风物著名。涉及时政和民生疾苦之作，亦颇有佳篇。有《韦苏州》集。

③ 刺史：官名。西汉武帝时，于全国十三部（州）置刺史，为监督官，后数次改刺史为州牧。三国至南北朝各州多设刺史。隋朝州长官称刺史。此后州刺史即从前的郡太守。宋以后渐成虚衔。

县以春秋祭享，士子多往宿其庙乞梦。有常熟人屈梦龙，少随父秀才寄居于学之西庑。每夜见韦公着大冠绛袍，车骑人马，旗幢伞盖，并从韩公祠[①]前大椿树上冉冉腾空而去。比还庙，亦从此树下来。升降出入，赫奕[②]辉煌。或初更，或昧爽[③]。同居措大，无不见之，见者亦无他休咎。癸丑[④]八月十一夜，梦龙于方秀才席上说。

凤阳神

凤阳编户周家，时称巨室，止生一儿，一夕为赤面长神携之马上而去。或云是炳灵公[⑤]行经空中，赤子无知而触忤之耳。后其家悬赏募觅，空中复坠小儿于邻家土炕上，抱还乞赏。

雷神一

姑苏阊门外度生桥下，三十年前有沿河民家，夜为雷火所击，覆[⑥]其炊釜于地。明晨启釜以视，地上有梅花一枝，是白土所画，恍然疏影横斜[⑦]之致，生态逼真，观者如堵。经月余，其迹渐灭。

---

① 韩公祠：原址位于今苏州人民路乐桥北堍西侧韩家巷，纪念唐宋八大家之一的韩愈。
② 赫奕：显耀盛大貌。
③ 昧爽：拂晓，黎明。
④ 癸丑：万历四十一年，公元1613年。
⑤ 炳灵公：传说中泰山神的第三子。一说是管领三山的神。
⑥ 覆：倾覆。《庄子·逍遥游》："覆杯水于坳堂之上。"
⑦ 疏影横斜：语出宋诗人林逋的七律《山园小梅》，原诗中"疏影横斜水清浅，暗香浮动月黄昏"两句被誉为千古咏梅绝唱。

雷神二

隆庆六年四月三十日，暴雷震电，天雨冰雹类大石子，苏城远近数十里，填街塞路，如积玉焉。而葑门外藏冰之室，启视皆空，莫测其故也。是日，府东饮马桥头官井中，忽见清泉变为绿酒，居民争来汲饮，醉相枕藉于地，糟浆之气逆[①]人鼻。而张芝麻家泥罇满堂，开之，中无一滴在矣。其年石首[②]不登于市，为无冰也。乃知雷神无所不极其幻哉。里人许士龙见而述焉。

雷神三

江陵县秣陵镇有胡驼子[③]家，耕田为业。同区王豪四者，素强暴，时为村正[④]，数觅胡事，无风起浪，百计侵凌。胡憾恨既深，谋欲火其室庐以泄积忿。是夜月色如霜，胡不谋诸妇，持火潜往，豪四家在镇西，相去十余里路。既至，匿身墙侧以伺。忽闻堂中有木鱼声，灯火未灭。讯之邻家，云豪四妻坐蓐[⑤]，方召婆罗门诵经。胡恻然改意，自念吾仇其夫，何忍杀其子母，且延烧良善人家，是大不祥也。遂弃火而返行。至中途倦甚，遇大石桥，就地假寐片时。梦中为霹雳一声惊醒，恍觉有金甲神推而起之，现形欻灭，视其背已挺然矣。时天清云净，明月印溪，胡亦莫晓所谓。然心知上天所默佑也。行至家，呼其妇开门，妇几不识其夫。胡曰："我故胡驼

---

① 逆：迎，接。《左传·成公十四年》："秋，叔孙侨如如齐逆女。"
② 石首：石首鱼。耳石特别发达，故名。
③ 胡驼子：姓胡，因为是驼背，外号驼子。
④ 村正：村长。
⑤ 坐蓐：亦称"坐月子"。妇女临产及产后一月内休息调养之称。宋张端义《贵耳集》卷下："鹤山先生母夫人方坐蓐时，其先公昼寝，梦有人朝服入其卧内。"

子也，足乏矣。”索茗饮。坐定，具言其故。妇曰：“君不告我而去，万一计行，将若之何！”明日王豪四来，胡出见，与之金四镮。王视其背直，异之，固讯再三，方吐实。亟还金，叩头谢过曰：“某负公矣！某负公矣！但拙妻夜产一女，异日闺中梦兰[①]，请以女嫁公之子。”已而胡妇果生男，两家遂结为婚姻，往来不绝。此万历近年事也，与元至正间泰兴马驮村民司大、李庆四争田事颇相类。

雷神四

万历年间，西洞庭翠峰寺[②]比丘维心，初构精庐三楹[③]，穷极华美。四壁新涂白垩[④]，方念得画师好手绘之，中夜霹雳一声，雷神下来，为写山川树木人物屋宇，无不具备。明晨起视，灿然光明，宛是四幅梅道人[⑤]水墨图。神已不见矣。云气满帘，空翠如扫。旬日之间，士女骇观，皆言所画之神。吴下名流，啧啧叹羡，莫能继色[⑥]。

雷神五

广东人家，风雨晦冥之中，一雷神落地不得去，赤发狰狞，状如兽，头似猕猴，角肉翅青，手执绿玉斧，语其家：“亟延正

① 梦兰：据《左传·宣公三年》载，春秋时郑文公妾燕姞梦天使赐兰而生穆公。后因以“梦兰”称妇女怀孕。

② 西洞庭翠峰寺：在苏州东山莫厘峰。

③ 楹：计算房屋间数的量词。一间为一楹，一说一列为一楹。

④ 白垩：白色疏松土状的石灰岩。是烧制石灰和水泥等的原料。

⑤ 梅道人：指吴镇，1280—1354，元代画家。字仲圭，号梅花道人、梅沙弥，嘉兴（今属浙江）人。早年在村塾教书，后从柳天骥研习“天人性命之学”，遂隐居，以卖卜为生。擅画山水、墨竹。山水师法董源、巨然，兼取马远、夏圭，干湿笔互用，尤擅带湿点苔。与黄公望、倪瓒、王蒙合称“元四家”。

⑥ 继色：添笔修正。

一[①]道士来诵《清净经》[②]出我。”须臾诵毕，腾空而去。或云此上帝之使，名雷鬼也。按，李肇[③]《国史补》云：“雷州有雷神，至秋伏蛰，其形似人，掘取可食。”非即其物也耶？考之唐时晋阳[④]、江南宣州[⑤]、润州[⑥]皆有雷神堕地，盖不独岭南雷电之乡而已。我太祖尝作默坐，适前殿雷击，恍惚见殿角有人，长三尺，青肤而翅，状肖猴，两目睒睒[⑦]有光，向帝稽首腾空而去。乃下诏曰：“五雷著迹于殿庭，其减膳[⑧]自省。”据此则唐人之说非谬。

雷神六

江阴卞氏，虽居村落，实旧族也。万历初年间，家有丙舍三楹。一日遇风雨雷电，掖之而去，不知所向。仅存遗础而已。场中晒麦十余石，亦被卷尽。门前大槐树数章[⑨]，是百年物也，悉摧仆于地。雷神斧其枝条，长短粗细，悉成棍棒，十枚为束，相次[⑩]累[⑪]于墙下。虽工于析薪者，莫能尚[⑫]焉。其家由此渐落。

---

① 正一：正一道，亦称“正一派”。主要奉持《正一经》的道教派别。元以后与全真道同为道教两大教派。

②《清静经》：全名《太上老君说常清静经》，道教经名。作者不详，一说葛玄撰。一卷。主张人的心神本常“清净”，但为外欲牵扰。道教徒以此经作为日常念诵的功课经之一。

③ 李肇：唐文学家，赵郡（治今河北赵县）人。贞元间任华州参军。元和末自监察御史充翰林学士。后因事遭贬。大中间任台州刺史。熟悉掌故，留心艺文。有《翰林志》《唐国史补》等。

④ 晋阳：今山西省太原市。

⑤ 宣州：今安徽省宣城市。

⑥ 润州：今江苏省镇江市。

⑦ 睒睒：光闪烁貌。

⑧ 减膳：古代皇帝在发生天灾或天象变异时吃素或减少肴馔，以示自责。

⑨ 章：大木材。后亦为计量大树的量词。

⑩ 相次：次第，相继。《周礼·画缋》：“画缋之事，杂五色……青与白相次也，赤与黑相次也，玄与黄相次也。”郑玄注：“此言画缋六色所象及布采之第次。”

⑪ 累：堆积，积聚。

⑫ 尚：超过，高出。

雷神七

虎丘周韬者，卖天池茶，为人温雅。己酉年[①]五月中，遇一敲竹[②]卜者过其家，云："君六月一日慎勿出门，当有大厄，非禳所免。志[③]之志之！"周记其言。

是日，有邻里互讼于县，众挈相看，辞不入城。午后，忽遇姻家沈某携酒榼[④]游虎丘，强拉同登仰苏楼[⑤]。三爵之后，两人倚栏眺望，霹雳一声，烟火满屋，周、沈并震死于地矣。后沈救苏，病数日复死，周便不救。其家迎神召将[⑥]，有判隐慝[⑦]，有判淫报。然人知其诱少年淫于虎丘关神庙中，不知其阴事[⑧]也。

先年间，楚中一僧募缘补寺，积贮施金五百。后忽破戒受发，还俗娶妻，出营商贩，绝不以檀波[⑨]为念。偶舟经虎丘，与周邂逅甚欢，留连累日。僧云："吾有橐中装[⑩]，欲收苏州芽茶[⑪]往京货贸，如何？"周云："茶利甚倍，某当效力。但今岁已暮，非其时矣。屈指来春清明节，倏忽两三月事耳。"僧意欲于买茶之外，别市吴中纱罗[⑫]珍玩，见周诚信可托，遂倾赀付周，任其干办完毕，约春尽北行，过吴门，旦至暮发矣。周遂书五百之契畀之。此僧

---

① 己酉年：万历三十七年，公元1609年。
② 敲竹：指卜者敲竹为声，吸引人的目光和注意。
③ 志：记，记住。
④ 榼：古代盛酒或贮水的器具。
⑤ 仰苏楼：原名东坡楼，在虎丘山麓。
⑥ 迎神召将：祝巫者装神弄鬼。
⑦ 隐慝：别人不知的罪恶，不可告人的罪恶。出自《左传·僖公十五年》："震夷伯之庙，罪之也，于是展氏有隐慝焉。"
⑧ 阴事：国图清钞本作"隐事"。
⑨ 檀波：即檀波罗蜜。檀，布施的梵语音译。波罗蜜，渡（至彼岸）的梵语音译。因此，檀波罗蜜在有的经中翻译为布施波罗蜜或檀度。
⑩ 橐中装：囊中所装裹之物。指珠宝财物。
⑪ 芽茶：以纤嫩新芽制成的茶叶，是最嫩的茶叶。
⑫ 纱罗：轻软细薄的丝织品的通称。

别去亡何[①]，病于途中，不得达家以死。一夕游魂叩门，号哭而归。其妇大惊，相与哀恸。僧坐床前，言语如平生，因出怀中契书置床褥下，谓妇曰："吾已死矣，五百金付托苏州虎丘山前周家，汝于褥下检契书收讫，急往取之。"言毕，忽然不见。其妇取火揭褥，果得契书，阅视其中年月姓氏里籍，悉有条贯，纸墨宛然。心知僧为鬼矣，明日便设祭成丧，连夜买舟[②]南下，与其兄共行。因踪迹僧所病死处不得，便驰往苏州，访虎丘周家。初，周见契无辞，问知僧已死矣，叹息久之，忽怀恶念，便不肯认，复听其妇所述魂归，益以为诞妄[③]，竟攘其契无还。妻孥劝解，薄助资斧发遣其妇，大恸而去。然则神巫之语，所谓隐慝非耶？彼卜者谈言微中，抑[④]何神验若此乎？

同击死者沈某，住下新桥[⑤]，家颇殷富，无他大恶。第此人平居喜淫童女，有海虞[⑥]某公子风，秽声播外，天谴似不诬矣。

雷神八

万历庚寅五月，余避仇江北之海陵[⑦]，借城外民家园林肄业。堂后垒石为山，名藏山堂。堂之西偏与书舍仅隔两垣，有老奴孙枝宿其中。一夕雷声骇空，电光绕室，檐宇震荡，烟气弥漫。余大恐，蒙被而卧，谓奴必击死矣。明日起视，奴故亡恙，惟堂屋顶上裂穿二三尺许，圆如井形，堂壁大柱之中皆为雷神凿空，洞然到底，周遭莹净，类斧斤削成者，而其外漆垩如故，但觉气甚

① 亡何：不久。
② 买舟：雇船。唐元稹《竞舟》诗："买舟俟一竞，竞敛贫者赇。"
③ 诞妄：荒诞虚妄。唐裴铏《传奇·萧旷》："无信造作，皆梁朝四公诞妄之词尔。"
④ 抑：文言发语词。
⑤ 下新桥：苏州虎丘有新桥，下新桥应该也在虎丘周边。
⑥ 海虞：常熟的别称。
⑦ 海陵：今江苏省泰州市海陵区。

腥耳。奴云："火来急，不及整卧具，伏地窃窥，闪烁之际，见有天将六人，朱发靛身，两目如镜，手各攫①一大蟒蛇，累累②从屋顶井中次第腾空而上。"验之，果有蜿蜒之迹焉。堂前植西府海棠③一株，大可荫三四席地。春月开时，游人如蚁，州境之内，夸为名花。此树又与堂西偏隔一垣矣，被雷神斧其下枝，插东头药栏中，余无所损，竟不测何意也。

雷神九

万历近年间，雷击苏城大僚家举子旗竿，自顶劈下，直贯至底，若锯开之者。其家后亦无他。

雷神十

万历二十年前，有西昌轻薄少年两人，挟二吴姬，泛舟越来溪④上，避暑追凉。酒既酣，谐谑⑤媟狎⑥，靡所不至。忽闻雷声殷殷，舟师谏曰："雷真有神，不可出秽言以黩其听。"两少年且笑且詈⑦曰："雷安得神乎？是何足惧耶！"略不介意，笑乐如故。忽霹雳一声，从水中起，舟楫震摇，将此二人并二姬髻发各各解散，相对而结。窘困良久，舟师代为哀祈，乃始释放，还复分开。

---

① 攫：抓取。
② 累累：连续不断；排列成串。
③ 西府海棠：海棠名种之一。
④ 越来溪：《大明一统志》云，越来溪在苏州府城西南，横山下，与石湖通，相传越兵自此入，故名。
⑤ 谐谑：用诙谐的言语开玩笑。
⑥ 媟狎：狎昵，不庄重。《宋书・少帝纪》："加复日夜媟狎，群小慢戏。"
⑦ 詈：骂，责骂。唐孟郊《秋怀》之十一："詈言一失香，千古闻臭词。"

仍卷舟中衣帽衫裙、樽罍[①]器物咸入于湖，了无遗者，惟舟师之物不动。及晚天霁，稍稍能起，相顾神如痴矣。时余读书虎丘山中，客来传说。

雷神十一

万历丁酉冬，余移家种花池上，夜留云间友人宋孝廉懋澄宿华池馆中。两人大醉，至夜半，袒衣而寝。垂晓方寤，左右报云："五更雷震，外传击去北寺塔顶。"余两人不信，急推窗看之，童[②]然矣，相轮至重，亦已无存。

雷神十二

万历中，雷击苏城人家堂柱，断，其下半截拔去，却移砖石一撞[③]承之，宛若甃成，不晓所谓。

雷神十三

万历辛丑九月尽时，苏城四人往虞山拂水岩[④]进香玄君，返棹齐门。其葑门一人见岸上有胡须人招之行者，固不肯留饮[⑤]，强

① 罍：古代一种盛酒、水的容器。小口、广肩、深腹、圈足、有盖，肩部有两环耳，腹下又有一鼻。多用青铜或陶制成。

② 童：秃。

③ 撞：按上下文，误，当为"幢"。

④ 拂水岩：又称拂水晴岩，地处藏海寺前。拂水晴岩本身景美，报国院、藏海寺、剑阁、剑门奇石、松风亭等环其周围，是虞山的主要景点之一。

⑤ 固不肯留饮：坚决不肯留在船上饮酒。

登岸，其三人促席舟中，饮醉，霹雳一声，二人震死，一人怖死复活。其舟师夫妇将脱帆，咸见空中有雷神，赤面虬须[①]，朱衣皂帽，左手持文簿，右手操笔一枝，自帆樯[②]蜿蜒而下，直入舟中，阅中央人非是，但提前后二人，跪于岸侧击之，雷神复腾空而去。明日，此两家收其尸骸，并住玄妙观前，召天将下叩，云：一人是宿业，其前世同伴八人，海洋中共劫客商五百金，谋害商命，此人复将七人谋害于海，独攘其金，故获斯谴。一人是现报，其家与大姓后门对，大姓家暴殄粥饭于门外，此人收拾，日饲其栏中猪，猪将米糁饭粒作践狼藉，为天神所窥，蓄怒久矣，故获斯谴。两人髀肉间并有青紫处十数，类杖痕，斯雷神之所为也。

雷神十四

万历癸丑七月初八夜，雷击苏城齐门内新安二店人死，一人死于火。居民见火光中有朱发踞牙[③]金甲神，捽其发于火中；一人从楼窗中跳下河滨，居民见火光中有白须巨目赤面金甲神，自河中捽其发起，复入火，肢体并折，头面伤腐。观者盈路，莫不震惊。初，二店人皆少年喜淫，移居其地，开蜡烛行，远近如赴。吴俗奉佛事神，庙中斋醮，恒须此烛。其店临水，皆琵琶女儿[④]船栖泊处也。店人每召此曹入楼中，昼夜荒淫无度。买烛者至，即用秽手检与，了不为异，宜其震死。阴诛鬼责，岂虚也哉！

---

① 虬须：蜷曲的胡须，特指两腮上的胡须。
② 帆樯：帆船上挂风帆的桅杆。
③ 踞牙：像锯齿一般的锐牙。踞，通“锯”。《逸周书·王会》：“兹白者，若白马，锯牙，食虎豹。”
④ 琵琶女儿：妓女的代称。

花脚神

常熟秦应阳，大河①著姓，希言称为姊夫。嘉靖戊午，入赀太学，携家口赴南都。已达燕子矶，怪风暴兴，波浪山涌。邻舟后先沦没，秦恐怖分尽②，至心祈天。忽空中有神，垂一花脚下来，踏定其舟。脚长可数丈，如镂云雷之文，惟不睹身首。既得免济③，徐徐而没。

场中神

嘉靖辛酉，常熟秦太学应阳，赴举南都。其年有浙江贡生湛某失名。老于场屋④，寒栖京师。秦与倾盖⑤交欢，挈同邸舍。迨及考试之辰，周旋备悉。湛行装至薄，徒御惟一老奴。众以其耄，独留守主人舍。是日负壁酣眠，不求饮食。

比暮，二子相次而出，见老奴睡方醒，精神犹痴，连声叹息曰："休矣，今科郎君又无成名分矣！"湛怒其言不祥，诟之。老奴曰："某竟日场中，郎君所执之笔不尝失管于地乎？拾起置案上者，某也，何遽忘之？"湛大异，私语于秦，委有拾管之异，因逼问所见，欲验其真。先叩"吾两人号房⑥安在"，具对某处某号，历历不差。问更何所见乎，曰："场中所见，无非鬼神，但至公堂玄袍披发而坐

① 大河：今常熟尚湖镇有大河村。
② 分尽：国图清钞本作"命尽"。
③ 免济：脱离灾难。《添品妙法莲华经》："免济诸子火宅之难。"
④ 场屋：科举考试的地方，又称科场。
⑤ 倾盖：途中相遇，停车交谈，双方车盖靠在一起。常用以形容一见如故。唐储光羲《贻袁三拾遗谪作》诗："倾盖洛之滨，依然心事亲。"
⑥ 号房：指贡院中考生的席舍。《明史·选举志二》："试士之所，谓之贡院；诸生席舍，谓之号房。"

者，貌类真武；明远楼[①]绿袍按籍而坐者，貌类梓潼[②]；其下赤面大刀而驰马巡行往来冲突者，貌类关侯[③]。如此尚多，不全记也。”

又说日西鼓动，忽内院传呼纷闹，发出三色小旗，插于号房檐角，络绎如织。独黄旗一面，解头某人居其下，余举子悉派红旗，其不中式者皆青旗矣。惊问：“吾两人房插何旗？”曰：“看来都是青旗下人也。”秦、湛闻言，意色甚恶，口虽诋[④]其荒唐，咸谓可怪。未几放榜，喧传解头姓名，果与所说相符，而二子并落羽东归矣。方知场中见者，老奴所飞之魂也。未详内帘[⑤]复何神主张之尔。秦后谒选，官北京兵马指挥[⑥]。莫测湛终。

周孝子

常熟周孝子庙[⑦]，栋宇严邃[⑧]，香火之盛，甲于一邑。庙有井，居民请香水煎汤药，病者多愈。凡子为父母请者尤验。后和紫苏[⑨]茎叶同煎，汲遂无虚日矣。岁以九月廿一为神上寿，洁牲献

---

① 明远楼：江南贡院的中心建筑，处于江南贡院建筑群的中轴线上，始建于明朝永乐年间，复建于明朝嘉靖十三年（1534）。

② 梓潼：梓潼帝君，道教所奉主宰功名、禄位之神。传说姓张名亚子（一说名恶子）。居蜀七曲山（在今四川梓潼北）。仕晋战死，后人立庙纪念。唐宋时，屡封至英显王。据道教传说，玉帝命梓潼掌管文昌府和人间禄籍，称为文昌帝君，成为主宰天下文教之神。

③ 关侯：即三国时蜀国的关羽。生前曾封汉寿亭侯，故称。

④ 诋：指责。

⑤ 内帘：明、清科举考试时，乡、会试考场官员分为内帘官和外帘官。因考场中有至公堂，其后有门，以帘隔之，故名。内帘为主考或总裁及同考官所居，主要职务为阅卷，并有内提调、监试、收掌等官，以管理试卷等事。

⑥ 北京兵马指挥：即北京兵马指挥司指挥。明定都北京后分设中、东、西、南、北五城兵马指挥司，正六品衙门。各设指挥一人，副指挥四人，吏目一人。

⑦ 周孝子庙：原址在常熟城内周神庙弄，祀宋代孝子周容。

⑧ 严邃：森严，幽深。唐薛用弱《集异记补编·张光晟》：“迫蹙甚急，即入一府署，严邃异常。”

⑨ 紫苏：唇形科一年生草本植物。嫩叶作蔬菜。种子可榨油。叶和种子可入药，有镇咳、健胃、利尿等作用。

爵，插花加冠，陈设之仪，备极华整。

成化元年，李文安公杰[①]，计偕上春官[②]日，诣庙祷辞。其夜公宿舟中，梦神金帻绿袍，降于庭，恍若昼所见者，吟一联诗赠云："至尊厌听如簧语，莫向金门[③]弄晚风。"觉而异之，不晓其义。明年丙戌擢进士第，值放馆，主司[④]命"禁苑闻莺"为题。公得一东韵，即以梦中句续成，判云"结[⑤]有神助"，由是入馆[⑥]。

时宪宗登极，所幸万贵妃[⑦]用事，方构间[⑧]桂宫[⑨]，几易上意，公因事纳讽，盖出神所授矣。后历事三朝，位至春官尚书。张应遴说。

白马神官

祝继志[⑩]者，山阴天乐都人。仪容端洁，面白皙，光彩可鉴。登嘉靖癸丑[⑪]进士，自比部郎出佥江西按察事，领道南昌。其年进万寿表归，中途遘病，咳血，七日不食，结跏而坐。忽起谓夫人曰："病不可为矣。然吾将有所之[⑫]，差胜此地耳。"夫人惊问其故，俯首不答。固请之，应曰："非久当自知也。"

---

① 杰：李杰，字世贤，号雪樵，明成化年间进士，官至礼部尚书，卒谥文安，墓在虞山北麓。
② 春官：即六部之一的礼部，礼部在春天主持进士考试。
③ 金门：代指富贵人家。
④ 主司：科举的主试官。
⑤ 结：总结；结束。
⑥ 入馆：谓进入三馆供职。宋初以史馆、昭文馆、集贤院为三馆，又以广文馆、太学馆、律学馆为三馆。
⑦ 万贵妃：万贞儿，1430—1487，明宪宗朱见深妃嫔，荣冠后宫。
⑧ 构间：挑拨离间。《宋书·颜竣传》："前冬母亡，诏赐还葬，事毕不去，盘桓经时，方构间勋贵，造立同异。"
⑨ 桂宫：指后宫。
⑩ 祝继志：山阴人，嘉靖三十五年（1556）丙辰进士（据《浙江通志》）。
⑪ 此处有误，参注⑩。
⑫ 有所之：有地方去。

时行李已憩于馆驿某所。一日，家中老奴某者，闻天乐隐隐自西南来，声响渐近，恍惚之际，见一白马神官自空中下，突入其堂，马高于窗户。上槛解鞍，鞍高亦几及之。神官南向端坐，呼奴令跪，谓曰：“南昌缺城隍，上帝召尔主往补，尔急劝之西行。”奴如教入告继志，便取冠带公服，与继志着。举家震骇，讶奴为狂。继志不着冠带公服，却令夫人具朝衣冠服之，又命倾床头新醽三爵，设香案以迎神官。夫人不许。神官大怒，便唤奴出，敕手力缚之于庭，赐二十杖，锁械甚酷，楚不可忍，号呼突入卧内。

夫人强与继志妆束，出于堂上，与神官酬酢，宾主之礼，一如人间。少顷，则群僚与骑从毕集庭下矣。观者可数百人，填咽驰道上。奴乃操弓发矢，向外射者三，众稍稍引避。继志与神官共酒毕，执笏而立。忽天涨黑，暴雨如注，震雷惊电，撼荡檐宇，继志已坐而逝矣。

旅榇①停泊其地，凡浃旬，日见榇中时出香烟如缕，俄而贵香满室，茵凭几席，皆生氤氲。及榇入舟中，又十余日乃歇。奴被杖者，昏卧经旬，精神犹痴，视其臂与两手，并有青黑处，身上缚痕尚存。天池山人徐渭亲见其西宾②诸君，史秀才传说甚悉，记其事焉。

洞庭君③

万历丙申，常熟县东乡徐政肃，因随父官湖广湘阴县④武障

① 旅榇：客死者的灵柩。唐刘禹锡《为鄂州李大夫祭柳员外文》：“闻君旅榇，既及岳阳。寝门一恸，贯裂衷肠。”

② 西宾：旧时宾位在西，故称。常用为对家塾教师或幕友的敬称。

③ 洞庭君：洞庭神君，洞庭湖的水神。清东轩主人《述异记》卷上：“洞庭神君相传为柳毅。其神立像，赤面，獠牙，朱发，狞如夜叉，以一手遮额覆目而视，一手指湖旁，从神亦然。”按柳毅，传奇中本弱质书生，而其神像竟如此，则是神话传说之演变。

④ 湘阴县：今湖南省岳阳市下辖县。

司巡检[1]，舟停瓜步[2]。有渔人网一金色鲤鱼，可长[3]三尺，鳞甲焕然，鬐鬣[4]拨刺[5]，数以目听人语言。政肃异而买之，箧中藏有小银牌一枚，戏取以自题姓名，贯于鱼项，放之扬子江流。经数日，行李出小池口[6]。其夕梦有黄袍神，自说是清源[7]赵真君[8]，谓政肃曰："卿有放龙子之事，阴功昭著，洞庭君为请于上帝，异日当为湖中水神矣。"政肃惊寤汗洽[9]，心色[10]俱坏，密不以告人。遂奉其父之官湘阴。

岁余，其父以公事入武昌城，政肃相从而行，旅宿鹦鹉洲[11]边。一夕，又梦有绯衣神，自说是洞庭君，授与朱红漆杖一根。政肃再拜受之，神遂去，瞥若风雨。复惊寤如初，乃具白二梦于其父。回帆直济洞庭，踪迹洞庭君庙。既至，则唐人柳毅[12]秀才也。赍酒脯纸马，献于庙，陈请情事，言辞哀苦。望见神像威仪甚严，恍与后梦相符，不觉竦然，如有所睹。及出庙门十余步，夹道多垂杨掩映。徘徊之际，委有朱红漆杖一根遗弃草间，叹曰："神所贶也，敢不敬承。"便命左右拾杖登舟，心谓可怪，莫测何

---

① 巡检：官署名巡检司，官名巡检使，省称巡检。始于五代后唐庄宗。宋时于京师府界东西两路，各置都同巡检二人，京城四门巡检各一人。又于沿边、沿江、沿海置巡检司。掌训练甲兵，巡逻州邑，职权颇重，后受所在县令节制。明清时，凡镇市、关隘要害处俱设巡检司，归县令管辖。

② 瓜步：国图清钞本作"爪步"，误。

③ 可长：一般写成"长可"，表示大概有多长的意思。

④ 鬣：鱼类颔旁的鳍。

⑤ 拨刺：亦作"泼刺""拔刺"。拟声。

⑥ 贯于鱼项，放之扬子江。流经数日，行李出小池口：此十九字在国图清钞本中作"放之小池口"五字，疑为抄漏。小池口在今湖北省黄梅县小池镇。

⑦ 清源：故城在今福建省仙游县西北。

⑧ 赵真君：俗姓赵，名昱，隋代四川青城山人，隋炀帝时任嘉州太守，嘉州河有巨蛟经常伤害人畜，他率七位勇士下河杀巨蛟，为民除害。赵昱死后，百姓感念他，建庙祭祀。宋真宗赵恒封之为"清源妙道真君"，这是民间尊赵昱为"赵真君"的由来。

⑨ 洽：沾湿，浸润。

⑩ 心色：此处心指心情，色指面部表情。

⑪ 鹦鹉洲：在今湖北省武汉市西南长江中。相传东汉末江夏太守黄祖长子射在此大会宾客，有人献鹦鹉，祢衡作赋，故名。

⑫ 柳毅：古代戏曲人物之一，《柳毅传书》中的主人公。

等，惟将此杖供于官舍，旦夕焚香参礼而已。

自尔政肃以幽忧感疾，积渐沉绵。至戊戌[①]秋九月十五日，据床而坐，陡觉精神恍惚，狂惑失度，谓其家人曰："洞庭君来迎我矣。君言适有海运之事，曹务繁冗，须我佐理。玉清宫诏敕已下，不可复反，如何如何！"已又曰："门外缇骑[②]可有百余，旌旗队仗，罗列于庭，而赤须小吏甚多。"家人惊起，咸无见者。已又曰："杨四将军[③]与焦公[④]、晏公[⑤]擐[⑥]金甲、乘白马来也。"便呼更衣，命取其杖，题三十二字于上，辞如古语，兹不曲载。自尔遂不复言。

至二十日黄昏，奄然而逝。家人悉闻骑从之声，望空渐灭。相传云，近年有乡人过洞庭，往往遇之。其兄政芳，亲叙斯异。希言尝闻鱼服之龙，能衔明珠，以报人恩。冤哉徐君，独罹夭酷[⑦]，斯又何理乎！

三王太尉[⑧]

长洲县荻匾王氏[⑨]，故宋朝王太尉子孙。其先多为神，别开一

---

① 戊戌：万历二十六年，公元 1598 年。
② 缇骑：古代宫廷的前导和随从的骑士。因着黄赤色的衣服，故称"缇骑"。
③ 杨四将军：亦称杨泗将军、杨家四爷、斩龙杨泗将军，是最初源于湖南的民间道教水神，广泛信仰于长江中下游地区。
④ 焦公：道士焦旷，字道广，北周武帝时人。
⑤ 晏公：原本是江西地方性水神，明初因朝廷推崇而成为具有全国性影响的水神。在东南沿海和江河湖泊沿岸地区信仰极为盛行。《三教源流搜神大全》记载："公姓晏，名戍仔，江西临江府人也。"
⑥ 擐：穿，贯。
⑦ 酷：惨痛，痛苦。
⑧ 太尉：官名。秦至西汉设置，为全国军政首脑，与丞相、御史大夫并称"三公"。汉武帝时改称"大司马"。历代多沿置，但渐为加官，无实权。后成为对武官的尊称。元代以后废止。
⑨ 荻匾王氏：北宋末金兵入侵宋高宗南渡时，王皋举家护卫孟太后，随宋高宗南渡长江，定居苏州荻扁乡（又称荻川）。

港，赐名神泾。然为神者多不寿，厥后相与壅塞此港，灵圣都绝，而族无夭折之患矣。至今村落皆立王太尉庙。又传有万六太尉、百十五太尉，并是扈从思陵[①]南渡而徙家于斯者，闻孙中有癸卯[②]举人王腾程，尝为希言说之云：

先世宅舍在荻匾者，制极宏敞，高丽甲于吴下，层廊曲榭，连亘相通。其旁田畴阡陌亦至广，宗族尽比素封[③]。后以岁涝积逋[④]，子孙家渐旁落，谋尽斥[⑤]其堂皇丙舍，以输官逋[⑥]。

正德中，娄江有某侍御者，持数百金至，贱售之，凡宅所有，悉入于券[⑦]，立命工数百人，登东西厢，撤其瓦木。料理次[⑧]，忽见二丈夫[⑨]，身甚长，一云冠羽衣，一绛袍金帻，容貌魁岸，目光射人，自堂之前轩而降，厉声谓侍御曰："吾子孙虽贫，产业不可强而取也！"言绝便出门去。家人咸见此二丈夫，冉冉从野田中行，与烟雾俱灭。侍御了无所怪，既卸屋，装入巨舟。明日路出阳城湖[⑩]，正当秋霁，逡巡晦暝，疾风暴雨，吹砂扬尘，所装数十艘一一溃散，木石砖瓦，漂荡无存。咸知是三太尉神灵所为，侍御狼狈殊常，望空拜谢。少顷风涛顿息，所失不计其数矣。

---

① 思陵：指南宋高宗赵构。
② 癸卯：万历三十一年，公元 1603 年。
③ 素封：无官爵封邑而富比封君的人。
④ 积逋：指累欠赋税。
⑤ 斥：却退其屋不居。《说文》："斥，却屋也。"
⑥ 输官逋：缴纳拖欠官府的租税。官逋，拖欠的官府租税。清吴伟业《直溪吏》诗："官逋依旧在，府帖重追起。"
⑦ 券：古代的契据。
⑧ 次：国图清钞本作"之次"，正确。之次，到第二进，或到第二处。
⑨ 丈夫：指成年男子。
⑩ 阳城湖：即今阳澄湖。

第十一

灵祇

龙神一

苏州府学前居民小奚，以栉发折枝[①]为业。其妇容姿绝美，娶近两年。忽有一白皙少年，身着素练，衣甚鲜洁，每伺小奚出，辄至其妇寝室，往来诱狎，遗以酒食、金缯无算。奚妇悦之，私相结好，备极绸缪。

忽一日，有戴胡帽髯奴款门，报王者至。少年急随之去。有顷，闻前呵声，奚妇闭户窥于帘隙[②]，见仪卫[③]导引甚盛。其官人着金冠、衣朱衮，巨目虬须，貌颇狞狰。后骑从百余人，皆介[④]金附鞬[⑤]，则少年与焉。妇大怖恐。

明日少年复来，妇问："昨所过者何官，状貌真可畏也。"少年曰："非阳世官也，是震泽[⑥]龙王，昨夜过尊经阁中，造水府册子，某亦以此淹留，与卿谐露水之欢耳。然慎勿语于外也。"妇曰："苏城亦有人乎？"曰："远近州县死数甚多，本城合死者不满百人，记未真也。"忽小奚自外入，乃见此少年与妇同席饮酌，笑语喧然，大怒，屏气以伺。有顷，见其携手入帏，半身悉是蛇鳞，遂惊讶，拾砖击之，空过无碍，少年化为白气一道，其光如电，穿牖而出，迹亦遂绝。

是时龙门凤池两岸人家[⑦]，连夜望见尊经阁上灯光烛天。后数日，胥江[⑧]飓风骤起，舟船覆溺，死及七八十人，半是送南仓

① 折枝：花卉画的一种。画花卉不写全株，只画从树干上折下来的部分花枝，故名。扇页之类的小品花卉画往往以简单折枝经营构图。

② 帘隙：国图清钞本作"帘隙间"。

③ 见仪卫：国图清钞本作"拥卫"。

④ 介：披甲。《左传·成公二年》："不介马而驰之。"

⑤ 鞬：马上盛弓箭的器具。

⑥ 震泽：今江苏太湖。

⑦ 龙门凤池两岸人家：诗礼之家，读书人家。

⑧ 胥江：公元前506年，伍子胥主持开挖的第一条从苏州出发的人工运河，后名"胥溪"，早于隋朝京杭大运河千余年。

桥[1]褚氏殡而归者，其他处沉没不计数。考其日，乃支干家所称“龙会日[2]”也。因知少年为白蛇之精矣。里人陈粲亲说甚详。

龙神二

万历庚子，永平[3]城南有龙王庙甚灵，日渐就圮。土人告于官，谋鼎新之。官以公储匮乏为辞。土人云：“第求府君俞[4]其议耳，龙神自能取山木至也。”官怒其欺罔，叱而去之。民祀既淫[5]，神妖亦作。其年永平大疫，咸谓此神为祟。郡邑上葺庙之议于观察使，竟与判允。

旬日间，忽有怪云生，恶风起，迅雷急雨交作，土人喧传今日龙王伐木也。盖其地与边境[6]接壤，若瓯脱[7]之间，极多大木，皆广可数围，年深岁久，斧斤之所不及者，一夕为阴兵数百伐取殆尽，平明[8]悉仆于地矣。土人入山，见所遗神斧四柄，其柯[9]木黑如铁色，长可四尺许，斧锋利若新淬，灿然夺目，面有镌篆文字，以此审非人间物也。每斧须数十人肩之，还解于官，乃知土人之言不妄矣。

又不旬日，水暴涨，大木蔽江而下，积亘数里，首尾不断，浮至庙前而止，悉中国未有之材，以数千计。于是鸠工建庙，规

---

① 南仓桥：原址位于今苏州凤凰街中段。
② 龙会日：农历正月初三、初八、十一日、二十五日、三十日。
③ 永平：永平府，府治在今河北省秦皇岛市卢龙县。
④ 俞：表示同意。俞允，原指帝王允许臣下的请求，后在一般书信中用作请对方允许的敬辞。
⑤ 淫：过度，过甚。
⑥ 边境：国图清钞本作“虏中”。
⑦ 瓯脱：边界。《史记·匈奴列传》：“（东胡）与匈奴间，中有弃地，莫居，千余里，各居其边为瓯脱。”南朝宋裴骃《集解》：“韦昭曰：‘界上屯守处。’”
⑧ 平明：天刚亮的时候。唐王昌龄《芙蓉楼送辛渐》：“寒雨连江夜入吴，平明送客楚山孤。”
⑨ 柯：斧柄。

制宏敞，十倍旧观矣[①]。秀水[②]姚侍御思仁与黄州牧[③]说。

龙神三

张光州[④]外孙陆二郎，住苏州包衙前[⑤]街口。揭衣践尿，忽见云端有骑，盖数百人，护一黄袍金冠者在空中行，旗帜戈甲，人马纷闹，与都御史威仪无异。某甲[⑥]不觉踣地闷绝，魂遂摄赴府城隍庙中矣。其夜俟城隍归，诘责之，然后放还。复苏，具述所见，乃是震泽龙王行雨，城隍与焉，不虞触犯卤薄，几不免于髡刑[⑦]。明旦暴雨如注，三日乃止。闻于高承先。

龙神四

福州古田县有龙母祠，祈祷最灵。相传龙变为美少年，与居民某氏女交，有娠，以明年某月日夜半雷电中生一子，天明失其所在。至更余[⑧]，复来就乳。如是岁余。母谓其子曰："吾儿终不令母见面耶？"子曰："恐见之不利于母。"母曰："宁见儿而死，于愿足矣。"遂约定某日午时到家，母盛妆而候之。至期，风雨晦冥，飞沙折木，白龙垂首而下窥于檐，母启户见之，立怖死。乃厚葬其母。近村半里有石壁数尺，龙穴其中成洞。居民因建祠塑

① 矣：国图清钞本无。
② 秀水：国图清钞本作"吴兴人"。
③ 黄州牧：黄九鼎。
④ 光州：今河南省潢川县。
⑤ 包衙前：苏州城区西部的一条街巷，因传旧有包姓官员居此而得名。
⑥ 某甲：陆二郎。
⑦ 髡刑：指剃光犯人的头发和胡须。髡刑是以人格侮辱的方式对犯人所实施的惩罚。
⑧ 更余：一更多，晚上九点多。

像，龛帐中焉。水旱必祷，靡不肸蠁。

后岁旱，稍弗应，众相与舁母像于庭，鞭其背。忽有云起洞阴，俄而盲风怪雨，震雷惊电，卷去室庐树木数百家，揭其鞭像者于半空中[①]，复坠地，如此者三，然后击杀。众望空[②]列拜，许鼎新母祠，方止。此龙母与吴中缪氏女[③]事仿佛相符。其斯为四灵[④]之长欤？司农[⑤]员外郎长泰[⑥]陈讦谟说。

都城隍神

北京都城隍神者，天下城隍皆其所属。神所居严肃，殿宇巍峨，羽卫环列，一如王者威仪，人莫敢轻犯焉。

隆庆五年间，杭州某衣冠宦于燕[⑦]邸。有一子方少年，未逾弱冠，已举秀才，为[⑧]入赀顺天国学。聪慧殊凡，过目成诵，父母并珍惜之。乃与京中一同年，假其西山内庄居[⑨]作馆[⑩]，延浙东高材生为师。家人驰送供给，络绎往来。

庄居有池馆[⑪]，据西山之胜，朝烟夕岚，明灭窗牖，民居七八家隔溪相望。中见一女郎，年可十六七，姿容绝丽，常衣浅红衫

---

① 半空中：国图清钞本作“空”。
② 复坠地，如此者三，然后击杀。众望空：国图清钞本无此十四字。
③ 缪氏女：《阳山志》云：“东晋隆安中，山民缪氏女出游水旁，遇白衣老人食物。归而孕，父母恶，逐之，乞食里间。明年三月十八日，忽产一龙，迅风折木，雷雨昼暝。既霁，见白龙升腾变幻，母遂惊绝，因葬于此。乡人乃祠于山巅。相传龙子分职潇湘，每岁诞辰必归山中见于云表。又即其冢而庙之，至今立像祀焉。”
④ 四灵：青龙、白虎、朱雀、玄武。
⑤ 司农：指户部。明朝因户部司漕粮田赋，故称户部尚书为大司农。
⑥ 长泰：今福建省漳州市辖县。
⑦ 燕：指北京。
⑧ 为：被。《论语·子罕》：“不为酒困。”
⑨ 庄居：庄园。
⑩ 馆：学馆，私塾。
⑪ 池馆：池苑馆舍。

子、白练裙，备出妖冶之态，煽惑少年。少年神荡魂与[①]，不复以经史为意矣。思之成病，不喜饮食。师讯其故，具以情告焉。其师狡妄[②]人也，贵成[③]其奸，不虞阴谴，乃谓少年曰："子具酒牢[④]，我为撰章，奏焚于都城隍神座前，藉神之力，助子成就嘉姻。"少年具如所教，乃与师潜自入城，祷于神。

焚章奏毕，食顷，庙有巫者降于庭，倡言[⑤]曰："君家事已下文禄司梓潼帝君，查考君乃万历二年甲戌科状头，寿当九十，师亦同榜进士也。今欲私通室女，不善莫大焉。至有秽言黩于神听，已减折其禄算，即十九岁夭矣。师与淫谋，教人不善，蔑礼义之训，播淫佚[⑥]之风，立命抽肠剐之。"言讫，如醉而寤。

少年与师大恐，急还山中。明夜，少年梦金甲神来，命左右取钳锤，执斤斧[⑦]，凿其顶骨，叱而语曰："汝是万历二年甲戌状头，今为不善。天帝已察无锡县秀才孙继皋有夜拒淫奔之事[⑧]，其父又行善，即以是科状头改赐之矣。汝二人死期将至，何为尚滞于此，可速还家，犹及与父母相见也！"少年惊觉，悸汗如冰，急还家白于父母，乃言为先生所诱如此。衣冠大怒，诟责其师，师亦惭愧无地，已腹痛三日矣。又三日，师下带死，少年亦中夜心痛暴亡。其明年，穆宗皇帝升遐[⑨]，今上龙飞，改元万历。越明

① 魂与：国图清钞本在"与"字旁注一"消"字。
② 狡妄：狡猾狂妄。
③ 贵成：即"归成"，重视并成就。《释名》："贵，归也，物所归仰也。"
④ 牢：古代祭祀或宴享时用的牲畜，其中牛羊豕各一曰太牢，羊豕各一曰少牢。
⑤ 倡言：扬言，公开提出来。《三国志·陈思王植传》："今之否隔，友于同忧，而臣独倡言者，窃不愿于圣世使有不蒙施之物。"
⑥ 淫佚：亦作"淫泆"，恣纵逸乐。《尚书·多士》："向于时夏，弗克庸帝，大淫泆有辞。"孔传："大为过逸之行，有恶辞闻于世。"
⑦ 斧：国图清钞本作"釜"。
⑧ 孙继皋有夜拒淫奔之事：《寿康宝鉴·福善案》："明无锡孙继皋，馆于某家。主母遣婢送茶一杯，杯中一金戒指。孙佯为不知，令收去。是夜婢来叩门，云：'主母到矣。'公急取大板顶门不纳，明日遂归。人问故，曰：'生徒不受教也。'终不露其事。后大魁天下，子孙贵显。"
⑨ 升遐：帝王死去的婉辞。晋王嘉《拾遗记·轩辕黄帝》："及升遐后，群臣观其铭，皆上古之字。"

年，殿试果孙侍郎作状头矣。然则国家历数已先定于冥中，异哉，人奈何不为善也！吴兴静山老人胡君亲炙其事。

郡隍神一

苏州昆山塘①上有一野庙，其中并小泥神也②。万历辛亥冬，府学秀才某住阊门，因赴督学岁考③，而还舟经野庙。长年④登岸贳酒，秀才亦起闲行。甫入庙门，就地尿焉，讶曰："何为尽是小菩萨，不见有大菩萨也？"吴人称神道通为菩萨。言毕而出，便下船。

抵暮到家，身觉为风寒所侵，入室遂卧，中夜病热甚，恍惚之际，见骑盖缤纷，队仗无数，罗列于庭中。官吏伍佰乐人侍者凡数十队，并长尺许。顷之，拥至床前，乃是昼于塘上野庙中所见者也。秀才问："汝等何为至此？"群起而对曰："庙中缺少大菩萨，迎公往赴任耳。"便舁登车。秀才与其妻诀别："我失言以侮鬼神，自悔何及！卿可速具酒牢纸马，遣人往昆山塘上某镇相近一野庙中，诚恳祈禳，或得放归，则一助也。"言讫死矣。

明日昧爽时，秀才复苏，语其妻曰："与卿作别，众便掖之出房，投一襥新衣为某妆束，冠带甚整。听卿哭声渐远，乃知身已死矣。在车中者，魂也。行可二里许，见棹楔⑤立道旁，似府城隍庙前，细视'威灵显赫'四金字是真。此时鼓吹不作，呵声寂然，某便强欲下车，入庙参谒。众固不从。某大怒，欲笞之，

---

① 昆山塘：即娄江。
② 也：国图清钞本无。
③ 岁考：明代提学官和清代学政每年针对所属府、州、县学生员举行的考试。分别优劣，酌定赏罚。
④ 长年：长工。清张岱《陶庵梦忆·阳和泉》："乃决沟水败泉，泉大坏。张子知之，至楔井，命长年浚之。"
⑤ 棹楔：门旁表宅树坊的木柱。

不获已[①]，强下于地，令某独入[②]，约云：‘谒过便出，慎无妄言。’诸魅群趋于庙场东角以伺。既入，仰视郡隍神衣冠昂然，据大殿上，方于烛下判案，手不停笔。两旁侍立官吏，皆人也。麾幢旌节，一如刺史之仪。某跪且拜，神略不为礼，便问：‘汝何官职？’应曰：‘秀才也。’神遽叱退，命吏褫其衣冠，责曰：‘秀才尚是布衣，安得僭滥名器一至此乎！’某泣而告曰：‘因赴学台试而返，路经昆山塘上野庙，戏言众神之小，其夜遂蒙骑乐相迎，愿垂救拔[③]。’神变色，犹未之信。某告曰：‘现在庙门外。’神敕铃下[④]出擒。逡巡，铃下还报曰：‘果有之，惊溃而散去矣。’神谓吏曰：‘查是何鬼物魅人。’即遣甲士持符往取。某便乞放还，神曰：‘须留与彼对簿。’某又击颡数四，神索文籍来查阳算。见一官跪唱曰：‘未尽。’因令左右送出。既出，望家而奔，疾如电逝，附魂尸中，然后得活。”

举家闻言，惊喜交集。及暮，而祈禳之使偕巫祝数人还报曰：“五更初，庙中火起。塘上居民竞见火光中有鬼兵数百，捽官将之发而去。”百年香火，一朝荡然。

郡隍神二

万历壬子年，苏城有一秀才某，家甚贫，其妻子常多病，诣肆卜问，辄云城隍部下伤官[⑤]为祟，频索酒肉不绝。如此经年，至割青衿入质库中，备祷请之费。复病如初，又卜，仍说此鬼求

---

① 不获已：不得已。《后汉书·独行列传·刘茂》：“显麾令进，授不获已，前战，伏兵发，授身被十创，殁于阵。”
② 入：国图清钞本作“立”，误。
③ 救拔：国图清钞本作“救”。
④ 铃下：指门卫、侍从。国图清钞本作“令下”。
⑤ 伤官：迷信谓鬼神的差役。

食。秀才怒，乃为文以告郡隍神，焚于炉中。还家少顷，见鬼物凭其婢①，而扬言曰："冤哉冤哉，某所求者几何，辄以黩②于神听？今被笞掠③无数，革我皂隶，押付幽都④，永无超脱日矣。"言讫号泣而去，已渐无声。妻子从此病痊，康豫如故。

郡隍神三

浙江省⑤城隍，相传是国初周讳新⑥，至今灵异，庙在吴山⑦之巅。海宁陈太常与郊长儿祖皋为县诸生。万历乙巳冬，祖皋之妻母死，夫妇同往海盐塘⑧西经纪⑨丧事，遣奴在硖石镇治祭。忽遇满指挥捕盐镇河，为贩人格杀。去家既远，不知根本。时掌卫印者，指挥采成文也，夙怨太常，辄构祖皋于津要⑩，曲致其罪。闻者冤之。

当狱未定时，成文与同里诸生沈瑞征⑪厚善。采家贫薄，不善词章，沈赀巨万，兼工刀札⑫，两人深相要结，指天约誓，若共计得陈氏财物，彼此擘分⑬，无有欺负。为盟既已，便令瑞征往说

---

① 凭其婢：附灵在婢女身上。
② 黩：侮辱，玷污。
③ 笞掠：拷打。《淮南子·时则训》："命有司，省囹圄，去桎梏，毋笞掠，止狱讼。"
④ 幽都：指冥间都城。
⑤ 浙江省：国图清钞本作"杭州府"，正确。
⑥ 周讳新：国图清钞本作"周新"。周新，？—1413，明代广东南海人，原名志新，字日新。以为官清廉、善于断案而著称，人称"冷面寒铁"。永乐十一年（1413）因得罪锦衣卫指挥使纪纲而被诬陷，冤死。杭州百姓感恩周新对浙江的功绩，供奉周新为城隍神。
⑦ 吴山：在杭州市西湖东南。春秋时为吴西界，故名。
⑧ 海盐塘：嘉兴至海盐的一条古老塘河，古称官塘，为历代漕运之通道。
⑨ 纪：处理，治理。
⑩ 津要：本义为水陆冲要的地方。比喻显要的地位，掌握实权的官员。现在一般写成"要津"。
⑪ 沈瑞征：字灵绎，号玄圃。博学工诗文，书法钟繇，见知董其昌。
⑫ 刀札：书写。
⑬ 擘分：分离，分开。

太常。太常谢曰："陶朱公[①]以千金死长男[②]，遗恨青史。吾贫故无金，即有之，亦不信庄生[③]言也。君其休矣。"瑞征援引再三，终莫能动，艴然辞去，潜求于卧内往来者尼媪女巫，以达意太常夫人。夫人谓能出其子于狱，诺之千金。先从所亲家转贷得镪六百缗，付子客，夜投沈氏，丁宁[④]寄托，太常都不闻也。比瑞征得金，竟违前约，悉入私橐，密其事不告成文。因而周旋疏阔[⑤]，成文意甚怪之，扬言欲出文书，辞气增厉。子客告急于瑞征，瑞征谢不出见。子客势且穷迫，乃走白于成文，具陈曲折。成文大惊，随偕而往，相与面质有无。瑞征计亡所出，左支右梧[⑥]，而惭沮色变矣。于是牵衣跪庭下，逼申旧盟，周章荒乱，语涩不流。成文出门叹曰："吾乃为竖儒[⑦]所卖！"遂乘津要之怒，伪通辞款，祖皋大辟，由此锻成。

不数旬，而瑞征疽生于腹，痛苦负床，叫号宛转，白昼见冥卒执符牒云："奉城隍神命来追。"自度不起。适会狂僧挂瓢着笠，系膏药累累于曲竹杖头，入里门大呼曰："卖仙人夺命膏！"绕街数回，索值甚昂。举家异之，捐钱数贯。狂僧取钱留药，便以药贴傅[⑧]疮口，应手溃烂，洞出肠胃，遂绝。走迹[⑨]狂僧，不知所向矣。

---

① 陶朱公：即范蠡，前536—前448，字少伯，春秋末越国大夫。曾献策扶助越王勾践复国，后隐去。传说他曾三次经商成巨富，三散家财，自号陶朱公。

② 长男：典籍故事中是次男，即第二子。

③ 庄生：楚国官员，范蠡故旧，穷但廉洁，受楚王重用。陶家老二收监后，庄生收了陶家老大的钱搭救，但他并不是真正想受贿，准备救出陶家二公子后退还。但陶大听说楚王要赦免弟弟的罪，就收回了给庄生的钱，严重地侮辱了庄生的人格，庄生一怒之下反而怂恿楚王杀掉了陶二。

④ 丁宁：即"叮咛"，反复地嘱咐。

⑤ 疏阔：疏远，不亲近。

⑥ 支梧：即支吾。

⑦ 竖儒：小人。竖，古时对人的蔑称、贱称。《史记·郦生陆贾列传》："沛公骂曰：'竖儒！夫天下同苦秦久矣……'"司马贞索隐："竖者，僮仆之称。沛公轻之，以比奴竖，故曰'竖儒'也。"

⑧ 傅：涂。

⑨ 走迹：走访行踪。

又不数旬，而成文亦暴卒于家。目中仿佛见太常衣冠入门，连唤对事[①]，守之而去。初，太常婴[②]难惨毒，昼夜呼天，晨起，则着囚服蒲伏[③]往诉于郡城隍庙中，为文祈死，讼冤泉下。未几，果下世。征等后先有此报，凡与狱者，相续沦亡，无几年间，殂落殆尽。所知金三枝传说。

郡隍神四

苏州府城隍庙前汤秀才重鼎，年未三十，急于科名。万历三十年间岁[④]朝谒庙，为文以告于神，求减己算[⑤]，早荐乡书[⑥]。触忤威灵，其春便卒，若天夺之魄然矣。

关汉寿[⑦]一

万历初，职方员外郎[⑧]某，掌山海关事。一夕，梦汉寿关神[⑨]降于其庭，召而语曰："明日当午，有异色人抵关，载牛头七辆，必痛禁之，不可纳也。"职方敬诺，惊而寤。及明，即严饬军士队仗守关，戒毋得妄入商人车辆。令下毕，日渐向午，果见有人推

① 对事：犹对质。唐段成式《酉阳杂俎续集·金刚经鸠异》："（孙咸）梦至一处，如王者所居，仪卫甚严，有吏引与一僧对事。"

② 婴：遭受。晋袁宏《后汉纪·孝质皇帝纪》："今我元元，婴此饥馑。"

③ 蒲伏：犹匍匐，伏地而行。《左传·昭公十三年》："怀锦奉壶饮冰，以蒲伏焉。"

④ 岁：国图清钞本无，误。

⑤ 求减己算：国图清钞本作"求减算"。

⑥ 乡书：周制乡学三年大比，乡老与乡大夫荐乡中贤能之书于王，谓之"乡书"或"乡老书"。见《周礼·地官·乡大夫》。后世以"乡书"代指乡试中式。

⑦ 关汉寿：指关羽。关羽被曹操封为汉寿亭侯。

⑧ 职方员外郎：兵部职方司副职。职方，唐宋至明清皆于兵部设职方司。员外郎，原指设于正额以外的郎官。隋朝于尚书省二十四司各置员外郎一人，为各司之次官。

⑨ 汉寿关神：即关公。

七乘车直抵关下，窥之，皆牛头，与梦中神语符焉。于是守卫益密，固不容纳。垂晚始推回车子，曰：“此处不受，合载至西边人吃也。”尘埃一起，已失所在。其年①报西国②中犯牛头瘟死者十七，而蓟镇③、燕都④、畿辅⑤之间，民获无患，乃知关神所默助焉。相传山海关门上有壮缪侯祠，英灵夙著，东北赖为干城⑥，不虚矣。

关汉寿二纪先封公⑦遗事

亡祖府君，少好节侠⑧，性豪宕⑨，不能下人⑩，遂遭诖误，谪田辽左⑪，客今宁远伯⑫李公家。宁远尝父事府君，又师事之甚恭。

辽阳有关汉寿祠，在铁岭城外，最多灵异，香火繁盛。府君时时往祭祷焉。其年嘉靖己酉，先世父武选公赴顺天乡试。先君时为铁岭诸生，一日五更时，扶侍府君入庙谒神。父子各携一灯，既至，有庙祝⑬趋出迎拜府君曰：“贺喜贺喜！适来梦中蒙神降灵宣教，敕某速起，云钱封公至矣，携两灯来，告其有一灯息

---

① 其年：第二年。
② 西国：西部地区。
③ 蓟镇：又名蓟州镇，为明九边重镇之一。
④ 燕都：指燕京，即今之北京。
⑤ 畿辅：国都附近的地方。
⑥ 干城：盾牌和城墙，比喻捍卫国家的将士。
⑦ 先封公：此指钱希言祖父，因儿子官职被荫封。此时已不在人世，故称先封公。
⑧ 节侠：有节操的侠士。《史记・刺客列传》：“夫为行而使人疑之，非节侠也。”
⑨ 豪宕：即“豪荡”，豪放不羁。《金史・姬汝作传》：“汝作读书知义理，性豪宕不拘细行，平日以才量称。”
⑩ 不能下人：不能受一点儿委屈，不能低声下气做人。
⑪ 辽左：即辽东。
⑫ 宁远伯：即李成梁，1526—1615，字汝契，号引城，辽东铁岭（今辽宁铁岭）人，明朝后期将领。祖上因唐末变乱避于朝鲜，明朝自朝鲜内附。万历六年（1578），因功被封宁远伯。
⑬ 庙祝：寺庙中管香火的人。

一灯[①]也。”府君谢之，遂举灯灭其一，率先君瞻礼而出。先是，府君两目俱盲，且十八年往矣，是早从神庙归，道经庙前大石桥，月色中忽有声从空而下，如霹雳然，目开如故。心以为祥。无何，捷报踵至矣。其冬世父乡荐，后复从都下返铁岭卫[②]，将扶府君南还。

府君与世父、先君父子三人，同行至山海关口，夜宿主人翁孙氏。孙，老儒也，留饮甚洽。谈笑之间，府君从容叹曰：“莫非命也，吾向者梦神人赠诗，有‘千里驰驱苏武节[③]，百年功业子陵钩[④]’之句，今方十八年，乃得生还，何谓非先兆哉！”孙起而对曰：“某闻苏子卿十九年在匈奴，未闻十八年也。”府君愕然不悦。是时有司假牒以归，府君杂家隶中，冀得脱身于关。而部使者主关政，见府君美髯下垂过腹，笑谓世父曰：“此而翁也，莫相诳。来春先辈联捷，仆请折关门柳丝赠行矣。”禁弗出府君，府君遂还舍于孙氏，父子兄弟三人，相持恸哭而别。

盖明年庚戌，世父果擢进士第，而部使者始愧谢，饯府君行矣。往返计十九年，果符神人梦授之语。而酉一登，戌一登，壮缪降灵若券授焉。后世父为驾部郎，始上书白府君冤，有诏洗雪，府君遂脱戍籍[⑤]，封如子官[⑥]，享年八十有七。

---

① 有一灯息一灯：谐音“酉一登戌一登”，表示科举联捷的意思。

② 铁岭卫：公元1388年，明朝为取代元朝开元路设置，管辖今我国东北和朝鲜半岛东北部。

③ 苏武节：苏武，前140—前60，字子卿，杜陵（今陕西西安）人，代郡太守苏建之子。汉武帝时为郎，天汉元年（前100）奉命以中郎将持节出使匈奴，被扣留。匈奴多次威胁利诱，欲使其投降，苏武历尽艰辛，留居匈奴十九年持节不屈。至始元六年（前81），方获释回汉。节，指符节，古代派遣使者或调兵时用作凭证的东西。

④ 子陵钩：子陵指严光（前39—41），又名遵，字子陵，会稽余姚（今浙江余姚）人。东汉著名隐士。钩指垂钓的鱼钩。严子陵归隐富春山后，常在富春江中垂钓度日。

⑤ 戍籍：戍边吏卒的户籍。《明史·李东阳传》：“李东阳，字宾之，茶陵人，以戍籍居京师。”

⑥ 封如子官：封与儿子官职相同的荣誉称号。明代的一种皇帝对官僚的奖励制度，恩及父子。

关汉寿三

万历辛卯岁，余因随亡叔[①]廉察公补官都门，凡数月，乃得山东武德道[②]缺。克期将发，余亦郁郁思归，梦魂恍惚。时宫詹[③]学士陈公于陛[④]、春官尚书于公慎行[⑤]，并廉察叔雁行[⑥]，于余有朝士之赏[⑦]，咸思提挈，止余不行。余心佩之，然归志决矣，拟明年再觅良便入京，不欲负二公惓惓[⑧]。

出都之日，先诣前门外东观世音庙中，乞签，得四句云："凿石方成火，淘沙始见金[⑨]。青云终有路，只恐不坚心[⑩]。"其签诀一小帖子，下刻此诗，上方即画凿石淘沙之象，及有书生乘马在云中行者。余拜而出，因复诣西汉寿亭侯庙乞签，又得四句，云："佛说淘沙始见金，只缘君子不牢心。荣华总得诗书效[⑪]，妙里工夫仔细寻。"余诵毕，不觉惊骇，汗浃如雨，自叹下界愚蒙，以何因缘，一时获灵异于大士、关神，叮咛告戒[⑫]，其言相符，若券授然也。

是岁余归而遭母艰[⑬]，寻染大病几死，壮心如灰，形容困悴。

---

① 亡叔：指钱顺德，字道充，别号春池，官至山东按察司副使。钱希言堂叔，钱谦益叔祖。

② 武德道：又称"武德兵备道"，是明代分管鲁北一带社会治安的司法机构，兼有对所属区域地方官员监察的职能，由山东按察使司领导。

③ 宫詹：即太子詹事，属东宫詹事府。

④ 于陛：陈于陛，1543—1596，号荩斋，曲周县（今属河北省邯郸市）人。在任内，他整顿了漕政，保证了大运河的畅通。为官从不居功自傲，大力提掖后进，对德才兼备的青年甚为器重，经他推荐提拔的不下数十人。

⑤ 慎行：于慎行，1545—1607，明代文学家、诗人。字可远，又字无垢。东阿县东阿镇（今属山东省平阴县）人。明隆庆二年（1568）进士，改庶吉士，授编修。

⑥ 雁行：原指排列飞行的雁的行列，借指兄弟。这里表示三者关系密切，如兄弟一般。

⑦ 有朝士之赏：夸他能成为朝廷的好官。

⑧ 惓惓：恳切诚挚。战国楚宋玉《神女赋》："褰余帱而请御兮，愿尽心之惓惓。"

⑨ 凿石方成火，淘沙始见金：签语，有固定格式，一般为"凿石方成玉，淘沙始见金"。

⑩ 青云终有路，只恐不坚心：签语，有固定格式，一般为"青霄总有望，但恐不坚心"。

⑪ 效：征验，效果。

⑫ 戒：同"诫"。

⑬ 母艰：即"母忧"，母亲的丧事。

二十年来，不复作长安梦矣。惭负古佛明神以云路相期，徒为天地间一废人耳。然虽无荣华，享有虚誉，未必不本于诗书力也，因漫记其事于此。

关汉寿四

南濠利济寺有关汉寿像，旧为本寺伽蓝。寺僧设斋，尝为人所盗食，因移像供于香积厨下，请神监斋。后以为常，忘归旧处。一夕僧闻辟①户声，连呼不应，乃止。明日起视，则像自行至外殿，承于故位矣。僧云："凡两度移之，皆然，遂不敢动。"时岁在丁未②。

关汉寿五

海宁太常少卿陈与郊，隆庆庚午③冬，以乡荐计偕入都门，夜泊山东临清④城下。见岸侧有关汉寿祠，太常素崇敬此神，遂入庙拜谒乞梦，默祈功名之事。是夜梦至一处，惊曰："何地？"有紫衣宫监出，谓曰："此天子殿前，天子且至矣。"顷之，闻呵殿之声甚肃，屏立以窥，忽见殿上旌旗日月，衣裳锦绣，羽卫数百人引出一⑤垂髫小儿，衣赭黄龙衮，正南面而坐。俄而有人持衣冠加于太常之身，太常回顾，已身与省中⑥诸郎并立，居近御

① 辟：打开，开启。
② 丁未：万历三十五年，公元 1607 年。
③ 隆庆庚午：隆庆四年，公元 1570 年。
④ 临清：明清时期，临清州地处京杭大运河与隋唐大运河交汇处，有"繁华压两京，富庶甲齐郡"之称，人口一度号称百万，人称天下第一码头、天下粮仓，是全国著名的商业大都会。
⑤ 引出一：国图清钞本作"引一"。
⑥ 省中：宫禁之中。

前，遂蒙召对，甚称旨。上命前紫衣宫监押出朱红箱子十只，每只以黄绣袱覆其上，内有供奉才官传宣特旨，命陈与郊分赐大小臣工等。太常即叩头谢恩而出。既出，所舁十箱安置一大公廨中。太常窃启视之，乃每箱中有《大统历》① 一千本，计十箱，则万本也，惊而觉，不知何等。

明年辛未 ② 下第 ③，至万历改元，癸酉 ④ 冬北上，传闻今上方十有一岁，果叶 ⑤ 垂髫之梦，而万本历日 ⑥，非国号 ⑦ 乎？已预定于三年前矣。太常心计此行必成进士无疑。已复维舟 ⑧ 临清关汉寿祠旁，遂再入祠乞梦。是夜又梦入一府署，视堂上官人犹未出衙，惟两旁官属典吏环立左右。窃视其案上文书，乃是甲戌科题名录也。见新榜 ⑨ 进士姓名历历可数，寓目 ⑩ 殆遍，而己名不与焉。惶遽不胜，以叩典吏。典吏曰："君必进士，然未也，在后丁丑科矣。"太常叩头祈请曰："某有讼狱，为怨家所诬，若今科不第，即青衫不复保矣。借公之力，入白主司，与某改注今科，终身戴德，何时敢忘。"典吏许诺。入有间而出曰："今科名籍已定，难可改移，且待丁丑，与翰林官去做也。"太常曰："某布衣耳，擢一榜尾进士足矣，敢望作 ⑪ 木天 ⑫ 贵人乎？更烦转渎钧 ⑬ 听。"典吏不得已，又为

---

① 《大统历》：历法名。明初刘基进《大统历》。洪武十七年（1384）设观象台于南京鸡鸣山，令博士元统修历，仍以《大统》为名，而积分全袭元代《授时》法数，惟去其岁实消长而已。其后因推算日食不准确，治历者纷进新历，要求改制，但明朝一直沿用《大统历》。

② 辛未：隆庆五年，公元 1571 年。

③ 下第：即落第，考试失败。

④ 癸酉：万历元年，公元 1573 年。

⑤ 叶：音 xié，和洽，合，也常用"协"字。

⑥ 而万本历日：国图清钞本作"而《大统历》本历日"。历日，今作日历。

⑦ 国号：古代的国号就是朝代名称。万历并非国号，只是明神宗朱翊钧的年号。

⑧ 维舟：停船。维，系，连结。

⑨ 榜：国图清钞本作"搒"，误。

⑩ 寓目：过目，看一下。《左传·僖公二十八年》："请与君之士戏，君冯轼而观之，得臣与寓目焉。"

⑪ 敢望作：国图清钞本作"安望作"。

⑫ 木天：指翰林院。明唐寅《贫士吟》："宫袍着处君恩渥，遥上青云到木天。"

⑬ 钧：敬辞，用于对尊长或上级。

入白如初。出而语曰："念君如此，已为改换今科讫，但合授翰林假秩，未必真也。"既觉，秘不辄言，果以甲戌春领南宫①第二人。是科执政②之子不获隽，竟格③馆试不行。而太常调选司理，以治行高，推择为工科给事。已转至吏科都谏，秩满，拜翰林院。提督四夷馆④，太常寺少卿。方悟昔年之梦，话于同官，叹曰："功名之数，已定于冥冥之中久矣，岂可强而求哉！"遂上疏乞骸骨归。

既还武林，闭门著述，优游西湖之上者又二十年。最后以郎君被诬，枉系于狱，郁郁不乐而卒。诬讼之言，于斯验矣。门下客金三枝说之。

天帝一

北寺前小王，容甚俊，弱冠未娶。为邻舍某乙之妇所挑，妇亦轻荡，密订期于北寺塔中，反钥其户，白昼裸而淫焉。未几乙死，小王因媒说合，娶妇为妻。兼遂有其私蓄，广开驴磨，积粟累金，首尾十三年，家骤致富。与妇生一子一女矣。暑月之夜，两人露坐纳凉，私相谓曰："吾与卿塔下之欢，恍惚如昨。久欲延羽流设一醮事，以洗宿愆，恨不得闲暇了却夙愿耳。"妇曰："既有此愿，何不了之?"遂谋择日，修斋结坛，设醮三十六分，请道士奏章，上于天帝，忏除罪过，词意诚恳。其日当午，道士焚香再拜伏坛下，奄然如逝。良久方起，喘息流汗，敕诸道士曰："速收拾醮场，雷神至矣！"众莫能违，罔测其故。盖道士游神诣三天门外，见天帝震怒此

① 南宫：指礼部会试，即进士考试。明叶宪祖《碧莲绣符》第一折："去年乡闱领解，南宫未利。"

② 执政：指张居正。

③ 格：变革；纠正。

④ 四夷馆：明永乐五年（1407）所设专门翻译边疆少数民族及邻国语言文字的机构。初隶属翰林院，后以太常寺少卿提督馆事。内分蒙古、女直、西番、西天、回回、百夷、高昌、缅甸八馆，后增八百、暹罗二馆。

事，追讯十三年前直日功曹为谁，何得不举谪罚，俾其漏网。亟命雷神下击此夫妇，而道士亦被诃责无地矣。是日天色晴朗，忽有雷声殷殷，自北而至，顷之渐迅，电光骇空。见二雷神从屋而下，手捽两人鬠发，当顶贯结，相对跪于塔前，霹雳一声，击死于地，朱书其背迹甚分明。自此家计萧条，子女皆流荡焉。蔡文源亲见其事。

天帝二

延令[①]周岱[②]，嘉靖庚戌进士，官比部员外郎。为人豪举，不拘细行。解组[③]归家，于扬州茱萸湾下为园亭池馆，日载酒游其中，声妓满前，壶觞罗列，客至饮宴，留连尽欢而罢。岱体甚肥，腹垂至膝。每当暑月，琢水精为腰带，日三易之，犹云不堪。自为文以告上帝，乞速化，果以是年卒。

天帝三

平湖[④]张大中[⑤]，为岭南左方伯。万历辛卯[⑥]九月，棘闱[⑦]事竣，

① 延令：泰兴的别名，今江苏省泰兴市。
② 周岱：嘉靖庚戌科三甲第153名，南直隶扬州府泰兴县（今泰兴市）人。
③ 解组：解下印绶，即辞去官职。组，官印的代称。唐韦应物《答韩库部》："还当以道推，解组守蒿蓬。"
④ 平湖：今平湖市，隶属于浙江省嘉兴市。
⑤ 张大中：应为张大忠。张大忠，1536—？，字国祯，号春宇，当湖（今平湖）人，张枢祖父，以秀水籍中嘉靖辛酉举人，嘉靖四十一年（1562）壬戌科进士。授刑部湖广司主事转江西司员外郎，迁河南司郎中，出知庐州府，迁陕西副使进陕西参政，云南、广东左布政使等。
⑥ 万历辛卯：万历十九年（1591）。张大忠任职广东左布政使至1592年春节前后。钱氏所记时间有误。
⑦ 棘闱：科举时代对考场、试院的称谓。

将奏计[1]阙下。挈家口同还江浙[2]，路出赣州。都御史锡山[3]秦耀[4]，张之丝萝[5]，留宴南赣[6]署中。所携妾媵二十四人，封锁水西驿内。其夜浮云方散，明月渐升，忽见半空中有毡笠锦仁[7]蓝带一人，执黄伞下来，厉声呼云："某奉天帝命，来召张布政去。"遂留其伞于庭，复腾空而上。举家大悸。夜半，方伯还，具白其事，所遗之伞与人间无二。方伯默然，自此遂不言矣。登舟后如喑如哑[8]，平居严肃，左右非呼唤不敢入侍。凡三日，视之，尸已僵。人或谓帝召有验云。方伯雅好房中术，所置衣篝之艾[9]以备鼎器[10]，皆粉黛殊色，殁后各挟重赀散去。导其术者，彭广文也。计大谟[11]为游宾，目击如此。

天妃娘娘[12]

遂州项中丞应祥[13]，万历二十年间，以户科给事中衔命册封琉

① 奏计：向朝廷报送计簿。宋彭乘《墨客挥犀》卷五："李溥为江淮发运使，每岁奏计，则以大船载东南美货，结纳当途。"
② 江浙：国图清钞本作"浙江"，正确。
③ 锡山：无锡的别称。
④ 秦耀：秦观后人。明隆庆五年（1571）进士，万历十八年（1590）升任右副都御史、湖广巡抚。第二年张居正受廷臣追论，秦耀受株连，奉旨解职回籍。著有《湖广通志》二百卷，《天垣书稿》六卷，《全楚奏议》六卷，《荒政摘录》四卷等。
⑤ 丝萝：菟丝、女萝均为蔓生，缠绕于草木，不易分开，故诗文中常用以比喻缔结连理。
⑥ 南赣：职名，全衔为"巡抚南赣汀韶等处地方提督军务"。明弘治十年（1497）始置，驻赣州（治今江西省赣州市）。
⑦ 锦仁：国图清钞本作"锦衫"。
⑧ 喑哑：沉默不语。
⑨ 衣篝之艾：指妾媵。衣篝，即衣熏笼，熏衣服的竹笼。艾，艾草。
⑩ 鼎器：炼丹容器。泄欲对象的隐称。
⑪ 计大谟：长洲（今苏州）人，有诗名。
⑫ 天妃娘娘：即妈祖，以我国东南沿海为中心的海神信仰，又称天上圣母、天后、天后娘娘、天妃、湄洲娘妈等。
⑬ 应祥：项应祥，1554—1614，字汝和，号东鳌，遂昌县（今浙江省遂昌县）人。明万历八年（1580）中进士。初任福建建阳知县，后任华亭（今上海市松江区）知县。万历二十年（1592）升户科给事中，继任礼科、工科左右给事中，吏科都给事中，太常寺少卿，通政司右通政。万历三十六年（1608）特擢都察院右佥都御史、应天巡抚。著有《酰鸡斋稿》等。

球，事竣而还。中途遇飓风卒至，骇浪滔天，楼船触碎于海岸，官吏沉溺，珍宝散亡，惟中丞与医士何日晓两人独在。乃附一破船板浮于水上，顺流而东。是夜，常有一灯在前导引，不离二十步外。其板随灯漂去，疾如风行，俄而着岸，暗中若有人引之登者。依稀见此火光，穿古庙中而灭。两人便入庙宿，讯之，乃是福建海口天妃娘娘香火，始悟其灵应焉。中丞具奏其事于阙下，重加封号，鼎新庙宇。闽南人云："若灯所不能救者，天妃便降神海中，指引而还。"有人常见其雕軿绣幰①，掠水而至，仿佛若飞。行旅微闻珮环钗钏之声，往来必有祥烟庆云覆其车上。

三官神②

万历癸未，新安布商某，在上海县贩布。日将晚，欲往周浦③，遇一田庄船市货将归。商呼寄载，便下之。三人摇橹唱歌，忽见商开囊解裹，皆灿然上金也，辄起恶谋。行至黄浦中流，将商缚于大铁猫④上，沉之，悉劫囊中六百金而去。其夜庄主纳凉于庭，忽见有一大物如车轮，从空堕下，其声铿然。急命取火视之，验是船上铁猫，猫上有一人反接在，大惊，遂与解缚。问其故，具述被盗三人劫金沉水，幸遇水府三官神，遣鬼神百余辈捞起，并奇形怪状，不敢仰视，身亦不知何得至此。庄主心知盗者三人即其奴也，亲慰劳之，与以饮食汤沐，藏之密室中。有顷，奴还矣。庄主便问铁猫安在。奴辈相顾骇愕，具伏其辜。遂缚三人于铁猫，沉之水，谓曰："我亦效汝所为，不须闻于官也。"追

① 幰：音 xiǎn，车上的帷幔。
② 三官神：即三官大帝，民间宗教信仰之一，属于道教尊奉的三位天神，即天官、地官和水官。
③ 周浦：今属上海市浦东新区。
④ 铁猫：今作铁锚。

舟中六百金，宛然在焉，归诸商。商遂捐金建三官庙于县东门外，勒碑以颂其事。布商、庄主姓名具载碑中。

广利王[①]

广利王庙香火盛于岭南，积贮民间施舍金钱，许人告借。有贾人子，持券借金，筶卜[②]于神前，凡三次皆大吉。三次计借过数百金。才出洋，便遇海寇劫取。最后群寇缚之于树，拷讯其故。此人具言借自广利王庙，且三操券矣。寇恻然悯之。适有近劫商船桐油数百桶，给与此人，连舶载去，贩作资本。后卖其油，每桶底有元宝一双，立偿子母于神，家遂大富。王征君于半塘寺说。

张恶子[③]

张恶子庙在川中最灵。相传宋朝有某县亡赖举子二人，计偕入京，大雪中无所投宿，便入庙，就供桌子权憩。至夜半，群神毕会于此庙，唱云："与新科状元共作制举[④]文。"其题是《铸鼎象物赋》，诸神口中各读一句，此二人性本敏给，互出笔砚，题于书头，不失一字。逾时，诸神赋成，各各拱揖[⑤]呵殿而去。及对大廷，二人懵然无知，交相诧质。既揭榜之日，状元乃姓徐。按

---

① 广利王：神话中四海龙王之一，居住在南海，地位仅次于东海龙王。
② 筶卜：即"筊筶"，太保（神汉）将羊角状的二爿和合木片，从上而下抛落地上，根据木片的阴阳面和指示方位，判断出当事人的吉凶祸福。
③ 张恶子：禄星，原为文昌宫的第六星，后被赋予人格，附会为张仙。一说张仙为五代时在青城山得道的张远霄，一说为后蜀皇帝孟昶，即送子张仙。
④ 制举：即"制科"。历代临时设置的考试科目。始于汉，皇帝提出问题，亲自策问应举之士。
⑤ 拱揖：国图清钞本作"揖"。

其廷试卷，与书头一字无异。造物戏人若是乎？王征君言。

朝岳神

万历甲申冬，常熟县东岳庙[①]重新妆塑岳神，工毕，社中择吉日送神登殿。先一夕，有东乡富人载祭仪入城，上岳还愿。船行二里许，忽见田间隔岸远近数十里外，鬼火千点，青光荧荧。久之，有兵仗甲骑呵殿而来，络绎不绝。初以为官僚，讶非孔道[②]。后见列炬下皆奇容异状人，乃知山林树木之神或村坊土地，并来朝见东岳。及明而罢。

财 神

河南济源间，人有乞贷货帛于神者，随所须浮出水上。泰山东岳亦如之。国初，山西人金箔张以为伏机[③]所为，归即凿池，仿其制为之，已而果然。此犹足涂愚民耳目。今吾乡市廛贸易之夫，每岁首立契向五圣[④]乞贷，先买大纸锭往献于神，仍持归，悬于家庙中，供养惟谨。至岁终，加其小者于外，以为子钱，赴上方山[⑤]焚之，名曰“纳债”，不敢后期[⑥]。自欺乎？欺神乎？何其愚一至此也！

---

① 东岳庙：在常熟西门内虞山南麓。
② 孔道：由孔子倡始的儒家之道。
③ 伏机：隐蔽安装的机关。
④ 五圣：旧时江南一带所奉之邪神。
⑤ 上方山：位于苏州市西南郊，石湖西北，为七子山东北支脉。
⑥ 后期：延误期限。

神 兵

嘉靖甲寅、乙卯年间，倭难起。苏州郡丞任公环[①]，领众破敌，激烈忠愤，亲立枹鼓[②]之下，不避矢石。东吴四境，赖以奠安。诏加右参政衔，备兵海上。会罹家艰[③]，墨缞[④]临阵。初，公每夜吁天祷请，愿垂默佑。及倭退之日，我兵皆解甲饮马，欢声载途。其夕，有守城军士在胥门[⑤]城楼上宿，五更起尿，惊见对岸石灰桥[⑥]南白侍郎庙前，神兵数十队，亦皆倒戈驰冑，隐隐望西而去。人马如在雾中行，人但露现半身，马止及腹而已，不知所助者是何神兵也。非公尽诚，不能感格灵祇至此。

唐胜祠

相传嘉靖乙卯之变，倭集城下，捍御无策，中外惶惧，人情汹汹。忽有一小卒名唐胜者，夜至营将帐前，献计曰："急煎人矢[⑦]如沸，取以灌之。"如其言而退。将奇其策，亟召叙功，军中并无其人。稽阅尺伍[⑧]籍中，阙如也，知是鬼神所使。后遂立唐胜祠，今在昆山小西门外，六十年矣，庙貌如新。

---

① 环：任环，1519—1558，字应乾，山西长治人。明武宗正德十四年（1519）生，嘉靖二十三年（1544）进士。历官广平、沙河、滑县知县，苏州府同知，官至山东右参政。嘉靖三十四年（1555）率部大破倭寇。著有《山海漫谈》。

② 枹鼓：鼓槌和鼓，也指报警之鼓。

③ 家艰：指父母的丧事。《文选·潘岳〈夏侯常侍诔〉》："（夏侯湛）仍为太子舍人、尚书郎、野王令、中书郎、南阳相。家艰乞还。"刘良注："家艰，谓父母之忧也。"

④ 墨缞：黑色丧服。

⑤ 胥门：位于苏州城西万年桥南，为春秋吴国建造都城时所辟古门之一，以遥对姑胥山（即姑苏山）得名。

⑥ 石灰桥：现在称日晖桥。

⑦ 矢：粪便。

⑧ 尺伍：即尺籍伍符，指记载军令、军功的簿籍和军士中各伍互相作保的符信。

牵牛织女

昆山县东三十六里有黄姑渡，渡口有祠曰黄姑庙[①]，今隶嘉定。积古相传，昔有牵牛、织女二星，降神其地，织女以金钗划水，水忽涌溢，俗遂呼为百沸河，即渡西之水是也。居民异之，为立庙焉。旧列牵牛、织女两像[②]，宛然双栖。后乃去牵牛而止祠织女。观其像，独一女子，黛鬟红粉，颦[③]容动人。每岁七月七日，城市村坊远近诸女郎，携灯映月而来，竞出奇果珍饵、名花贵香、金钱彩镪入庙赛神[④]，从神乞巧。施舍绣鞋、锦囊、鞶帨[⑤]、流苏之属，先拂神额，后挂帐前，累累不绝。凡所吁祈，皆立应矣。

二十八宿

历代天官志载二十八宿甚详。相传高皇帝一日步月下，仰观玄象，忽召侍臣开济[⑥]问曰："古云二十八宿，信有之乎？"济对

---

① 黄姑庙：即织女庙。《古今图书集成·神异典》卷五〇引《苏州府志》："织女庙。庙在太仓州南七里黄姑塘。宋咸淳五年嘉定知县朱象祖重修。故老相传，常有牵牛、织女二星降于此，女以金篦划河，河水涌溢，牵牛不得渡。今村西有百沸河，乡人异之，为立庙。旧立牛、女二像。建炎时士大夫避地东冈，有经庙中，壁间题云：'商飙初起月埋轮，乌鹊桥边绰约身；闻道佳期惟一夕，因何朝暮对斯人？'乡人因去牵牛，独存织女。"其说原出宋龚明之《中吴纪闻》卷四"黄姑织女"条，此引较完备。

② 像：国图清钞本作"星"。

③ 颦：皱眉。

④ 赛神：谓设祭酬神。

⑤ 鞶帨：音 pán shuì，古代妇女用的小囊和毛巾。

⑥ 开济：字来学，洛阳人。元末为察罕帖木儿掌书记。明洪武初年，以明经举，授河南府训导，入为国子助教。后称病罢职归乡，在家乡训徒授业。洪武十五年（1382）七月，御史大夫安然向朱元璋推荐，召试刑部尚书，洪武十六年（1383）实授。

曰：“岂惟有神，莫不有形。以陛下精诚，可因祭享而致[1]也。”于是命太常择日设二十八位，陈列名香美果、异味芳醪之属，每坐用飞絮为褥，试其来否。即命开济主祭。祭毕验之，絮铓皆尽，隐隐褥上有列兽形，惟娄[2]、觜[3]两星不来，褥铓如故。上召济谓之曰：“此二星何为不至也？”对曰：“已在人间久矣。”上曰：“应象者谁？”济曰：“陛下即娄金狗[4]，臣乃觜水猿也。”上笑曰[5]：“尔亦应天象乎？”因欲死济，遂命异殿前金铜仙人[6]与济对饮。饮至数石，仙人之腹已不能容，而济醉死[7]矣。

据野史所载，则云周颠[8]在匡山林寺，宫殿侍从，俨然王者威仪，中有二十八室。颠谓使者曰：“二十八室者，经天[9]之宿也，递[10]为人世主。汝主方御宇，故一室扃镉，虚无人焉。”其说又如此。

然释典中，此二十八宿皆言形状甚悉，当用何物祭之，其说更详，不独支干家以九州分野[11]分配而已。案《神仙感遇传》[12]载：

---

① 致：招致。
② 娄：二十八宿之一，西方白虎七宿的第二宿。
③ 觜：音 zī，二十八宿之一。
④ 娄金狗：属金，为狗。二十八宿之一，为西方第二宿。源于古代人民对星辰的自然崇拜，是古代神话和天文学结合的产物。娄，同“屡”，有聚众的含义，也有牧养众畜以供祭祀的意思，故娄宿多吉。
⑤ 上笑曰：国图清钞本作“上曰”。
⑥ 金铜仙人：金铜铸造的仙人像。
⑦ 醉死：按照明史，开济与侍郎王希哲、主事王叔征一起被处死。
⑧ 周颠：无名字，人以为癫，唤名周颠、颠仙。建昌（今属江西永修）人。举止非常，言语髫鬅，善写真，尝自写貌于皇城五凤楼上。洪武（1386—1398）初乞食南昌，后不知所终。周颠故事见于《明史本传》《画史会要》《名山藏》。明太祖朱元璋御制《周颠仙人传》一卷。
⑨ 经天：治理、规划天界。北周瘐信《拟连珠》：“盖闻经天纬地之才，拔山超海之力。”
⑩ 递：按着顺序。
⑪ 分野：指与星次相对应的地域。古人依据星纪、玄枵、娵訾、降娄、大梁、实沈、鹑首、鹑火、鹑尾、寿星、大火、析木十二星次的位置划分地面上州、国的位置与之相对应。就天文说，称作分星；就地面说，称作分野。我国古代占星术认为，在该天区发生的天象预兆着各对应地方的吉凶。
⑫《神仙感遇传》：志怪小说集，共五卷，五代前蜀杜光庭著。记古来遇仙之事。

唐开元中，玄宗皇帝昼集宴居①，昏然思寐，梦二十七仙人云："我等二十七宿也，一人寓直②在天不下，我等寄罗底③间三年，与陛下镇护国界，不令戎虏侵边。"众仙每易形混迹游处耳。又宋朱弁④《曲洧旧闻》⑤第四卷中云：崇宁初，范致虚⑥上言："十二宫神，狗居戌位，为陛下本命。今京师有以屠狗为业者，宜行禁止。"因降指挥禁天下杀狗，赏钱至二万。据此说，则我圣祖应象之说定非荒唐。苏州东天王堂有二十八宿像，传是唐朝夹纻⑦所制。

死后为神

余族兄封侍御公亨⑧既逝，所亲梦其衣冠舆从，迎入城隍庙中。前年蜀人郑郛⑨为苏州司理，死后传为太仓州城隍，吴人因

---

① 宴居：闲居。一般指公务闲暇时。《国语·楚语上》："临事有瞽史之导，宴居有师工之诵。"

② 寓直：寄宿于别的署衙值夜。后泛指当值、值班。晋潘岳《秋兴赋》："余春秋三十有二，始见二毛，以太尉掾兼虎贲中郎将，寓直于散骑之省。"

③ 罗底：地名。《太平寰宇记》卷三十四："玄宗梦群仙现于罗底，乃诏访焉。于彭原罗川县东王褒村底家庄……掘得二十七仙并玉石之象。"

④ 朱弁：1085—1144，字少章，号观如居士。徽州婺源（今属江西）人，朱熹叔祖，太学生出身。建炎元年（1127）自荐为通问副使赴金，为金所拘，不肯屈服，拘留十六年始得放归。官终奉议郎。著有《曲洧旧闻》《风月堂诗话》等。

⑤《曲洧旧闻》：南宋朱弁撰写的一部文言小说集，共十卷，作于作者被羁金国期间。作品追忆、记录了北宋及南宋初期的朝野遗事、社会风情和士大夫轶闻，展现了作者高度的爱国热情及其对北宋灭亡、南宋贫弱的理性反思。

⑥ 范致虚：？—1137，字谦叔，福建建阳人。宋哲宗元佑三年（1088）进士，为太学博士，以祖送（犹饯行）邹浩获罪停官。宋徽宗立，召为左正言，出郢州通判。崇宁初，召为中书舍人，改兵部侍郎。宣和七年（1125），以陕西五路经略使率兵勤王。宋高宗即位，徙知邓州，寻加观文殿学士，复知京兆府，因兵败失城，责授安远军节度副使、英州安置。绍兴七年（1137），召复资政殿学士、知鼎州，行至巴陵而卒，赠银青光禄大夫。

⑦ 夹纻：又称夹纾、挟纻。塑像的一种方法。先用泥塑成胎，再用漆把麻布贴在泥胎外面；待漆干后，反复再涂多次；最后把泥胎取空，因此又有"脱空像"之称。用这种方法塑像不但柔和逼真，而且质地很轻，因此又称"行像"。

⑧ 亨：钱亨，字仲嘉，因为儿子钱岱而被封御史。

⑨ 郑郛：广安人，万历二十九年（1601）进士。初任苏州府推官，不久被擢升为吏部稽勋司主事，充任浙江乡试正考官，后被皇帝授为承德郎。

塑像府城隍庙中。楚人江盈科死为四川成都府城隍，此蜀贾亲诣余言。大抵聪明正直之人，生有封爵，死为明神，定不虚耳。铅山①费太常尧年②，病甚，梦至一所，上有王者端冕而坐，问之，知为冯祭酒梦祯③。语太常云："尔当为苏江庙神。"次日太常病革，恍见苏江庙中旗纛鼓吹来迎，家人亦闻羽卫车骑之声。五日后，广信府城中有召乩仙不至，问之，答云："铅山费公为神，初下车，因赴东岳陪宴，故不及至耳。"又问："费公得无号唐衢者乎？"曰："是矣，然天机不宜泄也。"时万历戊申正月二日事，公以除夕捐馆④。昔人梦蔡君谟⑤为阎罗王，帝召李贺赋白玉楼⑥，理有之焉。

杏树神

万历中宰辅申公⑦，谢政林居，优游诗酒。第傍别业名曰适圃，故唐武后⑧龙兴寺基也。旁多空地，有老杏数十章，皆千百年故物。初，公未有其地，树属民间。会新安贾竖方持八金，就

---

① 铅（yán）山：今江西省上饶市铅山县。

② 尧年：费尧年，1537—1607，字熙之，号唐衢。嘉靖四十年（1561）举人，翌年中进士。曾任苏州兵备副使，官至南京太仆寺正卿。

③ 梦祯：冯梦祯，1548—1605，字开之，号具区，又号真实居士，浙江秀水（今嘉兴）人。明万历五年（1577）进士，官编修，与沈懋学、屠隆以气节相尚。后外谪广德州判，累迁南国子监祭酒，三年后被劾罢官，遂不复出。著有《快雪堂集》六十四卷、《快雪堂漫录》一卷等。

④ 捐馆：死亡的委婉说法，一般指官员的去世。

⑤ 谟（mó）：蔡谟，281—356，字道明，陈留考城（今河南民权）人。东晋时期重臣，曹魏尚书蔡睦曾孙，西晋乐平太守蔡德之孙。与诸葛恢、荀闿并称为"中兴三明"，又与郗鉴等八人并称为"兖州八伯"。

⑥ 白玉楼：典出唐李商隐《李长吉小传》。传说唐诗人李贺昼见绯衣人，云"帝成白玉楼，立召君为记。天上差乐，不苦也"，遂卒。后因以指才子英年早逝，或指文人逝世。

⑦ 申公：申时行。

⑧ 唐武后：指武则天。

民家计估其树为材，要以翌日伐取。其夜公之家臣张承恩，梦一黄衣老人谓曰："吾明日有大厄，赖而主相公之福荫，以保其天年，当效冥报于君，不敢忘也。"张梦中便相许诺，老人致谢叮咛而去。张来日早起，行过其地，忽见数人持斧锯操畚锸[①]而至，将共伐树。张忆梦中之言，遽前止之，问："何为见伐乎？"曰："取以为材。"问："出何值得之耶？"曰："八金。"张即出八金交还，曰："近吾府中，不忍其废也。"竟弗果伐。是秋[②]落其实，得鸭脚子[③]数石，便获价八金，锱铢不爽。闻于俞山人[④]安期[⑤]。

金碧山神

陈中丞用宾[⑥]开府[⑦]黔中时，因夫人病剧，设坛于幕府，夜召乩仙。仙至，问姓名，自署金碧山神。问："疾可救乎？"曰："夫人不豫，欲为请命，奈新天子法甚严峻，无路可相救矣。"问："天子为谁？"曰："即常熟人春官侍郎赵用贤也，今为第五殿阎罗王，按察人间善恶。三月十五日莅任，公尚不闻之乎？"书毕而去。中丞愕然，心计侍郎是同年兄弟，向来[⑧]请告还里，安得有此事耶？不之信。此万历丙申三月十六日事。俄而夫人果卒。

---

① 锸：铁锹，掘土的工具。
② 是秋：国图清钞本无此二字。
③ 鸭脚子：银杏的别称。
④ 山人：一般指隐居山中的修道人士。也可用作对道士、星相家或卜卦、算命有计谋者的泛称。
⑤ 安期：俞安期，公元1596年前后在世。初名策，字公临，后改名安期，字羡长。吴江（今江苏苏州）人，徙阳羡（今江苏宜兴），老于金陵（今南京）。
⑥ 用宾：陈用宾，1550—1617，字道亨，号毓台，福建晋江人。隆庆元年（1567）举人，隆庆五年（1571）进士。初授长洲令，终右都御史兼兵部右侍郎。卒追谥襄毅。
⑦ 开府：古代指高级官员成立府署，选置僚属。
⑧ 向来：近来。

越三月，中丞阅邸报[1]，有大臣病故一本，侍郎委以三月十五日卒于家，始知山神之言非妄矣。遂撰祭文具述此事，于中更致赙仪[2]十金，附于参政袁年赍万寿表还吴下。中丞复贻书[3]公子，将金薄治鸡黍之奠，诵祭章于灵前。嘻！万里之遥，一日而神已知之，预告于人间，岂不怪哉！侍郎攀槛[4]批鳞[5]，平生风节矫矫[6]，死为地下主者，故宜尔也。金碧山神岂即王褒[7]所祀金马碧鸡[8]之神乎？

张睢阳[9]

无锡县最重张睢阳神，称为“大菩萨”。万历中，苑山[10]顾氏病困，延常熟名医陆谊往治之。既诊脉，告其家人曰：“病已十分，似不可为矣。姑处剂一帖，试与服，看夜来何如。”至夜，留

---

① 邸报：也叫邸抄、邸钞。古代抄发皇帝谕旨、臣僚奏议和有关政治情报的抄本。宋代起发展成一种手抄的类似报纸的出版物，明末开始发行活字版本，到清代称京报。

② 赙仪：向办丧事的人家送的礼。

③ 贻书：给别人写信。

④ 攀槛：即“攀朱槛”，亦作“攀栏”“折槛”，直言进谏的意思。汉槐里令朱云上书成帝，请赐剑斩佞臣安昌侯张禹。成帝大怒，命斩朱。朱云被拉下殿时抗声不止，攀住殿槛不放，把槛柱也拉断了。经人说情，朱云得以不死。后来修槛时，成帝命令保留折槛的原样，以表彰朱云的直谏。

⑤ 批鳞：指敢于直言犯上。典出《韩非子》卷四《说难》：“夫龙之为虫也，柔可狎而骑也，然其喉下有逆鳞径尺，若人有婴之者则必杀人。人主亦有逆鳞，说者能无婴人主之逆鳞，则几矣。”

⑥ 矫矫：形容英勇威武或超凡脱俗，不同凡响。《诗经·鲁颂·泮水》：“矫矫虎臣，在泮献馘。”郑玄笺：“矫矫，武貌。”

⑦ 王褒：清虚真人王褒，《历世真仙体道通鉴》称其为范阳襄平人，生于汉元帝建昭三年（前36），世为贵族。

⑧ 金马碧鸡：传说中的神明。《汉书·郊祀志下》：“或言益州有金马、碧鸡之神，可醮祭而致。”今云南昆明市东有金马山，西有碧鸡山，两山相对，山上都有神祠。

⑨ 张睢阳：张巡，安史之乱时，起兵雍丘拒叛军，守睢阳达数月，终因粮绝城破遇害。

⑩ 苑山：据《至正重修琴川志》，山在常熟县西南五十里一百步，高四十丈，周五里。无锡在常熟西南，则苑山在常熟界但靠近无锡，故习俗与无锡同。

谊饮数巡，送至宅西偏院。方背灯就寝，忽有一人遍身着黄，手执黄旗，跳跃于前而言曰："此人命尽，吾属增之至一尺，却被君减去二寸，独不惧阴谴乎？"言毕，凌空而去。谊悸汗如雨，终夜目不敢交。向晨启问，内应云："谢医师，病势已减去一二分矣。"及召入诊脉，果觉脉理减可，心甚怪之。出坐于堂，见其家人奔走请祷，巫祝在门。谊问所祷者何神，曰："往祭县中大菩萨。"问大菩萨何名，曰："睢阳张相公也。"曰："然则我亦同行，将往观焉。"既至，则庙貌焕然，香火繁盛，牲牢箫鼓之祭陈设于庭。蓦见神座①前妆塑一太保②，捧旗而立，宛是隔夜灯前所见者。谊大惊，叩头再拜，趣出到门，力辞主人，不索谢③而返。亲为余弟禔说之④。

青龙白虎神

苏城清嘉坊顾大参，近年间为其子成婚，嘉礼既毕，傧相乐人皆散，忽见有二长神，并衣朱衣，冠带而现形于堂。其家大惊，拜之。曰："吾属乃青龙白虎吉神也。顷从申府⑤来，护汝喜筵。"言讫，瞥然而没。明日遂设牢酒⑥。召巫祝祭享之。邻人窃话其事。

---

① 神座：国图清钞本作"神巫"。
② 太保：对仆役的尊称。
③ 谢：谢仪，此处指诊疗费。
④ 亲为余弟禔说之：省主语"谊"，全句为"谊亲为余弟禔说之"。
⑤ 申府：疑指申时行府。
⑥ 牢酒：牢牲和酒。古代用作祭祀、赏赐、慰劳的物品。

水母娘娘①

嘉兴县诸生张元弼，本是苏州嘉定人，寄学嘉兴，所居在务前桥。不修礼度，为郑令君②申黜③。元弼遂习于刀笔④之流，求索枉陷⑤，自此益无厌矣。

一日病死，宿昔乃苏。元弼即集家中尊卑，具说初有人追摄，乘空而行，至一曹院，望阴君衣冠据案，侍卫甚盛。呼狱卒二人袒衣而捶，从尾闾⑥穴道抽其筋。自见其筋长数丈，色甚白，在狱卒手掌中。已觉遍身骨节间筋络悉被抽去，痛入心髓。逾时而身渐柔软，其形缩小，不复能起矣。泣云："元弼生时差⑦无余罪，极刑重罚，非所克堪⑧。"阴君命吏取案前罪簿一卷，掷地上与阅。元弼从头展阅，见已罪状有一十六款。其第一款甚有条贯，生平隐慝，无不悉陈。阅至末款，叩头具服，泣云："罪状无逃，死晚矣。但念穷儒男女无托，乞蒙恩放。"阴君遂发文书，令前摄人送付别曹。元弼强随之出。既出院门，不胜其惫，且行且住⑨，百计祈于摄人。摄人不听。前经一署，问何官所居。摄人云："是水母娘娘公廨，汝不须入。"元弼闻言，突入其内。摄人迹之不及，因与俱入。见官人妆饰有若女主⑩之状，两旁侍从数

---

① 水母娘娘：一种传统民间宗教信仰。
② 令君：对县令的尊称。
③ 申黜：报请上司予以革除。
④ 刀笔：古代在竹简上刻字记事，用刀子刮去错字，因此把有关案牍的事叫作刀笔，后多指写讼状一类的事。
⑤ 枉陷：冤枉陷害。
⑥ 尾闾：经穴名，位于尾骨尖与肛门中点。
⑦ 差：稍微；大体。
⑧ 克堪：胜任。
⑨ 住：国图清钞本作"止"。
⑩ 女主：国图清钞本作"女子"，误。

十。元弼哀恳，叩头千数。娘娘语云："汝罪在所不赦矣，我为汝勘文案，不知有出路否。"即召主典取籍披检，反复详看，谓云："汝枉害人无算，只万历某年月日为某人写某事诉词，获与伸雪[①]，遣戍二名，大辟一名，此可准作一善，不合便死，试为汝乞灵主者。然免之与否，未可知也。"遽命主典持籍白阴君，阴君许之，曰："更赐伊寿三年。"仍令摄人送出，于是而活。其友包衡叙焉。

赤沙塘岸神

万历中，嘉定县赤沙塘岸前村卖花少年，背负花簏[②]行岸旁，微闻荻苇中窸窣声。入视，见一丽质女郎，颦蛾掩泣，诘之，是富人小姬，为大妇妒虐，窜身于此。少年曰："我未娶，能相逐于飞乎？"女郎低回不言，色已授矣。少年发狂，直前抱狎，备极欢踊[③]。女郎叹曰："儿不食者三日，从此惫矣。"少年[④]窥其腰下有金数十饼，遽乘羸顿[⑤]毙之，随身衣饰咸剥将去，沉尸于河。夜归语妇，方篝灯设食，忽睹云端朱衣神数百，驾车乘马，降于其庭。火光中锁一罪囚至，觇之，其亡父也。叱令画供，不从，立杖四十，乃下笔。神遂判限明日午时，凌风而逝。明日白昼，震雷击死少年于塘岸，女郎尸在焉。事闻于官，追金葬女，鬻其妇。县吏霍麟与祁大武说。

---

① 伸雪：洗雪冤屈。《元典章·工部二·体察公廨》："一切费用皆取于民，百姓无可伸雪。"
② 簏：竹编的盛物器具。
③ 欢踊：欢喜得直蹦直跳。
④ 少年：国图清钞本作"少者"。
⑤ 羸（léi）顿：瘦弱困顿。

东岳判官

常熟福山寺东岳行宫，庙森邃。书生胡子文因醉入庙，顾见两旁善恶判官，笑而侮之，因掣其掌恶判笔，戏玩移时，怀之而归。既登舟，行至中途，有一皂衣人急唤之去。子文平居常持《金刚般若》，至是忘其魂梦，沿途诵经不辍。逡巡至庙门矣。既入庙，俯伏阶下，遥见堂上两判官东西对坐。西向坐者奋髯大怒，呵责其掣笔之故，声色俱厉。子文叩头忏悔，额皆坟起，然诵经如故。诵至第三分，两判官一齐立起。又诵两章，两判官并[①]举手加额。于是东向坐者稍为劝解。子文又叩头请，西向坐者怒少霁，沉吟曰："不可不小示惩警。"叱令肉袒，举笔点其背曰："去！"子文遂悸汗而寤，见身在舟中，死半日矣。趣归，其夜疽发于背，十旬乃瘥。

① 并：国图清钞本无。

第十二

淫祀

五郎神[①]一

相传苏州府学[②]是文正公[③]故基，因相地当出科甲最繁，遂舍为学宫。初，五郎神谋得其地为庙，数数作祟，备极扰乱，公不听。一日，公坐灯下读书，神乃鬼啸于窗前。左右咸怖，公若罔闻。其神从窗中伸一掌入，掌有毛甚可骇。公取案头丹笔书“山”字于中，其掌便缩不去，作声哀鸣。公问：“汝是何魅？”应云：“某果山魈[④]、木客[⑤]之属，见公甲第崇敞[⑥]，地形丰隆[⑦]，实欲凭借宠灵，兴起为香火之地，故来作祟。触忤已多，望公见恕出我。公前程远大，某不敢复犯矣。”公叱而语曰：“上方山风水最佳，名为酒池肉林，可速诣彼据之。”因又书一“山”字于其下，合之乃“出”字也，掌遂得出。自此怪绝，明日，五郎便降神于紫薇村[⑧]中，将居民反接跪地，遂为立庙，淫祀至今不绝。夫非范公之言作之俑乎？

---

① 五郎神：鬼神名，又叫“五通神”或“五圣”，相传为凶神。唐宋即有此名，明清两代吴中多祀之。

② 苏州府学：宋景佑二年（1035），时任苏州郡守的范仲淹，应地方人士朱公绰之请，奏请朝廷，获准给田五顷办学。范仲淹创立的苏州府学不仅在苏州地区为最早的一所官办学校，而且在全国范围内也是第一所州府级学校。

③ 文正公：范仲淹，989—1052，字希文。祖籍邠州（今陕西省彬县），后迁居苏州吴县（今江苏省吴县）。他为政清廉，体恤民情，刚直不阿，力主改革，屡遭奸佞诬谤，数度被贬。终年六十四岁，谥文正，封楚国公、魏国公，有《范文正公集》传世。

④ 山魈：山中大猴、猩猩再加传说的混合物。似人，色黑，身长丈余，上唇盖眼，反踵，逢人则笑，产南方。

⑤ 木客：传说中的深山精怪，形颇似人，手脚爪如钩。

⑥ 崇敞：高大宽敞。

⑦ 丰隆：丰盛隆厚；高大崇隆。《后汉书·公孙瓒传》：“据职高重，享福丰隆。”

⑧ 紫薇村：位于上方山茶磨屿南侧。此地也是范仲淹后来隐居处。

五郎神二

苏州韩襄毅公[①]未遇[②]时，相传为同学诸生所诒，夜持《周易》赴府学尊经阁上，遇五郎神，称为都宪公，与之宴饮。既醉，从席间怀金叵罗以归。明日，南濠张氏富室女病，为神所凭[③]，医术莫愈。韩袖叵罗入其家，谓主人曰："君女听[④]我为妇，当为治之。"主人珍重辞谢，乞哀相救，愿以女充箕帚[⑤]。襄毅乃索笔大署于背曰："韩雍妻不可欺。"应手而愈。于是[⑥]主人素闻韩名，即辍盛妆以女归。明年，韩果擢第矣，后果为国朝名都御史。

五郎神三

葑门彭城[⑦]秀才某，尝因无子，祷于宝林周宣灵王庙。签诀中有"一朵金莲蓦地开"之句，不晓所谓，意欲寻访人家，或有婢名相合者，可娶为妾。后为其妇颇妒，不谐茂陵之聘[⑧]。妇年三十许人，微有姿首。辛亥[⑨]岁，忽为五郎神所凭，意虑失常，

---

① 韩襄毅公：韩雍，1422—1478，字永熙，长洲（今江苏苏州）人。明代中期名将、诗人。明武宗时追谥"襄毅"。有《襄毅文集》传世。
② 未遇：指未得到赏识和重用。
③ 凭：占据，此处指灵魂附体。
④ 听：顺从，接受别人的意见。
⑤ 箕帚：借指妻妾。汉赵煜《吴越春秋》："（越王勾践有二遗女）谨使臣蠡献之，大王不以鄙陋寝容，愿纳以供箕帚之用。"
⑥ 于是：当时，其时。《左传·隐公四年》："于是陈蔡方睦于卫。故宋公、陈侯、蔡人、卫人伐郑。"
⑦ 彭城：今江苏省徐州市。
⑧ 茂陵之聘：纳妾。司马相如发达后想纳茂陵女子为妾，卓文君知道后就写了一首《白头吟》给他，斥责他的薄情。
⑨ 辛亥：万历三十九年，公元1611年。

梦魂恍惚，常与神遇。神亦时时降于其家，衣锦袍，乘白马，或挟弹弓，若贵介公子状。骑从繁多。又或御车飞盖[①]，自檐端下诣密室。秀才借窗肄业，一日偶归，见房门扃钥甚固，有两女鬟，年可十四五，覆发披肩，容姿妍冶，着凤云绣半臂，夹侍于门外。讯其名，一鬟答曰金莲，俄而遂失所在。秀才大惊。有顷，神现形如人，出坐堂中，召秀才谕之曰："君妇前生与我伉俪，今冥数又合为妻，可速妆梳，相携而去。"秀才叩恳，举家哀祈，乃许诺云："且暂谐匹偶，却后五年，当来迎矣。"后信宿辄来，每至，则屏帐茵褥，珍怪之食陈设炳焕，皆非人间所有。妇便欠伸呵嚏，起入帷中，侍者窃闻狎昵欢笑之声，逾于人间夫妇。既展绸缪，良久方去。秀才惧祸，又利其赠遗之隆，竟不敢与妇同寝处矣。

其家每日供具饮食，悉是神为致之。神或不至，时有异味相饷，从空而下，举家不测所从来也。本户有官逋五金无办，县驺督迫，忽案上铿然有声，视之，则银一锭，恰秤得五金有奇，适符其所逋之数，遂输长洲库中。妇闻邻近丁孝廉家，岁有入闽之使，常携鲜荔枝北还，得善藏法，启瓮如新。时方五月，辄向神前索之。神云："甚易耳。少待三日，须遣人觅至也。"如期，妇晨起临妆，已有一朱红合子置妆台上矣。开视之，果得轻红十五双，擘[②]啖，如从树头摘下者，合子盖犹带露痕。如是凡所需索，无不立应，家渐丰饶，邻人贫者闻而艳焉。

侧近有五龙堂前一家，夫为府书佐[③]，妇亦喜淫，借此神以肥家，至今数年，往来不绝。

虞山有衣缨[④]之孙，不斥[⑤]其名，尝绘神像于后楼，举家事

① 飞盖：驰车，驱车。三国魏曹植《公宴》诗："清夜游西园，飞盖相追随。"
② 擘：国图清钞本作"劈"。
③ 书佐：官名，主办文书的佐吏。
④ 衣缨：借指官宦世家。南朝陈徐陵《与王僧辩书》："固以衣缨仰训，黎庶投怀。"
⑤ 斥：指出。

之，以禳没头冤鬼，后遂诲淫，数数现形往来。日费狗血数升，备为厌术[①]，终不能遣。

五郎神四

独脚五郎，名一足鬼，楚中亦处处有之。白香山《送人入楚》诗云："山鬼趫跷[②]惟一足。"陆氏《庚巳篇》云："即古所称'夔[③]一足'者是矣。彼中或称为萧公，正所取山萧[④]之义耳。"桃源江观察盈科，曾话其里中亦有此鬼。性好淫，凡妇女与交合，事之如事其夫。随所欲，必致金珠绮绣，不远千里，应声而至。少拂意，便举火焚室庐。观察往有宗人江禄者，猎于深山之中，夜宿民家。五鼓起，见其床头挂豚蹄一肩[⑤]，上用湖广税课司条记[⑥]，印痕尚湿。禄怪而问之曰："省城道路甚遥，安得顷刻及此？"主人具述所由，盖其家事鬼，即鬼所搬运者也。

五郎神五

高邮李甲之妇，年未三十而孀居，止一子，乳名毛保，方十五岁。妇有美色，夫死之后，遂为五郎所据。无计驱遣，数移

---

① 厌术：即厌胜之术，古代一种巫术，谓能以诅咒制胜，压服人或物。
② 跷：举足行高。《汉书·高帝纪》："可跷足而待也。"
③ 夔：古代传说中的一种龙形异兽。
④ 山萧：即山魈。唐段成式《酉阳杂俎·诺皋记下》："山萧，一名山臊……俗言山魈。"
⑤ 一肩：表数量。用于肩荷之物。《儒林外史》第四十一回："自己一肩行李，跨一个疲驴，出了泗州城。"
⑥ 条记：明清官印的一种，亦称钤记，为长方形，未入流者用之，入流者则用方印。

居以避之。其神踪迹而来，昼夜现形，恣其媟狎。心有所欲，空中下之。因妇有服，遂致素缯练绢，一切帏茵寝玩之具，虽有文绣，不施锦采。送钱动以万计，他物称是①。

一日，妇欲得金步摇、金爵钗②，向神索取。神曰："往见苏州太守舍中有家姬所戴首饰，颇极华美，往可窃而得③也。"三日后神还，足跛矣。问之，曰："已得首饰，过堂西小阁子下，遇一黑面长须人，手持铁简④击某，被伤左股，楚甚。后又遇两金甲神，长数丈，某惧，便投所窃物于井中而出，为汝几丧躯命⑤矣。"

毛保方抱凯风之恨⑥，适于隔壁闻言，欲验五郎所惧者何神也，遂趁⑦船下苏州，投入府署，谒一掾史⑧，具述其故。掾史曰："果有之。"止毛保于家，入白太守舍中，遣人入井捞寻，果得步摇、爵钗之属，宛然在焉。推验黑面长须人，乃是壁上所帖钟馗，而两金甲神者，疑即府署所绘门神也。太守召毛保，厚给资斧而还。下令欲毁其庙，左右数谏乃止。

毛保遂出金买大匹纸三番，从苏州画工图写一钟馗两金甲神，雄毅非常，到家揭之于门。五郎见之，凛然终不敢入，召妇于门外谓曰："向击我及我所遇于太守舍中者，正此辈也。卿儿为戏，一何酷耶。"与妇呜咽而别，自此杳然。

---

① 称是：谓与此相称或相当。
② 爵钗：雀形的发钗。爵，通"雀"。三国魏曹植《美女篇》诗："头上金爵钗，腰佩翠琅玕。"
③ 得：国图清钞本作"取"。
④ 简：当为"锏"，鞭属，三棱或四棱形，铁制。一种盛行于宋代的兵器。《武经总要》："有人作四棱者，谓之铁锏，谓方棱似形，皆鞭类也。"
⑤ 躯命：国图清钞本作"躯"。
⑥ 凯风之恨：夺母之恨。凯风即《诗经·凯风》，现代学者一般认为这是儿子歌颂母亲并深感自责的诗。
⑦ 趁：搭乘。
⑧ 掾史：官名。掾与史的合称。古代指分曹治事的属官。

五郎神六

寿州[①]正阳镇[②]有沈氏女郎，容姿甚丽好，衣绯立于门，见一少年挑之[③]，遂避入。俄而少年径入寝榻之前，女郎且骂且拒。少年大笑曰："我天人也，与卿有夙缘，慎无间阻[④]。"即升榻共偶。女郎力不能禁，遂与通焉，欢洽之际，无异世人。平晓别去，出金凤钗二股留为信物。至夜又持二百金来，嘱曰："此东邻龚家笥中物，可从容用度，勿以语于外也。"两月之前，龚家果失笥中二百金，封识宛然，不测何术以取。后述于兄嫂，秘其事不言。女郎既已失节，兄嫂复利赀财，信宿往来，各无猜忌。未几女郎出嫁，魅亦便绝。

五郎神七

绍兴会稽县五显坊编户沈家，许愿五郎神，每夜设酒食五筵于池亭上，如邀大宾之礼，张灯列烛以伺之。筵皆偶坐[⑤]，五鼓方散，杯盘狼藉，日以为常。稍不丰洁，即被呵责，其家亦当有小不安。所得赠遗金钱、琛贝[⑥]、宝玉、明珠、异缯、名锦之属无算。车骑鼓吹，惊闻于邻，至今不绝。乡人祝良柱说之。

---

① 寿州：古地名，隋朝设立，治寿春（今寿县），是古代的一大军事重镇。

② 正阳镇：在今寿县正阳关镇，又名正阳关，位于淮、颍、淠三水交汇处，具有 2 500 多年历史。

③ 挑之：挑逗她，调戏她。

④ 间阻：阻隔；从中作梗。《永乐大典戏文三种·小孙屠》："一双两美，我也成忔戏。几曾间阻，两下分离。"

⑤ 偶坐：陪坐。《礼记·曲礼上》："偶坐不辞。"郑玄注："偶，配也。"

⑥ 琛贝：犹珠玉。明宋濂《送天渊禅师浚公还四明序》："其辩博而明捷，宝藏启而琛贝焜煌也，云汉成章而日星昭焕也。"

五郎神八

吴山[①]西黄村木工小王，入城晚归，逢一鬼使，皂衣赤腰襕[②]。木工不知其非人也，问何往，曰黄村。木工喜曰："某亦欲归黄村，请便同行。"行数里，才抵村，天渐际暗[③]，鬼使指村口人家谓木工曰："卿思酒食乎？吾能诣彼取之。"木工曰："幸甚。"见其入门，少顷携一大罂酒及一羹鸡来，二人偶坐[④]地上共啖。毕，谓木工曰："卿少待，吾于此家有小勾当欲了也。"木工便取酒罂纳藁积中，立而伺之。忽见窗内掷出一人，手足束缚甚固。俄而鬼使亦自窗中跳出，负之而去，竟不顾，其行如烟，霍然不见。便闻屋内哭声，木工知所遇非人，因尔捷走还家。向晨往视村口人家，主人公夜死矣。问尝失物乎，曰："昨祭五圣，失去一罂酒一羹鸡。"木工乃探藁积中出罂畀之，告以鬼使之故，大小皆惊。

五郎神九

苏城赐酒巷徐秀才汝畯家，旧有五圣丛祠，近因改宅迁毁，致其神日夜作耗。中庭种一栏栀子花，常闻栏边起歌吹声，家人惊异，莫知所在。及审听之，乃花中出也。或时作灵语云："我无栖止，依草附木，奈何见惊？"秀才父大恶之，秘不外说。邻人徐琏言。

---

① 吴山：在浙江杭州西湖东南。春秋时为吴西界，故名。
② 襕：古时上下衣相连的长袍在下摆所加的横幅，后多指这种样式的士人服装。
③ 天渐际暗：似应为"天际渐暗"。
④ 偶坐：对坐。

五郎神十

萧塘[①]宋氏侧近张家妇，有姿首，五郎神降其家。如此数月，显然[②]来游，常下酒啖与妇饮食，家自此骤起。后妇忽生外意，便绝往还。亡何，一日空中割去双乳，莫知所从来也。此妇至今胸上有瘢，孝廉懋澄[③]所谈。

五郎神十一

无锡县陆阿观，昔为安茂卿[④]座客。茂卿死，复游秦中丞[⑤]诸郎之门，因移家住其别业。有女未字[⑥]，忽为五郎神所凭，每夜来降，即现形，状如美少年，女亦荏苒同心[⑦]焉。却令阿观在房外搬银，大小锭数，累累满箱，因下锁钥甚固，明晨启视，空亡有矣。如此数日，阿观怒，嫁其女于远方。羔雁[⑧]既至，灵迹遂绝。余所亲王稚庸与阿观善，而说数年前事也。

五郎神十二

苏州城阊门四牌楼下，新安太学谢之翰为盐贾，有女宝容，

---

① 萧塘：在今上海市奉贤区。旧名秦塘，后萧姓居此，渐成市集，遂改名。
② 显然：不加掩饰，大摇大摆。
③ 孝廉懋澄：宋懋澄。
④ 安茂卿：安绍芳，1548—1605，字茂（懋）卿，号砚亭居士。安如山之孙，安希尧之子，无锡诸生，所居曰西林一片石。能诗，工词翰。有《西林全集》行世。
⑤ 秦中丞：秦耀。
⑥ 未字：女子尚未许配。
⑦ 荏苒同心：光阴荏苒，连理同心。
⑧ 羔雁：用作征召、婚聘、晋谒的礼物。

九岁时常见衣绯贵人，登其家月台观望，不知是妖魅也，数与之戏。至十三岁时，即为五郎所凭，神情失常，形如黄叶，日食大枣三枚，以杯水下之，更不进余物。如此者四年矣。甲寅十一月事。医师朱九成说。

五郎神十三

苏州山塘全大用，为象山①尉。有赘婿江汉，年弱冠，风仪不下。遂与五郎神遇，绸缪嬿婉②，情甚伉俪。其室人竟不敢与夫同宿。江郎病瘠日甚，全氏设茶筵宴之，终不能断。丙午③岁，遇异人飞篆禳除，遂尔绝迹。

五郎神十四

长洲县隶人④顾孝，住醋坊巷。壬寅⑤年，为长郎娶妇。妇⑥自幼与五郎情好，俗言“服圣”。其夜花烛初陈，室中欻起灵风，吹灯灭烛，持兵仗与长郎暗中格斗。侍卫无数，反阖其扉，父母亲戚并莫能入。明日迎道流⑦过张王府基，忽有两胡雏，形貌丑怪，迳前谓曰：“君莫往与人间事，顾家新妇实先许配寒门，何故见

---

① 象山：今浙江省象山县。唐神龙二年（706）立县，因西北有山“形似伏象”，故名。
② 嬿婉：欢好；和美。《文选·苏武〈诗〉之三》：“欢娱在今夕，嬿婉及良时。”吕向注：“嬿婉，欢好貌。”
③ 丙午：万历三十四年，公元1606年。
④ 隶人：古代称因罪没入官为奴隶、从事劳役的人。《仪礼·既夕礼》：“隶人涅厕。”郑玄注：“隶人，罪人也，今之徒役作者也。”
⑤ 壬寅：万历三十年，公元1602年。
⑥ 妇：国图清钞本无，误。
⑦ 道流：道士之辈。唐孟浩然《梅道士水亭》诗：“傲吏非凡吏，名流即道流。”

夺！”言讫不见。须臾，其女在帐中望见道流至，面赤发怒，向壁而寝，少时暴亡。

五郎神十五

苏州屈家桥卖缯沈辅臣，三子娶三妇，并为五郎所擅。其大妇寝瘵已深，精神恍惚。忽一日晨起，梳妆甚整，登楼命女奴卷帘曰：“窗外一簇鼓乐骑从来也。”女奴曰：“娘子病狂耶？清天白日，何有此事！”逡巡又曰：“儿上轿子去也。”端坐而卒。平居凡有所欲，随心而至，或空中下之。亲邻往来，无不皆见。

五郎神十六

苏州仓桥头酿家沈承传，生女观奴，自幼端洁。戊午[①]，年十九岁矣，忽遇五郎出金彩[②]为聘，赠遗甚多。其夜便留欢狎，所欲无弗遂也。尔后观奴闲坐，常有蝴蝶为使，往来帐前，俄顷车骑威仪至矣。其家以此为候。

五郎神十七

苏州木渎镇殷甲，开油车[③]。先与同里周乙结为兄弟，乙死，甲妻续亡。万历甲辰，甲遂娶乙妇谈氏为妻。谈氏又先奉事五

① 戊午：万历四十六年，公元 1618 年。
② 金彩：有光彩的金子。
③ 油车：榨植物油的作坊。

郎，于是频降作耗，乙复来助，拉攞纷闹，昼夜不安。甲无奈何，迎请医师道流，百计收之，莫能断绝。忽一日，谈氏在内并当[①]箱箧，取出紫襤裆、石榴裙、淡黄帔子，下至絮缯祖服，一一裂碎，纵火焚之，扬灰散尽，无复存者。时中秋夜，月色甚皎，连呼取轿，开门而出。家人迹之，奄尔不见，还视，其尸宛在床也。

五郎神十八

正德中，永州副帅[②]吴宁之弟秀才吴二郎，少好弄[③]。闻人言服药可以视鬼，遂觅药服之。甲戌[④]秋，果有鬼物降于家。昏黄[⑤]始来，不数日遂去，至乙亥[⑥]春正月复来。其神妆束如帝王之状，戴金顶冠，着绛绒袍。少顷，又有衣青者、衣黄者、衣白者、衣黑者四人至。其妇五人，亦如后主容饰。后骑皆妇女才官，执幢持戟，约四十余人。夜则居于小楼，击鼓吹笙，供帐[⑦]焕丽。人见其所着之靴华美，请而观之，神自楼窗掷下红罽[⑧]袜、金线靴，其中气犹暖也。诸妇垂手窗下，明如软玉。后二郎友人举子杨宗厚请见其手，微爪伤之。神怒，遂命焚吴氏之宅，凡十余处火起，俄而二郎饮恨以死。

---

① 并当：收拾料理。南朝宋刘义庆《世说新语·德行》："丞相（王导）还台，及行，未尝不送至车后。恒与曹夫人并当箱箧。"
② 副帅：国图清钞本作"副使"。
③ 好弄：爱好游戏。《宋史·黄伯思传》："自幼警敏，不好弄，日诵书千余言。"
④ 甲戌：万历二年，公元 1574 年。
⑤ 昏黄：黄昏，天色幽暗或有风沙的天色。
⑥ 乙亥：万历三年，公元 1575 年。
⑦ 供帐：亦作"供张"，陈设供宴会用的帷帐、用具、饮食等物。亦谓举行宴会。汉班固《东都赋》："尔乃盛礼兴乐，供帐置乎云龙之庭。"
⑧ 罽：音 jì，用毛做成的毡子一类的东西。

五郎神十九

万历壬寅，苏城查家桥店人张二子，年十六，白皙美风仪。一日遇五郎神现形其家，诱与淫乱，大设珍肴，多诸异味。白昼命手力置烧鳗数器，酣宴欢呼，倏忽往来，略无嫌忌。后忽欲召为小胥[①]，限甚促，父母乞哀不许，寻而其子死焉。三月之间，人亡家破。

游方五圣

楞伽山[②]在吴县西南，俗名上方，有五圣庙在焉。管弦填咽[③]，酒肉滂沱，每岁烹割害命无数。山下田夫红妇，往往夜见灯烛人马出没石湖烟雾中，有五丈夫执弓挟弹，拥驺从姬侍，张乐设宴于田间，若贵介少年状，亦间用王者威仪，此名游方五圣。

树头五圣

苏杭民间，凡遇大树下架一矮屋如斗大，绘五郎神母子弟兄夫妇于方版上，设香烛供养，以时享之不废者，此名树头五圣。

---

① 小胥：旧时官府中的低级官员。

② 楞伽山：又名上方山，是七子山东北支脉，位于苏州市西南郊，因山有楞伽寺，又名楞伽山。

③ 填咽：形容声响很大。《花月痕》第九回："远远的听得人语喧哗，鼓声填咽，正是龙舟奋勇竞渡之时。"

花花五圣

吴俗，抱痘之家，必供五郎神于堂。既兆吉，具牲牢献之者，此名花花五圣。

圈头五圣

卖浆家养猪牧豕，必于牢槛之侧造小橱，供养五郎神于中。夫妇参礼，祈求血财[①]丰旺。卖猪讫，则豚蹄盂黍以祀之。有一等穷五郎享其祀，富五郎所不屑受也。此名圈头五圣。

檐头五圣

人传五郎神常常自檐而下，或夜宿人家檐间，俗所谓檐头神者，此名檐头五圣。

宋相公一

阊门外宋相公庙，旧多灵异。万历近年间，有撑船水夫送船到京，将归于[②]吴，便下张家湾[③]觅载。见一画舸，中有贵人，

---

① 血财：在民俗文化中，猪象征财富，被称作“金猪”“乌金”。猪是“血财”，发“血财”就是发红财。

② 归于：国图清钞本作“返于”。

③ 张家湾：位于今北京市通州城区东南五公里处，是通往华北、东北等地的交通要道。

皂帽绯衣，容状丰伟，手力十余人挂帆将发。此人因恳求寄，乃令坐艄[①]棚中。其人以草履挂棚上，将所持襆作枕而寝。须臾睡熟，但闻有声飒若疾风骤雨，明晨梦觉，见己身卧于草丛之中，风露满身。起视其地，已在枫桥颜家场上矣。独怪之，急行至阊门，偶憩宋相公庙，忽见梁上小船艄挂一草履，宛是隔夜所寄者。仰视神貌，若所见舟中也，侍卫土偶皆泥湿如汗，船底犹渍水痕。

宋相公二

宋相公庙在度生桥西，相传是水府之神，或云其神主杀，故为五郎部下伤官。北寺西亦有庙，以尝戮人于其地也。隆庆中，齐门内邹察太守夫人疾笃，夜召巫者祭祀天下神祇。有天妃宫前顾子章邻家恶少，夜醉方上新桥，忽见桥上皂帽人朱衣白马而来。恶少不知其神也，举手格之，神发怒而去。明日五更，神降其体，作狂语云："我赴邹家夜宴，汝何故手格我！"言毕，众见此恶少反接自缚，飞走出阊门，径入宋相公庙中，搒掠无数，体无完肤。子章辈数十人，具酒牢入庙，交口哀祈，许以其身舍为神船水手，乃止。至今船上把舵恶少是也。

宋相公三

苏州盘门内薪桥堍下，有宋相公庙一小间，不知何年所造。侧近薪桥弄中，住店人金世隆，其孙阿二，八岁痘亡。月夜还家，

---

① 艄：船舵尾。

呼其父母隔窗而语曰："儿即在宋相公庙前。死后便有三身，一身庙中驱使，一身常在对河与群儿嬉戏，即又见所死之一身，前日焚化。今伴侣最多，所与阿二游者，皆平居里巷中狎昵群儿，差不寂寞也。"据此，则宋相公为水府市曹之神，宜聪明，宜正直，亦下同淫厉[①]啖无罪小儿。彼天听[②]虽高，不虞九阍[③]一叫乎！唐小说柳家甑甑[④]之事，不厚诬矣。许生国光与金为邻，述其事。

插花马公

苏城花筵中，以插花马公为五郎部下伤官，巫祝称为马福总管，俗呼之为马阿公。别置矮席，先祭享之，匆匆送去，然后登歌[⑤]。相传马阿公者，葑门人，以卖鲜菱为业。每晨担菱出阊门，经过山塘宋相公庙，必择取其大者一双为供，日以为常。最后暮年，与人争担，斗击不能胜，怒而登灭渡桥[⑥]，自投于水。适宋相公神舟过桥下，收于帐前驱使。吴俗敬其正直，凡开张铺肆者，龛事于家，朝夕祈祷，以昔尝为担人又名福也。

---

① 淫厉：祸害，灾害。《左传·昭公七年》："匹夫匹妇强死，其魂魄犹能凭依于人，以为淫厉。"

② 天听：上天的听闻。《尚书·泰誓中》："天视自我民视，天听自我民听。"

③ 九阍：九天之门，亦指九天。唐刘禹锡《楚望赋》："高莫高兮九阍，远莫远兮故园。"

④ 柳家甑甑：故事出自唐人小说《前定录·柳及》。

⑤ 登歌：亦作"登哥"。古代举行祭典、大朝会时，乐师登堂而歌。《乐府诗集》："登歌者，祭祀燕飨堂上所奏之歌也。"

⑥ 灭渡桥：位于苏州古城东南隅葑门外，跨京杭古运河。该处为水陆要津，原没有渡船，因旅客不能忍受舟人把持敲诈，由僧人发起集资募建桥梁，取名"灭渡"。今讹称觅渡桥。

二郎[①]庙

相传灌口[②]二郎神在四川成都府灌县[③],香火甚盛。今吾吴葑门内水中涨一小洲沚[④]，方广不逾数弓，土人立二郎庙于其上，殿堂甚湫隘，临水开窗，如人家[⑤]斋舍一楹。神像亦小，长可二尺许，着金兜鍪，衣黄袍，坐帷帐中。而香火之盛，莫与比者。自春徂冬，祭享不绝。疮疾之家，许一白鸡还愿，既瘥，乃宰鸡往献，又裹麦为饼，以饲庙中白犬。尚白者，岂谓蜀在西方，取义于金，以神其说欤？此不可晓。

宋朝有《紫罗盖头词话》，指此神也。又传六月廿四日是神诞生之辰，先一夕，便往祝厘，行者竟夜不绝，妓女尤多。明日即剧钱[⑥]为荷荡[⑦]之游矣。吴城轻薄少年,相挈伴侣,宣言同往二郎庙里结亲。一进庙门，便阑入珠翠丛中，双拜双起，日以为常，神亦了不为异。若果清源真君[⑧],安得不降之罚乎？疑是花木之妖尸[⑨]之矣。诲淫败俗，莫此甚焉，未知作俑于何年也。

金小一总管

数年前，西阊衣缨之族，有家监住田庄上，生子年十四，容

---

① 二郎：也称二郎神。相传秦时李冰及其次子曾在灌口开离堆，锁孽龙，有德于蜀人，蜀人因此建庙祭祀，奉之为神灵。
② 灌口：在今四川省都江堰市。
③ 灌县：在今四川省都江堰市，以都江堰和青城山闻名。
④ 洲沚：水中小块陆地。
⑤ 人家：普通民家。
⑥ 剧钱：为“醵钱”之误。意为凑钱，集资。宋欧阳修《归田录》卷二：“每岁乾元节醵钱饭僧进香，合以祝圣寿，谓之‘香钱’。”
⑦ 荷荡：生长荷花的湖。
⑧ 清源真君：即二郎神。
⑨ 尸：主持。《诗经 · 召南 · 采苹》：“谁其尸之，有齐季女”。

姿端隽。一日遇道人过门，抚其顶曰："此儿有神骨，宜保护之。"未久忽病，病浸剧[①]，其母与城中女巫交往，急召巫至。巫忽作灵语曰："金小一总管为上帝所谴，盘门外有庙无神，议使卿子补职。名已去，非可救者，速备金冠玉带，衣以绿袍，缘[②]以锦绣，送死之礼，一如神明，且迎者至矣。"言讫斯须，闻陌上鼓吹之声隐隐到门，其夕便卒。父母痛悼过哀，悉依女巫言殓之。

草鞋三郎

杭州府有草鞋三郎庙，颇有灵响。公门伍伯、巡逻、游徼之属，家祭户享。稍不致敬，便罹官灾。相传草鞋三郎即古盗跖[③]是也。

百花大王

苏州府治即春申君[④]所造，相传为桃夏宫[⑤]是也。旧志郡圃地甚广，前临池光亭[⑥]，后抵齐云楼[⑦]。唐朝木兰堂正在郡圃之西，圃

---

① 浸剧：指疾病逐渐严重。唐郭象《睽车志》卷五："（靳瑶）妻遽得心痛，浸剧不省人，舆归即死。"

② 缘：镶边。《尔雅》："缘谓之纯。"注："衣缘饰也。"

③ 盗跖（zhí）：古代传说中春秋时期率领盗匪数千人的大盗。名跖，"盗"是当时统治者对他的贬称。

④ 春申君：即黄歇，前 314—前 238，黄国（今河南省潢川县）人，曾任楚相。黄歇游学博闻，善辩。楚考烈王元年（前 262），以黄歇为相，封为春申君。与魏国信陵君魏无忌、赵国平原君赵胜、齐国孟尝君田文并称为"战国四公子"。

⑤ 桃夏宫：黄歇的山庄。

⑥ 池光亭：在长洲县（历史上苏州地区的一个县）郡宅后，即北亭，唐刺史白居易命名。

⑦ 齐云楼：旧在江苏苏州子城上，唐曹恭王所建。后为张士诚王宫的一部分。唐白居易《齐云楼晚望偶题十韵兼呈冯侍御，周、殷二协律》诗："齐云楼北面，半日凭栏干。"

中有土地神祠，名曰百花大王。宋淳熙中，韩彦古[①]欲毁之，左右并谏，遂不果。嘉定[②]中重建。今虽废，而民间尚有祠百花大王者。

楠木神

湖广襄阳道中，襄河[③]数十里，有楠木神最灵。商旅行舟，触之皆碎，过其地者，必祭祷之。相传是估客因风散簰[④]，失此一木无获，岁月浸久，便成精怪。众以其祸福[⑤]如神，因共而置屋立庙，号为“南君”。不知何年代也。

花关索[⑥]

云贵间有关索祠几处。相传一巨绠[⑦]，常夜作声，时人以为灵响，于此建屋立祠，名曰花关索。衣冠钟鼓，千年不断，往来行旅，莫不祷祈，至今尚在。传奇小说中常有花关索，不知何人。东瀛耿驾部橘[⑧]，少时常听市上弹唱词话者，两句有云“枣核样小

---

① 韩彦古：？—1192，字子师，延安（今属陕西）人。著名将领韩世忠第四子。高宗绍兴十八年（1148），直秘阁。孝宗乾道二年（1166），以居家不检，由知严州罢，奉祠。淳熙元年（1174），起知平江府。淳熙五年（1178），以凌辱官吏，送临江军居住。淳熙九年（1182），再奉祠。光宗绍兴三年（1192）卒。

② 嘉定：南宋皇帝宋宁宗的最后一个年号，共计 17 年，1208 年至 1224 年。

③ 襄河：汉江（又称汉水）过了襄阳以后，襄阳境内下游百姓称其为“襄河”，今称南渠，属汉江的区域性别称。

④ 簰：大筏。

⑤ 祸福：国图清钞本作“祈福”。

⑥ 关索：民间传说中的人物。在《三国演义》中，他是关羽的第三子。关索的出身见于《全像通俗三国志传》。至今云南一带仍流传以关索为主角的“关索戏”。

⑦ 绠：轮辐近轴处向外突出的部分，代指车轮。

⑧ 橘：耿橘，字庭怀，一字朱桥，又字蓝阳，号兰阳。明代著名理学家、武艺家。万历二十九年（1601）辛丑科进士，曾任尉氏知县、常熟知县，颇有政声，后为监察御史、兵部主事。耿橘为官清正干练，敢书直谏，因而得罪了上司钱谦益，他愤而辞官还乡。撰有《周易铁笛子》《耿氏春秋》《曾子孝实》。

花关索，车轮般大九条筋”。后以语余，共相击节。

柱础神

盘门内故有子胥[①]庙。前有桥号庙桥，地名庙湾。临河旧立小石幢一座，幢下有黄砂石一块，长可一丈，广不盈二尺，乃是牌坊柱础，不知何代物也。村郭之间，入城者经过其地，必祭之，灵应非一。酒肉不断，纸钱草履[②]之属来者转多，不敢触忤。夏侯桥[③]民张舜，自云是禁卫千侯，曾随大将东征关白[④]，素以胆力自雄。行过其地，问：“此石何有神乎？乃祭之耶！”祭者摇手，具言其灵。舜曰：“吾何畏此。”乃践尿其上。尿乍毕，觉己背如有物击之者，大呼而颠蹶[⑤]于地。众为之请，逾时乃苏。自此益见神于村民，灵圣不复绝矣。

济河[⑥]神

徽州商贾，凡所托行贩之仆，俗皆呼为小郎。数年前，有某商小郎溺死于山东济河，后飞神还家，附于商之子，通姓名而言

---

① 子胥：伍子胥，前559—前484，名员（一作芸），字子胥，楚国椒邑（一说湖北省监利县黄歇口镇，一说安徽省全椒县）人，春秋末期吴国大夫、军事家。因封于申，也称申胥。

② 纸钱草履：指代穷人。

③ 夏侯桥：唐代建筑，为夏侯司空所建。

④ 关白：日本平安时代官名。《警世通言·杜十娘怒沉百宝箱》：“话中单表万历二十年间，日本国关白作乱，侵犯朝鲜。”文中“东征关白”即开赴朝鲜抗击侵略朝鲜之日本关白。

⑤ 颠蹶：本义为行走不平稳貌，文中作“倒仆，跌落”解。

⑥ 济河：又称济水，古水名，发源于今河南省济源市，流经河南、山东入渤海。现代黄河下游的河道就是原来济水的河道。

曰："某贩货还至济上，溺水死矣。赀本是同伴所收，某游魂无倚，因见河边有小水神庙，神运将衰，某与击斗数日，胜之，推仆于地，夺其位而坐。其神今已他适矣。某暂潜归，报于主人，欲索皂冠朱衣革带，如神明之服，焚之，某便得去其地为神，不复再来矣。"言讫呜咽。商急制与，焚罢，遂绝响。

绛冠紫帔神

明州屠小仪隆，令青浦时，夜曾以祷雨宿城隍庙中。上床脱裤时，觉其魂神欲出，口不能言。及倚床坐定，身在檐外矣。强引还房，又觉出。如是数四。须臾，闻有排门声，怪之，忽见一长神，绛冠紫帔，状若方相①，两目圆巨，电光射人，径前立于床下，直视小仪。小仪自定其心，正襟危坐而言曰："某为县令，可对白日青天。是何妖神,故相簸弄②！平生所持③'不贪生不怖死'六字而已。"言毕，此长神便请退。初欲相凌，见小仪神气湛然④，不可得乘，遂俯身抗手而灭。小仪便觉魂神冉冉入被中，渐能言动⑤如初。亟呼卒吏共起，挑灯话其事。视门牖悉锸如故，不测何来。乃知祠庙皆鬼神所处，衾影或愧⑥，便为迷惑。丁酉⑦秋，在其家绛雪楼中说此。

---

① 方相：上古传说中驱除疫鬼和山川精怪的神灵。方相神的形象特征为头长双角，鼓目龇牙，满脸凶相。《周礼·夏官·方相氏》："方相氏掌蒙熊皮，黄金四目，玄衣朱裳，执戈扬盾，帅百隶而时难，以索室驱疫。"

② 簸弄：玩弄。唐韩愈《别赵子》诗："婆娑海水南，簸弄明月珠。"国图清钞本于"簸弄"后有一"乎"字。

③ 平生所持：国图清钞本作"生亦持"。

④ 湛然：安然的样子。《大戴礼记·四代》："佥然湛然。"

⑤ 言动：国图清钞本作"微动"。

⑥ 衾影或愧：指在私生活中有丧德败行之事，问心有愧。

⑦ 丁酉：万历二十五年，公元 1597 年。

庐狗大王

邹希孟[①]为苏州府厅吏。万历辛丑，随郡丞盘库常州，驻札[②]御史行署。署有大朴树，可二十围，中有庐狗大王巢。孟不知也，日就树下践尿为常。

一日，天向晚矣，孟与书佐会饮，醉后唱歌，复往其处尿焉。未至树下，空中若与人格斗状。众见绳系孟头，悬着树杪，大骇，狼狈下之。既下，语言失次，游走不定，披发径诣厅事，藏匿于公座下，口中操常州人音自责曰："汝为府吏，何得纵肆无忌至此！树上乃大王所居，践尿其下，理乎？今着我曹追汝。"因诵帖子语云："庐狗大王遣手力钱金追录犯吏邹希孟，并妻顾氏、子阿官等家口。"名姓悉在帖子上，条次繁多，故不曲[③]载。孟无计逃脱，复从公座下走出，径到树前，反接自缚，跪泥淖中，若人拥之至者。至此则树神自作灵语，循其喑哑之声，在树中出也。叱云："吊起！"俄而孟耸身空中，仍有绳系头悬树。众怖走，不敢辄下。叱云："去毛！"俄见空中如人竞捽孟发。叱云："掌嘴！"俄又闻空中搏颊声。于是书佐辈齐跪苦祈："望大王矜恕，候官人还衙，某等敬具牲酒，代邹希孟谢罪。"言既，神复作语曰："若等将以阳官制阴道乎？"众佥曰："不敢。"神乃许诺曰："汝曹并非佳人，止夏某醇谨，未尝践尿于此也。可即着保[④]。"夏便如言疏状，焚于树前。孟蹶然仆地，少时便苏，遍身皆绑缚痕矣。郡丞归，左右具述本末。大惊，命

---

① 邹希孟：福建长汀书商，1578—1643，曾外出经商，成为长汀东部一带首屈一指的富翁。厅吏为职位较低官员，不需要避籍，一个福建人到江苏任一名小官似乎不合情理，或许是同名同姓。

② 驻札：同"驻扎"。

③ 曲：详细。

④ 保：国图清钞本无，误。

治具祭之，遂绝。

相传常州人好杀犬以祭淫神，而犬名韩庐，斯即犬妖所作矣。

藤溪神

常熟顾孝廉云鹏，读书藤溪庄[①]。一夕，微有月色，登东头小阁子吟眺。忽见半山张家坟屋内，有朱衣大僚二人偶坐，互相揖让，庭中甲骑数十队，列炬百行，旌旗盖幢纷拥户外。初谓县大夫之游，庄人进曰："此神降也，宜避之。"云鹏略不以介意。经数刻不散，倦极下阁就寝。诘朝[②]与客共诣张家坟踪迹之，见堂中供逆毛三总管、白虎毛司徒，并是邪神厉鬼，盖坟客[③]与土人轮番赛社，而延致于家者。又二载，云鹏寝瘵而殂。

社　公[④]

徽州风俗，有社公社母淫祀。丙午[⑤]九月，休宁县某市镇富人儿，挟弹走马，忽遇市中迎赛[⑥]社公，纸马上挂纸钱数千，冲突而过。神巫遂发狂语云："当立降之祸！"语未既，一老妪猝至，仆死马蹄下矣。明日里正陈状于县，富人费三百缗。费讫，妪复苏。

---

① 藤溪庄：在今常熟西门外邹巷。

② 诘朝：即清晨。《左传·僖公二十八年》："戒尔车乘，敬尔君事，诘朝将见。"杜预注："诘朝，平旦。"

③ 坟客：为坟主打扫、管理坟墓的人。

④ 社公：旧谓土地神。

⑤ 丙午：万历三十四年，公元1606年。

⑥ 迎赛：旧俗把神像抬出庙来游行，并举行祭会，以求消灾赐福。

山 王[1]

嘉定县唐玘[2]，家在江湾镇[3]上。年未弱冠，明习书算。父将与纳赀为吏，未果。尝因送亲故入城，行倦欲眠，暂凭几案，奄然如梦。见两皂衣人牵马来迎，初云是昆山城中贵人邀宴，玘便上马，驰出嘉定北门。行半日许，乃达昆山，直入南门，延缘[4]坏城而行，人迹所未尝至。复有两皂衣突出马前，持帖子示之，曰："吾属奉山王命来取君，安得坐马上乎！"捽玘发下马，踏倒路旁，引袖中赤绳数尺系其颈，牵至山王庙门下，入跪于庭。

见山王衣赭黄袍，着金冠，威仪甚盛。谓玘曰："闻汝少年有书记之才，故特相召。"立命玘掌四殿中十六箱文书。文书皆在竹笥中，一一分明，指而示之。玘知山王为昆山县妖神也，固辞其职，泣而诉曰："某少不识文字，岂谙簿牍？望大王哀怜放释。"往反可数十语，王怒，便敕伍伯加刑，搒掠无数，备诸苦楚，而玘执词愈坚，言对有理。王亦无如之何，敕提置廊下，别判帖子，令持去追某县某人来。约半日许，追到一人，其人欣然拜命。王喜，即赐冠服，交与十六箱文书，领出。王乃敕前两皂衣人，送玘付土地司，令其转达东岳还魂。

既至岳门，未得遽入。忽有出呼于门者曰："郎君安得至此？"认之，乃其家故奴某也。玘具陈本末。奴曰："郎君当复生矣，不必入庙，吾将护归。"玘告以被杖之故，脚痛难行。奴曰："无忧耳，当觅一船相送也。"遂扶玘至岸下，见一无头尾空船子在，掖而登之，缩脚而卧。奴立于船上，不鼓楫而自行，逡巡已

---

① 山王：指山神。《五灯会元》卷二十："飒飒清风来入室，山王土地暗中忙。"

② 唐玘：陆粲《庚巳编》有《唐玘》篇，"吴县吏唐玘，嘉定江湾镇人"。

③ 江湾镇：今属上海市虹口区。

④ 延缘：缓慢移行。《庄子·渔父》："（客）乃刺船而去，延缘苇间。"

到，又掖而升岸。回顾间，舟与奴霍然不见矣。入门一跌而寤，以手扪四壁，不可出，始知身在棺中。以足力蹴其板，家人惊而启之，视玘已苏，死且四十七日矣。已又遇全真道士，进以刀圭，须臾得活。《续耳谈》记其事甚繁，此不曲载。

芦 王

仁宗朝，缇骑千侯孙表，出使琉球，路经白石矶。见其地芦苇蒙茂，中有一芦最巨。孙戏之曰："可称芦王。"遂去。其后此芦作祟，艨艟[①]往来，咸谓之神，宰牲祭祀，稍有不虔，便遭风波震惊。于是海上人依洲起屋，目为芦王庙。如此积年，孙使竣来还，见之笑曰："此我昔日戏言，岂有神乎！"遂命焚毁，乃绝。

牛 王[②]

北方有牛王庙，有客见之，云画百牛于壁，而牛王居中间。问牛王为何人，庙祝曰："冉伯牛[③]也。"飨祀不绝。

蛇 王

苏州城东娄门[④]内，旧有蛇王庙，负城临水。常年葑门外捕

① 艨艟：古代的一种战船。
② 此则故事不见于知不足斋乾隆刻本，从国图清钞本补。
③ 冉伯牛：冉耕，字伯牛，春秋末年鲁国陶（今山东省菏泽市定陶区）人。孔子弟子，为孔门四科"德行"代表人物之一。
④ 娄门：位于苏州老城东北。

蛙船数百艘，各舟持短青竹竿子，并牲酒纸马来献。献已，复持去。每夜用此竿子开路，一切蟒毒，因尔敛迹，得以捕蛙无患。其不祭者，神立祟之。盖妖魅之兴，非一日矣。近不知何人废庙，淫飨都绝，四境帖然。

令公①鬼

粤西风俗，病祈鬼神。临桂、灵川、兴安、阳朔之间多祀令公鬼，各起灵庙。箫鼓牲牢之祭不绝于庭。

武婆②

粤西民间，喜设淫飨之事。中秋宴会，家祀武婆，谓唐明空③也。临桂、灵川、兴安、阳朔、永福、古田④间，其俗尤盛，村落皆立武婆祠矣。

---

① 令公：相传为唐初曾任岭南抚慰使、桂林大总管的李靖。
② 武婆：唐人对武则天的称呼。宋赵彦卫《云麓漫钞》卷十："唐人号武后为阿武婆。"
③ 明空：应为曌（zhào）的拆解。曌，同"照"，是武则天所选的字，自取为名，意指日月凌空，普照大地。
④ 古田：在今广西壮族自治区桂林市永福县百寿镇。非今福建省古田县。

第十三

奇鬼

靖江县鬼戏

里人黄嘉玉，素有胆气。万历中，客于靖江朱鸿胪宅。其家数闻鬼啸之声，或在檐下，或出树头，备极作耗。一日嘉玉昼卧斋舍[①]，朦胧之间双眼未合，忽见一群尺许短人，自庭中四面而来，有老者、少者、长髭髯[②]者、跛而行者、美好者、奇丑者，凡数十辈，相聚戏于斋舍。取架上双陆、围棋、壶矢[③]之属，共相娱乐，旁若无人。

时嘉玉于隔帏中睹视分明，历历可数，心甚疑怪，不能得眠。乃伺便开帏，举所卧枕掷之，即踉跄散入庭中，黑烟满地，斯须而灭。起视戏局，还设如故。其夜方就寝，灯犹未灭，见群魅又来，携灯褰帷而谓嘉玉曰："吾属鬼戏，何与君事，乃举枕相击，一何虐也！"言毕便去。

朱家后有空堂高敞，嘉玉徙琴书以居。复一日，昼卧在床，见两皂衣人移其堂中乌皮几[④]二张，置于床后，捧出羹胾数盘，酒三四罂，盛饭斟羹，罗列几上。谛视其胾，一盘黑羊脯也。少顷，掾曹[⑤]书佐先至，又少顷，见一人着绛衣乌帻，一人着皂衣革带[⑥]，并长数丈，腰大十围，相向南面而立。皂衣让朱衣居左，餔啜[⑦]无异生人[⑧]，颇草草，食毕散去。书佐收拾瓯器，亦将行。嘉玉于隔

---

① 斋舍：书房。唐韦应物《郡中西斋》诗："似与尘境绝，萧条斋舍秋。"
② 髭髯：胡须。《周书·杨忠传》："忠美髭髯，身长七尺八寸。"
③ 双陆、围棋、壶矢：均为游戏名。双陆，一种棋盘游戏，棋子的移动以掷骰子的点数决定，先把所有棋子移离棋盘的玩者获得胜利，常用来赌博，在乾隆朝被禁；壶矢，即投壶，为传统礼仪和宴饮游戏。宋吕大临《礼记传》云："投壶，射之细也。燕饮有射以乐宾，以习容而讲艺也。"
④ 乌皮几：乌羔皮裹饰的小几案。古人坐时用以靠身。
⑤ 掾曹：即掾史。
⑥ 革带：皮做的束衣带。《晋书·舆服志》："革带，古之鞶带也，谓之鞶革，文武众官牧守丞令下及驺寺皆服之。"
⑦ 餔啜：吃喝。《平山冷燕》第十回："小弟虽贫，决不图贵家餔啜"。
⑧ 生人：文明发展程度较低的人，犹如生番。

帏便呼止之曰："适来是何鬼物，岂非土地城隍之神乎，将[①]朱氏之祖先耶？愿留姓名。"书佐摇手而去，忽焉失所在矣。嘉玉大呼主人，具道所以。明日复移别院。未几，鸿胪与嘉玉相继而殂。

攫金鬼

郭中原，京师人也，叔父为中常侍[②]，幸于先朝[③]，因以为后[④]。中原伟貌美髯，颇习道术，好结纳方外士。叔父死后，遂弃妻子家业，负杖云游。东渡钱塘，过绍兴，至府城中蓬莱山[⑤]上，爱其地僻，山名亦美，因家焉。土木之费，悉出己赀。其后落成，人稍有出佐[⑥]者。

虽谙黄白，然不妄为人谈。一日，山阴王佥臬某知之，逼其下山。佥臬癖好炉火，稍积余财，即输于炭药之值。有别业在推磨田头，村屋旷寂，人迹罕至。造一丹鼎，命左右运铛釜[⑦]铁器数重于室中，强郭炼合。随身止一童子。七日之外，丹垂成矣。其夜忽有多人哄然打门，连声呼郭师父。郭不知是鬼，误谓村头捕鱼郎也，应声出开。童子急止之，不听，及门开，有奇形异状鬼物拥绕数百，击郭中其腹，郭便伏不能复动，曰："腹痛，腹痛！"童子掖入中堂，气绝矣。

佥臬俯伏床下，不敢动，但见鼎中白云[⑧]烂然，光焰烛地，

---

① 将：表选择，犹抑或。
② 中常侍：汉代官名，东汉时由宦官担任。此处指宦官。
③ 先朝：先帝。
④ 因以为后：过继给叔父为后。
⑤ 蓬莱山：即今绍兴秦望山。因传说秦始皇到此远眺东海寻找仙山，故把此山称为蓬莱山。
⑥ 出佐：出钱资助。本义为出任地方辅佐之官。
⑦ 铛釜：古代的一种锅。
⑧ 白云：国图清钞本作"白雪"。

群鬼周遭围守，先命两两三三持器出河边取水数灌沃之，争劫药银[①]入腰缠内，鼓噪而出。童子怒，闭其门，有后出者，遂穿屋逾垣遁走，但见黑烟蔽空，其声呦呦而已，良久乃灭。佥臬赋性纤啬，因贪而败，无何亦以郁愤致疾下世。余闻鬼所使者纸钱而已，不闻有攫金鬼饕餮若此其甚也。

瞽人遇灵鬼

杭州城中一人，贫无子女，其妻又亡，忧恚[②]成疾，两目皆盲，径出清波门[③]外，将赴水而死。忽闻后有追者，连声呼曰："莫去莫去，我当相救！"此人回顾，不见其形，但空中作语。须臾便附于肩背，云："我灵鬼也，预知人间吉凶祸福。卿能如我所教，日持两竹筊[④]坐涌金门[⑤]外为人占候，所获当不赀矣。我日所须，亦不过算器[⑥]酒食，然非卿揖而祭之，不成享也。"瞽人改意而还，悉如鬼教，遂设帐开肆。此鬼立于耳后报之，所言辄验，乡里皆惊。旬日之间，卜者云集，积累金钱，不可胜算。凡十有二年，鬼一朝告别而去，云："生期已至，不得复在[⑦]卿家矣。"竟寂然。瞽人既无所凭依，遂不复作卜师。

① 药银：即银箔。可入药，故称药银。

② 忧恚：忧愁愤恨。《三国志·魏志·袁术传》："术夺日磾节，拘留不遣。"裴松之注引晋袁晔《献帝春秋》："(马日磾)既以失节屈辱，忧恚而死。"

③ 清波门：杭州十大古城门之一。清波门是西城门之一，门濒湖之东南，取"清波"之义名门，历代沿用。

④ 竹筊：旧时占卜之具。掷地视其俯仰，以占吉凶。筊面全向上为阳筊，筊面全向下为阴筊。一仰一覆称顺筊，意谓吉利。

⑤ 涌金门：指现在的涌金池。原是连接西湖和运司河的小河。吴越王时，金华令曹杲所凿，后作水门。后唐清泰三年（936）五月，水门改称为涌金门。

⑥ 算器：竹器。《史记·汲郑列传》："然其馈遗人，不过算器食。"司马贞《索隐》："谓竹器，以言无铜漆也。"

⑦ 复在：国图清钞本作"复住"。

没头鬼

嘉靖三十二年夏月，王征君稚登在无锡城中谈公子志伊①家，夜宴荷亭，留宿其馆。是日炎热异常，不得眠熟②。五更起，同秦氏诸郎纳凉于庭。忽闻街上呵殿之声甚急，开门出看，遇官僚节导③过。潜于门隙窥之，遥见引幢持戟，擎灯把火，执盖舁舆，前后卫从者百余人，由大街而出西门，皆没头鬼也。独乘车人朱衣金帻，仪容端正，是有头者。相顾大骇，亟整棹还吴门。明年甲寅倭乱，毗陵一郡残破，死于兵刃者大半矣。时以为征君所见，乱之征也。亲说如此。

医遇鬼

通州④陈都宪总督两广时，颇多杀戮。后还家，患足肿，日渐成疮⑤，楚不可忍。延吴中某医士疗之，其病常发，已而复痊。厚赠医士金帛，遣家隶送之渡江。既入江，船将发矣，忽见岸上跳下数百鬼，蓬头跣足，攘袂切齿⑥，捽医士发而骂曰："吾属守之半年，败于一旦，皆汝之过也，今诉帝得理，并逮汝矣。"众中留一小鬼于船，语曰："汝当速杀老奴。"小鬼便跳入医士口中。

---

① 志伊：谈志伊，字公望，号学山，一字思重，南直隶无锡（今江苏无锡）人，明代画家。

② 眠熟：今作"熟眠"。

③ 节导：官员出行前导的仪仗队。

④ 通州：有南通州（现江苏南通）和北通州（现北京通州）二处，以下文观之，此通州为南通州。

⑤ 疮：国图清钞本无，误。

⑥ 攘袂切齿：形容愤怒、激动的样子。攘袂，捋起衣袖。切齿，咬紧牙齿。宋秦观《进策·边防上》："边屯吏士攘袂切齿，皆欲犁其庭而扫其闾。"

医士冥然仆地，移时方苏，遂呼解缆，即索纸笔，于船中作遗书，未及门而卒。俄而都宪足创再发，遂不救。

看戏鬼

近年间，松江青浦县村落，忘其名，有数十鬼现作人形。巾帽装束，种种不同。又挟两丽姬至，侍从约百余人，开筵于广宅中。时会春月，有伶人一队到村作剧赛神，昼夜如沸。群鬼便召使搬演，第约不许鸣锣而已。更鼓将动，然后定席，叙宾主礼毕，首席者点演《琵琶》，众皆称善，啖[①]群伶以厚赏，逐出呈伎。四座击节，两旁左右点烛换灯，送酒上食，一如人间之仪。演毕，复饶[②]《祝英台》《买胭脂》《跳猿》诸套数，终不散席。群伶厌苦[③]，相顾惊疑，演如此长戏，天不肯明，得非遇鬼乎？因出其锣击之，锵然一声，阴风欻起，向来主客侍从，都无有矣。视庭日已西行，筵上肴馔悉是树叶，验之皆枫楸之属。乃在人家一坟堂屋中。群伶交唾于壁而出。

鬼击道士

万历己酉春，甪直[④]人家设放焰口法食[⑤]。其僧有邪念，既召

① 啖：拿利益引诱人。《史记·高祖本纪》："啖以利，因袭攻武关，破之。"

② 饶：另外增添。

③ 厌苦：厌烦以为苦事。《后汉书·循吏传·孟尝》："姑年老寿终，夫女弟先怀嫌忌，乃诬妇厌苦供养，加鸩其母，列讼县庭。"

④ 甪（lù）直：今江苏省苏州市吴中区甪直镇。据《甫里志》载：甪直原名为甫里，因镇西有"甫里塘"而得名。后因镇东有直港，通向六处，水流形又酷如"甪"字，故改名为"甪直"。

⑤ 放焰口法食：道教和佛教的一种宗教活动，赈济鬼魂，使之得到超脱，往生天界，永离苦海。后成为民间追荐死者的佛事。

群鬼，不能却退，昼夜在家扰乱作耗，现身如生人形，褴褛衣，瘦黑貌，丑恶骇异，不可名状。或凭栏而啸，或坐槛而吟。家人于壁隙中窥之，听其声音啾啾如小鸟，齐声共念“阿弥陀佛身金色，苦恼子，买却猪头无脑子”①，惟此十七字，日以为常。主人计无奈何，阴遣奴入城，请东天王堂老道士陈钟禁治之。道士素精于符箓②之术，缚邪多著效，遂诣其家。作法事一昼夜，群鬼悉退舍矣。迟明谢主人登舟，忽见岸上数百蓬头饿鬼，破碎蓝缕，怪状奇形，狰狞可畏，下舟寄载，不容，便向道士拦抵③，谓道士曰：“吾属鬼也，田舍老公多财，合④与求食，何与阿师事，而驱逐至是乎！”言讫共举手掴其颊。道士神痴⑤，归病三日而殪⑥。

鬼 笼

遂昌县黄九阳⑦，为秀才时，白昼恍惚，如睡如梦，见己奔诣先祠，陈设馔品，聚族而祭。祭毕急归，中途逢一担人⑧，担两竹笼子行。谛听其中，呦呦有声，若鸭雏然。逼而启视，则皆二三寸僬侥⑨人也，无不蓬垢若楚囚⑩，见黄秀才，争号泣求救。秀才细认，乃其

① 阿弥陀佛身金色，苦恼子，买却猪头无脑子：正常应诵“阿弥陀佛身金色，相好光明无等伦，白毫宛转五须弥，绀目澄清四大海，光中化佛无数亿，化菩萨众亦无边，四十八愿度众生，九品咸令登彼岸，南无西方极乐世界大慈大悲阿弥陀佛（三称），南无阿弥陀佛……（千百称）”。
② 符箓：道士所画的一种图形或线条，声称能驱使鬼神，给人带来祸福。
③ 拦抵：即“抵拦”，抗拒，抵挡。
④ 合：应该。
⑤ 神痴：有似痴呆，自言自笑，神情若失。
⑥ 殪：国图清钞本作“亡”。
⑦ 黄九阳：即黄九鼎，九阳为其字。
⑧ 一担人：国图清钞本作“一人”。
⑨ 僬侥：音 jiāo yáo，古代传说中的矮人。
⑩ 楚囚：典出《左传》，本指春秋时被俘到晋国的楚国人钟仪，后用来借指被囚禁的人，也喻指处境窘迫、无计可施的人。

乳母之子，及佃人、族人咸在焉，形并缩小。惊讯其由，担人曰：“吾是鬼使，此曹罪业丛积，蒙怒于上帝，将疫死之。所笼者实其生魂[①]，非君所宜问也。”便欲担去。秀才固止之，曰：“如某者吾佃人，如某者吾乳母之子，平居皆无甚大恶，幸而释之。”担人不得已，依言放出。秀才又曰：“至如某者，吾族人也，并以解网之恩乞子。”担人大怒曰：“吾奉帝命，籍有名数，乃悉听子居间，将蔑弃之乎！”置笼于肩，不顾而行。忽惊寤，异其事，命取纸笔疏之。旬月余，里中大疫，后先死者三百余人，族人与焉，佃人与乳母之子皆既危而复起。独黄氏一门二百七十余口不罹于疫。州牧九鼎记其事。

牛魂变鬼

江阴县张鹏，屠牛为业。一夕梦老妪前告曰：“我是汝外祖母也，以平生积业[②]，地府罚作老牛，幸在汝家，明日万勿听信人言杀我。”时鹏夫妇所梦略同，早起急命勿杀，家人已缚之于地矣。述其梦，并以为妖妄。鹏，重利人也，欲听家人言杀牛，其牛便下跪于地，两泪双流，卒杀之。是日向暝，鹏出门，暗中忽见一大鬼，身如牛形，冲突其胸。鹏连声叫苦，遂仆地。妇舁入就榻，觉四肢百骸，针锋交刺，楚不自胜，号哭两旬而死。

百岁骷髅

亡友沈流勋，家于娄门，博学通经，以训蒙为业[③]。昔年夏

① 生魂：古人将还活着的人出体后的魂魄称作生魂。
② 积业：恶业累积。业，罪孽。
③ 为业：国图清钞本作“为业者”。

月，至阳城湖乡[①]索逋[②]，舍舟行野田间。会天渐垂暮，蹒跚之际，屡蹶[③]仆地。起立未定，忽闻草中有呼其姓者，曰："老沈老沈，何为日暮独行，以我相随作伴可乎？"勋怪视之，四顾无人，惟于沙岸见颅骨一具而已。勋知此骨所为，遂举右足踢弃沟中，唾之而去。

其夜宿于徐氏书馆。第三日四更起，将乘便舟入城，出门践尿，辨色尚早，欲就寝。忽遇一白衣老翁，怒发上指，诟骂勋曰："我百岁骷髅也，思借君之精灵，以成变化，乃忍瘠[④]我于沟中！令君不得入城矣！"勋大怖，哀祈之。老翁曰："聊相戏耳。君宜速去，不得少停。"即引勋向西偕行。

行至中途，忽与此翁相失。约可大半日许，了不异平生行处，近望娄关[⑤]，隐隐在目，愈驰愈远而不到。遇一村人家，皆闭门，无可憩脚处。久之，上一高大石桥，桥北有寺甚宏敞，意为接待寺[⑥]矣，乃循桥而下，就视之，大阙广殿，焕然丹碧，若王者之居，殊非接待寺也。遂突入焉，但睹人烟辏集，踵接肩摩，或三五成群[⑦]，或六七共语，其中有相识者，并已亡殁。男女大小千余人，见勋至，悄无言语，面面相视而已。勋直前下拜之，踪迹娄门，各不肯言。内有一新死邻近妇人，是勋熟识，微笑而言曰："君痴矣，此非阳界，乃问苏州路耶？"即便送出。勋心益惶遽，始悟所至非人间，罔知所措。既驰出，复登桥遥望，见有披枷带锁如死囚状，经过甚多。妇人指谓勋曰："此世间行恶人也。"勋

---

① 阳城湖乡：即今苏州市相城区阳澄湖镇。
② 索逋：催讨欠债。元刘君锡《来生债》楔子："况是家贫窘，门前闻索逋。"
③ 蹶：跌倒。
④ 瘠：损削，使之贫弱。
⑤ 娄关：即娄门。
⑥ 接待寺：接待禅寺与总管庙同处一地，位于昆承湖畔城南青莲村。《常熟县志》记载：南宋乾道年间建有"荷塘接待院"，后因年久失修，渐成废墟。明万历初，由钱兴祖、鲍金氏等与僧人怡慎法师发起募捐重修，在原址重建"接待禅寺"。
⑦ 群：国图清钞本作"丛"。

问曰："善人如何[①]？"妇人令勋回顾，见二三人凌空而去，曰："此证善果中矣。"妇人因使寄信于儿，求多追荐，且言不知如何发遣[②]也。言讫便将勋推堕于桥下，欻然惊寤，汗泪交流，已死于徐氏馆中两日矣。

具告主人，为设果肴酒饭，束藁为舟，载至其地视之，欲觅枯骨，取土覆瘗，已不可得矣。还语新死妇人家，依言追荐。勋后不二年而病亡。

鬼足代薪

松江张淀山通判[③]，赴任温州，携其夫人陆氏，陆故少保完[④]女也。既入界，未入城数十里，日向暝矣。夫人疲极思憩，驿递尚遥。俄而见灯光隐隐，若有人家烟火。既至，命左右先窥之。见一白发老妪，方拥地炉煨榾柮[⑤]，一少妇甚美，篝灯緶纻。还具以报，通判谓夫人曰："吾上任之期已择明晨，不可稽误，卿可就田家借宿一夕。其家况无男子，天晓从容入衙可也。"通判遂与二子先往，夫人及二女停车款门。妪与妇欣然出迎，坐未定，妪语其妇曰："汝留此陪夫人，老身去烹茶来献也。"妇曰："诺。"妪便汲水举火，却用两足代薪，推入灶门焚之。女奴看见大怖而呼，时从者数十人，行倦假寐，环屋而寝，亦齐声号叫。向之二妇与屋庐器物奄然不见，惟空林萧飒[⑥]之中累累数塳[⑦]而已。江阴李

① 如何：国图清钞本作"何在"。
② 发遣：安排，打发。
③ 通判：明朝的通判为知府的佐官，分掌巡捕、粮食、水利、农业、畜牧和地方防务等。
④ 完：陆完，1458—1526，字全卿，号水林，长洲（今江苏苏州）人。成化二十三年（1487）进士。
⑤ 榾柮：音 gǔ duò，木柴块，树疙瘩。
⑥ 萧飒：萧条冷落。
⑦ 塳：音 péng，古同"埄"，尘土之意。今常熟话中称灰尘依然为"埄尘"。

诩[①]曾记其事。

讨替[②]鬼一

龙阳舒学宪必达，家故贫。其母怀妊时，常汲水江边。江边有捕鱼人，夜闻二鬼揶揄曰："明日人来代矣。"问曰："何人？"应曰："城中舒大娘也。"曰："且慢却，伊有舒布政在腹中，恐便不替老兄也。"捕鱼人凌晨不开船而候之，见一妇人来岸边，挈瓶而汲江水。捕鱼人连呼："不要下来，我为汝汲。"急登岸取其瓶汲与之。已而诣舒门密告其姑，戒尔后勿令到江边来。未久，果生必达，登正德年间进士，官至学宪，卒于家。其后世庙登极，一夕梦黄龙降于庭，口吐大珠，珠上隐隐有"舒必达"三字，觉而异之。明日莅朝，问朝中有此人否。宰臣对言："先朝有之，殁且久矣。"上即命追赠舒必达为布政司左布政，鬼言至是始验云。

讨替鬼二

万历四年，宣城[③]沈秀才懋学[④]，以秋赋[⑤]入金陵，僦居秦淮

---

① 李诩：1506—1593，字原德，号戒庵，晚年自号"戒庵老人"。常州府江阴县人。嘉靖癸未（1523）从学常熟赵承谦，嘉靖五年（1526）入郡庠，丙申（1536）九月以增广生授例入南监，庚子（1540）历事挂选期满不赴，以后南下投师邹守益、王畿，笃志性命之学。著有《世德堂吟稿》《名山大川记》《心学摘要》《续吴郡志》《戒庵老人漫笔》。仅有《戒庵老人漫笔》存世。

② 讨替：旧时迷信，谓含冤负屈凶死者的鬼魂，沉沦苦海，为求超生，往往诱使他人上吊、投河，以求自代，叫作"讨替身"，省作"讨替"。

③ 宣城：今安徽省宣城市。

④ 懋学：沈懋学，1539—1582，字君典，宣城人。万历五年（1577）殿试第一，授翰林修撰，后称病归里。死后追谥文节。著有《郊居遗稿》十卷。

⑤ 秋赋：即秋贡，秋季举行的选拔考试。

河上水阁[①]理书。至秋七月中元夜，月色如昼，四顾阒然[②]，忽闻渚次[③]作拍浮[④]声，如人下浴状。少顷，一人隔岸呼曰："老兄老兄，汝限期已满，当索替矣。"浴人曰："明日有一带铁盔人来替我也。"秀才于窗隙窥之，问者答者悉在水中，皆蠹发裸形鬼也，大怪之。至明日初午，果见有一店中走使[⑤]，顶铁釜于首，将下水洗之。秀才凭栏叱去。其夜复有月色，又闻一人隔岸呼曰："如何不索替去？"前浴人曰："这汉造化，被沈状元喝住，今又要等多时矣。"秀才心以为祥。是年丙子获隽，明春丁丑，果状元及第，声采[⑥]大振，授官翰林修撰。岁余谢病还山[⑦]，不竟其用而卒。里人金三枝亲听其说如此。

讨替鬼三

齐门营内武百户，生子十余岁矣。其家相近北禅寺，寺西有野水一潭，此子每诣师塾，朝夕必经其地。所随家童数闻水次[⑧]有呼武郎名者，异之。潭上所居邻人，亦尝[⑨]于夏月，遥见小儿出水相招武郎共浴，误谓同学诸儿泅戏为乐耳，了不之怪。一日，此子侵晨诣塾，出门十余步，便遣家童先归，竟自脱衣履于岸侧，从容赴水而死。久之，邻人见其不起，奔告父母家，已溺死无救，

① 水阁：临水的楼阁。一般为两层建筑，四周开窗，可凭高远望。
② 阒（qù）然：形容寂静无声的样子。《梁书·张缅传》："缅私室常阒然如贫素者。"
③ 渚次：水中小洲上供临时居住的房屋。渚，音 zhǔ，水中的小块陆地。次，临时居住的房屋。
④ 拍浮：浮游；游泳。
⑤ 走使：仆役。《文选·张衡〈东京赋〉》："走虽不敏。"三国吴薛综注："走，公子自称，走使之人，如今言仆矣。"
⑥ 声采：指文章的风采。南朝梁刘勰《文心雕龙·原道》："自鸟迹代绳，文字始炳；炎、皞遗事，纪在《三坟》；而年世渺邈，声采靡追。"
⑦ 还山：国图清钞本作"山"。
⑧ 水次：水边。
⑨ 尝：国图清钞本作"常"。

方悟呼名招浴，并是溺鬼讨替，其说良不虚矣。后百户痛其子，从方士招魂归，对曰："儿之水府甚乐，不烦亲念也。"又数数现形还家，觅常所戏弄之物，凄咽而去。

讨替鬼四

胥江上泊一小号船，防守盗贼。船上兵士常见米肆中十五岁小儿，每日自午[①]行至水次，不脱衫履，直欲走入水底，叱而去之。如是者三四度矣。其家护伺惟谨。一日，众方聚食，见儿入水，叱之不及，急呼父母共相捞救，其尸乃宛然仰覆船底。传言此江中溺鬼最多，岁常讨替，无足异者。近庚戌[②]秋事也。

讨替鬼五

有某处一土神庙[③]，庙祝夜闻鬼声。鬼告土神曰："明日有替代人矣。"庙祝次日候于河滨，将拯溺者。见一少年濯足于河，无恙而返。其夜又闻土神问鬼曰："何不捉替去？"鬼曰："其母老，杀之则母必相从以死，某不忍其母子俱亡也。明日有妇人来替代矣。"又明日，复往候之，果见一妇人过桥，忽暴风起，吹其襆堕水中，妇诣河边捞取，又不及溺。是夜复闻鬼答土神言曰："此妇有双胎在腹，一举手而戕三命，吾岂忍哉！终当更伺良便耳。"则又明日之半夜，间[④]有鼓乐骑从之声，喧填而至。土神告其鬼曰：

---

① 自午：疑为"午自"。
② 庚戌：万历三十八年，公元 1610 年。
③ 土神庙：即土地神庙。在我国传统文化中，祭祀土地神即祭祀大地。土地神是道教诸神中地位较低的神祇。
④ 间：国图清钞本作"闻"，正确。

“上帝悯尔[①]一念之善，敕尔为此地社神[②]，今与某共事地方矣。”

讨替鬼六

苏州葑门外灭渡桥有某甲，每夜于水滨[③]下罾[④]捕鱼，更深夜静，常见一黑色人自水滨出，与甲作伴，甲问其姓名，应曰：“某非人，乃溺死鬼也，共君有缘，故来相护。”

如是岁余，甲了不为异。一夕告曰：“明日当有妇人过此，某挤入水中，便往托生，与君从此辞矣。”至明夜，其鬼复来。甲讶之，问：“何得不讨替托生去乎？”曰：“适妇人有娠，吾安忍杀其子母，宁迟两日可也。”

又隔数夕，忽来与甲作别，且有喜色曰：“某为放释孕妇一念之善，上通于天。今玉帝命某为常熟东乡村坊中土地，越明日便莅任矣。君可速弃渔业，寻访而来，告乡里为庙祝，用两竹箬以验人休咎，某当降神于君身，从此可起家也。”甲闻言而逊谢，便留设羹醪，享之而去。

急收拾往常熟某村坊，政[⑤]见众人妆塑神像方完，将以鼓乐导引登座。甲具如鬼言，陈说颠卒[⑥]，众便留为庙祝。三年之内，几致千金。忽梦土地神告曰：“嘻！汝获利已多，尚不知止，真欲编钱作埒[⑦]乎？命运渐衰，可速归去，我亦依旧托生人间，此位有代之者矣。”明日卜便不验，其人挟赀潜遁而还。

---

① 悯尔：国图清钞本作“嘉尔”。
② 社神：古代谓土地神。
③ 水滨：靠近水的场所，岸边。
④ 罾：音 zēng，一种用木棍或竹竿做支架的方形渔网。
⑤ 政：通“正”。《说文》：“政，正也。”
⑥ 颠卒：形容陈说之不易。颠，古同“癫”，精神错乱。卒，同“猝”。
⑦ 埒：音 liè，矮墙。

讨替鬼七

一说阊门外有女坟湖[①]，俗名沙盆潭。相传昔者有捕鱼人，每夜下罾于水，一鬼常坐岸侧，与相酬话，曰："君是善人，某来相护。"如是积时。一夕，告捕鱼人曰："两日后有丹阳贩猪人过此，某当推入水中，便往托生矣。"后两日，复来告曰："此人竟不出舟，无计可杀，当是阳算未尽耳。更两日，有宜兴人过此，挤之，某即托生去也。"如期果有宜兴人过，溺水而死。其夜鬼来辞别，且嘱曰："某去后，君不宜于此处捕鱼，恐遭魍魉侵凌。请从此逝矣。"言讫遂绝。捕鱼人感悟，即弃渔业，出家为道人[②]，募化千金造桥。桥成，因名度生。三说颇略相似，后二说并高承先言。

寄渡[③]鬼

苏城人王席者，家在薪桥，少恃胆智，充县门游徼。万历丙申夏间，夜半从盘门外捕贼归。行至孙家菜园，去家只隔一小河矣，水不甚深，席便褰裳而涉。时月色微明，忽见岸侧有青衣美妇人，头上有花插[④]，呼乞寄渡。席便应曰："要我负汝去，必着力攀[⑤]好，慎无妄动，动则跌下水也。"妇便依言而登，席即解腰缠紧缚其妇于背。行至半河，觉背上重甚，心颇生疑，乃猛声叱

① 女坟湖：在吴县西北六里。《吴越春秋》："阖闾有女，哀怨王先食蒸鱼，乃自杀。王痛之，厚葬于阊门外。其女化为白鹤，舞于吴市，千万人随观之。后陷成湖，今号女坟湖。"

② 道人：非道士而是僧侣之意。

③ 寄渡：托人捎带渡河。

④ 花插：插花。

⑤ 攀：用两手把住（肩背）。

曰："何得如此，我放下水矣！"妇见其辞色俱厉，寂不敢动。已而抵岸，解腰缠，铿然堕下一物，视之，乃是破棺板片，其上插纸花一朵而已。席至家炽火焚之。明日踪迹其地，杳然声响。相传此孙家菜园是吴太宰[①]伯嚭[②]故宅基址，至今尚多女妖。许国光与席邻居，说此。

呼鸡鬼

万历初，苏州胥门内西察院前，近城民家，姑悍甚，畜鸡数头，为东邻所攘，乃冤其妇窃食，捶掠[③]备至。妇不能明，其夕雉经而死。至今城上中夜数闻祝鸡[④]之声，自近而远，悠悠不绝。尝有人凌晨在城上行十余步，口中忽作祝鸡声，后人至，怪问其故，笑曰："前有一呼鸡鬼，窃效以相戏，无他也。"

鬼　哭

近[⑤]庚戌[⑥]春，松江、嘉兴诸地村落中鬼哭者三日。有司以闻于都御史周公，亲为余谈[⑦]。

---

① 太宰：百官之首，相当于后来的宰相或丞相。
② 伯嚭（pǐ）：春秋晚期人，出身于楚国贵族，后逃难仕于吴，得到吴王宠信，屡有升迁，直至宰辅。伯嚭为人好大喜功，贪财好色，为一己私利而不顾国家安危，使吴国在吴越争雄中丧失有利时机，逐渐走向衰败。
③ 捶掠：杖击，敲扑。
④ 祝鸡：发出"祝祝"声呼鸡。
⑤ 近：国图清钞本无。
⑥ 庚戌：嘉靖二十九年，公元 1550 年。
⑦ 谈：国图清钞本作"说"。

路 鬼

吴县东洞庭人金四郎，入西川行贾多年，尝密藏金六饼[①]于床下。四郎旅次[②]病剧，告其同伴曰："某有六饼金藏床下，倘死，君辈还语吾妇以藏金之处，令取之。"已而四郎病痊不死，仍合同伴而行。

路鬼闻之，乃入吴径诣其家，附魂于婢，向妇作灵语曰："我即而夫金四郎也，病死途中一年矣，赀本并付同伴收讫，我苦无衣食，游魂暂归。有金六饼，重若干镒，昔尝埋于床下，临行忘道此。金故应在，卿便可取，以备祭享之资，兼为多制新衣与我着也。"

妇大惊，便移床发金，果六饼，悉如其言。谓夫真死矣，举家悲恸，椎结[③]招魂，陈设灵仪[④]于堂。俄又托梦于妇曰："吾困辱穷泉[⑤]，饥饿已久，须多设食以祭，更要钱物行用，望求好纸烧之。"妇闻言，遂市纸数千张以如其请。

如此一年，蓦见四郎结束行李而还。入门顾视灵筵[⑥]，怪甚。其妇见夫，良以为鬼也。恍惚走藏。四郎乃隔壁为妇具陈本末，妇遂出见，方知妖魅所为。

万历己亥年，余乘洞庭船游渚宫[⑦]，长年孙老话其邻家事如此。与《搜神记》所载费季相类，若非亲质，谓之虚矣。

---

① 饼金：古代黄金货币的形式之一，以其圆形饼状而得名。
② 旅次：旅途中暂住的地方。《易・旅》："旅即次，怀其资，得童仆贞。"王弼注："次者，可以安行旅之地也。"
③ 椎结：即椎髻，将头发结成椎形的髻，是我国古老的发式之一。汉梁鸿妻孟光"椎髻，着布衣"，愿与梁鸿俱隐。因此"椎髻"形容为妻贤良，衣饰简朴，与夫共志。
④ 灵仪：死者的遗像。《太平广记》卷三九四引唐薛用弱《集异记》："因设灵仪，招魂以葬。"
⑤ 穷泉：犹九泉。指墓中。
⑥ 灵筵：供亡灵的几筵，又称之为灵床。
⑦ 渚宫：本是春秋时楚国的宫殿名，故址在今湖北江陵，这里当指太湖中的某处场所。

鬼相戏

有一穷子，住周武状元坊，家事灵鬼，龛其像于屋角中，日夕祭拜，祈求致富，卒不获一钱。小岁①之日，鬼忽凭其妇而扬言曰："君命合馁②死，我亦无如之何③。诘朝岁除，君于申酉时候④，可具衫服于道侧伺之，当有人载厚镪过君之门，君求而得，可以富矣。"穷子喜甚，尔日敬如鬼教，自午至晚，拱立门外，终无所得。忽见比邻一巨室，方延巫祝赛神毕，仆御捧出金银大锭数盘，以草荐之⑤，举火焚于通衢之上，有风旋卷，尽数吹入穷子之门，乃冥钱也，黄白灿然，悉纸所造。穷子方悟鬼之相戏焉，入毁龛像，自是甘心翳桑⑥，不复事鬼矣。

俞生遇鬼

齐门外俞生昌国，善书，为人豪迈。书名既起，遂放于酒色。尝夜从城西过旷野，见一女郎，翠袖红妆，资质妍冶⑦，相偎而行。昌国讯其居止，徐应曰："不远矣。"遂携手，自休休庵后穿入海红花巷口第几间空宅子。昌国送之入门，见室中甚暗，未及取火，殷勤遂别⑧。别时相约："既获邂逅，望君时时来看。"昌

① 小岁：古代于冬至后第三个戌日行腊祭，腊祭次日为小岁。后世又以元日、冬至夜为小岁。
② 馁：饥饿。
③ 无如之何：没有任何办法。
④ 申酉时候：下午三点到七点之间。申时是下午三点到五点，酉时是下午五点到七点。
⑤ 以草荐之：用草垫好。荐，草垫，这里当动词，"垫"的意思。
⑥ 翳桑：本是地名，春秋时晋国灵辄饿于翳桑，后以之为饿馁绝粮的典故。典出《左传》。
⑦ 妍冶：华美。南朝梁钟嵘《诗品·晋司空张华》："巧用文字，务为妍冶。"
⑧ 遂别：国图清钞本作"送别"。

国意是巷中角妓，不及叩其姓名，随路而还。思之不释，明日便入城消息其处，见昨日宵所入之室，重门深锁。讯之邻妓，应曰："此中无人，近寄一女郎棺木在耳。"昌国大惊，始悟夜所遇者鬼也。然而想忆如痴，每形梦寐，岁余病疫而亡。

竹林冤鬼

处州樊侍御献可，自言其少为诸生时，父封公甚严，每日课文一篇，程督不缺。遇正月朔，侍御随拜家庙，失课文字，封公大怒，问："岁朝何以便不作文？"侍御对曰："夜来一梦甚奇，起晏，不觉废业。"问："作何梦乎？"对曰："儿梦具威仪道上行，出一城外，过大石桥，清溪漷漷①，境甚幽雅。前有茂林修竹，门外有两白衣妇人，持讼牒跪于道左，云：'求相公洗冤。'儿遽与收牒，叱令两司②伺候，应声而散。遂觉。"封公闻之，复大怒曰："汝造此妄言以饰罪过。世上有不做文字官人乎？罚十五杖。"族人苦劝解之。

后十年，侍御巡按③某省，过一处，恍如梦中所遘之境。其时果有二白衣妇自竹林出，衔血赍冤，乃是一主母一侍妾，讦其恶叔谋死夫主，复欲卖此二妇，沉愤者十年往矣。其人死之年月日时，具在牒中，按之，即十年前所梦之除夕也。侍御还衙，即批行其牒于藩臬二司④会谳⑤。明日，二司入见侍御，具述当年所

---

① 漷（guó）漷：水流声。
② 两司：明对承宣布政使司和提刑按察使司的合称。布政使司管民政，按察使司管刑名。两司最高长官是布政使和按察使。
③ 巡按：明代有巡按御史，为监察御史赴各地巡视者。其职权颇重，负责考核吏治，审理大案，知府以下均奉其命。简称"巡按"。
④ 藩臬二司：藩，藩台，即布政司；臬，臬台，即提刑按察司。
⑤ 谳：音 yàn，审判定罪。

梦，立正[①]大辟，覆盆之冤自此雪矣。

无何，侍御揽辔观风[②]，还经其地。是日薄暮，月色微阴，恍见竹篱外有皂衣人跪于帷前，向侍御拜谢，遂闻击颡声，命停车讯之，欻忽不见，始悟是冤鬼也。黄州牧九鼎亲见侍御说。

蛇辨鬼冤

云间张明府肇庆，为江西万安县令。一日坐堂皇[③]视牍，有蛇蟠于案前。吏胥逐之不去，张遂停笔曰："汝为何人辨冤，可入狱自取其人。"即遣吏随之诣狱，果至狱门，蜿蜒而入，望见某囚，遂旋绕其足。吏便呼与俱出，案上所视之牍即其事也。细推讯鞫[④]，竟与冤鬼清雪。既而薄暮，有厉[⑤]披发血身，膝行前谢而去。左右识是冤死者。丁未年[⑥]事。

痘[⑦]鬼

王武库世仁之孙四岁，乳名升官，夙慧[⑧]非凡。壬子春，遇一恶鬼，初因暗，仿佛现形如人，靛面赤发，遍身黑色，稍类世

① 正：正法，治罪。《周礼・夏官・大司马》："贼杀其亲，则正之。"
② 观风：国图清钞本作"睹风"。
③ 堂皇：特指官吏治事的厅堂。宋曾巩《送徐竑著作知康州》："城郭涨烟火，堂皇啸蜉蝣。"
④ 讯鞫：即鞫讯，审问犯人。
⑤ 厉：国图清钞本作"厉鬼"。
⑥ 丁未年：万历三十五年，公元 1607 年。
⑦ 痘：特指牛痘，或称天花，是一种急性传染病。古代儿童得这个病的死亡率极高。
⑧ 夙慧：早慧，指年少时便聪明出众。

间妆塑魁星[①]状。家人遂呼为魁星。其孙始见时，大惊怖，哕噫[②]狼藉，遗尿不止。尔后渐渐狎玩，与之俱卧起，便不去矣。时武库方居母艰，长君秋赋期迫，心疑魁星降临，亦吉祥善事，戒勿驱逐，常呼其孙唤魁星入书室来。孙云："已在此矣，东行西走，亦无定踪。"如是相征逐者半年，而长君下第。后其孙抱痘，竟不起，声迹始绝。乃知恶鬼即是痘司鬼神，来摄小儿，或云是死于痘者来求受替也。

鬼相语

万历壬子，苏城某甲五更出盘门外村坊索租。是日天有甚[③]雾，忽见一人自后追上，云："与君旧识，作伴同行何如？"甲果曾识面，而不记姓名，答云："甚善。"因问甲欲至何所，答云："欲至仙人塘。"追人言："我亦欲至仙人塘。"与相语次[④]，所言并是亡殁过人，甲方悟其已死，唾之云："君是鬼，何得共我行！"言未毕，又见二人自后追上，云："此人果是鬼也，君莫与谈，我辈作伴同行足矣。"便共酬论[⑤]，皆田舍桑麻场圃之事。良久，雾虽未消，天已垂[⑥]晓。二追人欲辞甲先去。甲谢云："顷[⑦]非君等作伴，几为小鬼迷惑矣。"二追人云："君谬耳，我辈独非[⑧]鬼

① 魁星：古代星宿名称，古代神话中所说的主宰文章兴衰的神。
② 哕噫：音 yuě yī，喷吐。《南齐书·张融传》："喷洒哕噫，流雨而扬云。乔颀壮脊，架岳而飞坟。"
③ 甚：大。
④ 语次：交谈之间。《史记·黥布列传》："姬侍王，从容语次，誉赫长者也。"
⑤ 酬论：研讨，讨论。明顾起纶《国雅品·士品四》："与荆川素雅，过必酬论竟日。"
⑥ 垂：接近，快要。
⑦ 顷：刚才。
⑧ 独非：表示反问，犹岂非，难道不是。

耶？”便合手[①]拾草中粪乱掷甲面，渡水而去，咋咋[②]有声，渐微而灭。甲头面悉被污坏，狼狈前行。里人袁景休言。

桃源涧[③]遇鬼

万历壬子四月，常熟东门[④]老儒钱承之子某乙，常与同县某甲亲熟。甲死八日矣，乙不之知也，一日忽遇甲于北山桃源涧石上，两人携手对坐，共叙阔别。甲话家事，歔欷[⑤]不自胜。同游半日，分手而散。乙入城，天向暝矣。邻舍子讯其何处征逐，归及暮乎。答云：“与某人共话于北山，被伊聒絮家事，不觉归迟。”邻舍子大惊曰：“此公死八日矣，君尚以为人乎？”乙愕然，言其状貌与服色，真此公也，心甚疑怖。偕邻舍子驰还推验，果尔。经年不敢出门，忧其及祸，后竟无他。

甘夫人[⑥]墓女妖

四川夔州[⑦]府治有镇峡堂，相传堂后有蜀先主[⑧]甘夫人墓在焉。每春月天阴月冷，即有数女郎出游，美丽非凡，或着金泥帔

① 合手：协力。晋干宝《搜神记》卷十七：“乃归，合手伐得百余械，置门屋下。”
② 咋咋：形容呼叫声、咬牙声等。
③ 桃源涧：在常熟虞山北麓，涧中突兀的盘形大石上刻有“桃源涧”三字，是清光绪年间稷山居士陶睿宣所书。
④ 东门：常熟东门有两个，大东门（宾汤门）和小东门（迎春门），当地人称大东门时会省略“大”字。
⑤ 歔欷：指悲泣、叹息等。现常用唏嘘。
⑥ 甘夫人：甘夫人是三国时期蜀汉昭烈帝刘备之妾，蜀汉后主刘禅的生母。
⑦ 夔（kuí）州：旧府名，府治在今重庆奉节。
⑧ 蜀先主：即汉昭烈帝刘备。

子，或着生白练[①]衫，或着丹绣裲裆，妖媚动人，见者辄为所祟。太守舍中不安，因塑玄君像一躯[②]镇之。

洞庭诗鬼

正嘉[③]中，西洞庭包山之东湾茹家园中，有鬼能诗，言人祸福亦验，俗呼为“风流神鬼”，又自称“终南山道人”。与人饮酒，相对酬酢，诙谐谑浪，无所不佳。其诗曰：“自入空山历岁华[④]，几经叶落几经花。诸君问我原踪迹，太华峰[⑤]头第一家。”“洞庭秋水碧玻璃，日浸[⑥]东方月浸西。万里红尘浑不到，可能着我道人栖。”“暝烟[⑦]一抹起山城，返照林间石壁晴。多少楼台衔倒景，独容仙客看分明。”岁余别去，不知所向。《留青别札》[⑧]载其诗尚多。

鬼登台

常熟徐司空[⑨]子鸿胪，藏镪百万，为第三郎所觉，万历癸巳四月廿一日，潜遣奴贼王结巾、朱明、徐祥、朱显等四人，操蔗刀扼鸿胪喉几断，胁取之，仅得六百金、首饰一箱。次日败露，

---

① 生白练：生丝绢。
② 一躯：国图清钞本无此二字。
③ 正嘉：正德、嘉靖。
④ 岁华：时光、年华，犹岁时。
⑤ 太华峰：西岳华山之主峰，雄峙于陕西省东部。
⑥ 浸：淹没。唐白居易《琵琶行（并序）》：“别时茫茫江浸月。”
⑦ 暝烟：傍晚的烟霭。
⑧《留青别札》：应是明田艺蘅所撰笔记《留青日札》，该书杂记明朝社会风俗、艺林掌故。
⑨ 徐司空：徐栻。司空，明代对工部尚书的别称。

获送于官。三郎冒破[1]千金，逆谋遂寝[2]，寻纵结巾远遁，而擒明、祥、显等三人，悉杀死之。其事甚惨，鸿胪不知也。

及后十年而复败露，当事者乃举其事，归之于兄昌祚，由是阖县之人无不称冤。盖昌祚虽穷凶极恶，罪止沉姑[3]，况癸巳[4]夏，方参选都门，未尝躬行弑逆鸩烝[5]之事也。

先是鸿胪疾革，三郎又投以毒药，既仰，移时便绝。名医沈楠从楼窗下逃归西阊[6]。是日鸿胪白昼见明、祥、显等三人并着锁械，来至床前守之，云："郎君昔枉见杀，诉天得理，先取府君[7]。"鸿胪谢曰："枉杀汝曹者，名儒儿[8]也，何为罪我？"众曰："郎君运数未衰，某不能动。今府君禄与命绝，故先得报。"其夕鸿胪死。

自尔后，三郎每常月夕[9]置酒层台[10]之上，与群姬会饮。夜阑人静，笼月暧昧，辄有没头鬼两两三三，各手挈其头，攀台而上，将厕中草粪，纷纭掷入饮馔中。三郎悔惧，多以家僮执械自卫。一夕，鬼用手格其械。三郎呼而语之曰："没头鬼且去，我当追荐汝也。"群鬼遽于台边切齿作声，告大家云："莫笑侬[11]没头鬼也，郎君之头亦寄于颈耳。"左右惊呼奔走，复倒入于地，奄失所在。

---

① 冒破：虚报，冒领。《元典章·刑部十六·官吏检踏灾伤不实》："各处官吏检踏灾伤不实，冒破官粮，受财者以枉法论。"此处应为花费之义。
② 寝：停止，平息。
③ 沉姑：将亲姑妈沉入湖中杀死。
④ 癸巳：万历二十一年，公元 1593 年。
⑤ 弑逆鸩烝：四种大罪。弑，臣杀君、子杀父母；逆，背叛；鸩，用毒酒害人，引申为用计谋毒害人；烝，娶父亲或兄长的妻妾。
⑥ 西阊：即常熟西门。阊，门。
⑦ 府君：汉代对郡相、太守的尊称。后仍沿用。
⑧ 儒儿：徐复祚，原名笃儒，字阳初，后改讷川，别署阳初子、三家村老。徐栻之孙，明代戏曲家。
⑨ 月夕：月夜。
⑩ 层台：重台；高台。
⑪ 侬：方言，表示"我，我们"。古代吴人自称。

三郎后遂拆毁此台，命偃师[①]之流造五郎、贤圣[②]、总管[③]诸神为木偶，效其眉目，施以机械，使能坐起，奉祀楼中，以厌祷焉，而淫妖亦大作矣。雕工顾云是夕宿于台下，几怖死，目击斯异。

瞘塘[④]鬼

数年前，嘉定县瞘塘镇有木工从城还，行经塘上，去家三四里未达，天阴晦际暮。木工肩负一伞一襆，襆中束缚斧椐椠[⑤]凿之属。忽二怪状鬼，衣裳褴褛，踢蹋追上，呼木工姓名声甚微。木工回眸视之，察其非凡，佯为不应。俄而渐被追及，一鬼夺伞，一鬼随后，有似相助。木工坚持伞柄[⑥]，固不放，良久力乏，不觉被夺。于是解襆中木具，次第斫掷，前后二鬼便共次第引手[⑦]取去，手亦不伤。斧椐椠凿之属，无一存者，惟剩空襆，绳多断绝，还欲来取。木工终不肯畏之，并力与斗，不胜，却被擒胸，相掩渡瞘塘，头面俱败，衣衫并着泥淖。迷闷[⑧]至明方醒，而所夺之物一一散置岸侧。且行且拾，都未有遗。木工后亦无他。戚伯坚说。

---

① 偃师：传说周穆王时的巧匠，制木人，能歌善舞。后用以代称弄木偶的艺人。
② 贤圣：佛；菩萨。
③ 总管：道教庙宇中敬拜的神祇。常熟有道教总管庙。
④ 瞘塘：今上海市嘉定区内的一条河。
⑤ 椠：音 qiàn，古代写字用的木板。此处疑为刨子一类的工具。
⑥ 伞柄：国图清钞本作“撒柄”，误抄。
⑦ 引手：伸手。《太平广记》卷四三二引《原化记·南阳士人》：“隔门有一人云：‘君合成虎，今有文牒。’此人惊异，不觉引手受之。”
⑧ 迷闷：昏迷；神志不清。北魏郦道元《水经注·溱水》：“室前磐石上，行罗十瓮，中悉是饼银。采伐遇之，不得取，取必迷闷。”

关中鬼使

嘉靖丙寅，苏城陆聋子张[①]店于西阊门外，安泊商旅。岁除日，忽有走差[②]使者，驰马骤至，称是关中[③]人，约[④]新岁有公事，须往杭州。

是夕无故暴死，手足僵冷，鼻气已绝。店人大小惊惶，不成家宴。明日告于乡里，共发囊视之，中有无数帖子，具载追摄人姓名籍贯，而字皆若符篆不可识。又有细绳子数十尺，此外更无余物。众皆大怪之，遽敛结如故。

食顷见一小胡头[⑤]乘驴而至，约长三尺已来[⑥]，睹使者马鞍在门，突入店中，问："吾主安在？"众拦而出，胡头曰："得非死乎？"众闻其言，又大怪之。胡头笑曰："某在，无忧也。第慎无惊，不出三五日，当复活耳。"店人叩头拜谢曰："诚如尊教，阖门幸甚。"遂止之于后小阁子中，具酒食汤沐甚谨。

至第二岁日[⑦]，乡里具白其事于官，官遣吏率伍伯检看之。胡头不许，请以五日为期。至第三岁日，使者果苏，谓店人曰："相累不浅，但汝不宜与众妄开吾囊，得无漏泄乎？"店人翁媪亦惟有叩头拜谢，口称死罪而已。

顷之，遣吏复来，使者便随之去，入见吴县令。令问其何为猝死，对曰："某非阳世走差人也，实伏[⑧]丰都驱使。因奉冥王

① 张：设置。
② 走差：服役奔走。明王衡《郁轮袍》第一折："好个仆斋，生得胎孩，只会吃饭，不会走差。"
③ 关中：指陕西渭河流域一带。
④ 约：商定或预先说定。
⑤ 胡头：即胡公头，一种帽子。
⑥ 已来：同"以来"，多、余。《太平广记·卷七十四·张定》："即提一水瓶，可受二斗以来，空中无物，置于庭中。""已来"国图清钞本作"许"。
⑦ 第二岁日：大年初二。岁日，元旦，大年初一。
⑧ 伏：通"服"，屈服，顺从。承认罪行或失败。《左传·隐公十一年》："许既伏其罪矣。"

命，追摄死者，遍历关洛[①]齐楚之间，以至于斯耳。”令大惊，便问追摄此中何人。对曰：“无几也。杭州止二人，犹未往取；苏州止三人，仅录其一。”问：“彼二人何为不录，有姓名乎？”曰：“有一人是山东籍，姓张名镕，住北潼子门，花柳行户[②]人也。一人是长洲县籍，姓方名古，住齐门，亲礼[③]傧相人也。所以得免者，张家现在宝林寺中礼梁皇忏，方家亦在北禅寺礼梁皇忏。此功德最大。昨苏州府城隍移交冥府，着某罢追，今须往杭州去耳。”令亟使人推验无差，益异之，赐以资斧，拜辞而去。自尔苏城缁白[④]贵贱，无不崇信像教，慈悲忏法日渐大行。

枫桥鬼使

嘉靖末年，苏城南潼子门[⑤]编户陈世仁与弟世伦，早起步行，入支硎山[⑥]祝厘观音殿中。出门十余步，有二人随之，作伍伯装束，问世仁兄弟何往，曰入山了香愿。二人曰：“我辈亦有公事往枫桥，便请同行。”酬答往反，皆言里中亡殁人事，颇怪之。既至枫桥，而二人告辞曰：“吾欲入此人家，不得追陪前路去矣。”世伦视其指顾[⑦]非凡，因与兄潜窥踪迹。此家住寒山寺东第三家，尚未开门，忽见二人于门缝中冉冉而入，其黑如烟，奄然不见。世伦便折杨柳一枝。以志其处。天向晓[⑧]，急入山中，瞻礼菩萨而还。

---

① 关洛：指关中和洛阳一带。泛指北方地区。《晋书·地理志上》：“魏武定霸，三方鼎立，生灵版荡，关洛荒芜。”

② 行户：即行院，对妓院的隐称。

③ 亲礼：亲戚宴饮之礼。

④ 缁白：僧俗人士。缁指僧徒，白指俗人。

⑤ 南潼子门：位于阊门外。

⑥ 支硎山：位于苏州市西郊，以东晋高士支遁（号支硎）得名，又称观音山。

⑦ 指顾：手指目视；指点顾盼。

⑧ 天向晓：国图清钞本作“时天向晓”。

至寒山寺前，日方过午，则此家已挂纸钱于门矣。乃知二人是鬼使也。世仁自此持斋为道民，讽经念佛，以终其身。子文纲亲说。

鬼变化

齐门外西汇上木行主人潘献，自言其十二岁时，一日凌晓，下乡征索客帐。忽于马路桥下踏着一老鼠，啾啾作声，听之是鬼啸。既至前，忽变为雄鸭，又作鸭声。急趋逐之，既及唾之，鬼便渡河而去，复变为羊鸣数声。遂绝。

孤山①女妖

万历壬寅，明州闻庄简公②之来孙③某，弱冠美风调④，携其侄才十五岁，同诣杭州。路遇姚江秀才吕生，倾盖相契，遂同寓西湖孤山寺旁一古馆中。前即张氏梅花屿及水仙祠，有短垣隔之，宋人诗“一盏寒泉荐秋菊”⑤处也。

时值秋夜，暧月⑥朦胧，邻钟响断。两生颇工吟咏，徘徊于庭。忽闻垣西有妇人笑语声，俄而履迹渐近，灵香⑦袭衣。启扉伺之，遥见三女郎自树影中来。一着冠年稍长，其二则绾肉髻⑧，

---

① 孤山：位于今浙江省杭州市西湖风景区旁，是西湖的一个著名景点。

② 闻庄简公：闻渊，1480—1563，字静中，号石塘，鄞县（今浙江省宁波市鄞州区）人。弘治十八年（1505）进士，累官至吏部尚书。

③ 来孙：玄孙之子，从自身算起的第六代。亦泛指远孙。

④ 风调：指人的品格情调。

⑤ 一盏寒泉荐秋菊：宋苏东坡《书林逋诗后》中句。

⑥ 暧：昏暗不明的样子。晋陶渊明《归园田居》：“暧暧远人村，依依墟里烟。”

⑦ 灵香：神奇的香味。

⑧ 肉髻：梵名乌瑟腻沙，也称作肉髻相、髻、顶髻等，因骨肉隆起，其形如髻，故称肉髻，乃尊贵之相，是佛三十二相之一。

垂鬟如鸦，皆丽色也，褰帷而入，直抵寝所，就床坐，与闻、吕温凉[①]，各择其偶，愿谐伉俪。着冠者笑曰："汝两人已作鸳鸯配对，而我独无。"因指闻生之侄谓曰："终不然留此黄口儿为我伴乎？我安用此，当往寻水月上人矣。"言讫，即先辞出。二女郎相顾笑曰："阿姊意不美满而去，我辈且为乐也。"两生惊喜，陈设薄具[②]，谈笑欢娱，灭烛解衣，双栖婉嬺。四更后别去，问其姓氏居止，不答，但执手依依曰："非久相期[③]，慎勿泄于人也。"下阶数步，如雾蒙花，行于残月中无影，心窃怪之。既去，欻尔而灭，阴云四垂，凄风飒至，月色既隐，景物惨人，不觉窗户轧然。两生股栗，方异其鬼妖也。然亦颇惬于心，精授魂与，宛转不寐。

明日起视，但见树深云乱，水流花开，杳无行迹。邂逅水月上人自灵芝寺掠湖而至，窃话夜来梦见一丽人求偶，某不肯从，绝与两生所见年长者无异。语及大怪，共为歔欷。

旬月之内，三人相继病卒。水月者，故楚中少年僧也，豫知亡期，嘱备后事。中秋夜，忽谓其同衣曰："前生之冤业[④]至矣。"辞别亲友，自题神主[⑤]而逝。祝秀才良柱与闻、吕善，而黄州牧九鼎又与水月善，两人具说，颇相合也。

焦家桥女鬼

常熟城中居民，开钱肆于焦家桥[⑥]侧近。其妇轻荡喜淫，秽声播于中外。夫不能容，逼令自尽，遂抽其领巾缢死。死后即殡于北

---

① 温凉：冷和暖。现一般说温存。
② 薄具：不丰盛的肴馔。
③ 非久相期：即"相期非久"。隐喻闻、吕两生将死。
④ 冤业：佛教用语。前世作恶所招致的冤屈业报。
⑤ 神主：供奉祖先或死者用的灵牌。
⑥ 焦家桥：旧名通利桥，在周神庙弄周孝子庙东。

山下，月余矣。里中有少年某甲，容貌甚秀，独处于室。此妇人白昼现形如人，往就之狎。甲征其家安在，曰：“卿常往来儿家，乃佯推不认耶？”甲悦之，遂诱而藏于室中，日常饮食起居，妆梳针黹①，与常人②无异，背灯缱绻，妖态横生。旬月之间，相得如伉俪。

后为邻姥取火逼视之，问：“是某家③娘子，昔已死，那得至此？”妇怒曰：“谓妪是生人，何为作如此问？谓妪是鬼，那得白日入生人家？”邻姥惶遽返走，乃不敢言之。其夜妇人与甲叙别，曰：“为闾巷所窥，不可留矣。妾暂还，终当与卿为岁寒之盟④耳。”相与歔欷，四鼓辞去。

还复至少年某乙家。乙亦冶游⑤独处，忽闻叩门甚急，披衣启视，见女子隐身而进。乙戏问曰：“家在何处，宵分来此？”妇人伪泣而告曰：“儿家近在城北，夫死贫煎，兄嫂遂有言语相及，斥逐于外，欲暂寄留。”乙喜极，拥之入帷。见其容姿韶令⑥，举止绰约，备极款昵⑦，逾于瑟琴⑧。

如此积三月矣，乙一日早出，妇人朝梳方竟，不及闭门，忽见前邻姥复突入舍中，又数目妇人不已。良久，妇人诟而骂曰：“妪老悖⑨不死，强与他家事，又当作鬼话耶！”姥怪怖急趋出。其夜遂与乙啮臂⑩而别，同穴相期。乙怆然送之出门，见掩袂⑪北去，疾如飘烟，瞥然不见。心颇疑其非人，然每思辄废餐寝也。

---

① 针黹（zhǐ）：缝纫、刺绣等针线活。
② 常人：国图清钞本作“人”。
③ 某家：国图清钞本作“某姓”。
④ 岁寒之盟：比喻对爱忠贞。清彭玉麟有诗句“安得玉人心似铁，始终不负岁寒盟”。
⑤ 冶游：旧时谓狎妓。
⑥ 韶令：聪慧；美好。
⑦ 款昵：友好亲昵。
⑧ 瑟琴：国图清钞本作“琴瑟”。
⑨ 老悖：年老昏乱。
⑩ 啮臂：咬臂出血，以示诚信。《史记·孙子吴起列传》：“（吴起）与其母诀，啮臂而盟曰：‘起不为卿相，不复入卫！’”后称男女密约婚嫁为啮臂之盟。
⑪ 掩袂：以衣袖拭泪。宋苏轼《祭欧阳伯和父文》：“投笔掩袂，斯文日化，蹑风系景，安所止戾。”

岁余，二少年与邻姥后先沦殁[①]，并此妖淫所为。家弟湜窃话于余。

鬼招饮

万历癸丑八月初六日，苏州阊门外洞泾桥内役夫钱忠，入城至盘门薪桥弄中探亲。其家设酒食饷之。忠既醉矣，别去，天色已晚。行经胥门，忽见一亡过[②]识人周三，捉忠臂相劳苦[③]。忠曰："君死既久，何得至此？"周曰："我故在松江营小贸易，未尝死也。"忠遽信之，欲拉入酒肆中饮。周曰："敝居咫尺于郊外，肯惠然偕往一醉乎？"便掖之而去。忠亦不觉出胥门，相拖渡河西行。

随至一处，皆高门广舍，栋梁华整，似是大姓家，但阴惨异常，不知何地。周设具饮次[④]。先有二人在焉，见忠至，相与揖让而坐，举杯，便云好酒，用拳作马，互角胜负，痛饮狂歌。宵向分矣，忠苦欲辞去。三人便从座起，拾草积间[⑤]瓦砾粪秽纷纭乱掷忠，头面俱被伤损，尽力捍拒，连呼救命者三。

时笼月暧昧，寂无人踪，偶有圃人，故是营中小校[⑥]，听见荒坟内号叫，以为盗也，持戟捉火，奔突而来。见三鬼面目可憎，共捽一人头发，气息奄奄，命丝将绝。圃人与力大争，尔乃得解，三鬼于是舍走，须臾闻在树林中嗔恨非常。圃人近前细认，乃即邻党钱忠，蓬首垢面，满口污泥。问其故，具说为诸鬼困辱事状。

---

① 殁：国图清钞本作"没"。
② 亡过：亡故，去世。元秦简夫《剪发待宾》第三折："想你那父亲亡过，若不是老身，岂有今日也呵？"
③ 劳苦：本义慰劳。《史记·萧相国世家》："汉三年，汉王与项羽相距京索之间，上数使使劳苦丞相。"此处意为问候。
④ 次：泛指所在之处。
⑤ 草积间：旧时专门堆柴禾的地方。
⑥ 小校：犹小卒。

看所见屋宇处，并高丘深墜。一时呕出泥浆数升，方知所饮之酒皆沟中泥淖也。

陈湖[1]女妖

苏州城中大云坊姚生邦盛，年少善鼓琴。万历己亥八月十八日，放舟掠陈湖而东，投于顾氏庄客高家。庄客面黄少须[2]，里人呼之为高太监。

生是夜宿其堂西偏之书馆，携琴向窗下自弹。弹毕，背灯于阁板上而寝。户已闭矣，忽见屏后闪出一婉媚妇人，年可二十许，上衣生白练衫，下束鹅黄裙子。时月色甚皎，俨然相映。妇人手中抱一金漆妆合子，辄移灯置几角，从容绾髻插簪作晚妆。竟[3]，仍取栉[4]剔梳，安放合子内。忽腾身就寝。生初见其回动轻飘，有殊生人，以被蒙头，不交一语。妇人顾而笑曰："郎害羞甚？何无男子气乎！儿须扑却灯来也。"急起吹灯，灯灭[5]，解衣登床。生抚其身，甚柔腻，亦不觉是妖魅，便与交欢，了无他异。征其名，曰："主人有太监之号，绝人道久矣，郎岂不知？儿即主人之妾二娘也。"

缠绵至晓，奄尔不见。生甚猜疑，乃私于捧盥者曰："宅中有二娘乎？是主人之妾耶？"捧盥者曰："君安得问此死魅？往以中遘[6]纷纭，大家[7]逼令自缢，死且五年矣。时时现形祟人，夜来得

---

① 陈湖：又名澄湖或沉湖，今由吴中区、昆山市、吴江区三地共辖。因"该地古为陈县（或云陈州）而名陈湖"。湖畔寝浦禅林寺内清顺治十八年（1661）铸钟刻有"天宝元年地陷成湖"，故又名沉湖。属泻湖型，为古太湖一残迹。

② 少须：国图清钞本作"少髭须"。

③ 竟：指结束，完毕。《诗经·大雅·瞻卬》："谮始竟背。"笺："犹终也。"

④ 栉：用竹子制成的梳头用具。

⑤ 急起吹灯，灯灭：国图清钞本作"急起吹灭"。

⑥ 中遘（gòu）：同"中冓"，内室，指闺门以内。唐刘禹锡《历阳书事七十韵》："口语成中遘，毛衣阻上征。"

⑦ 大家：妇称夫之母。

无有佳遇乎？”生大骇，亟谢庄客，整舟而别。癸丑十月廿一日，邦盛自言于严邵武座上。

梅广文遇落水鬼

苏城砖桥[①]西有落水鬼，呼人姓名，应之者必溺死。夜深人静，便起行桥上，如着木屐声，看则灭去。万历丙午冬，府学广文宣城梅守履[②]，忽病狂，性理错惑，如有凭焉。一夕，盛衣冠而出，向东疾驰。庐儿[③]灶养，并迹其后。转近砖桥，广文谓左右曰：“暂回避，前有官人仪从来也。”众视寂然。转盼之间，瞥焉不见，广文直走桥西，赴河死矣。计府学至桥相去三里许，巷陌曲折，先不认识，而竟走溺于此，岂非鬼为祟乎？诸生蔡士顺说。

华别驾耳中鬼

梁溪华别驾善继[④]，博古嗜奇，诗才清靡[⑤]，与弟善述[⑥]齐名。中岁投闲，喜谈仙鬼，从方士炼樟柳神[⑦]戏，学耳报术[⑧]。后悔，

---

① 砖桥：现名百步桥，苏州古桥之一。

② 梅守履：苏州府训导，宣城梅氏族人。

③ 庐儿：家奴；仆从。

④ 善继：华善继，1545—1621，字孟达，号济川，明代无锡人。嘉靖贡生。初官浙江布政司都事，历任桐乡、昌化知县，俱有惠政，后官至永昌府通判。生平事迹见明华允诚等重编《华氏传芳集》卷六。

⑤ 清靡：清新华丽。南朝梁钟嵘《诗品》：“至如‘欢言酌春酒’‘日暮天无云’，风华清靡，岂直为田家语耶！”

⑥ 善述：华善述，约公元1582年前后在世，字仲达，无锡人。华善继之弟，与兄善继俱有才名。著有《被揭先生稿》十七卷。

⑦ 樟柳神：古代传说中的以儿童形象出现的鬼仙，法术有限。清钱泳《履园丛话》卷二十四：“今吴越间有所谓沿街算命者，每用幼孩八字，咒而毙之，名曰樟柳神。星卜家争相售买，得之者为人推算，灵应异常。然不过推已往之事，未来者则不验也。”

⑧ 耳报术：即门神报应法，道教的一种法术。一般认为是一种邪恶的法术。

不肯竟学。为此鬼钻入耳中，耳遂以聋，终其身不能听。

鬼生朝奉[①]

三十年前，休宁县某乡镇有妊身妇人，未及产子，遘疾先殂。[②]其家权寄棺于冢旁小屋。此妇人既满十月，腹内儿生，日现人形，持钱诣饼肆买饼饲儿。如此积时，饼师夜开柜数钱，钱中常杂冥纸一片在焉。怪疑妇人是鬼，候其复来，取钱另置，仍与饼。迨暮，视其钱，化为冥纸矣。明日至，与饼讫，随迹其后，都不见门巷，但有殡屋。渐闻小儿啼声，转近，妇人奄然而没。于是还集等辈[③]，同往验看，乃棺中妇人，形体如生，脚后坐一孩子，是活者，饼残尚未尽也。共相惋愕，抱归肆中。月余，有少年来肆寄坐[④]，见儿状貌，问故。饼师具说本末，少年惊曰："此是亡妻殡宫也！"呼其儿，儿便扑入怀中，因大恸持去。后成富商，同旅呼之为"鬼生朝奉"矣。

张王府基三鬼

苏州府治东张王府基，伪周齐云楼故址也。基东西皆败垣积潦，天阴月晦，怪魅往往而出。

万历甲寅四月，夏侯桥役夫金乙，夜行逢鬼。鬼先问乙是

① 朝奉：宋朝官阶有朝奉郎、朝奉大夫；明、清则常称盐店、典当店员为朝奉，亦有地方用以称乡坤。后来徽州方言中称富人为朝奉。苏、浙、皖一带也用来称呼当铺的管事人。

② 未及产子，遘疾先殂：国图清钞本作"死，未产，停棺殡宫。未几"。

③ 等辈：同事。

④ 寄坐：谓居客位。《三国志·魏志·曹爽传》："天下汹汹，人怀危惧，陛下但为寄坐，岂得久安！"

谁，乙曰："我乃人也。"还问："汝为谁？"鬼诳之，言："我亦人耳。"乙时已醉，见其寡发敝衣，叱曰："人甚可憎！"鬼大恐，便裂目吐舌，牵乙袂去，共入坏坎中。

乙恃力与相斗，鬼便攘臂[①]殴之。鬼下拳其势极重，乙还以拳，拳其胁觉甚轻，颇似烟气。乙乃骂曰："汝鬼也，何诳我而言是人！"鬼曰："身实非人，聊相戏耳。"乙笑谓鬼曰："汝止有两手，那得遍击我？"鬼曰："卿为我少助耶？"乃伸手招引，须臾缺墙下复走出两女鬼，来助前鬼殴乙，投掷瓦砾，力势更猛，乙疲顿不堪其苦。旁有一白衣老人策[②]青竹杖至，指谓乙曰："西南角上当有灯火救汝，何足忧也！"言讫不见。

乙遂狼狈而行，强于路次[③]访人烟，步未十数，依稀认是管宪使[④]家监[⑤]所居。款门不应，遂疾走出街西。少顷，前有烛光，渐将咫尺，近视之，果是宪使之子秀才管珍，自西昌[⑥]听讲还宅，乙呼救且急，管遂正言呵叱，鬼稍退避。管问乙曰："鬼安在乎？"乙曰："去矣。"于是命二苍头挟之归，乃许来日戌时，办食荐度。向晨遣视乙，尚冥然如中恶状，肢体悉被击伤。至暮，管为具酒炙置桥侧，燔纸钱与之，食顷便安。管珍自说。

醉人两遇鬼

苏城叶甲，因过盘门妇家迎妇，不归，设食饮，醉极，夜[⑦]而

---

① 攘臂：指撸起袖子，露出胳膊，表示振奋。《老子》："上礼为之而莫之应，则攘臂而扔之。"
② 策：拄着。
③ 路次：路途中间。《三国志·吴书·孙皓传》："猥烦六军，衡盖路次，远临江渚，举国震惶，假息漏刻。"
④ 宪使：明代用为提刑按察使的别称。
⑤ 家监：犹家臣。此处当指家人。
⑥ 西昌：西昌寺。具体位置已不明。
⑦ 夜：国图清钞本作"深夜"。

还。遇一姝丽妇人，年可二十许，抱三岁孩子同路前行。甲惊悦，持其灯忽先忽后，微挑之曰：“夜深矣，何为徒行？”妇人曰：“何与君事？”甲曰：“某以灯照步可乎？”妇人默然，便共狎暱，媚言交至，相谑而过吴县西桥，俗名马蚁窠①，已是二鼓。忽见两皂隶，手持文书绳索，貌甚雄异，叱去抱儿妇人，呼甲而语之曰：“此是祟人妖鬼，何恋之哉！”甲惶惧不知所措，两皂隶曰：“适有公事过北城，无火，卿持灯送我去，当得酒食，今宵不落莫②也。”甲醉思归，未许诺。两皂隶张目攘袂，遮不听走③，扶甲两腋，迳曳将去桃花坞④中教场尽处，其疾如风。既至，留甲于门而入曰：“愿少踟躇。”甲疲极，便蹶然而睡。少时，闻舍中哭声，始寤。寻有披发少年，出投水碗纸钱于门，见甲诟骂曰：“尔非盗乎？家有老公新死，缠尸于地⑤，有何相奉而中夜守伺为也！”甲大惭，唾其壁而返。马蚁窠在城隍庙前，始悟两皂隶是庙中冥使矣。

鬼买棺

太仓州⑥沙头⑦镇，相去镇三五里，村名新洋，有编户谢甲，为人美须髯，而行多不谨。万历癸丑春三月，一家长幼连甲十一口，悉病疫。甲死，妻孥相续而亡，计殁者九人矣，止存二老妪呻吟在床。中外宗姻入其门问疾者，并见两疫鬼⑧，朱发青面，齿

---

① 马蚁窠：后讹为马医科。
② 落莫：冷落；寂寞。唐韩愈《送杨少尹序》：“不知杨侯去时，城门外送者几人，车几辆，马几匹？……不落莫否？”国图清钞本“落莫”作“落寞”。
③ 遮不听走：挡住不让走。遮，遮挡，遮拦。
④ 桃花坞：即今苏州市桃花坞大街及其周边地区。
⑤ 缠尸于地：殡葬风俗，当是小殓一般。国图清钞本无“缠尸于地”四字。
⑥ 太仓州：今江苏太仓。
⑦ 沙头：现名沙溪，曾名印溪、团溪、七溪。
⑧ 疫鬼：散布瘟疫的鬼神。

如剑戟，踞立于门左右，各各震怖，狼狈却走，所遇无不染疾而死。于是经月闭户，枕尸狼藉，莫敢收之。

忽一日，谢甲鬼魂直走出沙头镇上，坐于凶肆[①]，与侩人[②]对共[③]计校[④]，解下腰缠，展开大小银锭，共秤见四十二金，以六金有奇[⑤]买棺九口，别存半锭，握置掌中，余银结束于腰如故。俄唤船户朱大郎，将所买棺逐一舁入船中，安置皆毕，叮咛语云："汝可载至新洋村里，到一处，门临清溪，宅舍高丽，旁有竹林，广可数十亩，问是谢家，即便舁入。吾先沿岸而行矣。"因出握中金半锭露示大郎，且云："雇直[⑥]之资，悉取诸此，无忧也。"

大郎依言载去，既到新洋村里，转入聚落，委有高门广宅，嘉林美箭，推验谢家，一一无差焉，但悄不闻有声响。心谓可怪，罔测所由，便排扉突入。经三四重门，已是卧内，满地死尸，寂无人迹，数之，大小男女，果是九人，而长髯谢甲，买棺镇上者，亦与其数焉。谛视之，腰缠如故，握金半锭，宛然在也。连呼"异事异事"，亦莫出应。久之，倾听，微似有人喘息，遂历东西二厢就看。徐闻人应："吾两老妪卧病在此，客何为者？"叩其主人翁媪，死已一月矣。

大郎是持长斋人，高声念佛而出，出则遇见前两疫鬼匿身于壁角中。大郎熟视其丑状，便骂之曰："业畜业畜，枉害人命无数，尚不去耶！"言已，两疫鬼欻然遂灭。大郎自料棺无着落，乃舍其船，前走村中，遍话于人，寻求谢氏之妇兄表戚某某辈，相与登堂[⑦]，殓此九人，而二老妪者，时亦能强起言动，方知疫鬼

---

① 凶肆：出售丧葬用物的店铺。
② 侩人：买卖的居间人。
③ 共：音 gǒng，通"拱"，两手在胸前相合，表示恭敬。《论语·乡党》："子路共之，三嗅而作。"
④ 计校：同"计较"，计算、比较。
⑤ 有奇：还有零头，多一点。明魏学洢《核舟记》："舟首尾长约八分有奇。"
⑥ 雇直：雇佣劳动力的工资。
⑦ 登堂：国图清钞本作"登此"。

已消。发其屋栋，藏镪二千余金，验之，悉官物也。大郎不敢取，竟回船沙头镇矣。沙头人喧传鬼买棺，或云其尸能自行也。陈觉生、沈公绳共附载朱大郎船，亲听其说。

避煞①遇鬼

歙县西林村书生程宗亮，馆于所亲家，妇病危殆，家人报归。其夜坐床头伴守，忽见病妇面倚枕上，突长丈余，惊②集老少来看③，须臾渐渐缩小。呼其妇醒，都无所知，妇亦少时而亡。

停数日，俗忌避煞。宗亮饭毕，便诣合田访友，将避于其家。因不相值④，怅然良久。行百余步，遇一古庙，便走入避。寂无生人，惟左壁角有寄棺一口。俄见棺上立一奇形丑状之鬼，长齐屋栋。宗亮大怖，急俯身作礼谓曰："鬼欲横⑤相害乎，立如故。若无他意，请灭其形。"鬼于是蹲踞而坐。时方盛暑，鬼乃袖中出一画纱扇子，摇动自如，向宗亮哆口⑥而笑，了不为异。

宗亮遽走出庙，行又数里，到新桥，践尿溪边。俄又见溪上无数皂衣小儿，其形忽长忽短，揶揄宗亮，共拽其衣，或拾草间粪秽来掷。宗亮方为所困，奄有青衣女郎，手提一朱红合子，青绳缠缚，来助宗亮，共驱诸小儿，诸小儿各各散为黑烟而灭。宗亮头面伤损，衣服被污。

女郎便挈上桥，二人相与偶坐桥上。解开绳结，启视合子中，

---

① 避煞：旧时迷信，谓人死之后若干日，魂随煞返归生时之宅，是日家人外出回避叫"避煞"。
② 惊：国图清钞本作"大惊"。
③ 来看：国图清钞本作"看"。
④ 相值：相遇。南朝梁江淹《知己赋》序："始于北府相值，倾盖无已。"
⑤ 横：专横，暴虐。
⑥ 哆口：张口。

取出荔枝、龙眼、饽饦[①]、馅子[②]之属，递与宗亮。宗亮谓是大家青衣，探亲而返，初不疑其非类也，然又不敢遽食，一一纳诸袖中。女郎笑曰："措大郎君不尝珍异，将怀归饷其妇乎？"宗亮亦笑而应之。往反数十语，女郎秽言狎至，直前抱持宗亮，身如烟雾。宗亮方大骇异，狼狈而走，被追逐五里许。望见里门[③]，逡巡解散。既去，闻诟骂之声不绝。出袖中果食视之，并是枫楸梧梓叶也。病数日方起。汪大儒说。

灵山庵鬼灯

歙县西北三十里有灵山，山上有报德庵，是丞相李善长[④]读书处，至今道场不废。相传每岁七月十五夜，僧徒作兰盆佛事，设放焰口甘露法食，看人无数。并见鬼灯数千百点，荧荧然作青绿色，自远而近，即之渐去，避之复来，积年如此。有人扑得一灯，乃是一茎枯稻草，莫详其所由变化也。

鬼磨浆

万历年间，越西衣冠家奴客作横，尝因收市租钱不得，致卖浆夫妇二人共毙，屋遂无敢复赁。或寄宿，辄多遇祟，扃闭十余年矣。一日，衣冠独步门外，忽闻空屋中窸窣声良久，怪之，以

① 饽饦：音 bì luó，古代的一种食品。原指手抓饭，后亦指饼类。
② 馅（duī）子：古代的一种蒸饼，一般认为是今天的馒头或包子。
③ 里门：闾里的门。古代同里的人家聚居一处，设有里门。
④ 李善长：1314—1390，字百室，濠州定远（今安徽定远）人。明朝开国功臣。少时爱读书、有智谋，后投靠朱元璋，功劳颇著。洪武二十三年（1390），以胡惟庸党追问，连同其妻女弟侄七十余人被一并处死。

手触扉，呀然而开，见故卖浆夫妇二人方共推磨磨浆。悟其死也，惶遽却走，集众视之，都不见。未几感疾而殂。

鬼产收生[①]

万历癸巳，吴江县八尺镇[②]有收生妇王氏，姑媳二人在家。将寝，忽闻近岸有拢船声，逡巡叩门至急，云唤收生。取火视之，二少年也。便乘船载至太湖滩上，诘主人姓，是旧族[③]吴氏。入门见高堂广厦，灯烛辉煌。新妇坐蓐，年可二十余。免身生女，合家称庆，遂设酒馔，留姑媳共食，赠钱而出。天际晓矣，回视都不见夜所经处，但有双坟拱木[④]。二人遍身青泥，手文血污，摸袖皆得纸钱。

趁[⑤]鬼船

万历己亥九月，苏州浒墅关隶人[⑥]马敬，住胥门外，朝出暮还。其日五更搭船赴关，忽有艇子[⑦]拢岸，呼敬共行。诘之，答是同伴陈牌。敬忘其死矣，仓卒[⑧]附载。行至董公桥旧名交汉。便挽而进。遥望灯烛光，是小姓[⑨]家宴五郎。陈牌先入，语敬且停

---

① 收生：指为产妇接生。
② 八尺镇：即八坼镇，近太湖。
③ 旧族：旧时曾有一定社会地位的家族。
④ 拱木：《左传·僖公三十二年》："尔何知？中寿，尔墓之木拱矣。"后因称墓旁之木为拱木。
⑤ 趁：乘便（搭乘）。
⑥ 隶人：职位低贱的官吏。
⑦ 艇子：小船。
⑧ 仓卒：即仓促。
⑨ 小姓：指门第低微的人家。

少时，便携出甘果酒饭一席，二人偶坐道边，餔啜都尽。陈牌复入，又少时，便倒负一老公出，头在下，足向上，若笠豕然。敬大骇，俄闻内啼哭声，有若新死。回顾水旁，人与艇子都无见矣。忙挈酒罂食器送还其家，见一群细弱[①]方拊尸啼哭，争唾敬为盗。露其腰符示之，乃信。敬自此弃役持斋，今为青枫亭中行者。

黄花舍人

吴郡士人召乩仙，仙至，署曰黄花舍人。问其坊曲[②]氏族，曰："金阊王氏子。因与里中黄生遇春欢好，又一生爱插黄花，人呼为黄花舍人也。"问："卿是夭死[③]耶？"曰："某年十五而夭。"问："生安在？"曰："相继亡矣。今某与同寝处，若人间伉俪也。"众乞下坛诗，曰："忆黄郎尝赠小曲，每句以'想杀恁'[④]起。余亦有答。"请诵之，遂题曰："忘不了对拢双袖，忘不了佳期月下偷。忘不了柳遮花映黄昏后，忘不了罗帐绸缪。忘不了纱窗风雨清明候，忘不了多病心情懒下楼。"情语繁多，兹不备录。词讫，遽求去。问："何忙迫如此？"曰："黄郎候门外久也。"问："何不与俱入？"曰："某吴儿，已作半天游戏，阿郎未离鬼录[⑤]，那得来此！"寂然无声，竟不知何风流鬼也。孙胤伽喜述此事。

---

① 细弱：妻子儿女。泛指家属。
② 坊曲：泛指街巷。
③ 夭死：早死，未成年而死。
④ 恁：音 nín，古同"你，您"。
⑤ 未离鬼录：在死亡簿上，尚未能成仙或转世。鬼录，迷信者所谓阴间死人的名簿。

第十四

妖孽

妖蛇一

御史某巡按广东，行部至某县，路逢一绿衣女子浣纱渚次。御史目之，啧啧不已，凭于车轼，朗吟苏长公[①]词曰：“天涯何处无芳草。”其夜宿行台内，忽飘异香于枕上。有顷，闻排户之声，见一女郎，衣深绿衫子，姿行妖丽，令人魂荡。问其来，求荐枕席。御史端相，宛然途中所遇者。喜不自胜，便令灭烛，共展绸缪。比晓复去。尔后夜夜皆至，情好转笃[②]。然腥臊之气逆人鼻，不可近，左右皆闻之，惟御史不知也。于是俟其夜至，悉持器械伏户外，迹而捕之，乃一小绿蛇，因共毙焉。御史大怖，困病数月几死。王征君言。

妖蛇二

庐陵萧椿[③]，擢万历壬辰进士第，官至右参政。自言其家妖怪颇多，奇变不测。初，营造宫室，不知其地故是妖蛇穴也。先一夕，参政侍其封公寝。二更后，梦一妇人，白帕蒙首及项，身着青衣，自称：“一家数口，在使君宅中累世。妾是主母，幸不见杀。”言讫，参政惊寤，以白封公，趣披衣起，欲出推验。封公止之，曰：“梦不足凭耳。”既就寝，复梦如初。于是参政又趣披衣起，而家奴已击杀一白颈青蛇，死矣，救之无及。挞奴至百。其夕，太夫人梦蛇索命，因病于床。参政乃为蛇立庙后园，以香火事之。淫祀兴，妖孽作，自尔萧家无宁寝矣。

---

① 苏长公：苏轼。
② 笃：笃爱，指深切地爱。
③ 萧椿：江西吉安府安福县人。万历壬辰科同进士倒数第二名。

先是，参政家有陂池[①]百亩，可浮数石[②]之舟。后池上夜数见光怪，参政亦以䖵蛇事心生疑悸，议欲移居西第。择日而入宅，忽有大蛱蝶当门，广如车轮。众合手扑去，复变成一大蜘蛛，网于檐角。甫入中堂，有群鼠数百，鱼贯而出，口衔瓦片，纷纭掷人。臧获男女辈头面悉被损坏，各各环视，莫敢近前。惊顾之间，已失鼠所在。

参政之妹晨起，方索澡盆洗沐，地下蓦涌出一人头，如五斗栲栳[③]大，瞋目开口[④]，貌类魑魅而无身。时孩子福儿见之，惊叫疾走。逡巡，福儿之头亦涨大，与屋齐高，为栋[⑤]所碍[⑥]。久之，闻栋上作塕塌声，又有二硕鼠坠地，鼠大于犬，逐之至屋角，则化为二瓦，自相斗击而碎于地。俄而福儿形躯渐渐缩入栋上，复其故状，家人梯取之而下，逾时乃苏。

一日，太夫人病起登楼，将曝茶豉。忽见楼上有缁衣比丘，约可五十余众，老少杂坐，簇谈偶语。见太夫人至，齐声合掌梵呗。急走下楼，呼家人集众往擒，都亡所见。周视四旁，扃钥甚固，幂[⑦]然尘壤而已。

又一日，萧夫人登楼检理衣箧，才启钥出衣，陡然火起箧中，扑灭不及。奔下楼召左右往救，都不见有火，衣亦无损。

参政尝过吴门，诣王征君座上，言："尽如吾家狡幻，可著点鬼簿[⑧]矣。"后丙午[⑨]岁，由左参署浙中臬政[⑩]。在杭城廉察院中，

---

① 陂（bēi）池：池沼；池塘。《尚书·泰誓上》："惟宫室台榭陂池侈服，以残害于尔万姓。"孔传："泽障曰陂，停水曰池。"
② 石：古代重量单位。一百二十斤为一石。
③ 栲栳：国图清钞本作"栲栳"。栲栳，由柳条编成的容器，形状像斗，也叫笆斗。
④ 瞋目开口：瞪大了眼睛，张大了嘴巴。瞋目，瞪大眼睛，表示愤怒。《史记·项羽本纪》"哙遂入，披帷西向立，瞋目视项王。"
⑤ 栋：屋的正梁。
⑥ 所碍：国图清钞本作"为碍"。
⑦ 幂：覆盖；罩。宋晁补之《洞仙歌》："青烟幂处，碧海飞金镜。"
⑧ 点鬼簿：本义讥刺诗文中滥用古人姓名或堆砌故实。此处义为"鬼行实录"。
⑨ 丙午：万历三十四年，公元 1606 年。
⑩ 臬政：主管一省司法。

适鞫冤狱不理，遂得病。病将剧，强起据案捉笔，修遗书付家人。白昼见一长人，头若方相，有数千眼，动瞬[①]可憎，立于床前，伸手捉住其笔，笔不得下，乃死。

妖蛇三

万历间，西蜀某县公廨中，数生奇怪。身如兽，目如电，拉罗屏障，拨乱文书，千变万形[②]，累年不息。令入廨，见怪辄怖死。后令至，又辄怖死如初。由此绾符[③]其地者，相约不入廨，僦民间空宅安置，廨遂荒。

最后一令，年少而有胆气，笑曰："妖不胜德，天下何有怪乎！"使治故廨以居。左右并谏，不听，遂居之。既入廨，妖便来剧于前。稍进为燕寝[④]，见有大蛇，长数丈，横亘厅事中，俄然人立而行，头触平脊[⑤]之上矣。令心虽怪疑[⑥]，若为弗见，复入卧内。逡巡，不觉自身已化为蛇，左右亦惊视曰："明府为蛇！"顾盼之间，蛇令[⑦]形躯渐渐长大，反倍于妖，堂不能容。左右皆震倒伏地。寻，复缩短。忽而短，又忽而长。报其妻子，大小俱至，莫不惶惧号踊。久之，蛇复还为令身如故，众惊始定。然令身或长或短，或隐或现，如此甚数，人知其妖未已也。

初，令着衣冠，入廨后止见身不见衣冠，有时止见衣冠而不见身。左右移床卧之，多人看守，又时见衣衾，终不见令。举家

① 动瞬：即"颌动瞬目"，它是一种由先天性三叉神经与动眼神经中枢或末梢存在异常联结所引起的疾病。
② 千变万形：国图清钞本作"千变万化"。
③ 绾符：掌管一方。绾，控制。符，符信。
④ 燕寝：公余休息；睡眠。
⑤ 平脊：又叫正脊、大脊，屋顶前后两坡相交处，是屋顶最高处的水平屋脊。
⑥ 怪疑：国图清钞本作"怪"。
⑦ 蛇令：变成蛇形的县令。

号叫，计无奈何。有监司某自处[①]刚正，神气湛然，具威仪入令廨，就床问讯，不应。推索[②]其故，果止有衣冠而已，中实无身。乃叱左右缚令衣冠为一束[③]，自为文，以告于城隍之神，并以所缚衣冠致之，停吏待反[④]。

至夜寂然，吏明日晨起，向神案前拈香，见衣冠中蠕蠕而动，谨伺之。忽伸出一手，长三尺余，遍掌生毛，黧黑[⑤]可骇。复作声求纸笔写责词[⑥]。其辞云："某务农良民也，为仇陷盗，往令不察，即日与盗俱死。衔冤诉上帝，帝不之报，魂无所依，遂往托于蛇胎，据廨为祟。后先杀二令，并此将三。谨状。"写毕，欻被缩入[⑦]，验无见矣。吏驰报监司，监司骇以为神。铃下忽传廨中已复令真形于床，恍如梦苏。于是监司再诣问之，神犹不足，都无所记。怪从是绝。壬子[⑧]十月，邵武太守严澄说此。

妖蛇四

吴县木渎有载石船，行至跨塘[⑨]，路八里许矣。忽见船中盘一大花蛇，长六七尺，身斑文如锦缬[⑩]，昂头欲起。船人将击杀之，有从旁禁止不可，乃听其蜿蜒上岸，暂停船伺之。时耕夫数人，散置蓑笠于田中，荷锄勤垦。其蛇便腾入一蓑笠之下，众耕夫不

① 自处：犹自居；自持。《宋书·刘湛传》："既不能以礼自处，又不能以礼处人。"
② 推索：推求寻索。
③ 为一束：国图清钞本无此三字。
④ 停吏待反：留一吏在那儿等着县令回来。
⑤ 黧黑：（肤色）黑中带黄。
⑥ 责词：责备之词。
⑦ 欻被缩入：疑当为"欻缩入被"。
⑧ 壬子：万历四十年，公元 1612 年。
⑨ 跨塘：即西跨塘，位于今苏州市吴中区木渎镇花苑东路。此处到木渎镇水路约八里。
⑩ 锦缬（xié）：印染花纹的丝织品。《梁书·诸夷传·高昌》："（高昌国）女子头发辫而不垂，着锦缬缨珞环钏。"

见也。逡巡间，黑风暴起，骤雨从东南来。耕夫各驰取蓑笠，见一人取至蛇所，大惊，蛇便直前搏噬，将此人咽喉啮断，血流滂沛，踣地立死。于是众耕夫并力奋跃，攻击其蛇，猝被逸去，不知其所在焉。按《朝野佥载》①：岭南有报冤蛇，人触之，即三五里随身而至。若打杀一蛇，则百蛇相集。将②蜈蚣自防，乃免。其说如此。今石船之蛇，随至七八里外，卒断其人之喉以死，岂非怨毒之甚者乎？

妖蛇五

乌程县③乡达④先生沈桐⑤,嘉靖末应浙右乡举,甚有名称。其年封公与之偕行，舍于杭城逆旅。试期迫矣，宵分忽寤，大呼指痛，号叫之声异常。封公惊起，遽命人辈取火来视。既至，见大赤斑蛇长二三丈，盘绕床下，昂头入被，啮定中指不肯放。人辈沸腾，齐觅器杖，将击之。沈曰："是冤对⑥，不可杀也。"乃为誓以祝于蛇曰："某多生劫中，定有所负，故今日见噬耳。如蒙释宥⑦，趣延沙门，转经皈忏，送汝于钱塘江中，兴云腾雾而去。从今以后，凡所累积，悉归于汝，敢忘不死之恩。"作此语已，蛇便低头良久，徐徐放下其指，蜿蜒如故，而此指已两孔相贯，若锥刺然。

---

① 《朝野佥载》：唐张鷟撰，六卷，唐代笔记小说集。此书记载隋唐两代朝野佚闻，尤多武后朝事。因属时人记时事，所载内容多为第一手资料，所以颇有价值，为《太平广记》《资治通鉴》以及后世治唐史者广为引用。

② 将：携带。唐元结《贼退示官吏》："将家就鱼麦，归老江湖边。"

③ 乌程县：旧县名，治所在今浙江省湖州市南浔区。

④ 乡达：指乡中显达人士。清李渔《风筝误·贺岁》："赖有乡达戚补臣，系先君同盟好友。"

⑤ 沈桐：有著作《观颐先生集二十卷附录一卷》。

⑥ 冤对：冤家对头。

⑦ 释宥：宽赦。唐杜光庭《贺德音表》："魅乡迁客，俱从释宥之恩；囹圄缧囚，尽举宽明之典。"

于是驰召弄蛇人至，使疗之。蛇人惶骇，急用缯索拴缚其右臂之半甚固，自半已下，再三捋之。揉及百会，从患处下紫血一二升，色如椹子[①]汁，须臾变成黑色，或云是怨毒之气所钟也。蛇人喜曰："无忧矣。但郎君名场之期，业已参差，此行不须更望也。"沈遂不入闱而返。后傅良药，岁余获痊，此掌屈伸如旧。

比至后科，始领乡荐，联捷进士第。沈公感悟冤对之理，惭悔无及，坚行善事，戒杀放生。年逾大耋[②]，至今康强，遇人必谈蛇报，乡里皆化之[③]焉。管珍秀才所述。

妖蛇六

苏州阊门下新桥，府学秀才王化邦，人颇修谨，家以冶埴[④]为业。万历甲寅春，因卧窗下榻上，见一小绿蛇缘壁而起，蜿蜒枕席间，蓦然走入其鼻。王仓卒惊呼，又落肠中矣。须臾，觉脏腑为其啖食[⑤]，盘旋屈曲，渐渐周于支节。痛极踣地，殆不能忍。然是物出入无定，时或从口中，或从耳鼻，王亦不知觉也。诸医莫能疗之。有人视者，皆曰："此冤业所为。"其家遂延沙门，顶礼梁皇忏。忏已，蛇竟变作黄鼠狼数头，复来征逐缠扰如故。王素不信罪福报应之说，自是皈心白法[⑥]，寄宿招提[⑦]，至今不敢舍于家。钱允治说。

---

① 椹子：即桑椹。汁为紫红色。
② 大耋（dié）：年高的人。耋，八十岁，一说指七十或六十岁。
③ 化之：受之感化。
④ 埴：细腻的黄黏土。《说文》："埴，黏土也。从土，直声。"
⑤ 啖（shà）食：吞食。《玉篇》："啖，咬也。"
⑥ 白法：佛教语，一切善法的总称。文中指"佛法"。唐王维《黎拾遗昕裴秀才迪见过秋夜对雨之作》诗："白法调狂象，玄言问老龙。"
⑦ 招提：北魏太武帝造伽蓝，创招提之名，后遂为寺院的别称。

妖蛇七

昔年间，吴兴诸生郎杰[①]，过铅干庙，就地下尿。见有弃纸，尿之。坐庙门少顷，乞儿过，以竹杖拨所见弃纸。杰问故，乞儿曰："有小蛇蟠此，拨之。"杰曰："吾见弃纸，何得有蛇，岂蛇藏纸下耶？"又少顷，一白马少年过，辄勒马，就地拾置袖中。杰追问何物，少年曰："谁遗一青锦鞶囊[②]，故拾之。"出视，尿痕尚湿，又有碎迹，是竹杖所拨处，中藏银指环一双，疑妇人信物也。杰具说所见，各各叹异而别。

狐妖一

京师民家所居屋下，多野狐窟宅。表伯封中书舍人[③]姚贡未遇时，尝为人解运[④]至京。自言住一中贵家，其家有高台。每夜更深月上，贡戢身[⑤]于树影中，窥见老狐取髑髅戴其首，望月而拜。拜数百下毕，夜半后便变为好妇形或美少年状，践空蹑虚[⑥]，穿垣度隙，来往屋角鸡栖间，径捷如飞，天晓而形复如旧矣。又言狐形如黑犬，音如婴儿，或前或后，常摇尾戏于空暗处。家人出入，多为所绊，了不之异。昼则潜匿，夜则纵横。性嗜妇人室女经血。京师民家平旦开门，弃恶秽于沟中，争来啖尽。人不见

① 郎杰：字士英，陈良谟的同学。
② 鞶囊：革制的囊。古人用以盛手巾细物。
③ 中书舍人：明清时设于内阁中书科，掌书写诰敕、制诏、银册、铁券等，为从七品官员，清沿置。
④ 解运：押运。
⑤ 戢（jí）身：藏身。
⑥ 蹑虚：凌空。宋洪迈《夷坚乙志·青童神君》："楼施楯槛，槛外阁缭绕，蹑虚而成，四望极目。"

之。其成精魅盖以此。而南方不然，故狐北多南少。谚云“江南无野狐，江北无鹧鸪”，岂虚语哉。

狐妖二

北京椿树胡同相近西角头①，有故缇帅②朱希孝③空宅子，穷极宏敞。相传其中旧为野狐所据。世庙时，楚人李芗④擢第后，需次⑤谒选，从缇帅假居⑥。帅曰：“某非为先辈靳，但此宅素凶，狐魅之物群聚其下，自来无人居也。”芗固请，不得已许之。初入门，微闻两庑间切切私语。逡巡，又闻窸窣人行声。芗瞻顾次，见东头小弄中有二十余人出，老者少者，矮者长者，胡须者美姿容者，悉戴平顶帽、衣皂衣，与京师人装饰无异，列拜于庭下。芗心知是狐属也，了不惊怪，惟从容谓曰：“某家在数千里外，羁栖于此，举目异乡。汝辈莫思相害乎！”众应声曰：“愿服役郎君，何敢相害！”芗本寒素，方资行李，由是一切烹饪扫除、呼唤驱使，并得其力，敏给胜于家人，但约不出市中买办耳。

居岁余，芗就教⑦，补吴中郡博⑧。出都之日，冰囊尘甑⑨，

---

① 角头：角落，偏僻的地方。元无名氏《谢金吾》第三折：“我就自做监斩官，来到这角头上闹市中，左右那里，唤刽子手，将那两个贼犯绑将过来。”

② 缇帅：指称明代锦衣卫指挥使。

③ 朱希孝：直隶怀远（今安徽怀远）人。明朝中后期大臣，东平王朱能之后、成国公朱凤之子、定襄王朱希忠之弟。明世宗时以兄荫得官，明神宗时与内阁首辅张居正等交好，积功至太保兼太子太傅、掌锦衣卫事、后军都督府左都督。死后获赠太傅，谥号“忠僖”。

④ 李芗：嘉靖四十一年（1562）三甲第一百三十九名同进士。

⑤ 需次：旧时指候补官吏，按照资历依次补缺。宋楼钥《送袁恭安赴江州节推》：“九江需次今几年，去去渌水依红莲。”

⑥ 假居：租屋而居；暂借居住。清江藩《国朝汉学师承记 · 凌廷堪》：“又北走海州，于败簏中捃拾残稿，假居僧寺，辑录以归。”

⑦ 就教：出任教职。

⑧ 郡博：郡博士，府学学官。

⑨ 尘甑：形容家贫，无米下锅。典出《东观汉记 · 范丹传》。

群狐剧[①]百金赠装，又遗采缬锦绣，所费甚多，牵衣大恸而别，李亦为之泫然。既至吴，消息往还不绝。王征君方客缇帅家，见之。

狐妖三

北京安福胡同鲁家，有狐狸聚其室中，昼则出游，不现其形。惟一秃发女子现之，饮食供具皆其奔走。日渐暮，始现形，方巾[②]、胡帽、弹子巾，各色衣饰，及老少肥瘠，好丑短长，无不异状。列坐长桌，呼卢[③]喝采[④]，与人无别。善言未来休咎，王公贵戚咸诣问之。惟举子功名事不言，云："此大事，吾师所知，然师亦不肯言，恐获谴于天廷耳。"叩者但闻其声在帐中出，亦复与人叙寒暄。其师即所云天狐也。武林张云鹏秀才馆于京师，数从诸公往问。壬子[⑤]春南还，为余述焉。

狐妖四

近有京兆[⑥]韦翰林者，忘其名，衣缨之子。未及第前，欲娶燕姬[⑦]为妾。适闻洛中许举人断弦未续，将聘椿树胡同朱家宅子[⑧]

① 剧：疑为"聚"或"集"之误。
② 方巾：明代文人、处士所戴的软帽。不是现代意义上的丝巾。
③ 呼卢：古代的一种赌博游戏。共有五子，五子全黑的叫"卢"，得头彩。赌博者掷子时，高声喊叫，希望得全黑，所以叫"呼卢"。
④ 喝采：亦作"喝彩"，旧指赌博时的呼喝叫采。采，骰子上的标志。
⑤ 壬子：万历四十年，公元 1612 年。
⑥ 京兆：汉代京畿行政区划名，即今陕西西安以东至华县之间。后世因称京城为京兆。
⑦ 燕姬：燕地女子。
⑧ 朱家宅子：国图清钞本作"朱家宅中"。

某太太之女，有国色，资装①富盛。韦心艳之，私于媒氏云："为某谐此丝萝，当厚赠。"媒云："许家娘子亡过，娶为继室，郎君何所用此？"韦伪云："某未婚，正须媪作撮合山②也。"媒利其啖，便诺之。去久方还，言太太甚喜，设席以待。韦遂具二十金为羔雁之礼，修刺往谒。

既至，层廊曲室，经历数重，乃达中堂。房馆靓深，花竹纷列，所设屏障皆奇石古画及幕毯茵凭之类，洁而不华，真旧家③之门第④也。方拱立以俟，有两青衣小环自内出，设榻延坐具茶。须臾，复有绿帻少年一人，亦自内出，叩头传语云："太太方靧面次⑤，面赤未燥，冀郎君少淹⑥。"韦益心动。久之，微闻佩环声，太太出矣，可称五十许人，装饰淡雅，举止可观。韦望而敬之，再三陈谢。茶至，叙温凉毕，便问韦业何经。韦答以《周易》。因与韦讲《易·咸卦》一章，颇通大义。顷之，又谈《春秋》，熟如注水，韦舌噤莫能置对。索韦扇头⑦诗吟讽一遍，随口和韵，立成五章，命青衣取笔砚，擘⑧五色彩笺题之。韦但俯首叹羡而已。遂张宴留款，酒肴珍怪，果实丰硕，多有未名⑨之物。席上所论，又多朝政国事及天下大计，词气高迈⑩，深有士风。韦益骇异罔测，避席⑪唯唯。乃曰："秀才将来大贵，宜留心时事，

---

① 资装：嫁妆。《隋书·食货志》："老弱耕稼，不足以救饥馁，妇工纺织，不足以赡资装。"
② 撮合山：指媒人。
③ 旧家：指久居某地而有声望的人家。唐李商隐《为同州任侍御上崔相国启》："此皆相公推孔、李之素分，念国、高之旧家。"
④ 门第：古代的家族等第。
⑤ 靧（huì）面次：洗脸。
⑥ 淹：逗留。转义为等待。
⑦ 扇头：扇面之上。金元好问《题刘才卿湖石扇头》："扇头唤起西园梦，好似熙春阁下看。"
⑧ 擘：分剖，分裂。
⑨ 未名：不知名称。《宋书·夷蛮传·林邑国》："所获珍异，皆是未名之宝。"
⑩ 词气高迈：国图清钞本此前尚有"东指建夷，西称突厥"。建夷，即建州女真，女真族三大部之一。
⑪ 避席：古人席地而坐，为表示对某人尊敬，离座而起，称为"避席"。

闲暇频来讲求。第虑敝居卑隘，不可安上客，宁有间耶[①]？”韦复逊谢而别。

但寂然不闻秦晋之议[②]，复以征媒，媒喜，入白复还，即致太太之命曰：“此姻连小事，既辱郎君高义，敢不允从。别筑秦楼[③]，以待凤箫声下耳。”便议四百金行聘，选吉未遂。明日，韦再过访，求一见其女，竟不能得。又话，移时而出。既出，内中传语于韦云：“此后来过，慎无与他少年俱也。”先是，韦之乡人某公子强欲随行，易衣帻杂群厮中，为彼所识耳。

韦后发[④]其事于侪辈[⑤]，不谐好逑[⑥]，寻再诣之，不出见矣，自是绝不复相闻矣。推索所居，其门外尚有故朱家馆吏在。呼讯之，吏云：“此宅空久，不曾有人住，亦并无太太之说。”乃知老狐所为也。韦怳然自失，终不信其怪物。旬日后，遂发大魁[⑦]，妖不胜德，岂偶然哉。庚戌[⑧]夏仲[⑨]，太原征君与黎阳[⑩]丁云鹏[⑪]共集草堂，征君窃话[⑫]其事。

---

① 宁有间耶：会很计较吗？宁有，岂有。间，非难，毁谤。

② 秦晋之议：讨论婚事。春秋时，秦晋两国不止一代互相婚嫁，后以“秦晋之议”或“秦晋之好”泛指两家联姻。

③ 秦楼：亦名凤楼。相传秦穆公女弄玉，好乐。萧史善吹箫作凤鸣，秦穆公以弄玉妻之，为之作凤楼。二人吹箫，凤凰来集，后乘凤飞升而去。

④ 发：揭开。

⑤ 侪辈：同辈，朋辈。

⑥ 逑：配偶。《诗经·周南·关雎》：“窈窕淑女，君子好逑。”

⑦ 大魁：指科举时代的状元。《文选·潘岳〈笙赋〉》：“管攒罗而表列，音要妙而含清，各守一以司应，统大魁以为笙。”

⑧ 庚戌：万历三十八年，公元1610年。

⑨ 夏仲：即仲夏，指夏天的第二个月。

⑩ 黎阳：又作“犁阳”。东汉建安十二年（207），分歙县西乡设，以原歙县黎阳乡命名。考其故址，位今黄山市屯溪区的黎阳镇。

⑪ 丁云鹏：1547—1628，明代画家。字南羽，号圣华居士，安徽休宁人。善白描人物、山水、佛像，无不精妙。

⑫ 窃话：悄悄说起。

狐妖五

顺城门外张氏夫妇，生二子[①]尚幼。家有小园池。忽一日客自外来[②]，修髯伟容，自称是至亲，见君家赀业旁落，欲共相扶助，但不敢与门外事[③]耳。其家初则见讶，后亦相安，诸凡中外事务，部署综理[④]，咸有条贯。如是者三年，每事利益，曾无[⑤]疾病死丧。其年主人生第三子，客曰："此子生，自应大其门户，吾无庸[⑥]更留矣。"检校仓厢什器[⑦]之类，簿籍井如。算得所牟子钱[⑧]若干，拜辞而去。或云地近丘陵冢墓，其中多野狐窟穴，张氏所遇怪人，实狐属也。董太史其昌所谈[⑨]。

狐妖六

京师宋氏，曾有白须老公诣门。其人甚儒雅，入堂中与之语，言颇清远，辩论亦博，第云年老无依，求一空室栖身，无他溷[⑩]也。宋氏容之庑下。窥其案头，惟书一卷而已。此公平居但[⑪]

---

① 二子：国图清钞本作"三子"，误。
② 外来：国图清钞本作"外至"。
③ 门外事：对外事务。与内务相对。
④ 综理：总揽，管理。晋陈寿《三国志·魏书·程晓传》："今外有公卿将校总统诸署，内有侍中尚书综理万机。"
⑤ 曾无：文言中的固定句式，相当于"连……也没有"。
⑥ 无庸：不需要。《左传·隐公元年》："无庸，将自及。"杜预注："言无用除之，祸将自及。"
⑦ 什器：指各种生产用具或生活器物。《史记·五帝本纪》："舜耕历山，渔雷泽，陶河滨，作什器于寿丘，就时于负夏。"司马贞索隐："什器，什，数也。盖人家常用之器非一，故以十为数，犹今云'什物'也。"
⑧ 子钱：本义是贷给他人取息之钱。利息亦称子钱。此处应指后者。
⑨ 所谈：国图清钞本作"所说"。
⑩ 溷：音 hùn，扰乱，打扰。国图清钞本作"混"。
⑪ 但：只，仅，只是。

读书，书皆古文字，不可识。

忽一日谓宋氏曰："某有亲昵[①]在京师者，乖阔[②]已久，将借华堂置酒邀会，兼烦主人作铺公铺母[③]，敬奉酒赀，不识可否？"宋氏许诺，便请卜日为老公治具宴客。其日过午，有仆马车乘至门，急出迎，则皆古衣冠伟人物，中有朱紫[④]凡数十人，笑谈竟日，情甚欢洽。宴毕，仍送出门，揖让登车而去。问之市人，都无所见。明日又设宴召女客，亦有妇人数十，珠阗翠咽[⑤]，香车载涂[⑥]。问之市人，又都无所见。

于是宋氏甚怪之，谋讼于明神[⑦]。先之都城隍庙，后之关壮缪庙，最后又请于东岳天齐王庙中。每五鼓谒庙，则老公先在神前喃喃祝告，宋氏噤不能吐一辞。岳庙庭中有大石块，急拾以击之，此老公忽跳于屋檐上，谓曰："某始相依，君何故忽怀异念？今诉我于岳帝之前，无能难我矣。"征逐[⑧]宋氏而归。由是拉攦喧闹，昼夜不安。宋氏无奈之何，翁媪[⑨]叩头逊谢，愿改事如初，约以三年。如期遁去。去后宋氏诣卜师质疑。师云："此是天狐，获谴避于人间，限满而去，不足异也。"其家后亦无他。京山李季公[⑩]说。

---

① 亲昵：指亲近的人。《左传·襄公十四年》："士有朋友，庶人、工、商、皂、隶、牧、圉皆有亲昵，以相辅佐也。"

② 乖阔：分离。唐韦应物《酬李儋》诗："人生所各务，乖阔累朝昏。"

③ 铺公铺母：旧称为新房铺床的福寿双全的男子和女子。唐段成式《酉阳杂俎·诺皋记下》："兼烦主人作铺公、铺母，如可，某夕我自具车轮奉迎。"

④ 朱紫：指高官。古代高级官员的服色或服饰。谓朱衣紫绶，即红色官服，紫色绶带。

⑤ 珠阗（tián）翠咽：珠宝争奇斗艳。阗咽，喧闹。

⑥ 载涂：满路。明陈子龙《薤露》："其窘如泥行，颠覆尝载涂。"

⑦ 明神：古代对神的尊称。

⑧ 征逐：追随。

⑨ 翁媪：国图清钞本作"翁妇"。

⑩ 李季公：李维桢。

狐妖七

山西饶指挥郊行，路逢一丽人，自云丧夫求寄载。饶云："我方丧妻，可谐伉俪。"遂同归，生三子，长为大将，次亦偏裨。一日香车经过往昔相逢处，亟命止之，潜行至大坎下，有穴，便从穴中入。明日往视，有牝狐殪焉。

狐妖八

癸丑[①]春，杭州猫儿桥有一雄狐，每日至晚，变为美少年，迷惑往来淫夫，有独行者，便随之去。杭人多好外[②]，见辄引归淫狎，日渐尪瘠[③]成病，乃知狐祟所为。

狐妖九

近年间，北直隶顺德府邢台县民，养狐成群，其家多为所恼。老公[④]甚厌之，恒欲料理，密袖短剑以伺。一日，忽见有白狐一头，从藁积中跃出，直前搏噬老公。老公怒，便抽剑奋击此狐，遂倒。听其声类小儿啼，细而看之，乃是邻舍五岁孩子，误中剑死，流血殷地矣。老公茫然，计无奈何，与妻子谋共掩覆。邻舍

① 癸丑：万历四十一年，公元1613年。
② 好外：爱男色、男宠。明沈德符《万历野获编·补遗卷三·士人·周解元淳朴》："其后举丁丑进士，竟以好外，羸惫而殁。"
③ 尪瘠：瘦弱。南朝宋刘义庆《幽明录》："乘本尪瘠，既尔之后，遂以力闻，官至无难监。"
④ 老公：老年人的通称。《三国志·魏书·邓艾传》："七十老公，反欲何求！"

惊闻，遽往验看，见儿死，大恸。老公具言误杀之状，盖狐魅所为也。邻舍父母兄弟[①]尽皆号叫，缚取老公索命。闾里亦忿然不平，趣令陈牒以诉于官。官推鞫数四，委无异辞，竟以死论，遂收老公下狱。

积半年所矣，此狐在家蓦于空中作灵语云："主人本欲杀狐，狐今反杀主人，终能向狐祈请乎？能则抱邻儿还，可出主人于狱也。"其家闻言，大小哀祈。狐曰："必主人作书乞灵于我，方许周旋，不则无益，徒取困耳。"左右奔告狱中老公，恳为屈伏。老公笑曰："身年六十七八，大期将至，杀人之罪，往因所招，有死而已，终不向妖魅求怜也。"老公既不为动，狐亦终不允从，彼此相持。

又经旬日，而家中大小哀祈如故，狐渐见许，乃约以某日某时送还。至期徙倚俟之，果见此狐从空中递出邻舍孩子来，宛然无恙，视其精神，如睡初醒耳。合家称庆，邻舍喜不自胜，问儿："向何适[②]乎？"儿曰："往有一老女人将我至天上，饲以珍果美食，其乐无比。"于是抱儿往白于官。官大骇，亟命伍伯发死儿槥，中乃一死白犬也，肉已蛆腐，臭不可近。老公冤自尔得雪。吴人戚伯坚北游，亲睹其异，归而话于座人。

狐妖十

苏州浒墅孔承宠，自称曲阜圣裔，能诗。万历中，丹徒[③]令欲修《金山志》，托往金山博访事迹。时方秋暑，舍于僧房。一日薄

① 兄弟：国图清钞本作"兄姊"。
② 何适：到哪儿去。东汉袁康《越绝书·荆平王内传》："王以奢为无罪，赦而蓄之，其子又何适乎？"
③ 丹徒：今江苏省镇江市。

暮，与僧闲步[①]寺门，望见江中片舸，鼓枻[②]而来。既抵岸便住，有美少年乌帻绿韝[③]，玛瑙长簪，又装[④]茉莉，身衣白单纱帢[⑤]，茜红[⑥]练裙，靸[⑦]而不履，突入寺门，与僧拱手，求借空房，暂停行李。僧诘之，少年曰："为待同伴至，多则一月，少则涉旬。"僧曰："某有净室，赁值三金。"少年曰："便当奉三金耳。"承宠从旁相与赞成，且见少年风容秀朗，音吐铿锵，谓是冶游贵介之流，啧啧叹羡。因问曰："郎君自何而来？家何处乎？"曰："松陵。"承宠曰："松陵是吴江，老夫长洲人也，合是桑梓。"遂引与相揖，承宠先称名氏，少年曰："某胡氏子，即周家外甥。丈人先辈，里闬[⑧]非遥，今夕何夕，幸逢萍水。"宾主酬答之语，颇极缠绵。

俄见侍从五六人，结束[⑨]囊箧，安置皆毕，连声呼舟子携花篮上来。既至，是全真所挂杖头水火篮也。窥视其中，灿然上金百余片，堆积稠沓[⑩]，亦无锁钥。承宠大惊曰："如此得无有疏失之虞乎？"少年笑曰："任偷向天上去，亦须捕来也。"便就篮中掣金一片，送僧为赁居之资，秤之，恰重三金。

其夜僧治具延款少年，随请承宠追陪[⑪]，固让乃坐。宴笑之间，玄谈雅论，深有士风，韵谑清歌[⑫]，兼顷四座。夜分而散。承

---

① 闲步：国图清钞本作"闲走"。
② 鼓枻（yì）：指划桨，泛舟。《楚辞·渔父》："渔父莞尔而笑，鼓枻而去。"
③ 韝：音 gōu，臂套。用革制成，用以束衣袖，射箭或操作时用。
④ 装：国图清钞本作"妆"，正确。
⑤ 身衣白单纱帢（qià）：即"身衣单纱白帢"。白帢为白色便帽。
⑥ 茜红：绛红色。
⑦ 靸：音 sǎ，把鞋后帮踩在脚后跟下，和穿拖鞋一样。
⑧ 里闬（hàn）：指里门，代指乡里。元辛文房《唐才子传·徐凝》："（凝）与施肩吾同里闬，日亲声调。"
⑨ 结束：装束；打扮。南朝梁褚翔《雁门太守行》："便闻雁门戍，结束事戎车。"
⑩ 稠沓：多而重复。《旧唐书·后妃传上·玄宗杨贵妃》："禄山母事贵妃，每宴赐，锡赉稠沓。"
⑪ 追陪：追随，伴随。唐韩愈《奉酬卢给事云夫四兄曲江荷花行见寄，并呈上》："上界真人足官府，岂如散仙鞭笞鸾凤终日相追陪。"
⑫ 韵谑清歌：韵，有韵律节奏的文学体裁，包括诗、词、歌、赋等；谑，开玩笑；清，无伴奏清唱；歌，歌咏。

宠梦回酒醒，辗转疑猜，莫详其为何等人矣。

明日少年便作主人，邀承宠与僧三四众设宴，珍腆①海陆错陈席上，共语神仙峨眉之事，玄素养生之术，应声随响，无所不佳。问质经史疑义，对之甚有条贯。箜篌②弦索，事事皆能。承宠因请诵诗行酒，率然便诵唐人绝句百余章，听而忘倦。酒半，出橐中所藏卷册共赏，皆古山水，及他器玩，种种精奇，文玉③骇犀④，罗列满案。承宠目眩魂惊，意其非常人，亦不讶为他类也。

相聚经月，饷遗颇多。少年常为花柳之游，或经宿不返。一夕，承宠方解衣而寝，键已下矣，少年来别。开合迳前，莫测其入。自说同伴已至，不得停留。言讫，赠金二饼，珍重殷勤，承宠愧不敢当。眷恋移时，有僮子耳语曰："可行矣。"遽辞去，忽从窗而出。承宠怪之，心谓郎君何忽如此？逼前相送，见其侍从囊箧三四乘，悉缘上屋，一一凌虚远逝，疾若风雨，悄无所见，亦终不闻践瓦之声。承宠方大骇异，视其扉，下键如故。明日遇一道士话及，叹曰："此是天狐，非吾所知也。"

狐妖十一

苏州府前板梁巷汪徽州家，磨面经营。有子入赀太学。万历乙巳，北京乡试下第，道出淮阴市上，狎一美妇人于逆旅。留连数夕，情甚相得，因挈之南还。每夜与同嬿婉，至五鼓⑤，欻失所

① 腆：音 tiǎn，善，美好。《广雅》："腆，美也。"
② 箜篌：我国古代传统拨弦乐器。在古代除宫廷雅乐使用外，在民间也广泛流传。有卧箜篌、竖箜篌和凤首箜篌三种形制。唐顾况《王郎中妓席五咏·箜篌》："玉作搔头金步摇，高张苦调响连宵。欲知写尽相思梦，度水寻云不用桥。"
③ 文玉：有文彩之玉。
④ 骇犀：剑名。《东观汉记·陈导》："光武赐陈导骇犀剑。"
⑤ 五鼓：国图清钞本作"五更"。

在，及暮方回，了无踪迹。生尝微诘其情，怒而不言。三年如此，汪生病瘠甚矣。父母移置佛寺中，不令家居。此妇人至夜，复变形为姣男子，入与其室人①寝处。既去，被有臊气，方知是狐魅所为。急迎道流，上章设醮，百方禁断，终莫能制。后遇异人，取所传上真符剑召之。忽闻甲仗声，乃缚一狐坠阶下，搏颡②乞命。异人杖而遣焉，不知所适，其家遂宁贴，而赀业荡然矣。

狐妖十二

吴江县沈都宪季文③弟，人称小沈三官，由武科历官至西秦副将。尝独坐燕室④中，前有大树扶疏，见巨物若三斗栲栳大，其毛黑色，头面俱隐，辄穿入树丛深处，簌簌有声。使人登树求索不得，周旋广庭，了无所见。沈心甚恶之，命营卒数十，持斧锯绳索伐去其树。

是夕，将灭灯就寝，俄见此物从屋脊上飞来，直扑床前，旋转不已。沈支戟抵之，其形渐渐缩小，须臾如球子⑤，如碗，如拳，惊盼之间，已如蜣螂丸矣。亟呼左右掩取⑥，此物便从沈拇指末缘入臂髀。顷之，百骸九窍，无不贯刺，遍身躁扰，莫能禳除。

忽一日，此物于肠中作灵语曰："某天狐也，有小谪罪，巢于树头修行。今毁我巢矣，不得不借将军七尺之躯为巢，无非圆满功行而去，敢有他意哉！惟将军曲庇之。"沈大怒，明日为文，

---

① 室人：古时称妻妾。《列子·周穆王》："既归，告其室人曰……"
② 搏颡（sǎng）：叩头。颡，额，脑门儿。
③ 季文：沈季文，？—1609，字少卿，松陵镇人。万历五年（1577）进士及第，官至中丞。
④ 燕室：佛教徒坐禅修炼的屋宇。
⑤ 球子：菊花的一种。即球子菊。
⑥ 掩取：乘其不意而夺取或捕捉。《后汉书·酷吏列传·黄昌》："后乃密遣亲客至门下贼曹家掩取得之。"

以诅皇天。其夜又自闻肠中语曰："奈何理某于上帝乎？帝今命关壮缪来讨，明日某当出战，将军能相为助否？"沈笑曰："沈三郎虽懦，犹能佐天神之威，剪除妖魅，焉肯助汝为虐哉！"

及明果去，沈觉体中轻爽，颇异于常。急敕将吏陈兵杖于庭，沈身自擐甲①而立大旗下。其日向午，欻有风雷暴至，埃雾涨天。稍定，微闻云际似数百人鼓噪声。少顷，空中坠黑毛数斗，殷血淋漓。军士欢呼相谓曰："老魅死矣！"于是椎牛②犒飨，夜各散退。

沈既寝，又复自闻肠中灵语如初。怪而诘之，应曰："天神所殪我者，革囊③耳。野狐自有本来面目在，岂得而尽诛耶？今与将军为约，假舍修行，不出一载，某证果去矣。"作是语已，便寂无声，沈亦无如之何。病免④经年，此物突从足拇指末宛转而出。自尔怪绝，至今无恙。亲向祁大武说。

猿妖一

东阳县⑤某甲，兄弟三人，耕田为业。家渐落，日夜怨其祖父⑥无遗，悒悒⑦不已。忽一夕，梦有丈夫⑧，须发皓白，策杖而来，告甲云："我是尔家上世祖也。生时虑子孙贫匮，积金一窖，

① 擐（huàn）甲：穿上甲胄，贯甲。《左传·成公二年》："擐甲执兵，固即死也；病未及死，吾子勉之。"国图清钞本"擐甲"作"擐甲胄"。
② 椎牛：击杀牛。《韩诗外传》卷七："是故椎牛而祭墓，不如鸡豚逮亲存也。"
③ 革囊：佛教称人的躯体。今一般称皮囊。《后汉书·襄楷传》："天神遗以好女，浮屠曰：'此但革囊盛血。'遂不眄之。"李贤注："《四十二章经》：天神献玉女于佛，佛曰：'此是革囊盛众秽耳。'"
④ 病免：因病免职。《汉书·司马相如传下》："相如既病免，家居茂陵。"
⑤ 东阳县：今浙江省金华市代管县级市。
⑥ 祖父：祖父与父亲。
⑦ 悒悒：忧愁不安的样子。
⑧ 丈夫：指成年男子。《谷梁传·文公十二年》："男子二十而冠，冠而列丈夫。"

藏后园西北角大桑树下，去地五尺，石板为志。可亟发为封殖[1]计矣。”甲既觉，具述所梦，其弟乙、丙梦亦如之，然犹未深信。如是连梦者三夕，诸妇曰：“何惜小费，不一试验之乎。”

甲遂率其诸弟，捕鱼刲[2]牲，祷祭土神，以祈多获。于是大具畚锸，并力劚地[3]。深至五尺许，果有石板，板之下漆棺在焉。甲疑金在棺中，因便破棺探视。才揭起，但见一白髯老翁，长丈余，可二百余岁人貌，状如梦中所遇者，欠伸而起。众各惊喊，仍欲推仆瘗之。公曰：“身是四代祖先，天使再生，为门户作福耳，实无他恶意也。”急走至堂上，以次呼家中大小姓名，历历不误，叹曰：“去家数十年，眼前曾玄[4]乃尔许大也！”众不得已，遂罗拜焉。饮食起居如故，家中休咎必先知之，以是敬事如神，罔敢慢者。

一日私谓其孙妇曰：“老人中夜足冷，非新妇伴宿，不得酣眠，冀可次第来，勿怪我也。”诸妇闻言甚恶之，悉欲各归母家相避。惶惑未决，所亲有识闻而造[5]焉，皆曰：“山鬼伎俩，非狐则犬，可共除也。”乃迎六丁道士逐之。道士书符作法，此翁亦书符作法。道士冠剑俱失，狼狈而归。因相与谋，具牍遣乙奔请于龙虎山张真人所。此翁已知之矣，瞋目大诟而责曰：“吾与尔为祖孙，奈何具词讦我！我岂畏米张[6]法术乎！”举家匿、谢无有。翁便于袖中掷出牍稿，纸墨宛然，且叹曰：“子孙不孝，吾不能久居于此矣。”

经数日，遇一胡僧持钵诣门，望见老翁坐堂上，私谓主人曰：

---

① 封殖：谓聚敛财货。《三国志·魏书·刘放传》：“往者董卓作逆，英雄并起，阻兵擅命，人自封殖。”

② 刲：音 kuī，刺、割。《易·归妹》：“士刲羊无血。”

③ 劚（zhú）地：掘地，刨地。

④ 曾玄：曾孙、玄孙。亦泛指后代。

⑤ 造：到；往某地去。《周礼·司门》：“凡四方之宾客造焉。”

⑥ 米张：因为张道陵建立天师道时，入教需缴纳五斗米，后被蔑称为“五斗米道”。其创始人也被蔑称为“米张”。

"君家妖气甚重，堂上坐者非人，乃千岁白猿精也。三日后当遣使者来取之。"是日，老翁神意凄然，中夜遁去，不知所之。过三日，果有二甲士怒马疾驰，突入门内，搜索不见，叹息凌空而去。永嘉何白所谈。

猿妖二

山东某州，忽有一布算术士，皓首庞眉，谈人命数奇中。居民张二郎最狡狯[①]，疑其非人。一日，折剌邀之于家，潜系一大纸炮于胡床脚，用长药线隔壁穿过，既坐定，叙话方洽，密使人于内取火炷[②]线，裂声如雷，光迸一室。术士遂跳入梁上，复其本形：一白猿精也。数责主人轻薄，令其入内，少顷仍变为人，仓皇出门，其夜即逸去，莫知所适。

猿妖三

苏州临顿路蒋甲，开布行，生一女极美。万历乙酉春，忽有物从空投下青布百五十匹，堆积在地。甲妻无故得布，大喜，舁店卖之，不识[③]何物也。尔后此女若神不足者，常见一少年往来出入，多在天窗壁角，轻如飘风，来就之偶，凡三昼夜而醒。俄顷，又掷白布百五十匹，验其字号[④]，悉是阊门外徽商程氏可泉铺中物，莫测所由致也。首尾三年，家骤富。甲后将嫁此女，广延

---

① 狡狯：诡诈。唐韩愈《嘲鼾睡》诗："盗贼虽狡狯，亡魂敢窥阚。"
② 炷：点燃。宋陆游《夏日杂题》："午梦初回理旧琴，竹炉重炷海南沉。"
③ 不识：国图清钞本作"不孰"。
④ 字号：国图清钞本作"家号"。

道流考治[①]，不验，反被料理，詈言狎至[②]，店布亦渐漏失，赀本空矣。甲往扬州迎宋相公惠云子，善治鬼。到家，焚符飞篆，追至新发潘宅子假山中捉出，是老猿精也。身毛鲜白，胸前犹挂彩襚[③]香囊。笼置东禅寺，炽炭燔之，其心孔凝血如膏。取与女服，下秽水斗余，病愈，至今尚存[④]。

马 精

湖广承天府[⑤]宝乡市镇，有孀妇，姿容颇美，年二十而嫠，独处一室，邻人[⑥]罕见其面。又每日亭午[⑦]时，趋入帏中卧，午后复起。才向瞑，便出闭门，室中不容婢子出入，人谓冰玉之操不是过矣。如是者十五年，所生子亦渐长大，娶妻成立[⑧]。

其子以母独寝无伴，送一婢服役。坚拒再四，强致之室。是夜有美少年从帏中出，就其婢淫焉。阳道伟岸，游腾如马骡之形。婢极力捍御不可，卒为所私，顷之灭迹。狂奔告于子妇。子妇失声太息[⑨]而已。未几孀妇复娩身生儿，宛然人形，而容状则象马也，其子固请杀之。彼少年遂现形来骂，问："何故杀而[⑩]弟乎？弟在，产应平分，所以杀者，惧割其产也。吾必讼之于官。"其子

---

① 考治：犹拷问。汉荀悦《汉纪·高祖纪四》："乃就槛车，送诣长安，言王不知，考治身无完者，终不复言。"
② 狎至：接连而来。狎，交替，更替。汉王符《潜夫论·救边》："旬时之间，虏复为害，军书交驰，羽檄狎至，乃复怔忪如前。"
③ 襚：音 suì，古时贯串佩玉带子。
④ 尚存：国图清钞本作"存"。
⑤ 承天府：明嘉靖十年（1531）升安陆州置承天府，治钟祥县（今湖北钟祥）。
⑥ 邻人：国图清钞本作"乡人"。
⑦ 亭午：正午，中午。晋孙绰《游天台山赋》："尔乃羲和亭午，游气高褰。"
⑧ 成立：成家立业。晋李密《陈情事表》："臣少多疾病，九岁不行，零丁孤苦，至于成立。"
⑨ 太息：出声长叹。
⑩ 而：同"尔"，代词，你或你的。《左传·昭公二十年》："余知而无罪也。"

亦无奈之何。

一日，偶言于群从昆弟辈。于是中外一时奋袂[①]，争欲来家驱逐此怪。会孀妇生辰，伪相庆贺，计伺其便除之。当日渐午，孀妇急趋入室。诸子侄尾其后。妇既下键，以石拒之。众因破其扉而阑入，即命设宴于房。妇遽蔽身于帏。子侄移席近床，相次就床而坐。帏中忽溅出马尿数斗，浸淫[②]面目，沾污衣履，杯盘狼藉，臊臭异常，各各狼狈而散。或言马属午，故交接恒于日午及午夜。京山李季公说。

驴 言

缙云县有富翁某，畜一黑驴，惯乘至山庄，甚健捷。一日过浮桥，不肯行，鞭之。驴忽作人声而言曰："汝莫苦我。欠汝债若干两，今日已偿足。汝亦将辞世矣，何为更踯躅向山庄去也？"富翁大骇而还。此驴入门便仆地死。其夜，翁病热，三日乃殂。黄禹州言。

牛天锡

凤阳[③]泗州[④]民家有一怪，自称姓名曰牛天锡。见其家有好女，窃变形为美少年，宵分月皎，窗牖小开，忽被[⑤]隐入闺房，

---

① 奋袂：挥动衣袖。常用来形容奋发或激动的状态。《淮南子·氾论训》："举天下之大义，身自奋袂执锐。"

② 浸淫：浸润，濡湿。汉董仲舒《雨雹对》："雾不塞望，浸淫被泊而已；雪不封条，凌殄毒害而已。"

③ 凤阳：凤阳府，明洪武七年（1374）明太祖朱元璋改中立府为凤阳府，治在今安徽省滁州市凤阳县城。古下辖五州十三县，明代隶属于南直隶。

④ 泗州：古地名，辖地大概在今天泗县、泗洪、天长、盱眙、明光一带。

⑤ 被：遮盖。

与其女百计诱狎。诳云："身是牛郎，卿乃织女，共谪人间，合为伉俪。"女辄信之，遂隆情好。明日，执子婿礼事主人甚恭。岁余，作怪殊常，臧获有触忤之者，怒云："我是汝家东床[①]娇客，何得犯我！"辄欲鞭之。于是互相设计，阴召术士诵咒，用剑击而毙之。应手有声，缩入地，发土细验，乃是老牛之膝骨，久埋土中，而出诈为人矣。江阴顾山民吴汴亲见其事。

豕妖一

万历戊戌秋，荆州江陵城外沙市侩卖[②]家，养豕数头。有洞庭山估客寄宿其邻舍空宅子下，夜半忽闻隔壁隐隐若数人聚语声，聒耳不得眠，披衣起坐，谛听之。其一曰："明年国家有事[③]，大军当过此地矣。"其一曰："西方用兵，何关此地？只愁日久征发，不免骚扰之困耳。"其一曰："太平日子尚长，但吾与卿都不见矣。"其一曰："咄咄！今日轮是何人吃伊大刀去？"因相与怆然歔欷。言未既，客作咳嗽声，语遂寝。

俄，天将曙，忽闻驱豕就屠，乃悟隔壁是猪栏，中夜刺刺[④]，皆豕言也。宿客悸汗如雨，走向主人言状。其明年己亥秋，有播酋[⑤]之乱，刘将军、丰都护[⑥]诸将帅，后先引兵过荆州，劳攘积时，借府库钱粮而去。

---

① 东床：女婿。对女婿称"东床"源于晋代著名大书法家王羲之袒腹（也作坦腹）东床的传说。

② 侩卖：做牙侩拉拢买卖，相当于今日的经纪人。《广韵》卷四："晋令：侩卖者，皆当着巾，白帖额，言所侩卖及姓名，一足白履，一足黑履。"

③ 有事：指军事，即用兵。《论语·季氏》："季氏将有事于颛臾。"

④ 刺刺：象声词。形容风声或拍击声。

⑤ 播酋：播州的苗民。播州即今贵州省遵义市。

⑥ 都护：明时为五军都督府左、右都督拟古官称。

初，余闻于海樵山人[①]，未敢深信。后过渚宫，讯王老人，与所闻适符。按《广古今五行记》[②]载，隋时渭南人寄宿其家，夜中闻二豕对语，则豕语自古有之矣。或云：豕，北方畜也，今无故而为祸，殆有应乎？

豕妖二

万历癸丑六月，长洲县阳城湖玄珠村民，夜梦家中所畜猪皆无首，怪之，开晨起视，栏中猪无一有首者，且觅食拨草，躁扰如故。民大怖惧，立命杀而食之。旬日间，一家七口荡尽。吴人周虚馆于其邻，目击斯祸。

鸡　怪

苏州城东袁观察长子参军[③]，住跨塘桥。其家一日宰鸡就烹，在釜中熟矣，乃忽跳出釜外，昂首长鸣。阖门惊怖，祈禳忏悔。卜云是宅怪。后遂徙居城西，久之，亦无他祸福[④]。

鼠　窜

近年间，有人自无锡县乘夜船来。船中藏鼠数百头，经夜聒

① 海樵山人：疑为徐渭，其有《海樵山人新构》诗。
②《广古今五行记》：唐初窦维鋈著，合书三十卷，今仅得轶文一百七十八条。
③ 参军：官名。东汉末曹操僚属常以参军名义帮助其谋划军事。两晋南北朝正式定为武官名，并多冠以职名。隋唐宋时置参军谋事之风颇盛。元不置。明清时已非武官。
④ 祸福：国图清钞本作“福”。

扰不得眠。迟明抵岸，鼠奔如阵。讯之邻船皆然。余闻其说，未信。偶过阊门内，立于扇行檐下，见店人争取扇匣子，列于庭以曝之。讯其由，答云："被无锡老鼠走来，匣子几被啮尽，今方去，获安寝矣。"推问不虚，并符传语。

黄鼠精

无锡县龙庭华家①，氏族甲于江左。有宗人某，堂中大柱内忽穿二穴，常见走出两矮人，可二三寸许。主人怪之，择日延道士诵经，为厌胜②之法。两矮人复出听经，逐之则又无迹。命塞其穴，而旁更穿一穴，出入如故。主人治药弩，令奴张以伺之，既出，毙其一，一疾走去，视之，乃雌黄鼠也。少顷，忽有矮人百余辈出，与主人索命，仆从哗噪而走。又少顷，复有七八人，以白练蒙首，出堂中恸哭，仍复逐去。久之，闻柱中发铃钹声，众谓送葬。又久之，闻柱中起③箫鼓声，众谓鼠中续耦④。闭其堂经月，怪便寂然。

蚕化为美女

遂昌王氏有嫠居者，颇以节著。其家养蚕数筐，未及眠⑤，倏

---

① 无锡县龙庭华家：无锡华氏有两大支。一是汉代迁入，华良为始祖；一是北宋汴京迁入，始祖为华原泉。后者是无锡华氏最大的一派，主要分布在东亭、荡口、甘露等地。明清时期，荡口华氏人才辈出，有进士 37 人。现在，荡口、甘露已改为鹅湖镇。

② 厌胜：即压胜之术。

③ 起：国图清钞本无。

④ 耦：同"偶"。

⑤ 眠：蚕眠，蚕蜕皮前不动不食的状态。蚕六七日眠一次，经四眠后蜕皮即上簇结茧。

忽不肯食，悉作轩首[①]欲立状，嫠怪之。适有微疴顿卧，遂经三昼夜不视。一日启筐，则化为美女数十人，容姿妩媚，紫衣碧裳，端然并立。奔告亲姻，共聚而观，冉冉缘壁凌檐而去。莫敢迹之。后其家亦竟无他也。闻于其宗人黄州牧。

黄杨一官人

长洲县前有一宅子，数见怪异，主人空而键之，医士陈生欲买而居焉。居后两三日，忽见空中一物时时向陈牵衣捉臂。陈怒，厉声叱之，妖即以头戴其所凭药几绕室而行，床荐之属，无故自移，取其药囊中格子布之于地，药钳[②]累积，悉如算箸[③]。陈因持梃逐之，若击树枝然。搜其踪迹，疑是中庭黄杨树梢，已老[④]矣。征之邻人，亦咸谓"此黄杨一官人作耗也，君宜速祭"。陈素不信幽怪[⑤]，遂用巨钉贯其上。祟不止，取斧伐去，深之，得盘根数尺，膏液淋漓，注地如血。亟焚为薪，宅遂无怪。

项家帐

嘉兴项氏书舍中，数有怪异。客卧其下者，夜尝闻山呼舞蹈之声甚微，起视则一无所见。如是者积月矣。忽一日失火，焚其帐顶，卧客望见朝衣冠而拜跪者数十人，形容长短皆相似，惶遽

---

① 轩首：上半身直立状。
② 药钳：国图清钞本作"交错"。
③ 算箸：国图清钞本作"算者"。
④ 已老：树龄非常长。俗话说"树老成精"。国图清钞本"已老"作"树已老"。
⑤ 幽怪：幽灵怪物。唐韩愈《岳阳楼别窦司直》诗："炎风日搜搅，幽怪多冗长。"

纷披[1]，一一倒入壁角缝中。搜索寂然，不详何怪。

帚 精

近苏城里中一家，有丫角女子立后门，见卖花人过，呼曰："取花来！"其人开篋，以蓪草[2]像生花[3]一对授之。女子曰："少待，我索钱去也。"其人久立而伺，寂寂无踪，乃负篋而入，呼于室。诸妇女相顾而笑，寻思中外无人买花。穷其迹，忽见厕壁角中竖一箬帚，已敝[4]矣，宛然二花插其上，乃知丫角女子即此物所为也。遂还钱，立命取火燔之。

拍板[5]精

万历乙巳年间，苏城船场巷[6]宋氏，主人差使赴京。家数有怪，空中常闻拍板声，如人按曲状，已而作吴语，声甚清朗。因从人索食，其家抟[7]食与之。取次食尽，搬弄器物，纷纭不止。邻妪来看者，辄呼姓名。如是半年矣。一日主人归，具白其事。主人怒持大棒乱击之。此怪呼曰："我是汝家至亲，何为捶我？"明日与妻孥绕屋搜寻，俱无所见。因至坏壁角中，索得一敝拍板，其上黏饭粒犹在，遂命焚之，弃灰河中，尔[8]夜怪绝。

---

① 纷披：散乱。唐杜甫《九日寄岑参》："是节东篱菊，纷披为谁秀？"
② 蓪草：通草。通脱木茎中的髓，表面白色或淡黄色，可入药。
③ 像生花：现在一般叫作假花，古代用作首饰。
④ 敝：破旧，坏。《礼记·缁衣》："苟有衣必见其敝。"
⑤ 拍板：简称"板"，古时多用檀木制作，又名"檀板"。
⑥ 船场巷：今名善长巷。旧时为船场所在地。
⑦ 抟：音 tuán，把东西捏聚成团。《礼记·曲礼上》："毋抟饭。"
⑧ 尔：那，其（指时间）。《世说新语》："尔夜风恬月朗。"

宅魇[1]一

常州某大家，延一姚江书生为西宾。其人少年，每才眠即魇。主人闻而问："先生何故夜魇？"答云："眠去辄梦有美丽女子，裸形而来，荐枕绸缪，不觉失精而寤矣。"如是者经岁，书生竟病瘠以死。主人心讶此室为祸，命相宅者来视之。发其屋东头第七椽下，凿出一裸形妇人，炽火焚之，出血如缕，于是遂绝。闻于太原征君。

宅魇二

有士人迁入新居，夫妻子女，时相格斗，家中臧获，罕有宁者。莫知所由，累求禁咒而不能制。后遇善相宅者路经其舍，入门索镜揽照，乃命梯于堂屋正梁，凿破，得木刻男女一双，长五寸余，眉目形体根相悉具，两手各捽头发，贯作对纽[2]，遍体青紫，伤血淋漓。方知匠氏行魇蛊之术[3]以祸人，人不知所也。遂析新[4]焚之，弃灰河中。举家贴然，安好如故。

宅魇三

弘正间，吴下沈周先生，一日往常熟，夜宿沈家滨[5]，借主人船

---

① 魇：梦中惊叫，或觉得有什么东西压住不能动弹。唐韩愈《陪杜侍御游湘西两寺独宿》："犹疑在波涛，怵惕梦成魇。"

② 纽：指可解的结。《礼记·玉藻》："并纽约。"疏："纽，带之交结之处。"

③ 魇蛊之术：国图清钞本作"魇蛊之"。

④ 新：柴薪。国图清钞本"新"作"薪"。

⑤ 沈家滨：应为"沈家浜"之误。

屋暂寄栖泊。众谓此屋有怪，不可居。先生曰："何害！"夜静后，微觉有异迹，先生起立于船首，仰屋大叱一声，忽见梁上堕下小木偶人，高三寸许，形甚丑狞可憎。急藏于巾箱①中，安寝如故。明日入刺②主人，坐定，便推问："君家船屋是何匠氏所营，其人安在乎？"主人曰："昔年是某匠造，其家相去不远也。"趣使奴召至。先生呼于静处，出箱中木偶私示之，遂与将归。其人便急走，行数十步，未达家，忽中恶而死。从是怪绝。亦闻于太原征君。

妖术一

嘉靖初年间，有李福达弟子江西段瘸子，使役鬼物，坐通变化。段后不遵师教，广求淫路，罗致赀财。旁邑有嫠居少妇，家富于藏，姿容婉媚，夫亡逾年，悲慕③不已。一日段携花篮竹简④过其门，隔窗谓其妇曰："吾尝入冥，见夫君披枷带锁，苦楚万状。娘子忍不一济之乎？"妇恸而出问："何因见夫君？"段曰："鬼者召可立至。当令与娘子中夜于隔帏寤语⑤可也。"

其夜张幕设席，陈酒食，焚纸钱，命嫠妇先解衣而寝。段从隔帏幻出亡夫声音模样，宛然无二，与妇言语悲喜，恩情如生，因求欢好。妇撤帏就焉。比晓呜咽而别，别时叮咛："在世见人挥金脱罪，贿赂公行，今来地府，亦复如是。所焚假纸钱无益，金银是我储之，卿莫吝惜，多将掷置水缸中，取以资冥拔苦，或得开生路也。"

---

① 巾箱：古人装头巾的小箱子，便于外出携带。
② 刺：侦探，打听。《汉书·丙吉传》："至公车刺取。"
③ 悲慕：哀伤思念。
④ 竹简：即竹简板，演唱莲花落的道具之一。莲花落，曲艺的一种，用竹板打节拍，每段常以"莲花落，莲花落"一类的句子做衬腔或尾声。
⑤ 寤语：相对而语。汉王褒《九怀·通路》："假寐兮愍斯，谁可与兮寤语？"

妇如其言，明日汲净水一缸，置于中庭，出所藏银锭，次第投入，凡投数十锭，莫不铿然有声，捞视都亡见矣。妇遽取缸水倾覆之，一无所有。从此失段所在。举家怪怖，莫知其然。

段既擅妇家之财，复毁其节，术以此遂不神。未几入长安①，世庙捕而戮之于市，籍没出金银二山，并勋戚②家物也。福达闻之，顿足大怒，骂曰："贪财好色之徒，必罹天谴！往尝诫奴以谨密自固，今竟为财色所迷，宜其殒厥③命哉！"李亦自此绝迹人间矣。段与南昌人黄企石邻居，黄所传说。

妖术二

江阴周岐凤④，与岸头钱指挥奕⑤，周旋甚厚。而岐凤妖淫，素善役孛⑥之法，往往以幻术醉人。一日馆于奕家，奕新纳一妾，年貌兼美。凤窥见，辄生奸谋，阴令馆童入内，索鬓丝一缕，铜镜一面。妾以新来，不知外事，具如所须。是夜坐于灯下未寝，忽闻窗外呼其小名，不应，频呼不已，自觉坐身不定，精神恍惚，若有凭焉。因奔告奕，奕令婢使共守之，潜出伺于门扇⑦间，见岐凤方披发按剑，持镜向卧内而旋绕，口喃喃读咒文。奕因厉声大喝，命左右擒下，痛捶之，逐出境外。

明年妖术败露，世庙悬图购募。岐凤亡命来投奕，乃赋诗赠

---

① 长安：唐以后用作都城的通称，即北京，非西安。

② 勋戚：有功勋的皇亲国戚。《宋书·江夏文献王义恭传》："仰惟勋戚，震恸于厥心。"

③ 厥：其。宋苏洵《六国论》："思厥先祖父。"

④ 江阴周岐凤：明代李东阳在《麓堂诗话》中也记载为"江阴周岐凤"，但也有称其为常熟人的，如明代苏州府通判余永麟在《北窗琐语》中的记载。

⑤ 奕：钱奕，即钱晔，亦作钱烨，字允晖，晚年自号避庵，江苏常熟人。景泰（1450—1456）间为浙江都司经历。能书真、隶大字。善吟咏，多吊古伤今之作，有《避庵集》。烨写成奕是为避康熙的讳。国图清钞本为"烨"。

⑥ 孛：彗星。

⑦ 门扇：指门。

之，有“一身作客如张俭[①]，四海何人是孔融[②]”[③]之句，恸哭而去。潜窜还家，其妻不与寝处，曰：“万一有身，何辞以谢[④]捕者？”岐凤愤恨出门，郁郁不乐，卒以客死。高承先少游奕家，具知委曲[⑤]。

妖术三

姚江有幻术书生，以馆为名，惯用妖符咒文，摄诱妇人，淫者无不中其术。有主人之妻，美而洁，灯下忽大叫谓其夫曰：“妾今夕必出与西宾谐偶，鄙志不能终矣！”夫大骇，急诣书舍，排门而入，见此书生方披发禹步，执持刀索，绕立于案前作法。忽遇主人，惶愧无地，踉跄走出。左右不及缚打，弃其书箧而亡。董太史其昌说。

妖术四

又一姚江书生，使其馆僮入内，从主母索一丝发。主母怪之，便从屋后马坊中摘取牡马尾鬃一根，持与其人。至夜，书符作法，

① 张俭：115—198，字元节，山阳高平（今山东邹城）人。东汉时期名士，江夏八俊之一。因检举宦官侯览的罪行，张俭被诬陷遭追捕。张俭逃亡时，十几户人家敬重他的德行，争相收留他，却惨遭灭族。孔融曾收留他。

② 孔融：153—208，字文举，东汉末文学家，鲁国（今山东曲阜）人，建安七子之一，孔子的十九世孙。由于曹操专权，他与曹操政治上颇有分歧，每多乖忤，在建安十三年（208）被曹操所杀。孔融能诗善文，原有文集已散佚，明人辑有《孔北海集》。

③ 一身作客如张俭，四海何人是孔融：据明王锜所撰《寓圃杂记》，全诗为“羡子多才浑未逢，年来何处觅行踪。一身作客如张俭，四海何人是孔融。野寺莺花春对酒，河桥风雨夜推蓬。机心尽逐东流水，惟有家山是梦中”。

④ 谢：向人认错道歉。《战国策·魏策》：“长跪而谢之。”

⑤ 委曲：事情的原委、底细。

坊中之马不胜淫怒，掣断缰勒，奔号至书舍中，东冲西突，来啮书生。书生惶遽，便跳上屋梁。马亦跃上，栋宇墙壁，悉被蹋圮。书生乃穿屋而下，疾走投井中，才至底，马亦随入，寻被啮死。见者称快。亦董太史说。

石妖一

武林有诸士子结社读书山中，墙侧有捣衣石一片，洁泽润腻，人常坐之。暑月乘凉，则士子皆裸裎①其上为常，如是几岁。同舍中有张生者，失其名，为人颇荡。一夕忽见青衣女子来就之偶，绸缪累日，时或仿佛见之。生初秘而不言，后稍稍泄于同舍。同舍咸以为妖。夜伺其至，衣飒飒有声。群拥入室，共持抱之，取绳缚急，因用剑砍，欻然不见，所缚者，张生衣角耳。明日都无所迹，惟捣衣石上剑痕在焉。便共劚掘，其根入地已三四尺矣，击碎取火焚之，血出如濡②。余尝见一书载阳羡县③小吏吴龛④，于溪中见五色彩石，取纳床头，至夜化成女子，则妇人为石，石亦能为妇人，无不有矣。

石妖二

先年武林有少年结伴看春，至按察司前，久立稠众之中。其下偶停一空担，担中有一白石子，腻泽可爱，疑是压秤物也，

---

① 裎：音 chéng，光着身子。
② 濡：浸湿；湿润。《易经·夬》："独行，遇雨若濡。"
③ 阳羡县：今江苏省宜兴市，简称宜，古称"荆邑""阳羡"，位于江苏南部、太湖西岸。我国著名陶都。
④ 吴龛：故事见唐代徐坚撰《初学记》卷五引南朝宋刘义庆《幽明录》。

少年不觉摩挲入袖。夜归，取纳床头，忽见一碧衣女子映月而至，就之求合。扪其体如冰，固叩无语。少年惧是鬼物，急取火视之，忽不见矣。明夕复至，拒之如初。众咸谓此石为祟，乃移至他室，遂绝。后遇玉工出示，剖之得白璧焉，质色非常，因获厚镪。

石妖三

吴城中一衣冠家有纪纲[①]，夜起如厕，忽闻中庭人声异常，怪之，走视，静无所见。便倚却库门两旁石柱谛听，其中相与语如人声，澒澒洞洞[②]，不可解。徐呼守门者同视之，因令举家共听，寻声只在石柱中。昼则寂然，数夜如此。后忽绝。逾二年，主人病瘵死。

石 马

苏州亚字城[③]南盘门外，旧多衣冠墱隧[④]。不知何墓石马，夜夜走入城中。一夕监门[⑤]持剑伺之，才行至子城内，被落其首，怪迹遂绝。至今盘门有无首石马在焉。

又城西闾丘坊[⑥]巷口，有一石马沉水，此地遂为石马淹。淹，

① 纪纲：管理，料理，后代指仆人。《左传·僖公二十四年》：“秦伯送卫于晋三千人，实纪纲之仆。”杜预注：“诸门户仆隶之事，皆秦卒共之，为之纪纲。”
② 澒（hòng）澒洞洞：相连不断。
③ 亚字城：苏州城的布局成长方形，类似“亚”，故又称为“亚字城”。
④ 墱隧：墓道。
⑤ 监门：守门人。《战国策·楚策一》：“夫史举，上蔡之监门也。”
⑥ 闾丘坊：此巷得名于北宋名臣闾丘孝终。

水名也。耆旧[①]相传，坊中有娘娘坟，建庙其上，此石马即坟前物。一夕饮水于河，为浣妇见而叱之，遂止不得返去。娘娘是宋徽宗妃子某氏，为金寇追急，投于眢井以死。吴人怜之，为卜地葬，因立庙祀焉。

张指挥家住巷西，俗遂呼之曰石马张。又阊门外普庵[②]桥内有寿山庵，庵门踞一石马，僧徒称是古墓上移来，居民思镇厌[③]之，庵所由创始也。

金银精

嘉隆间，江阴县杨舍堡[④]顾叟者，先贫，尝磨面卖之。一日，忽有两人，一黄衣，一白衣，乘船从下流入堡，直诣其家。叟诘之，云从锡山[⑤]来，偶缺资斧，借百钱还船值，愿质衣以偿。翁忻然便从店柜中倒钱数与，此两人既还船值，走入门，便扑仆在地[⑥]，訇然[⑦]有声。叟大骇，就视之，乃一金人一银人也，并长四尺余。翁即舁之以入，于是骤致巨富。二子入赀游[⑧]太学，遂为杨舍富人。或云此金银二人是古帝王墓中物，久而成精怪也。

---

① 耆（qí）旧：年高望重者。《汉书·萧育传》："上以育耆旧名臣，乃以三公使车载育入殿中受策。"
② 普庵：1115—1169，南宋僧，属临济法系。江西袁州宜春人，俗姓余，讳印肃。师生前除灾除病之灵验颇多。
③ 镇厌：亦作"镇压"，压在下面。汉班固《西都赋》："禽相镇厌，兽相枕藉。"
④ 江阴县杨舍堡：今江苏省张家港市杨舍镇。据《杨舍堡城志稿》记载，早在西晋时期，暨阳县县治即设在杨舍。梁废县置江阴郡，并在废县墟上建梁丰县。杨舍城内普贤庵南有杨舍人墓，故此地以杨舍命名。
⑤ 锡山：在今江苏省无锡市西郊，相传周秦时代已大规模开采锡矿，所以叫锡山。
⑥ 扑仆在地：向前跌倒在地。《说文》："仆，顿也。"朱骏声曰："前覆曰仆，后仰曰偃。"扑，跌倒的意思。
⑦ 訇（hōng）然：形容大声。唐王洙《东阳夜怪录》："忽闻远寺撞钟，则比膊訇然声尽矣。"
⑧ 游：国图清钞本作"学游"。

床下狗

万历癸丑春，平桥①戚伯坚家为儿娶妇，才入门，嘉礼②初毕，忽见一白狗突走入床下。举家忙迫③，急取火环视，都无所见。却后岁余，此妇以怨愤成病而死。死④后家人收其尸，忽又见一白狗自床下突走出房，迹之复失。历观古今犬祸甚多，未有如斯之异者也。甲寅⑤冬，伯坚在李云杜枫桥舟中亲说。

鸡雏鼠

万历戊申，阊门炭桥下船户屈成章家，母鸡哺雏两首一鸡、一鼠无尾⑥，骇而弃之。其年成章死。成章有三子，长子争财，夜持杖殴母。成章现形灯前，手击其子肋下者三，不胜，相持格斗，及明而灭。停数日，子行至尚书坊⑦下，银工⑧姚甲取石击中其脑而死。

---

① 平桥：桥跨第二横河，处子城正门前，为便于车马通行，桥下为拱券，上无坡度。1958年填河，桥亦湮没，拱券存留地下。现为平桥直街的一段。

② 嘉礼：饮宴婚冠、节庆活动方面的礼节仪式。嘉，美、善。此处指婚礼。

③ 迫：逼近。《说文》：“迫，近也。”

④ 死：国图清钞本无。

⑤ 甲寅：万历四十一年，公元1613年。

⑥ 母鸡哺雏两首一鸡、一鼠无尾：国图清钞本作“母鸡哺雏一鸡两首、一鼠无尾”。

⑦ 尚书坊：在刘家浜东，现仅保留夹石，且已被砌入民居墙中。刘家浜有三处牌坊，都是以刘缨的功名及官职为坊名的。从东至西依次是尚书坊、进士坊和都宪坊，均位于原定光寺以西（定光寺即刘家浜18号，早无踪影）。刘缨（1442—1523），字与清，号铁柯，苏州长洲人。明朝成化十四年（1478）进士。授滕县知县，迁监察御史、太仆少卿。弘治十三年（1500）迁右佥都御史巡抚四川，兼理松潘军务。正德二年（1507）改巡抚湖广，次年二月召为南大理寺卿，六月改兵部右侍郎。正德五年（1510）正月迁南京刑部尚书，正德八年（1513）十二月致仕。

⑧ 银工：制作银器的工匠。

海啸

万历甲寅三月廿六，江阴县花泾港口海夜啸，平明涨出一沙①，约六七里许。沙上有砖甃街，街上堆积大古老钱，狼藉数万。居民男女争往拾取，各得满手，或以衣襟贮之而归。验其文，悉是宋时崇宁通宝②钱也。

画墙

万历四十二年七月，苏州阊门外下塘西冶坊浜③沈廷华，儒医故族，家开米碓④。其堂屋后逼近内寝，以山墙⑤一带分隔中外。墙故矣，粉垩湮败。初有三足蟾蜍一头，头三角，角红如珊瑚，缘墙行走。看人稠叠，竟为持去，不知所向。

俄顷，墙下地如裂状，走出数十人，并长六七寸，或老或少，或好或丑，或乌纱绛袍⑥，或角巾⑦野服⑧，或垂白⑨寡发，鱼贯而

① 沙：沙洲，即河流、湖泊中的小岛。

② 崇宁通宝：北宋徽宗赵佶崇宁年间（1102—1106）始铸，年号钱。有崇宁通宝、崇宁重宝和崇宁元宝三种。崇宁通宝当十型，钱文为徽宗亲书，所以又称为御书钱。

③ 冶坊浜：据《吴县志》记载，此地曾是冶铸铁锅等作坊所在，故有冶坊浜之名。《桐桥倚棹录》作野芳浜。国图清钞本“浜”作“滨”。

④ 米碓（duì）：舂米或碾米的作坊。

⑤ 山墙：建筑构件名。房屋建筑的左右两边之墙的上端与前后屋顶间的斜坡形成一个三角形，似古体“山”字，故称“山墙”。

⑥ 绛袍：即绛纱袍，深红色直领纱袍。古代常用为朝服。

⑦ 角巾：方巾，有棱角的头巾，为古代隐士冠饰。借指隐士或布衣，也指归隐。唐陈子昂《唐故朝议大夫梓州长史杨府君碑铭》：“于是始以角巾应命，褐衣诣阙。”

⑧ 野服：村野平民服装。《礼记·郊特牲》：“大罗氏，天子之掌鸟兽者也，诸侯贡属焉。草笠而至，尊野服也。”孔颖达疏：“尊野服也者，草笠是野人之服。今岁终功成，是由野人而得，故重其事而尊其服。”

⑨ 垂白：白发下垂。谓年老。《汉书·杜周传》：“诚哀老姊垂白，随无状子出关。”颜师古注：“垂白者，言白发下垂也。”

进，从廷华征命，纷纭相就，骂曰："还我宝来！"群众驱逐，薄暮忽跳跃四散而隐。

明日，其家新妇晨起梳妆出房，忽见故墙上幻出五色彩画，宛然金碧山水一幅也。大骇，急走报其姑。于时亲故无不来看。明日换青绿山水，又明日换诸细巧人物故事，或染①麒麟望月②，或写③丹凤朝阳④，一日一变，绘藻鲜明。姻家吴太学看时，适见有两仙人坐树下相对围棋。朱逸人与客往观，适见有衣锦婴儿捉少妇衣裾而立，时看人以爪触伤妇颊，出血⑤如缕。如是累月，其家迎羽流，符咒多方，不能治。近来未委如何。

神掌化鱼

万历十六年，吴江县二十八都⑥书生冯涵，载米向苏州山塘粜⑦卖。才入阊门，忽觉袖中颇重于常，摸之，得生人掌，鲜白带血，暖气犹蒸。冯怖恐不知所出，遽纳诸袖，心色双坏，复出阊门，不索米价而还。仓忙解缆，行至尹山塘⑧，忽见水面有大白鱼跃入舟中，拨剌⑨跳转不已。人辈合手掩取，闭

① 染：画画。明王时敏《烟客题跋·题自画关使君袁环中》："（袁可立子袁枢）乃犹勤向鄙蒙索其点染。"

② 麒麟望月：表达人们对美好生活的向往。麒麟是古代传说中的一种祥兽。

③ 写：画。《西游记》第四十回："一壁厢传旨宣召丹青，写下唐僧师徒四位喜容。"

④ 丹凤朝阳：我国传统吉祥图案之一，也是征兆吉祥的雕刻和民间年画题材，寓完美、吉祥、前途光明。丹凤为鸾的一种，首与翼皆赤。

⑤ 出血：国图清钞本作"血出"。

⑥ 二十八都：辖三十七里，在今北厍范围。都，在古代是一个区域建制，比乡小。

⑦ 粜：音 tiào，卖出（粮食）。《史记·货殖列传》："贩谷粜千钟。"

⑧ 尹山塘：又名尹山淹，今称尹山湖，位于苏州市吴中区郭巷街道境内。

⑨ 拨剌：象声词，指鱼尾摆动之声。唐李白《酬中都小吏携斗酒双鱼于逆旅见赠》："双鳃呀呷鳍鬣张，拨剌银盘欲飞去。"

之下舱。良久启视，乃一生人体也，鲜血淋漓而无手足。冯生以此发悸病狂，对人数啖粪秽，旬月而殂。嘉禾朱九成异其事，叙之。

红沙[①]煞

相传民间嫁娶，忌用红沙日[②]。万历初，吴兴监察御史顾尔行[③]巡按顺天时，夜宿某驿亭下。雾月朦胧，更阑人寂。侍御微服出步于路旁，忽见败墙角中有一朱衣人，长可数十丈，自带以下皆不见，彷徨其间。左右皆惊，辟易[④]走。侍御从容正色而问曰："卿为谁？是魑魅魍魉之属耶？"朱衣人俯躬言曰："某非魑魅魍魉，乃红沙煞神也。前有娶妇者至，将不利之[⑤]。幸而遇公，其灾可免矣。"言已，欻然遂灭。俄顷间，遥望灯光隐隐，有鼓吹导从之声，殷然[⑥]绕驿亭而去。侍御还检箧中五行书，因取年历校勘，其日果红沙忌也。明晨传教于外，一切嫁娶之家，不得用红沙日。侍御在王征君席上自说如此。

---

① 红沙：旧时阴阳家称凶星当值为红沙。沙，亦作"煞"；红沙日不宜出行、动土、结婚、会亲等。

② 红沙日：每年的一、四、七、十月忌酉日，每年的二、五、八、十一月忌巳日，每年的三、六、九、十二月忌丑日，这几天称为红沙日，诸事不宜。

③ 顾尔行：字孟先，浙江归安县（今浙江湖州）人，万历元年（1573）浙江乡试经魁，万历二年（1574）进士，历官大名府推官、巡按直隶御史。

④ 辟（bì）易：退避（多指受惊吓后控制不住而离开原地）。《史记·项羽本纪》："是时赤泉侯为骑将，追项王，项王瞋目而叱之，赤泉侯人马俱惊，辟易数里。"

⑤ 前有娶妇者至，将不利之：古代迷信的说法。民间有谚语"嫁娶犯红沙，一女嫁三家""嫁娶犯红沙，实是破人家""嫁娶犯红沙，夫死嫁别家"等。

⑥ 殷然：轰鸣震动貌。唐谷神子《博异志·韦思恭》："及三子归院，烹蛇未熟，忽闻山中有声，殷然地动。"

土 煞[1]

无锡浦氏，庚戌[2]冬举丧时犯三煞[3]，舁棺者脚折指堕，登舟棺覆于水，复损四郎目。

长洲丁氏考墓[4]犯土煞，死者三十人。吴江沈进士家葬山[5]犯雷煞，兄弟三人拜地不起而死。二事并忘年月。

近城东陈秀才，乙卯[6]四月考墓犯太岁[7]、官符[8]诸煞，午后回舟争道，舟人妇格斗死。阊门杨纸铺，已亥[9]年，考墓得盘龙地形，误择四庚[10]葬之，以为天元[11]一气，犯阴府煞[12]，死者十五人。并许复初记。

---

① 土煞：古代迷信观念。认为太岁、五黄等流年凶方宜静不宜动，如果家宅附近因修造、建筑导致动土，就对本宅构成了动土煞。犯动土煞会伤身破财。

② 庚戌：万历三十八年，公元 1610 年。

③ 三煞：风水学中的一个专业术语，为劫煞、灾煞、岁煞三者的合称。这三位神煞每年都会按照一定的规律更换方位。而他们所在的方位不适宜破土、动土、施工，否则会惊动神煞，给人们带来灾难。

④ 考：完成；建成。《左传·隐公五年》："考仲子之宫。"

⑤ 葬山：迁葬。人死了三年后，把他的尸骨从棺材里取出，按照坐着的姿势放进一个瓦缸里，重新找地下葬。

⑥ 乙卯：万历四十三年，公元 1615 年。

⑦ 太岁：指太岁之神。迷信说法认为地上的太岁神与天上的岁神相应而行，凡兴造、搬迁、嫁娶、远行等均要躲避太岁的方位，否则定有祸殃。

⑧ 官符：旧时阴阳家所谓凶神之一。

⑨ 已亥：应是己亥之误。己亥，万历二十七年，公元 1599 年。

⑩ 四庚：其中三庚为庚年庚月庚日。比如 2020 年 4 月 27 日是庚子年庚辰月庚子日，迷信观念认为这天"诸事不宜"。古时候认为仙命的天干相克不能葬，即山头不能克制仙命的天干。例如：甲戌年仙命的天干是甲，不能葬在庚辛的山头上。这大概就是第四庚。庚在五行中属金，主肃杀，所以为凶。犯四庚，为大凶。

⑪ 天元：谓岁时运行之理。

⑫ 阴府煞：指日课年、月、日、时四柱天干化气，克挫山纳甲化气之煞，它分正阴府和傍阴府。

冰上花

万历戊戌冬，南京秦淮河数里皆冰，冰上幻出奇形异样花草，如桃李梅杏之属，叶干分明，宛与写生折枝无二，虽镂工画客，不能继其迹焉。桥上看人如堵墙，终莫得而解矣。十余日乃灭。明年京畿大水，伤稼坏屋庐。耆儒王崇德初家于京，目睹斯异。

第十五

妖孽

凶宅一

北京安福胡同某中贵第，相传其中为魅所宅，常多怪异，故居者辄死。

嘉靖间，松江光禄寺丞范公惟丕[①]，含香[②]兰署[③]，秉正嫉邪，闻其宅凶，竟僦居之。光禄与夫人同寝，所幸姬某氏床在室东南隅。其夜月色横窗[④]，姬大呼云："有白须老翁，长四五尺，突挟一少年登床。可急起。"家人取火逐之，杳无踪迹。明夜复有六七老翁，挟六七少年至。光禄命左右持刀迎斫，应刃藏匿。或窥其相次倒入[⑤]壁角中，推索寂寂。自尔姬病，光禄亦病。病加剧矣，其魅数数现形如故。

中庭有大盎[⑥]可容五石浆者，无故爆破，如飞瓦屑，偪煿[⑦]有声。一日忽见皂衣人数十曹，荦一大棺木进卧内，竞扶光禄入棺，云："此中世界甚乐，请相公游其中也。"光禄惊惧，计无所出，谓云："我算历尚不应尽，与汝曹夙昔无仇，何忍荼毒至是耶！"魅云："然则相公觅一受替者可乎？"时偶有剪头女奴至榻前，光禄指之，此女奴立诣爨下缢死。少顷，魅即举棺纳女奴，还视光禄而嘻，遂去不见。已而光禄病起，姬亦无恙。

后一年迁官，转质[⑧]宅于同乡张兵部仲谦[⑨]。有讯张所居安

---

① 惟丕：范惟丕，明嘉靖三十八年（1559）进士，终光禄寺少卿。北宋范仲淹十六世孙。

② 含香：古代尚书郎奏事答对时，口含鸡舌香以去秽，故常用以指侍奉君王。

③ 兰署：即兰台，指秘书省。唐卢照邻《山庄休沐》诗："兰署乘闲日，蓬扉狎遁栖。"

④ 月色横窗：南宋陆游有诗句"月色横分窗一半"。

⑤ 倒入：国图清钞本作"入"。

⑥ 盎：古代的一种盆，腹大口小。《乐府诗集·东门行》："盎中无斗米储。"

⑦ 偪煿：音 bī bó，象声词，今作"毕剥"。

⑧ 转质：原义为转抵押，此处指转租。

⑨ 仲谦：张仲谦，字士益，明松江人，居秀野桥。嘉靖三十八年（1559）进士，官至山东按察使。

乎，答云："胡床案几之属，白昼无故绕屋自行，触壁乃止，夜则交斗，移出，相击于中庭；食器常在空中，又投之于地；二三小铛[①]常负一大釜而走，殆无宁寝矣。"未久移寓他所，榜于门曰："此宅甚凶，慎勿卜[②]之。"不索价而去。王征君甲子[③]年入京，目击斯异。

凶宅二

无锡县荡口华氏，有一室女，年方未笄。每夜更余，常见矮人长尺许，三三两两，绕床而行。窃以告于其父，父是夜持剑宿于女床。女曰："来矣！"父不之见，据云在此，父即手剑斫之，乃是一血块也，大如斗。

明夕，见矮人无数，自地涌出索命，口称："何故无状杀我阿爷！速还命来！"其怪自一尺长至二三尺，高齐屋梁，奇形骇状，不可称论。凌晨，舁出棺木，引僧道仪从千余人，或走或驰，或歌或哭，鼓钹之声沸天。

又明日，华氏报于巡哨官校，集军士百余人持兵[④]往捕。其怪戎装而出，亦持戈戟格斗。我兵[⑤]不战而去。官初不信，自往验之，为飞砂所中，未及门，遽返。华氏意所居不祥，即日扃之徙去，遂免。计大谟亲见而述，云辛亥[⑥]年间事也。

---

① 铛：釜属，有足，用于煮饭食等。唐杜牧《阿房宫赋》："鼎铛玉石，金块珠砾，弃掷逦迤。"

② 卜：选择。唐杜甫《秋野》："系舟蛮井络，卜宅楚村墟。"

③ 甲子年：明嘉靖四十三年，公元 1564 年。

④ 兵：兵器，武器。《周礼·司兵》："掌五兵。"郑玄注："五兵者，戈、殳、戟、酋矛、夷矛。"

⑤ 兵：兵士，士卒。《资治通鉴·孝献皇帝庚》："悉使羸兵负草填之，骑乃得过。"

⑥ 辛亥：万历三十九年，公元 1611 年。

人妖一

昆山县城外驷马桥[①]杨木匠家产一子，年八岁矣，腰腹甚大，五毛俱全。性狞甚，或怒而击人，挟力雄，不能制。扪其两臂，坚如铁也。有悍少年数辈抱持之，乃不得动。验其阳[②]亦壮伟，与丈夫无殊。史称人妖，厥是谓欤[③]？万历庚戌夏六月，营将朱桂芳来说。

人妖二

江南尝有赤面瞬目[④]白须发矮人，传是社日[⑤]所生，生时即尔，终不能变，是名人妖。

人妖三

处州村落有一老妪，鸡皮鹤发，状如山精，年类百余岁人。耳中藏五谷，时时呼其子孙，用银挖耳爬[⑥]出黄白二种，粳、秫[⑦]二稻米，大、小麦，五色豆，累累不竭，日可得一升许，不测何所从来。村人戏呼其儿曰“仓耳子”。

---

① 驷马桥：在昆山原小西关外。
② 阳：男性生殖器。
③ 厥是谓欤：说的就是这样的吗？
④ 瞬目：眨眼。
⑤ 社日：古代春秋两次祭灶神的日子，通常是立春、立秋后的第五个戊日。
⑥ 爬：借作“扒”。
⑦ 秫：音 shú，高粱（多指黏高粱）。

人妖四

数年前，苏城有瞽目小儿，不知姓名，时可十五六岁，用两手于人家版①扉上作擂鼓、拍板、鸣琴②、拊③瑟、敲钟、击磬之声，口中吹出笙箫、箜篌、笛管诸乐，听之皆合五音六律④。亦能半面笑，半面啼，如唐时寿安⑤男子。与《朝野佥载》所纪人妖，更增异矣。

人妖五

万历己酉年，太原府诸地有人妖异常，未几，复有牛妖，形状不一。并见邸报。

人产旱魃⑥

京山李氏第四母舅陈翁家，有给使妇人，产一旱魃，形如猿猱，其头面上仰，眉目口鼻皆向天。产下置地能行，急趣出门，莫知去向。家人迹之，不及矣。相传旱魃乃龙种，天恐堕雨其口中，故旱。《毛诗》所载不诬也。

---

① 版：借为“板”。
② 鸣琴：弹琴。《吕氏春秋·察贤》：“宓子贱治单父，弹鸣琴，身不下堂而单父治。”
③ 拊：音 fǔ，拍。
④ 五音六律：古代音律，后也泛指音乐。五音指宫、商、角、徵、羽，六律指十二律中的六个阳律，即黄钟、太簇、姑洗、蕤宾、夷则、无射。
⑤ 寿安：旧县名，故城在今河南省洛阳市下辖的宜阳县。
⑥ 旱魃：古代神话传说中引起旱灾的怪物。《诗经·大雅·云汉》：“旱魃为虐，如惔如焚。”

人产夜叉[①]一

万历丙午，上方山下编户陈妻许氏，产一夜叉。相传江南民家妇女，略有姿首[②]或性多邪淫，便为五郎所凭。愚而贪者，反利其有，日渐相安，至则出外避之。[③]金银珠翠，充牣[④]室中。其妇女与五郎交合，便怀鬼胎，生子女如夜叉、罗刹[⑤]之状，头有肉角，遍身作蓝靛色，啼声如啸，名曰“鬼雏”。父母恶而杀之，讳其说于邻里。至市井之家，凡有五男者，不曰“穷五郎”，则曰“富五郎”，尤可笑异。

人产怪物

京山胡孝廉官农，其弟妇娩身生一怪，青面赤发，齿如鲸，目如猱，身皆靛色。产下便椎杀之。其家女奴复生一肉团，如球囊然，盘旋于地，刀剑斧锯椎杵皆不能入，火焚之亦不毁。后卒弃之野中，闻于李博士。

---

① 夜叉：佛教所说的一种吃人的鬼。常用以比喻相貌难看或凶狠的人。
② 姿首：美丽的容貌。《敦煌变文集·伍子胥变文》：“秦穆公之女颜如玉，二八容光若桃李。见其姿首纳为妃，岂合君王有此理。”
③ 愚而……避之：有一种既愚蠢又贪利的女子丈夫，为了物质的好处，配合躲避五郎，使其能恣意妄行。
④ 充牣（rèn）：充满。司马相如《子虚赋》：“珍怪鸟兽，万端鳞崪，充牣其中，不可胜记。”李善注引《广雅》：“充牣，满也。”
⑤ 罗刹：佛教中指食人肉之恶鬼。《慧琳音义》卷二十五：“罗刹，此云恶鬼也。食人血肉，或飞空、或地行，捷疾可畏。”同书卷七又说：“罗刹娑，梵语也，古云罗刹，讹也……乃暴恶鬼名也。男即极丑，女即甚姝美，并皆食啖于人。”

人产蛇一

苏城旧有举子，其妇病尪[①]，形如黄叶，医药之功罔奏。家有小楼当街，妇尝凭栏而眺，忽一客过其下，数目妇不已。妇误为挑[②]己也，怒告举子。使人迹之，乃是吴兴凌汉章。举子曰：“神医也，急追不可失。”遂致[③]之家。汉章曰：“君妇失今不治，三日后死矣。”令袒其胸，当心下一针针之，妇便绝倒于地。阖家仓惶。汉章曰：“无忧也，趣涤厕具以待。”移时果苏，呼腹痛甚，立产下一蛇，头目手足鳞甲毕备，药针乃贯其目，因知术之神妙矣。

人产鱼

万历己酉，石湖民陈妻许氏产一白鱼[④]。壬子，苏城吴妻娩身产一金色大鲤鱼，长四尺许，鳞甲灿然。其家大骇，投诸清冷之渊。里人呼其父曰“渔翁”。闻于赵居士宧光。

人产铜法马[⑤]

万历丁未，吴县石湖民陈妻许氏，产夜叉、白鱼后，又妊，过期不产。一日请治平寺行敬僧在家，转经祈佑。其夕功未毕，

---

① 尪：怯、弱。
② 挑：挑逗勾引，调戏。
③ 致：招致。
④ 白鱼：属鲤科鱼类，俗称大白鱼、翘嘴白鱼。
⑤ 法马：即砝码。

内呼腹痛急，忽产下一胞，讶是何物，破而视之，乃一秤银[①]铜法马子也。举家大骇，权[②]之重十两，视其背，有铸成字样，验是“万历二十二年置”七字，迹甚分明，至今尚在。章象圭秀才庄居与妇家壁邻，偕同学方逢时[③]亲诣其庐，传玩而异之。后复以访于人，终不能晓。或疑铜精所交，或疑五郎所幻，未可知。

人产百儿

苏州城东陆太学邦杰，司勋[④]公之长子。万历己酉年间，其家人妇产一肉胞而无血，破之，中裹百余小儿，形皆一二寸许。父母惧，弃之，后亦无他。汤[⑤]秀才本茂婿说。

人产夜叉三

万历戊申年，苏州南潼子门戴红花家小妇[⑥]，连生二夜叉。父母厌恶，驱令远弃。癸丑年，玄妙观前民家妇，产出夜叉，非常丑怪，榜而迎之六门[⑦]，众共辱之，然后杀弃。甲寅年，阊门外山塘上妇人，妊身将产，梦神教往光福[⑧]山中。既至光福，依所亲

---

① 银：国图清钞本无，正确。
② 权：秤量。《孟子·梁惠王上》：“权，然后知轻重；度，然后知长短。”
③ 方逢时：1523—1596，字行之，号金湖，嘉鱼（今属湖北）人。嘉靖二十年（1541）进士。著有《大隐楼集》。
④ 司勋：官名。《周礼》夏官之属，主管功赏之事。北周因周制置司勋，掌六勋之事。隋置司勋侍郎，属吏部。唐宋改为郎中，明清称稽勋司，清废。
⑤ 汤：国图清钞本无，误。
⑥ 小妇：妾。唐王昌龄《青楼曲二首》诗：“楼头小妇鸣筝坐，遥见飞尘入建章。”
⑦ 六门：苏州城的六门为阊门（破楚门）、胥门（姑胥门）、盘门（蛇门）、娄门、齐门（望齐门）、葑门。
⑧ 光福：位于今江苏省苏州市吴中区，是江苏历史文化名镇。

家，其夜产出一夜叉。里妇见而惊走。七日母子俱亡。

人产双鹊

华亭县萧塘宋氏，其家监徐显之姊，一乳[①]而举双鹊，翠羽啾啾[②]。俄而纵之飞去，后亦亡他。孝廉懋澄[③]说，是数年前事也。

人产十八儿

宋孝廉所亲家有手下婢，产出肉带子一条，带上共悬十八小儿，面目形体，无不具备，联络如缀。观者云集。其母惧而弃之。

飞天女夜叉

万历癸丑夏，所亲王稚庸持古玩入楚中，舟经扬子，与歙客共载。客言歙之黄山，近有大姓[④]某氏，生一子，风仪秀朗。为娶妇于旧家，其家相去数十里，已无父母，止兄嫂送亲。薄暮行至中途，天渐昏黑，新人从车帏中渴甚求饮，伴婆开锁，递浆一瓯与之。擎未定，忽起怪风一阵，沙雾涨天，卷倒人辈在地，移时方苏。送亲者头面磕损，狼狈回车，时已更余，灯烛扑灭。伴

① 一乳：即一胎。
② 啾啾：象声词，形容鸟儿发出的鸣叫声。《乐府诗集 · 木兰诗》：“燕山胡骑鸣啾啾。”
③ 孝廉懋澄：宋懋澄。全书中常以明经或孝廉称呼他。
④ 大姓：世家；大族。《汉书 · 陈咸传》：“所居以杀伐立威，豪猾吏及大姓犯法，辄论输府。”

婆搴[①]车帏，以手扪摸，见新人在帏中裹巾端坐如故，不知其非故女，为魅所踞也。急命役夫隔村乞火，舁车前行。比至门，曙色动矣，草草合卺，未及定情。晨妆既毕，谒见舅姑，视之姿媚无比，举家惊羡，谓是天人，叹未曾有。

其夜欢宴方散，夫妇阖户而寝。中宵闻屋中砰磕[②]之声，又闻何处狺牙嚼骨[③]，父母熟睡，亦不暇辨也。比日向午，寂无响迹，相与撤扉觇之，则此魅袒坐于床，散发裂目，啖其子骨肉殆尽，余骸狼藉，床褥被席，溅血淋漓，仅存趾踵而已。大小喊噪，怨酷[④]无双。逡巡间，复旋风欻起，尘石飞扬，啸声有如霹雳，化为异形[⑤]而去，不知所在矣。

后两家讦讼[⑥]推勘，换去之女宛然在山洞中亡恙。家人共相质讯，其女如睡方起，神形已痴，惊云："本在新人轿子里，那得至此！"方知是魅所为，而此子冤死。闻者莫不伤惋[⑦]。

世间食人鬼甚多，然黄山之魅，或飞天女夜叉乎？按《搜神记》载，东汉建宁中，河内[⑧]有妇食夫，斯亦人妖之先作者也。王生不信狡狯，故姓名莫得而详焉。因知唐人小说所记缝衣妇人、莲花娘子事，并非架空[⑨]之谈矣。

---

① 搴：撩起。唐卢照邻《释疾文》："搴裳访古。"
② 砰磕：象声词，疾雷声。《文选·扬雄〈羽猎赋〉》："凫鹥振鹭，上下砰磕，声若雷霆。"李善注："言鸟飞上下，翅翼之声若雷霆也。"
③ 狺（yín）牙嚼骨：狺，狗叫的声音。牙，咬。《太平广记》卷三五七引《河东记》："但闻狺、牙、啮、诟、嚼骨之声，如胡人语音而大骂曰：'贼秃奴！'"
④ 怨酷：怨恨惨痛。晋王嘉《拾遗记》卷五："后人更写此碑文，而辞多怨酷之言，乃谓为怨碑。"
⑤ 异形：怪异或奇特的形状。
⑥ 讦讼：控告诉讼。宋司马光《涑水纪闻》卷九："洛苑副使知青涧城种世衡，为属吏李戎以擅用官物诸不法事讦讼，按验有状。"
⑦ 伤惋：悲伤叹惋。明归有光《壬戌纪行》下："在泊头得信，孺亭竟死，伤惋殊甚。"
⑧ 河内：即河内郡，治怀县（今河南武陟西南大虹桥南）。
⑨ 架空：凌空，比喻言事不落实。语出自唐刘禹锡《答饶州元使君书》："今研核至论，渊乎有味，非游言架空之徒，喜未尝不至抃也。"

飞天夜叉[①]

万历中，吴县观察副使冯笏，为处州倅[②]时，忽有一怪物，长丈余，状如猛兽，色绝白，从空跃下，突入都市中掠人而去，日以为常。群众大骇，莫穷其迹，因罢市。冯乃下令悬赏募获怪物。有狱中死囚自负勇力，愿应募免罪。冯便召令具责，仍拘孥[③]代系，放出此囚。囚伺其往来出入在一石洞，窃踪迹之，匿身洞门，阴令吏卒十数辈，持兵仗伏其后。见此物腾空如飞，将欲入洞，囚出袖中四百斤铁锥击之，似中其腰，俄顷仆地，不能动矣。急呼伏卒共入捕捉，遂获之，验是飞天夜叉也。赵征君宧光小宛堂[④]夜说。

疫鬼一

湖广京山县蒋氏子，在家忽被人引出门。见门外数百小儿，着各色彩衣，瞥焉不见。俄见地上插数百小红旗，旗[⑤]上书“天下大乱”四字。蒋心动，俯首谛视之，乃冉冉映日而没。明夜，梦至一处，所见符同。未几，里中疫病流行，蒋氏家口死者数十人，方知是疫鬼所为。李右丞维祯枫桥舟中说。

---

① 飞天夜叉：佛经中所谓能在空中飞行的夜叉神。飞天夜叉是壁画中常见的形象。迷信认为，“凡僵尸久则能飞，不复藏棺中，……又久则成飞天夜叉”。

② 倅：音 cuì，副职。

③ 孥：音 nú，子女，亦指妻子和子女。

④ 小宛堂：赵宧光的寒山别业中最著名的建筑。小宛堂所藏金石拓片和孤本秘籍驰名江南。

⑤ 旗：国图清钞本无。

人痾[①]一

万历己酉，山西太原府两人共体而生，止一目，手足皆具，并是女子，数日而死。李右丞维祯时为廉访，亲见其事，记之。

爰 居[②]

万历丙戌，太仓州城内某氏园池中，堕一海鸟，不能去，翼如垂天之云。群众不识。曹子念[③]至，识是爰居。州牧遂下令，遣居民供其食，日费鱼肉数十斤，粟数斗。停十余日，众力不能给，谋以毒制之而死。明年即有大涝，民死于饥馑者无算。赵征君宧光说。

人痾二

万历三十七年，苏州城东牛姑滨[④]上糊工张乙妻，妊身十有四月，生一男一女，两身相背，夹脊并连，手足各完备。父母杀之，悬于玄妙观中大槐树头，从风簸扬[⑤]，数日而尽。以下数事并医师朱一诚目击传说。

---

① 人痾：明代对两性人的称呼。以本书观之，“人痾”也是对连体婴儿的称呼。
② 爰居：一种海鸟，大如马驹，形似凤凰，又名杂县。
③ 曹子念：名昌先，字子念，以字行，更字以新。明太仓人。屡试不售，弃去。习古文辞，为其舅王世贞所重，世贞兄弟殁，子念意不自得，迁苏州卒。著有《块然阁集》十卷。
④ 牛姑滨：当为牛姑浜，即牛角浜。东起土圣巷，西至东脚门。传旧时此处河浜边有牛姓女子纺织于此，故名牛姑浜，后讹传名牛角浜。一说河浜形像牛角，故名。
⑤ 簸扬：将谷物等扬起，利用风或气流分离或吹掉其中的谷壳、灰尘等。《诗经·小雅·大东》：“维南有箕，不可以簸扬。”

人痾三

万历三十七年，苏州阊门外山塘贩船妇石三娘子，产出一男一女，对面生，两腹相连，阴阳具备，其首体犹人，而四手四足皆鸟形，爪黑色，长数寸。杀而弃之。此妇尚在。

人产五夜叉

万历二十九年十二月，苏州城西中街路抚州①顾开宝石行，妇朱氏，产出夜叉五人，一飞去，其四挝②杀，以铜炉盛尸而弃于衢。

人产蛇二

万历三十四年，苏州城西西成桥③王文恪公家，有女奴怀娠，过期不孕，忽产出蛇首人形，复缩而入。乞医家陨胎药④下之。

人产鳅

万历三十八年六月，苏州阊门外山塘吴副使家人妇，产一肉球，取刀划破，倾出白鳅可三十余头，蜿蜒在地，惧而弃之。

---

① 抚州：今江西省抚州市。
② 挝：音 zhuā，敲，打（鼓）。《三国演义》："令鼓吏挝鼓。"
③ 西成桥：今称西城桥。位于古吴路西端，跨第一直河，西堍为学士街。
④ 陨胎药：今称堕胎药。

人产犬

万历三十三年，苏州浒墅关沈龙家，有女奴妊身十有五月，产出二犬，一斑色，一纯黑色。邻里无不见之。

地血一

万历四十年四月，无锡县南门侯家市房居民，厨灶地裂，涌出鲜血数斗。邻里惊闻于县令，令亲诣验之。越明年甲寅，讹言繁兴，人民奔窜，死于道路者不可胜计。

妖魅一

苏州阊门外下塘徐，阀阅[①]之族，余之妻党[②]也。嘉靖末年间，有妻伯家使者某，自尹山庄居征租而还，出门太早，行百余步，见一黑衣人后来，大呼之曰："此地不可独行，我来为君作伴也。"既至，使者面如熟识，不记姓名，便与之俱。时晓雾涨天，前路莫辨。其人每以其所经物导之，或曰沟，或曰岸，或曰桥，或曰泥淖，或曰水迹。使者幸免颠踬[③]，拍肩把袂，恍惚近城。

至盘门钓桥[④]下，使者先登，黑衣人竟不肯上。使者曰："何

① 阀阅：指有功勋的世家。汉王符《潜夫论·交际》："虚谈则知以德义为贤，贡荐则必阀阅为前。"

② 妻党：钱希言娶常熟徐氏女为妻，而常熟徐氏与苏州阊门外下塘徐氏有亲戚关系。

③ 颠踬：跌倒。晋葛洪《抱朴子·百里》："冒昧苟得，暗于自量者，虑中道之颠踬，不以驽蔺服鸾衡。"

④ 钓桥：也称吊桥。

故住却[1]？”黑衣人曰：“我不来也，莫要我做个‘怕怕怕’与老兄看？”斯须之间，纵其身长数十丈，目赤如电，吐舌至地，亦数十丈长矣。使者震怖，忽失声仆地而绝。

天渐开明，行人见尸卧桥上，识是徐家干办，走报其城外典中。集众视之，则体冷面黑，口角皆流涎矣。噀发灸指，俄顷而苏，具述所见如此。

尔后苏城大小人家遇小儿啼，便止之曰：“怕怕怕来也！”又常用两手劈其下睫赤肉吐舌以惊小儿，戏曰“野猫”，即效此怪为之者。至今轻薄子弟征逐平康[2]，相率狡狯，亦多为此态，俗谓之“做鬼脸”。

妖魅二

江阴有习礼夏氏，家数见怪。午炊方熟，举釜看之，饭二斗悉失去，都无遗粒在焉。细视逐粒移置堂内窗檽格子眼中，排列甚匀，无一粒重者。家有婴儿，甫弥期[3]，方在地匍匐，忽然亡失。求之不知处，举家狼狈，推索既遍，却偃卧于厕版上，垂首下视，状若欲落而不落，良久乃苏。是时江阴钓台[4]汤氏亦有魅在家，与人言语、饮食如常，惟不现形。客至具茶，魅于空中窃骂奴曰：“我独不得一瓯饮乎！”奴不得已，倾茶于瓯，置之案上，辄空中将去，微闻漱齿声，一座咸骇。桔槔[5]在壁，魅率之走为坏。及羊犬之属，悉摄以纳诸瓮中，哀祈乃出。后遇龙虎山

---

① 何故住却：为何停下来。“住却”，苏州方言，“停下来”。

② 平康：唐长安丹凤街有平康坊，为妓女聚居之地。后因以为妓女所居的泛称。

③ 弥期：满一年。弥，原义为满、补，如弥望，也可作久、远解释。《汉书·司马相如传》：“弥山跨谷。”

④ 钓台：今江阴有钓台村，在峭岐镇。

⑤ 桔槔：俗称“吊杆”“称杆”，井上汲水的一种工具，在井旁树上或架子上挂一杠杆，一端系水桶，一端坠大石块，一起一落，汲水可以省力。《庄子·天运》：“且子独不见夫桔槔者乎？引之则俯，舍之则仰。”

使者，载《正一明威箓[①]》数百轴至，以黄缣[②]为帧，丹书其文。二氏遂捐赀买箓，各建精庐一区供养之，其魅遂绝。案《神仙传》[③]云：天人授张道陵[④]以新出正一明威之法，道陵受之，能治病，于是百姓翕然奉事之，以为师。

妖魅三

常熟县前陈四房，教授里中。有一魅在家经年矣，推窗打户，曼啸长歌，撒掷土灰，飞扬瓦石，假作主人言语宛然无异。百计遣之不消。但不现其形，而空中饮食谈论如故。家僮捧执饮馔，悉为所分食，还置空器。当其喜时，客至互相酬对，且佐主人应答，主人不在，代为送迎。一日有客来访，从容谓主人曰："子不语[⑤]近来如何？"主人未及应，魅遽作声前进曰："索隐行[⑥]即今在此。"闻者颠蹶而出。此万历辛亥、壬子年事也。

妖魅四

齐门外木行潘献，自言十二岁时，夏月出门乘凉，与群儿狡

---

① 箓：道教用以记录有关天官功曹、十方神仙名属，召役神吏，施行法术的牒文。它是道教教法中的重要部分，因此又称作法箓。法箓牒文中一般都有相关的符图，故又统称符箓。

② 黄缣：指双丝织的微带黄色的细绢。汉以后多用作馈赠之物，或用作货币。《淮南子·齐俗训》："缣之性黄。"

③《神仙传》：东晋道教学者葛洪所著的一部志怪小说集，共十卷。书中收录了传说中的92位仙人的事迹，其中很多人物并不是道教人物。

④ 张道陵：34—156，字辅汉，原名陵，东汉沛国丰县（今江苏丰县）人。正一盟威道，即天师道创始人。

⑤ 子不语：《论语·述而》有句"子不语怪力乱神"，后因以"子不语"指怪异的事物。

⑥ 索隐行：即"索隐行怪"，指身居隐逸的地方，行为怪异，以求名声。《汉书·艺文志》："孔子曰：'索隐行怪，后世有述焉，吾不为之矣。'"

狳为戏。群儿散走，随行止小奴。其夜微有新月，忽见路旁榆树中涌出一人，头如车轮大，发如猿玃①，牙如虎豹，有三巨目，目皆深窅②，光若镜明，直来视献。时小奴已潜身草积间，屏息流汗。献四顾无人，遂失声大叫群儿相救，如是数十声，莫有应者。已获小奴③，率与俱归，将取床头佩剑掷之④。聚众秉烛，复来其处，已无有矣。献尝话此事于人，戒令夜无行路。

妖魅五

嘉定徐生，少落魄不事家产，悴容可掬⑤，仰天常吁。一夕独坐空阶，烟凄月黯，四顾幽靓⑥，吊影自怜。家人相顾而谓曰："郎君神思一何惨怛⑦！"徐生曰："去去，非尔曹所知也。"久之，闻左膝中隐隐有人语声，大骇。俄而其膝划然迸裂，亦不觉楚，忽见走出老少美丑长短肥瘦数十小魅，并二寸许模样，相次而奔驰于徐生衣袂间，嗔目鼓鬣，交口煎骂⑧。生益大骇，连呼家人起看，悉眠熟于卧内矣。

生问："某与君等何仇，而来相困？"左膝魅骂曰："冤仇已深，今夕相会，尚能放汝活耶！"纷闹之际，俄又见右膝亦开，仍走出数十小魅，模样如前，笑而解曰："卿辈不过欲索旧欠耳，

---

① 猿玃（jué）：泛指猿猴。玃，大母猴。
② 深窅（yǎo）：幽深；深邃。宋施岳《解语花》词："翠丛深窅，无人处，数蕊弄春犹小。"
③ 已获小奴：后来找到小奴。"已"即已而、不久的意思。《左传·桓公二年》："已杀孔父而弑殇公，召庄公于郑而立之。"
④ 之：指妖魅。
⑤ 悴容可掬：形容一脸憔悴。悴容，憔悴的面容。掬，双手捧取。
⑥ 幽靓：犹幽静。明徐弘祖《徐霞客游记·游五台山日记》："两旁流泉淙淙，幽靓迥绝。"
⑦ 惨怛（dá）：悲痛；忧伤。《庄子·盗跖》："惨怛之疾，恬愉之安，不监于体。"
⑧ 煎骂：吵骂。南朝宋刘义庆《幽明录·徐郎》："家大小怨惜煎骂，遂懊叹卒。"

何得粗行至此！”左膝魅曰：“欠吾属五百金，非小事也，安能相放？”右膝魅曰：“若然，当偿吾属以千金，岂止五百已哉！”相与拉攞衣冠，咬啮头面。徐生颠沛极矣，苦祈之曰：“某家无担石[①]，妻孥不免于饥寒，何处觅千五百金奉偿诸公，惟有一死而已。”右膝魅曰：“君莫寻死路，明日为买纸钱楮[②]镪，如其数焚之，慎无后期。吾属且去。”众便应声而回，一齐从两膝间走入。沈颢之友赵昌侯与徐生善，亲见斯怪，所在话焉。

妖魅六

苏城王天井巷[③]孔家，训蒙为业。万历戊申六月十九日，其母夜出，装香观世音猊座前。见有一短身材人，樵巾缁衣，衣皆朱里，先在猊座前作礼。礼毕，绕座三匝。母大怪之。是夜遂留不去，或时时现形在半空中，高出人头二尺许，谈未来祸福休咎，肸蠁之间，声甚清朗。向人索饮食，下箸皆空。孔家心有所欲，虽难致之物，辄于空中以囊襆裹之而下。人有不正者，面刺[④]其非。

时申孝廉令人[⑤]产后疾笃，众医束手，遣使者叩之，便叹息云：“营救之路穷矣！”厥后银钱珠翠，皆能运致，孔家寒素，赖以[⑥]裕饶。其持牲酒诣门祈禳疾病者，昼夜不绝。尝问其姓，曰

① 担石：一担一石之量，比喻微小。汉扬雄《法言·渊骞》：“吾见担石矣，未见雒阳也。”
② 楮：音 chǔ，纸的代称。明高启《书博鸡者事》：“即连楮为巨幅，广二丈，大书一‘屈’字。”
③ 王天井巷：位于今苏州景德路东段北侧，南起景德路，北至东中市。
④ 面刺：当面指责。《战国策·齐策一》：“群臣、吏民能面刺寡人之过者，受上赏。”
⑤ 令人：古代命妇的封号。宋徽宗政和二年（1112），定外命妇封号为九等，即国夫人、郡夫人、淑人、硕人、令人、恭人、宜人、安人、孺人。太中大夫以上官员之妻封令人。
⑥ 赖以：国图清钞本作“颇以”，误。

姓李。问何所人，曰江西。问何年下世[①]，曰："某本豫章饱学书生，平时唾青紫如芥[②]，不虞横夭[③]，游魂无依，诉于上帝不理，投于有北不受，以此作地上逍遥散人，借君家暂托居停耳。"

孔家二郎始以扶乩召此妖魅，后又阴使道士陈钟禁咒驱之。法不验，魅从空中叹曰："如此贫匮，何事费却金钱？吾当取还。"有顷，道士之金复归。首尾半年，至腊月廿四夜，忽云："明日玉帝降神之期，某且避却。"其夜去后，往来渐稀，至今未绝。

妖魅七

方秀才逢时，自言六岁时，是万历元年，初僦居苏城外北濠小宅子。有母多病，止一旧使老婢，亦病黄喜睡，时时呼唤不至。每夜常有青衣女奴，年可十二三，来房给使，呼之则不应，迹之，俄复隐去。其家无人，利其奔走，后竟置之不问矣。岁以造酒为业，其夜蒸饭方熟，酿工搏[④]饭饲逢时。忽闻窗棂外有謦欬[⑤]声而甚微，已而伸一手至逢时前。其手蓝靛色，指短，爪甲纤长，有赤毛连臂，乞分掌中食。逢时怖走。顷之，闻窗棂外言曰："饥甚，从小主人索食不得，望酒师乞我一团黍。"于是酿工闻言，遽以少饭搏[⑥]与之。其手即缩去。又言曰："食甚美，恨其少耳。"酿工诟而叱曰："老死魅，无厌乃尔[⑦]！"因是遂绝，复穷其迹杳

---

① 下世：去世，死亡。三国魏曹植《三良诗》："秦穆先下世，三臣皆自残。"

② 唾青紫如芥：比喻恃才自傲，不屑走仕途之路。唾，唾弃。青紫，古时公卿服饰，借喻高官显爵。芥，小草。

③ 横夭：意外地早死。汉王符《潜夫论·德化》："有伤贤之政，则贤多横夭。"

④ 搏："抟"之误。国图清钞本作"抟"。繁体"抟"为"摶"，与"搏"近似。

⑤ 謦欬：音 qǐng kài，咳嗽，借指谈笑。《庄子·徐无鬼》："又况乎昆弟亲戚之謦欬其侧者乎？"

⑥ 搏："抟"之误。国图清钞本作"抟"。繁体"抟"为"摶"，与"搏"近似。

⑦ 乃尔：竟然如此。《后汉书·方术列传下·蓟子训》："道过荥阳，止主人舍，而所驾之驴忽然卒僵，蛆虫流出，主遽白之。子训曰：'乃尔乎？'"

然。或云此饿鬼乞食也。

获鹿吟诗人

获鹿曹公时聘，由苏松观察使骤迁江南巡抚，无几，移镇济[①]上。母太夫人老矣，子登贤书[②]。当公在济上时，其年癸卯大计，有所善某布政入觐北征，道经获鹿，假公空宅以居家口，而独身之京师。宅有外舍大楼，不知何年护鐍[③]，布政家馆师及臧获辈，咸聚其下宿焉。

时夜未央[④]，月色寒皎，忽闻楼上有军士呐喊声。其扃以锁，非人所入。众惊觉起视，铿然[⑤]坠下楼板。见一人从空而降，黄巾青衣，白腰缠，用花缯缴[⑥]其股，手持红旗一面，具如今之戏场中所装哨探之状。蓬转[⑦]数回，朗吟四句，其诗曰："好记来年杏子肥，万家烟火照晴辉。风尘满目长安道，回首江南事已非。"吟毕，嗟叹不胜，遂上楼去。相次而下上者凡九人，咸歌咏此诗，众乃随口抄之[⑧]。而装束五色各别，或向布政家人索袜，应曰无，或索搭膊[⑨]，又应曰无。众皆疑是绿林将军也，称为大王。既去，呼主家秉烛启视，楼中牖户甚密，周遭无隙，而莫知其来。及明，仓皇徙居他舍矣。

---

① 济：济水，指今山东地区。

② 登贤书：科举时代称乡试中式为登贤书。明袁宏道《寿李母曹太夫人八十序》："献夫高才，早有文誉，而其登贤书也，乃在强仕之后。"

③ 护鐍：上锁，空关。

④ 夜未央：夜未尽，谓夜深还未到天明。《诗经·小雅·庭燎》："夜如何其？夜未央。"

⑤ 铿然：国图清钞本作"锵然"，误。

⑥ 缴：缠绕。《汉书·司马迁传》："名家苛察缴绕。"

⑦ 蓬转：蓬草随风飞转，喻人流离漂泊，行踪无定。潘岳《西征赋》："陋吾人之拘挛，飘萍浮而蓬转。"

⑧ 随口抄之：随着（他们）吟诵的声音而记录下来。

⑨ 搭膊：中间有袋的长带，可束腰上，亦可背在肩背上。

时吴人张去非道经获鹿，还述事状如此。后闻曹公一门相次沦谢[①]，识者于此卜先兆焉。

亳州骑狸人

宛州[②]马翰林之骐[③]，登万历庚戌鼎甲。夫人在家困病，白日坐阁子[④]内，忽见屏外有矮人，状如僬侥，骑一斑狸入来。问何谓，答曰："迎夫人至亳州住也。"欻然不见。无几病卒。其同年韩敬状元说。

欧阳氏壁影

建昌府[⑤]编户欧阳氏，西阁子壁上时时幻出闺阁帘栊种种诸状。中有一女子据床而坐，昼清人悄，罗帏半开，丰姿端妍，代所未识。尝着足于膝，以邪幅[⑥]缠之，微作约缣迫袜之态，纤悉毕具，红裆宛然。看人逼前，则渐移其身，映入帷中。紫衣碧

① 沦谢：指去世。前蜀杜光庭《宣胜军使王说为亡男昭胤明真斋词》："飘魂异境，悯其沦谢。"

② 宛州：唐武德三年（620）置宛州，领南阳、上宛、上马、安固四县，并寄治宛城。武德八年（625）州废。

③ 之骐：马之骐，回族，马化龙长子，约生于明嘉靖四十三年（1564）。万历三十五年（1607）中举人，万历三十八年（1610）殿试中一甲第二名。钱希言著作《狯园》完稿后，马之骐的弟弟马之骏组织人抄写刊行。

④ 阁子：阁楼。明归有光《项脊轩志》："项脊轩，旧南阁子也。"

⑤ 建昌府：明太祖洪武二年（1369），改建昌路为肇昌府，寻改肇昌府为建昌府，府治南城（在今江西省南城县）。明初辖南城、新城（今江西省黎川县）、广昌（今江西省广昌县）三县。后辖南城、泸溪（今江西省资溪县）、新城、南丰（今江西省南丰县）、广昌五县。1913年废。

⑥ 邪幅：古代缠裹足背至膝的布。《诗经·小雅·采菽》："赤芾在股，邪幅在下。"郑玄笺："邪幅，如今行縢也，逼束其胫，自足至膝，故曰在下。"

裳，迹甚分明。久之，乃隐隐渐灭，少顷都无迹矣。欧阳氏惧，锢鐍其室，后不知竟如之何。邓 渼[①]御史与居邻近，亲见其事而说之也。

后宰门地影

万历甲辰、乙巳年间，妖书[②]变作[③]，告密令兴，无不摇手禁足[④]。宫中终夜相恐，数闻怪异声迹。皇上与太子[⑤]日夜抱头而泣，羽林军士扈从[⑥]警跸[⑦]者浴铁[⑧]数重。至十月十三日，圣母[⑨]寿诞，百官先诣朝天宫习仪，舞蹈之际，不觉妖书满前，无不骇愕。及趋朝，则交戟上下，妖书满地矣。明日，皇上盥漱毕，着衣登座，其书忽在袖中。心稍稍异之，遂寝其事不问，第戮皦生[⑩]市曹，

---

① 邓渼：1569—1628，字远游，号壶邱，自号箫曲山人。江西新城县（今江西省黎川县）人。万历二十六年（1598）进士，初授浙江浦江县令。调秀水（今嘉兴北）、内黄（属河南），升监察御史。

② 妖书：所谓“妖书”，实则是类似传单的揭帖，是一种匿名的政治宣传品。万历朝的妖书案中影响较大的有“忧危竑议”妖书案与“续忧危竑议”妖书案，内容都与太子地位密切相关。《忧危竑议》出现于万历二十六年（1598），《续忧危竑议》则出现于万历三十一年（1603），案件于甲辰年审结，都不是钱氏所说的甲辰、乙巳年间。

③ 作：兴起。

④ 禁足：禁止外出。原指佛教僧尼坐夏，避免灾祸或因过失受罚而不得外出。宋吴自牧《梦粱录·僧寺结制》：“盖孟夏望日，乃法王禁足、释子护生之日，自此有九十日，可以安单辨道。”

⑤ 太子：指朱常洛。明朝第十四位皇帝，年号泰昌，庙号光宗，史称“一月天子”。

⑥ 扈从：随从。西汉司马相如《上林赋》：“孙叔奉辔，卫公参乘，扈从横行，出乎四校之中。”

⑦ 警跸：古代帝王出入时，于所经路途侍卫警戒，称“警”；清道止行，谓之“跸”。合称“警跸”。《史记·淮南衡山列传》：“（厉王）出入称警跸，称制，自为法令，拟于天子。”

⑧ 浴铁：披挂铁甲。亦指披甲的骑兵和战马。南朝陈徐陵《广州刺史欧阳頠德政碑》：“浴铁蔽于山原，扒金骇于楼堞。”

⑨ 圣母：指万历皇帝的生母慈圣皇太后，谥号为“孝定贞纯钦仁端肃弼天祚圣皇太后”，所以又称“孝定李太后”。

⑩ 皦生：即皦生光，因妖书案受冤而死的生员。

以伸三尺而已。

其时沸传后宰门外沿皇城一带墙下地上，忽影出城郭山川树木人物诸状，有铁骑数百临城，城上皆竖旗张帜，兵卫森严，隐隐与画图无异。是日天地无尘埃，影甚分明，观者如堵，移时渐灭。如是者积四五日乃绝迹，后亦无他，竟不详所自也。

按唐中宗景龙年，东京[①]之西四百里官路之地，皆如水影，人马树木行立其上，历历焉影可俯视，月余乃灭。出杜光庭《录异记》。又高邮州有一寺名讲堂，西壁枕道，日晚人马车舆影悉透壁上，辰午之时则无，如此二十余年。出《酉阳杂俎》。乃知往昔故已有之，不足为异。妖书之兆，殆斯验矣。

服妖[②]诗谶

张次公[③]献翼[④]，暮年忽改名为敉[⑤]。师辅[⑥]申公尝言："敉字类杀[⑦]，非嘉名也。"后致书于人曰："张敉空首[⑧]，又头戴红纱巾，身衣木绵[⑨]袍，袍上写芰荷[⑩]形，红绿相间，谓之芰荷衣。"

---

① 东京：洛阳。

② 服妖：服饰怪异。古人以为奇装异服会预示天下之变，故称。《汉书·五行志》："貌之不恭，是谓不肃，厥咎狂，厥罚恒雨，厥极恶，时则有服妖。"

③ 次公：排行第二者之称。

④ 献翼：张献翼，1534—1604，字幼于，后更名敉，长洲人。张凤翼之弟。嘉靖中国子监生。为人放荡不羁，言行诡异，与兄凤翼、弟燕翼并有才名，时称"三张"。

⑤ 敉：音 mǐ，安抚，安定。《尚书·大诰》："民献有十夫予翼，以于敉宁武图功。"

⑥ 师辅：犹师友。《礼记·学记》："是以虽离师辅而不反也。"孔颖达《正义》："辅即友也。"

⑦ 敉字类杀：杀字的繁体为"殺"，殳为"持械攻击"；敉字的攵同攴（pū），义为"轻轻地击打"，申公因此而附会。其实"献翼"和"敉"都典出《尚书·大诰》"民献有十夫予翼，以于敉宁武图功"。张献翼改名并未出典，还有新意，却成了附会的源头。

⑧ 空首：即空手之礼，古代汉族的一种交际礼仪。跪拜礼的一种。行礼时，屈膝跪地，拱手于胸前，与心相平，然后举手到地，接着俯头至手。

⑨ 木绵：国图清钞本作"木锦"，误。

⑩ 芰（jì）荷：指菱叶与荷叶。《楚辞·离骚》："制芰荷以为衣兮，集芙蓉以为裳。"

余征其故，答云："昔年遇一方士，相某身首有血光，故制此巾服为厌胜之法，非有他也。"又语余云："某生平无一善状，必欲自诣于狱，一夕而出。子为我言于长洲公，曲成吾志，无令有阻。不然，吾且藏刃衣间，自屠而已。"余掩耳而走。是年甲辰[①]春，赋得《一蒂三头红芍药诗》，手自题笺寄余。余怪其中语多不祥，有云："头头并处凝愁黛，面面开时映舞衣，不是歌成三妇艳[②]，何缘相傍复相依。"其秋，张公竟为盗所杀，同时遇害者七人，三妇与焉。横尸曲水草堂前，官来验检，面有刀痕，头皆相并，宛是红药诗中景，盖其谶矣。然"一蒂三头"，岂花妖之先见者乎？

匠 谶

苏城玄妙观，旧名天庆，在卧龙街[③]东，屡火。国朝复创，创之时，匠人运斧云中，钉殿西南角椽未毕，下有担人朱皮匠过，停担看之，语诸匠人："此殿角觉低了也。"匠人曰："方欲借尔头顶高[④]去。"皮匠归，其夜无疾而殂。明日匠人便雕刻朱皮匠之形为木偶，装塑于殿角，以头支着枅[⑤]柱，至今在焉。近日重新此殿，并修朱皮匠故像不废矣。

---

① 甲辰：万历三十二年，公元 1604 年。

② 三妇艳：乐府相和歌辞篇名。古诗《相逢行》《长安有狭斜行》的后段都有大妇、中妇、小妇等辞。《三妇艳》即专取此古诗的后六句为式。亦省作"三妇"。

③ 卧龙街：现苏州人民路。

④ 顶高：国图清钞本作"高"。

⑤ 枅：音 jī，柱子上的支承大梁的方木。

语谶一

苏州徐中丞源[①],家住杉渎桥[②]东。尝鸠工累石[③],建都宪坊于门，穷极壮丽。当棹楔未成之日，中丞召石匠于庭，责其怠缓，将杖之，已而左右并请，乃见释。既成，已择时日竖起，其夜石匠窃践粪秽于柱石之上。至五鼓时及矣，役夫毕集，视其石已被污坏，中丞大怒，然不及稽核。石匠唱云：“请问贵人将待洗却而后竖乎，为是[④]竖之而后洗也？”中丞应曰:“竖后即洗。”吴语谓“死”曰“洗”，建坊未几，中丞果得疾不起，一如答匠之言。

语谶二

余郡林理公[⑤]文熊[⑥]，闽南人，居官操洁，而性不能容。丁未冬十月，从武闱[⑦]中出，昏夜过余草堂，秉烛共谈。茶再

---

① 源：徐源，1440—1515，字仲山，直隶长洲县（今江苏苏州）人。早年出身国子生，殿试登进士第二甲第五十七名，除工部都水司主事。弘治六年（1493），任广东布政司左参政。弘治十年（1497），任浙江右布政使。弘治十二年（1499），升湖广左布政使。次年，升都察院右副都御史兼巡抚山东。弘治十八年（1505）致仕。

② 杉渎桥：苏州人一般误为三多桥，现已并入书院巷。

③ 累石：堆垒石块。累，同“垒”。金元好问《摸鱼儿·雁丘词》：“葬之汾水之上，累石为识，号曰雁丘。”

④ 为是：抑或；还是。南朝宋刘义庆《世说新语·贤媛》：“王江州夫人语谢遏曰：‘汝何以都不复进？为是尘务经心，天分有限？’”

⑤ 理公：推官的美称。明朝推官为各府的佐贰官，顺天府、应天府的推官为从六品，其他府的推官为正七品，掌理刑名、赞计典。

⑥ 文熊：林文熊，1579—1649，字清海，号清凯，闽县（今属福州）人。明万历三十二年（1604）进士，任苏州府推官，累迁至按察司副使、南韶（今云南大理）兵备道。清顺治六年（1649）逝世，年七十岁。

⑦ 武闱：王宫里的小门。

更[①]，辄匆匆告别。余谓："明庭[②]何仓忙若是？"理公曰："从霜台[③]下车以来，自春徂秋，曾无少暇。仆每晨起篝灯着帻，时时误着，或脱线缠结，不免枉费工夫也。"余曰："然则何时当闲？"理公曰："期不远矣。"轮十指云："算霜台以某日行事毕，郡县上计[④]诸僚以某日发，大约十一月望[⑤]可得燕闲[⑥]，当从事左右耳。"余唯唯。未几，理公罣[⑦]于吏议，遂将母南还。发舟之日，余送之胥江青枫亭下，正十一月十五日也。得闲之语，于此应矣。

先是，两年前司理与郡丞徐侯[⑧]来建[⑨]，议论参差，中生嫌隙。余尝弥缝其间，竟莫能释也。一日两人同往朝观察使台而出，行至戟门[⑩]外，徐以手拍林肩，连声字[⑪]而谓曰："仆与君一齐同解官归去，大乐也。"林闻之，愕不自安，洒然[⑫]变色。是年冬，徐以母艰还楚，林以论列还闽，相去三日，又符同归之言。

---

① 茶再更：国图清钞本作"茶更"。
② 明庭：相当于明府，汉魏以来对郡守牧尹的尊称。
③ 霜台：御史台的别称。御史职司弹劾，为风霜之任，故称。唐卢照邻《乐府杂诗序》："乐府者，侍御史贾君之所作也……霜台有暇，文律动于京师。"
④ 上计：战国、秦汉时，由地方官年终向上级呈上计簿，报告地方户口、垦田、钱谷、刑狱等状况。
⑤ 望：月圆之时，常指农历每月十五日。《吕氏春秋·精通》："月也者，群阴之本也。月望则蚌蛤实，群阴盈。"高诱注："月，十五日盈满，在西方与日相望也。"
⑥ 燕闲：安宁，安闲；公余之时，闲暇。宋曾巩《中书舍人除翰林学士制》："今宇内嘉靖，朝廷燕闲。"
⑦ 罣：音 guà，绊住，挂碍。《韩非子·说林下》："君闻大鱼乎？网不能止，缴不能罣也，荡而失水，蝼蚁得意焉。"
⑧ 侯：古时士大夫之间的尊称，犹言君。唐杜甫《与李十二白同寻范十隐居》："李侯有佳句，往往似阴铿。"
⑨ 来建：徐来建，广济（现湖北省武穴市）人，万历十年（1582）壬午乡试中举。
⑩ 戟门：立戟为门。古代帝王外出，在止宿处插戟为门。引申指显贵之家或显赫的官署。
⑪ 字：古代上级对下级、官阶高者称官阶低者都是称名，称字则是抬举，所以有"林闻之，愕不自安，洒然变色"。
⑫ 洒然：肃敬貌。《史记·范雎蔡泽列传》："是日观范雎之见者，群臣莫不洒然变色易容者。"

日谶

常熟瞿长公[①]汝稷，以尚书荫历官至长芦都转运使[②]，寻内擢太仆少卿，正四品京堂，任子官中妙选也，唾手而得，实缘铨曹[③]注意推择耳。然瞿闻报数日，遂卒于任，不及诣京拜官，识者知禄仕之由命矣。外传瞿赴职启行之辰，为日者[④]误选，乃“天云不返”日也。故家人随任者相续丧亡，仅存其子护丧南还。

小说载唐朝李林甫当国，凡除拜[⑤]必用“猖鬼败亡”日，冀其不终[⑥]。故宋进士张居中[⑦]诗曰：“偃月堂[⑧]中猖鬼散，水晶帘[⑨]上美人来。”为讥林甫而作也。考之阴阳家，最多“猖鬼败亡”，而独“天云不返”逐月轮四五六日。然则趋吉避凶，理固有之，不可不信。

歌谶

阊门卖笺纸人张甲，祖贯军籍[⑩]。性嗜酒，每醉后爱唱《琵琶

---

① 长公：行次居长之意，排行为二以下的，字次公、少公。
② 长芦都转运使：河间长芦都转运盐使司的简称。明洪武二年（1369）设此司，主要管理河北省盐的运销和盐税等。以运司驻地在长芦镇而冠以“长芦”二字。自此以后，河北省盐区都沿用“长芦”称谓。
③ 铨曹：主管选拔官员的部门，借指主管选拔官员之长官。唐包湑《会昌解颐录·曲思明》：“铨曹往例，各合得一官，或荐他人亦得。”
④ 日者：古时以占候卜筮为业的人。
⑤ 除拜：授官；除旧职，拜新官。《后汉书·杨秉传》：“及行至南阳，左右并通奸利，诏书多所除拜。”
⑥ 不终：不得善终。
⑦ 张居中：国图清钞本作“张居正”，误。
⑧ 偃月堂：唐李林甫堂名，后以之喻称权臣嫉害忠良的地方。
⑨ 水晶帘：亦作水晶屏，张居中在该诗下自注：“（杨）国忠作相，在家有水晶屏上美人影，败之日美人不来。”意思说：屏上的美人倩影可以预卜主人凶吉。主人倒霉之日，美人不再现露屏面了。
⑩ 军籍：原指登记军人姓名等的簿册，转指军人的身份。

记》[①]中“万点苍山，何处是修竹吾庐三径[②]”，日以为常。后滇南戍所来勾张往补伍，竟死于戍，滇人葬之点苍山[③]下。

名谶

余先观察叔父[④]有纪纲之仆[⑤]，曰沈清，最善干办。后遣其入京，渡清河[⑥]溺水而死。今人写“沉”字即“沈”字，盖命名之日，已兆其谶矣。

妖梦

有亡叔夙与赠公[⑦]兄世扬[⑧]不睦。万历己酉年除夜[⑨]，叔梦与兄两人相见欢然，共至一处，见古堂中大金漆几甚是明净，旁置铜盘，高插银烛一枝，烛下有大端石砚，不知何人先磨墨汁在内，砚旁安二草书笔。叔遂与兄两人，各执其一，蘸砚心浓墨，并书

---

① 《琵琶记》：元末高明撰。主要讲述了汉代书生蔡伯喈与赵五娘之间悲欢离合的故事。共四十二出。

② 何处是修竹吾庐三径：哪里才是我能够离却红尘不问世事的修心养性、安逸闲散之处呢？三径亦作“三迳”。汉赵岐《三辅决录·逃名》：“蒋诩归乡里，荆棘塞门，舍中有三径，不出，唯求仲、羊仲从之游。”后因以“三径”指归隐者的家园。归隐者的住处一般都植修竹，表明自己的气节与谦逊。

③ 点苍山：即今云南大理苍山。

④ 观察叔父：即钱顺德。

⑤ 纪纲之仆：犹言得力之仆。《左传·僖公二十四年》：“秦伯送卫于晋三千人，实纪纲之仆。”杜预注：“诸门户仆隶之事，皆秦卒共之，为之纪纲。”

⑥ 清河：发源于今北京市海淀区，流经朝阳、昌平，在顺义汇入温榆河，全长23.6公里。

⑦ 赠公：古代敬称官员的父亲。清卢文弨《抱经堂文集》：“继娶李孺人，有贤德，能安贫，赠公意有不可，常婉顺以承，无少迕。”

⑧ 世扬：钱世扬，字士兴，一字孝成，又字偁孝，号景行，自号謦隅子。钱谦益父亲。著有《彭城世征》《吹藜阁杂俎》《謦隅子》等。

⑨ 除夜：除夕夜。

《毛诗》中“人之云亡[①]”四字于几上。运笔如飞，争先斗胜，不知凡几百字，顷之盈几皆墨无隙处矣。相与阁笔而啸。忽有二青衣童子，从帘下复舁出一几来，与前无少差异。两人乘兴，又复斗书四字如初。凡换三几，墨尽笔秃，烛亦见跋[②]，乃止。忽闻钟声，遂惊寤。

及明，是庚戌岁朝也，叔心怪为不祥，以其梦话于子瑛。后月余，余过虞山下，闻其说焉，私诫瑛曰：“此梦至恶[③]，非所宜言，尔其秘之。”无何，兄之子谦益骤发鼎甲，宗族亲戚无不载羊酒[④]称贺。余时谓妖梦不践矣。又无何，兄病，叔亦病。兄以五月十六日亡，亡后才九旬，叔卒。板荡[⑤]之章，殆斯验欤[⑥]？

鸡 笼

常熟徐昌祚，工部尚书栻之孙也，父为典客[⑦]，昌祚由任子历官至比部郎中，颇不自戢[⑧]，骄纵乡里，邦君朝贵，咸为侧目。万历己酉年元旦，昌祚衣绯腰银，临祭家庙，将入庙门，忽有旋风

① 人之云亡：旧时用来怀念那些身系国家安危的贤人。《诗经 · 大雅 · 瞻仰》：“人之云亡，邦国殄瘁。”

② 见跋：指燃至蜡烛的根处。跋，草木的根或主干，泛指根源、根本。《礼记 · 曲礼上》：“烛不见跋，尊客之前不叱狗，让食不唾。”

③ 此梦至恶：梦中三几“墨尽笔秃”和“烛亦见跋”都不是好兆头，预示着终结，尤其是烛尽见跋，更是去了根本。《礼记 · 曲礼上》有“烛不见跋”，所以作者认为梦为至恶。

④ 羊酒：羊和酒。亦泛指赏赐或馈赠的物品。《史记 · 韩信卢绾列传》：“高祖、卢绾同日生，里中持羊酒贺两家。”

⑤ 板荡：《诗经 · 大雅》中有《板》和《荡》两篇，均写当时政治黑暗，人民生活贫苦，后来“板荡”便被用来形容天下大乱，局势动荡不安。此处指家族内人员先后谢世。

⑥ 殆斯验欤：国图清钞本作“殆斯验矣”。

⑦ 典客：官名，即鸿胪，掌管王朝对少数民族的接待、交往等事务。《汉书 · 百官公卿表上》：“典客，秦官，掌诸归义蛮夷，有丞。景帝中六年更名大行令，武帝太初元年更名大鸿胪。”颜师古注引应劭曰：“郊庙行礼赞九宾，鸿声胪传之也。”

⑧ 戢：音 jí，收敛，收藏。《左传 · 隐公四年》：“弗戢，将自焚也。”

数阵，吹一鸡笼加其颈上。左右狼狈脱之，冠簪坠失，不胜潦倒。至秋八月，怨家发其沉姑罪状，大吏将置之辟[①]，竟毙于狱。按：鸡者，老酉也；笼者，犴狴之象。果以酉年酉月身亡家破，庙门钟虡[②]渐生花藓，安知非尚书之灵先见咎征以警之乎？阖邑人无不知其事。

龙 战

张广文曾分教维扬[③]，云：嘉靖年间，雨七日而水暴涨，濒河之地，沉灶产蛙，居民见雨中有黑白二龙，斗于松树之杪。林间夜有光如皎月，徐视之，则绕树皆络蛛丝，若弥天罗网，莫可近。乃知龙战为争明珠，而蔓延民患不细矣。

龙 斗

万历四十年八月，烈风淫雨者浃旬。海虞福山江口，有龙九条，斗于水中，飓作水溢，坏民室庐无数。十一月三十日，龙现震泽。

龙 阵

万历四十一年七月十三日，胥江龙现，所伤室庐禾稼舟檝不

① 辟：音 bì，罪，罪行。《汉书·扬雄传》：“言奇者见疑，行殊者得辟。”文中也可理解为大辟（音 pì，古代杀头的死刑）的辟。

② 虡：音 jù，古代悬挂钟或磬的架子两旁的柱子。《周礼·春官》：“及祭祀，帅其属而设笋虡，陈庸器。”

③ 维扬：扬州的别称。

可称数。有长洲县诸生金鼎材，其姊婿是梅社顾氏，住盘门内薪桥弄中。家有小阁可凭，金生独坐，遥见城下水势涨高数十丈，舟帆悉在半空中，惟载米船重，仅卷其舱板而去。其小舟点缀如落叶，有沉者，有覆者，有坠于田间者，有坠于他处者，无一得完，细看有青龙二头、黄龙二头，垂首下饮于河，鳞甲如镜，历历分明。金生亲向其师同学方逢时说。

妖 蛟

万历三十九年五月，吴县西山白马涧钱尚书墓上出蛟二条，山中水涨，坏田庐人畜无算。王征君稚登有寿藏[①]在涧之西，庵曰广长，跨涧而居者皆被漂溺。征君坐松雨楼上看水势腾涌如城，人皆巢于树巅，床榻案几农车之属悉在半空中浮沉上下，附载其上者得不死。经数晷[②]，涨痕渐平。

怪 鸟

万历十五年五月尽间，苏、松、嘉禾滨海之地，中夜海啸，涌溢数十里，声如迅雷，漂荡室庐[③]亡数。人[④]皆在梦寐中，死于床下梁间树头屋角者又无数。流尸暴骨，悉填沟壑。其年岁亦大侵[⑤]，

① 寿藏：犹寿冢，亦称生圹。生时所建的坟墓。《后汉书·赵岐传》："年九十余，建安六年卒，先自为寿藏。"李贤注："寿藏，谓冢圹也。称寿者，取其久远之意也；犹如寿宫、寿器之类。"

② 晷：白昼。晋王嘉《拾遗记》："白昼究晷系夜，钓于台下。"

③ 室庐：国图清钞本作"室庐人"。

④ 人：国图清钞本无。

⑤ 大侵：严重歉收，大饥荒。《谷梁传·襄公二十四年》："五谷不升谓之大侵。"范宁注："侵，伤。"杨士勋疏："大侵者，大饥之异名。"

斗米千钱，菜色相望[①]。先是一年前，海上有大鸟如艨艟之状，翅若车轮，点额掉尾[②]，空濛[③]中作风雨声，鼓翼于风涛之际，人咸以为鲁东门爰居，识者已预知有此变矣。

飞 纸

万历近年间，城东祥符寺巷人家，造绛纸为业，染成次第用长竿曝于中庭。时夏月午后，忽风起，不及收藏[④]，有笺百余番，皆长丈余，悉为旋风卷去略尽[⑤]，直入穿云，隐隐渐没，望之若余霞散绮[⑥]矣。或云天曹取以供案牍之用。按《三水小牍》[⑦]亦载有唐时巨鹿郡[⑧]飞纸事焉。

吹 被

某年[⑨]五月廿三日大风，城西晒细被于月台上，亦为旋风所

---

① 菜色相望：互相看起来都是饥饿状，脸发菜青色。《礼记・王制》："虽有凶旱水溢，民无菜色。"郑玄注："菜色，食菜之色。民无食菜之饥色。"

② 点额掉尾：摇头摆尾。点额另有一层意思，古时相传鱼渡龙门便为龙，否则便点额而还。典出北魏郦道元《水经注・河水》。后用以比喻应试落第。唐李白《赠崔侍郎》诗："点额不成龙，归来伴凡鱼。"掉尾，摇尾。《淮南子・精神训》："我受命于天……视龙犹蝘蜓，颜色不变，龙乃弭耳掉尾而逃。"

③ 空濛：细雨迷茫的样子。唐杜甫《渼陂西南台》诗："仿像识鲛人，空濛辨鱼艇。"

④ 收藏：国图清钞本作"守藏"。

⑤ 略尽：将尽。《后汉书・董卓列传》："卓遣疑兵挑战，而潜使锐卒从小平津过津北，破之，死者略尽。"

⑥ 余霞散绮：晚霞像美丽的锦缎一样。形容晚霞色彩绚丽。南朝齐谢朓《晚登三山还望京邑》诗："余霞散成绮，澄江静如练。"

⑦《三水小牍》：唐末皇甫枚撰，传奇小说集。记载晚唐的异闻轶事，一部分带有神怪色彩。

⑧ 唐时巨鹿郡：即邢州（今邢台市）。

⑨ 某年：国图清钞本作"其年"，误。

卷，吹入云中。小儿喧传“天公取被”。

羊毛瘟

万历三十二年，吴中病疫，俗传为“羊毛瘟”[①]，民家酱瓿食器中往往见之。王太学无曲家，日令僮子扫阶前地，每早得羊毛半升许。未几病者瘳，妖亦绝迹。

白气经天

万历己酉，内灵台[②]奏二月初十日夜生白云气一道，经天不灭。占之曰兵起，当有拔城大战。见邸报。

风 霾

己酉三月二十六日，北京昌平镇、怀柔诸县，申时分，忽然飓风大作，阴霾蔽日，白昼晦冥，树木吹折，屋瓦尽飞，田野禾苗土沙压没。至二十七日戌时方止。见顺天抚臣疏中。

---

① 羊毛瘟：中医病名，瘟疫之一。清随霖撰《羊毛瘟论》有记载：“羊毛瘟邪，面现青色，舌有点纹，寒热胸闷，周身拘板，头眩作痛，是此证（症）也。”随氏认为羊毛瘟属于伏气温病，虽不多见，较易误诊、误治。

② 内灵台：即司天台。宫内皇帝御用天文台。

妄男子

万历己酉二月十一日，北京守卫东华门[①]，忽有披发疯颠不知姓名妄男子，在禁城内。东厂[②]遣官追捕，此人径由东华门去讫，欻灭[③]不见。先一夜，司天台[④]奏有白气亘天，如匹练状。占曰主兵。又数月来，西方稍南一星独大，而光芒四射。识者曰旄头[⑤]，亦兵象也。是岁[⑥]蓟门[⑦]、辽海[⑧]之间烽火昼惊，人心骚动，此其应矣。详见谏官奏疏中。

四川灾异

万历庚戌二月十九日，西川安绵道[⑨]石城、永平、五城诸镇，五鼓后地大震数声，诸将公廨中屋瓦梁木拉然[⑩]有响[⑪]，如栋实[⑫]

① 东华门：紫禁城东门，始建于明永乐十八年（1420）。东华门东向与西华门遥相对应，门外设有下马碑石，门内金水河南北流向，上架石桥一座，桥北为三座门。东面檐下“东华门”匾额原为满、蒙、汉三种文字，后减为满、汉两种，辛亥革命后只余铜质汉字。

② 东厂：明代特务机关。明成祖于1420年在京师东安门北设立，命亲信宦官为提督，属官多来自锦衣卫，从事监视、侦察等特务活动，诸事可直接上达皇帝。权力在锦衣卫之上。

③ 欻灭：国图清钞本作“欲觅”。

④ 司天台：官署名。掌管观察天象、考定历数等职。

⑤ 旄（máo）头：即昴星。星名。二十八宿之一。《汉书·天文志》：“昴曰旄头，胡星也，为白衣会。”白衣会，奔丧的意思。

⑥ 是岁：国图清钞本后有“北虏跳梁”。

⑦ 蓟门：原指古蓟门关。唐代以关名置蓟州后亦泛指蓟州（今天津蓟州）一带。另北京城西德胜门外西北隅的蓟丘也古称蓟门。

⑧ 辽海：卫名。明洪武二十三年（1390）在牛家庄（今辽宁海城西北牛庄）置，属辽东都指挥使司。二十六年（1393）移治三万卫城（今辽宁开原）。

⑨ 安绵道：即安绵兵备道（驻绵阳）。

⑩ 拉然：国图清钞本作“拉地”。

⑪ 有响：国图清钞本作“有声”。

⑫ 实：为“室”之误。据清代学者彭遵泗编著的史料《蜀故·卷二十三·神异》载“（万历）庚戌年二月十五日，安绵道石城、永平、五城诸镇所，五鼓后地大震数声，诸将公廨中屋瓦梁木拉然有声，响如栋实（室）崩，门扉不掩而阖，四境之内，十室九倾，如是竟日乃止。”

崩，门扉不掩而阖，四境之内，十室九倾，号呼沸天，如是竟日乃止。闰三月十四日，资县[①]东城小十字街、西城金带街两处，忽有火星飞起，因风发火，东西南北，狂焰四合，延烧廨宇无数，民家总计一千二百八十三户。明日居人出徙城外，用[②]逃回禄之患。其日复遇江水暴涨，人畜器物悉皆漂没，城中民免于焦土者，尽为鱼矣。

又川南道泸州[③]诸卫，四月中天地昼晦，山川震动，暴雷怪风发屋折木。无何，雨雹交下。计掀揭官廨教场数十余处，瓦木竹树、旗旃[④]帷盖之类俱飞在云中。沙尘暗天，咫尺不辨。凡损田麦数千余顷。而黔江[⑤]一县，为雷雨涨江，冲城坏岸，荡[⑥]芦潴[⑦]野，沦陷不知几百里也。事见朱御史疏中。未明何故，岂天怒至是乎！

黑 风

万历庚寅七月，族侄达道[⑧]时为山东漕县[⑨]令。其日开[⑩]晚

---

① 资县：今四川省内江市资中县，处在沱江中游。
② 用：表示目的，相当于“为了”“为的是”。《尚书·盘庚下》：“朕及笃敬，恭承民命，用永地于新邑。”
③ 泸州：明洪武六年（1373）泸州直隶四川行中书省，九年（1376）直隶四川布政使司。辖江安县、纳溪县、合江县。与今日泸州市辖区范围差别比较大。
④ 旃：音 zhān，古代的一种赤色曲柄旗。引申泛指旌旗。晋陆机《饮马长城窟行》：“收功单于旃。”
⑤ 黔江县：今重庆市黔江区，位于重庆市的东南边缘，素有“渝鄂咽喉”之称，是重庆市主要的少数民族聚居地之一。
⑥ 荡：动词，毁坏，破坏。唐杜甫《无家别》：“家乡既荡尽，远近理亦齐。”
⑦ 潴：指水停聚。《宋史》：“（星宿海）流出复潴，曰哈剌海。”
⑧ 达道：钱达道，字五卿，号培坦。江苏常熟人，吴越王武肃后裔。万历元年（1573）癸酉科举人。万历十四年（1586）任新昌知县，历官曹县知县、霸州知州、兖州府同知。万历三十年（1602）左迁道州知州。
⑨ 漕县：为“曹县”之误。今山东省曹县。
⑩ 开：国图清钞本无。

衙[①]，方理文书，忽有黑风从东南暴至，沙尘暗天，满堂漆黑，咫尺不相见。强令小胥掖而入，便就寝。至夜半后，窗间忽起红光，一室洞赤，良久复暗。凌晓[②]风乃息，外传发屋折木、伤死人畜马驴不计其数。俄而中丞具状以闻于朝。竟莫测何怪。

彗星现

万历庚戌二月廿六日邸报：司天台奏彗星昼现，自午及暮，流光数十丈，下入于地。

大 星

万历庚戌七月初四夜更余，苏城内外咸见有数大星经天，或从东亘西，或从南络北，光明如昼者移时，烂若火树银花，久之乃灭。乘凉人于光中无所不烛[③]，细及豆花棚上络纬[④]、蟋蟀皆能见之。不知是何祥也。

夏 雪

万历十七年大旱，夏六月十八夜，月中飞雪，纷若吹絮，搅

① 晚衙：旧时官署长官一日早晚两次坐衙，受属吏参拜治事。傍晚申时坐衙称晚衙。唐白居易《夜归》诗："逐胜移朝宴，留欢放晚衙。"
② 凌晓：拂晓。南朝梁刘孝威《帆渡吉阳洲》诗："江风凌晓急，钲鼓候晨催。"
③ 烛：国图清钞本作"触"。触，遇到，遭受。唐柳宗元《捕蛇者说》："触草木尽死。"
④ 络纬：虫名。即莎鸡，俗称络丝娘、纺织娘。夏秋夜间振羽作声，声如纺线，故名。唐李白《长相思・在长安》："络纬秋啼金井阑，微霜凄凄簟色寒。孤灯不明思欲绝，卷帷望月空长叹。"

之皆六出[①]。

雨 豆

嘉靖三十四年十月廿五日，天雨赤豆，常熟最多。有人拾得一二粒者，藏之不变。万历中，吴越间天陨黑雨，其点如墨。

木 稼[②]

万历六年冬，大雪大冰，江南人家树头檐下皆结冰花，玉缀珠联，奇形瑰状，撼之锵然有声。非天工之巧不能幻而成也。

天 鼓

万历甲辰、乙巳间，京城内外咸闻天鼓鸣，声震数百里。见邸报。

地 坟

甲辰、乙巳年间，北京朝天宫内地忽隆起如坟。丁酉秋，萧山县城内地坟，血溅楼角。

① 六出：雪花。因雪似花瓣分为六片，故称为六出。《太平御览》卷十二引《韩诗外传》："凡草木花多五出，雪花独六出。雪花曰霙。"
② 木稼：即木冰。雨雪霜沾附于树木遇寒而凝结成冰。

地血二

万历癸丑年六月下旬，无锡县大市桥一带村落，地中出血。不信往视，邻家掘地二三尺许，皆鲜血迸[①]如注。高承先壬寅年客于闽，为李兴化游宾，见报长乐县民家地血数十丈。

地中儿

苏州浒墅关前村落，相去里许有太平桥，桥侧有一佛廪，复有大榆树，可合抱矣。离树四五尺，是田岸大路，路皆刚土。耕人忽闻其下作小儿啼，因取荷锄掘之，稍深焉，得小婴儿三个，长如箸子，似新产下状，手足耳目皆历历具备。后观者渐众，耕人捶杀之，鲜血淋漓，遂不活矣。此万历壬子四月间事。屈梦龙亲过其地而说之。

鲎[②]精

吴兴弁山[③]，中皆嵌空，相传为鲎精所踞。常年夏秋出现，有白气上亘于天，如素霓之状，所至禾稼伤损无算。居民鸣锣击鼓喧沸其下，名曰逐鲎。

---

① 迸：国图清钞本作“迸流”。
② 鲎：音 hòu，节肢动物，甲壳类，生活在海中，尾坚硬，形状像宝剑。
③ 弁山：又名卞山，在今浙江湖州城西北 9 公里。

妖蛟二

新野县[①]编户张家，平地出蛟。俄顷之间，风云雷电交集。其穴方圆一席大，爪鬣狰狞，蟠蜒墙上，如有攫拏[②]之状。家人咸怖走，既出而室庐摧圮，其墙亦颓。戚伯坚亲见之。

巨人首

太仓王奉常[③]次公世懋[④]，家住州前。先年起造堂皇丙舍，工人掘地，锸下有声，得一巨人首，状如五斗栲栳大，验是数千岁骷髅。所谓防风之骨专车，信而有焉。戚伯坚说。

木 牛

万历十三年，山东临邑县[⑤]城南民吕中家，木牛见椿树古根。掘土，宛然头目角吻无不克肖[⑥]。

---

① 新野县：今河南省南阳市下辖县，自古为南北交汇、承东启西的水陆交通要冲。
② 攫拏：音 jué ná，亦作“攫挐”，以爪相持，张牙舞爪。
③ 奉常：官名，秦置，为九卿之一，掌宗庙礼仪。汉取“尊大”之义，改名太常。国图清钞本“奉常”即作“太常”。
④ 世懋：王世懋，1536—1588，字敬美，别号麟州，时称少美，江苏太仓人。嘉靖进士，累官至太常少卿，是明代文学家、史学家王世贞之弟，好学善诗文，著述颇富。
⑤ 临邑县：今隶属于山东省德州市。
⑥ 克肖：相似。唐韩愈《平淮西碑》：“天以唐克肖其德，圣子神孙，继继承承，于千万年，敬戒不怠。”

雨 雹

万历十三年五月十三日，山东临邑县雨雹，尽作男女鸟兽形。见邢太仆侗[①]志。

冬 雷

万历癸丑冬十二月二十六日，立春先一日，夜半子刻，忽有烈风暴雨，震雷闪电，一时交作，霹雳数声，击人而死；月驾园千年怪柏，为风吹断。迟明乃定。占者谓冬行夏令，主其国涝。至明年甲寅五月，果大水，然幸不为灾也。

怪 风

万历甲寅夏六月十九日午后，怪风欻起，屋瓦震飞，雨下如注，至暮而止。雷击死不孝子陈甲于泥埭镇。其明日二十，复有怪风旋空而至，沙尘涨天，咫尺不辨，威势更猛于前，恍然发屋折木之象。吴城卧龙街鹤桥西首古牌坊，被风吹倒，沦碎无存。

---

① 侗：邢侗，1551—1612，字子愿，号知吾，自号啖面生、方山道民，晚号来禽济源山主，世人尊称来禽夫子。临邑县（今属山东德州）人。明万历二年（1574）进士，官至陕西太仆寺少卿。善画，能诗文，工书，书法为海内外所珍视。与董其昌、米万钟、张瑞图并称“晚明四大家”。

讹 言

万历甲寅夏四月二十五日，常州江阴县沿海[①]孟河[②]地方一路，夏政圩闸、甲港、魏邨闸[③]、桃花港[④]数处，盗尝夜入里杀人，官兵莫救。其日设台戏赛神，看人逾千，薄暮，遇盐艘数帆络绎而来，居民惕于夜警，讹传倭至，煽惑万众奔突入江阴城。比到，城门闭矣，遂踉跄走至无锡县。竟夜奔驰，投明拥入，老幼男女蹈籍[⑤]死者不可胜计。宗姻邻里，拉攞撞揢[⑥]，至有遗骸[⑦]弃稚，或抛掷道旁，或投溺水面，伤心惨目，不忍见闻。

人变虎

陕西境内虎灾屡起。万历三十三年，某县村落有居民兄弟二人，其兄尝得一虎皮，学为跳梁无赖。一日持皮入山，窜于深榛草中，四顾无人，便解衣脱帽，以身蒙皮，虓[⑧]跃数回，变形作虎。路逢樵夫红女[⑨]，攫而食之，了不为异。食饱后，藏其皮僻处，还变作人而返。

---

① 沿海：应该是沿江，苏南一般把江称为海。
② 孟河：今常州市新北区长江边上的一个乡村小镇。
③ 魏邨闸：今常州市新北区魏村社区。
④ 桃花港：今常州市新北区桃花港。
⑤ 蹈藉：犹践踏。《三国志·孙破虏讨逆传》："向坚所以不即起者，恐兵相蹈藉，诸君不得入耳。"
⑥ 揢：音 kē，敲击。
⑦ 遗骸：指弃置而暴露的尸体。《南齐书·武帝纪》："京师二县，或有久坟毁发，可随宜掩埋。遗骸未榇，并加敛瘗。"
⑧ 虓：音 xiāo，虎啸。
⑨ 红女：古代指从事纺织、缝纫等工作的女子。《尸子》卷上："夫茧，舍而不治，则腐蠹；使红女缫之为美锦，大君朝而服之。"

其妇阴察举动，心颇生疑，穷[①]之不语。窃告其弟："卿兄非人类矣，恐将相噬。"弟闻之不信，一日伺其行迹，随从而去。行至深山幽绝，高树垂阴，弟乃登树候望。徘徊之际，果见其兄腾伏翳荟[②]，良久衣皮而出，据地一吼，摇头掉尾，跳踯[③]咆哮，居然一斑斓白虎也。意甚惊怛[④]，乃徐下树，还具以白于嫂，共相愤耻。少时，虎为人形还矣，妇骂云："卿双目眈眈，啖人一何饱耶！"因而大惭。须臾，眼角斜张，身渐起白斑色，便竖一脚[⑤]，径出门去。经数日，忽有白斑虎来，巡行宅舍，号呼数十声，宛似怆别，已，疾驰去。邻里忙怕[⑥]，不敢迹之。时吴人顾都宪其志[⑦]巡抚陕西，亲见府县申报文书，而话于宾客云尔[⑧]。

犬登突[⑨]

明华亭相公徐文贞阶[⑩]，践揆日久，望重台垣[⑪]。一日，家人请

---

① 穷：寻根究源；追问。《易·说卦》："穷理尽性，以至于命。"
② 翳荟：丛生的杂草。《文选·张华》："翳荟蒙茏，是焉游集。"李周翰注："翳荟蒙茏，蒿草密貌。"
③ 踯：徘徊；蹬踢。常用词"踯躅（zhú）"，徘徊不前。《玉台新咏·古诗为焦仲卿妻作》："金车玉作轮，踯躅青骢马。"
④ 惊怛：惊恐。晋袁宏《后汉纪·孝灵皇帝纪上》："太傅陈蕃，敦方抗直，夙夜匪懈，一旦被诛，天下惊怛。"
⑤ 竖一脚：横下心来的意思。
⑥ 忙怕：害怕，恐惧。晋干宝《搜神记》卷十四："言未及竟，马皮蹶然而起，卷女以行。邻女忙怕，不敢救之。"
⑦ 其志：顾其志，生卒年不详，字冲吾，又字太冲，南直隶苏州府长洲（今江苏苏州）人。明隆庆五年（1571）进士，授长兴知县。迁南昌同知，进工部员外郎。历荆南道副使、陕西参政。以功加兵部侍郎，擢总督三边军务，进南京兵部尚书。卒赠太子太保。
⑧ 云尔：国图清钞本作"云"。
⑨ 突：烟囱。《淮南子·人间训》："百寻之屋以突隙之烟焚。"
⑩ 阶：徐阶，1503—1583，字子升，号少湖，一号存斋。明松江府华亭县（今上海松江）人。明代名臣，嘉靖后期任内阁首辅。卒后赠太师，谥号文贞。著有《世经堂集》《少湖文集》等。
⑪ 台垣：都察院和六科并称"台垣"，为监官、谏官机构。都察院长官为左右都御史，正二品，次为左右副都御史、左右佥都御史，并置十三道监察御史，分查内外百官。

公祭灶，公既至爨下，举头见犬踞突上坐。公略不为动，望而揖拜如常。祭已，焚纸浇酒，家人见公怡然，亦不加叱逐。此犬径跳下地，颠蹶而死。相府积年无他故也。槜李[①]包衡说之。

鸡生儿

华亭县萧塘宋举人家，有义孙名善缘，畜一母鸡窗下，壳中哺出一小儿，头颅面目，与人无异，啼声呱呱。其家以为妖[②]也，弃之河滨。数年后，缘子阴怀异谋，将不利其主人，为同谋者所讦，问成大辟于狱。

猪生象

万历近年间，山东张秋民家所养母猪生五象。在事官僚，具皆闻见。施起部尔志[③]向宋孝廉懋澄说，懋澄传向希言说。

呧吻[④]共语

直指[⑤]李公尧民[⑥]，家山东济宁州。万历戊戌，公以大理寺丞

---

① 槜（zuì）李：古地名，在今浙江嘉兴西南。

② 妖：国图清钞本作“怪”。

③ 尔志：施尔志，嘉兴人，万历二十年（1592）进士，官江西布政。

④ 呧（dǐ）吻：即鸱（chī）吻，古代宫殿屋脊正脊两端的一种饰物。初作鸱尾之形，一说为蚩（一种海兽）尾之形，象征辟除火灾。后来式样改变，折而向上似张口吞脊，因名鸱吻。

⑤ 直指：汉武帝时朝廷设置的专管巡视、处理各地政事的官员。也称“直指使者”，因出巡时穿着绣衣，故又称“绣衣直指”或“直指绣衣使者”。

⑥ 尧民：李尧民，生卒年不详，字耕尧，郓城人，祖籍济宁，明朝大臣。万历二年（1574）进士，曾任长洲知县、永年知县、监察御史、江西巡按、应天府尹等职。病故于郓城，被朝廷追赠工部侍郎，入乡贤祠。

在告[①]，起造堂屋五间。屋上初装哌吻，白昼相共偶语。匠工骇而走。董太史其昌亲见叙之。

豕踞榻

直指李公尧民家有五豕，并在厅事上踞榻而坐，人驱之不为动。经积七八载，而李公卒于家。亦戊戌年事。董太史其昌说。

豕生人

明万历二十四年七月，山东张秋镇朱墅民家，豕生一子，头面手足皆人形，其身犹豕。事闻于官，杀而瘗之。时治河司空郎嘉禾人黄承玄[②]也。按《京房易妖》[③]曰：豕生人头豕身者，邑且乱亡。晋成帝咸和六年六月，钱唐[④]民家亦有此异。

人变犬

万历四十年间，长洲县南乡陈湖上舍陆允中家，畜一犬，且二年余矣，雄劲多力，常令守户。亡何，为邻家恶少张乙窃而烹之。乙既沽酒设胾，饮啖自若，投骨于地。杯盘未空，忽狂惑失

① 在告：官吏在休假期中。告，古时官吏休假。《资治通鉴·唐宪宗元和十四年》："常侍与监军、副使有宴，军将皆在告。"胡三省注："在告，谓休假在私室也。"

② 黄承玄：浙江秀水（今嘉兴）人。万历十四年（1586）丙戌科进士。曾任福建巡抚。

③《京房易妖》：京房《易妖占》，三卷。京房，前77—前37，西汉学者，本姓李，字君明，推律自定为京氏，东郡顿丘（今河南清丰西南）人。

④ 钱唐：即钱塘，今杭州。

度，竖起两目，向其妻蹲视作犬言曰：“吾负主人租债三百缗，托生其家为犬，三年偿毕，然后为人，今止少半年债耳。我不负汝，汝何故杀我而食我？今我偿欠未了，魂无所依，我死安能令汝独生也！”其妻呵叱，乙便作嗥吠声，咋[①]其妻喉几断，头面俱伤。邻里咸至救之，亦被啮损，相引而走。直入陆家，伺其所止。壁角败垣，藁积存焉，踣践成窟，盘踞而卧。主人就视，若摇尾然，宛然犬也。其妻至，则愤跳搏攫，终莫敢近之。果经半岁而死。胥门陈大儒传说。

雷击逆妇变兽

万历年间，莆田县民家三妇，并不孝于姑，震雷击之，一妇变为牛，一妇变为豕，一妇变为犬，其头与手犹人，体皆兽矣。陈举人为县时亲见之。后遇莆人至，询云牛豕皆死，而犬尚存。曹明府向陈大儒传说其事。

牛食人

万历癸巳，湖州范祭酒[②]庄客家，牛与人斗，咋杀其人，食之。其年范公罹于家难。

---

① 咋：啃咬。北宋苏舜钦《城南感怀呈永叔》：“犬彘咋其骨，乌鸢啄其皮。”

② 范祭酒：范应期，1527—1594，浙江湖州府乌程县人。嘉靖四十四年（1565）状元及第，初授翰林院修撰，历中允。万历十二年（1584），官至国子监祭酒。致仕后，其子里居不法，怨家千余人“遮道陈牒”。巡按御史彭应参未经细致查实，即与乌程知县张应望将其拘捕。范应期不堪其辱，自缢而死。

疫鬼二

东扬[①]民俗，岁除夜，里中男女相聚叫噪，击钲鼓[②]，举爆竹，喧哗不绝，谓之驱疫。率以为常。时萧山县天官尚书魏骥致政[③]于家，其年椒筵[④]初散，率子孙出步大门外，忽于灯火光中见有一群褴褛疫鬼，纷然满路，往来冲突，如投奔状。尚书笑云："何其鬼怪之多若此哉！"遂厉声叱曰："汝等小魅，今夕且宿吾里中，明日可往西村土豪王家去。"言讫，隐隐闻啸声。左右但见公指画处分，如与人言，而不睹其形也。

至春，西村大疫，凡王姓者皆遘疫死，孑遗无有矣，而尚书所居之境独安然，咸以魏公为神明。先是，尚书为广文时，分校某省乡场[⑤]，出赴鹿鸣宴。主司传命召神相袁生，少顷即到，主司指而谓曰："此柳庄之子[⑥]也，令细看与宴诸君，孰贵而寿。"袁生独诣魏广文席前，拜手贺曰："官居一品，寿至百龄。"举座无不掩口。后以乡科[⑦]跻八座[⑧]，年至九十八而终，竟如言。

---

① 东扬：古代扬州东部。三皇至夏朝初年，萧山地域为扬州属地，因此该地域称为东扬。

② 钲鼓：钲和鼓。古代行军或歌舞时用以指挥进退、动静的两种乐器。《汉书·平帝纪》："遣执金吾候陈茂假以钲鼓，募汝南、南阳勇敢吏士三百人。"

③ 致政：犹致仕，退休。《礼记·王制》："五十而爵，六十不亲学，七十致政。"郑玄注："还君事。"

④ 椒筵：即椒花筵，古俗农历正月初一进椒酒于家长，又晋刘臻妻陈氏曾于其日献《椒花颂》，故后以"椒花筵"称农历正月初一合家聚餐的筵席。

⑤ 乡场：科举时代的乡试考场。《再生缘》第十四回："乡场得中还犹可，名落孙山怎处分。"

⑥ 柳庄之子：通晓柳庄相法的高人。

⑦ 乡科：乡试。

⑧ 八座：指封建时代中央政府的八种高级官员。历朝制度不一，所指不同。后世文学作品多以指称尚书之类高官。

猖鬼败亡日

万历辛亥春，吴县相公[①]存日，申太仆用懋[②]为儿娶妇松陵[③]，命丛辰[④]家撰日，误犯“猖鬼败亡”。其夜香车鼓乐，列烛成行，自胥门入，逶迤由东首太平桥，迳北而西，经邻家顾参政宅前过。稠人广众，聚观如堵，参政眷属亦出看之。其中一女奴无故惊曰：“此嘉礼也，奈何使惨服[⑤]者立车之下哉！”已又惊曰：“尔许蓬头人相随车后来也！”言未已，群鬼悉拥入参政宅中，抛掷[⑥]砖瓦，拉攞屏障。设食祭之，杯盘俱碎。此女奴便姿态失常，寝发狂呓，十余日乃苏。是自诸猖鬼，亦稍稍灭迹，相公府中竟平安如故也。许复初说。

---

① 吴县相公：指申时行。

② 用懋：申用懋，1560—1638，明代大臣。字敬中，号元渚，南直隶长洲（今江苏苏州）人，申时行长子。万历十一年（1583）进士。除刑部主事，累官兵部职方郎中，擢太仆少卿。熹宗时以右佥都御史巡抚顺天。忤魏忠贤，罢归。崇祯初历兵部侍郎、兵部尚书。

③ 松陵：位于苏州城南，是吴江区建镇历史最悠久的古镇。

④ 丛辰：星相术士的迷信说法，以阴阳五行配合岁月日时，附会人事，造出许多吉凶辰名，叫丛辰。《史记·日者列传》：“建除家曰不吉，丛辰家曰大凶。”

⑤ 惨服：丧服。指期功（一年、九月、五月）等的丧服。《旧唐书·睿宗纪》：“（景云）三年春正月辛未朔，亲谒太庙。癸酉，上始释惨服，御正殿受朝贺。”

⑥ 抛掷：国图清钞本作“抛弃”。

第十六

瑰闻

纪事、物二瑰也。

费太仆梦棘围[①]诗以下皆纪事瑰

铅山太仆少卿费尧年，乡荐之岁，夏五月十三夜梦人赋诗，记得“八窗明月夜玲珑”之句，觉而异之，私疏于壁。是秋八月十五夜，三场既毕，费缀行[②]而立，投卷于监临官前。有御史谓其僚曰：“顷得中秋佳句一联，颇不寻常。”僚曰：“请诵之。”御史曰：“万里青天秋浩荡，八窗明月夜玲珑。”费闻，矍然而出。是科放榜，果获隽。其子元禄[③]说之。

鸡鸣山[④]夜呼

武宗游金陵之鸡鸣山，江彬[⑤]夜伏甲士剑客之属，将谋逆焉。中夜，山大呼者三，众军守卫行在[⑥]者亦齐声呼万岁者三。彬气摄，谋遂不行。后龙舟渡扬子江，其夜彬复怀利刃靴中，俯身取刃，不觉中风蹶然倒地。乃知真人翊运[⑦]，所至有鬼神为之呵护矣。

---

① 棘围：指科举时代的考场。

② 缀行：连接成行。五代王定保《唐摭言·谢恩》：“状元已下，到主司宅门，下马缀行而立。”

③ 元禄：费元禄，1575—1640，字学卿，一字无学。江西铅山人，鹅湖费氏第九代传人，屡试均名落孙山，失意仕途，埋头著述。主要著作有《晁采馆集》《甲秀园全集》等。

④ 鸡鸣山：现称鸡笼山，位于南京市玄武区。

⑤ 江彬：？—1521，字文宜，明代宣府前卫（今张家口宣化）人。《明史》有传。明武宗对宦官佞臣宠信有加，致使朝政混乱。先是大宦官刘瑾专权，刘瑾被诛后，又出现了江彬专权的局面。武宗死后，皇太后张氏、内阁首辅杨廷和利用颁布遗诏作出了一系列矫弊反正的决定。乘江彬入宫觐见太后之机，立即逮捕了他。随后从其家中抄出黄金 70 柜，白银 2200 柜，其他珍宝无数。世宗即位后，江彬即被处以磔刑。

⑥ 行在：即“行在所”。皇帝所在的地方，本指京都，后泛指皇帝所到之处。《史记·卫将军骠骑列传》：“右将军苏建尽亡其军，独以身得亡去，自归大将军……遂囚建诣行在所。”裴骃集解引蔡邕曰：“天子自谓所居曰‘行在所’，言今虽在京师，行所至耳。”

⑦ 翊运：护卫国运。宋周密《癸辛杂识·张世杰忠死》：“臣死罪，无以报国，不能翊运辅主，惟天鉴之。”

海 市[①]

副将[②]谢庭芝[③]，建牙[④]东齐，亲见登莱州[⑤]海市。堂屋三间甚轩敞，罘罳[⑥]掩映，中垂大珠帘，帘内置一曲几[⑦]，几上安鹊尾香炉，篆烟袅袅，有一丱角童子，拥篲而至，次第扫地毕，乃取香添入炉中。历历分明，移时乃灭。

盗偷生

苏州有犯大辟盗某，与伍伯素有识，反接在市曹，将决矣。私祈于伍伯曰："某与君平生交好，君知诸方便，何计脱某于不死乎？"伍伯笑而伪应之曰："此甚易耳，当使老兄脱一乐地去也。"及行刑时，伍伯连叱其首曰："去去！勿复顾。"刀下而其人不知苦楚，魂神飞出于稠众之中，不觉去数千里外，奔突入一大姓家。适主人方出阶下，蓦撞仆之于地。大小震恸，经数刻营救，始苏。起坐，忽作吴语，引镜自照，容貌转少于前，左右拥掖者娇妻美妾三四人，屋宇高广。盗心自念曰："吾何以忽然至此乎？"喜不自持。稍审其地，乃是广东南海[⑧]之某州县，主人

---

① 海市：即海市蜃楼，是一种因为光的折射和全反射而形成的自然现象。
② 副将：明代副总兵改称副将，次于总兵一级，为从二品武官。
③ 谢庭芝：明嘉靖五年（1526）丙戌科殿试金榜第二甲第四十七名进士出身。
④ 建牙：古谓出师前树立军旗，引申指武臣出镇。《晋书·姚兴载记下》："于是尽赦囚徒，散布帛数万匹以赐其将士，建牙誓众，将赴长安。"
⑤ 登莱州：登州和莱州。
⑥ 罘罳：音 fú sī，古代的一种屏风，设在门外。宋洪迈《夷坚志·吴仲权郎中》："明日索浴，治具于房，婢以罘罳围之。吴曰：'何用？'曰：'恐为隙风所搏。'"
⑦ 曲几：曲木几。古人之几多以怪树天生屈曲若环若带之材制成，故称。
⑧ 南海：指古代的南海郡辖地。据《中国古今地名大辞典》："广东旧广州、韶州、惠州、肇庆、南雄诸府州及高州府北境，广西旧平乐府东境，梧州府东南境皆其地"。

故太学生也。亲戚来看，都不识是谁，强效其土音应对支吾，然绝不敢谈本来面目。如是享用者首尾十三年，还与妇生一子矣。

忽一日，伍伯轮解编成人之岭表①，偶至其地。盗于市中邂逅之，扑地下拜，感谢甚殷。伍伯茫然不知所谓，言语若深交而素未相识。从容推讯姓名，乃大骇。盗便邀过其家，铺设酒肴，备极丰膴②。酒酣，盗乘间问曰："感君再生，真某大恩人也。但不知当时实用何方便，使某得至于此。"伍伯曰："汝莫管前头公案，我虽有口，决不为汝说破也。"留连三日，苦诘其由。伍伯被缠逼不已，无奈之何，因婉辞以告③曰："卿当日市曹之戮，初未尝免，何不寻思？"盗默然良久，忽蹶倒而死。家人奔救无及。伍伯遂具述事状始卒，大小惊惭④，若无所措。

乃知借尸还魂之说，自古有之。独此盗以一念之祈免，偷生数千里外十有三年，生前贯盈⑤，死后网漏，地下主者⑥安在？岂其命丝未绝，冥府不得而制之耶？兹理之所难明者。壬辰春，太原中表⑦吴生所说。

武夷山诗梦

苏州近竹老人袁洪志，三十年前梦游武夷山，题诗石壁云：

---

① 岭表：指五岭以南的广东、广西一带。亦称"岭外""岭南"。《晋书・滕修传》："广州部曲督郭马等为乱，皓以修宿有威惠，为岭表所伏，以为使持节、都督广州军事、镇南将军、广州牧以讨之。"

② 丰膴（wǔ）：丰美富厚。清程恩泽《候选同知李君墓志铭》："君家世席丰膴，约出之，人以为侈；谦出之，人以为倨。"

③ 告：国图清钞本作"告之"。

④ 惊惭：惊恐而惭愧。南朝梁江淹《萧骠骑让封第二表》："一省惊惭，再悸魂府。"

⑤ 贯盈：谓罪恶满盈。《尚书・泰誓上》："商罪贯盈，天命诛之。"现有成语恶贯满盈。

⑥ 地下主者：指传说中的阎王。

⑦ 中表：指与祖父、父亲的姐妹的子女的亲戚关系，或与祖母、母亲的兄弟姐妹的子女的亲戚关系。汉蔡邕《贞节先生陈留范史云铭》："君离其罪，闭门静居，九族中表，莫见其面。"

“地僻红尘远，人闲白昼长。鸟啼春雨霁，花落野泉香。近竹老人题。”凡二十五字。其后随弟观察使洪愈[①]之官福建，还经武夷山，登绝顶，见石壁上委有此二十五字，宛然手迹，是梦中飞神所题者。老人自异，既归，一疾不起。沈颢话其事。

车中女子

山东新城[②]王氏家有世德，历科[③]以来登进士第者二十七人，衣缨之盛，罕有加也。相传其家始祖王翁，少未有婚。一日天忽大风，埃雾蔽空，白日昼晦。及暮风定，门外忽有辎车[④]一辆，车中坐一女子，烟鬟雾鬓[⑤]，举止端庄。家人共惊视，莫敢近者。王翁诣而诘其故，女子曰：“父姓初氏，儿家距五百里外矣。偶探亲而还，不知何由，忽然至此。”讯之亦未字人，王翁以为天锡之耦也。又“初”者起家之征，遂谐秦晋。今之子孙，皆其出焉。往年以民部员外郎出讥吴关，名之都[⑥]者，即初氏云仍也，亲为余述先世事如此。

---

① 洪愈：袁洪愈，1516—1589，字抑之，号裕春，南直隶苏州府吴县（今属江苏）人。嘉靖二十五年（1546）解元，次年成进士。性耿介，曾上疏弹劾严嵩，被调任外官。严嵩败，他才逐步迁升至南京礼部尚书、吏部尚书，为官四十余年，所居不增一椽，出入徒步，死后还是巡抚周孔教捐金以葬。

② 新城：今山东省淄博市桓台县。

③ 历科：国图清钞本作“开科”。

④ 辎车：古代有帷盖的车子。既可载物，又可作卧车。

⑤ 烟鬟雾鬓：形容鬓发美丽。宋张孝祥《雨中花慢》词：“一叶凌波，十里驭风，烟鬟雾鬓萧萧。”

⑥ 之都：王之都，生卒年不详，字尔章，号曙峰，山东新城县（今桓台县新城镇）人。万历二十三年（1595）进士，任河南沔池（今渑池县）知县。任内文教大兴，擢升开封府知府，惩奸除恶，当地人为其在包孝肃祠右立祠纪念。崇祀新城乡贤祠。

小黄旗

嘉兴祝以豳[①]，为吴江令，多异政[②]。时有居民东西二邻，皆少年，且相善。其东邻夜娶妇，朝出行贾，既去，西邻径诣行窃，见房扉尚开，即突入之，伪为东邻语言，拥其妇而语曰："天尚未明，我眷恋卿，不忍别耳。"复就寝。妇不辨其夫也，欣然交合，任其轻薄。顷之渐晓，匆匆别去，启视奁中簪珥[③]之属，荡尽矣。妇泣语其姑，惭恚缢死。

母家陈状于官，诬其舅姑杀妇。舅姑亦出论诉，使人通息耗[④]于子，趣弃贾遄[⑤]归。既归，遂并执婿到官。祝反复鞫讯，略无情实，还衙与夫人共忧之。时会天大旱，请雨城隍之神。夫人教祝诣庙焚香，默祷此事，祈神于梦中开示疑狱。

其夜，祝遂宿神庙中，梦神降而告曰："明日路上有祈雨小儿，可自问之。"既觉，未审云何。早起拜神毕，行至市中，果遇群儿执旗伐鼓，引龙神而来。祝命吏捕逐群儿，群儿迸走，适遗一小黄旗于地，遂令收取还衙，以示夫人。夫人曰："奸妇者是黄旗无疑矣。"

祝便托以他事，过东邻境中，谓啬夫[⑥]、亭长有民丁户口册，

---

① 祝以豳（bīn）：1551—1632，字耳刘，号惺存，又号灵苑山人，海宁袁花人。明万历十四年（1586）进士，知随州，内调为兵部郎中。日本入侵朝鲜，大司马石星主张招抚，他坚决反对。后出任广东佥事。天启七年（1627），升应天府尹加南京工部右侍郎。著有《贻美堂集》等。

② 异政：不同往常的政令措施。《东观汉记·张湛传》："（湛）为光禄大夫，数正谏威仪不如法度者。湛常乘白马，上有异政，辄言：'白马生且复谏矣。'"

③ 珥：用珠子或玉石做的耳环。《列子·周穆王》："设笄珥。"

④ 息耗：消息，信息。《魏书·王肃传》："肃还京师，世宗临东堂引见劳之，又问：'江左有何息耗？'"

⑤ 遄：音 chuán，迅速。《诗经·墉风·相鼠》："胡不遄死？"

⑥ 啬夫：乡官。秦制，乡置啬夫，职掌听讼、收取赋税，汉晋及南朝宋因之。《汉书·百官公卿表上》："十亭一乡，乡有三老、有秩、啬夫、游徼……啬夫职听讼，收赋税。"

可送一本至。既赍[①]册至，按之，委有王骐[②]名字。乃传令某日点役，合境民丁，宜集县门以候。骐亦未知缘由，与诸人旅[③]于庭下。诸人皆应声而去，最后始诘王骐，讯其居止，与诉邻止隔一壁。于是惭惧失色，具服其辜，所盗之物咸在。祝令梏往其家，检出赃物，乃置于法，毙之狱中。

梁 裂

数年后，又有山阴某乙，是富家子弟，娶妇入门。其兄某甲，戏以相赌，谓乙今夜能不进新人房，即输金一饼。乙曰："易耳。"竟不果入，与甲同寝于外舍。其夜忽有男子入妇房与偶。明日妇闻兄弟相赌之言，大惊，逆知为他人所狎，惭恚自经。母家讦讼，系甲于狱，搒掠备至，不吐其实。

时为山阴令者赵士谔[④]，吴江人也。推按积时，终不能理，闭阁谢事，求祷于神。肸蠁之间，忽闻屋梁木作爆声，仰视已裂。寻思久之，即从狱所召甲讯曰："尔家有姓梁人乎？"曰："家监掌典[⑤]是姓梁人也。"赵遽命逮至，拷掠承服。盖其夜潜于窗间，听知主人戏赌，乃冒入妇房，遂其奸谋耳。赵因置之重典。后以卓异推择为吏部郎。二事后先不同，适相悬合[⑥]。

---

① 赍：音 jī，把东西送给人。《玉台新咏·古诗为焦仲卿妻作》："赍钱三百万。"

② 王骐：吴语中，王黄音同，骐旗音同。

③ 旅：寄居外地。此处作聚集解。

④ 赵士谔：1558—1626，字蹇卿，南直隶吴江县（今苏州吴江）人。万历二十九年（1601）辛丑科三甲同进士，授浙江会稽县知县。入为兵部职方司主事，调吏部考功司，改文选司，累进郎中。迁太仆寺少卿。官至右佥都御史。卒年七十一岁。

⑤ 掌典：主管。《旧唐书·职官志三》："太子内官……女史，流外三品，掌典文簿而执行焉。"

⑥ 悬合：遥相符合。明胡应麟《少室山房笔丛·四部正讹上》："修洙泗之教，中历数周、齐、陈、隋事，无不悬合，而其意实寓河汾。"

孔林[①]闻金石[②]声

苏州沙良著，嘉隆间以岁贡[③]参选都门，念得补官近鲁地，孔林一谒先圣，以慰仰止之怀。未几，竟获授曲阜县丞。初下车，斋三日而后行礼。方跪拜俯伏，耳中忽闻金石之声。意谓文庙所奏，拜毕登庙，阒[④]无人焉。时论以为至诚所格[⑤]，御史为之撰记，碑于泽宫。沙氏代禅临池[⑥]，良著有曾孙舜风[⑦]，少年善书，尝为余言如此。

误入蛇腹

上虞徐孝廉，计偕京师，与一千侯同舍。其人貌甚伟，而鳞文遍体，皴如青赤松皮，面有瘢痕隐起，类三当钱大，状若癞风者。然徐而察之，步履言笑如故。久之，稍稍推讯，千侯具言："某家本西蜀，少年肌体腻洁如美妇人，而性嗜酒，落魄不羁。一日从所亲会饮野次[⑧]，时天色渐暮，归不及城，便醉卧道旁草积间。夜半

---

① 孔林：又称至圣林，是孔子及其后裔的墓地，是我国规模最大、持续年代最长、保存最完整的氏族墓葬群和人工园林。

② 金石：指钟磬一类乐器。《国语・楚语上》："而以金石匏竹之昌大、嚣庶为乐。"韦昭注："金，钟也；石，磬也。"

③ 岁贡：科举时代贡入国子监的生员的一种。明清两代，每年或两三年从府、州、县学中选送廪生升入国子监肄业，故称。

④ 阒：音 qù，形容没有声音。清东轩主人《述异记・僵尸鬼》："趋至，则破屋前后二间，阒无人声。"

⑤ 格：感通。《尚书・周书・君奭》："我闻在昔成汤既受命，时则有若伊尹，格于皇天。"

⑥ 临池：指学习书法，或作为书法的代称。晋卫恒《四体书势》："弘农张伯英者，因而转精其巧，凡家之衣帛，必先书而后练之。临池学书，池水尽墨。"

⑦ 舜风：沙舜风，字来仪，江苏苏州人。工书法。与文震孟、王稚登、张凤翼等皆一时俊秀，有名于时。

⑧ 野次：野外止宿之处。《三国志・魏书・陈群传》："若必当移避，缮治金墉城西宫，及孟津别宫，皆可权时分止。可无举宫暴露野次，废损盛节蚕农之要。"

宿酲[①]始醒，觉鼻端细缊有黄牙气，又似蒙被然，展转反侧，不知身在何所也。已而扪之微温，嗅之腥不可忍，寻思腰间佩有匕首，急抽而割之，得肉一脔，复嗅之，臊甚，弃去，旋割旋弃，如此者凡数十脔，渐渐漏明。于是悉其力以从事，俄而此窍渐广，顷之如土穴矣。因局[②]身跳出，睨之，乃一大蛇也，遂惊仆地。明日家僮消息[③]至其所，见主人与蛇并死于道，奔告邻里，急舁而归。稍稍营救复苏，而肤间痒不可耐矣。幸遇名医进刀圭之剂，得不死，三月而痒止，乃起，则肤革变色，几类漆身豫子[④]。医言所不死者，以腑受毒浅也。”孝廉每举其事话于亲昵之中，递宜戒耽曲蘖[⑤]。

虎食斗

吴兴山中人家，负山[⑥]跨涧而居，虎狼出入，不分昼夜。东村偶负樵苏[⑦]，诣村头易盐米，借西村斗装而归。其日天晚，家有六岁小儿，因命持斗还西村。小儿性儇巧[⑧]，出门望西村行，竟将此斗戴于头上而去。中途偶遇狂风一阵，头上之斗欻失所在矣。归告其父，不知何等。其父明日入山樵采，忽见黄斑老虎死于谷口，急呼同伴持械往

---

① 宿酲：犹宿醉。唐白居易《和杨同州寒食干坑会后闻杨工部欲到知予与工部有宿酲》："宿酲无兴味，先是肺神知。"

② 局：腰背弯曲。

③ 消息：打探情况。

④ 豫子：即豫让，姬姓，毕氏。春秋战国时期晋国人，为晋卿智瑶（智伯）家臣。晋出公二十二年（前 453），赵、韩、魏共灭智氏。豫让用漆涂身，吞炭使哑，暗伏桥下，谋刺赵襄子未遂，后为赵襄子所捕。临死时，求得赵襄子衣服，拔剑击斩其衣，以示为主复仇，然后伏剑自杀。

⑤ 曲蘖（niè）：指酒。《宋书·颜延之传》："交游阘茸，沉迷曲蘖。"

⑥ 负山：背后依山。《汉书·南粤传》："且番禺负山险阻，南北东西数千里，颇有中国人相辅，此亦一州之主，可为国。"

⑦ 樵苏：柴草。晋潘岳《马汧督诔》："城中凿穴而处，负户而汲，木石将尽，樵苏乏竭，刍荛罄绝。"

⑧ 儇（xuān）巧：慧黠刁巧。明沈德符《万历野获编·禁卫·锦衣卫镇抚司》："东厂设有旗校，与锦衣同诇机密，然其人俱从本卫拨去，以尤儇巧者充之。"

视之，喉间一斗在焉。盖虎性易怒，本欲食儿，不意衔斗觖望[①]，遂啮其斗以哽塞喉间，愤激至死。儿之获免于虎口，非徼天之幸乎！

梦得昼锦堂句

常熟赵学士用贤，林居时曾遣人特诣闽中九鲤湖[②]，祈梦于九仙神。梦神以欧阳公《昼锦堂记》[③]中首二句告之曰："仕宦而至将相，富贵而归故乡。"其人还以白学士，学士喜不自胜。适坐客有秀才李乔新者，忽起而对曰："我朝无出将入相，岂公将拜而不果乎？"学士怫然不悦。后起用，超迁至天部[④]侍郎。时方推择阁臣，凡拟进御前者七人，而赵与焉。命未下，明日为吴侍御[⑤]之子镇[⑥]伏阙[⑦]上疏，论诉侍郎负婚姻约，改嫁其女，礼部奉敕推勘，学士谢病还乡，竟不果拜。偶合李生一时之言。

叶和尚

二十年前有叶和尚者，不知何所人，或云是江南潦倒书生

---

① 觖（jué）望：因不满而怨恨。《史记·荆燕世家》："今营陵侯泽，诸刘，为大将军，独此尚觖望。"

② 九鲤湖：我国祈梦文化发源地，位于福建省莆田市仙游县钟山镇。相传汉代何氏九兄弟炼丹湖侧，各乘一鲤登仙而得名。

③《昼锦堂记》：欧阳修为曾以武康节度使的身份治理相州的丞相魏国公建的昼锦堂而写的记。

④ 天部：即吏部。唐代曾改吏部为天部。

⑤ 吴侍御：即吴之彦，隆庆五年（1571）辛未科第三甲同进士出身，常熟人。

⑥ 镇：吴镇。赵用贤的女儿出生三月时曾许配同乡吴之彦家，吴镇即准女婿。赵用贤即将入阁时，吴之彦唆使儿子吴镇攻击赵用贤论财赶走女婿，蔑视法律、废弃伦理。赵用贤被免职回乡。

⑦ 伏阙：拜伏于宫阙下。多指直接向皇帝上书奏事。唐独孤及《为李给事让起复尚书右丞兼御史大夫等第三表》："臣再以微诚，伏阙请命。"

也。行乞吴市[①]，垢面赤脚，状貌魁梧，逢人但云“乞我一杯酒”[②]。尝于市中扮十八尊罗汉，妍媸老少，无不毕肖。其两眸逾时不瞬，俨然应真[③]模样也。观者叹以为神。扮毕，便索酒饮，饮罢复向人取纸墨置地上，盘礴[④]挥毫，写作水墨兰竹，妙绝一时。或作狂草，天真烂漫，得怀上人[⑤]意外巧妙。兼善使秃笔书。每遇气焰子弟，便拂衣而去。后不知其所终。里人沈颢记其事。

场中魁星

万历壬子，南畿[⑥]校士[⑦]，以八月廿八为终场。五更时见一青面鬼，自至公堂跳出，隆隆如雷声。已从眷录所房前蓬转而出，后复倚于贡院大门，忽失所在。场屋士子无不惊窜。明年，毗陵周延儒[⑧]联发会、状两元矣。

古长人

长洲县东二十余里有阳城湖，相传阳城是古时一县，陷没为

---

① 吴市：苏州市面上。此处不是苏州府下的地名吴市。
② 乞我一杯酒：吴语特色，正常语序是“我乞一杯酒”。也可理解为“给我一杯酒”。
③ 应真：佛教语，罗汉的意译。意谓得真道的人。
④ 盘礴：亦作“盘薄”，指恣意作画。明李东阳《题计汝和墨菊》：“偶将盘礴累高情，画苑人人识姓名。”
⑤ 怀上人：怀素，737—799（一说725—785），字藏真，俗姓钱，永州零陵（今湖南省永州市零陵区）人，唐代书法家，以“狂草”名世，史称“草圣”。
⑥ 南畿：犹南都，明代指南京。
⑦ 校士：考评士子。
⑧ 周延儒：1593—1643，字玉绳，号挹斋，明代宜兴（今宜兴市宜城镇）人。少时聪明，有文名。二十岁时连中会元、状元，授修撰。崇祯年间两次任内阁首辅。崇祯十六年（1643）四月，清兵入关，周延儒自请视师，却假传捷报，崇祯帝被蒙骗，特进其为太师。后被揭发弹劾，因而获罪流放戍边。不久，崇祯帝下诏勒令周延儒自尽，籍其家。终年五十一岁。

湖，其来久矣。渔人[①]于湖水清时，往往见其下有街路，疑是此县之故道也。万历十七年大旱，湖滨水涸见底，忽露出大棺，长可三丈许。破之，见一长人巨首卧其中，衣皆灰烬糜烂，但存髑髅，巨如车轮。棺上朱漆片色尚鲜明，不知何代坟墓。有石碑二尺许，文字磨灭不可辨。时余读书渔子沙[②]上，异其事，往观之，碑尚在土中未出。又一日再往，将磨洗碑文，则居民已毁碎其石，沉之湖心矣，恐为郡县所知，相与寝灭其事耳。遂叹息罢还。

书生造梦

闽中林某，家近九鲤湖。其年将赴科举，托其门生数辈入山求梦，林斋戒俟之。数生相与之他所博戏，竟不去，届期无以报命，乃共设计，造成一梦，诣林门而诳曰："某等为先生吁梦，觉有不吉，如何？"林曰："汝试言之。"众书生曰："梦至一处山谷中，有龙眼树甚大，反缚一人其上，就视之，即先生也。连呼不应，于是某等白衣冠而哭于道旁，陡然惊醒。"林曰："此梦大佳，我合当中榜眼，而汝辈皆白衣终身矣。惜哉！"是年林乡试获隽，明春果擢榜眼及第。而措大数人，并落魄无成，一如所造之梦云。司农尚书郎长乐陈讦谟说此。

毛面人

苏州皋桥有何氏兄弟二人，世以贩漆为业。一日，大郎与

---

① 渔人：国图清钞本作"渔水"，误。
② 渔子沙：今阳澄湖镇古名。

二郎闲坐店中，见一长大汉子，其须自两眶下虬然而起，满面悉披长毛，不见其鼻。二郎大笑，谓此人何从下食。大郎便趋出长揖而进[①]，其人曰："与君风马[②]，何缘见接？"大郎曰："见丈人状貌非常，特欲一致殷勤，无他意也。"进以鸡黍酒脯。其人袖中取出金钩子一双，左右分挂其须，从容饮啖，无异常人。既毕，谢主人曰："某萍梗[③]江湖，遨游上国，落落无见知者。荷[④]君兄弟置酒为乐，又执礼最恭，某自惭无有，异日未知图报于何地耳。"

自是别去数年，杳无声迹。后大郎、二郎各挟资本，往岭南贩漆。既至海上，恶风漂泊，夜为海贼劫至一寨中。兄弟相持而泣，自谓不知死所。寨主乃令抬头，认是苏州何大、何二，便下阶亲释其缚。大郎潜窥视之，即昔年满面长毛人也。其人问兄弟何以至此，答云贩漆。曰："漆不须买，荒寨所余。"开筵设具，强留之半月，赠以金缯无数，因遗之漆四十桶，满载还家。入门与母妻相庆，兄弟各分二十桶。

适新郭人[⑤]来买漆，舁之一桶去。明日五更复来。大郎疑其中有物，覆之，每桶底置二元宝在。因秘而不言，尽出其橐中装，托以他客，悉居[⑥]二郎之漆而罟其金。二郎不知也。后稍稍觉露，二郎不胜[⑦]忿争，求索无厌。大郎便以毒药酖杀之。二郎之妇讼于官，官论大郎抵死，狱已质成，无异词矣。

后大郎亦使其妇出诉于御史台。时邵天民按江南，见大郎妇妍冶上色，非人间有也，径呼至案前，以眉语挑之。夜与指挥张

① 进：邀请进入。
② 风马：即"风马牛不相及"，毫不相干的意思。
③ 萍梗：浮萍断梗。因漂泊流徙，故比喻人行止无定。唐许浑《晨自竹径至龙兴寺崇隐上人院》："客路随萍梗，乡园失薜萝。"
④ 荷：荷有"背负肩担"之义，故转义为"承"。也或许作者将"何"误写成"荷"。
⑤ 新郭人：给外城出新或者翻修的人。
⑥ 居：积储。《国语·晋语》："假货居贿。"
⑦ 不胜：不尽，无休止地。

建节谋，张取食篓，凿空其底，坐妇于中，舁而进，驾言[①]于送领给[②]。伴御史宿三夜后，便更男子衣，夜混执灯者入，无忌惮矣。御史卒释其夫之罪而出之。

里人皇甫司勋汸[③]，撰《淫史谣》云："暂收宝髻与罗裙，结束吴儿两不分。夜夜台中陪御史，朝朝门外候将军。"指此事也。王征君于虎丘舟中说之。

三秀才异梦

徐秀才道登[④]，于秦淮逆旅舟中梦长干寺[⑤]塔忽变成五座，皆有异色彩云幂历[⑥]其上，见二魁星如人间所绘者，自塔而下，掖徐同登。既觉，以语同舟友人刘博辈。家僮看榜回，云："中矣中矣[⑦]。"沈秀才应名[⑧]，梦老树上落一大鹊巢于地，沈入而坐焉，遂符登科之兆。熊秀才秉鉴[⑨]亦梦登天，未几捷第二[⑩]。

① 驾言：托言。北魏郦道元《水经注·谷水》："石经沦缺，存半毁几；驾言永久，谅用怃焉。"

② 领给：指付予他人的钱财或生活必需品。明周履靖《锦笺记·遥访》："明日早当奉候，少具领给。请问相公要在那处安歇，小官随当送去。"

③ 汸：皇甫汸，1497—1582，明嘉靖时长洲（今江苏苏州）人，字子循，号百泉、百泉子，斋名浩歌亭。嘉靖八年（1529）进士。著有《长洲艺文志》二十四卷等。辑有《玉涵堂诗选》等。

④ 道登：徐道登，字舆貌，长洲县（今苏州市）人，万历四十一年（1613）进士，曾官河间府（今河北沧州一带）知府。

⑤ 长干寺：金陵大报恩寺的前身。东汉末年，孙权下令为康居国僧人建造"建初寺"，到了东晋，"建初寺"更名为"长干寺"，并且一直沿用至宋真宗年间。

⑥ 幂历：覆盖。历，遍。

⑦ 中矣中矣：国图清钞本作"中矣"。

⑧ 应名：沈应名，吴县人。天启二年（1622）壬戌科第三甲赐同进士出身。

⑨ 秉鉴：熊秉鉴，吴县人，万历四十一年（1613）癸丑科第二甲进士。曾任荆州府知府。

⑩ 第二：是二甲，非第二名榜眼。

孝陵[①]龟瑞以下皆纪物瑰

高皇帝开孝陵，刘文成伯温[②]曰："此地有宝玉气，凿其穴，仅可容梓，不宜深尺寸也。"上不信其说，故命深之，未二寸许，得小白龟[③]九枚，皆从坎中飞出而去。力士以牙杖[④]扑其一，坠地化为美玉，至今函以朱匣，供寝庙前。亡兄世扬为太学生时，亲从守陵中贵人索看，中贵人云："昔有筑陵将作[⑤]，偶劚地，忽见金龟径三寸许者游息地中，获之，共得十三枚。急取出置掌上，犹能运动，顷之化为石矣。圣祖急命祀而匣之于庙。中外臣工交庆，咸谓天锡之瑞焉。明日启视，又失其十二。今寝庙香案前贮供者，即所存石龟之一也。"其说与余所闻小异。

温凉指

京师某中官，藏有宝石一条，长如指大，名曰温凉指。以酒两罂试之，投于寒酒中则热，投于热酒中则寒。因其旁微有破损痕，以非全玩，遂不敢供御用。黄州牧记其事。

石作云霞

有方士持二宝石，一红一白，欲售千金。试之水碗中，先投

---

① 孝陵：朱元璋陵寝。
② 刘文成伯温：刘基，1311—1375，字伯温，处州青田县南田乡（今属浙江省温州市文成县）人。元末明初军事家、政治家、文学家，明朝开国元勋。明洪武三年（1370）封诚意伯。武宗正德九年（1514）追赠太师，谥号文成。
③ 小白龟：国图清钞本作"小白"。
④ 牙杖：仪仗用的杖棒。
⑤ 将作：指职掌宫室、宗庙、陵寝及其他土木营建的官员。

白者，则水面上冉冉浮出白云，其气如烟。须臾以红者投之，满盘中泛作红霞潋滟[①]矣。不测是何琛[②]异。

石中兔

福清县[③]乡村化南里中，有童子入一石洞，洞中有石，无故自动。持归凿开，见一白兔在焉，取视乃活者，置之地，能走数步，有顷僵仆，为见风也，渐渐如石而后化成。闽人何璧[④]所说。

石中蟹

平昌[⑤]黄家，营室于文里山下，遇一石础，可高二三寸。工不忍锯，欲截其柱辏[⑥]之。主人曰："宁斫石而薄，无斫木而短。"趣令工锯焉。锯开则中有一玉蟹走出，不知所之，而石之上下宛然具蟹形在，其理难晓。按《笔谈》[⑦]，婺州金华山有朽石，又如桃核、芦根、蛇蟹之类，皆有成石者。其地本有之物，不足深怪。又云石蟹之类，蛇蜃所化。恐未必然。[⑧]

---

① 潋滟：水波荡漾的样子。《文选·木华〈海赋〉》："潋滟潋滟，浮天无岸。"李善注："潋滟，相连之貌。"
② 琛：未经雕琢的宝玉、美玉。《诗经·鲁颂·泮水》："来献其琛。"
③ 福清县：今福建省福清市，简称"融"，素有"文献名邦"之称誉。
④ 何璧：字玉长，号渤海逋客，福清时和里（今龙田镇）人。他身材魁梧，性格放荡不羁，喜饮酒赋诗。年轻时游学清流、南京，深得王若、曹学佺、张涛赏识。痴迷佛教，自称"侠骨禅心"。
⑤ 平昌：今浙江省遂昌县的古称。
⑥ 辏：通"凑"，接近，靠。
⑦《笔谈》：为《梦溪笔谈》的一部分，《笔谈》二十六卷，分为十七门，依次为"故事、辩证、乐律、象数、人事、官政、机智、艺文、书画、技艺、器用、神奇、异事、谬误、讥谑、杂志、药议"。
⑧ 按……恐未必然：这段钱氏自注说明他也在接受着先进的科学思想，逐步在破除迷信，跟上时代的潮流。

石中金鲤鱼

平昌黄家，初卜文里山新居。相其地在山之麓，约二十余亩，凿之皆五色土，土细如面，绝无砂石。深之，得一石板，长三尺许，仿佛如玉圭①形。匠石异之，发其下，有泉一勺。泉中养金色鲤鱼一头，长不逾尺，忽跃而起，鳞甲烂然，涓涓之流亦仅及其脊耳。众以为祥，欣然定宅。及堂成，主人名之曰瑞鲤。宅其中央，即鱼所窟处也。未久鱼亦化去，不知所在。赵石勒②时，途中有大石二丈许自立。勒命断之，有鱼羊之文③。唐杜绾④剖石镇纸⑤，内得小鱼。郿县河滩上有乱石，随手碎之，得鱼二三寸。五代陶谷⑥破李后主研上圆石，内亦有小鱼。是皆有是事而无是理者，以古证今，何足怪哉。

石中松色水影

见一扇坠，不知何石，中有古松夭矫，翠色隐起⑦，而松根有水一池，颠倒之，水皆含飞动势。黄禹州记杨百隆言。

---

① 玉圭：亦作玉珪。古代帝王、诸侯朝聘或祭祀时所持的玉器。

② 石勒：后赵明帝石勒，274—333，字世龙，本名匐（bèi），上党武乡（今山西榆社）人，后赵开国皇帝。羯族部落首领周曷朱之子。

③ 文：花纹，纹理。《周礼·冬官考工记》："青与赤谓之文，赤与白谓之章。"

④ 杜绾：京兆万年（今陕西西安）人。字号、生卒年不详。唐玄宗开元十二年（724）甲子科状元及第。

⑤ 镇纸：压住书纸使不飞动的文具，多以金属、石头等制成。

⑥ 陶谷：903—970，本姓唐，字秀实，邠州新平（今陕西彬县）人。北宋建立后，陶谷出任礼部尚书，后又历任刑部尚书、户部尚书。开宝三年（970）病逝，追赠右仆射。有《清异录》传世。

⑦ 隐起：凸起，高起。晋葛洪《西京杂记》卷五："赵后有宝琴曰凤凰，皆以金玉隐起为龙凤螭鸾、古贤列女之象。"

石中山川人物鸳鸯海马

平昌黄左卿兄弟，葬其先人于江山县①之尹墅里。凿穴仅二尺余，垒垒皆鹅子石②，石之中有山川人物。其族人黄州牧九鼎所亲见焉。一石中有绯裳碧衣人。一石中有朝衣冠而执笏拱立者。一石中有红鸳鸯一对，顾影自怜，羽毛如缕。一石中有海马二匹，蹀躞③怒涛中，宛具奔逸绝尘之势。如此石卵数十担，而后见土，乃成窀穸④。故知山林皋壤⑤之间，何所不有。昔白乐天尝以石中物问胡僧，胡僧云："此皆空劫⑥时石，其质未成，物混其中，火尽生风，而后成石，遂孕其中，无足怪者。"乃知石木诸异，皆空劫中事也。此论最大。

醉　石

程君某好畜奇石，因以"醉石"署其斋。一石质理莹泽如玉，上有老猿，手攀枯松根⑦，而以一足挂下，濯于沧浪；其松苍色，其猿白色。一石洞赤⑧，下有大海，日出其中，三人相倚而观之，

---

① 江山县：今浙江省江山市。
② 鹅子石：即鹅卵石。
③ 蹀躞：音 dié xiè，小步走路。唐柳宗元《同刘二十八院长述旧言怀感时书事赠二君子》："蹀躞驺先驾，笼铜鼓报衙。"
④ 窀穸：音 zhūn xī，墓穴。宋洪适《隶释·汉泰山都尉孔宙碑》："窀夕不华，明器不设。"
⑤ 皋（gāo）壤：泽边之地。《庄子·知北游》："山林与，皋壤与，使我欣欣然而乐与！"
⑥ 空劫：佛教语。成、住、坏、空四劫之末。谓世界灭坏之后，再造之前的空虚阶段。
⑦ 枯松根：国图清钞本作"古松根"，误。
⑧ 洞赤：通红。宋吴淑《江淮异人录·耿先生》："取雪实之，削为银铤状，先生自投于炽炭中，灰埃坌起，徐以炭周覆之……持以出，赫然洞赤。"

仿佛金支[①]翠旗[②]，其人衣饰各别，面[③]质理奇峻，色微碧。一石至白虎斑斓踞其上，尾若动摇。斋中又有玛瑙丝、赤霞纹诸石，磷磷[④]满床，不可校数。黄九鼎亲见之。

相思石

海上有碎石片如杏仁瓣，取一双后先投酪中，浮而不沉，相偎成偶。人故离之，须臾复作合矣，名曰相思石。黄翁尝出以赠余。

松化石[⑤]

浙江布政使后乐亭前西偏有松化石，龙鳞隐起如皴，枝干与枯松无异，扪之乃知是石。辛亥冬，吴左丞用先邀宴，与陈裸[⑥]、费元禄秉烛同观。《录异记》载婺州永康县[⑦]山亭中有松化石。

白公[⑧]石

白居易为苏州刺史，得太湖奇石，赋诗美之。刘禹锡、李绅

---

① 金支：一种黄金饰品。常施于乐器之上。唐杜甫《醍醐堂记·金支》："湘妃汉女出歌舞，金支翠旗光有无。"
② 翠旗：饰以翠羽的旗帜。
③ 面：国图清钞本作"而"，正确。
④ 磷磷：清澈明净。
⑤ 松化石：国图清钞本作"松花石"。
⑥ 陈裸：1563—约1639，初名瓒，字叔裸，号道樗，江苏吴县（今江苏苏州）人。善画山水，远宗赵伯驹、赵孟頫诸家，近师文徵明。摹古人笔法逼真，能工书。晚年居虎丘，以吟咏自娱。
⑦ 永康县：古称丽州，今浙江省金华市代管县级市。
⑧ 白公：白居易。

同和。石不甚高而肉好匀停[①]，质韵兼美。流转到张氏曲水草堂中。相传张燕翼[②]载石进蛇门[③]，内不得达，运者方疲于役，其夜骤雨通宵，及明，水涨三尺许，石船已抵岸矣。人以为有神助焉。楚人江盈科令长洲时，赋《白公石歌》，刻于壁。今废。

洞庭石公

西洞庭[④]有石公山，山岸一石，类伛偻丈人状，山所以名。呼“石公”则应“石公”，如人共语，然稍远则应，近之反不应，此理之不可解者。《拾闻记》[⑤]载南岳岣嵝峰[⑥]、南州[⑦]商河县[⑧]丹溪并有响石[⑨]，呵笑皆应。

琥珀影

平生所见琥珀最多，惟三者尤异。一琥珀置文几[⑩]上，其质理色泽，与寻常无二，遇天放晴，映日而照，则其中俨然一钟离仙

---

① 匀停：亦作“匀亭”，均匀，适中。宋苏轼《东坡酒经》：“始酿以四两之饼，而每投以二两之曲，皆泽以少水，取足以散解而匀停也。”

② 张燕翼：？—1575，明苏州府长洲人，字叔诒。嘉靖四十三年（1564）与兄张凤翼同中举人。

③ 蛇门：门名。战国春申君在吴地所造。

④ 西洞庭：即洞庭西山，简称西山，古称夫椒山、包山、西洞庭、林屋山，是太湖东南部的一个岛屿。

⑤《拾闻记》：应为《洽闻记》。

⑥ 岣嵝峰：南岳七十二峰之一，位于衡阳市区北部。

⑦ 南州：唐朝时期的政区，州治位于今广西南河县境内。

⑧ 商河县：钱氏记错，从南州、丹溪和响石这三个关键词来分析，应该是今广西南河县。商河县为今山东省济南市属县。

⑨ 响石：相传能发出响声的奇石。据检测报告显示，响石中硒和硼这两种微量元素含量极高。很多关于响石的秘密还没有解开。

⑩ 文几：供读书作文的几案。

人[1]像在。须眉衣饰、树叶葫芦之属，种种精细分明。时吴人客于燕京所得，贾胡[2]见而传玩，请以重价购，吴人不欲也。一琥珀中有白鹤形，羽毛如雪，玄尾朱顶，若舞罢而凝立状。客琢以为扇坠，观者无不称奇。一琥珀中有吹笛仙女，腰系花篮，贮蟠桃花实，穷极致雅，虽画工莫能继色焉。余往从一金阊[3]少年手中传玩，爱而攘之，以他长物与易。俄而失去，不知落何处矣。案《神农书》[4]，松脂入地千岁而成茯苓[5]，茯苓千岁而成琥珀。意是穷崖绝壑之中，仙人野鹤时相往来，琥珀方孕精毓秀其下，遇有所见，则[6]而象之，融结成形，故多幻异。天地间理应如此，其在木石亦然，曷骇乎？

穴中飞鹤

山阴人高鹤[7]，甲午解元。其祖葬时，形家[8]点穴，约掘地不得过四尺。众不听，深之，得石板，启焉，忽有一白鹤飞鸣而去。既毕葬，形家曰："违吾言，发科[9]在六十年后矣。"后果六十年，其岁以葬地之日时生一子，因名曰鹤。后发解，与先司马[10]同榜进士，司理吴中。

---

① 钟离仙人：姓钟离，名权，字云房，一字寂道，号正阳子，又号和谷子。东汉、魏晋时期人物，民间及道教传说中的神仙。天下道教主流全真道祖师，因为原型为东汉大将，故又被称作汉钟离。

② 贾胡：经商的胡人。《后汉书·马援传》："伏波类西域贾胡，到一处辄止，以是失利。"李贤注："言似商胡，所至之处辄停留。贾音古。"

③ 金阊：苏州有金门、阊门两城门，故以"金阊"借指苏州。

④《神农书》：最早的农学书。

⑤ 茯苓：寄生在松树根上的真菌，形状像甘薯，外皮黑褐色，里面白色或粉红色。可入药。

⑥ 则：效法。《诗经·大雅·烝民》："有物有则。"

⑦ 高鹤：字若龄，山阴人。嘉靖庚戌进士，官定远县知县。

⑧ 形家：旧时以相度地形吉凶，为人选择宅基、墓地为业的人。也称堪舆家。清顾炎武《〈十月二十日奉先妣葬诗〉序》："先考葬祖墓左四十年，其左有池，形家或言兆有水。"

⑨ 发科：科举考试应试得中。《初刻拍案惊奇》卷十二："少年发科，到都下会试。"

⑩ 先司马：钱之选，钱希言伯父。

双红鼠

建宁[①]举子黄应槐，尝为人言其曾祖贫而好客。一日大雪，江右堪舆[②]过其家，止之宿，款遇甚洽。语次方欲择地葬亲，此人感激，思得觅一吉地相报。后经义冢[③]山下过，堪舆忽蹶而仆地，家人救苏，叹曰："此地却奇，必发科第无疑，然其下有生气，若取葬穴，不得过二尺也。"后待此人不至，复命他堪舆开穴，竟过二尺。掘之，有小石窦，下得红鼠一双，初鼠目蒙蒙未视，后渐能开，竟窜去，无可迹矣。葬后亦无他，四世而应槐始举于乡。

五色土

平昌黄家新居在文里山下，方可二十亩。其中土皆紫泥也，又有黄如蜡色者，白如雪可为粉者，苍如麋鹿[④]文者，碧如玉屑者，翠如空青[⑤]者，青如靛可作墨者，红如丹砂者，种种不同，而质更泽腻。其家墙壁悉取紫泥垩[⑥]之。吾吴[⑦]近来用紫花布色泥涂壁，盖取山黄泥与细灰三七分和合而成，不及江夏[⑧]天然。所谓瑞鲤之异，即其地矣。

① 建宁：今为福建省三明市辖县。
② 堪舆：风水。文中指看风水的"风水先生"。
③ 义冢：旧时埋葬无主尸体的墓地。
④ 麋鹿：即麋鹿。
⑤ 空青：青绿色。
⑥ 垩：涂抹。《广雅·释室》："垩，涂也。"
⑦ 吾吴：国图清钞本作"吾吴下"。
⑧ 江夏：今湖北武汉一带，古称江夏郡或江夏县。

铁 沙

王冢宰[①]国光[②]家，有山地一区，每遇大风过，则其土结为铁沙，使数十人扫簸之，一度可得百石，以鬻于市。盖世籍其利非一日矣。王公，山西阳城[③]人也。

沙化水精盐[④]

盐出产各不同，有煮海潮而成者，有晒海水而成者，有盐池，有盐井。山阴[⑤]王文端公[⑥]家，每遇大风刮起沙泥，澄之皆水精盐也。

帝女化松

密县[⑦]山中有白松，相传为黄帝之女所化。黄禹州以问杨百

---

① 冢宰：周官名。为六卿之首，亦称太宰。后世称吏部尚书为“冢宰”。《文选·刘琨·劝进表》：“冢宰摄其纲，百辟辅其治。”

② 国光：王国光，1512—1594，字汝观，号疎庵，明泽州阳城（今山西省晋城市阳城县）人。历世宗、穆宗、神宗三帝，对明王朝的“万历中兴”起到了积极的促进作用。他撰写的《万历会计录》是大学士张居正推行“一条鞭”法改革税赋制度的理论依据，后成为明清两代田赋的准则。因官居吏部尚书，故有“天官”之称，王国光故居被后人称为“天官王府”。

③ 阳城：古称获泽，今隶属于山西省晋城市。

④ 水精盐：亦作“水晶盐”，一种晶莹明澈如水晶的盐。

⑤ 山阴：历史文化名城，今为山西省朔州市辖县。非绍兴山阴。

⑥ 王文端公：王家屏，1535—1603，字忠伯，号对南，山阴县人。在1568年的廷试中得二甲第二，入选庶吉士，授编修，预修《世宗实录》。曾以吏部左侍郎兼东图大学士入予机务，最后以礼部尚书兼东阁大学士致仕归里，雁北地区民间以“王阁老”相称。

⑦ 密县：今为新密市，位于河南省中部的嵩山东麓。国图清钞本“密县”作“西北”。

隆，百隆曰："西边多松，叶翠而身碧。"然与帝女所化枝叶株干俱白者又少异矣。

梅 梁

会稽县禹庙中有梅梁，其上老梅一枝，是木理中生成者。槎牙[①]盘屈，若镂若画。每天将阴雨，则枝骨中水出，青苔鳞互[②]，岁以为常，而木不腐烂，斯为奇矣。

凤皇[③]梁

处州遂昌县学宫，十年前毁于火。县议鼎新，功将成矣，而明伦堂[④]后穿梁一根不称，苦无巨木。或言孙秀才家山中有老杉，适可为梁。令遣吏致值三金，命工师伐取。伐后锯而分之，中有朱凤一只在焉，首尾贯于木杪，苞彩[⑤]灿然，毛分缕悉，世之刻画者莫能及也。惜其尾为工师所斫，减却一二寸，不见其绰约之势耳。至今犹在。

---

① 槎（chá）牙：参差不齐的样子。唐元稹《寺院新竹》："宝地琉璃坼，紫苞琅玕踊……槎枒矛戟合，屹仡龙蛇动。"

② 互：交接。《尚书・尧典》："春夏相与交，秋冬相与互。"

③ 凤皇：即凤凰。《诗经・大雅・卷阿》："凤皇鸣矣，于彼高冈。"

④ 明伦堂：旧时孔庙的大殿。明伦堂多设于文庙、书院、太学、学宫的正殿，是读书、讲学、弘道、研究的场所。

⑤ 苞彩灿然：凤的仪容闪闪发光。显然钱氏这里把"苞"当凤来解。但是传统中"九苞"指凤的九种特性，后作凤的代称，未见用"苞"代凤的。有对联"九苞彩凤云中落，半夜石麟天上来"。也可将"苞彩"疑为"符彩"之误。符彩，比喻外表仪容。唐王勃《采莲赋》："乃有贵子王孙，乘闲纵观，何平叔之符彩，潘安仁之藻翰。"

木中吹笛人

会昌中，含元殿[①]坏，盩厔县[②]百尺异木中藏十年巨蟒，锯之，殷然血流。山阴禹庙梅梁，遂昌县学凤皇梁，皆不足异。最奇者，宋元间小说载：桂州[③]僻境，有林木蓊郁数十里，每月满之夜，笛声发于林中，甚清远。后有人寻声，自一老柏树中出。伐取为枕，如期而发。凡数年，家人欲穷其怪，命工锯视之，但见木之文理有一人月下吹笛之像，虽善画者莫能名状焉，其夜绝响。

双头牡丹

豫章胡生，善候气[④]。一日过平昌城北吴氏宅，谓公家瑞气甚王[⑤]，贵征不远矣。吴氏子喜不自胜。明年栏中牡丹果发双头，益喜之。又明年，而以讼鬻其宅，转售项氏。项氏故居遭火，遂徙焉，二子连发科第于此宅。

盆莲作品字

黄禹州言：杨百隆家盆中植莲花一株，本单叶[⑥]种也，二年[⑦]

---

① 含元殿：唐大明宫的前朝第一正殿，也是唐长安城的标志建筑，建成于龙朔三年（663），毁于僖宗光启二年（886），其间逢元旦、冬至，皇帝大多在这里举行大朝贺活动。
② 盩厔（zhōu zhì）县：今周至县，陕西西安市辖县。
③ 桂州：即今广西壮族自治区桂林市。
④ 候气：占验节气的变化。古人将苇膜烧成灰，放在律管内，到某一节气，相应律管内的灰就会自行飞出，据此，可预测节气的变化。文中指看气象。
⑤ 王：同类中最突出者。或同“旺”。
⑥ 叶：国图清钞本作“槿”。
⑦ 二年：国图清钞本作“三年”。

不开。一夕开而并头，瓣中有“品”字。

甘棠①树

甘棠树，今在河南府②陕州③治东。其地有伯憩祠④。棠树枝叶无存，仅老干一株，高约三丈余。其色如铁，纹理坚密。相传历代有帝王兴则发新枝。我高皇帝起兵之年，曾发顶上一枝。

杭州四异

有纪物异凡四种而不及杭州。天下桂花皆无子，独杭州桂花有子。余尝于贡院中拾得数枚，翠而香可爱，乃知宋学士⑤“桂子月中落”⑥之句非漫笔也。天下菊花皆不落，独杭州菊花有落英，益征⑦《骚经》⑧为实录。又西湖之上周遭皆绿杨掩映，夏月如青帷中行，而昼绝无虿，夜亦少蚊，故世谓斯湖为“明圣”矣。

大榕树

广西会城⑨中有大榕树一株，上造关壮穆庙。其地宽可三亩，

---

① 甘棠：棠梨树。
② 河南府：治所在今洛阳市。
③ 陕州：今河南省三门峡市。
④ 伯憩祠：供奉召伯的祠堂。《尔雅》：“憩，息也。”《诗经·召南·甘棠》：“召伯所憩。”
⑤ 宋学士：宋之问，约 656—约 712，字延清，一名少连，汾州（今山西汾阳）人，一说虢州弘农（今河南灵宝）人。初唐时期著名诗人，其诗与沈佺期齐名，并称“沈宋”。
⑥ “桂子月中落”句：出自宋之问《灵隐寺》诗。
⑦ 征：同“证”，证明，证验。《左传·昭公元年》：“征为五声。”
⑧ 骚经：指《离骚》。
⑨ 会城：省城。《二刻拍案惊奇》卷四：“知县登时签了解批，连夜解赴会城。”

下环石为洞门，可容商车官骑往来其间，络绎不断[①]。

桂 子

黄陕州家于平闾门[②]外，有小池，其先君子植桂树环之，岁结子如小枣而色翠。扫之可得数升。故老谓桂粒可种，种之三年始萌甲[③]。后黄君试之，果然。

松花菌

蕈[④]似钉盖者曰菌，为类至繁。独西湖诸山中有松花菌一种最佳，色红洁可爱，味更鲜美。九月间生，其年山中松花盛，地即产菌，盖芬芳郁积于地下者，一遇秋雨，其气辄蒸，而有回风处更多，不可得耳。余忆数年前，与僧行九溪十八涧[⑤]中，共摘而煮食，见者无不惊走。今久不知此味矣。俗名胭脂蕈。

---

① 断：国图清钞本作“绝”。
② 平闾门：苏州原来有大城和小城。平闾门为小城八门之一，其他七门分别是闾、胥、盘、蛇、匠、娄、齐门。故平闾门应是平门的古称。
③ 萌甲：植物初生的芽。唐韦应物《至西峰兰若受田妇馈》诗：“鸟鸣泉谷暖，土起萌甲舒。”
④ 蕈：音 xùn，生长在树林里或草地上的某些高等菌类植物，伞状，种类很多，有的可食，有的有毒。
⑤ 九溪十八涧：位于浙江省杭州市西湖之西的群山中，上自龙井起蜿蜒曲折七公里入钱塘江。

蒟蒻①

草食之物曰蒟蒻，状类南星②，叶刚而色殷，结于根上如硕果。摘之，用新瓦磨其滓③，釜中煮之，即凝成膏，莹泽清美，消痰之上药也。此物性畏痒，人以爪爬搔其枝，则叶自舞。黄禹州家有之。

白枫

台州有白枫树，身叶俱碧，风拂之，回翔如雪。

木蕈

浙人言山中有木名拍昔，伐其根，同斧碎断之，如鳞皴然。三年后，木腐生蕈，而不尽在木。凡雪霰④所薄⑤之地，一霰一蕈，或在地，或在叶，或溅于山阿，高下数十丈，俱成蕈矣。余又闻闽人言，蕈生最易，凡阴厓雪涧中，有老树株橛⑥，用污⑦池之水灌之，三日后累累丛生其上矣。摘而食之，又灌如初，至三度后乃始曝干作香蕈，盖蕈之最下者。与三年之说不同。

---

① 蒟蒻：俗称魔芋。
② 南星：即天南星，是一种带有药用价值的草本植物。
③ 滓：国图清钞本作"汁"，误，"磨其汁"不通。
④ 雪霰（xiàn）：空中降落的白色不透明的小冰粒，呈球形或圆锥形。多在下雪前或下雪时出现。
⑤ 薄：迫近，靠近。屈原《涉江》："腥臊并御，芳不得薄兮。"
⑥ 橛：残存的树根，树桩。
⑦ 污：不流动的浊水。《淮南子·精神训》："决污而注之江。"

甘露降

万历壬寅冬九月内，绍兴萧山县有甘露降于冠山松树，弥漫数里，遍树如雪。居民采而食之，其气芳，其味甘，耀日舞风，十余日乃止。

芝 异

吴县殿学申公时行，及第时，其堂前一柱忽生瑞芝。观察使刘弘道[①]联捷之秋，园中产子母芝。常熟陆封君父[②]为泉州郡丞，有二子崇礼[③]、问礼[④]，后先成戊戌、甲辰进士，其年堂屋柱上产五色芝，经月乃萎。壬子秋，南濠徐文衡家忽有芝生于糖筒上，未几捷至。城西熊秉鉴家门楼上忽生绛芝，摘下浮水盎中，盎水洞赤，是科领荐第二。

蔗 火

常州武进县蒋孝，字惟忠，应试南都。未捷之前一日，其父置酒留客。酒酣，相共啖蔗。座人掷渣于地，辄便荧荧然火起，青绿有光，再掷亦如之。众咸惊睹，少顷捷至。

---

① 刘弘道：万历二年（1574）甲戌科同进士出身。
② 父：即陆一凤，字子韶，号三泉，常熟人。嘉靖三十一年壬子（1552）举人，八试不利，万历二年（1574）由进士选得泉州府同知。三署府篆，四摄县事，以劳卒于官。
③ 崇礼：陆崇礼，1572—1602，字孟敦，万历二十六年（1598）进士，知龙溪、平阳县令。
④ 问礼：陆问礼，字仲谋，万历三十二年（1604）进士，官至广东布政使。

桂兆

熊秉鉴秀才，别驾之孙。余昔尝与别驾会饮，知其人长者。壬子秋，秉鉴家有老桂，六十年矣，其花本黄色，是岁忽变为丹。徐道登秀才，家住长州葑门之[①]村落。辛亥除夜，中庭桂花盛开，有白鼠常游走其下，家人迹之不及。是秋报捷者至，见而击死之[②]。两人并联捷。

双麟[③]冢[④]

闽人王郡公[⑤]应麟[⑥]，守镇江，廉介[⑦]自持。民家牛将生子，走匿山中，吼如雷。既产，视之，麟也。祥光烛天，如火烈焰，所过之地，庐舍俱焚。众怒，因毙之，舁而献诸公。公叹息而瘗焉[⑧]。其明年，是牛复产麟，又为人所击死。公令复瘗于前处，因题其冢曰“双麟”，在今北固山[⑨]下。而王公名应麟，瑞之偶协若此。

---

① 之：国图清钞本作“之外”。
② 之：指白鼠。
③ 麟：古代传说中的一种动物，体形像鹿，头上有角，全身有麟甲，有尾。古人以其象征祥瑞。
④ 冢：国图清钞本误作“冡”。
⑤ 郡公：爵名。晋始置，亦称开国郡公。历代因之。明初尚有郡公之封，后废。
⑥ 应麟：王应麟，字仁卿，福建龙溪（今属福建省龙海市）人，万历八年（1580）进士，万历二十一年（1593）任镇江知府。
⑦ 廉介：清廉耿介。
⑧ 瘗焉：国图清钞本作“瘗之”。
⑨ 北固山：位于镇江市区东侧江边，有“京口第一山”之称。

米仓龙

关西戚畹[①]刘氏未遇时，米仓中有物，类大蛇而有四足，鳞甲如镜，长仅四尺许，家人莫敢近焉。后渐长至五六尺，一日风雨中化去。未几而西宫[②]应聘，说者谓为仓龙之祥矣。

龙藏[③]鸡肠

吴兴某乡有村媪，畜一伏雌[④]于床下，为霹雳所击，鸡死庭中。媪之子以食雷击之物令人胆壮，持刀后门焊[⑤]治之。门外有小菱荡[⑥]，銮刀[⑦]一下，光怪烛天，忽见小青蛇从鸡肠中出，蜿蜒入水。才离二丈许，地弥空，火焰复震[⑧]，一声霹雳，苍龙上腾于天矣。筝弦指甲，种种皆龙薮窟[⑨]，视此益不足奇。

---

① 戚畹：犹戚里，借指外戚。宋俞文豹《吹剑四录》："汉之天下，弊于戚畹。"

② 西宫：国君妃嫔居住的地方。《公羊传·僖公二十年》："西宫者何？小寝也。"何休注："西宫者，小寝内室，楚女所居也。"

③ 藏：藏于。

④ 伏雌：指母鸡。《乐府诗集·琴曲歌辞四·秦百里奚妻琴歌一》："百里奚，五羊皮。忆别时，烹伏雌，炊扊扅。今日富贵忘我为！"

⑤ 焊：音 xún，把已宰杀的猪、鸡等用滚水烫后去毛。北宋晁补之《猪齿臼化佛赞》："扬汤焊毛，毛须弥聚。"

⑥ 菱荡：类似于芦苇荡，菱荡就是长满菱角（一种可食用的植物）的浅水湖。

⑦ 銮刀：环上有小铃的刀。汉张衡《东京赋》："执銮刀以袒割，奉觞豆于国叟。"

⑧ 地弥空，火焰复震：从意思来看，应该是"火焰复震，地弥空"的倒装，显然，地前缺字，当填入"浸""遮"等合适单字。弥，弥漫，充满，到处都是。明高启《秋日江居写怀》："芙蓉泽国弥漫雨，禾黍田苗掩冉风。"

⑨ 薮（sǒu）窟：即窟薮，指寄托或藏身之所。晋葛洪《抱朴子·释滞》："至使末世利口之奸佞，无行之弊子，得以老庄为窟薮，不亦惜乎？"

鹿有命

有一典[①]善谈星术,尝与曹偶[②]候太守出堂,适堂上鹿乳[③]一子，其曹偶戏之曰："君善看命，何不为此小鹿试布算之？"其时守犹未出，典遂按年月日时支干戏成一八字，叹曰："赖是禽兽，不足凭耳，若生人值此，不出三日，犯水厄死矣。"众笑而罢。越三日，小鹿失脚堂下井中而死。

异　鱼

南海人常从城上望见海中推出黑山一座，高数千尺，相去十余里,便知为大鱼矣。此鱼偶困而失水,蜿蜒岛上[④]。星居[⑤]者数百余人，咸来分割其脂为膏，经月不尽。又有贪取鱼目为灯，相与攀援腾踏而上。其目大可数石，计无能取，失足溺死于中者同时七人，乃止。王征君稺登言。

鱼鳞屋

《楚辞》有鱼鳞结屋，读者或以为骚人[⑥]引喻之辞，未敢遽

---

① 典：即典狱，职官名，执掌刑狱之事。
② 曹偶：侪辈；同类。《史记·扁鹊仓公列传》："曹偶四人。"司马贞索隐："曹偶犹等辈也。"
③ 乳：指生子，生产。《说文》："人及鸟生子曰乳，兽曰产。"
④ 岛上：国图清钞本作"海岛"。
⑤ 星居：分散居住。《文选·何晏〈景福殿赋〉》："屯坊列署，三十有二；星居宿陈，绮错鳞比。"李善注："星，散也。"
⑥ 骚人：同"骚客"。屈原作《离骚》，因有骚人之称。后也泛指诗人。

信。先年武进县令，忘其姓名，是闽海[①]人，尝诣一士夫[②]家，见中庭酱瓿，“所覆者何物？”问焉。士夫曰：“竹叶所织成也。”便推问：“父母[③]仙乡[④]亦有之乎？”县令曰：“敝处只一小鱼鳞为之耳。”士夫惊谓曰：“鱼鳞有若此大者乎？”县令曰：“其大者可结为亭子，斫[⑤]其骨作柱以支之，居然屋也。”乃知万斛舟[⑥]、千人帐[⑦]，南北两不相信，亡怪其尔。如斯之类，可以审推。亦王征君言。

井中鱼

希言旧居城北种花池上，是顾氏外舍。入门有巨井在檐下，井中时时水溢，浮出金色大朱鱼[⑧]，长径尺许，俯而取之，辄引去，少时复来。居四年余，僮子时时下阚，或用钩饵探入，终不可得。或云此井通娄子江[⑨]也。

---

① 闽海：指福建和浙江南部沿海地带。

② 士夫：士大夫；读书人。汉王符《潜夫论·交际》：“夫处卑下之位，怀《北门》之殷忧，内见谪于妻子，外蒙讥于士夫。”汪继培笺：“士夫，谓士大夫。”

③ 父母：“父母官”的简称，旧时对州县官的称呼。《礼记·大学》：“《诗》云：‘乐只君子，民之父母。’民之所好好之，民之所恶恶之，此之谓民之父母。”

④ 仙乡：对别人家乡的美称。元尚仲贤《柳毅传书》第一折：“先生万福，请问仙乡何处？”

⑤ 斫：国图清钞本作“断”。

⑥ 万斛舟：大船。斛，旧量器名，亦是容量单位，一斛本为十斗，后来改为五斗。一斗为十升，每升约重 1.5 公斤，万斛约有 750 吨。内河航运中万斛舟已是不小的船。后常以“万斛舟”形容才能无处发挥或没有机会发挥。

⑦ 千人帐：可容纳千人的帐篷。隋炀帝西巡张掖时曾用来议事庆典、大宴群臣。

⑧ 朱鱼：应该就是鮢（zhū），像虾的一种鱼，鳞上有红色斑点，故亦称“负朱鱼”。

⑨ 娄子江：即娄江。娄江，出太湖，穿苏州娄门而东，一路迤逦百余里，由刘家港（今太仓浏河）入海。

鼠衔钱

通州孙秀才，母死家贫，无以襄大事[①]。方在忧戚中，忽一夜，有大鼠十余辈，衔钱数贯，置其床下而去，遂获劻勷[②]。人以为孝感所致云。

虫耳

城东冯时中，业小儿医[③]。少年时耳中飞入一虫，百方灌治，终不能遣。后或朝出暮还，或睡中飞去寤后乃返，久之，驱逐无策，亦渐相安。后享年八十而终。

食榧可治虫

丁千侯少年生寸白虫[④]，友人劝食榧子，每灸[⑤]数枚。食可三四斤后，一日腹中忽作大痛，洞下如指大者一虫，长丈有半，余细者如面缕成结，又下亡数，宿疾[⑥]遂除。

① 无以襄大事：无钱将母亲下葬。大事，重大的事情。《左传·隐公五年》："凡物不足以讲大事。"
② 劻勷：音 kuāng ráng，辅佐，帮助。
③ 业小儿医：以小儿科医生为业。
④ 寸白虫：绦虫的别称。因绦虫包孕虫卵的节片呈白色，长约一寸，故称。
⑤ 灸：国图清钞本作"炙"，正确。
⑥ 宿疾：拖延不愈的疾病，旧病。晋干宝《搜神记》卷四："豫章有戴氏女，久病不差。见一小石，形像偶人，女谓曰：'尔有人形，岂神？能差我宿疾者，吾将重汝。'"

泥丸子治虫

有人患腹楚，从市中乞方士泥丸子，水磨服①之，吐出翠色虫一尾，长尺余，细鳞巨目。众皆见之，病从此差②。

酒能生虫

贾人程甲，嗜酒纵饮，遂病痔。一日遍体发痒③难忍，医用药汗之④，汗皆黄水。又处一贴下剂⑤，所下悉细寸虫，投之水中，如小虾如虮子⑥者不下数十万。如此下者数度，痔疮乃除。医云：“少不治⑦，立发麻风矣。”

腹虫有鳞角

卢参将⑧分署盘石⑨，其夫人病如瘵而色萎黄，加剧矣。地僻无医，思有方士⑩遗红白丸子，试与之服。服后腹作楚，下虫大者百头，悉有鳞角，背绿腹红，双眸炯然；小者数头，未成

---

① 磨服：有贵重的药品或特别需要时磨粉。
② 差：通“瘥”，病愈。《三国志·华佗传》：“又有一郡守病，佗以为其人盛怒则差，乃多受其货而不加治，无何弃去，留书骂之。”
③ 发痒：国图清钞本作“痒”。
④ 汗之：使之发汗。清袁枚《黄生借书说》：“汗牛塞屋。”
⑤ 下剂：泻药。
⑥ 虮子：虱子的卵。
⑦ 少不治：（你）轻视它不治疗的话。少，轻视。
⑧ 参将：武官名。明置，位次于总兵、副总兵。清因之，位次于副将。
⑨ 盘石：今吉林省盘石市。
⑩ 方士：国图清钞本误作“力士”。

鳞角，而肉蠕蠕动矣。自是疾除，后与参将偕老。并黄州牧九鼎所记。

湖山二异

阊门外女坟湖中，俗名沙盆潭。独无蛟。南距钓桥，北接因城湖，俗误阴澄，又讹应泽。其地即不然矣。虎丘山延衺[①]数里外，独无虿。土人云：有甘草生其地，能辟虿毒。然不识何者是甘草。

宋襄公[②]墓镜

山阴陈半刺，在宿州[③]时，有盗发郊外宋襄公墓，得旧镜一枚，黑漆古[④]，奇文异质，莫可名状。半刺珍藏，后以置交际篚筐[⑤]中，为一粤西贵人所受。

大劳山镜

山阴祝良柱，家近一小山坎头，数年来时有红光烛天。后戊

---

① 延衺：绵亘，绵延伸展。
② 宋襄公：子姓，宋氏，名兹甫，？—前637,《史记》中记载宋襄公是春秋五霸之一。春秋时宋国第二十任国君，前650年至前637年在位。
③ 宿州：今安徽省宿州市。宋襄公的墓位于宿州的可能性不大，虽然此地春秋时曾为宋国领土，但是离宋国都城商丘（今河南省商丘市睢阳区西南）距离遥远。公认的宋襄公墓又称襄陵，位于河南省商丘市睢县城北湖风景区内。钱氏记成宿州，或许是误听。
④ 黑漆古：青铜器表面锈蚀的一种形式，黑色锈蚀主要为高价态氧化物，光亮如漆，俗称“黑漆古”。
⑤ 篚筐：盛物竹器。圆曰篚，方曰筐。

申岁，大劳山坎徙出溪上，邻人见水面奇光，循之而得一旧镜，亦黑漆古，背后铸成麟凤龟龙之象。至今良柱之弟收藏。

朱砂①床

希言旧藏有朱砂床一座，色如榴房②乍裂，纯是朱砂，而微露砂石痕，名曰“丹山映雪”，不知落谁手矣。后见徐郡倅家一块，则长径寸许，赭色，夺目可爱。近见范参议斋头生银③一片，则朱砂岁久而化者，金灿霞流，亦奇物也。千岁成金之说，岂不信然！唐僧皎然④有《题卢明府道室诗》“砂床不遣世人闻”，李赞皇⑤言“光明砂生雪床之上”，谓此矣。

雕 工

吴中雕工凡数十家，余所见昔有陆子霑，一名小贺。今有顾师云之子小顾，名未详；沈其材子宗彝，字子序，两人并有巧思，皆名工也。其所刻檀梨⑥、乌木⑦、象齿、犀角，以为卮盂罂缶诸器，备极精巧，有得心应手之妙矣。

---

① 朱砂：又称“丹砂”“辰砂”，为古代方士炼丹的主要原料，也可制作颜料、药剂。

② 榴房：石榴。

③ 生银：未经冶炼的银矿石。

④ 僧皎然：唐代诗僧。俗姓谢，字清昼，湖州（浙江吴兴）人。我国山水诗创始人谢灵运的十世孙，在文学、佛学、茶学等方面颇有造诣。

⑤ 李赞皇：李德裕，787—849，字文饶，唐代赵郡赞皇（今河北省石家庄市赞皇县）人，与其父李吉甫均为晚唐名相。

⑥ 檀梨：落叶小乔木或灌木，高 3—10 米；小枝粗壮，圆柱状。

⑦ 乌木：又名乌文木。常绿乔木，产于热带地区。木质坚实细致，色黑。历代都把乌木用作辟邪之物，制作成工艺品、佛像、护身符挂件等。古人云：“家有乌木半方，胜过财宝一箱。”

此不足奇也，曾见沈生刻桃核作小舸子，大可二寸许，篷樯舵橹綷[①]索，莫不悉具。一人岸帻卸衣，盘礴[②]于船头，衔杯自若。一人脱帆，袒卧船头，横笛而吹，其旁有覆笠。一人蹲于船尾，相对风炉，扇火温酒，作收舵不行状。船中壶觞钉案，左右皆格子眼窗，玲珑相望。窗楣两边有春帖子一联，是"好风能自至，明月不须期"[③]十字。其人物之细，眉发机棙[④]，无不历历分明。

又曾见一橄榄花篮[⑤]，是小章所造也。形制精工，丝缕若析，其盖可开合，上有提，当孔之中穿绦，与真者无异。

又曾见小顾雕一胡桃[⑥]壳，壳色摩刷作橘皮文，光泽可鉴。揭开中间，有象牙壁门双扇，复启视之，则红勾栏内安紫檀床一张，罗帷小开，男女秘戏其中。眉目疑画，形体毕露，宛如人间横陈之状。施关发机，皆能摇动如生，虽古棘刺木猴[⑦]无过。此巧岂物之妖者乎？

沈生又取桃核刻作竞渡龙舟[⑧]，爪牙鳞鬣，状欲飞举。龙口衔夜光珠。一人执小旗立于龙首，一人荷关刀立于龙尾。两旁据舷而坐者各四人，细桨轻划，运动如驶，其舟像水中行也。

又于蒲桃[⑨]壳上镂出"草桥惊梦[⑩]"一段。屋宇人物精绝无论[⑪]，间以疏柳藏鸦，柴门卧犬，悠然夜景，亦思致之最妙者。

---

① 綷：音 lǜ，粗绳子。

② 盘礴：亦作"盘薄"，箕踞而坐。引申为傲视。

③ 好风能自至，明月不须期：唐钱起《秋夕与梁锽文宴》中句，全诗为："客到衡门下，林香蕙草时。好风能自至，明月不须期。秋日翻荷影，晴光脆柳枝。留欢美清夜，宁觉晓钟迟。"

④ 机棙：亦作"机捩"，犹机关（设有机件而能制动的器械）。晋王嘉《拾遗记·瀛洲》："于地下为机棙，以测昏明，不亏弦望。"

⑤ 橄榄花篮：雕刻在橄榄核上的花篮，精细活。

⑥ 胡桃：即核桃。

⑦ 棘刺木猴：本"棘刺母猴"，在棘刺尖端雕刻的猕猴。出自战国韩非《韩非子·外储说左上》："宋人有请为燕王以棘刺之端为母猴者，必三月斋然后能观之。"

⑧ 龙舟：国图清钞本作"龙"。

⑨ 蒲桃：山核桃。

⑩ 草桥惊梦：《西厢记》中故事。

⑪ 无论：国图清钞本作"无伦"。

又用橄榄核上雕“碧云天”[①]一段，描写出圉夫[②]持鞭整鞜[③]，崔、张[④]两人作徘徊顾盼之态，奇幻出于意表矣。其景即“车儿投东，马儿向西”两句也。

又用文犀[⑤]雕百花篮为酒杯，种种花草具备，工致尤极。又橄榄核上镂出贡宝波斯四人，褰鼻卷发，袄子裲裆，形饰无不毕肖焉。如斯之妙，能于灯月下成之，皆若自然，巧夺造化。二子之技，今古罕俦[⑥]。

古磁器

关、洛、周、齐间[⑦]，有人耕地，常掘出古磁器、桮棬[⑧]、锭柎[⑨]之属，千形万变，并是彩绘男女秘戏之状。耆老相传，是五胡乱华时，元魏、北齐惧其地有王气，瘗此为厌胜之具。皆供御物，非民间造也。苕[⑩]上吴征君梦旸[⑪]家，藏有古磁杯一只，直是妇人坤户[⑫]，形如偃月，纤悉具备，物之妖者，信有之焉。

---

① “碧云天”：《西厢记》中的一段，整个唱词为：“碧云天，黄花地，西风紧，北雁南飞。晓来谁染霜林醉？总是离人泪。”

② 圉夫：养马人。圉，养马。《左传》：“不有行者，谁扞牧圉？”

③ 鞜：疑为蹬的讹字。

④ 崔、张：崔莺莺和张生，为《西厢记》主角。

⑤ 文犀：有纹理的犀角。《国语・吴语》：“建肥胡，奉文犀之渠。”韦昭注：“文犀，犀之有文理者。”

⑥ 罕俦：少可相比。《南齐书・王思远传》：“陛下矜遇之厚，古今罕俦。”唐杜甫《晦日寻崔戢李封》诗：“晚定崔李交，会心真罕俦。”

⑦ 关洛周齐间：指函谷关、洛阳、东周王城和临淄一带。

⑧ 桮棬：音 bēi quān，亦作“杯圈”或“杯棬”，古代一种形状弯曲的木质饮器，尤指酒杯。《礼记・玉藻》：“母没而杯圈不能饮焉。”郑玄注：“圈，屈木所为，谓卮匜之属。”孔颖达疏：“杯圈，妇人所用，故母言杯圈。”

⑨ 锭柎：音 dìng fǔ，蒸器把手。锭，古代盛熟食无足的蒸器。柎，通“拊”，柄，器把。

⑩ 苕：苕溪的简称，在浙江省杭州市余杭区，分为东、西笤溪。

⑪ 梦旸：吴梦旸，字允兆，浙江归安人。工诗善画，与吴稼竳、茅维、臧懋循时称“吴兴四子”。

⑫ 坤户：即阴户。男为乾，为阳；女为坤，为阴。

孟河口烟火

万历乙西春，吴人陈旃，因访旧[①]金陵，还经孟河口，夜系船月色中。邻船是新都[②]大贾，曾许江神，酬愿造大烟火一架，累月而成，费数百金。众不知其奇也，相共聚观。其所构架，悉用樯竿竖起。初点药线，徐吐出金菊、芙蓉、四季百花。吐毕，复放小纸爆及流星赛月明之属。俄而现出楼阁亭台之状，挂下大珠帘，逡巡有两人卷起，次第妆出戏剧，《虎牢关》《斩貂蝉》《蟠桃会》《十二寡妇征西》《雪夜访赵普》《伯鱼泣杖》《杨妃舞翠盘》，若此等总百余势[③]，皆如生无异。看至夜半，呈技将毕，最后发霹雳一声，忽坠一大珠于江，跃出五彩金龙一条，追逐此珠，掠于水面而去，鳞甲灿然，波涛震沸。于是咸骇其神。自有火树银花已来[④]，无过此丽也。

鬼工球[⑤]

华亭宋维简先生坤[⑥]，所藏多奇琛异宝。其孙孝廉懋澄，为儿时尝见有鬼工球者，形类一大胡桃，面文质理，宛然相似。揭开其中，重叠如壳相包。宫室人物器玩服饰戏具，一切人间有形之物，纤悉具备。位置巧密，宛转自然。验诸史传，皆所未有。详

---

① 访旧：拜访故旧、故地。唐杜甫《赠卫八处士》诗："访旧半为鬼，惊呼热中肠。焉知二十载，重上君子堂。昔别君未婚，儿女忽成行。怡然敬父执，问我来何方。"

② 新都：今四川省成都市新都区，地处成都北门。

③ 势：样子。吴语有"势则头"，意为"做出的样子"。

④ 已来：同"以来"。《三国志·诸葛亮传》："自董卓已来。"

⑤ 鬼工球：一种象牙工艺品名。镂空的圆球内又有一或数层镂空的圆球，均可转动。明袁可立《甲子仲夏登署中楼观海市》："浮屠相对峙，峥嵘信鬼工。"

⑥ 坤：宋坤，1495—1573，字维简，别号三江。

其命名，则知西域鬼工之所作也。先生殁后，不知所在。

玉陶令①

宋维简先生又藏有白玉陶令像，高可径尺，莹泽无瑕，是“采菊东篱下”诗句。柴桑公着葛巾幅衣，眉目须发衣折②种种精细。通身白玉镂成，惟手中所把之菊，叶绿花红。绿如瓜皮，红如血点，颜色精彩，超于世表，亦希代③之宝也。莫知为何工所制。懋澄儿时见之。

白玉觥

秀水县项墨池④家，宝器充积，不计其数。而最奇古者白玉觥，是汉代物。色胜脂肪，光照一室。其形如斝，三足有盖。足、盖⑤上并刻鬼面⑥，旁有环为当⑦，肉好停匀，满身绝细卧蚕纹。为楚人夏崇谦⑧以千金买之而去。

---

① 陶令：即陶渊明。

② 折：为“褶”之误。

③ 希代：希世。晋傅玄《走狗赋》：“希代来贡，作珍皇家。”

④ 项墨池：国图清钞本作“项墨林”。项墨林，原名项元汴，1525—1590，字子京，号墨林，别号墨林山人、墨林居士等，浙江嘉兴人。明国子生，为项忠后裔，明代著名收藏家、鉴赏家。

⑤ 足盖：国图清钞本无此二字。

⑥ 鬼面：扮演神鬼时戴的假面具，或勾勒的鬼形脸谱。清屈大均《广东新语·神语·祭厉》：“傩用狂夫一人，蒙熊皮，黄金四目，鬼面，玄衣朱裳，执戈扬盾。”

⑦ 当：借代“铛”，一种如耳环一样的壶把手。

⑧ 夏崇谦：湖广京山县举人。练达吏事，宽猛并用，明断如流，奸宄敛畏。更崇文重士，恭己下交。升徐州知州。

两古玉杯

李都御史古玉杯，有两仙人作把手，衣褶皆是树叶绳结，非今所制。其足如砥[①],满身文藻,又若双鱼之状。大可当季雅[②]。玉质虽不甚莹洁，而古色逼人，细纹碾法[③]精工，是三代[④]间物，价值二千。又一古方玉杯，如碗大，碾法尤精。纯是朱绿侵蚀，翡翠丹砂，斑斑点点，其色美于脂肪。然说是汉器，其值亦不伦矣。二物并徐长君[⑤]传玩，命余志焉。

玉　鱼

武林张观察振先[⑥],奉旨籍没江陵[⑦],得三玉鱼,一红色,一黄色，一白色，贮之水碗中，并能自然浮沈，相序而戏，有鱼贯之象焉。后毁于火亡存。其时有宋板[⑧]书籍一船,脱帆塘栖[⑨],船遭覆没，沦于水中，无一纸存者。

---

① 砥：质地很细的磨刀石。宋沈括《梦溪笔谈·活板》:“则字平如砥。”

② 季雅：古酒器名，“三雅”之一，东汉刘表所制。三国魏曹丕《典论》:“荆州牧刘表，跨有南土。子弟骄贵，并好酒。为三爵，大曰伯雅，次曰仲雅，小曰季雅。伯雅受七升，仲雅受六升，季雅受五升。”

③ 碾法：碾玉之法，指雕刻工艺。

④ 三代：夏、商、周。

⑤ 徐长君：当是徐渭，即徐文长。

⑥ 振先：张振先，钱塘（今杭州）人，万历二年（1574）进士，万历间杭州私人藏书家和刻书家。

⑦ 江陵：即张居正。

⑧ 宋板：宋刻板。

⑨ 塘栖：今塘栖镇，位于杭州市北部，与湖州市的德清县接壤。

玉猪

曾见太原征君家藏玉猪，长近五六寸，高半指大，满身毛色并作烟雾氤氲。镂法精工，玉质苍润，皆绝品也。十五年前，与赵居士宧光同过松院①见之。是日出古玉玩一小箱，不下数十种，未能尽记。如此奇者，亦不多得。

玉楼台

长安有知名老玉工，失其姓字。平生止造奇玩二种，巧夺造化。其一已入大内矣；其一是玉楼台。提起彩绳，中有楼阁台榭②数层，东西南北通为四窗，玲珑相望，钩栏网缀，绣栱③珠帘，辉映耀日。每间上有仙人美女，机关运动，行走自然。其状④具如芙蓉宝塔⑤，阖之则一方羊脂玉也。雕镂之工，穷奇极妙。姚江钟都宪公子出二千金购得之，归路为盗所劫。绝妙尤物，遂落偻罗⑥巢穴中。相传公子叩请盗居，盗言某年月日至某处来寻，遂失重器，深以惆怅。其后推觅经岁，备历间关⑦，果到其地。地在周秦之间，离隔九河⑧故道，穷山绝谷，别成一岛聚也。求通姓名，主人倒履⑨出见，俨然王者威仪。公

① 松院：本指植松的庭院，此处应该是太原征君居室的雅称或是书斋名。唐德宗《七月十五日题章敬寺》诗："松院静苔色，竹房深磬声。"

② 楼阁台榭：国图清钞本作"楼台榭阁"。

③ 栱：建筑物的立柱和横梁之间成弓形的承重结构。

④ 具状：国图清钞本无"状"字。

⑤ 塔：国图清钞本作"埨"。埨，音 lǔn，田地中的土垄。

⑥ 偻罗：喽啰，旧称强盗或绿林头领的部众。金董解元《西厢记诸宫调》卷二："遂唤几个小偻罗，传令众攛掇。"

⑦ 间关：道路险峻。宋胡铨《戊午上高宗封事》："向者陛下间关海道，危如累卵。"

⑧ 九河：禹时黄河的九条支流。近人多认为是古代黄河下游许多支流的总称，也泛指黄河。

⑨ 倒履：指急于出迎，把鞋子穿倒。形容热情迎客。宋朱弁《曲洧旧闻》卷二："叔弼既到门，尧夫倒履出迎之，甚喜。"

子伏地参谒，不敢仰视。主人笑谓公子曰：“而父与吾同籍，请以通家子之礼见耳。”便张宴留公子饮，海陆毕陈，管弦递奏。酒半，公子具述情事。传呼侍卫，舁出珠玉琛玩无数，随所辨认。公子见玉楼台于众宝中，的的分明，且悲且喜。主人立撤以还，复赠五百金而出。既出，行未三十里，忽有壮士挟快骏追公子，手执利刀来拟其面①，非常势焰，厉声骂公子曰：“吾邦之物，有入无出，岂容卿怀璧归②乎！”从橐中搜取玉楼台，置之道旁，解黄皮袴褶，捉铁金刚杵③搥之，碎如雪，曰：“此虽非主人意，然五百金足以偿值矣。”公子大恸而还。姚江管仙客说。④

玛瑙簪

内家⑤一长玛瑙簪，中有角巾仙人在焉。立簪席上，而此仙人旋转不定。后嫌太长，命工稍截其足，仙人遂止不动。徐卿麟谈。

梅花琥珀

昔尝见江南豪贵家藏一琥珀，中有半开梅一枝，其疏影横斜之致，如人镂成。

---

① 拟其面：（用刀）在其面前比划。拟，接近。晋干宝《搜神记》：“客以剑拟王，王头堕汤中。”
② 怀璧归：战国蔺相如故事。
③ 金刚杵：原为古印度的一种兵器，佛教密宗也采用作为表示摧毁魔敌的法器。用金、银、铜、铁等为之，长八指到十二指，中间为把手，两端有独股、三股、五股等的刃头。
④ 本篇正文所有小字注释，国图清钞本均无。
⑤ 内家：皇宫。

水银琥珀

有一琥珀，照见无数水银，摇荡其中，有声汩汩然。斯则流注于松柏根而相融结者，理或然尔。

石中龙戏

梁溪周云来家[①]藏一石，中有双龙戏海。映日而观，则金鳞摇漾，岛纹澒涌[②]，旋转不定。其精妙难以言述矣。宋先辈懋澄见之。

石屏风王维诗意

北地李大司农，博物嗜古，收藏有大理石屏风，高可三丈[③]，广倍之。其画是王维“云里帝城双凤阙，雨中春树万人家”[④]一联诗意。烟林如黛，宫阙巍然，如水墨南宋[⑤]人画，是旷代之奇玩也。徐卿麟见之。

石屏风元人画幅

李大司马[⑥]征播酋，获大理石屏风四扇，高三尺五寸，其画

① 家：国图清钞本无。
② 澒涌：水势广阔汹涌。汉应玚《灵河赋》：“汾澒涌而腾骜兮，恒亹亹而徂征。”
③ 丈：当是“尺”字之误。
④ 云里帝城双凤阙，雨中春树万人家：见王维《奉和圣制从蓬莱向兴庆阁道中留春雨中春望之作应制》诗。
⑤ 南宋：国图清钞本作“宋”。
⑥ 李大司马：李化龙，1554—1624，一说1554—1611，字于田，北直隶长垣县（今河南省长垣县）人，明朝中期名将、太师、兵部尚书。

皆元人笔意也。一幅黄大痴①，一幅黄叔明②，一幅徐幼文③，一幅倪云林④。层峦叠嶂，断烟残渚，无不各极其致。而皴法点染，纤悉毕具。盖石之奇妙，世人终莫得而解矣。大司马以转赠都御史李公，请董学士⑤题赞，镌入上方。

小研山⑥

曾见婺州破瓢道人吴孺子⑦藏一英石⑧小研山，长径三寸，峰峦洞壑毕具目前。其色玄，叩之，声清越。若在米家石⑨数，亦当具体而微⑩。道人既老且贫，四明董秀才以五金诡得之，今不知何在。

---

① 黄大痴：黄公望，1269—1354 或 1358，本名陆坚，字子久，号一峰，江浙行省常熟县人，元代画家。擅画山水，与吴镇、倪瓒、王蒙合称“元四家”。存世作品有《富春山居图》等。

② 黄叔明：应指王蒙，1308—1385，字叔明，号黄鹤山樵、香光居士，吴兴（今浙江湖州）人。元朝画家。其画的特点为画山石用解索皴，点苔用渴墨。

③ 徐幼文：元末明初画家，山水画继承董源、巨然衣钵，笔墨苍润奇逸。有《石涧书隐图》存世。

④ 倪云林：倪瓒，元末明初画家、诗人。初名珽，字泰宇，后字元镇，号云林子等。江苏无锡人。擅画山水、墨竹，师法董源，受赵孟頫影响。存世作品有《渔庄秋霁图》等。著有《清閟阁集》。

⑤ 董学士：董其昌。

⑥ 研山：砚台的一种。利用山形之石，中凿为砚，砚附于山，故名。

⑦ 吴孺子：明道士。字少君，号破瓢道人、懒和尚、元铁道人、赤松山道士。金华（今浙江金华）人，一作兰溪（今浙江兰溪）人。善画鸡鹜水鸟、芙蕖芦藻，幽峭闲适，嫣然有致。著有《吴少君集》。

⑧ 英石：又称英德石，产于广东省英德市。英石具有悠久的开采和玩赏历史，宋代的《云林石谱》就有相关记载，并被列为宋代皇家贡品。它具有“皱、瘦、漏、透”等特点，极具观赏和收藏价值，被列为我国四大园林名石之一。

⑨ 米家石：明代书画大家米万钟收藏的珍贵石头。

⑩ 具体而微：指事物的各个组成部分大体都有了，不过形状和规模比较小些。

银橘杯

曾见元人朱碧山[①]制银橘杯，杯形宛似洞庭霜柈，空其上为圆口，周遭斑纹隐起，如芝麻雨点皴法，而把手橘叶一枝，若新摘下，蟠屈钩连，森劲苍古，后代银工所不能及也。杯底略凹，有篆文“碧山”二字，是云间顾中翰汝和[②]家物。太原征君得之，常用以浮坐客。

玉厌胜

嘉定陈太学德甫家，藏古玉厌胜，长三寸，阔一寸，厚如指大，宛似刚卯[③]。其中有一人形，串[④]浅红衣裳，眉目皆具，圆顶赤脚，颇类胡僧状貌。索价甚高。

狮蛮带[⑤]

武宗时逆瑾[⑥]用事，南闽杨文庄[⑦]荣[⑧]玄孙某舍人将乞恩于

① 朱碧山：元代金银器雕刻铸造工艺家。字华玉，室名长春堂。生卒年不详，活跃于元代中晚期天历、至正间。浙江嘉兴人。一直生活在木渎镇。

② 汝和：顾从义，1523—1588，字汝和，明书法家、藏书家。因得米元章砚，自号砚山。他学识渊博，精于鉴别书画及碑帖。工书法、善绘画，是闻名吴越间的风雅之士。

③ 刚卯：汉代人用以辟邪的佩饰。于正月卯日制成，以金、玉或桃木为材料，刻有辟邪内容的文字。

④ 串：国图清钞本作“穿”。

⑤ 狮蛮带：即狮蛮玉带。一种装饰有狮子、蛮王图案的玉带。《东京梦华录》记载：“（重阳）前一二日，各以粉面蒸糕遗送，上插剪彩小旗……又以粉作狮子蛮王之状，置于糕上，谓之狮蛮。”

⑥ 逆瑾：即刘瑾。

⑦ 文庄：应为文敏。

⑧ 荣：杨荣，1372—1440，原名道应、子荣，字勉仁，建安（今福建建瓯）人。明初著名政治家、文学家、内阁首辅，与杨士奇、杨溥并称“三杨”。

朝，鬻其赐第，得六百金，装之京。见京城有老人卖璞，遽捐四百金买之，还邸舍，命工剖焉。识是狮蛮玉也，造带二束，次第并献于瑾。瑾立出数千金酬其值，因与奏上乞恩，舍人得授中书。事瑾益恭，瑾益爱幸之。中外欲请谒者，多因舍人，前后复得居间金数万。阴知瑾逆谋将败，乞差南还。瑾既伏诛，二带并籍归御府矣。

张骞乘槎

朱碧山制张骞乘槎银杯，一仙人卧老树槎枒上，泻酒入空腹中饮之，精巧非常。

竹蟾蜍

吴中有巧人朱雪松，善取老竹蟠曲根鞭，雕琢为蟾蜍，摩弄如玉，与真者无二。

后 记

读《猃园》，你会被钱希言氏的博闻强记所折服，故事除少部分来自书籍，大部分都采集自酒席宴上。它们本来都是助兴的段子，却被钱氏化写成一个个情节比较完整、曲折，文采斐然，有趣甚至有思想内涵的故事，比如《妖魅三》《阎蓬头》《利玛窦》《尹蓬头》《世庙宫中仙戏》《后宰门地影》以及海宁陈家冤案、常熟徐家变乱、李福达故事等，都有极强的可读性和文学想象力。南开大学文学院教授、博士生导师宁稼雨认为“其是明人说部中饶有文采者”，这个评价是比较客观公正的。

正如苗壮教授在《笔记小说史》中指出的，钱氏作品有雅俗共赏的特征，注意迎合市民阶层的审美观，比如《小韩负心报》及《桂花仙子》等，故事情节曲折生动，与宋元小说一脉相承。但毋庸置疑，由于大量素材来自士大夫阶层，钱氏又是山人，文章需要获得士大夫们的认可才能换来“饭票”，整本《猃园》依然属于雅言范畴，少有吴地方言混入，这和清代吴语小说《何典》是有天壤之别的。

常熟文史学者钱文辉老师评论钱希言氏“才情烂漫”“好语言新创”，这正是钱希言氏的第二个特点。文章中，他用“秦陂山”代替虞山，从而指代常熟，应该说是前无古人后无来者的。而常熟虞山上又只有秦坡涧，钱文辉老师说：“陂虽有山坡之义项，但陂、坡两字不通用。县志上都称秦坡涧。钱氏用陂也是随手而为，实际上指的是秦坡。”又比如钱氏用“余英”作为武康（今浙江省德清县）的别称，一开始也让我们丈二金刚摸不着头脑，后查阅地理志书，发现余不溪上溯十余里，即余英溪，又称前溪，余英溪有一段流经古城武康县治前，方恍然大悟。当然用“余英”指代武康或许是钱氏所处时代士大夫们都明白的，本身“余英孟郊”四字刻在李公垂石上，全文为“长庆甲辰二月辛巳余英孟郊来访竟陵陆霄翁曾观”二十一字，钱氏也有可能是引用。

钱希言氏虽然博闻强记，但仅凭记忆信马由缰而不加以核对，时间、地理甚至人名错误百出。比如明代万历年间的妖书案发生在钱氏成书前几年，他也能把时间弄错，不能不说是极大的遗憾。张大忠记成张大中，更是让我们吃足了苦头。最后通过广东省情网提供的明代职官表和《浙江通志》所载进士及第名录，才确认张大忠为事主。为纠正他的这些错误，我们花费了大量人力、物力，耗费了不少时间。对于一些传闻，他也没有做去伪存真的工作，而是多次强调古书不会错，大有尽信书的倾向。

至于轮回报应等有关宗教部分，虽然事关迷信，但跟钱氏的宗教信仰和时代局限性有关，不能求全责备。随着利玛窦来华，明代知识分子中开始有了科学思维的萌芽，这些在《猞园》中有零星体现，钱氏的思想也在渐变中。可惜清王朝建立后，知识分子的思想再次被禁锢。

明清时，《猞园》也是有一定影响力的著作，并被多位作者所借鉴，但目前却少有人研究，使得其独特性和艺术价值遭到极大低估。作为邑人，我们深深感觉到拯救这一文化遗产的重要性和紧迫性。我们对《猞园》进行校注，就是希望降低其阅读的难度，使普通的读者都能读懂、读通。读的人多，自然关心研究者众，这是我们的初衷。

常熟文史学者钱文辉老师、李政先生在词语辨析和文字认读方面给予了指导和帮助，李彦军、吴洪等同学在文字录入、注释辨析等方面也做了大量工作，常熟图书馆李烨馆长给予了全力支持，特此感谢！

浦宇澄

2017.10.20